Weitere Titel der Autorin:

Die Henkerin (auch als Audio erschienen)

Titel in der Regel auch als E-Book erhältlich

Über die Autorin:

Hinter Sabine Martin verbirgt sich ein erfahrenes Autorenduo. Martin Conrath hat bereits einige Kriminalromane veröffentlicht, von denen einer als Tatort verfilmt wurde. Sabine Klewe verfasste mehrere, z. T. historische Kriminalromane und arbeitet als Übersetzerin und Dozentin. Die Autoren leben und schreiben in Düsseldorf.
www.sabinemartin.de

Ich schäme mich meiner Tränen,
und doch ist im tiefsten Unglück
meine Scham darüber noch grösser,
dass ich keine Träne verliere.

Euripides

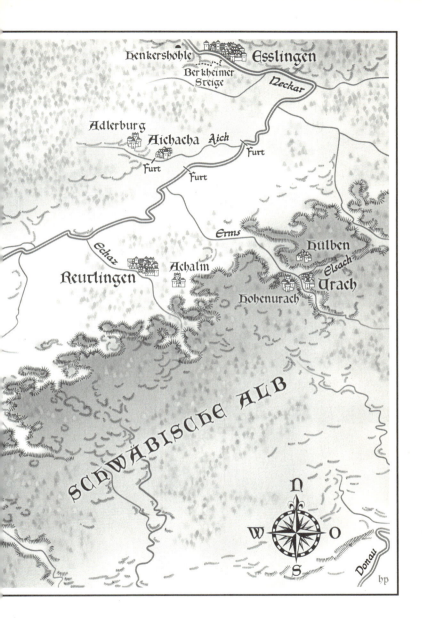

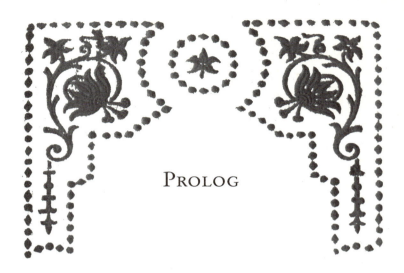

Prolog

Oktober 1330

Der Winter würde lang und streng werden. Das spürte sie mit jeder Faser ihres Körpers. Der Sommer war heiß gewesen, sie hatte kaum etwas zu fressen gefunden, beide Jungen verloren. Sie hatte das Revier gewechselt, sich mit einer anderen Bärin eingelassen. Lange hatten sie miteinander gekämpft, bis die andere schließlich geflohen war. Sie hatte gesiegt, aber der Preis war hoch gewesen: Ihre Nase war angeschwollen und blutete. Die rechte vordere Tatze schmerzte bei jedem Schritt, und das Atmen fiel ihr schwer. Es fühlte sich an, als stecke etwas in ihrer Seite, das ihr ständig ins Fleisch biss.

Überall lauerten Feinde und Gefahren, sie musste aufmerksam sein und immer bereit, ihre Gegner anzugreifen. Sie nahm es mit jedem auf, nur diesen Zweibeinern, den Menschen, ging sie aus dem Weg, denn die bedeuteten meist den sicheren Tod.

Selbst das Männchen, das die Bärin im letzten Jahr gewählt hatte, ein stattlicher Bursche, fast eineinhalb Mal so schwer wie sie selbst, hatte es vermieden, Menschen über den Weg zu laufen. Es hatte ihm nichts genutzt. Mit Hunden hatten sie ihn gehetzt und vor seiner Winterhöhle gestellt, ihn getötet und zerfleischt. Sie war geflohen, die Hunde waren ihr nicht gefolgt.

Sie hob den Kopf, stellte sich auf die Hinterbeine und witterte. Ein süßlicher Geruch wehte ihr um die Nase. Ein totes Tier, frisches Blut. Vielleicht einen halben Tagesmarsch entfernt. Sie trottete los, trank an einem Bach, hielt immer wieder inne, um zu lauschen und zu schnuppern. Wildschweine kreuzten ihren Weg, Rehe stoben vorüber. Sie fraß ein paar vertrocknete Beeren, aber ihr Magen knurrte und knurrte.

Der Geruch wurde stärker, sie rannte los, fühlte nichts mehr außer ihrem Hunger. Am Waldsaum blieb sie einen Moment stehen, ein widerwärtiger Gestank mischte sich unter den süßen: Wölfe. Sie waren auf derselben Fährte. Die Bärin musste sich beeilen. Wenn ihr ein Rudel Wölfe zuvorkam, hatte sie das Nachsehen.

Endlich erreichte sie ihre Beute. Als sie sah, um was für ein Tier es sich handelte, schrak sie zurück. Es war ein Mensch. Er bewegte sich nicht, aber das musste nichts heißen. Menschen waren verschlagen.

Die Wölfe hielten ebenfalls Abstand, warteten wohl ab, was sie tat.

Die Bärin sah sich noch einmal um, dann überwältigte sie der Hunger. Mit einem Satz sprang sie auf den Brustkorb des Menschen, der unter ihrem Gewicht zerbrach wie morsches Holz. Nichts geschah. Sie schlug ihre Zähne in den Hals, biss zu, ließ los und witterte erneut. Die Wölfe kamen näher. Sie hatten einen schlechten Tag gewählt, um sich mit ihr anzulegen. Sie stellte sich auf und brüllte so laut, dass ihre Feinde wie versteinert stehen blieben. Einer traute sich heran, sie preschte vor und ließ ihre gesunde Pranke auf ihn niederfahren, sodass er mit gebrochenem Rückgrat umfiel. Die anderen Wölfe heulten auf und verzogen sich. Noch einmal brüllte sie aus vollem Hals, dann beugte sie sich über den toten Menschen, riss ihm den Bauch auf und fraß sich satt.

Auf dem Weg hierher hatte die Bärin eine gute Höhle gesehen, gerade groß genug für sich selbst, zwei Junge und die Beute, die sie für ein paar Tage sattmachen würde. Sie hatte es sich abgewöhnt, große Stücke vor der Höhle zu vergraben, so wie die anderen es taten. Zu oft war das Versteck ausgeräumt worden, wenn sie nicht darauf aufpassen konnte. Das sollte ihr nicht mehr passieren. Sie packte den Menschen an der Schulter, zog und zerrte, musste mehrfach ausruhen, bis sie endlich an der Höhle angekommen war. Sie stopfte ihn ganz nach hinten, fraß noch ein wenig an den Beinen, die lange nicht so gut schmeckten wie die Därme oder die Leber. Der Tag und die Schmerzen hatten sie erschöpft, also legte sie sich hin und schlief.

Schon wenige Wochen später brach Frost über das Land herein, der erste Schnee fiel vom Himmel, und bis zum Februar taute es nicht mehr. Die Bärin blieb in der Höhle und hielt Winterruhe. Ihre Verletzungen heilten. Zurück blieb nur eine Narbe, die von einer Augenbraue über die Nase bis zum Hals verlief.

Die Bedrohung

August 1332

»Fahr zur Hölle, Melisande Wilhelmis!« Ottmar de Bruce hob sein Schwert und schlug Melisande die Waffe aus der Hand.

Sie blickte sich verwundert um. »Aber Ihr seid tot, Graf! So tot wie meine Familie, die Ihr hingemetzelt habt in Eurem Blutrausch.«

De Bruce lachte schallend. »Ich werde niemals tot sein, ich werde Euch immer verfolgen, und ich werde Euch zur Strecke bringen, Euch und Eure Brut.« Mit einer lässigen Bewegung warf er sein Schwert ins Gras.

Melisande war immer noch verwirrt. Wo waren sie? Was geschah hier? Es musste früh am Morgen sein, denn das Gras schimmerte nass. Ein Herbsttag? Oder war das der Tau, der im Frühjahr auf den Wiesen lag und glitzerte wie tausend Edelsteine? Nein, es musste Herbst sein – es roch nicht nach

Frühling, es roch nach Winter, nach fauligem Laub, nach erbarmungsloser Kälte und Tod.

De Bruce kam auf sie zu, legte ihr seine Pranken um den Hals und drückte zu. Schmerz schoss ihr durch die Kehle, Panik stieg in ihr auf, sie wollte atmen, doch de Bruce drückte ihr die Luft ab, die sie zum Leben brauchte. Das war schon immer so gewesen. Er hatte ihr die Luft zum Leben genommen, bis sie ihn getötet hatte. De Bruce war tot. Er konnte ihr nichts mehr anhaben!

»Ihr seid tot. Ihr seid tot!« Melisande schlug mit den Fäusten auf de Bruce ein, der aber nur laut lachte und noch fester zudrückte. Sie trat um sich, japste nach Luft, Feuerräder tanzten um ihre Augen.

»Melissa! Melissa!« De Bruce rief ihren Namen, immer wieder, aber es war gar nicht ihr Name. »Melissa!«

Melisande schlug de Bruce' Arme weg, holte Luft wie eine Ertrinkende.

»Melissa, beruhige dich!«

Wer war Melissa?

Der Druck auf ihrer Kehle verschwand, es wurde dunkel, der Geruch nach Winter und Tod machte dem Duft von Lavendel und frischem Stroh Platz – und auf einmal fiel ihr ein, wer Melissa war. Sie selbst war Melissa, und es war nicht Ottmar de Bruce, der nach ihr rief. Sie ließ ihre Arme fallen, und schon strich eine warme Hand über ihre schweißnasse Stirn.

»Melissa«, flüsterte die Stimme, die sie kannte und liebte.

Sie öffnete die Augen. Nicht de Bruce beugte sich über sie, sondern Wendel, ihr Gatte, der Vater ihrer Tochter. Er hielt sich mit der Rechten die rot glühende Wange, mit der Linken griff er ein Tuch und tupfte ihr behutsam die Stirn trocken.

»Du hast wieder geträumt und um dich geschlagen. Diesmal war es die rechte Wange.«

Melisande seufzte. »Tut es sehr weh?«

»Ja, es tut weh, aber es ist ein süßer Schmerz.« Er lachte leise. »Du hast die Arme eines Schwertkämpfers.«

»Es tut mir leid.«

»Ich weiß. War es wieder derselbe Traum?«

Melisande presste die Lippen zusammen. Ja, es war der Traum gewesen, der sie seit zwei Jahren verfolgte. Sie hatte gehofft, mit dem Tod von Ottmar de Bruce würde alles gut werden, doch der Graf ließ ihr auch über das Grab hinaus keine Ruhe. Nacht für Nacht schwor er Rache, bedrohte er sie mit seinem Schwert, legte er ihr die bärenstarken Hände um den Hals. Er war tot, von ihrer Hand gestorben, er konnte ihr nichts mehr anhaben. Doch nachts, wenn sie schlief, bewies er ihr, dass er immer noch Macht über sie hatte.

»Es ist alles gut«, erwiderte sie, doch sie sah in Wendels Augen, dass er ihr nicht glaubte. Was sollte sie ihm denn sagen? Dass sie ihn getäuscht hatte? Dass sie nicht Melissa de Willms aus Augsburg war? Dass sie vielmehr Melisande Wilhelmis war, die wie durch ein Wunder mit dem Leben davongekommen war, als Ottmar de Bruce ihre ganze Familie abschlachten ließ, und dass sie danach beim Henker von Esslingen aufgewachsen war und dessen Handwerk erlernt hatte? Sollte sie ihm sagen, dass sie selbst es gewesen war, die ihn, ihren geliebten Wendel, im Kerker von Esslingen gefoltert hatte, hatte foltern müssen, um ihn zu retten? Dass sie es gewesen war, die Ottmar de Bruce schließlich getötet und damit das Schicksal herausgefordert hatte?

Sie schloss die Augen und konzentrierte sich auf Wendels sanfte Hände, genoss die Liebe, die aus jeder Berührung sprach, ebenso wie die Sorgen, die er sich um sie machte. Ein Geräusch ließ sie hochschrecken. »Ist jemand im Zimmer?«

»Nein, Liebste, das ist der Wind, der an den Läden rüttelt.

Er hat die Wolken vertrieben. Das Wetter ist über Nacht umgeschlagen, bestimmt bekommen wir einen herrlichen Sommertag.«

Melisande lauschte. Er hatte Recht. Außer dem leisen Pfeifen des Windes war nichts zu hören. Offenbar schlief die Stadt noch. »Ich bin gleich wieder bei dir.« Sie strich Wendel über den Arm, schlüpfte aus dem Bett und trat ans Fenster. Sie drückte die Läden ein kleines Stück auf und spähte hinaus. Nichts rührte sich auf der Straße vor dem Haus. Selbst der Nachtwächter war nirgends zu sehen. Doch der Himmel wurde bereits grau. Bald würde es vom Kloster der Dominikanerbrüder her zur Laudes läuten, und kurz darauf würde die Stadt zum Leben erwachen. Rottweil, ihre neue Heimat. Hier lebte es sich ganz anders als in Esslingen, wo sie aufgewachsen war. Die Bräuche waren anders, der Singsang der Sprache und vor allem die Aussicht. Da die Stadt hoch über dem Neckartal thronte, konnte man hier vom Stadttor aus den Blick weit in die Ferne schweifen lassen.

Die Morgenluft war mild und kühlte Melisandes heiße Stirn. Langsam beruhigte sich ihr Herzschlag. Sie gähnte. Doch zum Schlafen würde sie nicht mehr kommen. Ein langer Tag lag vor ihnen. Ein mächtiger Handelszug aus Italien sollte heute ankommen, mit über fünfzig Fässern Wein für ihr Geschäft. Rottweil würde kopfstehen, denn außer dem Wein würden auch seltene Tuche, Gewürze, Spezereien und vor allem sündhaft teures Glas aus Venedig angeliefert werden. Wenn nur der Zug heil die Stadt erreichte! Nicht nur Wendels und ihr Geschick hingen davon ab, sondern das eines weiteren halben Dutzends braver Rottweiler Bürger, die wie sie ein Vermögen in den Ankauf der kostbaren Handelsgüter gesteckt hatten. Und der Rest der Woche versprach nicht weniger Aufregung: Am Mittwoch erwartete Wendel seine Mutter, die angekündigt hatte, sie zu besuchen – eine seltene Freude, die ihnen nur zuteilwurde, wenn es ihr gelang, sich unter einem Vorwand aus Reutlingen zu entfernen.

»Komm wieder ins Bett, Liebste.« Auffordernd hob Wendel die Decke an.

Melisande kroch zurück ins warme Nest. Noch ein paar Augenblicke die Ruhe genießen! Sie nahm Wendels Hand und küsste sie. Die Zeit bis zum Hahnenschrei würden sie nutzen. Sie war bereit, ein zweites Kind zu empfangen.

Als wenig später die ersten Geräusche im Haus zu vernehmen waren, wand sich Wendel mit einem Seufzer aus dem Bett. Melisande betrachtete ihn und strich sich über den Bauch. »Ich glaube, vorhin ist es passiert. Und diesmal wird es ein kräftiger Junge.«

»Wirklich?« Er sah sie an und lächelte glücklich. »Dagegen hätte ich nichts einzuwenden. Aber nur, wenn er genauso wunderbar wird wie unsere Gertrud.«

»Versprochen. Und jetzt eile dich. Was sollen die Mägde von uns denken?«

»Lass uns lieber einen Namen für unseren Sohn suchen.« Er trat zu ihr und küsste sie auf die Nasenspitze.

»Raimund. Wenn es ein Sohn wird, soll er Raimund heißen.« Sie musste einen Moment die Augen schließen, denn der Name löste eine Flut Erinnerungen in ihr aus. Raimund war ihr Ziehvater gewesen. Raimund, der Henker von Esslingen.

»Raimund? Was für eine ungewöhnliche Wahl.«

»Ich kannte einmal einen Raimund. Das war ein sehr kluger Mann.«

»Dann ist es beschlossen.« Rasch schlüpfte Wendel in seine Kleider und verließ die Schlafkammer.

Melisande genoss die wenigen Augenblicke der Ruhe. Sie flocht ihr rotes Haar zu zwei Zöpfen, die sie hochsteckte, damit sie besser unter die Haube passten, und betrachtete ihr Gesicht in dem kostbaren kleinen Silberspiegel, den Wendel ihr zur Hochzeit geschenkt hatte. Wendel … Sie hatte ihn dem Schicksal abgetrotzt, und um nichts in der Welt würde sie ihn wieder hergeben! Sie lächelte ihr Ebenbild an, legte den Spiegel zurück in die Truhe und folgten ihrem Gemahl hinunter in die Küche.

Gertrud, ihre kleine Tochter, saß auf dem Schoß der Magd und schlief zufrieden, während Selmtraud Möhren putzte. Ihr Anblick versetzte Melisande einen Stich. Sie hatte ihre Tochter nach ihrer kleinen Schwester benannt, deren Leben sie nicht hatte schützen können. Wenn Gertrud so selig schlief, erinnerte sie sie noch mehr als sonst an ihre Schwester, die ebenfalls immer und überall hatte schlafen können, selbst während des größten Unwetters. Sie war der Sonnenschein der Familie Wilhelmis gewesen. Bis Ottmar de Bruce sie abgeschlachtet hatte wie Vieh.

Rasch trat Melisande vor. »Guten Morgen, Selmtraud.«

»Guten Morgen, Herrin.« Selmtraud sprach, ohne ihre Arbeit zu unterbrechen. »Die Kleine hat schon gegessen. Der Herr hat sich nur einen Kanten Brot genommen und ist hinunter in den Keller gegangen, um nach dem Rechten zu sehen. Weil doch heute der Wein kommt.«

»Gut.« Melisande beugte sich über ihre schlafende Tochter und küsste sie. Aus den Augenwinkeln sah sie, dass die Köchin mit einem Korb Eier unter dem Arm zur Hintertür hereinkam. »Guten Morgen, Walburg.«

»Guten Morgen, Herrin.« Walburg hielt den Korb hoch. »Da kann ich einen schönen Kuchen backen, wenn übermorgen die Mutter von Herrn Wendel kommt.« Sie blickte sich um. »Ist denn die Berbelin noch nicht zurück? Sie sollte doch nur rasch der alten Martha etwas Brot bringen.« Sie seufzte. »Dieses Mädchen, sicherlich hat sie sich wieder am Brunnen verschwatzt. Der werde ich Beine machen, wenn sie zurückkommt.«

»Ja, tu das, aber sei nicht zu streng mit der Kleinen. Ihre Zunge ist leider flinker als ihr Verstand.« Melisande lachte und öffnete eine Tür am anderen Ende der Küche. Hier lag die Schreibkammer, wo sie die Bücher führte und wichtige Dokumente aufbewahrte.

»Möchtet Ihr denn nichts essen, Herrin? Ich habe frischen Haferbrei gekocht.« Walburg deutete auf den Topf, der im Kamin über der gemauerten Feuerstelle hing.

»Später«, erwiderte Melisande. »Aber du kannst mir einen Becher warme Milch bringen, mit ein bisschen Honig.« Sie zog die Tür hinter sich zu und betrachtete den Tisch, der voller Pergamentrollen lag. Resigniert hob sie die Schultern, ließ sich nieder und entkorkte das Tintenfass. Ein Berg Arbeit erwartete sie. Der Lagerbestand musste erfasst, die Buchhaltung der letzten zwei Monate kopiert, und schließlich sollten auch die Kreditbriefe für die Frankfurter Händler gesiegelt werden.

»Nun gut.« Melisande griff nach der ersten Rolle. Sie stutzte. Unter den Pergamenten lag Wendels Wachstafel, in die er am Vortag noch einige Berechnungen geritzt hatte. Wahrscheinlich hatte er dafür versehentlich ihre mitgenommen – die beiden Tafeln sahen sich so ähnlich wie Zwillinge und waren nur anhand einer kleinen Schnitzerei im Rahmen auseinanderzuhalten, die Melisandes Tafel als die kostbarere auszeichnete. Wendel musste die seine bereits vermissen. Sie nahm sie in die Hand, um sie Wendel in den Keller zu bringen, und stand auf.

Mit einem Mal stand sie wieder im Folterkeller von Esslingen. Sie war der stumme Henker Melchior, hielt die Tafel einem Dieb hin, der sofort erbleichte, weil sie aufgezeichnet hatte, welche Qualen ihn erwarteten. Diese Wachstafel würde sie unter Tausenden erkennen. Sie war aus dunklem, abgegriffenem Holz gefertigt, der Griffel aus kunstvoll verziertem hellen Bein. In die Rückseite hatte sie ihre Initialen geschnitzt: »MW – Melisande Wilhelmis.« Niemand war je auf die Idee gekommen zu fragen, was die Buchstaben bedeuteten, und wenn, hätte sie als Antwort in das Wachs geritzt: »M für Melchior. Und ein umgedrehtes M. Auch für Melchior. Der Henker, der die Menschen vom Leben zum Tode bringt, der das Leben umkehrt. Alpha und Omega – Anfang und Ende.«

Melisande ließ die Tafel sinken und kniff sich in den Arm. Das alles war Vergangenheit. Ihr neues Leben war hier: bei Wendel, ihrer Tochter Gertrud und den heiteren alltäglichen Dingen, die sie um nichts in der Welt wieder eintauschen wollte. Den stummen Henker Melchior gab es nicht mehr. Ebenso wenig wie seine Schreibtafel, die sie zusammen mit all den anderen Erinnerungen im Wald vergraben hatte.

✳ ✳ ✳

Othilia von Hohenfels, Herrin der Adlerburg, zeigte mit ihrem zierlichen Zeigefinger auf die Pastete, dann auf den Pagen, der vor ihr stand und den Blick auf seine Schuhspitzen heftete. »Hol mir den Koch her!«

Ihre Stimme war nicht mehr als ein leises Rauschen, wie ein Luftzug, der durch die belaubte Krone einer Hainbuche fährt. Doch die Wirkung war wie ein Sturm, der Herbstlaub durch den Burghof fegt. Der Page stürzte los, fiel fast über seine langen Schuhspitzen, fing sich und polterte die Treppe hinab.

Othilia verschränkte die Finger. »Sagt, Eberhard von Säckingen, soll ich den Koch zum Tor hinausjagen, oder soll ich ihm die versalzene Pastete so lange in den Schlund stopfen, bis er sich freiwillig entleibt?« Sie wandte den Kopf und fixierte den blonden Ritter zu ihrer Rechten mit spöttisch verzogenem Mund.

»Ich bitte Euch, Euer Gnaden, seid barmherzig und lasst ihm nur die Zunge herausreißen. Seiner Kochkunst nach zu urteilen braucht er sie sowieso nicht mehr.«

Das Gelächter der Ritter dröhnte durch den Saal, die Hofdamen kicherten in ihre bestickten Taschentücher. Othilia zwang sich ein Lächeln auf die Lippen. Diese ungehobelten Schwertträger widerten sie an, aber sie brauchte jeden einzelnen, brauchte diese tumben Toren, die ihrem Gatten die Treue geschworen hatten und sie als ihre Herrin akzeptierten, da der Burgherr spurlos verschwunden war. Nicht, dass dieses Pack Ottmar de Bruce so sehr verehrt hätte, nein! Angst hatte die Adlerburg regiert, das hatte Othilia nach ihrer Heirat rasch herausgefunden. Ottmar war gefürchtet, weil er stärker, tollkühner und vor allem skrupelloser war als alle anderen. Und absolut furchtlos. Hatte er nicht am Ende sogar dem hohen Gericht unter dem Vorsitz des ehrenwerten Grafen Ulrich III. höchstselbst getrotzt? War er nicht unter aller Augen dem Henker entwischt, als dieser bereits das Richtschwert über seinem Haupt erhoben hatte?

Othilia hob die Hand, und sofort erstarb jeglicher Laut. Die Gäste schauten sie erwartungsvoll an. Ein Verrat hatte Ottmar unter das Richtschwert gebracht, zweifellos die Tat eines seiner vielen Gegner. Die Tat eines Feiglings, der sich nicht getraut hatte, sich de Bruce in einem fairen Zweikampf zu stellen. Othilia schloss für einen Moment die Augen. Auch sie selbst hatte Ottmars ungeheure Stärke und Willenskraft mehr als einmal zu spüren bekommen. Wie ein Tier war er in der Nacht, als sie seinen Sohn empfangen hatte, über sie hergefallen und hatte sie in seinem rasenden Strudel der Leidenschaft mitgerissen. Danach hatte sie jeden Tag sehnsüchtig auf die Nacht gewartet, auf das niemals verlöschende Feuer seiner Lenden. Gegen Ottmar waren alle anderen Männer weibische Jammerlappen – auch von Säckingen, der seinen Herrn in ihrem Schlafgemach zwar nicht schlecht vertrat, gegen diesen dennoch wie ein blasses Abbild wirkte.

Sie unterdrückte einen Seufzer. Ein Lebenszeichen, das war alles, was sie sich wünschte, ein Lebenszeichen ihres geliebten Ottmar. Wenn sie nur wüsste, dass es ihm gut ginge, würde sie auch weiterhin klaglos das Dasein unter all diesen verderbten Raufbolden ertragen, bis der Tag kam, an dem er im Triumphzug auf die Adlerburg zurückkehrte.

Der Koch näherte sich mit gesenktem Haupt, blieb gute fünf Ellen vor Othilias Platz stehen und fiel dann auf die Knie.

»Bist du Herr einer Salzgrube, Mann?«

Der Koch hob vorsichtig den Kopf. »Herrin, verzeiht, nein, warum...«

»Page! Einen Löffel für den Stümper, der sich Koch schimpft!« Othilia zeigte auf die Pastete. »Er soll selbst kosten.«

Angstschlotternd nahm der Koch den eilig gereichten Löffel entgegen, grub ihn in die Pastete, kostete, verzog das Gesicht und fiel erneut auf die Knie. »Verzeiht, Herrin, ich weiß nicht, wie so viel Salz da hineinkommen konnte. Es ist mir ein Rätsel. Seid versichert, es wird nie wieder passieren.«

Armer Tropf, dachte Othilia, fast könntest du mir leidtun.

Aber heute musst du für die Unterhaltung der Vasallen herhalten. Sie zwinkerte von Säckingen zu, der sofort verstand und wie die ganzen anderen ungehobelten Kerle an ihrer Tafel einem derben Spaß nie abgeneigt war.

Er stach den Finger in die Pastete, schleckte ihn ab und grunzte genüsslich. »Ich weiß gar nicht, was Ihr habt, Herrin, diese Pastete ist die beste, die ich seit Langem gekostet habe. Mitnichten ist zu viel Salz darin. Euer Koch ist ein Mann von großem Können und ausgefeiltem Geschmack.«

Othilia zog die Augenbrauen hoch. »Nun, Koch, was sagst du dazu?«

»Vielleicht ist es nicht so viel zu viel«, murmelte der Koch mit hochrotem Gesicht. »Sondern nur ein wenig, sodass es dem edlen Herrn von Säckingen mundet, für Euren zarten Gaumen jedoch eine Zumutung ist.«

»Nun, wenn das so ist, dann will ich Gnade vor Recht ergehen lassen und dir nur einen Wochenlohn einbehalten, weil du nicht weißt, wie viel Salz in deiner Pastete ist. Und nun lass den nächsten Gang kommen, meine Gäste fallen bereits vom Fleische.«

»Sehr wohl.« Buckelnd verzog sich der Koch.

Die Männer im Saal grölten, schlugen die Weinkelche aneinander, erzählten deftige Witze und genossen die vorzügliche Pastete. Die Hofdamen schnatterten unaufhörlich, ließen sich von den Rittern mit Pastetenhappen und Trauben füttern und kicherten aufgeregt, wenn ihnen dabei eine Frucht in den Ausschnitt plumpste.

Mit Mühe gelang es Othilia, das feine Lächeln auf ihren Lippen festzuhalten. Wenn Ottmar sie erst zu sich nach Italien holte, konnte sie endlich das Leben führen, das ihr gebührte: ein Stadthaus in Florenz oder Venedig, Festlichkeiten, Bankette. Sie würden in den höchsten Kreisen der Gesellschaft verkehren, wo man ihre vollendete Erziehung und ihren feinen Geschmack zu schätzen wusste. Keine kalten, zugigen Burggemäuer mehr, keine ungehobelten Söldner und keine anzüglichen Bemerkungen hinter ihrem Rücken.

Als die Sonne sich allmählich über den Horizont senkte, hatte Othilia genug. Sie erhob sich, nickte den Männern zu, die ihr Hochrufe entgegenschleuderten, und zog sich in die Kapelle zurück.

Kühle Luft schlug ihr entgegen und der Duft nach frisch gewachstem Holz. Sie kniete vor dem Altar nieder, schloss die Augen und faltete die Hände. »Herr im Himmel«, murmelte sie, »beschütze meinen Gatten Ottmar de Bruce, und lenke seine Schritte, auf dass er bald zu mir komme und mich erlöse. Und auf dass er seinen Sohn in die Arme schließen kann, der seinen Namen trägt und den er noch nie zu Gesicht bekommen hat. Und beschütze auch den kleinen Ottmar, auf dass er zu einem starken und mutigen Mann heranwachse, der seinem Vater Ehre macht. Herr, gib mir die Kraft, nicht zu fehlen. Und verzeih mir meine Sünden jetzt und immerdar. Amen.«

***

Als Wendel die Vorbereitungen im Keller abgeschlossen hatte, war der Zug immer noch nicht angekommen. Der Tag war schon weit fortgeschritten, und die Schatten wurden immer länger. Er begrüßte Melissa, die in der Schreibkammer über einer Rechnung brütete, sah im Hof nach dem Rechten und trat dann vor die Haustür. Das Haus, das sie vor zwei Jahren in Rottweil erworben hatten, lag an der breiten Hauptstraße entlang der Ost-West-Achse der Stadt. Sie war ein wenig abschüssig, sodass Wendel von einem Stadttor zum anderen hätte blicken können, hätte die Straße nicht kurz vor dem Oberen Auentor einen Knick gemacht und hätte ihm nicht zur rechten Hand die mächtige zweistöckige Brotlaube den Blick versperrt. Das Waldtor hingegen lag nur ein paar Dutzend Schritte links von ihm. Dort würde der Zug in die Stadt einfahren.

Ein wenig wehmütig betrachtete Wendel das Tor. Rottweil war ganz anders als seine Heimatstadt Reutlingen. Beides waren Reichsstädte, doch Rottweil war nur ein Viertel so groß wie Reutlingen, dafür erhob es sich respekteinflößend über dem Neckartal, während Reutlingen selbst im Tal lag, überschattet von der gewaltigen Burg Achalm. Er seufzte. Er vermisste seine Heimatstadt, den Blick auf die Weinberge, ja sogar den Anblick der Achalm, auch wenn die Burg, die zu Württemberg gehörte, jedem stolzen Reutlinger ein Dorn im Auge war. Energisch rief er sich zur Ordnung. Er hatte keinen Grund zur Klage. Die Bürger von Rottweil hatten ihn und seine Gemahlin nicht nur freundlich, sondern geradezu zuvorkommend empfangen. Natürlich hatte sich schnell herumgesprochen, dass Wendel sich wegen der Frau, die er geheiratet hatte, mit seinem Vater überworfen hatte. Aber die Rottweiler scherten sich nicht darum. Sicherlich hatten sie ihn auch deswegen so gut aufgenommen, weil sie sich von ihm ein gutes Geschäft versprachen. Seine Beziehungen in alle Welt pflegte Wendel nämlich nach wie vor, und manch langobardischer oder fränkischer Weinhändler verkaufte seine ausgezeichneten Weine nicht an jeden Dahergelaufenen, egal was er bezahlte. Die Angst, der Wein könne gepanscht werden und der gute Name des Händlers in Verruf geraten, war groß.

Wendel verzog das Gesicht. Die Furcht war nicht ganz unberechtigt – auch hohe Herren, Grafen und Bischöfe schreckten nicht davor zurück, obwohl Panscherei sehr streng bestraft wurde. Die Esslinger etwa waren bekannt für ihren Ideenreichtum, was das Verlängern des Rebensaftes anging. Und Ottmar de Bruce, der Burggraf der Adlerburg, war vor zwei Jahren dafür sogar zum Tode verurteilt worden. Dass er der Vollstreckung des Urteils entkommen war, hatte der Graf allein dem Henker zu verdanken, der sein Schwert nicht in seinen Nacken, sondern in das Holz der Tribüne gerammt hatte.

Wendel schauderte. Er kämpfte gegen die furchtbaren Erinnerungen, die ihn zu überwältigen drohten, die Angst, die ihm die Kehle zuschnürte, wenn er daran dachte, dass de Bruce noch immer lebte und eines Tages wieder auftauchen könnte. Dass er herausgefunden haben könnte, wem er die Anklage von damals zu verdanken hatte. Jetzt, wo er Frau und Kind hatte, fühlte Wendel sich verwundbarer als je zuvor. Nicht auszudenken, was der Graf mit seiner Familie anstellen würde, wenn sie in seine Hände geriet. Manchmal träumte Wendel, de Bruce sei tot. Er sah ihn auf einer Lichtung liegen, wo wilde Tiere sich um den Leichnam balgten. Die Bilder erschienen ihm jedes Mal so wirklich, dass er meinte, es müsse sich tatsächlich so abgespielt haben. Doch leider war es nur ein Traum.

»Na, Füger? Träumt Ihr mit offenen Augen?«

Wendel schrak zusammen. Ein Krämer, der in der Nachbarschaft wohnte, grüßte mit einem breiten Grinsen.

»Ich bete dafür, dass der Handelszug heil die Stadt erreicht«, erwiderte Wendel eilig.

»Recht so. Der Beistand des Herrn ist immer von Vorteil.« Der Krämer bekreuzigte sich und verschwand um die Straßenecke.

Wendel musste lächeln. Warum sorgte er sich nur immerzu? Es ging ihm gut in Rottweil, die Menschen waren umgänglich, die Geschäfte florierten. Innerhalb kürzester Zeit hatten Melissa und er ihren Weinhandel zum Blühen gebracht. Ohne Melissas Vermögen wäre das nicht möglich gewesen. Am Tag ihrer Vermählung hatte sie ihm einen Beutel Goldmünzen gegeben und gesagt, er solle damit ihre Zukunft aufbauen, aber nicht fragen, woher das Geld stamme. Sie hatte ihm versichert, dass es ehrlich erworben sei, und Wendel hatte nicht an ihren Worten gezweifelt. Manchmal allerdings überkam ihn dennoch ein seltsames Gefühl – er wusste so wenig über seine Frau. Aus Augsburg stammte sie; ihr Zwillingsbruder Merten war Schreiber und für kurze Zeit sein Freund gewesen, aber seit zwei Jahren spurlos verschwunden. Niemand sonst aus der Familie lebte noch. Das zumindest hatte sie ihm erzählt. Immer wenn er Melissa Fragen stellte – zu ihrem Bruder, ihren Eltern oder ihrer Heimatstadt, wich sie ihm aus, küsste ihn leidenschaftlich und sagte, dass die Vergangenheit nicht zähle und sie erst angefangen habe zu leben, als sie ihn getroffen habe. Das ließ ihn gewöhnlich verstummen. Warum sollte er auch auf Antworten beharren, die er möglicherweise gar nicht hören wollte? Er war schließlich kein neugieriges Klatschweib. Auch ihm war Schreckliches widerfahren, über das er nicht sprach, mit niemandem. Hatte Melissa dann nicht ebenso das Recht, ihre finstersten Geheimnisse für sich zu behalten? Er wusste über seine Gemahlin, was er wissen musste. Also zügelte er seine Neugier und schalt sich einen Narren, über solch unwichtige Dinge nachzudenken, anstatt jeden einzelnen Augenblick mit ihr zu genießen.

Viel schlimmer war, dass sein starrköpfiger Vater ihm bis heute nicht verziehen hatte, dass er die Verlobung mit der wunderschönen Engellin aufgelöst hatte. Nicht einmal die Geburt seines ersten Enkelkindes hatte ihn versöhnen können. In den Augen seines Vaters hatte Wendel sein Eheversprechen nicht eingehalten und damit den Namen Füger in den Schmutz gezogen, die Familie entehrt. Das war die größte Schande, die Erhard Füger sich denken konnte. Unverzeihbar. Wendel schloss die Augen. Zwei lange Jahre hatte er kein Wort mit seinem Vater gewechselt. Eine Ewigkeit.

Die Glocken der Kapellenkirche rissen ihn aus den trüben Gedanken. Der Zug stand vor den Toren. Endlich! Die Menschen strömten aus den Häusern, um die Händler zu begrüßen und sie in einem Triumphzug in die Stadt zu geleiten. Auch das unterschied Rottweil von Reutlingen: Die Hauptstraße war zwischen dreißig und fünfzig Fuß breit, vier Wagen konnten ohne sich zu berühren nebeneinander fahren, sodass der gesamte Zug mühelos innerhalb der Mauern Schutz finden würde. Das war der Grund, warum viele einen kleinen Umweg über Rottweil in Kauf nahmen. Zumindest über Nacht waren die Händler und ihr kostbares Gut sicher vor Raub und Mord. Morgen würde ein Teil des Zuges gen Urach weiterziehen, ein anderer nach Esslingen und ein weiterer nach Reutlingen.

Sehnsüchtig blickte Wendel auf die ersten Wagen. Dann wandte er sich um und rief durch die offene Tür: »Melissa! Komm rasch, sie sind da!«

***

Eberhard von Säckingen war froh, dass seine Nächte mit Othilia bisher folgenlos geblieben waren – auch wenn er nicht begriff, wie das möglich war. Bestimmt kannte die Gräfin Mittel, um die Empfängnis zu verhindern, anders konnte er es sich nicht erklären. An mangelnder Gelegenheit lag es jedenfalls nicht: Othilias Lust war unstillbar, und seine Leisten schmerzten schon. Bald würde sie ihn rufen, die Sonne stand bereits tief über dem Horizont und tauchte die Adlerburg in ein rötliches Licht. Auf der Burg traute sich niemand, ihn oder die Herrin zu tadeln. Draußen im Lande jedoch waren sie nicht nur zum Gespräch geworden, nein, es kursierte sogar ein Spottlied, das Richard von Alsenbrunn verfasst hatte. Von Säckingen hatte es unlängst selbst zu Ohren bekommen:

*Hoch auf der Burg, da sah ich
Eine Krähe ihre Kreise ziehen und nicht den Adler.
Wo er wohl seine Beute schlägt?
Der Horst bleibt unbewacht,
Der Kuckuck ruft in jeder Nacht.
Welch Brut er wohl bringen mag?*

Ausgerechnet Alsenbrunn, einer der angesehensten Minnesänger des Reiches, hatte sich ihrer angenommen. Seine spitze Zunge stach von Säckingen ständig ins Fleisch. Er kannte von Alsenbrunn nur zu gut, war der doch einige Male zu Gast auf der Adlerburg gewesen, als Graf Ottmar noch das Zepter in der Hand gehalten hatte. Zuletzt hatte er die zahlreichen Gäste, die der Burgherr anlässlich der Brautschau und der anschließenden Hochzeit eingeladen hatte, mit seiner Sangeskunst beglückt. Von Alsenbrunn war unantastbar. Im Gegensatz zu ihm selbst. Von Säckingen schauderte, wenn er daran dachte, was de Bruce mit ihm anstellen würde, wenn er erfuhr, dass er der Bettgenosse seiner Frau war. Falls er überhaupt noch am Leben war. De Bruce war zweifelsohne ein hervorragender Kämpfer, aber er war allein nach Italien aufgebrochen, und die Wahrscheinlichkeit, eine so weite Reise ohne Begleitschutz zu überleben, war verschwindend gering.

Zudem hatte er in den fast zwei Jahren seit seinem Verschwinden nichts von sich hören lassen.

Von Säckingen fuhr sich mit der Hand durch das schulterlange blonde Haar. Er musste sich eingestehen, dass er de Bruce den Tod wünschte, dass er sein ruhiges Leben genoss, das nicht mehr von Gewalt und Blut bestimmt war. Nicht, dass er gegen einen ordentlichen Kampf etwas einzuwenden gehabt hätte, im Gegenteil, er bedauerte es, dass er seine Kunstfertigkeit, die er mit täglichen Übungen ständig verfeinerte, in letzter Zeit nicht hatte unter Beweis stellen dürfen. Aber de Bruce' Schreckensherrschaft vermisste er nicht. Da zog er es vor, Othilia zu dienen. Man konnte ihr nicht absprechen, dass sie es verstand, die Geschicke der Adlerburg mit großer Weitsicht zu lenken.

Von Säckingen trat vom Palas auf den Hof hinaus. Er schritt zum Haupttor, kontrollierte, ob die Ketten der Zugbrücke gefettet waren, und ließ dann seinen Blick über das Aichtal wandern. Ein Hämmern schreckte ihn auf. Er drehte sich um und entdeckte Nicklas, den jungen Gesellen, der in der Schmiede auf der anderen Seite der Vorburg mit wuchtigen Schlägen ein Stück Metall bearbeitete.

Zwei Mägde kamen aus dem Schweinestall, trippelten an Nicklas vorbei, lachten ihm zu und fuhren sich mit den Händen durch die Haare. Keine Frage, Nicklas war der Liebling aller weiblichen Bediensteten auf der Adlerburg, und doch war er schüchtern und zurückhaltend. Er nahm die beiden Mädchen gar nicht wahr, hatte offenbar nur Augen für das glühende Eisen.

Von Säckingen schlenderte am Pferdestall vorbei. Er würde in den nächsten Tagen mit seinem Wallach Excelsior eine neue, äußerst schwierige Attacke üben, bei der er die Zügel fallen ließ und sein Gewicht auf eine Seite verlagerte, damit er einem

Hieb oder Geschoss ausweichen konnte und trotzdem beide Arme frei hatte. Excelsior musste lernen, das Gleichgewicht zu halten und weiter geradeaus zu galoppieren.

Von Säckingen blieb vor Nicklas stehen, doch der bemerkte ihn ebenso wenig wie vorhin die Mädchen. Mit seinen muskelbepackten Armen drosch er weiterhin auf einen rot glühenden Metallstab ein, der in ein oder zwei Wochen ein Schwert sein würde. Nach zehn Schlägen nahm Nicklas das Metall vom Amboss. Erst jetzt wurde er von Säckingens Gegenwart gewahr. Er erschrak, senkte den Kopf und ging leicht in die Knie.

»Verzeiht, Herr, ich habe Euch nicht kommen sehen.«

»Schon gut, Nicklas, erhebe dich.«

Nicklas tat, wie ihm geheißen, und schaute von Säckingen geradewegs in Augen.

Von Säckingen erwiderte den Blick. Ein guter Junge, dachte er. Da ist kein Falsch, kein Hass und keine Wut – und das, obwohl er durchaus Grund dazu hätte, mit dem Schicksal zu hadern, ist er doch der älteste lebende Sohn von Ottmar de Bruce. Damit wäre er der Erbe der Adlerburg, wäre seine Mutter nicht eine Küchenmagd gewesen und er somit ein Bastard.

»Euer Schwert ist fertig, Herr. Eben habe ich einen Knecht mit der Nachricht zu Euch geschickt.«

»Das trifft sich ja vorzüglich.«

»Darf ich es Euch zeigen, Herr?«

»Ich bitte darum, ich bin sehr gespannt auf dein Werk«, erwiderte von Säckingen und meinte es auch so.

Nicklas neigte abermals den Kopf, dann verschwand er kurz in der Waffenkammer der Schmiede und tauchte wenig später mit einem Bündel wieder auf. Andächtig, als handelte es sich um eine kostbare Reliquie, hielt er von Säckingen das Bündel hin. Der griff mit einer Hand zu und spürte, noch bevor er das Schwert aus dem Tuch gewickelt hatte, dass Nicklas nicht zu viel versprochen hatte. »Es ist unglaublich leicht, Nicklas. Hast du auch genügend Stahl verwendet?«

Nicklas verzog das Gesicht. »Versucht es, Herr. Ich habe es noch nicht gewagt, doch ich bin mir sicher, dass es gelungen ist.«

Von Säckingen wickelte das Schwert aus und hielt einen Moment inne. Wie lebendiges Feuer leuchteten die feinen Wellen des hundertfach gefalteten Stahls. Kein Zweifel, diese Klinge lobte ihren Schöpfer. Dieser Nicklas war ein Teufelskerl, und ihm allein gebührte es zu prüfen, ob sein Werk nicht nur von erlesener Schönheit war, sondern auch als Waffe seinen Herrn beschützen konnte. Von Säckingen hielt Nicklas die Klinge vor die Nase. »Nimm es! Du sollst den ersten Schlag damit führen.«

Nicklas wich erschrocken zurück. »Ich ... ich kann nicht, Herr.«

»Du kannst«, grollte von Säckingen.

»Verzeiht«, flüsterte Nicklas. »Ich wollte nicht ungehorsam sein. Wenn Ihr es wünscht, werde ich die Klinge prüfen.« Er nahm das Schwert, stellte sich breitbeinig vor den Eichenklotz, der neben dem Eingang zur Schmiede stand. Er war hart wie Granit und förderte jeden Fehler einer Klinge erbarmungslos zutage.

»Und wag es nicht, mit halber Kraft zuzuschlagen!«

»Sehr wohl.« Nicklas hob das Schwert über den Kopf, ließ es über die linke Schulter sinken, dann drehte er sich in der Hüfte, vollführte eine Kreisbewegung und rammte die Klinge in das Holz.

Von Säckingen entfuhr ein Laut der Überraschung. Unfassbar! Die Klinge steckte zwei Fingerbreit in dem steinharten Block. Er hatte damit gerechnet, dass sie einen halben Fingerbreit eindringen würde, und selbst das wäre schon beachtlich gewesen.

Mit einer Verbeugung trat Nicklas zurück.

Von Säckingen packte den Griff, der aus Nussholz gefertigt und mit feinen Rillen durchzogen war, die für die nötige Griffigkeit sorgten. Er zog, stellte ein Bein auf den Block und zog wieder. Nichts geschah. Das Schwert steckte fest.

Eine leise Stimme drang von Säckingen ans Ohr. »Würde er seine Manneskraft nicht im Turm vergeuden, würde er auch das Schwert aus dem Block bekommen.«

Er fuhr herum, doch niemand war zu sehen. Der feige Spötter hatte sich versteckt. Von Säckingen wandte sich wieder dem Schwert zu. Mit all seiner Kraft riss er die Klinge aus dem Block. Sollten die Spötter an ihrer eigenen Häme ersticken! Er holte tief Luft. »Nicklas!«, rief er lauter, als er es gewollt hatte. Der Junge zuckte zusammen. »Komm her und schau mich an!«

Von Säckingen blickte dem Jungen direkt in die Augen und sah dort das gleiche Feuer, das auch in Ottmar de Bruce' Augen gelodert hatte. Die gleiche Leidenschaft, jedoch nicht die gleiche Selbstsucht. Nicklas war kein Zerstörer, sondern ein Schöpfer mit einer reinen Seele. Und genau diese reine Seele sollte das Schwert vollkommen machen. »Dieses Schwert ist noch nicht fertig«, sagte von Säckingen.

Nicklas erbleichte.

»Dein Zeichen fehlt.«

Schweiß trat auf die Stirn des Jungen. »Herr, ich darf nicht ... Ich kann nicht ...«

Von Säckingen winkte ab. »Du bist nur Geselle, ich weiß, und daher nicht berechtigt, dein Zeichen einzugravieren. Aber ich bin dein Herr. Wem bist du verpflichtet?«

»Euch selbstverständlich, Herr.«

»Du wirst dieses Schwert also mit deinem Zeichen vollenden, und wenn jemand Anstoß daran nehmen sollte, dann darf er sich vertrauensvoll an mich wenden. Ich werde ihm mit dieser wunderbaren Waffe zeigen, dass du bereits ein Meister deiner Kunst bist, der seinesgleichen sucht.«

Nicklas lief feuerrot an. »Wie Ihr wünscht Herr. Ihr könnt morgen...«

»Morgen? Jetzt, vor meinen Augen. Und lass dir Zeit.«

»Sehr wohl, Herr.« Nicklas stolperte in seine Werkstatt, griff sich seine feinen Stahlmeißel und einen Schemel, ließ sich vor von Säckingen nieder und stemmte mit leichten Schlägen das Jahr und seinen Namen in die Klinge, direkt unterhalb der Parierstange. Das dauerte nicht lange. Für sein Zeichen aber benötigte er so lange, dass die Sonne schon rot glühend hinter den Bergen versank, als es endlich vollendet war.

Von Säckingen hielt es sich dicht vor die Augen. Es war eine Schlange, die mit sich selbst kreisförmig verflochten war und die in ihrem Maul statt zweier Giftzähne Schwerter trug. Er kam nicht umhin, Nicklas für sein Geschick zu bewundern. Seinen Pranken wollte man eine so feine Arbeit gar nicht zutrauen, die jeden Goldschmied begeistert hätte. Er reichte das Schwert zurück.

Nicklas polierte die gravierten Stellen mit feinem Sand, ölte die Klinge noch einmal und reichte sie schließlich von Säckingen. »Möge dieses Schwert Euch in jedem Kampf beschützen.«

Von Säckingen lächelte, nahm es, und drückte Nicklas einen Kreuzer in die schwielige Hand. »Du hast auf jeden Fall alles dafür getan.«

***

Melisande hörte die Glocken und schrak zusammen. Geschwind stieg sie hinauf in den kleinen Lagerraum neben den Schlafkammern für die Mägde und Knechte und schob eine Schindel zur Seite. Obwohl die Straße ein ganzes Stück unter ihr lag, hatte sie von hier einen guten Blick auf die Neuankömmlinge. Mit klopfendem Herzen musterte Melisande jeden der Reisenden: die Händler, die schwer bewaffneten Söldner und sogar die Knechte. Wenn Fremde in die Stadt kamen, versteckte sie sich immer, bis sie sicher war, dass niemand dabei war, der sie erkennen könnte. Niemand, der sich an Melisande Wilhelmis erinnern könnte, an Melchior, den stummen Henker, oder an Mechthild, die Magd.

Die Wagen zogen einer nach dem anderen vorbei, lediglich die mit den Weinfässern hielten vor dem Haus. Ein junger Mann sprang vom Bock des ersten Gespannes. »Grüßt Euch, Meister Füger. Wo wollt Ihr Eure Fässer haben?«

»Wollt Ihr Euch nicht vor dem Abladen bei einem kühlen Becher Wein und einem anständigen Stück ofenwarmem Brot von der Reise erholen?«, fragte Wendel.

Ein Lächeln glitt über Melisandes Gesicht. Sie liebte ihn dafür, dass er immer zuerst an die Menschen dachte und dann ans Geschäft.

Der Fuhrmann nahm dankend an. Wendel ließ auch den anderen Männern eine Stärkung reichen, und so standen sie eine Weile kauend und plaudernd vor dem Haus. Auf einmal schlug sich der Fuhrmann an die Stirn. »Fast hätte ich es vergessen, Meister Füger«, sagte er und schluckte einen Bissen hinunter. »Mit uns ist Johann Hartkopf, der Ältere, gereist. Er ist Ratsherr in Augsburg und hat eine Frage an Euch.«

Melisande gefror das Blut in den Adern. Ein Augsburger Ratsherr, der mit Sicherheit Merten de Willms gekannt haben musste! Den echten Merten de Willms. Den Mann, der vor mehr als zwei Jahren Opfer eines Überfalls geworden war, als er mit einem ähnlichen Händlerzug gereist war. Melisande hatte einigen Männern das Leben gerettet, doch für Merten de Willms war jede Hilfe zu spät gekommen. Jetzt rächte sich ihr Frevel, einen toten Mann beraubt, ihm all seine Dokumente und das Schwert genommen zu haben. Sicherlich würden Wendel und der Fremde ins Gespräch kommen; Wendel würde erfahren, dass Merten niemals eine Schwester namens Melissa gehabt hatte. Und dann würde er nachforschen und auch den Rest herausfinden. Herausfinden, dass er, Wendel Füger, der Sohn des ehrbaren Karchers Erhard Füger aus Reutlingen, mit dem Henker von Esslingen verheiratet war.

Melisandes Atem ging schneller. Man würde sie in den Kerker werfen und ihre kleine Tochter, die Brut der Henkerin, ebenfalls. Das durfte nicht geschehen! Ihr blieb nur eine Möglichkeit. Sie musste Gertrud nehmen und fliehen. Ihr wurde schwindelig, sie wankte, krallte sich an einem Dachbalken fest. Kühler Abendwind strich ihr über das Gesicht. Halt ein, sagte sie sich. Nichts überstürzen! Du darfst nicht jedes Mal den Kopf verlieren, wenn so etwas geschieht! Spitz die Ohren, pass auf, was der Fremde aus Augsburg mit Wendel zu besprechen hat, vielleicht ist deine Angst unbegründet.

Gerade als sie wieder hinausblickte, hörte sie den Fuhrmann sagen: »Ich gehe den Johann Hartkopf holen, Meister Füger. Ich bin sofort zurück.«

Der Fuhrmann lief die Straße hinunter in Richtung Rindermarkt. Wendel gab den Knechten Anweisungen, wie sie die Weinfässer abzuladen und in den Keller zu verfrachten hatten. Und kaum war das erste Fass in der Luke neben dem Hauseingang verschwunden, da kehrte der Fuhrmann bereits zurück, im Schlepptau einen wohlgenährten grauhaarigen Herrn in prachtvoller Reisekleidung.

Melisande hielt die Luft an. Alles schien sich zu verlangsamen. Selbst ihr Herz schien langsamer zu schlagen, und die Worte, die die Männer sprachen, verzerrten sich in ihren Ohren zu seltsamen Lauten, deren Sinn sie nicht verstand.

Wendel hielt dem Augsburger die Hand hin, der Mann schlug ein, lächelte. Wendel sagte etwas, der Mann hob abwehrend die Hände und schaute direkt zu Melisande hoch. Er konnte sie nicht sehen, das war unmöglich, dennoch fuhr sie erschrocken zurück und stieß sich den Kopf am Gebälk. Der schmerzhafte Aufprall riss Melisande aus ihrer Betäubung.

»Aber natürlich, mein Herr«, sagte Wendel. »Ich kann Euch wärmstens die Herberge meines Vaters empfehlen. Es ist ohne Übertreibung das beste Haus am Platze. Und das einzige weit und breit, in dem es für hochgestellte Reisende eigene Kammern gibt. Die sind im Sommer kühl und im Winter warm, denn sie liegen direkt über dem großen Kamin der Schankstube, der jeden Tag gründlich gereinigt wird. Die Speisen sind von ausgesuchter Qualität, der Wein ist erlesen.«

Der Augsburger schmunzelte. »Nun, so soll es sein. Ich werde Eurem Vater Grüße von Euch überbringen und ihm versichern, dass Ihr ein ausgezeichneter Handelsmann seid, der weiß, wie man seine Leistungen anpreist. In drei Tagen werde ich ihn sehen, so Gott will, doch jetzt muss ich mich sputen, denn die Sonne geht bereits unter und ich möchte noch ein anständiges Plätzchen für die Nacht im Gasthof ›Zum Löwen‹ bekommen. Morgen muss ich in aller Frühe nach Sulz weiterreisen. Dort kennt Ihr nicht zufällig ebenfalls eine empfehlenswerte Herberge?«

»Bedauere, nein.« Wendel drehte sich um und blickte ins Haus. »Zu schade, dass Ihr so in Eile seid. Meine Gemahlin und ich hätten uns gefreut, Euch als Gast willkommen zu heißen. Zumal meine Gemahlin selbst aus Eurer wunderbaren Heimatstadt stammt. Sicherlich würde sie gern ein paar Worte mit Euch wechseln.«

»Was für eine glückliche Fügung!«, rief der Augsburger. »Wie bedauerlich, dass ich gerade heute so in Eile bin. Bitte richtet Eurer Gemahlin meine besten Wünsche aus. Wenn ich das nächste Mal in der Gegend bin, nehme ich Eure Gastfreundschaft dankbar an, das verspreche ich Euch.«

»Betrachtet Eure guten Wünsche als ausgerichtet. Kann ich sonst irgendetwas für Euch tun?«

Der Augsburger winkte ab. »Habt Dank. Ich reise morgen mit vier meiner besten Männer weiter, wir sind gut verpflegt und mit schnellen Reittieren ausgerüstet. Und die Wege nach Sulz sind durch das Geleit Ulrichs III. inzwischen sicherer geworden.«

Er reichte Wendel die Hand, drückte sie kräftig und ging davon.

Melisande sank auf die Knie. »Herr, hab Dank für deine unendlich Gnade, die mich wieder einmal vor Entdeckung geschützt hat, und verzeih mir meine Sünden. Beschütze den ehrenwerten Kaufmann Johann Hartkopf auf all seinen Wegen, doch führe ihn nicht allzu bald wieder nach Rottweil.«

**

Hufe donnerten über die äußere Zugbrücke. Von Säckingen griff sein Schwert fester.

»Ein Bote, Herr!«, rief ein Wächter. »Es ist Arnfried.«

Von Säckingen entspannte sich. Arnfried kam von Reutlingen, wo er in seinem Auftrag in einer besonderen Angelegenheit Erkundigungen eingezogen hatte. Schon preschte der Reiter durch das Tor, parierte sein Pferd durch und sprang vom Sattel.

Von Säckingen eilte auf ihn zu. »Seid willkommen, mein Freund.«

Der Reiter verbeugte sich knapp. Sein Atem ging schnell, der Schweiß zog Linien in seine staubige Stirn. »Seid gegrüßt, von Säckingen.«

»Wie gut, dass Ihr die Burg noch vor Einbruch der Nacht erreicht habt!« Von Säckingen ließ sich von einem Knecht eine Fackel reichen und bedeutete dem Boten mitzukommen. »Folgt mir.«

Er ging voran in jenen Keller, der de Bruce zum Verhängnis geworden war. Statt der Fässer mit gepanschtem Wein lagerten hier nun eingelegtes Kraut und Bohnen. Doch hinter dem letzten Fass Kraut hatte von Säckingen ein Fässchen mit einem erlesenen Traminer versteckt. Nicht weil Othilia ihm den nicht gegönnt hätte, sondern weil sich sonst die übrigen Männer darüber hergemacht und den edlen Tropfen gesoffen hätten wie Wasser – eine Verschwendung ohnegleichen.

Von Säckingen zog zwei Zinnbecher aus einer Mauernische hervor, füllte sie halb und reichte Arnfried einen davon. Der setzte sofort zum Trinken an. Von Säckingen hob die Hand. »Ich weiß, Ihr seid erschöpft und durstig, doch bevor Ihr trinkt, erlaubt mir eine Frage: Habt Ihr gute Neuigkeiten für mich?«

Arnfried ließ den Becher sinken und schaute hinein, als stünde dort geschrieben, was er seinem Auftraggeber zu antworten hatte. »Ich habe eine Spur von Mechthild, der Magd, gefunden«, sagte er schließlich. »Oder zumindest von einer Frau, die ihr sehr ähnlich sieht.«

Von Säckingen stieß verärgert Luft aus. »Es gibt Hunderte Frauen, die dieser verdammten Magd gleichen! Wie viele davon habe ich mir bereits vergeblich angesehen?« Sein Herz schlug schnell und hart. Dieses verfluchte Weibsstück beherrschte seit zwei Jahren seine Gedanken. Er hatte sie nur ein einziges Mal gesehen, doch ihr Anblick hatte sich in seine Eingeweide eingebrannt, fraß ihn von innen her auf. Es war, als hätte sie ihn verhext. Wenn er mit Othilia das Bett teilte, tanzte Mechthilds Gesicht vor seinen Augen, war es ihr feuerrotes Haar, das auf dem Laken schimmerte, waren es ihre blauen Augen, die ihn voller Leidenschaft ansahen. Er musste sie besitzen, sonst würde er wahnsinnig werden.

Er atmete tief durch. Arnfried sollte seine Enttäuschung nicht spüren. Sein treuer Spion konnte nichts dafür, dass er von dieser Magd besessen war. Im Gegenteil: Arnfried scheute keine Mühen und Gefahren, um sie zu finden; sogar im tiefsten Winter, als fast alle Straßen unpassierbar waren, war er Hinweisen nachgegangen. »Verzeiht meine Ungeduld, mein guter Arnfried. Was macht Euch so sicher, dass es diesmal die Richtige ist?«

Der Spion hob den Blick. »Nun, in Reutlingen ist mir eine bemerkenswerte Geschichte von einer Familie Füger zu Ohren gekommen, die in Rottweil lebt. Ein Wendel Füger mit Gemahlin und Tochter.«

Wendel Füger! Von Säckingen hatte lange nicht an ihn gedacht, doch vergessen würde er diesen Namen nie. Wendel Füger, der junge Karcher, war dem Tod gleich zweimal von der Schippe gesprungen: erst bei der Hinrichtung in Esslingen und dann den Meuchelmördern in den Gassen seiner Heimatstadt. Der Bursche schien mehr Leben zu besitzen als eine Katze. Seit de Bruce verschwunden war und mit ihm der Befehl, Wendel Füger zu töten, hatte von Säckingen sich nicht mehr um ihn geschert. Jetzt aber war sein Interesse geweckt. »Und? Was ist mit diesem Füger? Was macht er in Rottweil? Er ist aus Reutlingen, nicht wahr?«

Arnfried zog die Augenbrauen hoch. »In der Tat, er stammt aus Reutlingen. Sein Vater ist der ehrenwerte Meister Erhard Füger, ein überaus erfolgreicher und angesehener Weinhändler und Wirt.« Er starrte wieder in den Becher und räusperte sich.

»Schon gut«, sagte von Säckingen. »Zum Wohl!«

Sie stießen an. Von Säckingen nippte nur einmal, Arnfried aber nahm einen tiefen Zug. »Wahrhaftig ein guter Tropfen, von Säckingen! Ihr beweist ein ums andere Mal guten Geschmack.«

»Dank Euch für das Kompliment.« Er versuchte zu lächeln. »Nun, was ist mit diesem Wendel Füger? Was hat er mit der Magd Mechthild zu schaffen?«

»Er hat sie geheiratet.«

Von Säckingen ballte unwillkürlich die Faust, befahl sich jedoch sogleich, ruhig zu bleiben. »Er hat was?«

»Nun, Fügers Gemahlin ist angeblich eine Melissa de Willms aus Augsburg. Ich habe mich umgehört, eine Familie de Willms ist in Augsburg gut bekannt. Eins ist jedoch seltsam.«

»Ja?« Von Säckingen griff an seinen Schwertknauf.

Arnfried fuhr eilig fort: »Melissa ist angeblich die Zwillingsschwester eines gewissen Merten de Willms, Schreiber aus Augsburg, der just ein paar Wochen vor Fügers Heirat spurlos verschwand.« Er leerte seinen Becher in einem Zug.

Von Säckingen fragte sich, ob dieser Wein nicht auch an den Spion verschwendet war. Bisher hatte er nichts als wirre Reden hervorgebracht. »Soll ich Euch nachschenken?«, fragte er dennoch so freundlich er konnte. Am liebsten hätte er Arnfried die Worte aus dem Hals geschüttelt.

»Habt Dank, aber dieser Tropfen ist zu schade, um meinen Durst damit zu löschen.«

»Ich dachte schon...«

»...ich sei genauso ein Barbar wie Eure Soldaten?« Arnfried schüttelte den Kopf. »Ihr solltet wissen, dass ich einige Jahre am Hofe Eberhards I. als Sekretär gedient habe.«

Natürlich wusste von Säckingen das. Er hatte nach dem lebensgefährlichen Reinfall mit seinem früheren Spion Dietrich nicht umsonst Arnfried angeheuert – keinen Gauner, sondern einen Mann mit tadellosem Ruf und besten Verbindungen. Er unterhielt weit über Württemberg hinaus ein dichtes Netz an Informanten. Entsprechend kostspielig waren seine Dienste.

»Dieser Merten de Willms hat bis kurz vor seinem Verschwinden bei Erhard Füger als Schreiber gearbeitet«, berichtete Arnfried. »Nun frage ich Euch: Wohin ist dieser Merten verschwunden? Und wie kommt es, dass kurz darauf eine rätselhafte Zwillingsschwester auftaucht? Was meint Ihr?«

»Spannt mich nicht länger auf die Folter, Arnfried. Ich warne Euch!«

»Ich sagte Euch doch, dass ich mich über die Familie de Willms kundig gemacht habe. Mein Informant wusste nicht viel, einer Sache war er sich aber ganz sicher: Die de Willms sehen sich alle sehr ähnlich, sie haben pechschwarze Haare, tiefbraune Augen und eine auffällig geschwungene Nase.«

»Und Wendel Fügers Gemahlin...«

»...hat blaue Augen und eine feuerrote Mähne – ganz so, wie Ihr mir die Magd Mechthild beschrieben habt. Melissa Füger mag sein, wer sie will, eine de Willms ist sie nicht.«

Von Säckingen wurde es heiß. War es das? War er endlich

am Ziel seiner Jagd angelangt? War diese falsche Melissa wirklich seine Mechthild? Er hatte schon damals auf dem Fronhof den Verdacht gehabt, dass sie keine einfache Magd war, dass irgendetwas mit ihr nicht stimmte. Doch was? Und wer war sie wirklich? Hatte de Bruce am Ende doch Recht gehabt und ...

Er wagte es nicht, den Gedanken zu Ende zu denken. Es gab nur einen Weg, die Wahrheit herauszufinden: Er musste Wendel Fügers Gemahlin selbst in Augenschein nehmen. Ihr Antlitz würde ihm verraten, was er wissen musste.

※ ※ ※

Wendel erhob sich und klatschte in die Hände. »Zurück an die Arbeit, es gibt noch viel zu tun!«

Seit am Montagnachmittag der Handelszug gekommen war, hatten sie unermüdlich gearbeitet. Und noch immer hatten sie alle Hände voll zu tun. Heute würde seine Mutter eintreffen, und bis dahin wollte er das Haus herausgeputzt haben wie ein kostbares Kleinod. Sie sollte sich willkommen fühlen, sollte spüren, wie sehr ihn ihr Besuch freute. Den ganzen Vormittag hatten Selmtraud und Berbelin die Böden geschrubbt und frisches Stroh ausgelegt, die Truhen, Küchenborde und Fensterbänke abgewischt und überall duftende Sträußchen Zitronenmelisse aufgehängt. Walburg hatte unermüdlich gebacken, Hühnchen gerupft und Fische geschuppt und es dennoch fertiggebracht, ein deftiges Mittagsmahl auf den Tisch zu bringen.

»Michel und Bart«, Wendel wandte sich an die Knechte, »ihr beiden geht schon mal voraus in den Keller und macht dort weiter, wo wir eben unterbrochen haben. Wolfgang, du gehst zum Nagelschmied und holst die Nägel ab, die ich bestellt habe. Drei Dutzend, zähl sie nach. Die Herrin gibt dir Geld.« Er schaute zu Melissa, die Gertrud auf dem Schoß hielt und ihn anlächelte. »Ist die Kammer für meine Mutter bereit?«

»Natürlich. Berbelin hat sogar einen Strauß frischer Blumen auf das Fensterbrett gestellt.«

»Das ist gut. Und was ist mit Antonius?« Antonius war Wendels ehemaliger Leibwächter und ein treuer Freund, war jedoch als Bediensteter seines Vaters in Reutlingen geblieben.

»Ich habe einen zusätzlichen Strohsack in die Schlafkammer der Knechte bringen lassen.«

»Wunderbar.« Wendel gab seiner Frau und seiner Tochter einen Kuss.

Melissa erhob sich und reichte Gertrud an Selmtraud weiter. »Leg sie hin. Sie ist müde, und ich möchte, dass sie ausgeruht ist, wenn ihre Großmutter kommt, sonst wird sie vor Aufregung zu schnell quengelig.«

»Sehr wohl.« Die Magd nahm das Kind und stieg mit ihm die Treppe hinauf. Wendel warf Gertrud einen Luftkuss hinterher und ging dann auf die Hintertür zu.

Melissa drehte sich zu Wolfgang um und drückte ihm eine Münze in die Hand. »Los, spute dich, Junge.«

Wolfgang rannte los, an Wendel vorbei auf den Hof und durch das Tor auf die hintere Gasse. Gerade als Wendel ihm nach draußen folgen wollte, klopfte es laut und vernehmlich an die Vordertür. Berbelin lief hin, um zu öffnen, und schon wenige Augenblicke später trat Katherina Füger in die Küche. Ihre Reisekleidung war staubig, ihre Haube verrutscht, doch ihre Augen strahlten freudig.

»Katherina! Wie schön, dass du da bist.« Melissa umarmte ihre Schwiegermutter.

Wendel wurde es warm ums Herz. »Lass mir noch etwas von meiner Mutter übrig, Liebste.«

Melissa lachte, löste sich von Katherina, und Wendel drückte seine Mutter fest und lange. Er musste sich beherrschen, um nicht in Tränen auszubrechen.

»Da ist noch jemand, der darauf brennt, dich zu sehen, mein Sohn.«

Wendel machte sich los, zögerte einen Moment, dann nahm er Antonius ebenfalls in die Arme, nicht so lange wie seine Mutter, aber lange genug, um ihm zu zeigen, dass er nicht vergessen hatte, dass der Leibwächter und Freund ihm das Leben gerettet hatte.

Antonius verneigte sich vor Melissa. »Seid gegrüßt, Melissa. Ich hoffe, es geht Euch gut.«

»Hab Dank, Antonius. Wie war die Reise?«

»Lasst uns das bei einem Becher Wein besprechen«, unterbrach Wendel. Er lief zur Kellertür und stieß sie auf. »Die Gäste sind eingetroffen! Kümmere dich um die Pferde, Michel!«, befahl er.

Sie ließen sich nieder, Walburg servierte den Gästen Braten, Brot und frische Früchte und stellte einen Krug verdünnten Wein auf den Tisch.

»Die Reise war angenehm, Herr«, sagte Antonius und griff nach seinem Becher. »Ganz ohne leidige Zwischenfälle. Bis Zimmern haben wir uns einem Handelszug angeschlossen, sodass wir nur noch wenige Meilen ohne Begleitung reisen mussten.« Er schlug den Blick nieder und nahm einen Schluck Wein.

Wendel war aufgefallen, dass Antonius es vermied, ihm in die Augen zu sehen. Er wusste, dass Antonius zwischen der Loyalität zu ihm und der zu seinem Herrn, Erhard Füger, hin- und hergerissen war. Es schmerzte ihn, doch er wollte sich davon nicht die Freude über den Besuch seiner Mutter verderben lassen.

Katherina erzählte Neuigkeiten aus Reutlingen, und Wendel berichtete, wie es um seine Geschäfte stand. Schließlich fragte er: »Mutter, möchtest du unseren neuen Keller sehen? Er ist erst vor ein paar Tagen fertig geworden. Ich muss ohnehin hinabsteigen und sehen, ob die Knechte ihre Arbeit ordentlich machen.«

»Aber gern!« Katherina stellte ihren Becher ab. »Und danach möchte ich meine Enkeltochter in den Arm nehmen. Bestimmt ist sie in den letzten Wochen furchtbar gewachsen!«

»Und wie!« Melissa lächelte ihr zu. »Du wirst sie kaum wiedererkennen. Sie läuft sogar schon.« Sie wandte sich an Antonius. »Nun, dann bitte ich dich um die Ehre, mich auf den Markt zu begleiten. Ich habe noch einige Besorgungen zu machen und brauche einen kräftigen Träger.«

Antonius verschluckte sich fast an der Pflaume, die er gerade in den Mund gesteckt hatte, sprang auf und verbeugte sich. »Aber gern, Herrin.« Gemeinsam verließen sie das Haus.

Wendel nahm die Hände seiner Mutter. »Wie stehen die Dinge in Reutlingen, Mutter? Hat Vater noch immer kein Einsehen?«

Katherina seufzte. »Ach, mein Junge. Erhard ist so stur wie ein Esel. Mit seinem Dickkopf könntest du die Mauern Stuttgarts einreißen, ohne dass er einen Kratzer davontragen würde. Wenn er wüsste, dass ich hier bin, würde er mich einsperren und Antonius totpeitschen, das steht fest.«

»Was hast du ihm erzählt?«

»Ich besuche meine Schwester in Tübingen. Sie ist eingeweiht und wird mich nicht verraten.«

Wendel lachte bitter. »Das ist alles so erbärmlich! Vater

macht dich zur Betrügerin. Und mich behandelt er wie einen Verbrecher.«

»Er ist zutiefst verletzt. Sein Ansehen hat gelitten.«

»Niemand in Reutlingen hegt Groll gegen ihn, ja noch nicht einmal gegen mich. Engellin war enttäuscht, aber sie versteht mich; sie hat mir alles Gute gewünscht und mir zur Hochzeit mit Melissa sogar einen Glückspfennig geschenkt. Sie hat mich genauso wenig geliebt wie ich sie. Ihre Eltern haben meine Erklärung akzeptiert, dass allein ich die Schuld an der aufgelösten Verlobung trage. Und in ein oder zwei Jahren werde ich Vater das Kranzgeld zurückzahlen können, doppelt und dreifach.«

Katherina strich Wendel über die braunen Locken.

Er lächelte. »Warum hast *du* mir so schnell verziehen?«

»Weil ich nicht anders konnte. Eine Mutter liebt ihre Kinder ohne Bedingung. Ich bin da keine Ausnahme. Du bist mein Sohn, und ich werde dich lieben bis ans Ende meiner Tage.«

Wendel schluckte. Freude und Trauer machten sich gleichzeitig in ihm breit: Freude darüber, dass seine Mutter ihn nicht verstoßen hatte, und Trauer, weil er seinen Vater wohl für immer verloren hatte. »Geht es Vater wenigstens gut?«

Katherina traten Tränen in die Augen. »Er leidet jeden Tag. Nachts hat er furchtbare Albträume, in denen er oft nach dir ruft. Er ist rastlos, kaum noch zu Hause, ständig auf Reisen, und oft trinkt er sich in den Schlaf. Ich kenne ihn nicht mehr, das ist nicht der Mann, den ich geheiratet habe.«

Wendels Kehle schnürte sich zu. Er war schuld am Elend seiner Mutter. Aber er konnte es nicht rückgängig machen. Er liebte Melissa über alles, umso mehr, seit sie ihm Gertrud geschenkt hatte, für deren Wohl er sich jederzeit und ohne zu zögern wieder der Folter überantwortet hätte. »Es tut mir so leid«, flüsterte er.

Katherina wischte sich die Tränen aus dem Gesicht. »Du kannst doch nichts dafür. Ich will nur, dass du glücklich bist. Und wenn Melissa dich glücklich macht, dann ist sie die Richtige.«

Er straffte die Schultern und richtete sich auf. Warum beklagte er sich? Das Schicksal hatte ihm zugestanden, was er sich gewünscht hatte. Gott hatte ihn vor der Hinrichtung bewahrt und ihm eine liebevolle und kluge Gemahlin und eine wundervolle Tochter geschenkt. Melissa *war* die Richtige, daran gab es nicht den geringsten Zweifel. »Du bist jederzeit hier willkommen, Mutter, das weißt du.«

»Ich weiß es, und ich danke dir und Melissa dafür. Aber ich werde Erhard in dieser schweren Zeit nicht im Stich lassen, das verstehst du doch?«

Wendel erschrak. »So habe ich das nicht gemeint, Mutter!«

Katherina hob die Hände. »Ja, ich weiß. Und jetzt haben wir genug geklagt und gejammert wie die alten Weiber. Auf, Meister Füger, zeigt mir Euren neuen Keller!«

Wendel lachte, machte eine tiefe Verbeugung, nahm seine Mutter am Arm und führte sie in das Kellergeschoss, das er unter dem ersten Keller hatte anlegen lassen. Rottweil war dicht bebaut, also mussten Händler wie er für zusätzlichen Lagerraum nach unten ausweichen.

Katherina war angemessen beeindruckt von der Leistung des Baumeisters, rief immer wieder »Ah!« und »Oh!«, befühlte die schweren Balken und bewunderte die vielen großen Fässer.

Wendels Laune hob sich. Seine Mutter hatte Recht: Er sollte nicht so viel klagen. Immerhin konnte ihm niemand sein Glück streitig machen.

***

»Ihr bringt Nachricht von Burkhard von Melchingen?« Graf Ulrich III. von Württemberg runzelte die Stirn. »Hoffentlich habt Ihr Erfreuliches zu berichten. Meinem Freund ist doch wohl keine Unbill widerfahren?«

Der Bote neigte den Kopf. »Er lässt ausrichten, dass er in sehr guter Verfassung ist, dass seine Pilgerfahrt erquicklich war für Geist und Seele und dass er Euch bald hier auf Hohenurach aufsuchen wird, um wieder zu Kräften zu kommen, denn er habe so sehr an Gewicht verloren, dass sein Schneider ständig damit beschäftigt gewesen sei, seine Kleider enger zu nähen. Er ist nur zehn Tagesreisen von Württemberg entfernt und brennt darauf, Euch von seinen Abenteuern zu berichten, sobald er sein Weib begrüßt und auf seinem Anwesen nach dem Rechten gesehen hat.«

Ulrich lächelte. »Ich danke Euch für die erfreulichen Neuigkeiten. Lasst Euch in der Küche etwas Stärkendes reichen, bevor Ihr weiterzieht.« Er winkte den Boten hinaus und wandte sich an Stefan von Burgau, den Hauptmann seiner Leibgarde. »Ist alles für die Jagd bereit?«

»Ja, Herr. Wir können jederzeit aufbrechen.«

»Dann auf!« Energischen Schrittes verließ Ulrich den Saal. Schwerwiegende Entscheidungen standen an, und bei der Verfolgung einer Beute kamen ihm üblicherweise die besten Eingebungen. Außerdem wurde er nicht jünger, und er wollte seinen Leib kampftüchtig und bei Kräften halten, so lange es ging.

Die Jagdgesellschaft stand bereits im Hof seiner Burg. Einundzwanzig Ritter, dreißig Treiber und vier Hundeführer warteten seit Sonnenaufgang auf den Befehl zum Ausrücken. Als Ulrich hinaustrat, verneigten sich alle. Er bestieg sein Ross, hob die Hand, und schon ging das Gebell los, die Pferde schnaubten, Hufe scharrten über das Pflaster. Ulrich lächelte.

Er liebte diesen Moment des Aufbruchs. Jeder Tag war ein Geschenk Gottes, und er liebte es, beschenkt zu werden.

Sie ritten den steilen Weg hinab, der sich ins Tal schlängelte, wandten sich nach Westen und folgten einem schmalen Bachlauf. Immer tiefer ging es in den Wald hinein. Bald schon nahmen die Hunde eine Fährte auf, die Treiber ließen sie von der Leine.

Ulrich gab seinem Ross die Sporen, hinter ihm sprengten die Ritter über Stock und Stein. Immer wieder beschwor ihn seine Gattin, die Jagd auszusetzen, es sei zu gefährlich, und immer wieder gab er ihr Recht. Die Jagd war sogar sehr gefährlich. Im gestreckten Galopp einem Eber oder einem Hirsch hinterherzuhetzen war nicht weniger gewagt als das Tjosten oder der Zweikampf mit dem Schwert. Manch ein Ritter kehrte nicht zurück – er stürzte und brach sich das Genick oder er wurde von einem Keiler aufgespießt. Genau diese Gefahr aber war es, die Ulrich liebte, die ihm das Gefühl gab, lebendig zu sein. Ihm schlug das Herz bis in den Hals. Er wusste, dass er vielleicht noch fünf Jahre hatte, bis er für die Strapazen der Jagd zu alt war. Und diese Zeit wollte er nutzen. Was war das Leben denn für einen Mann wie ihn ohne eine anständige Herausforderung?

Ein Hirsch sprang ihm in den Weg, verdrehte panisch die Augen und flüchtete auf einem schmalen Wildpfad. Ulrich riss sein Pferd herum, stellte sich in die Steigbügel, verlagerte das Gewicht nach vorne, krallte sich mit einer Hand in die Mähne des Rosses und griff mit der anderen die kurze Lanze. Sein Pferd verstand genau, was er wollte, und fiel sogleich in gestreckten Galopp. Hinter sich hörte Ulrich seinen Hauptmann fluchen: »Graf! Bei allen Heiligen. Haltet ein!«

Doch Ulrich war nicht mehr zu bremsen, er musste den Hirsch erlegen, koste es, was es wolle. Ein prächtiger Kerl, ein

Zehnender. So ein Tier bekam man im Leben nur einmal vor die Lanze.

Äste peitschten Ulrich ins Gesicht, der Hirsch schlug Haken. Einen Bogenschuss voraus sah Ulrich eine Lichtung. Was für ein Glück! Seine Beute flüchtete in ihrer Panik genau dorthin, wo er sie am besten erlegen konnte. Kurz hintereinander brachen sie durch den Waldsaum. Noch einmal legte das Pferd an Geschwindigkeit zu; jetzt konnte Ulrich sich aufrichten und die Mähne loslassen. Er war nur noch wenige Ellen von seiner Beute entfernt, der gegenüberliegende Waldrand kam näher. Ulrich holte aus, wollte den Speer schleudern, doch sein Pferd bockte plötzlich und warf ihn ab.

Ulrich prallte hart auf den Boden, ein jäher Schmerz schoss durch sein linkes Bein, er schrie. Benommen richtete er sich auf. Er spürte seinen Körper kaum, tastete an seinen Beinen entlang, befühlte seine Arme. Der Schmerz ebbte bereits wieder ab, also war er nicht schwer verletzt. Er hatte nochmal Glück gehabt. Plötzlich nahm er zu seiner rechten einen Schatten wahr, der sich auf ihn zubewegte. »Was zum Teufel...!« Todesangst schoss ihm durch alle Glieder, blitzartig rollte er sich zur Seite, kam auf die Füße und hetzte in die Mitte der Lichtung. Er wusste jetzt, warum das Reittier in Panik geraten war: Keine zwanzig Schritte von ihm entfernt stand ein riesiger Bär auf seinen Hinterpfoten und brüllte aus Leibeskräften.

Ulrich stürzte los, weg von dem Tier, das ihn mit einem Hieb töten konnte. Nach wenigen Schritten stolperte er über einen Ast, verlor das Gleichgewicht und stürzte erneut. Hastig drehte er sich dem Bären zu, der sich auf alle viere fallen ließ und auf ihn zutrottete. Ulrichs Herz raste. »Weg hier! Nur weg hier!« Er wollte aufspringen, doch er knickte ein, heißer Schmerz raste durch sein linkes Bein. Erst jetzt merkte er, dass es heftig blutete. Panisch blickte er sich um. Wo blieben die anderen? Wo war sein Hauptmann? Statt seiner Männer tauchte am Waldsaum ein zweiter Bär auf, ein Jungtier. Nicht auch das noch! Also hatte er es mit einer Bärin zu tun, die ihren Nachwuchs verteidigte. Ohne Waffe war er verloren, und seine Lanze lag unerreichbar weit weg.

Ulrich starrte auf die riesige Schnauze des Tieres. Eine Narbe zog sich von der Nase über das Auge bis zur Stirn. Keine sechs Fuß von ihm entfernt richtete es sich wieder auf und kam brüllend näher. Ulrich wusste genau, was das hieß: »Geh, weg! Geh weg, oder ich töte dich.«

Aber er konnte nicht gehen, sein Bein verweigerte ihm den Dienst. Er versuchte zu kriechen, kam kaum von der Stelle, nicht weit genug, um die Bärenmutter zu beruhigen. Wieder blickte er zum Waldsaum. Noch immer keine Spur von seiner Leibgarde. Er war zu weit vorgeprescht, hatte seine Männer abgehängt. Wahrscheinlich hatten sie eine andere Richtung eingeschlagen. Ulrich stöhnte. Die Schmerzen drangen wieder in sein Bewusstsein, heftiger als vorher und raubten ihm jeden klaren Gedanken. Er warf sich zur Seite, schaffte es noch einmal, sich den tödlichen Pranken zu entziehen, dann verließen ihn die Kräfte. »Herr, sei meiner Seele gnädig«, flüsterte er. »Vergib mir meine Sünden und beschütze mein Weib und meine Söhne.«

Wieder brüllte die Bärin. Ulrich öffnete die Augen. Diesmal war es keine Drohung, sondern ein Schmerzensschrei. Ein Pfeil steckte in der Schulter des Tieres. Ulrich hörte das Sirren eines weiteren Pfeils. Gleichzeitig wandte sich die Bärin um. Der Pfeil schlug in ihren Rücken ein, Blut spritzte.

Ulrich ließ seinen Kopf erschöpft in das Moos sinken. »Herrgott, ich danke dir!«, murmelte er.

Eilige Schritte näherten sich. Ein Schatten fiel über sein Gesicht. Von Burgau. »Herr, hört Ihr mich?«

Ulrich nickte. »Mein Bein. Ich kann nicht laufen.«

Der Hauptmann tastete es ab. »Ihr habt unglaubliches Glück gehabt, Herr. Euer Pferd kam mir entgegen. Nur deshalb bin ich in diese Richtung geritten. Die Wunde ist nicht tief, und Euer Bein scheint nicht gebrochen zu sein.«

Wenig später war die Jagdgesellschaft wieder versammelt.

»Durchkämmt den Wald! Wir müssen diese Bärin finden und zur Strecke bringen«, befahl Ulrich, kaum dass er wieder auf dem Pferd saß. »Sie ist ein böses Tier, eine Menschenfresserin. Sie hätte mich nicht angreifen müssen, denn ich war keine Gefahr mehr.« Er kniff die Augen zusammen und musterte den Waldsaum. Die Bärin hatte ihr Junges dabeigehabt, und das hieß, dass sie in nicht allzu großer Entfernung eine Höhle bewohnen musste.

Schon bald hatten die Hunde die Fährte aufgenommen, und nur eine Viertelmeile von der Lichtung entfernt stellten die Jäger das verletzte Tier und töteten es.

Ulrich betrachtete die mächtige Bärin, die ihn fast umgebracht hätte. Sie hatte ihn erneut gelehrt, die Gefahren der Jagd nicht zu unterschätzen. »Wo ist das Junge?«, fragte er den Hauptmann.

Der zeigte auf einen Höhleneingang. »Vermutlich da drin.«

Ulrich griff sich ans Bein; der pochende Schmerz erinnerte ihn an seine Begegnung mit dem Tod. Mit gerunzelter Stirn betrachtete er die Höhle. Ohne die Mutter war auch der kleine Bär zum Tode verurteilt. Nein, das sollte nicht sein. Der Kleine sollte leben – er würde ihm von Nutzen sein. Er würde das Bärenjunge dem Kaiser zum Geschenk machen. Ja, das war eine gute Idee. Ulrich richtete sich auf. »Holt es da raus, ohne es zu verletzen«, befahl er.

»Sehr wohl, Herr!« Vier Treiber nahmen ein Netz, krochen in die Höhle, und schon ging ein Fauchen und Schreien los, als kämpften die Heerscharen der Hölle gegen die Engel des Himmels. Dann verstummte das Quieken plötzlich, und einen Augenblick später tauchte erst einer der Männer am Eingang der Höhle auf, dann der nächste. Sie zerrten mit Leibeskräften an dem Netz, bis sie schließlich gemeinsam mit einem weiteren Mann das Junge herausgezogen hatten.

Zufrieden musterte Ulrich seine Männer; es war ihnen gelungen, dem Bären das Maul zuzubinden. Deswegen war er so unvermittelt verstummt. Er wendete sein Pferd, um aufzubrechen, doch ein dumpfer Schrei aus der Höhle ließ ihn innehalten. Er wandte den Kopf. Noch ein Bär? Wohl kaum, dann hätte der Schrei anders geklungen.

Der vierte Treiber stürzte aus der Höhle und hielt etwas Rundes, Helles ins Licht: einen menschlichen Schädel.

Ulrich zog die Augenbrauen hoch. Also hatten sie tatsächlich einen Menschenfresser erlegt. Es lief ihm eiskalt über den Rücken.

Der Treiber senkte den Blick. »Herr, es ist ein ganzes Skelett. Und es muss sich um einen hochgestellten Herrn gehandelt haben.« Er streckte die freie Hand aus. In der Handfläche lag etwas Glitzerndes. »Diesen Siegelring muss er getragen haben.«

Ulrich nahm den Ring und betrachtete ihn. »Herr im Himmel, ist das möglich?« Er bekreuzigte sich. »Bergt die sterblichen Überreste dieses Mannes! Und geht sorgsam damit um. Sobald Ihr fertig seid, machen wir uns auf den Rückweg. Die Jagd ist beendet.«

***

»Melissa, was trödelst du herum? Beeil dich, sonst sind die besten Sachen ausverkauft!«, rief Irma die Treppe herauf.

»Ich komme ja schon«, antwortete Melisande. »Ich muss nur noch die Haube anlegen.« Sie schob eine widerspenstige Strähne hinter das Ohr. Ob Gertrud ebenso rote Haare bekommen würde? Noch waren sie nicht mehr als ein heller Flaum, aber Melisandes Mutter hatte immer gesagt, dass sich auch bei ihr erst im Alter von drei Jahren das leuchtende Rot herausgebildet hatte.

Mit geübtem Griff setzte Melisande die Haube auf und zog sie zurecht. Wie schön es war, gemeinsam mit ihrer Freundin den Markt zu besuchen! Selmtraud würde sich um Gertrud kümmern, sodass sie sich nicht um sie sorgen musste. Wendel war mit seiner Mutter unterwegs, der wiederum Antonius nicht von der Seite wich. Katherina war zwar erst seit einem Tag zu Besuch, doch Wendel war bereits anzusehen, wie gut ihm ihre Gesellschaft tat. Mit Freuden hätte Melisande ihre Schwiegermutter in ihr Haus aufgenommen – sie war eine anständige, warmherzige Frau, die man gut um sich haben konnte. Und in vielen Dingen glich sie Melisande. Sie beide würden niemals etwas gegen ihre Überzeugung tun, nur weil ihr Gatte es anordnete. Und sie beide hüteten so manches Geheimnis. Katherinas Geheimnisse waren allerdings weitaus harmloser als Melisandes. Wenn Erhard Füger herausfand, dass Katherina ihren Sohn und ihre Enkeltochter heimlich besuchte, würde er vor Wut aus der Haut fahren, sich aber bald wieder beruhigen. Wenn Wendel etwas über Melisandes Vergangenheit herausfand, wäre das jedoch das Ende ihrer Ehe. Ihr aller Lebensglück hing davon ab, dass sie die Wahrheit vor ihm verbarg.

Melisande griff nach dem Korb, versicherte sich, dass die Geldkatze unter ihrem Kleid gut versteckt war, und hastete die Treppe hinunter in die Küche, wo Irma ungeduldig hin und her lief.

»Na endlich, deinetwegen heißt es allenthalben, dass die Weiber nie fertig werden!«

»Das sagt die Richtige! Welche von uns probiert denn drei verschiedene Kleider an, bevor sie vor die Tür tritt?« Melisande knuffte Irma in die Seite, beide kicherten und machten sie auf den Weg zum Markt, der nur einen Steinwurf vom Fügerschen Haus entfernt war.

Irma und Melisande waren befreundet, seit Wendel und sie nach Rottweil gezogen waren. Beide Frauen waren frisch verheiratet gewesen, und wenige Wochen nachdem Melisande Gertrud zur Welt gebracht hatte, war Irma Mutter eines Sohnes geworden. Irmas Gatte Lorentz war Goldschmiedemeister und saß gemeinsam mit seinem Vater im Rat der Stadt. Er war sehr wohlhabend und verfügte über viel Einfluss, sodass er Wendel beim Aufbau seines Weinhandels hatte helfen können, indem er ihm gute Knechte beschaffte und dafür gesorgt hatte, dass der neue Bürger rasch die nötigen Dokumente bekam. Die beiden Männer trafen sich nur gelegentlich, da sie verschiedenen Zünften angehörten, die beiden Frauen jedoch sahen sich so oft, wie es ihre Pflichten im Haushalt erlaubten.

»Kennst du Linnhart, den Sohn des Ratsherrn Thomas von Kastelruth?« Irma grinste schelmisch.

Melisande nickte. Sie war Linnhart nur ein einziges Mal begegnet, doch seine Erwähnung löste eine ungeliebte Erinnerung aus: Linnhart sah jemandem ähnlich, an den sie nie wieder hatte denken wollen.

»Man munkelt, sein Vater wolle ihn nach Nowgorod schicken, damit er im dortigen Hansekontor hart zu arbeiten lernt und sein Mütchen kühlt«, wisperte Irma hinter vorgehaltener Hand. »Ich glaube, sein Vater hat einfach keine Lust mehr, ständig Kranzgeld zu zahlen.«

»Er hat ehrenwerten Jungfrauen Schande gebracht?« Melisande fühlte Zorn aufsteigen. Und Entsetzen. Linnhart glich dem Mann ihrer Erinnerung nicht nur äußerlich, wie es schien. Offensichtlich gab es überall junge Männer, deren noble Erscheinung über ihr wahres Wesen hinwegtäuschte.

»Dazu gehören ja immer noch zwei, oder? Außerdem...« Irma blieb stehen und flüsterte Melisande ins Ohr: »Was glaubst du, wie viele vorgebliche Jungfrauen in der Hochzeitsnacht ein Fläschchen Hühnerblut bei sich tragen?«

Melisande war einen Augenblick lang sprachlos. Wie konnte man nur so betrügen? Sie wollte Irma ihre Empörung wissen lassen, schluckte ihre Bemerkung jedoch hinunter, als ihr einfiel, dass sie selbst die größte Betrügerin von allen war. Sie hatte nicht das Recht, über andere zu urteilen. Dass sie bei der Hochzeit noch unschuldig gewesen war, war so ziemlich das Einzige, worin sie Wendel nicht belogen hatte. Sie sah ihre Freundin an. »Irma, was du alles weißt! Kennst du denn Frauen, die sich mit Hühnerblut reingewaschen haben?«

»Aber nicht weitersagen!«

Melisande schüttelte den Kopf und hob die Hand zum Schwur. »Bei meiner Ehre, ich werde schweigen wie ein Grab.«

»Linnharts eigene Mutter!«

»Nein! Irma, du willst mich auf den Arm nehmen.«

»Es ist die Wahrheit. Meine Mutter hat ihr damals geholfen, das Blut zu beschaffen, die beiden waren Freundinnen. Aber still jetzt! Schau, da kommen Ritter. Sehen sie nicht prächtig aus?« Irmas Augen leuchteten auf. »So einen hätte ich heiraten sollen, dann würde ich jetzt als Gräfin auf einer Burg wohnen. Was für ein herrliches Leben muss das sein!

Immer nur Festlichkeiten, Musik, Tanz und Tafeln, die sich unter den köstlichsten Speisen biegen.«

»Ich weiß nicht.« Melisande musterte die Reiter, die vom Waldtor her auf sie zukamen. Argwöhnisch betrachtete sie die Rüstungen, die Pferde und die Bewaffnung. Die Visiere waren geschlossen und verbargen die Gesichter.

Die Menschen traten eilig zur Seite, um Platz zu machen, doch nur wenige Schritte von Melisande und Irma entfernt blieben die Ritter stehen. Als sie die Visiere öffneten, ging Melisande in die Knie.

»Was ist denn los, Mel?« Irma zog Melisande an der Schulter. »Komm hoch, und schau dir diese prächtigen Mannsbilder an! So etwas Schneidiges bekommst du nicht alle Tage zu sehen.«

»Einen Augenblick, Irma, ich ...« Melisande unterdrückte mit Mühe ein Zittern. Einem der Männer war sie schon einmal begegnet – vor mehr als zwei Jahren, auf dem Fronhof bei Hülben, als sie noch Mechthild, die Magd, und auf der Flucht gewesen war. Was wollte der Kerl hier? War von Säckingen etwa auch in der Nähe? Melisande schaute vorsichtig auf. Wo dieser Schurke war, da konnte sein Herr nicht weit sein. Eberhard von Säckingen und seine Männer hatten den Hof damals verwüstet, hatten einen Großteil der Wintervorräte vernichtet und zu guter Letzt ein wertvolles Fuchsfell gestohlen. Während die Soldaten gewütet hatten, hatte ihr Herr Melisande nicht aus den Augen gelassen. Er hatte sie angestarrt, als hätte sie ein drittes Auge auf der Stirn. Drei Monate später hatte eine wütende Meute den Fronhof niedergebrannt. Im letzten Augenblick war Melisande die Flucht gelungen. Später hatte sie erfahren, dass von Säckingen die Feuerteufel gestellt und dem Gericht übergeben hatte und dass er nach dem Feuer noch wochenlang nach der Magd Mechthild hatte suchen lassen. Sie wusste nicht, warum er das getan hatte, doch es machte ihr Angst.

Melisande seufzte. Die Vergangenheit, die sie für immer hatte hinter sich lassen wollen, schien überall zu lauern. Am Montag der Augsburger, jetzt einer der Schergen, der in den Diensten dieses furchteinflößenden Ritters stand. Würde sie denn niemals Ruhe finden?

Wieder stieß Irma sie an. »Was ist denn los, Mel? Jetzt sind sie weg. Du hast sie verpasst.«

Gott sei Dank, dachte Melisande und erhob sich. »Ich hatte einen Stein im Schuh. Er hat furchtbar gedrückt. Wie schade, dass ich die Ritter nicht richtig gesehen habe. Wo sind sie denn hin?«

»Wieder zum Waldtor hinaus. Keine Ahnung, was sie hier wollten.«

Melisande atmete auf. Die Gefahr war vorüber, und wieder hatte der Herrgott seine schützende Hand über sie gehalten. Sie durfte nicht weiter darüber nachdenken, durfte sich nicht verrückt machen. »Komm, Irma, dann lass uns jetzt schnell zum Markt gehen!« Ein wenig zu ungestüm zog Melisande Irma mit sich. »Ich brenne darauf, mir etwas Schönes zu kaufen. Sieh mal dort, was für ein herrlicher Stoff!«

Sie hatten den Stand eines Tuchhändlers erreicht, der englische Wollstoffe feilbot.

Der Händler verbeugte sich tief. »Edle Damen.« Er nahm einen Ballen hellblauen Flanells. »Dieses Meisterwerk an Webkunst stammt aus dem fernen England. Greift zu, bald werden die Quellen versiegen, bald wird Eduard III. uns verbieten, in England diese wundervollen Stoffe für Euch zu erstehen. Nutzt diese einmalige Gelegenheit, bevor die Vorräte zur Neige gehen! Alle Frauen in Rottweil werden vor Neid erblassen, und die Männer werden Euch zu Füßen liegen.«

»Ein Traum, in der Tat.« Melisande vergrub ihre Hände in dem angenehm weichen Gewebe und seufzte.

»Und was kostet dieses Wunder?«, fragte Irma und spitzte die Lippen.

»Nur einundzwanzig Groschen je Doppelelle, edle Herrin.« Erneut verneigte sich der Händler.

»Seid Ihr noch bei Trost? Ihr könnt wohl nicht rechnen? Ein Surcot aus diesem Stoff käme auf den Jahreslohn eines Steinmetzgesellen. Bin ich eine Königin, dass ich mir das leisten kann? Einundzwanzig Groschen! Mehr als ein Pfund Silber! Träumt weiter und näht Euch selbst ein Gewand daraus.« Entrüstet stemmte Irma die Hände in die Hüften.

Melisande tat es Irma gleich. »Ich kann nur hoffen, dass der englische König sein Verbot bald verfügen wird, damit wir vor solchem Wucher sicher sind.«

Unvermittelt schluchzte Irma auf. »Wie herrlich würde das Blau zu meinen Augen aussehen! Aber ich werde wohl weiter mein altes Kleid tragen müssen. Mein Gatte schickt mich ins Kloster, wenn ich sein Geld derart verschwende. Das könnte ich niemals ertragen!« Sie wischte sich mit dem Ärmel über das Gesicht, um die vermeintlichen Tränen zu trocknen.

Der Tuchhändler hob entsetzt die Hände. »Gott bewahre, gute Frau! Das könnte ich keinesfalls verantworten. Aber Ihr müsst bedenken, dass ich bei diesem Preis kaum einen Gewinn mache. Die Engländer sind regelrechte Halsabschneider, und auf der weiten Reise hierher muss ich an jeder Straße Zoll zahlen. Was soll ich meiner Frau erzählen, die unser siebtes Kind erwartet? Dass wir hungern müssen, weil ich meine Ware mit Verlust verkauft habe? Habt Erbarmen mit einem armen Tuchhändler, der bald acht Mäuler zu stopfen hat.«

Irma trat einen Schritt vor. »Wenn Ihr so arm seid, solltet Ihr ein anderes Handwerk ausüben. Als Händler seid Ihr offenkundig ein Versager. Ich biete Euch fünfzehn Groschen, weil ich wohl verrückt geworden sein muss vor Mitleid mit deinen Kindern und deinem Weib – und wenn Ihr das Tuch großzügig abmesst.«

»Dann kann ich mich gleich in den Neckar stürzen, mein Ruin wäre besiegelt, und meine Familie müsste in Schimpf und Schande betteln gehen.« Er holte Luft. »Zwanzig.«

»Sechzehn!«, riefen Irma und Melisande gleichzeitig.

»Neunzehn.«

Melisande biss sich auf die Zunge, um nicht loszulachen. Was für ein herrliches Spiel!

»Siebzehn und einen halben.« Irma zeigte mit dem Zeigefinger auf den Händler. »Und keinen Pfennig mehr.«

»Achtzehn. Gut bemessen. Ihr werdet es nicht bereuen, denn dieser Stoff wird Euch ein Leben lang begleiten, und ich hoffe, es wird ein langes Leben sein, das mit Glück und vielen Kindern gesegnet ist.«

Irma nickte. »Achtzehn Groschen die Doppelelle. Vier davon brauche ich.«

Unter Irmas kritischem Blick nahm der Händler Maß und hielt Wort; schließlich waren es fast fünf Ellen.

»Frauen wir Ihr sind mein Ruin«, seufzte er, als er das Geld entgegennahm und eifrig nachzählte.

Melisande lächelte. Der Mann hatte trotz allem ein gutes Geschäft gemacht und würde sicherlich nicht zugrunde gehen.

Nachdem Irma ihm die Adresse genannt hatte, an die er den Stoff liefern sollte, zogen sie weiter. »Lorentz wird begeistert sein«, schwärmte Melisandes Freundin. »Zum Jahrestreffen der Goldschmiedezunft werde ich das neue Kleid tragen.«

»Du wirst die Schönste dort sein.«

Irma wurde rot. Ihre Bescheidenheit war ein Grund, warum Melisande sie so mochte. Sie war ohne Zweifel eine Schönheit, aber Eitelkeit war ihr fremd; sie war mehr als wohlhabend und genoss es, vergaß aber nie, den Hungernden reichlich zu geben.

Arm in Arm schlenderten sie weiter an der Brotlaube und an der Metzig vorbei, wo frisch geschlachtete Hühner hingen und die Innereien von Rindern und Schweinen auslagen. Melisande kaufte Salz, Honig, Lauch, Zwiebeln und Räucherfleisch, sie plauderten, bestaunten einen Magier, der Münzen verschwinden ließ und sie aus einer Körperöffnung wieder hervorzauberte.

Gerade als sie nach Hause gehen wollten, stieß der Ausrufer in sein Horn und zog damit die Aufmerksamkeit der Menschen auf sich. »Kommt herbei, Ihr lieben Leut, kommt herbei und lauschet!« Seine Stimme trug über den ganzen Markt, immer mehr Volk drängte sich um ihn, um nur ja nicht zu verpassen, was er zu sagen hatte. Es wurde mucksmäuschenstill.

Noch einmal blies der Ausrufer in sein Horn, dann rollte er ein Dokument aus, räusperte sich und begann: »Volk von Rottweil, höret, was der Rat beschlossen hat. Am Morgen des dritten Tages vor Mariae Himmelfahrt im Jahre des Herrn 1332, sobald die Sonne über der Kirche steht, soll Gericht gehalten werden über den Wilhelm Götzer, der beschuldigt wird, seinen Bruder Franz Götzer im Streite erschlagen zu haben ohne Not, sich selbst verteidigen zu müssen. Das Hohe Gericht wird zusammentreten und im Namen Gottes, des Kaisers und des Grafen Rudolf von Hohenberg Recht sprechen. Wer immer kommen mag, um Zeuge zu sein, der komme. Allein das Tragen von Waffen ist untersagt, ebenso das unmäßige Trinken von Wein und anderen geistigen Getränken. Auch offenes Feuer ist nicht erlaubt. Vom Tragen greller Farben ist Abstand zu nehmen. Wer dagegen verstößt, wird bestraft mit einem Bußgeld von zwanzig Hellern.«

Kaum hatte der Ausrufer sein Dokument zusammengerollt, wich die Stille aufgeregtem Gemurmel.

Irma klatschte in die Hände. »Das ist nächste Woche. Das müssen wir uns ansehen. Ich hole dich ab, hast du Zeit? Wird Wendel mitkommen?«

Melisande schauderte. »Nein, ich kann nicht, das geht nicht.«

»Ach, komm schon! Wann wird denn schon mal einer hingerichtet – hier in Rottweil? Ich habe das noch nie gesehen. Beim letzten Mal war ich krank und davor ein kleines Kind. Nichts gesehen habe ich außer den Rücken der Leute vor mir. Das wird bestimmt ein gruseliges Spektakel. Hast du etwa Angst? Oder kannst du kein Blut sehen?« Irma lachte perlend auf. »Wie viele Hühner hast du schon geschlachtet? Das ist doch auch nichts anderes.«

Melisande fror plötzlich. »Ich muss heim, jetzt sofort«, murmelte sie und wandte sich ab.

Irma hielt sie am Arm fest und starrte sie mit großen Augen an. »Was ist denn los, Mel? Habe ich etwas Falsches gesagt? Wenn du tatsächlich kein Blut sehen kannst, brauchst du dich nicht dafür zu schämen.«

Melisande beachtete sie gar nicht. Der Geruch von Blut, Schweiß und verbranntem Fleisch stieg ihr in die Nase, ihr wurde schwindelig. Abrupt riss sie sich los und drängte sich durch die Menschenmenge. Ohne noch einmal stehen zu bleiben, rannte sie nach Hause, stürzte in ihre Kammer, warf sich auf den Boden und weinte.

※※※

Erhard Füger traute seinen Ohren nicht. Da stand ein hoher Herr aus Augsburg vor seiner Tür, ein reicher Kaufmann und Ratsherr, und schwärmte von seinem Sohn. Was sollte er tun? Den Mann der Tür verweisen? Den Sohn verleugnen? Nein, das ging nicht. Es ging niemanden etwas an, dass Wendel ein Nichtsnutz war, der seine Familie verraten und in Schande gestürzt hatte und sich offenbar nicht einmal zu schade war, sich bei einem Reisenden einzuschmeicheln, um sich damit bei seinem Vater lieb Kind zu machen. Aber da hatte Wendel sich getäuscht. Solange er mit dieser Hexe unter einem Dach wohnte, war er nicht sein Sohn und brauchte sich in Reutlingen nicht blicken zu lassen. Erhard räusperte sich. »Seid willkommen, ehrenwerter Johann Hartkopf. Ich hoffe, ich kann die Versprechen«, Erhard fuhr sich verlegen durch das Haar, »meines Sohnes einlösen. Kommt doch herein.«

Der Ratsherr schaute sich um, schnüffelte und nickte dann. »Zumindest was das Essen angeht, hat er nicht zu viel versprochen. Wenn ich mich nicht täusche, habt ihr einen Braten im Ofen?«

»Das habt Ihr gut erkannt, werter Johann Hartkopf. Seid Ihr hungrig? So setzt Euch. Wenn es Euch beliebt, lasse ich sofort auftragen.« Auf das Nicken des Gastes hin klatschte Erhard in die Hände. Schon kamen die Mägde herbeigeeilt, deckten den Tisch, schenkten Wein aus und trugen das Essen auf: Schweinebraten in Honigsoße mit gelben Rüben und frischem Brot.

»Das sieht köstlich aus.« Der Kaufmann und seine Begleiter ließen sich nieder und langten kräftig zu.

Erhard setzte sich zu ihnen, von Reisenden erfuhr man immer allerhand Neuigkeiten. »Was führt Euch nach Reutlingen, mein Herr, wenn ich fragen darf?«

»Ein offizieller Auftrag im Rahmen meines Amtes, Meister Füger.«

»Und darf man erfahren, welcher Art Euer Auftrag ist?«

Johann Hartkopf legte sein Messer neben das Brett, auf dem noch ein guter Batzen Braten lag. »Der Rat von Augsburg hat mich beauftragt, die Handelswege hier in Württemberg in Augenschein zu nehmen. Deshalb reise ich kreuz und quer durch das Land.«

»In der Tat, mit den Straßen und ihrer Sicherheit steht und fällt der Handel.« Erhard Füger brummte wissend. »Ich hoffe, Ihr findet sie in bester Ordnung.«

»Nun ja, Euer geschätzter Graf Ulrich tut sein Bestes, ohne Zweifel, dennoch werden immer wieder Handelszüge überfallen. Vor zwei Jahren etwa gab es in der Nähe von Urach einen Überfall, bei dem auch einige Augsburger ihr Leben lassen mussten. Immer wieder hören wir von Raubrittern, die auf der Alb ihr Unwesen treiben. Wir müssen die Kosten für solch gefährliche Reisen abschätzen können, damit wir nicht mit Verlust arbeiten. Und wir drängen darauf, dass die Wege besser geschützt werden.«

Erhard Füger kratzte sich am Kinn. Die Erwähnung des Überfalls in Urach hatte ihn auf einen Gedanken gebracht. »Darf ich Euch etwas fragen?«

Hartkopf stach sein Messer in das Fleisch, biss ein Stück ab, kaute und nickte.

»Kennt Ihr einen Merten de Willms?«

»Aber ja. Er ist verschollen, vermutlich bei dem Überfall umgekommen, den ich soeben erwähnte. Das Letzte, was man von ihm weiß, ist, dass er ebendiesen Handelszug begleiten wollte. Allerdings hat man keinen Mann unter den Toten gefunden, der seine Papiere bei sich trug. Und der Leichnam, den man der Familie schickte, war ein Fremder. Sein Schicksal ist also ungeklärt. Vielleicht hat man in Urach die Toten verwechselt, vielleicht hat Merten doch überlebt und aus irgendeinem Grund bis heute nicht die Gelegenheit gehabt, mit seiner Familie in Kontakt zu treten. Womöglich weiß er gar nicht, dass man ihn für tot hält.« Hartkopf seufzte. »Die Familie tut mir leid. Mit Merten haben sie ihren letzten Spross verloren. Manchmal sind die Wege des Herrn nicht nur unergründlich, sondern auch grausam, meint Ihr nicht auch?«

»In der Tat, in der Tat«, antwortete Erhard. »Und der arme Merten hatte keine Geschwister?«

»Das ist ja das Furchtbare: Sechs Söhne hatten die de Willms, und alle sind tot oder verschollen. Ein schweres Schicksal.« Hartkopf hob seinen Krug. »Auf dass wir von solcher Unbill verschont bleiben!«

Die Männer stießen an und wiederholten den Trinkspruch. Doch Erhard war in Gedanken weit weg. Er würde nach Augsburg reisen müssen, um sich Gewissheit zu verschaffen, doch es gab keinen Grund, auch nur einen Wimpernschlag lang an Hartkopfs Worten zu zweifeln. Eine Melissa de Willms gab es nicht, und es hatte sie nie gegeben. Die Metze, die Wendel geehelicht hatte, war also eine Betrügerin, so wie er es immer vermutet hatte.

Er atmete tief durch. Wenn er seinem Sohn den Beweis dafür brachte, dass seine Gemahlin nicht die war, für die sie sich ausgab, würde dieser seinen Fehler endlich einsehen und reumütig nach Hause zurückkehren. Und er würde in ihm einen großmütigen Vater vorfinden, der den verlorenen Sohn verzeihend in die Arme schloss.

✳ ✳ ✳

Othilia strich von Säckingen über die Brust. Das musste man diesem Ritter lassen. Im Bett war er ebenso ausdauernd wie im Feld – und jederzeit bereit, die Wünsche seiner Herrin zu befolgen, die er inzwischen bereits erraten konnte, bevor sie sie aussprach. Was ihm allerdings fehlte, war Ottmars tierische Lust, sein Hang zur Gewalt. Wenn Ottmar sie gewürgt hatte, war der Höhepunkt unvergleichlich gewesen. Von Säckingen war dazu nicht in der Lage, und selbst wenn sie ihm befahl, sie zu schlagen, war seine Prügel halbherzig, ja beinahe sanft. Vielleicht sollte sie ihn dazu bringen, sie zu hassen ...

Nein, das durfte sie nicht wagen. Othilia hielt inne und rollte sich auf den Rücken. Sie brauchte von Säckingen und musste sicher sein, dass sie ihm vertrauen konnte. Zumindest so weit, wie man einem Ritter seines Standes trauen konnte. Er war in Ottmars Gefolge der Einzige, der überhaupt dazu taugte, ihre rechte Hand zu sein, mit Ausnahme von Leopold von Steyer vielleicht, einem klugen und ihr absolut ergebenen Mann, der jedoch abstoßend hässlich war und daher als Bettgenosse nicht infrage kam. Alle anderen waren grässliche Barbaren – grob und ungebildet und völlig untauglich, sowohl für den Dienst innerhalb ihrer Schlafkammer als auch außerhalb. Also musste sie dafür sorgen, dass von Säckingen gesund und munter und bei Laune blieb. Sie schnitt eine Grimasse und stieß ihm mit dem Finger in die Seite.

Er zuckte zusammen und fuhr hoch. »Othilia!«, rief er mürrisch. »Ihr habt mich zu Tode erschreckt.«

Wer hätte gedacht, dass der eisenharte Ritter an den Rippen kitzelig war wie ein Mädchen? Othilia lachte. »Da seht Ihr es: Kein Schwert, aber der zarte, zerbrechliche Finger eines schwachen Weibes vermag Euch zu Fall zu bringen.«

Von Säckingen stöhnte und sprang aus dem Bett. »Ihr wisst,

Herrin, dass ich heute zu einer Reise aufbrechen muss. Nach Wendlingen, wo mich wichtige Geschäfte erwarten. Ich muss mich sputen. Verzeiht.«

Othilia spitzte die Lippen. »Wirklich sehr bedauerlich, mein Lieber. Gerade für den heutigen Morgen hatte ich mir ein ganz besonderes Vergnügen für Euch ausgedacht.« Sie schob die Decke beiseite und räkelte sich.

»Ich bin untröstlich, Herrin, doch die Geschäfte dulden keinen Aufschub.« Von Säckingen warf ihr einen kurzen Blick zu, griff nach seiner Cotte und streifte sie über.

Othilia betrachtete ihn, genoss das Spiel seiner Muskeln unter der fast haarlosen Haut. »Ach ja? Geschäfte, von denen ich nichts wissen soll?« Sie spreizte die Beine ein wenig und streckte den Rücken durch.

Wieder sah von Säckingen sie an, diesmal länger. Scheinbar ungerührt verschnürte er seine Beinlinge, doch sie bemerkte, dass er heftig schluckte und sein Atem schneller ging.

»Nichts, das Euch etwas anginge, in der Tat«, sagte er.

Othilia kniff die Augen zusammen. »Nur weil Ihr mein Bett teilt, habt Ihr noch lange nicht das Recht, unverschämt zu werden.«

Von Säckingen verbeugte sich und lächelte spöttisch. »Nur weil ich Euer Bett teile, habt Ihr noch lange nicht das Recht, Eure Nase in meine Angelegenheiten zu stecken. Ich denke, wir beide brauchen einander, also gefährdet unseren Bund nicht mit unnötiger Neugier.«

Othilia erhob sich und ging auf den Ritter zu. Was dachte dieser Kerl sich! Einen Wimpernschlag lang war sie versucht, ihm die Leviten zu lesen, doch sie besann sich eines Besseren. Sollte der eitle Geck doch glauben, sie sei auf ihn angewiesen! Wenn er meinte, dass sie nicht in der Lage sei, ein paar Monate ohne einen Mann im Bett zu überleben, dann hatte er sich getäuscht. »Wahr gesprochen«, säuselte sie. »Verzeiht einem Weib, das sich um den besten Ritter sorgt, den es aufzubieten hat.«

Von Säckingen musterte sie einen Moment. Der Zweifel stand ihm ins Gesicht geschrieben, dann aber verneigte er sich erneut. »Ich muss Euch um Verzeihung bitten, Herrin. Ich weiß, Eure Großmut erlaubt es Euch, mir ein kleines Geheimnis zu gönnen, das Euch in keiner Weise betrifft.«

Oh ja, dachte Othilia, und ob mich dieses Geheimnis betrifft! Wie gut, dass du in Liebesdiensten besser bist als im Lügen, mein Lieber! Sonst wäre ich arm dran. Sie neigte den Kopf. Da steckte irgendeine Metze hinter, das war von Säckingen auf hundert Fuß anzusehen, aber was sollte es? Solange er sie nicht vernachlässigte, sollte er seine kleinen Vergnügungen nebenbei haben. Trotzdem würde sie ihm einen Spion hinterherschicken, damit sie wusste, woran sie war. Und er würde für sie einige Geschäfte erledigen müssen. »Ihr seid entlassen, von Säckingen«, sagte sie huldvoll, »doch kann ich nicht zulassen, dass Ihr nutzlos durch die Gegend reitet. Der Kämmerer wird Euch daher Dokumente mitgeben, die Ihr bitte in Wendlingen abliefert.«

Er stockte kurz, bevor er antwortete. »Sehr wohl, Herrin.« Ohne ein weiteres Wort nahm von Säckingen seine Rüstung und seine Waffen und verließ ihr Gemach, wie er es immer tat: mit dem Rücken zu ihr, ohne sich noch einmal umzudrehen.

Sie fletschte die Zähne. Wenn Ottmar erst wieder da war, würde von Säckingen ohne Zweifel wieder das Hündchen sein, das mit dem Schwanz wedelte, wenn seine Herrin ihm einen Brocken zuwarf.

Die Kapelle mit der wunderschönen Marienstatue war Othilias Zuflucht auf der Burg, der einzige Ort, an dem sie sich nicht einsam fühlte. Kein Tag war seit Ottmars Verschwinden vergangen, ohne dass sie eine Kerze angezündet und der Muttergottes zu Füßen gestellt hatte; kein Tag war vergangen, an dem sie nicht vor ihr auf den Knien gelegen und darum gefleht hatte, dass sie den Gatten und Vater ihres Kindes nach Hause geleiten möge.

Auch heute zündete sie eine Kerze an, betrachtete einen Moment das zitternde Flämmchen, das ebenso leicht verlosch wie das Leben eines Menschen. Behutsam platzierte sie das Licht neben die anderen. Einige brannten noch, andere waren ausgegangen, ein Meer von wächsernen Stummeln breitete sich um die Füße der Muttergottes aus. Othilia raffte ihr Gewand, kniete nieder und fühlte den kühlen rauen Stein an ihrer nackten Haut. Sie ließ die Gebetsschnur durch ihre Hände laufen, ein Geschenk von Ottmar, der sie zwar wegen ihrer Frömmigkeit belächelt hatte, sie aber hatte gewähren lassen. Eine gottesfürchtige Gräfin lenkte den Blick von einem Grafen ab, der in der Gottgläubigkeit seiner Mitmenschen vor allem ein nützliches Instrument zur Unterdrückung sah. Othilia hatte schnell erkannt, dass ihr Gemahl kein frommer Mann war, doch das bekümmerte sie nicht. Im Grunde sah sie es ähnlich wie er: Frömmigkeit war etwas für Alte, Weiber und Ordensbrüder. Männer der Tat leisteten ihren Dienst am Herrn auf andere Weise.

Als sie das siebte Ave-Maria fast zu Ende gebetet hatte, schlug die Sturmglocke einmal, einen Atemzug später noch einmal, um dann ohne Unterlass mit ihrem grellen Klang allen in der Burg zu verkünden, dass Gefahr im Anzug war.

Othilia sprang auf die Füße. Beinahe gleichzeitig schwang die Tür der Kapelle auf, und Alexander von Bryell, der Hauptmann der Wache stürzte herein. »Herrin, Ulrichs Banner vor den Toren!«, rief er atemlos. »Was sollen wir tun? Die Zugbrücke heben? Die Schützen in Stellung bringen und das Pech erhitzen?«

Othilia wusste einen Moment lang nicht, was sie sagen sollte. Das letzte Mal, als sie das Banner des Grafen vor der Burg gesehen hatte, war ihr in schmerzlicher Erinnerung. Ulrich III. hatte Ottmar schwerer Verbrechen angeklagt, ihn wie einen gemeinen Ganoven in Eisen gelegt und mitgenommen. Was konnte der Graf jetzt von ihr wollen? Ulrich war streng, aber gerecht, und sie hatte sich nichts vorzuwerfen. Sie machte keine krummen Geschäfte, hatte weder Mörder gedungen, noch ihre Männer veranlasst, Handelszüge auszurauben. Sie hatte es sich sogar versagt, nach Ottmar suchen zu lassen, zu versuchen, irgendwie mit ihm in Kontakt zu treten, obwohl es ihr unsäglich schwer gefallen war. Sie wusste, dass Ulrich sie überwachen ließ, dass er über jeden ihrer Schritte unterrichtet war. Deshalb hatte sie tunlichst alles vermieden, was danach aussah, als wisse sie, wo ihr Gemahl sich aufhielt. Sie erstarrte. Was war mit ihren Männern? Hatte einer von ihnen auf eigene Faust gehandelt? Von Säckingen vielleicht? Steckte etwa doch nicht einfach eine willige Metze hinter seiner Geheimniskrämerei, sondern mehr? Nein, das konnte nicht sein. So oder so, sie musste Ulrich mit gebührender Ehrerbietung empfangen.

Das Pech erhitzen? Erst jetzt drangen die Worte ihres Hauptmanns wirklich zu ihr durch. »Seid Ihr von allen guten Geistern verlassen?«, brüllte sie von Bryell an. »Lasst die Zugbrücke gesenkt und die Waffen in der Kammer! Legt Eure Rüstung ab, und kleidet Euch wie zu einem Fest. Und tragt das Euren Männern ebenso auf. Befehlt der Küche, sogleich ein fürstliches Mahl zu richten, schickt den Mundschenk in den

Keller und lasst ihn den besten Roten heraufholen, den wir zu bieten haben.«

»Sehr wohl, Herrin.« Der Hauptmann verbeugte sich und rannte los.

Plötzlich kam Othilia ein anderer Gedanke. Sie schwankte. Ihre Beine drohten nachzugeben, sie musste sich an der Wand abstützen. Was, wenn Ulrichs Männer Ottmar festgesetzt hatten? Wenn sie ihn in dem Moment abgefangen hatten, als er zu ihr zurückkehren wollte? Wenn sie ihn an Ort und Stelle gerichtet hatten und ihr jetzt die Nachricht von seinem Tod überbrachten?

Sie schloss die Augen. Wenn Ottmar tot war, ließ sich daran nichts ändern. Dann musste sie all ihre Stärke aufbieten, um für ihren Sohn die Burg, das Lehen und den Titel zu erhalten. Schließlich sollte der kleine Ottmar de Bruce eines Tages in die Fußstapfen seines Vaters treten, des Vaters, den er vielleicht nie kennenlernen würde.

Othilia trat aus der Kapelle und schritt auf den Palas zu. Auf dem Burghof herrschte hektisches Treiben. Alle beeilten sich, ihre Befehle auszuführen. Vielleicht kam Ulrich auch nur auf einen Anstandsbesuch vorbei. Schließlich hatte er sich ihr gegenüber wie ein Ritter verhalten, und da sie pünktlich und reichlich ihre Abgaben zahlte, war sie bei Hofe gut gelitten. Sie würde ihn also mit gebührender Ehre empfangen. Othilia straffte sich, lief in ihre Kammer und legte ihr bestes Gewand an. Dann eilte sie mit ihren Kammerzofen und den Hofdamen im Schlepptau zurück in den Hof.

Schon donnerten Hufe über die Zugbrücke. Von Bryell hatte trotz seiner anfänglichen Aufregung sein Bestes gegeben: Die Wache stand nicht in Rüstung, sondern im Wams Spalier, die Soldaten auf den Türmen hielten die Banner Württembergs und der Adlerburg in den Wind, und die Männer auf den Wehrgängen präsentierten statt der Armbrüste ihre Piken.

Vier Ritter preschten auf den Burghof, ließen ihre Pferde einmal im Kreis drehen, parierten durch und gaben schließlich ein Zeichen, dass keine Gefahr drohte. Jetzt erst ritt der Graf im Schritt über die Brücke, er saß entspannt und aufrecht im Sattel, zeigte nicht eine Spur von Unsicherheit. Als sein Pferd mit dem ersten Huf den Burghof berührte, verneigte sich Othilia und mit ihr alle, die ihr untergeben waren. Nur die Bannerträger blieben stehen und schwenkten die württembergischen Fahnen.

Ulrich ließ sein Pferd vor Othilia stillstehen. Durch den Schleier ihrer Haare sah sie ihn absitzen. Er verzog das Gesicht, als er das Bein auf den Boden stellte. Offenbar hatte er Schmerzen, die er nur mühsam unterdrücken konnte.

»Erhebt Euch, Gräfin de Bruce«, sagte er. »Ich danke Euch für Euer warmes Willkommen und Eure Gastfreundschaft.«

Othilia tat, wie ihr geheißen, und hob den Kopf. Jetzt bemerkte sie auch die Schatten, die auf Graf Ulrichs Gesicht lagen. Entweder war er krank oder er hatte Kummer. »Verehrter Graf, darf ich Euch eine Erfrischung anbieten?« Sie klatschte in die Hände, und sogleich kamen Diener mit silbernen Tabletts herbeigeeilt, auf denen eine Glaskaraffe mit rubinrot schimmerndem Wein, Käse, Brot, Früchte und Braten angerichtet waren.

Der Graf sah sie an, sein Gesicht verriet nicht, was er dachte. »Werte Gräfin, ich danke Euch erneut für Eure Gastfreundschaft. Gerne genieße ich von Eurem Wein, aber lasst uns dabei unter vier Augen sprechen.«

Othilia erstarrte, fasste sich aber sofort wieder. »Wie Ihr es wünscht, Graf.« Sie geleitete ihn in den Rittersaal, bemüht, sich nichts von ihrer Angst anmerken zu lassen. Dass Ulrich allein mit ihr sprechen wollte, bestätigte ihre schlimmsten Befürchtungen. Das war kein Höflichkeitsbesuch. Othilia scheuchte die Diener fort, die den Wein und die Speisen auf der Tafel abgestellt hatten, und bot dem Grafen den Platz des Burgherrn an, den Stuhl, den Ottmar vor vielen Jahren aus italienischem Marmor hatte schlagen lassen.

Ulrich zögerte, dann wandte er sich um. »Das ist Euer Platz, Gräfin.«

Er hielt ihr eine Hand hin, und sie ließ sich von ihm zu dem kostbaren, mit einem dicken Kissen gepolsterten Stuhl führen. Benommen ließ sie sich nieder. Es gab nur einen Grund, warum Ulrich auf diesen Platz verzichtete: Ottmar war tot, und nun war sie die Herrin der Adlerburg. Eine Träne stahl sich über ihre Wange, hastig wischte sie sie fort.

Ulrich setzte sich auf einen Scherenstuhl zu ihrer Rechten. »Eure Träne verrät mir, dass Ihr die Wahrheit bereits erraten habt.« Er nestelte einen Beutel von seinem Gürtel, griff hinein und hielt ihr einen Ring hin. Ottmars Siegelring. Sie erkannte ihn sofort. »Euer Gatte, Ottmar de Bruce ist tot. Wir haben ihn keinen Tagesritt von hier gefunden, in den Wäldern südwestlich meiner Residenz Hohenurach. Er ist Opfer einer Bärin geworden.«

»Einer Bärin?« Othilia rang um Fassung. Ottmar war dem Henker entkommen, um von einem wilden Tier bezwungen zu werden? »Verzeiht, Graf, ich ...«

»Ihr habt Euch nicht verhört. Es ist wahr. Wir haben Euren Gemahl in einer Bärenhöhle gefunden. Die Bewohnerin, ein Muttertier mit einem Jungen, war eine grausame Menschenfresserin, der auch ich beinahe zum Opfer gefallen wäre, hätte nicht mein Hauptmann ...«

Ulrich verstummte, und Othilia begriff, woher die dunklen

Schatten unter seinen Augen rührten. »Dann hat Gott ihn also gerichtet«, sagte sie leise. Ja, natürlich! Wie hatte sie nur so dumm sein können, darauf zu hoffen, dass Ottmar seiner gerechten Strafe entging? Der Herrgott brauchte kein weltliches Gericht und keinen Henker, um einen Sünder zu strafen. Er hatte seine eigenen Wege, und auf einem dieser Wege hatte er Ottmar die Bärin geschickt. Sie bekreuzigte sich und senkte den Kopf.

»Eure Frömmigkeit schenkt Euch Weisheit, Othilia«, sagte der Graf anerkennend. »Ja, ich pflichte Euch bei: Gott hat das Urteil vollstreckt, das wir über Euren Gemahl gesprochen haben und dem er sich feige entziehen wollte. Der strafenden Hand des Herrn entgeht niemand.«

Eine Weile schwiegen sie.

Schließlich hielt Othilia es nicht mehr aus. »Wie geht es nun weiter, Graf? Werde ich...?«

Ulrich hob die Hände. »Macht Euch keine Sorgen, verehrte Othilia. Es bleibt alles, wie es ist. Es gibt einen rechtmäßigen Erben, der die Nachfolge Eures Gemahls antreten wird, sobald er alt genug ist. Bis dahin verwaltet Ihr sein Erbe. Das habt Ihr bislang sehr zu meiner Zufriedenheit getan. Ihr besorgt die Geschäfte der Burg – verzeiht mir, wenn ich es so offen sage – um einiges besser, als Graf Ottmar es je getan hat.«

Othilia atmete durch. Obwohl Trauer sie zu übermannen drohte, musste sie besonnen bleiben. Ottmar war tot, und das schmerzte mehr, als sie sich zugestehen wollte, aber sie würde darüber hinwegkommen. Jetzt hieß es, nach vorne zu blicken und den Weg für ihren Sohn zu ebnen. Sie musste nur darauf achten, dass niemand auf den Gedanken kam, die Adlerburg sei nun leichte Beute, musste sicherstellen, dass ihr niemand die Herrschaft streitig machte oder meinte, sie müsse wieder verheiratet werden. Stärke musste sie zeigen, Stärke und nochmals Stärke. Sie richtete sich auf. Sie würde allen beweisen, dass sie eine würdige Gräfin de Bruce war, eine, auf die Ottmar zu Recht stolz wäre.

»Verzeiht, Gräfin.« Ulrich beugte sich vor. »Leider bin ich in Eile.«

Othilia steckte den Ring in ihr Gewand. »Erlauchter Graf. Ich danke Euch für das Vertrauen, das Ihr in mich setzt. Seid versichert, ich werde Euch nicht enttäuschen.« Sie erhob sich und deutete eine Verbeugung an.

Ulrich tat es ihr gleich. Dann räusperte er sich. »Wir führen die sterblichen Überreste Eures Gemahls mit uns.«

Ein Schauder durchfuhr Othilia, doch sie fasste sich schnell. »Ich denke, die Kapelle ist der richtige Platz, um Ottmar aufzubahren. Wäret Ihr so gütig, die Gebeine dorthin bringen zu lassen?«, sagte sie. »Dann könntet Ihr ohne weitere Verzögerung aufbrechen.«

»Wenn das Euer Wunsch ist, werde ich es veranlassen.« Sichtlich erleichtert wandte sich Ulrich ab und verließ den Saal.

Nachdem Graf Ulrich sich verabschiedet hatte und seine Ritter samt seinem Banner von der Adlerburg verschwunden waren, ging Othilia zur Kapelle. Es war an der Zeit, von Ottmar Abschied zu nehmen. Sie schickte ihr Gefolge weg, betrat das stille, kühle Gotteshaus zum zweiten Mal an diesem Tag und stellte sich vor den Tisch, auf dem die Gebeine ihres Gatten aufgebahrt waren. Unschlüssig starrte sie auf die bleichen Knochen. Sie wartete auf die Tränen, die sie die ganze Zeit unterdrückt hatte, doch sie wollten nicht fließen. Was dort vor ihr lag, war nicht ihr Gemahl. Das war nicht Ottmar de Bruce, nicht sein Feuer, nicht seine Leidenschaft, nicht seine Stärke.

Sie ließ den Blick wandern. Die Reste seines Gewandes und alles, was Ulrichs Männer sonst noch bei ihm gefunden hatten, lag zu seinen Füßen, oder besser bei dem, was von seinen Füßen übrig war: einem Haufen winziger Knochen. Wie harmlos Ottmar aussah! Sein Schädel besaß nichts Furchteinflößendes, er konnte keine Gedanken mehr fassen, sein Mund keine Befehle mehr erteilen, seine Hände konnten niemandem mehr Schmerzen zufügen, aber auch keine Begierde mehr in ihr entfachen.

Othilia stutzte. Die Hände. Nicht alle seine Habseligkeiten lagen zu Otmars Füßen. Neben der rechten Hand blitzte eine silberne Kette im fahlen Kerzenschein, daran befestigt ein Kruzifix. Unwillkürlich blickte Othilia über die Schulter. Dann streckte sie die Hand nach dem Kreuz aus, berührte es und zuckte zurück, als sei es verhext. Ottmar hatte viele Dinge besessen, eines aber war nicht darunter gewesen: ein Kruzifix.

Das
Versteck

»Meister Füger!« Der Anführer des Zuges zog ein Gesicht, als hätte er einen Krug Essig getrunken. »So kann es nicht weitergehen. Wenn der Teufel hinter Euch her ist, dann geht uns das nichts an. Entweder Ihr mäßigt Eure Geschwindigkeit, oder Ihr zieht allein weiter.«

Erhard Füger ballte die Fäuste unter seinem Gewand. Dieser verfluchte Handelszug kroch durchs Land wie eine Schnecke! Warum nur war er auf den Gedanken gekommen, sich ihm anzuschließen? Warum nur hatte ihm keiner gesagt, dass Ochsenkarren dabei waren? Mit denen kam man nicht vor und nicht zurück. Hätte er das gewusst, dann hätte er zwei Männer als Leibwache angeheuert und wäre auf eigene Faust losgeritten. Aber was nicht war, das konnte ja noch werden. Zwei Tage hatte er verschwendet, ab heute würde er schneller vorankommen. »Genau das werde ich tun«, sagte er. »Und ich werde zwei Eurer Männer mitnehmen. Ausgehandelt habe ich es bereits. Gebt Euch also keine Mühe, es ihnen wieder auszureden.«

»Ihr wagt es, mir zwei Männer abzuwerben? Was fällt Euch ein, den Zug so zu schwächen ... Das werdet Ihr mir büßen, Füger! Haltet ein, oder ich ...«

Erhard Füger ließ den Mann nicht ausreden, der Kerl hatte ja keine Ahnung, was auf dem Spiel stand. Er schwang sich auf sein Pferd, an das ein weiteres Tier angebunden war, sprengte an den Kopf der Wagenkolonne, pfiff zweimal scharf durch die Zähne, und schon gesellten sich zwei junge Männer zu ihm, die ebenfalls Ersatzpferde mit sich führten und schwer bewaffnet waren. »Morgen Mittag will ich in Augsburg sein, Männer!«, rief er. »Ist das ein Problem für Euch?«

Als Antwort gaben sie ihren Pferden die Sporen und schossen los, dass der trockene Staub der Landstraße aufwirbelte. Erhard Füger warf einen letzten Blick auf den Zug und die Kaufleute, die ihn missmutig anstarrten, dann beeilte er sich, der Staubwolke zu folgen.

Zur Mittagsstunde des folgenden Tages trafen Erhard Füger und seine Leibwachen wohlbehalten in Augsburg ein. Er gab den beiden ihren Sold und noch ein paar Heller extra als Wegzehrung und begab sich dann ohne Verzögerung zum Hause der de Willms. Von dem scharfen Ritt schmerzte ihm jeder Knochen im Leib; er war zweifellos nicht mehr der Jüngste. Dennoch beflügelte ihn die Aussicht, der Lösung seiner Probleme nahe zu sein.

Dank Johann Hartkopfs Beschreibung fand er das Gebäude sofort: einen prachtvollen Steinbau, der die hohe Stellung und den Reichtum der Familie de Willms für alle sichtbar machte. Nachdenklich musterte Erhard die Fassade.

Was halfen Reichtum, Wohlstand und Besitz, wenn es niemanden gab, der das Lebenswerk fortführen konnte? Ein Stich fuhr ihm ins Herz. Fast alle seine Kinder waren früh gestorben, und der einzige Sohn, der ihm geblieben war, hatte sich von ihm abgewandt. Ja, er musste Wendel zurückgewinnen – koste es, was es wolle. Er hatte keine andere Wahl.

Ohne weiter zu zögern, hob er den bronzenen Türklopfer, in den ein Löwenkopf eingearbeitet war, und ließ ihn dreimal auf das dunkle Eichenholz fallen. Nur wenig später öffnete sich die Sichtluke, und die kleinen wässrigen Augen einer Magd musterten ihn misstrauisch.

»Ich bin Meister Erhard Füger aus Reutlingen. Ich habe Nachricht für die Familie de Willms, ihren Sohn Merten betreffend.«

Die Magd zögerte.

»Es ist dringend. Wenn du vermeiden willst, dass du ausgepeitscht wirst, dann melde deiner Herrschaft augenblicklich meinen Besuch.«

Die Augen der Magd weiteten sich, die Sichtluke klappte zu. Kurz darauf drangen aus dem Inneren des Hauses laute Stimmen, und bevor Erhard Füger den Löwenkopf noch einmal gegen die Tür fallen lassen konnte, schwang sie nach innen auf. Vor ihm stand ein Mann in seinem Alter, hoch aufgeschossen, in ein prächtiges Wams und Beinkleider aus feinster Seide gekleidet. Er hatte glattes, immer noch volles und dunkles Haar, fast schwarze Augen und eine wuchtige Hakennase. Sein Gesicht war blass, und seine Züge waren angespannt, als leide er unter ständigen Schmerzen. Bei dem, was Erhard über die Familie de Willms wusste, erstaunte ihn das nicht.

»Meister Füger, bitte kommt herein und seid mein Gast«, sagte der Hausherr mit tiefer, volltönender Stimme. Er trat zur Seite und wies in den Flur, der am Ende in einen Raum mündete, der beinahe die Größe eines Ratssaales hatte. Erhard ging voran und blieb an einem mindestens sechs Fuß langen Tisch stehen, der den Eindruck machte, die Fundamente einer Kathedrale tragen zu können.

»Nehmt bitte hier Platz.« De Willms zeigte auf einen gepolsterten Lehnstuhl.

Erhard nickte dankbar, froh, nicht stehen zu müssen. Er war keine Memme, aber diesem gramgebeugten Mann die Hintergründe der feigen Ermordung seines Sohnes darzulegen, das griff ihm ans Herz, und einen Moment lang wünschte er sich, nie hierhergekommen zu sein.

»Ihr seht aus, als wäret Ihr weit gereist. Die Magd sagt, Ihr kommt aus Reutlingen?« De Willms setzte sich ihm gegenüber.

»Das ist wahr. Ich bin dort Karcher, Weinhändler und Besitzer einer kleinen Herberge.«

De Willms nickte und drehte sich um. »Geras! Trag Erfrischungen auf! Bring Wein, Brot, Schinken und frische Früchte für unseren Gast.«

Die Magd, die bei der Tür stehen geblieben war, eilte davon und kehrte wenig später mit Trank und Speisen zurück.

»Ich nehme an, Ihr bringt keine gute Nachricht, Meister Füger«, sagte de Willms, als die Magd wieder gegangen war, und nippte an seinem Wein.

Erhard nahm ebenfalls einen Schluck, um das Unvermeidliche noch einen Augenblick hinauszuzögern. Der Wein war vorzüglich, ein Italiener, süß und voll im Geschmack. Er setzte den Pokal ab und straffte sich. »In der Tat, ich muss Euch mitteilen, dass Euer Sohn, Merten de Willms, sehr wahrscheinlich nicht mehr lebt.«

Der alte de Willms zeigte keinerlei Regung. Das war nicht

verwunderlich, denn diesen Teil der Nachricht kannte der Mann bereits.

»Ich weiß nicht, ob er bei dem Überfall bei Urach ums Leben kam oder später hinterrücks gemeuchelt wurde«, fuhr Erhard fort. »Doch ich weiß, dass jemand eine Weile unter seinem Namen in Reutlingen gelebt hat.«

De Willms hob eine Augenbraue, seine Augen blitzten.

»Vor etwa zwei Jahren trat ein Schreiber in meine Dienste. Er nannte sich Merten de Willms.«

De Willms richtete sich ruckartig auf, doch noch immer schwieg er.

»Der Mann führte glaubwürdige Papiere mit sich, ich hatte daher keinen Grund, an seinen Angaben zu zweifeln. Eines Tages, er war erst wenige Wochen bei mir, verschwand er jedoch so sang- und klanglos, wie er aufgetaucht war. Ich wunderte mich zwar, doch da der Mann mir nichts schuldig geblieben war, scherte ich mich nicht weiter darum und besorgte mir einen neuen Schreiber. Erst kürzlich erfuhr ich von einem Eurer Mitbürger, dem ehrwürdigen Ratsherrn Johann Hartkopf, dass alle Mitglieder der Familie de Willms dunkle Haare und dunkle Augen haben. Auch ihr jüngster Spross Merten.« Erhard hielt kurz inne, doch de Willms reagierte nicht. Erhard nahm dies als Bestätigung. »Der Mann, der für mich als Schreiber tätig war«, sprach er weiter, »der Mann, der sich Merten de Willms nannte, war von schmächtiger Statur und gut einen und einen halben Kopf kleiner als Ihr. Und er hatte feuerrotes Haar und strahlend blaue Augen.«

»Das war mit Sicherheit nicht mein Sohn.« De Willms' Stimme bebte, sein ganzer Körper zitterte.

»Dieser falsche Merten de Willms führte echte Dokumente mit sich, die ihn als Euren Sohn auswiesen«, sagte Erhard leise. Ob de Willms bereits die Schlüsse gezogen hatte, die auf der Hand lagen?

Offenbar hatte er das, denn er sprang so unvermittelt auf, dass sein Stuhl nach hinten kippte. »Ein Mörder ist dieser falsche Schreiber! Er hat meinen Sohn ermordet und ihn beraubt!«

Erhard kniff die Lippen zusammen. Jetzt galt es, den Mann von voreiligen Taten abzuhalten. »So ist es wahrscheinlich geschehen«, sagte er. »Und ich habe auch einen Anhaltspunkt, wie und wo dieser Mörder zu finden sein könnte.« Er verstummte abrupt, sein Herz schlug auf einmal heftig. Was, wenn man seinen Sohn der Mittäterschaft bezichtigte? Wie schnell ein falscher Verdacht ausgesprochen war, wie schnell ein Unschuldiger dem Henker zur peinlichen Befragung vorgeführt wurde, das hatte sein Sohn bereits am eigenen Leibe erfahren müssen. Um keinen Preis der Welt wollte er Wendel ein zweites Mal solchen Torturen aussetzen. Er wollte ihn schließlich nicht verlieren, sondern ihm eine Lehre erteilen und ihn nach Hause holen – weg von dieser rothaarigen Hexe, die ihm den Kopf verdreht hatte.

De Willms beugte sich vor, die Hände auf die massive Tischplatte gestützt. Sein Gesicht war nicht mehr blass, sondern rot vor Zorn. »Sprecht«, sagte er so leise, dass Erhard ihn fast nicht verstand. Offenbar stand er kurz davor, die Fassung zu verlieren.

»Die Angelegenheit ist äußerst heikel, mein lieber de Willms«, sagte Erhard bedächtig. »Ich bin an einer Aufklärung ebenso interessiert wie Ihr, und je eher der Mörder in Eisen gelegt wird, desto besser. Es ist nur so...« Die Worte weigerten sich auf einmal, seinen Mund zu verlassen. Warum hatte er sich nur so schlecht auf das Treffen mit de Willms vorbereitet? Plötzlich erschien es ihm unmöglich, die falsche

Melissa de Willms zu entlarven, ohne auch Wendel ans Messer zu liefern. Erhard fuhr sich nervös durchs Haar. Wie würde er selbst reagieren, wenn ihm ein Wildfremder eine solche Geschichte auftischte? Er würde sofort die Büttel rufen, den Überbringer der Nachricht festsetzen lassen und ihn – wenn überhaupt – erst im Austausch gegen das feine Mörderpaar wieder freilassen. In Rottweil besaß Augsburg keine Gerichtsbarkeit, und Verhandlungen zwischen Reichsstädten waren gerade in solchen Angelegenheiten oft zäh und langwierig. Auf legalem Weg konnte de Willms den Mörder seines Sohnes also nicht so leicht dingfest machen. Er unterdrückte ein Seufzen. Er war schon zu weit vorgeprescht, um jetzt noch einen Rückzieher zu machen. Die Sache musste geklärt werden.

»Verehrter Herrmann de Willms...«, begann er zögernd.

Die Blicke seines Gegenübers stachen ihm ins Fleisch.

»...ich vertraue auf Eure Ehrbarkeit.«

De Willms beugte sich vor. Einen Moment lang schien es, als wollte er sich auf Erhard stürzen, doch dann griff er nach seinem Stuhl, stellte ihn wieder auf und ließ sich nieder. »Sprecht, Meister Füger. Ich bin ganz Ohr.«

»Es handelt sich nicht um einen einzelnen Mörder, sondern um ein mordendes Geschwisterpaar. Ein Bruder und eine Schwester. Und die Schwester, die verfluchte Hexe, ist mit meinem Sohn verheiratet, der nichts von ihrer Verruchtheit ahnt. Sie hat ihn in ihr Netz gelockt wie eine Spinne, jetzt zappelt er hilflos darin. Er ist ein aufrechter, guter Mann, das müsst Ihr mir glauben.«

»Eine Metze hat meinen Sohn ermordet? Eine Metze, die noch dazu auch Eure Schwiegertochter ist?« De Willms Faust krachte auf die Tischplatte, die Pokale klirrten, Wein, rot wie Blut, schwappte auf das dunkle Holz. Wieder sprang er auf, seine Augen funkelten angriffslustig.

Erhard war ebenso schnell auf den Beinen wie sein Gastgeber und legte die Hand an sein Messer.

Schweigend starrten die Männer sich an.

De Willms löste sich als Erster aus der Erstarrung. Er schüttelte den Kopf, ließ sich auf seinem Stuhl nieder und schenkte Wein nach. »Ich bin davon überzeugt, Meister Füger, dass Ihr nicht die überaus beschwerliche und gefährliche Reise von Reutlingen hierher angetreten habt, um üble Späße mit mir zu treiben. Ich glaube Euch, und sehe Euer Problem. Nehmt wieder Platz. Wir werden eine Lösung finden, die für uns beide von Nutzen ist.«

Erhard zögerte.

»Bitte, Meister Füger. Ich gebe Euch mein Ehrenwort.«

Langsam löste Erhard die Hand von seinem Messer und nahm Platz. Verflucht, das war knapp gewesen! Schon mehrfach hatte ihn sein Temperament in Schwierigkeiten gebracht. Warum war er nur immer so aufbrausend? Er seufzte. Geh bedächtig vor, ermahnte er sich, und wähle deine Worte sorgsam.

»Meister Füger, erklärt mir, warum Ihr glaubt, dass die Gattin *Eures* Sohnes die Mörderin *meines* Sohnes ist.«

»Dieses Weib tauchte kurz nach dem Verschwinden des Schreibers bei uns auf und behauptete, seine Zwillingsschwester zu sein. Und in der Tat gleicht sie ihm aufs Haar.«

»Und Ihr glaubt, dieses feine Zwillingspärchen hat meinen Sohn ermordet?«

»So ist es. Der falsche Merten de Willms hat sich das Vertrauen meines Sohnes erschlichen, vermutlich um uns auszukundschaften. Was er gesehen hat, hat ihm offenbar gefallen, und ich gehe davon aus, dass er Wendel überredet hat, seine Verlobung zu lösen. Mein Sohn hatte nämlich bereits eine Braut, eine wunderschöne, wohlerzogene junge Frau aus guter Familie. Als das erledigt war, hat der Kerl seine Schwester losgeschickt, um meinen Wendel zu umgarnen. Sobald sie ihm einen Sohn und Erben geboren hat, werden sie und ihr Bruder versuchen, auch Wendel loszuwerden, um an das Erbe zu kommen. Dieses gottlose Pack wird nicht davor zurückschrecken, auch meine Gemahlin und mich zu ermorden. Dass sie über Leichen gehen, haben sie ja schon einmal bewiesen. Und wer weiß, wie viele andere unschuldige Menschen sie außerdem auf dem Gewissen haben.«

De Willms nickte. Er hatte sich wieder völlig in der Gewalt, nur die Schatten unter seinen Augen schienen noch dunkler geworden zu sein. »Wir haben durchaus ein gemeinsames Interesse. Wenn Ihr mir meinen Sohn auch nicht zurückgeben könnt, so glaube ich, dass ich wenigstens dazu beitragen kann, dass Ihr den Euren wieder in die Arme schließen könnt, nicht wahr?«

»So ist es. Wenn Wendel erkennt, wer seine Frau wirklich ist, wird er nicht zögern, seinen Fehler einzusehen und dorthin zurückkehren, wo er hingehört. Und die feigen Mörder Eures Sohnes können gerichtet werden.«

Nachdenklich rieb sich de Willms die Nase. »Wir müssen sehr vorsichtig sein. Wenn diese Metze und ihr Komplize so verschlagen sind, wie Ihr sie schildert, dann haben sie sicherlich alle Beweise vernichtet, die sie dieser infamen Tat überführen könnten.«

»Aber wir können das Weib als Betrügerin entlarven! Sie ist nicht die Zwillingsschwester von Merten de Willms, nicht Eure Tochter.«

»Ein guter Gedanke.« De Willms ballte die Faust. »Ich werde Euch ein Schreiben mitgeben, in dem ich versichere, dass ich nie eine Tochter hatte. Macht davon Gebrauch, wie es Euch nötig erscheint. Und wenn Ihr mir die Metze bringt, knöpfe ich sie mir vor. Ich werde dafür sorgen, dass sie mir verrät, wo ihr Bruder steckt.«

Erhard zögerte. »Wir müssen mit Bedacht vorgehen. Mein Sohn darf nichts davon erfahren. Zumindest vorerst nicht. Er würde mir nicht glauben, wenn ich ihm die Wahrheit über seine Gemahlin erzählen würde. Er ist besessen von ihr.«

»Und wie stellt Ihr Euch das vor, Füger?«

»Ich werde diese Melissa hierher nach Augsburg schaffen lassen, ohne dass irgendjemand etwas davon bemerkt. Und wenn sie ihre Schandtaten gestanden hat, soll Wendel davon erfahren. Dann wird er mir auf ewig dankbar sein.«

»Wie wollt Ihr das anstellen?«

»Überlasst das mir. Ihr bekommt die Mörderin Eures Sohnes frei Haus geliefert, und ich bekomme meinen Sohn zurück.«

De Willms hob den Kopf und lächelte matt. »Trinken wir darauf, dass Euch ein hartes Schicksal ereilen wird: Eure Schwiegertochter wird spurlos verschwinden…«

»… und hier in Augsburg ihre gerechte Strafe erhalten!«

***

Irma flatterte herein wie ein junger Vogel, musterte Melisande und stieß einen spitzen Schrei aus. »Melissa, du siehst umwerfend aus! Alle werden sich die Augen aus dem Kopf gucken.«

»Ja, das werden sie«, antwortete Melisande, »aber nur, weil du bei mir bist. Mich werden sie gar nicht bemerken.«

Irma kicherte. »Das glaubst du ja selbst nicht!«

Sie hakten sich unter, traten auf die Straße und mischten sich in den Strom der Menschen, die zum Waldtor strebten. Irma hatte nicht lockergelassen, bis Melisande schließlich eingewilligt hatte, mit ihr zu der Hinrichtung zu gehen. Wendel hatte nur den Kopf geschüttelt, doch weil er ein guter Mann war, hatte er die Geschäfte für diesen Tag alleine übernommen. Die Sonne strahlte vom Himmel, es würde ein wunderschöner heißer Augusttag werden, und nach der Hinrichtung würde das Volk zum Rindermarkt ziehen, wo Musikanten zum Tanz aufspielen sollten. Dann wollte Wendel zu ihnen stoßen und Melisande die ganze Nacht herumwirbeln. Obwohl er seit seinem Aufenthalt im Esslinger Kerker ein wenig humpelte, war er ein leidlich guter Tänzer, und vor allem ein begeisterter.

»Glaubst du die ganzen Geschichten, die über die Henker erzählt werden?«, wollte Irma wissen, als Melisande und sie sich dem Tor näherten.

»Welche Geschichten meinst du?«, fragte Melisande und bereute die Frage im selben Moment.

Irma senkte verschwörerisch die Stimme. »Na das, was die Leute erzählen. Dass ein Henker mit seinem Blick töten kann, zum Beispiel.«

»Warum sollte er sich dann die Mühe machen, die Verurteilten mit dem Schwert umzubringen oder sie aufs Rad zu flechten?«

Irma gluckste. »Das ist wahr.« Sie überlegte einen Moment. »Vielleicht, weil es ihm Spaß macht? Oder weil es sonst nicht blutig genug wäre?«

Melisande holte tief Luft. Irma hatte keine Ahnung. Es mochte zwar den einen oder anderen Henker geben, der seine Bestimmung darin gefunden hatte, Menschen zu quälen und zu töten. Die meisten waren jedoch in ihr Schicksal gestoßen worden und versuchten, ihre Arbeit so zu machen, wie es die Gesetze verlangten. Und es gab viele Henker, die nicht damit zurechtkamen, die sich um den Verstand soffen oder die schlimmste aller Sünden beginngen und sich selbst richteten. Wie wohl der Rottweiler Henker sein mochte?

»Und die Salben, die die Henker aus Menschenfett machen?«, plapperte Irma weiter. »Sind die etwa auch erfunden? Der Sibelius – du weißt schon: der Bäckergeselle – hat mir bei seiner Seele geschworen, dass er schon gesehen hat, wie Balthasar, unser Henker, solch eine Salbe an den Meister Andreas verkauft hat, der eine dicke Warze im Gesicht hatte. Und zwei Wochen später war die Warze weg.«

So lange dauert es halt, bis eine Warze von selbst verschwindet, dachte Melisande. Doch sie sagte nichts. Natürlich nutzten die meisten Henker den Aberglauben der Menschen für ihre Geschäfte. Sie verkauften Salben aus Menschenfett, Amulette aus den Knochen der Hingerichteten und so manch anderes angebliches Wunderheilmittel. Nur wurden für die Salbe zumeist Schweinefett und für die Amulette Hühnerknochen verwendet. Warum auch nicht? Schließlich wurde so beiden Seiten geholfen.

Melisande seufzte. Auch sie hatte ab und zu dem einen oder anderen hartnäckigen Kunden irgendetwas aus Heilkräutern zusammengemischt und ein paar Heller dafür verlangt. Hätte sie es nicht getan, hätte sie die Leute nur gegen sich aufgebracht. Zwar gab niemand zu, dass er beim Henker kaufte, doch hinter vorgehaltener Hand tauschten die Menschen Gerüchte aus. Und natürlich wirkte ein Wundermittel besser als das andere. Eine seltsame Welt: Als Henker Melchior hatte man ihr das Geld für einen faulen Zauber hinterhergeworfen, als Heilerin Mechthild wäre sie fast verbrannt worden, weil ihre Medizin wirkte. Es war also besser, so zu tun, als glaubte sie an die magischen Kräfte des Henkers. »Das mag ja stimmen«, sagte sie zu Irma. »Trotzdem hoffe ich, dass ich nie eine Warze bekomme. Ich möchte mir um keinen Preis der Welt das Fett eines Toten ins Gesicht schmieren.«

»Da hast du recht.« Irma schüttelte sich. »Aber vielleicht sollte ich den Henker dennoch einmal aufsuchen. Nicht für mich, sondern für meinen Lieblingsonkel Egidius. Den plagt seit Wochen ein furchtbarer Schmerz im Bein. Keiner weiß, was es ist. Der Meister Chirurgicus hat ihn schon mehrfach zur Ader gelassen und ihm ein Pulver verschrieben, das er mit Wasser zu einem Brei anrühren und auf das Bein schmieren soll, doch das hat alles nichts genutzt. Und die Dienste des Meister Chirurgicus sind nicht gerade billig.«

Melisande biss sich auf die Zunge. Am liebsten hätte sie angeboten, nach Irmas Onkel zu sehen. Wahrscheinlich hatte er eine Entzündung, die von einer kleinen Wunde herrührte, die ihm gar nicht aufgefallen war. Sie wusste, was in so einem Fall zu tun war, und würde das Leiden vermutlich schnell beheben können. Aber das war zu gefährlich. Auch wenn Irma ihre Freundin war – niemand durfte erfahren, wie viel sie von der Heilkunde verstand.

Am Waldtor stauten sich die Menschen, sodass sie stehen bleiben mussten. Immer wieder schaute Melisande sich um, stets bereit, ihr Gesicht zu verdecken oder sich abzuwenden. Eine Hinrichtung zog viele Menschen an, die von fern und nah herbeiströmten, und es war immer möglich, dass unter den Fremden jemand war, der sie von früher kannte.

Irma merkte nichts von den Seelennöten ihrer Freundin und schwatzte ungerührt weiter. »Na ja, jedenfalls habe ich mir gedacht, ich spreche den Henker nach der Hinrichtung an und frage ihn, ob er helfen kann.«

Melisande verzog das Gesicht. »Bist du von Sinnen? Zum Henker gehen? In aller Öffentlichkeit? Willst du deinen Ruf aufs Spiel setzen?«

»Ich lade ihn ja nicht zu meiner Hochzeit ein, und ich werde ihn auch nicht berühren, keine Angst.« Irma grinste über das ganze Gesicht. »Ich weiß, dass er unrein ist, aber hier in Rottweil hat niemand Angst vor dem Meister Hans, zumindest solange man nicht in seiner Kammer sitzt und von ihm peinlich befragt wird.«

Warum hatte sie in den knapp zwei Jahren, die sie nun in Rottweil lebte, kaum einen Gedanken an den Henker verschwendet? Erst jetzt fiel Melisande auf, dass sie lediglich wusste, dass sein Haus außerhalb der Mauern in der Nähe des Neutores gelegen war. Einmal war sie daran vorbeigegangen, und der Schmerz der Erinnerung an Raimund, den Henker, der sie großgezogen hatte, hatte sie fast überwältigt. Vermutlich hatte sie deshalb nicht weiter darüber nachdenken wollen. »Darf er denn auch ins Badehaus?«, fragte sie. Raimund hatte immer davon gesprochen, wie gern er einmal ins Badehaus gegangen wäre.

Irma lachte schallend. »So weit treiben wir es nun doch wieder nicht! Dann würde ja niemand mehr einen Fuß über die Schwelle setzen können. Es muss zwar jemanden geben, der diese schreckliche Arbeit macht, die uns von Gott befohlen wurde und daher dem Gesetz entspricht – und doch ist und bleibt ein Henker unrein.«

»Ach!« Melisande wunderte sich. Wie verschieden die Städte doch waren! In Esslingen war der Henker von furchtbaren Geheimnissen umgeben gewesen, ein Ausgestoßener, ein notwendiges Übel, dem niemand gern begegnete. Hier in Rottweil schien man dem Mann mit mehr Respekt zu begegnen. »Und gilt das Wort des Henkers in Rottweil?«, fragte sie und machte ein paar Schritte vorwärts.

»Wenn es von drei Zeugen bestätigt wird.« Irma schaute sie neugierig an. »Du willst aber auf einmal viel über den Henker wissen, Melissa. Dafür, dass ich dich mit Engelszungen überreden musste, mitzukommen, bist du ganz schön neugierig. Hast du denn bei euch in Augsburg nie etwas mit dem Henker zu schaffen gehabt? Oder war es dort so anders als hier?«

Was sollte sie darauf antworten? Sie tat so, als würde sie in ihren Erinnerungen wühlen, und wollte schon eine erfundene Geschichte erzählen, als sich zu ihrer Erleichterung die Menschenmenge wieder in Bewegung setzte und Irma ihre Frage vergaß, weil Melisande und sie von dem Strom mitgerissen wurden. Hinter dem Waldtor verliefen sich die Menschen wieder ein wenig, es herrschte jedoch noch immer großes Gedränge. Plötzlich blieben die Leute stehen, es bildete sich eine Gasse, und die Menschen glotzten und renkten sich dabei fast die Hälse aus. Da kam er: Balthasar, der Henker von Rottweil. Er führte den Zug an, mit dem der arme Sünder zum Richtplatz geführt wurde. Bei seinem Anblick schwanden Melisande beinahe die Sinne. Ganz dicht schritt er an ihr und Irma vorüber, und sie konnte sehen, dass er kaum größer war als sie selbst und auch in etwa ihre Statur hatte: schmale Hüften und schlanke Glieder. Bestimmt war er noch sehr jung. Er machte den Eindruck, kaum das Richtschwert heben zu können, doch Melisande wusste aus eigener Erfahrung, dass das Äußere eines Menschen täuschte.

Dem Henker folgte der Karren mit dem Verurteilten. Melisande duckte sich, um den Gaben der Rottweiler auszuweichen. Exkremente, faules Obst und Gemüse, sogar Steine flogen dem Wilhelm Götzer um die Ohren – dem Mann, der seinen Bruder ermordet haben sollte. Der Bursche ertrug die Schmähungen ohne jede Regung. Sein Blick war starr, die schmutzigen Hände hielten die Gitterstäbe des Karrens umklammert. Bestimmt hatte der Henker ihm etwas verabreicht, das seine Sinne abstumpfte.

Dem Karren folgten ein Priester und die Richter in ihren prächtigen Roben. Sie hielten gebührend Abstand, um keine der stinkenden Gaben abzubekommen, und hatten feierliche Mienen aufgesetzt. Mehr und mehr Menschen drängten hinzu, der Zug geriet ins Stocken und bewegte sich immer langsamer erst auf das Neutor zu, dann in südwestlicher Richtung auf der Straße nach Villingen und schließlich im Schneckentempo an der Scherer Kapelle vorbei nach Norden. Die Vorräte an Wurfgeschossen nahmen kein Ende, ebenso wenig das unflätige Gegröle, und Melisande schämte sich, weil die Menschen, von denen sie einige gut kannte und eigentlich schätzte, ein solch großes Vergnügen daran hatten, einen armen Sünder zu quälen.

Endlich kam der Richtplatz mit der Tribüne für die hohen Herren in Sicht. Irma zog Melisande hinter sich her, drängelte sich nach vorn, sodass sie einen Platz in der ersten Reihe ergatterten, von wo aus sie einen guten Blick auf die Richter, den Henker, den Angeklagten und den Richtplatz hatten.

Melisande kannte das Prozedere nur zu gut, und sie bezweifelte nicht, dass Götzer noch heute im Fegefeuer landen würde – es sei denn, ihn ereilte eine der furchtbaren Strafen, bei denen der Tod hinausgezögert wurde. Würde er etwa gerädert werden, würde er unter unvorstellbaren Qualen noch drei oder vier Tage dahinsiechen. Wollte man ihn richtig lange leiden lassen, reichte man ihm regelmäßig Wasser, damit er nicht bereits nach wenigen Stunden das Bewusstsein verlor.

Der Karren hielt, zwei Büttel zerrten Wilhelm Götzer heraus und führten ihn vor die Tribüne. Die Menge grölte.

Der Ausrufer hob die Arme. »Ruhe! Gebt Ruhe, damit das Gericht seine Arbeit beginnen kann.«

Es wurde stiller, nur vereinzelte Gaben flogen noch durch

die Luft, hier und da schimpfte jemand, weil ihm ein anderer die Sicht versperrte.

Als nur noch leises Tuscheln und Kichern zu hören waren, erhob sich der Schultheiß, zog ein Pergament hervor und verlas die Anklage: »Dem Müllermeister Götzer Wilhelm wird vorgeworfen, am Annatag dieses Jahres auf seinen Bruder, den Müllermeister Franz Götzer, mit einem Dreschflegel so lange eingeschlagen zu haben, bis dieser tot war. Der Franz Götzer hatte den Wilhelm Götzer weder angegriffen, noch konnte er sich wehren, denn der Wilhelm Götzer hat ihn von hinten angegangen. Dies tat der Wilhelm Götzer, um an das Geld zu kommen, das sein Bruder bei sich trug. Damit wollte er seine Schulden bezahlen. Dies ist niederträchtig, und das Gericht ist entsetzt über so viel Bosheit, die ihresgleichen sucht. Wilhelm Götzer, gesteht Ihr Eure schändliche Bluttat?«

Eine gespenstische Stille legte sich über den Richtplatz. Laub raschelte leise im Wind, jemand hustete.

Melisande hatte den Angeklagten nicht aus den Augen gelassen. Der stand immer noch da wie betäubt.

Irma schien es ebenfalls bemerkt zu haben. Sie stupste Melisande an. »Hast du dir den Wilhelm Götzer angesehen?«, flüsterte sie. »Er sieht aus, als würde er jeden Augenblick einschlafen. Müsste er nicht vor Angst schlottern?«

Melisande antwortete, ohne nachzudenken. »Der Henker hat offensichtlich übertrieben.«

»Übertrieben? Womit?«

»Traumtropfen. Man gibt sie ängstlichen Missetätern, damit sie gestehen. Die Angst schnürt so manchem die Kehle zu, und wenn der Beschuldigte nicht gesteht, dann kann er nicht verurteilt werden und alles fängt von vorn an. Die peinliche Befragung muss wiederholt werden, und die hohen Herren stehen dumm da.«

»Was du alles weißt . . .« Irma reckte sich und musterte den Götzer neugierig.

Melisande tat es ihr gleich. Offenbar hatte der Henker inzwischen auch bemerkt, dass der Angeklagte von sich aus nicht den Mund öffnen würde, denn er trat zu ihm hin, fasste ihn am Arm und drückte zu. Der Mann zuckte zusammen, blickte zuerst zum Henker, der ihm energisch zunickte, dann zu den hohen Herren, denen die Anspannung ins Gesicht geschrieben stand. Er öffnete den Mund, schloss ihn wieder.

Ein Raunen ging durch die Menschenmenge.

»Gesteht Ihr Eure schändliche Tat?«, wiederholte der Schultheiß. Schweiß lief ihm über die Stirn. »Gesteht Ihr, Euren eigenen Bruder aus Habgier erschlagen zu haben?«

Götzer glotzte ihn verständnislos an. Der Henker presste noch einmal die Hand um seinen Arm, diesmal deutlich fester.

»Ja!«, schrie Götzer. Es hätte genauso gut ein Schmerzensschrei sein können, doch das interessierte niemanden. Die Menge johlte, der Henker atmete sichtlich erleichtert aus, die hohen Herren entspannten sich, und der Schultheiß tupfte sich die Stirn.

Melisande kniff die Augen zusammen. Die machten es sich leicht, die Rottweiler. Denen reichte ein einziges Wort als Geständnis.

Der Richterstab krachte auf Holz. »Volk von Rottweil!«, rief der Schultheiß gegen den Lärm. »Volk von Rottweil! Im Namen Gottes und des Kaisers verurteile ich hiermit den Wilhelm Götzer zum Tode. Da seine Tat besonders hinterhältig war und der Verurteilte von teuflischer Gier getrieben, soll er lebendig begraben und mit sieben Schlägen gepfählt werden. Dies geschehe zur Ermahnung aller, die glauben, das

Recht ohne Strafe brechen zu können. Das Urteil wird sogleich vollzogen.«

Jubel brach los. Lebendig begraben und gepfählt! Ein solches Spektakel bekamen die Bürger von Rottweil offenbar selten zu sehen. Von hinten drängten sich die Menschen nach vorn, um besser sehen zu können, Eltern hoben ihre Kinder auf die Schultern, einige besonders tollkühne Burschen kletterten auf die nächsten Bäume. Nur Melisande blieb still stehen, ihr lief es eiskalt über den Rücken.

***

»Herrin, ich konnte Eberhard von Säckingen die Botschaft noch nicht überbringen. Gerade, als ich in Wendlingen ...«

»Schweigt!« Othilia musste sich beherrschen, um dem Mann, der zu ihren Füßen kniete, nicht einen Krug an den Kopf zu werfen. »Schickt Boten in alle Städte in der Umgebung: nach Plochingen und Esslingen, nach Tagelfingen, Eningen und Urach. Dreht jeden Stein um, ich will von Säckingen hier haben, und zwar unverzüglich!«

Der Bote hob den Kopf. Othilia gab ihm jedoch keine Gelegenheit zu antworten. »Es ist mir egal, ob Ihr da schon gesucht habt. Jeder Bote bleibt mindestens vier Tage, dann kehrt er zurück und erstattet Bericht. Und macht von Säckingen klar, dass nichts wichtiger ist als seine sofortige Rückkehr auf die Adlerburg! Nichts weiter, kein Wort über den Grafen, oder ich lasse Euch vierteilen! Und jetzt geht mir aus den Augen.«

Der Bote verließ gesenkten Hauptes den Rittersaal. Schon bald hörte Othilia ihn im Burghof lautstark Befehle erteilen, wenig später donnerten Hufe über die Zugbrücke.

Ihre Hofdamen schienen zu Stein erstarrt zu sein, keine

wagte es, Othilia anzusehen, und daran taten sie gut. Seit Graf Ulrich die Gebeine ihres Mannes gebracht hatte, war Othilia von einer seltsamen Unruhe befallen. Öfter als sonst riss ihr der Geduldsfaden schon bei unwichtigen Begebenheiten. Sie hatte einen Söldner in den Kerker werfen lassen, weil er vor ihren Augen geflucht und auf den Boden gespuckt hatte, und sie hatte eine Magd blutig peitschen lassen, weil diese ein Ei hatte fallen lassen; dabei hätten einige Rutenhiebe als Strafe völlig genügt. Sie musste sich zusammennehmen, sonst konnte sie nicht mehr klar denken und traf falsche Entscheidungen.

»Meine Damen!« Othilia erhob sich. »Es gibt keinen Grund, Trübsal zu blasen. Diese Ritter brauchen von Zeit zu Zeit eine kleine Erinnerung daran, dass nicht die Männer diese Burg beherrschen, sondern wir. Und das nicht nur, weil wir schön sind und voller Anmut.«

Einige Damen kicherten, andere liefen rot an, zwei hoben den Kopf und blickten Othilia an. Sie erwiderte die Blicke und lächelte. »Also lasst uns ein wenig den erbaulichen Versen über die Abenteuer von Hildebrand und Hadubrand lauschen. Adelheid?«

Eine junge Frau von vielleicht achtzehn Jahren erhob sich und knickste, griff nach einer Laute und begann mit warmer tiefer Stimme davon zu singen, wie Hildebrand und sein Sohn Hadubrand in der Schlacht aufeinandertrafen, und wie sie die Entscheidung im Zweikampf herbeiführen wollten.

Dann ließen sie zuerst die Eschenlanzen bersten
Mit einem so harten Stoß, dass sie sich fest in die
  Schilde gruben
Darauf ließen sie die dröhnenden Schilde selbst auf-
  einanderprallen

*Schlugen voll Ingrimm auf die weißen Schilde ein
Bis ihnen ihre Lindenschilde zu Bruch gingen
Zerstört von den Waffen*

Es klopfte an der Tür, die Damen und Othilia mussten lachen, denn es hörte sich an wie das Getöse der berstenden Schilde.

»Tretet ein!«, rief Othilia.

Als die Tür sich öffnete, machte ihr Herz einen Sprung. Der Ritter, dessen Gegenwart sie nach der von Säckingens am meisten herbeigesehnt hatte, begehrte Einlass. »Meine Damen, verzeiht«, sagte sie rasch, »ich muss mit diesem edlen Mann einige Dinge besprechen, die für Eure zarten Ohren nicht geeignet sind.«

Nur einen Augenblick später waren Othilia und der herbeigesehnte Ritter allein. Othilia betrachtete ihn. Leopold von Steyer war in den letzten Tagen nicht ansehnlicher geworden, was wirklich bedauerlich war. Seine Nase war immer noch zu lang und zu krumm, seine Augen standen zu dicht beieinander, und seine Haut war fahl und grau. Doch das hatte auch Vorteile: Die Weiber standen nicht gerade Schlange, um um seine Gunst zu buhlen, und er litt ganz offensichtlich darunter. Umso mehr war er Othilia zugetan.

Wortlos trat er zu ihr und beugte das Knie. In seiner rechten Hand hielt er ein längliches Bündel.

Sie winkte ihn näher zu sich und deutete auf ihr Ohr.

Der Mann verstand sofort. Er trat an ihre Seite und neigte sich zu ihr herunter. »Das Kruzifix, das Ihr mir gegeben habt, wurde von einem Esslinger Goldschmied angefertigt...«, flüsterte er.

Othilia klammerte ihre Hände um die Armlehne.

»... vor etwa zwanzig Jahren.«

Ein Esslinger Goldschmied! Vor zwanzig Jahren! Ihr Kopf schien zu bersten.

»Es wurde von einem gewissen Konrad Wilhelmis in Auftrag gegeben. Für seine Tochter Melisande, zu ihrer Geburt.« Der Ritter trat zurück.

Othilia musste plötzlich so schwer atmen, als hätte sie gerade einen steilen Berg erklommen. Ihr Herz klopfte bis zum Hals. Melisande Wilhelmis, wie war das möglich? Sie musterte den Mann. »Seid Ihr ganz sicher?«

»Die Bestätigung des Goldschmieds.« Von Steyer zog ein Dokument aus seinem Umhang. »Er erinnert sich genau. Weil doch die Familie Wilhelmis –«

»Ich weiß, ich weiß«, sagte Othilia ungeduldig und zeigte auf das Bündel. »Und was habt Ihr da?«

»Ich habe die Lichtung, die Bärenhöhle und das Waldstück noch einmal gründlich abgesucht, wie Ihr befohlen habt. Es hat sich gelohnt.« Er wickelte ein Schwert aus dem Tuch und hielt es ihr so hin, dass sie lesen konnte, was unter der Parierstange stand. »Ich habe es reinigen lassen.«

Othilia entzifferte den Namen und unterdrückte einen Aufschrei. »Habt Dank, gute Arbeit«, sagte sie mit gepresster Stimme. Sie streckte die Hand aus und ließ von Steyer ihre Finger küssen. Er legte das Schwert, das Kruzifix und das Schreiben des Goldschmieds vor ihr ab, verneigte sich vielfach und entfernte sich.

Othilia betrachtete das Schwert. Nach dem ersten Schreck war ihr eine harmlose Erklärung dafür eingefallen, dass es in der Nähe von Ottmars Gebeinen gelegen hatte. Trotzdem würde sie seinen Besitzer zur Rede stellen. Für das Kruzifix allerdings gab es nur eine Erklärung, und die war alles andere als harmlos.

Othilia sprang auf. »Melisande Wilhelmis!«, hauchte sie in

den leeren Saal. »Du niederträchtige, verschlagene Missgeburt! Dann hat mein geliebter Gemahl Ottmar also doch richtig vermutet. Du hast überlebt, Melisande, hast in irgendeinem Loch gewartet, bis die Zeit reif war. All die Jahre hast du auf eine Gelegenheit gelauert. Und dann, als dein Todfeind genügend geschwächt war, hast du zugeschlagen. Ja, so muss es gewesen sein. Von wegen ›Bärin‹! Von wegen ›Gottes gerechtes Urteil‹! Ein hinterhältiger Mord war es! Ja, es kann nur einen Grund dafür geben, dass dein Kruzifix bei den Gebeinen meines Gemahls lag. Du hast ihn getötet, Melisande Wilhelmis. Du hast ihn feige gemeuchelt. Mörderin!«

Othilia trat ans Fenster, das ihr einen weiten Blick über das Aichtal gewährte. »Wo immer du steckst, Melisande Wilhelmis: Ottmar de Bruce' Tod wird nicht ungesühnt bleiben. Dafür wirst du bezahlen. Ich werde dich jagen, und ich werde dich finden. Und dann werde ich dir ganz langsam den Lebenssaft abzapfen. In winzigen Schlucken. Auf dass dein Sterben lang und qualvoll sein möge!«

※ ※ ※

Wilhelm Götzer wehrte sich nicht, als die Henkersknechte ihn griffen und an Händen und Füßen fesselten. Noch immer wirkte er betäubt. Unter dem Galgen lag ein großes Brett, das Melisande zuvor nicht aufgefallen war. Jetzt hoben die Knechte es an und legten eine Grube frei, die etwa die Größe und Form eines Grabes haben mochte. Ein Raunen ging durch die Zuschauer. Dann geschah alles ganz schnell.

Der Henker gab wortlos eine Anweisung, und schon banden sich die Knechte Lumpen um die Hände, und zerrten einige trockene Dornenbüsche hinter der Tribüne hervor. Einen Teil davon warfen sie in die Grube.

Der Priester trat vor. »Pater noster, qui es in caelis: sanctificetur nomen tuum.« Er schlug mit der Hand das Kreuz, während er das Gebet murmelte.

Götzer begann nun doch zu wimmern, an seinen nackten Beinen lief es feucht hinunter. Offenbar ließ die Wirkung der Tropfen nach und der Mann begriff allmählich, was ihm bevorstand.

Der Priester trat zurück. Wieder genügte eine kaum wahrnehmbare Handbewegung des Henkers, damit seine Knechte wussten, was er von ihnen wollte. Sie traten vor, packten den Verurteilten unter den Armen und bei den Fußgelenken und schleuderten ihn in die Grube. Ein Stöhnen entwich Götzers Lippen, als er auf die Dornen fiel.

Die Grube war nicht tief, weshalb Götzer gut zu sehen war. Allerdings warfen die Knechte nun die übrigen Dornenbüsche auf den Mann, bis er völlig darunter bedeckt war. Zum Schluss trug einer von ihnen einen massiven Pfahl herbei, dessen unteres Ende angespitzt war. Balthasar nahm ihn entgegen. Kraftvoll stieß er den Pfahl in die Grube. Ein Schrei gellte über den Richtplatz.

Melisande schloss kurz die Augen. Der Henker war nicht so gnädig gewesen, Götzers Herz zu durchstoßen. Er sollte also noch ein wenig länger leiden. Wie grausam und gefühllos! Dieser Balthasar war ein Barbar. Es gab keinen Grund, den armen Götzer so zu quälen. Er litt schwer genug für seine Sünden. Am liebsten wäre Melisande davongelaufen, doch das war unmöglich, zum einen standen die Menschen viel zu dicht, und zum anderen wollte sie keinesfalls auffallen.

Den Leuten um sie herum schien das Leid des Verurteilten nichts auszumachen. Im Gegenteil, sie feuerten den Henker mit lauten Rufen an. Vielleicht konnten sie sich aber auch nicht vorstellen, was gerade geschah. Schließlich war der Mann unter den Dornenbüschen nicht mehr zu sehen. Einer der Knechte hielt nun den Pfahl fest, während Balthasar sich einen großen Holzhammer reichen ließ und den ersten Schlag tat. Götzer brüllte, die Menge klatschte und jubelte. Als der nächste Schlag folgte, war aus der Grube nur ein tiefes Stöhnen zu vernehmen. Noch fünfmal schlug der Henker zu, dann legte er den Hammer weg. Er schwitzte, und sein Atem ging schwer. Feierlich verneigte er sich vor den Richtern, dann trat er zur Seite und überließ es seinen Knechten, die Grube zuzuschaufeln.

Als die erste Schaufel Erde in dem Loch landete, schrie der Verurteilte noch einmal auf. Seine Stimme war inzwischen heiser. Melisande wandte den Blick vom Richtplatz ab und betrachtete ihre Freundin, die ganz weiß im Gesicht war und ihre Hand in Melisandes krallte.

»Ist dir nicht wohl, Irma?«

Die Freundin nickte stumm.

Melisande ergriff ihren Arm. »Lass uns gehen. Für heute haben wir genug gesehen.« Energisch bahnte sie sich mit Irma einen Weg durch die Menge, weg von dem grässlichen Schauspiel. Erst als sie mehrere Hundert Fuß vom Richtplatz entfernt waren, blieb sie keuchend stehen. Irma war trotz der Anstrengung noch immer blass.

»Geht es dir gut, Irma?«, fragte Melisande und strich der Freundin über das zerzauste Haar.

»Das ... das habe ich nicht gewusst!« Irma beugte sich vor und erbrach sich zitternd.

Melisande hielt Irma fest, die so lange würgte, bis nur noch Galle und schließlich gar nichts mehr kam. Sie traten vom Weg und ließen sich in einiger Entfernung am Waldrand in eine Wiese fallen. So lagen sie eine Zeit lang und starrten in den Himmel.

»Es war grauenhaft, Melissa«, sagte Irma schließlich. »Ich konnte meinen Blick nicht abwenden; es war wie ein Bann, wie ein Rausch. Dabei wollte ich es am Ende gar nicht mehr sehen.« Sie schluchzte leise.

Melisande setzte sich auf und nahm ihre Freundin in den Arm. »Dieser Wilhelm Götzer hat aus Habgier seinen Bruder erschlagen. Er hat den Tod verdient.«

Irma zog die Nase hoch. »Ich weiß. Er soll ja auch nicht verschont werden, er hat schlimme Schuld auf sich geladen. Aber warum hat der Henker ihm nicht einfach den Kopf abgeschlagen?«

»Du weißt doch, dass das Urteil nur zu seinem Besten war, Irma. Je mehr Schmerz ein Sünder in diesem Leben erleiden muss, desto kürzer wird seine Zeit im Fegefeuer.« Obwohl sie selbst fest daran glaubte, kamen Melisande ihre Worte hohl vor. Trotzdem sprach sie weiter, schon um Irma zu trösten: »Zudem soll seine Bestrafung andere abschrecken. Sie soll verhindern, dass weiteres Unrecht geschieht.«

»Vater sieht das anders. Er geht nie zu Hinrichtungen, denn er glaubt, dass all die Qualen nichts helfen.« Irma wischte sich mit dem Ärmel die Tränen weg. »Er sagt, man solle die Übeltäter schnell und schmerzfrei hinrichten, der Rest sei Sache unseres Herrgotts, nur er allein wisse, was jede Seele verdient hat.«

»Dein Vater ist ein guter Mensch. Aber du hast ja gesehen: Die meisten Leute haben Freude daran, andere leiden zu sehen.«

Irma riss einen Grashalm aus und wickelte ihn sich um die Finger. »Woher hast du das gewusst?«

Melisande erschrak. »Was gewusst?«

»Das mit den Traumtropfen. Das habe ich noch nie gehört,

und du hast es gesagt, als hättest du es schon Dutzende Male gesehen.«

Melisande hätte sich am liebsten die Zunge abgebissen. Warum konnte sie nicht ihren Mund halten? Ständig kam ihr gefährliches Wissen über die Lippen. Sie überlegte fieberhaft. »Du weißt doch, mein Bruder war Schreiber in Augsburg«, sagte sie schließlich. »Da musste er auch bei peinlichen Verhören anwesend sein und alles aufschreiben. Er hat es mir erzählt.«

***

Als Eberhard von Säckingen auf Rottweil zuritt, tauchte die Abendsonne die Mauern der Stadt in rotes Licht. Er verlangsamte das Tempo und ließ seinen Wallach in gemächlichem Schritt laufen. Er hatte keine Eile. Im Gegenteil: Er wollte jede Minute auskosten, denn er spürte mit jeder Faser seines Körpers, dass er Mechthild so nah war wie seit jenem Tag auf dem Fronhof nicht mehr. Er hatte Arnfried dabei und einen Knappen, der Arnfried und ihm zu Diensten war. Vor über einer Woche hatten vier seiner Männer ein Lager in der Nähe der Stadt aufgeschlagen, um die Familie Füger unauffällig auszukundschaften. Einer der Männer war damals mit ihm auf dem Fronhof gewesen, und er hatte geschworen, dass Melissa Füger »die Metze von diesem verlassenen Hof« war. Von Säckingen wäre dem Söldner am liebsten um den Hals gefallen, obwohl der Kerl stank wie ein Schwein.

Ohne langen Aufenthalt passierten er und seine beiden Begleiter das Stadttor. Neugierig blickte von Säckingen sich um. Die Straße war breit, die Bauten an ihrer Seite zeugten von Macht und Reichtum. In der Stadt herrschte Feierabendstimmung. Handwerkerburschen, noch schmutzig vom Tagesgeschäft, schlenderten umher, wohl um das mühsam verdiente Geld im nächsten Wirtshaus zu versaufen, Mägde standen schwatzend um einen Brunnen, einige Kinder jagten lachend eine Schar Hühner in eine Gasse. Alle wirkten heiter und gelöst.

An der großen Kreuzung beim Marktbrunnen hielt von Säckingen seinen Gaul an und drehte sich zu Arnfried um. »Wo wohnt sie?«

Arnfried deutete geradeaus, wo die Straße auf ein weiteres Stadttor zuführte. »Hier hinauf. In einem der letzten Häuser auf der linken Seite, kurz hinter dem Gasthaus ›Zur Blume‹, der Zunftherberge der Schneider. Ihr erkennt es an dem Schild mit der Weinrebe.«

»Gut.« Von Säckingen zog am linken Zügel.

»Wollt Ihr denn gleich hinreiten, Herr?«, fragte Arnfried. »Soll ich nicht lieber zunächst auskundschaften, wer sich im Augenblick im Haus befindet?«

Von Säckingen hielt inne. Arnfried hatte recht. Es half nichts, im letzten Moment alles zu überstürzen. Vielleicht war Mechthild gar nicht zu Hause. Oder die Fügers hatten das Haus voller Gäste. Er hatte sich auch noch gar nicht überlegt, wie er es anstellen sollte, die Metze in die Finger zu bekommen. In jedem Fall war es besser, wenn sie ihn nicht zu früh sah und dadurch gewarnt war.

»Gut gedacht, Arnfried«, sagte er. »Ich werde mich vorerst lieber nicht in der Nähe des Hauses blicken lassen. Ihr kundschaftet die Lage aus.« Er wandte sich an den Knappen. »Du besorgst derweil für uns Schlafplätze in einer anständigen Herberge. Und bestell ein gutes Essen. Aber lass dich nicht übers Ohr hauen, Junge!«

»Jawohl, Herr.« Der Knappe wendete sein Pferd und ritt davon.

»Wo finde ich Euch, Herr?«, frage Arnfried.

»Ich werde hinunter zum Fluss reiten und ein Bad nehmen. So vermeide ich am ehesten, dass ich der falschen Melissa de Willms zur Unzeit über den Weg laufe.«

***

Melisande reckte sich. »Ich bin todmüde.«

Irma lachte. »Komm, das eine Laken noch, dann ist es geschafft!«

Sie griffen nach den Zipfeln des Lakens, Melisande das eine Ende, Irma das andere, liefen aufeinander zu und legten die Enden zusammen. Mit dem gefalteten Tuch wiederholten sie die Prozedur, dann noch einmal und noch einmal, bis das Laken fein säuberlich gefaltet war.

Melisande legte es zu den anderen Wäschestücken in den Korb und gähnte. Irma und sie hatten sich nach dem Mittagessen am Flussufer getroffen, um gemeinsam die Wäsche zu machen. Wie viele andere Frauen, die das schöne Spätsommerwetter nutzen wollten, hatten sie die Kleider im Neckar gewaschen und dann auf den Wiesen zum Trocknen ausgebreitet. Die übrigen Frauen waren inzwischen alle aufgebrochen, doch Irma und Melisande hatten sich verschwatzt und ein wenig die Zeit vergessen. Jetzt musste Melisande sich sputen, damit Wendel sich keine Sorgen machte, und auch Irma wurde sicherlich schon zu Hause erwartet. Melisande griff seufzend nach dem Korb. Der Aufstieg zur Stadt war steil und das Letzte, wonach ihr der Sinn stand. »Ich wünschte, ich könnte nach Hause reiten«, sagte sie.

»Dann frag doch den edlen Ritter, der geradewegs auf uns zugeritten kommt, vielleicht borgt er dir sein Pferd«, neckte Irma sie.

Melisande blickte zur Stadt hinauf. Hier unten im Flusstal dämmerte es bereits, doch die Mauern und Tore glühten noch im Sonnenlicht. Und tatsächlich: Vom Unteren Auentor her kam ein Reiter auf sie zu. Noch war allerdings nicht viel von dem Mann zu erkennen, da er zu weit entfernt war. Sie knuffte Irma in die Seite. »Scherz du nur! Wärest du in meinem Zustand, würdest du auch klagen.«

»In deinem Zustand?«, kreischte Irma. »Mel, bist du etwa wieder schwanger?«

Melisande biss sich auf die Lippe, dann grinste sie. Irma war ihre beste Freundin, sie sollte es ruhig als Erste wissen. »Sag es nicht weiter, es ist noch nicht erwiesen, denn es ist gerade erst passiert. Aber ich bin ganz sicher.«

»Oh Mel, das ist ja wunderbar! Diesmal wird es bestimmt ein Junge.«

»Du klingst wie Wendel.« Melisande verdrehte in gespieltem Ärger die Augen.

»Und wennschon. Diesmal muss es einfach ein Junge werden.« Irma griff nach ihrem Korb. »Komm, wir singen ein Lied, um uns den Aufstieg zu versüßen.« Mit leichten, federnden Schritten lief sie voran.

Freut euch, ihr Jungen und Alten!
Der Mai, der hat mit Macht
Den Winter vertrieben
Die Blumen sind getrieben

»Ich komme schon so kaum hoch, wie soll ich da noch singen?«, jammerte Melisande und folgte ihrer Freundin. Die aber sang einfach lauter.

Wie schön die Nachtigall
Auf dem Zweig ihr liebliches Lied singt
Mit wonniglichem Schall

Als sie eine Gruppe von Büschen umrundet hatten, waren Melisande und Irma dem Reiter so nahe gekommen, dass sie seine glänzende Rüstung und sein blondgelocktes Haar erkennen konnten.

Melisande gefror das Blut in den Adern. Das konnte nicht sein! Nicht ausgerechnet dieser Mann. Doch es gab keinen Zweifel. Die Haltung, die breiten Schultern und die Art, wie er die Zügel in einer Hand hielt, waren unverwechselbar. Es war Eberhard von Säckingen, und er kam genau auf sie zu. Hastig sprang Melisande hinter einen Strauch. Sie hatte keine Zeit mehr, Irma zu rufen, aber das machte nichts. Von Säckingen kannte die Freundin nicht und würde sie passieren, ohne sie eines zweiten Blickes zu würdigen. Wenn nur Irma nicht auf die Idee kam, sich nach ihr umzudrehen und sie zu suchen! Und womöglich den edlen Reiter um Hilfe zu bitten, wenn sie sie nicht sogleich entdeckte!

Melisande zitterte am ganzen Leib. Was machte von Säckingen in Rottweil? Und was wollte er zu dieser späten Stunde am Fluss? War er etwa ihretwegen in der Stadt? Hatte er herausgefunden, dass sie hier war, und wollte sie abfangen?

Die Hufschläge kamen näher. Melisande drückte die Zweige ein wenig auseinander und sah, dass von Säckingen Irma beinahe erreicht hatte. Gerade drehte die Freundin sich um, wohl um ihr etwas zuzurufen, und blieb erschrocken stehen.

»Nein, Irma!«, flüsterte Melisande verzweifelt. »Nein, ruf nicht nach mir! Geh weiter!«

In dem Augenblick ertönten laute Rufe, und eine Gruppe

Reiter sprengte den Pfad herab. Von Säckingen hielt das Pferd an und wandte sich zu ihnen um. Auch Irma blickte hoch, doch nur kurz, dann schaute sie wieder hinunter zum Fluss. Sie schüttelte den Kopf, stellte den Korb am Wegesrand ab und lief zurück auf das Flussufer zu.

Die Männer riefen wieder, offenbar kannten sie von Säckingen. Seine Söldner? Verstärkung? Melisande wurde es schwindelig.

Im gleichen Augenblick erreichte Irma das Gebüsch. Sie sah Melisande und stürzte zu ihr. »Geht es dir gut? Du bist ganz weiß im Gesicht. Was ist mit dir?«

»Mir schwindelt ein bisschen«, murmelte Melisande. »Komm, wir setzen uns einen Augenblick. Es ist sicherlich gleich vorbei.«

Irma ließ sich neben Melisande im Gras nieder und legte den Arm um sie. »Entschuldige, dass ich mich über dich lustig gemacht habe, liebe Freundin. Ich wusste ja nicht, dass du wirklich so erschöpft bist. Wenn du dich ein wenig ausgeruht hast, trage ich beide Körbe hoch, dann hast du es weniger schwer. Oder soll ich Selmtraud rufen lassen?«

»Nein danke, es geht bestimmt gleich wieder.« Melisande vergewisserte sich, dass der Busch sie so gut wie möglich verbarg. Nichts war durch das Laub zu sehen, nur ein paar Wortfetzen drangen zu ihr herüber. Männerstimmen, sie klangen aufgebracht. Ein Pferd wieherte, dann donnerten die Hufe wieder los, doch diesmal in die entgegengesetzte Richtung. Vorsichtig lugte sie um das Gebüsch. Von Säckingen und die anderen Reiter waren verschwunden.

Kurz darauf brachen sie auf. Irma bestand darauf, beide Körbe zu tragen, obwohl Melisande ihr versicherte, dass es ihr wieder gut ging. Als sie das Stadttor erreichten, ließ sie ihre Augen unauffällig die Hausfassenden entlangwandern.

Wo mochten die Männer stecken? Waren sie noch in der Stadt?

»Heda, Kleiner, hast du gesehen, wohin die Ritter verschwunden sind?«, fragte Melisande einen Jungen, der an einem Stock schnitzte.

»Das habe ich.«

»Und?«

»Erst sind sie hier zum Tor hinaus, und dann kamen sie plötzlich zurück, kaum dass sie hindurchgeritten waren.«

»Und dann?«

»Was weiß ich.«

»Haben sie nichts gesagt? Bestimmt hast du etwas aufgeschnappt.«

»Der eine meinte, es sei eilig und die Herrin warte. Von einer Burg war die Rede.« Er kratzte sich an der Nase. »Adlerburg, glaube ich.«

»Danke, mein Junge. Hab einen schönen Abend.« Nachdenklich ging Melisande weiter.

Irma sah sie an. »Kamen dir die Kerle auch so merkwürdig vor? Nun ja, unsereins versteht ja nichts von diesen vornehmen Leuten. Wer weiß, vielleicht reiten sie ja gerade in eine Schlacht.«

Melisande gelang es, ein schwaches Lächeln auf ihre Lippen zu zaubern. »Ja, vielleicht. Wie gut, dass wir damit nichts zu schaffen haben.«

Sie gingen an der Brotlaube vorbei, die für heute geschlossen hatte, und kurz darauf erreichten sie das Haus der Fügers.

»Danke fürs Tragen, Irma.«

»Keine Ursache. Ruh dich gut aus, und lass dich von Wendel verwöhnen.«

»Mach ich, versprochen.« Melisande umarmte ihre Freundin und sah ihr hinterher, bis sie in der Gasse beim Rathaus verschwunden war. Erleichtert stieß sie Luft aus. Sie war noch einmal davongekommen, aber es war knapp gewesen. Von Säckingen war ihr auf der Spur. Doch wie sollte sie ihren Häschern entkommen, ohne alles zurückzulassen, was ihr etwas bedeutete?

***

Eberhart von Säckingen parierte Excelsior in den Schritt durch. Der Wallach schnaubte und prustete, weißer Schaum bedeckte seine Flanken, aber er war noch lange nicht am Ende seiner Kräfte. Sie waren gestern Abend geritten, bis es völlig dunkel gewesen war, hatten dann auf einer Waldlichtung ein Lager aufgeschlagen und waren beim ersten Licht des Tages wieder aufgebrochen. Leider hatte er auch die vier Männer, die die Familie Füger überwachen sollten, mitnehmen müssen. Verärgert zog von Säckingen die Augenbrauen hoch. So kurz vor dem Ziel, und wieder zurückgeworfen!

Vor ihnen lag der steile Aufstieg zur Adlerburg. Sie sah friedlich und still aus, zumindest aus der Entfernung. Doch von Säckingen ahnte, dass ihn im Inneren ein Orkan empfangen würde. Wenn Othilia ihn suchen ließ und zurück auf die Burg beorderte, verhieß das nichts Gutes. Er straffte die Schultern und lenkte sein Pferd auf den mühsamen Aufstieg zu.

Eine Stunde später sprang von Säckingen im Burghof aus dem Sattel. Er übergab das Pferd seinem Knappen und lief unverzüglich hinüber zum Palas. Othilia erwartete ihn bereits im Rittersaal. Sie saß auf dem Grafenstuhl; eine Hand ruhte auf der Lehne, verdeckte etwas, das von Säckingen nicht erkennen konnte, die andere hielt eine Reitpeitsche. Vor ihr lag eine kleine Glocke. Ansonsten war der Saal leer, keine Hofdamen, keine Pagen. Das bestätigte von Säckingens Befürchtungen, dass es schlechte Nachrichten gab, zumal Othilias Gesichtsausdruck ihn an eine Wölfin erinnerte, die kurz davor stand, ihre Beute anzufallen. Er trat vor, neigte das Haupt und beugte das Knie.

»Steht auf, von Säckingen, und schaut mir in die Augen!«
Langsam erhob er sich.

Mit einer schnellen Bewegung schleuderte sie ihm etwas entgegen. Er wich aus, griff in die Luft und hielt ein silbernes Kruzifix in der Hand.

»Was wolltet Ihr in Rottweil? Habt Ihr nicht gesagt, Ihr hättet Geschäfte in Wendlingen zu erledigen? Warum habt Ihr gegen meine Befehle gehandelt? Wer gibt Euch das Recht, den Herrn zu spielen?« Ihre Stimme klang ruhig, aber bedrohlich.

Sollte er antworten? Oder war das nur der Anfang einer Strafpredigt? Er atmete ein, setzte zu einer Erklärung an, doch schon schimpfte Othilia weiter: »Schweigt! Ich will nichts hören, aus Eurem Munde kommen doch nur Lügen! Nichts als Lügen!« Ihre Wangen glühten, mit der Gerte schlug sie auf die Lehne, dass es knallte.

Von Säckingen schwieg. Widerspruch hätte die Gräfin jetzt nur noch mehr gereizt.

»In meiner schwärzesten Stunde wart Ihr nicht an meiner Seite. Hinter welchem verfluchten Weiberrock seid Ihr hergerannt?«

Er versuchte, seine Gedanken zu ordnen. Sie hatte ihn verfolgen lassen, das hatte er schnell bemerkt; den Mann hatte er innerhalb eines halben Tages abgehängt. Aber wie viel wusste sie? Was sollte dieses Kruzifix? Und was meinte sie mit ihrer ›schwärzesten Stunde‹?

»Herrin, ich weiß nicht, worauf Ihr hinauswollt...«

Sie erhob sich, trat auf ihn zu und hieb ihm die Gerte auf den linken Arm. Er spürte den Schlag kaum, sie wollte ihn offenbar nicht verletzen, sondern demütigen, ihm seinen Platz zuweisen: Er war der Diener und sie die Herrin. Natürlich. Wie könnte er das vergessen! Von Säckingen verzog keine Miene. Auch wenn er ihr Bett teilte, machte er sich keine falschen Vorstellungen davon, wo er stand. Zumindest solange de Bruce lebte. Er erschrak. War es das? Hatte sie Nachricht von de Bruce erhalten? War das ihre schwärzeste Stunde? War er tatsächlich tot? Wenn es so war, dann hatte er den Zeitpunkt, um nach Mechthild zu suchen, in der Tat schlecht gewählt. Die Männer, die ihn in Rottweil aufgespürt hatten, hatten allerdings nichts dergleichen erwähnt. Ihr Anführer, ein unterwürfiger Lakai Othilias, hatte beharrlich geschwiegen, als er ihn gefragt hatte, was denn so dringend sei, dass es keinen Aufschub vertrug. Eine Stunde. Mehr hätte er nicht gebraucht. Dann hätte er zumindest einen Blick auf Wendel Fügers Weib werfen können, um sich mit eigenen Augen zu versichern, dass er keiner Schimäre hinterherjagte. Er musste plötzlich an die beiden Frauen denken, die ihm auf dem Weg hinunter zum Neckar entgegengekommen waren. Die hintere war ihm bekannt vorgekommen. Sie war zu weit entfernt gewesen, als dass er ihre Gesichtszüge hätte erkennen können, und ihr Haar hatte züchtig unter einer Haube gesteckt. Doch etwas sagte ihm, dass dies seine Mechthild gewesen sein könnte. War sie deshalb so plötzlich verschwunden? Hatte auch sie ihn erkannt?

Von Säckingen ballte die Fäuste. Hier und jetzt musste er erst einmal mit Othilia fertig werden. »Geht es um den Grafen? Hat man ihn gefunden? Ist er tot?«

Anstatt eine Antwort zu geben, hieb Othilia erneut auf ihn ein. Rechts, links, rechts, links.

Gut so, dachte von Säckingen, so kann sie ihre Wut und ihren Schmerz über de Bruce' Verlust an mir auslassen. Empfand sie Schmerz? Hatte Othilia ihren Gemahl geliebt? Er vermochte es nicht zu sagen. Weiber waren ihm ein Rätsel, und Othilia war eine besonders undurchschaubare Vertreterin ihres Geschlechts.

Sie ließ die Gerte sinken. »Ja, Ottmar ist tot. Und wenn ich nicht wüsste, dass Ihr und Eure Leute ihn gerettet habt ...«

Von Säckingen begriff sofort, worauf sie anspielte. »Man hat mein Schwert bei seinem Leichnam gefunden?«

»In der Nähe.«

»Ich hatte es ihm übergeben. Zusammen mit meinem Surcot und einem Beutel Münzen. Er hatte ja nichts bei sich.«

Othilia senkte den Blick.

Von Säckingen sah sie an. Er hatte ihr verschwiegen, dass es reiner Zufall gewesen war, dass er de Bruce hatte helfen können. Der Henker war gedungen gewesen, doch nicht von ihm. Bis heute wusste er nicht, wer seine Hände im Spiel gehabt, wer de Bruce die Flucht ermöglicht hatte. Letztlich ohne Erfolg. Mit einem Mal spürte von Säckingen eine unglaubliche Erleichterung in sich aufsteigen. Es war, als habe ihn jemand von einem Gewicht befreit, das ihm in den letzten Jahren wie ein Mühlstein an der Seele gehangen hatte. »Wo? Wer?« Er vermied jegliche Bewegung, das Kruzifix brannte in seiner Hand.

Othilia trat zwei Schritte zurück und berichtete in knappen Worten, wie Graf Ulrich III., kurz nachdem von Säckingen fortgeritten war, mit seiner Jagdgesellschaft auf die Adlerburg gekommen war und ihr die Gebeine übergeben hatte.

»Also ist er einem Bären zum Opfer gefallen?«, fragte er.

»Nein!« Othilia schrie so laut und schrill, dass es von Säckingen in den Ohren schmerzte. »Kein Bär, sondern ein Weib! Eine verfluchte Metze! Ich will alles wissen über Melisande Wilhelmis und über den Tag, an dem Ottmar ihre Familie auslöschen ließ.« Sie schlug mit der Gerte in ihre flache Hand. »Und ich will wissen, was Ihr in Rottweil zu schaffen hattet.«

Von Säckingen erschrak. Melisande Wilhelmis? War Othilia ihm etwa bereits auf die Schliche gekommen? Und dachte sie das Gleiche, was ihr Gatte vermutet hatte: dass die Magd Mechthild in Wahrheit Melisande Wilhelmis war? Das konnte nicht sein!

Othilia grinste von Säckingen hämisch an. »Hat es Euch die Sprache verschlagen, von Säckingen?« Sie nahm wieder Platz. »Los, fangt an!«

»Wie Ihr befehlt.« Von Säckingen verneigte sich. Einen kurzen Augenblick überlegte er. Sollte er wirklich alles erzählen? Die ganze Wahrheit? Wieder spürte er das Kruzifix in seiner Hand, und ein ungeheurer Verdacht stieg in ihm auf. Dann fasste er einen Entschluss. Er würde Othilia alles erzählen. Es würde sich erweisen, ob sie ihm Glauben schenkte, schließlich war die Wahrheit oft unglaubwürdiger als die dreisteste Lüge.

»Alles begann mit dem ersten Sohn Eures Gatten, Gernot de Bruce«, berichtete er, »einem Heißsporn, der übermütig und hitzköpfig war, aber tapfer, und der von Konrad Wilhelmis im Zweikampf erschlagen wurde. Das ist nun mehr als acht Jahre her. Euer Gemahl wollte diese schändliche Tat rächen, Gernot war schließlich fast noch ein Kind, ihn zu töten feige. Deshalb schmiedete Euer Gemahl einen Plan, um die Familie Wilhelmis in einen Hinterhalt zu locken…«

Von Säckingen ließ nichts aus. Er hatte keine Ahnung, wie

viel Ohtilia bereits wusste, was de Bruce ihr erzählt und was sie sich selbst im Laufe der Zeit zusammengereimt hatte. Jedenfalls lauschte sie aufmerksam, ohne ihn ein einziges Mal zu unterbrechen. Er erzählte, dass Melisande Wilhelmis dem Blutbad offenbar als Einzige entkommen war, dass de Bruce nie aufgehört hatte, nach ihr zu suchen. Dass der Zufall es gewollt hatte, dass er selbst Jahre später auf einem Fronhof bei Urach eine Magd namens Mechthild entdeckte, die der verschwundenen Kaufmannstochter aufs Haar glich. Auch dass er dieser Magd seit zwei Jahren auf den Fersen war, ließ er nicht aus. Nur den wahren Grund für seine unermüdliche Suche verschwieg er.

Othilia wurde immer ruhiger, und als von Säckingen seine Jagd nach Mechthild erwähnte, leuchteten ihre Augen auf, als hätte er ihr das Versteck des Heiligen Grals offenbart.

»Euer Bote fing mich ausgerechnet in dem Moment ab, als ich mich vergewissern wollte, ob diese Melissa Füger in Wahrheit die Magd Mechthild ist«, endete von Säckingen. »Hätte er mir ein wenig mehr Zeit gelassen, wüsste ich nun Bescheid.«

»Sie wird mir nicht entkommen«, sagte seine Herrin ruhig.

Von Säckingen horchte auf. Othilias Wut schien nicht nur verraucht zu sein, gute Laune schien sich ihrer bemächtigt zu haben.

»Das Kruzifix, das Ihr in der Hand haltet«, sagte sie und kräuselte ihre Lippen, »es gehört Melisande Wilhelmis.«

Von Säckingen öffnete die Hand und starrte das Schmuckstück an. »Das bedeutet ...«

»... dass sie und mein Gemahl sich begegnet sind. Und zwar kurz vor seinem Tod. Das Kruzifix wurde bei seinem Leichnam gefunden.«

Von Säckingen holte tief Luft. »Ihr glaubt, dass sie den Grafen getötet hat?«

»Aus dem Hinterhalt. Diese Metze ist nicht besser als ihr elender Vater, der Ottmars Sohn ermordet hat! Feiges Mörderpack!«

Von Säckingen schwieg. Genau genommen war es kein Mord gewesen, denn Gernot de Bruce hatte Konrad Wilhelmis von hinten angegriffen, woraufhin dieser mit dem Knaben kurzen Prozess gemacht hatte. Doch ob Notwehr oder nicht – es war ein dummer Fehler gewesen, den Konrad Wilhelmis mit dem eigenen Leben und dem seiner Familie hatte bezahlen müssen. Alle waren abgeschlachtet worden, nur Melisande nicht, die es anscheinend nicht nur geschafft hatte zu überleben, sondern auch, Rache zu nehmen für ihre Familie. Doch wie war ihr das gelungen?

Othilia beantwortete seine stumme Frage. »Sie hat den Henker gedungen und Ottmar die Flucht ermöglicht, um ihn dann zu ermorden.«

»Aber der Graf kniete unter dem Richtschwert. Sie hätte nur zuschauen müssen.« Von Säckingen war fassungslos. »Das Schicksal hatte ihr die Arbeit doch bereits abgenommen und ihren Todfeind dem Henker überantwortet.«

Othilia ließ triumphierend die Gerte knallen. »Ich habe also richtig vermutet: Nicht Ihr habt den Henker bestochen, von Säckingen. Ihr habt Euch mit fremden Federn geschmückt.«

Von Säckingen senkte den Kopf. »Ich hielt den Grafen für verloren. Verzeiht, Herrin ...«

»Ihr seid erbärmlich, Ritter.« Sie verzog das Gesicht. »Aber Ihr werdet Gelegenheit erhalten, Eure Scharte auszuwetzen.«

»Ich verstehe immer noch nicht ...«

Othilia lachte spöttisch. »Warum sie das getan hat? Weil sie keine Ruhe gefunden hätte, wenn sie ihn nicht mit eigener

Hand gerichtet hätte. Sie allein konnte ihre Familie rächen, niemand sonst. Ihr sollet allmählich lernen, Euch in uns Frauen hineinzudenken. Wir können jahrelang warten, und wenn der Feind glaubt, wir hätten ihn vergessen, dann schlagen wir zu. Merkt Euch das, von Säckingen, wenn Euch Euer Leben lieb ist.«

Er neigte den Kopf noch tiefer. »Das werde ich, meine Herrin, das werde ich.« Es bereitete ihm Mühe, sich zu beherrschen. So lange hatte er nach Mechthild gesucht. Und jetzt, so kurz vor dem Ziel, drohte Othilia sie ihm wegzuschnappen. »Was gedenkt Ihr nun zu tun?«, fragte er. »Ich nehme an, dass Ihr den Kopf von Melisande Wilhelmis wollt?«

»Den Kopf? Von Säckingen, Ihr habt in der Tat nicht die geringste Ahnung, was in uns Frauen vorgeht! Glaubt Ihr wirklich, dass ich sie so einfach davonkommen lasse?«

※ ※ ※

»Und gib gut auf meine Mutter acht!«, rief Wendel Antonius zu. »Sieh zu, dass du sie heil zurück nach Reutlingen bringst.«

»Das werde ich, versprochen.« Antonius deutete eine Verbeugung an. Er und seine Herrin saßen bereits auf ihren Pferden. Vor dem Flöttlinstor würden sie sich dem Zug eines Salzhändlers anschließen, der über Tübingen nach Frankfurt unterwegs war. Von Tübingen aus war es nicht mehr weit bis Reutlingen. Zudem konnte Katherina tatsächlich noch kurz ihre Schwester aufsuchen, sodass die Lüge ihrem Mann gegenüber nicht ganz so gewaltig ausfiel.

»Gib du lieber acht auf deine Familie, mein Sohn«, sagte Katherina. Sie lächelte, doch ihre Stimme klang ernst. »Melissa ist seit Tagen blass und kränklich, du darfst sie nicht so viel arbeiten lassen!«

Wendel warf einen raschen Blick auf seine Frau, die mit Gertrud auf dem Arm neben ihm stand. Sie sah wirklich krank aus, auch wenn sie nun leichtfertig abwinkte.

»Ach was, Katherina«, sagte sie. »Mir geht es gut. Du weißt doch, dass es einen wunderbaren Grund für meine augenblickliche Schwäche gibt.«

Katherina sah sie einen Moment schweigend an, dann sagte sie: »Nun denn, wir müssen los. Gehabt euch wohl. Auf bald, Wendel, auf bald, Melissa, auf bald, kleine Gertrud. Gott sei mit euch.«

»Gott sei mit dir«, rief Wendel, doch seine Mutter und Antonius waren bereits losgeritten. Beim Waldtor drehte sie sich noch einmal um, hob die Hand zum Gruß, dann verschwanden sie und Antonius aus seinem Blickfeld.

Wendel seufzte. »Es zerreißt ihr das Herz, dass sie nicht öfter bei uns sein kann.«

Melissa reichte Gertrud an Selmtraud weiter und legte ihm die Hand an die Wange. »Es ist nicht deine Schuld. Dein Vater ist der Sturkopf. Er hätte dir längst vergeben sollen. Du hast eine Verlobung gelöst, nicht den Kaiser erschlagen.«

Wendel musste gegen seinen Willen lächeln. Melissa besaß eine Art, Dinge auf den Punkt zu bringen, die er unwiderstehlich fand, auch wenn sie gänzlich unweiblich war. Ohnehin war sie anders als die meisten Frauen, die er kannte. Sie schwatzte nicht ohne Unterlass, war beherzt und vermochte im Weinlager besser zuzupacken als mancher Knecht. Hätte er nicht gewusst, dass sie aus einer angesehenen Augsburger Familie stammte, hätte er angenommen, dass es eine Zeit in ihrem Leben gegeben hatte, in der sie hart hatte arbeiten müssen. Er schüttelte den Kopf. Das konnte nicht sein. Die härtesten Tätigkeiten, die sie hatte verrichten müssen, waren wahrscheinlich das Besticken von Gewändern und das Flechten von Zöpfen gewesen.

»Was ist? War ich zu vorlaut?«

»Nein, Liebste.« Er nahm ihr Gesicht in die Hände und küsste sie auf die Stirn. »Ich dachte nur gerade, dass du wirklich sehr viel arbeitest. Vielleicht solltest du dich in den nächsten Wochen ein wenig schonen. Ihm zuliebe.« Er strich sanft mit den Fingern über ihren Bauch.

»Ja, vielleicht.«

Wendel legte den Arm um sie und wollte sie zurück ins Haus führen. Da ertönten vom Gramansbrunnen her Rufe. Ein wandernder Sänger hatte dort Position bezogen, und schon scharte sich eine neugierige Menge um ihn. Auch Wendel und Melissa traten näher an den Brunnen heran, der nur wenige Schritte von ihrem Heim entfernt vor dem Rathaus stand.

Der Sänger hatte sein Lied bereits angestimmt.

Hört die Geschicht', die grausige,
von dem mächtigen Grafen de Bruce.

Wendel spürte, wie Melissa schauderte. Auch er erstarrte. War der Graf zurück? Ging jetzt alles von vorne los?

Der Sänger fuhr fort:

Von dem mächtigen, furchtlosen Grafen,
den wilde Tiere kamen zu strafen.
Was der Henker an ihm verfehlte,
vollendete eine Bärin, die der Herrgott ihm schickte.

De Bruce von einem Bären gerissen. Tot! Wendel wäre beinahe vor Erleichterung auf die Knie gefallen.

»Er ist tot«, flüsterte er Melissa ins Ohr. »De Bruce ist tot! Das Ungeheuer ist vernichtet, dieses finstere Kapitel meines Lebens ist endgültig abgeschlossen.« Er drehte Melissa zu sich um. Sie blickte ernst drein, sagte nichts.

»Freust du dich denn nicht, dass dieser Teufel endlich tot ist?«, fragte er.

»Doch, Liebster, natürlich freue ich mich«, erwiderte sie tonlos, doch sie sah alles andere als froh aus. Im Gegenteil: Sie wirkte noch blasser als zuvor. Dunkle Ringe ließen ihre blauen Augen geisterhaft leuchten. Vielleicht war sie wirklich krank.

»Komm mit ins Haus«, raunte er ihr zu. »Leg dich hin, ich bringe dir eine Stärkung ans Bett. Und dann stoßen wir darauf an, dass Ottmar de Bruce endlich seine gerechte Strafe ereilt hat.«

**

Die Herrin hatte sich wie für einen Festtag herausgeputzt, und auch Antonius hatte sein gutes Zeug angezogen, denn Erhard Füger sollte heute von seiner Reise nach Ulm zurückkehren. Es war kurz vor Mittag, die Wachen hatten den Zug längst angekündigt, und jetzt endlich zwängte er sich durch das Obere Tor. Die Wagen rumpelten über die Kramergasse auf den Marktplatz zu. Ein Reiter löste sich aus dem Tross, rief den Kaufleuten einen Abschiedsgruß zu und zweigte in Richtung des Schwörhofs ab.

Antonius erkannte seinen Herrn sofort und fühlte dieselbe Anspannung wie immer, wenn er gegen dessen ausdrücklichen Befehl mit seiner Herrin in Rottweil gewesen war. Zudem fragte er sich, was Erhard Füger in Ulm gemacht hatte. Als er mit der Herrin aufgebrochen war, hatte sein Herr keine Reisepläne geäußert. Zwar war der Herr in letzter Zeit viel unterwegs, aber er kündigte seine Reisen doch zumindest eine Woche im Voraus an. Dieses Mal musste er kurz nach ihnen aufgebrochen sein, gerade so, als hätte er die Reise vor seiner Frau geheim halten wollen. Unsinn, schalt sich Antonius stumm. Wozu sollte Erhard Füger das tun? Er machte ohnehin, was er wollte. Und wenn er ein Geheimnis aus seiner Reise hätte machen wollen, wäre er wohl kaum einen Tag nach seiner Frau zurückgekehrt. Es sei denn, er war gar nicht in Ulm ...

»Antonius!«, rief seine Herrin ihm zu. »Mach nicht so ein Gesicht!« Sie senkte die Stimme. »Hast du Angst, dass der Herr uns auf die Schliche kommt? Keine Sorge. Ich werde alle Schuld auf mich nehmen, und sollte er dich bestrafen wollen, dann wird er das mit einem wahrhaft weltlichen Fegefeuer bezahlen.«

Sie lächelte aufmunternd, aber Antonius wusste nur allzu gut, dass Erhard Füger ein unbeherrschter Mann war und dass in einem Moment der Raserei niemand vor seiner Wut sicher war. Er würde sich nicht von seiner Gemahlin aufhalten lassen.

Antonius seufzte. Alles wäre anders, wenn Wendel noch hier wäre. Warum hatte der junge Herr nur diese seltsame Frau geheiratet? Eine Zeit lang hatte er Wendel für so etwas wie einen Freund gehalten. Natürlich waren sie immer Diener und Herr gewesen, doch zwischen ihnen hatte es eine ganz besondere Vertrautheit gegeben. Bis die Geschwister de Willms aufgetaucht waren – erst Merten, der Schreiber mit der heiseren Stimme und dem bartlosen Kindergesicht, dann seine Schwester Melissa. Seither war er für Wendel nur noch der Leibwächter und Diener.

Ich habe Euch mit meinem Leben beschützt, dachte Antonius bitter, und das ist der Dank dafür. Warum hatte er sich so in Wendel getäuscht? Sie waren keine Freunde, das hatte der junge Herr ihn deutlich spüren lassen. Wegen eines Weibes war er davongelaufen, hatte er den Vater enttäuscht. Wegen eines Weibes, das ihm nicht die volle Wahrheit über sich erzählt hatte.

Inzwischen war der Reiter bei ihnen angekommen. Es war tatsächlich Erhard Füger. Als er absaß und zu ihnen trat, stutzte Antonius. Irgendetwas stimmte nicht. Das Lächeln! Der alte Füger lächelte, sein Gesicht strahlte, als hätte er das Geschäft seines Lebens abgeschlossen. Seine Haltung war aufrecht, und die Augen blickten klar. Er übergab das Pferd einem Knecht, nickte Antonius zu, nahm seine Frau in die Arme und küsste sie. Was war mit dem Mann geschehen? War der Heilige Geist über ihn gekommen? Oder hatte er für ein paar Münzen einen erstklassigen Weinberg erstanden?

»Hast du eine gute Reise gehabt, mein Liebster?«, fragte Katherina Füger.

Ihr Mann antwortete munter: »Ausgezeichnet. Mildes Wetter, keine Räuber, gute Geschäfte, angenehme Gesellschaft.« Er legte den Arm um sie und führte sie zum Haus. An der Schwelle wandte er sich zu Antonius um. »Halte dich bitte zur Verfügung, ich brauche dich bald.«

Antonius verneigte sich. »Ihr findet mich am Fuß der Achalm.«

Erhard Füger nickte und entließ ihn mit einer Handbewegung.

Wenig später packte Antonius seine Waffen aufs Pferd, wählte zwei junge Knechte aus, die seine Übungspartner sein sollten, und machte sich mit ihnen auf den Weg zur Wiese am Fuß der Achalm, wo der Rat einen Übungsplatz hatte einrichten lassen. Dort gab es alles, was ein Mann benötigte: Strohpuppen für den Bogen, Drehpuppen, um die schnelle Reaktion zu Fuß und zu Pferde zu trainieren, und hängende Ringe, um die Treffsicherheit mit der Lanze zu erhöhen.

Antonius wärmte mit einigen Übungen seine Muskeln auf und dehnte die Sehnen. Die Knechte hatten bereits Schutzkleidung angelegt und ihre Holzschwerter aufgenommen. Antonius griff ebenfalls zu seinem Holzschwert. Wer glaubte, ein Holzschwert sei harmlos, irrte sich. Es war zwar nicht scharf, aber ein Hieb an den Hals oder an die Schläfe konnte dennoch tödlich sein. Und Knochen brechen konnte man damit ohne Probleme.

»Los! Ihr greift an – von zwei Seiten gleichzeitig und mit langsamen Bewegungen!«, befahl er den Knechten.

Schnell rann ihm der Schweiß aus allen Poren. Die Knechte machten ihre Sache gut, er musste sich konzentrieren, um sie abzuwehren, dabei aber nicht ernsthaft zu verletzen. Sie durften auch ihm Hiebe versetzen, wenn es ihnen gelang, und zwei Hiebe hatte er bereits einstecken müssen, als seine Gedanken zu Erhard Füger abgeschweift waren. Der Herr hatte in den letzten Monaten gute Geschäfte gemacht, aber auch der lukrativste Abschluss hatte ihm nicht annähernd ein solches Strahlen ins Gesicht gezaubert. Ein solch triumphierendes Strahlen. Ja, das war es gewesen, das Strahlen eines Siegers. Konnte es sein, dass seine gute Laune etwas mit Wendel zu tun hatte? Mit Melissa?

Antonius senkte das Schwert, um den Knechten zu signalisieren, dass sie ihre Angriffe einstellen sollten. »Trinkt und esst«, sagte er. »Ihr macht eure Sache gut. Zur Belohnung zeige ich euch nachher, wie man einen echten Zwerg ausführt.«

Die Knechte bedankten sich und machten sich über den

verdünnten Wein, die Würste und das Brot her. Antonius selbst aß nichts, trank nur einen Schluck Wein. Er setzte sich auf einen Stein und sah den anderen Männern zu. Reutlingen verfügte über viele gute Kämpfer, die gedungenen Söldnern gegenüber einen großen Vorteil hatten: Wenn sie kämpften, taten sie dies nicht für fremde Herren, sondern um ihre eigene Familie, ihr eigenes Hab und Gut zu verteidigen.

Antonius leerte den Schlauch, stand auf und nahm seinen Morgenstern auf. Er ließ ihn ein paarmal über dem Kopf kreisen. Der Morgenstern war eine furchtbare Waffe, gegen die auch eine Metallrüstung nicht schützte. Die langen Eisendorne durchschlugen, richtig geführt, jeden Helm. Allerdings musste man dafür recht nah an den Gegner herankommen.

Pferdegetrappel riss ihn aus seinen Gedanken.

Ein Reiter näherte sich. »Antonius!«

Er drehte sich um. »Ja, Herr?«

»Steig auf, wir machen einen kleinen Ausritt.«

»Sehr wohl, Herr.« Antonius wandte sich zu den Knechten. »Ihr übt in der Zwischenzeit, und sollte ich bei Anbruch der Dämmerung nicht zurück sein, kehrt ihr allein heim.« Er schwang sich auf sein Pferd und folgte seinem Herrn.

Wortlos ritten sie auf der Straße in Richtung Eningen, bis sie nach einiger Zeit auf einen schmaleren Pfad abbogen, der zu den Weinbergen im Süden von Reutlingen führte. Auf der Straße war allerhand Volk unterwegs gewesen, doch auf dem Pfad waren sie allein. Einmal meinte Antonius Hufschläge hinter sich zu hören, doch als er sich umwandte, war der Pfad leer.

Auf einer Lichtung, die von dichtem Gestrüpp umgeben war, hielt Erhard Füger sein Pferd an, sprang ab und ließ sich auf einem umgestürzten Baumstamm nieder. »Antonius, wem dienst du?«

»Euch, Herr.« Antonius stieg ebenfalls vom Pferd und setzte sich neben seinen Herrn.

»Und wenn ich nicht da bin?«

Antonius wurde es heiß. »Der Herrin.«

»Gut.« Erhard Füger sah ihn prüfend an. »Was denkst du über Wendel?«

»Wie meint Ihr das?«

Erhard Füger zögerte, als müsse er seine Worte klug wählen. »Hältst du es für richtig, dass mein Sohn in Rottweil lebt?«

»Ich vermisse ihn.«

»Du hast meine Frage nicht beantwortet.«

Die Stimme seines Herrn klang weich und warm und freundlich, nichts Befehlendes oder Anklagendes lag darin. Antonius witterte dennoch die Gefahr, die in seinen Worten lag. Er musste auf der Hut sein. »Ich entscheide nicht über Recht oder Unrecht«, sagte er vorsichtig, »aber ich wäre froh, wenn Wendel wieder hier wäre, wo er hingehört.«

Erhard Füger lächelte und legte Antonius eine Hand auf die Schulter. »So ist es recht. Das sehe ich genauso. Und du kannst mir helfen, ihn zurückzuholen.«

Antonius atmete auf. Endlich kam der Herr zur Sache. Seine gute Laune rührte also daher, dass er beschlossen hatte, seinem Sohn nicht länger zu grollen, sondern ihn zur Rückkehr nach Reutlingen zu bewegen. Und er hatte offenbar bereits einen Plan. Wollte er Melissa endlich als seine Schwiegertochter anerkennen? Oder hatte er vor, einen Keil zwischen Wendel und seine Gemahlin zu treiben? Antonius sah seinen Herrn an. Auch er war bereit, alles dafür zu tun, dass Wendel zurückkehrte – alles, was Wendel nicht schadete.

»Antonius, du hast vor zwei Jahren viel Zeit mit Wendel verbracht. Sicherlich hat er dir so manches anvertraut. Erzähl mir, was du über Merten de Willms und seine Schwester Melissa weißt. Jede Kleinigkeit. Auch wenn sie dir noch so unwichtig vorkommt. Ich muss alles wissen.«

Antonius zögerte. Es gab tatsächlich etwas, das er über Melissa wusste und niemandem erzählt hatte, ein Geheimnis, das er zwei Jahre lang gehütet hatte. Bis heute hatte er keinen Grund gesehen, sein Wissen preiszugeben, zumal er selbst nicht so genau wusste, ob es überhaupt von Bedeutung war. Doch vielleicht war dies der richtige Moment. Wenn es dabei half, dass Wendel sich wieder mit seinem Vater versöhnte – war es dann nicht recht, Melissa zu verraten? War sie nicht selbst schuld, wenn sie vor ihrem Gatten Geheimnisse hatte?

Antonius stieß seine Schuhspitze in den feuchten Waldboden. Er würde seinem Herrn die Wahrheit sagen. Dann sollte der entscheiden, wie er das Wissen für sich nutzte. »Ihr erinnert Euch sicherlich, wie Wendel und ich Merten de Willms kennengelernt haben«, begann er. »Wie der fremde Schreiber eines Tages im Hof stand und um eine Unterkunft bat.«

Er erzählte, wie er beobachtet hatte, wie Merten sich innerhalb weniger Tage eng mit Wendel angefreundet hatte, wie er plötzlich verschwunden und Melissa an seiner Stelle aufgetaucht war, seine angebliche Zwillingsschwester. Und dann, ganz so, als sei es ihm gerade eingefallen, berichtete er über ein Ereignis, das er bis heute für unwichtig erachtet hatte. »Wie Ihr wisst, habe ich Wendel und seine Braut nach Rottweil begleitet, nachdem sie dort das Haus erworben hatten. Ich weilte noch einige Tage dort, half Eurem Sohn beim Einrichten und bei der Suche nach Knechten und Mägden. Am zweiten Tag – es war ein milder und sonniger Spätherbsttag, nachdem es zuvor länger geregnet hatte – machte Melissa sich auf den Weg, eine Frau zu besuchen, die ein paar Wäschestücke für die Familie nähen sollte. Sie blieb lange weg. Die Näherin wohnte in einem Dorf unweit der Stadt, und Melissa hätte längst zurück sein müssen. Wendel wurde unruhig, und wir beschlossen, nach Melissa zu suchen. Da es zwei Wege in das Dorf gab, trennten wir uns, ich nahm den einen, Wendel den anderen Weg. Nur eine Meile von Rottweil entfernt entdeckte ich Melissa schließlich ein Stück vom Weg ab auf einer Lichtung. Es war Zufall, dass ich sie sah und nicht an der Stelle vorbeigeritten bin. Ich gab mich nicht zu erkennen und schlich mich an, denn mir kam ihr Verhalten seltsam vor. Sie schüttete gerade ein Loch zu, streute Laub darüber und verwischte alle Spuren. Dann ritt sie zurück nach Rottweil. Ich folgte ihr, holte sie am Flöttlinstor ein. Sie wurde ein wenig blass, als sie mich erkannte, doch ich ließ mir nicht anmerken, dass ich sie im Wald beobachtet hatte.«

»Hast du nachgesehen, was sie dort vergraben hat?«

Antonius schüttelte den Kopf. »Nein. Ich dachte, es ginge mich nichts an.«

»Würdest du die Stelle wiederfinden?«

»Jederzeit.« Antonius schloss die Augen. Kleine Tiere raschelten im Gebüsch, ein Schwarm Vögel flog mit lautem Geschrei auf. Dann sah er die Stelle wieder vor sich. »Es gibt dort eine unverwechselbare Baumgruppe. Etwa eine Meile nordwestlich der Stadt. Sie sieht aus wie Eltern mit ihren vier Kindern, die sich an den Händen halten: zwei hohe Tannen, vier Tannen, die immer kleiner werden. Wenn Ihr vor der höchsten Tanne steht, vom Weg aus gesehen, geht Ihr etwa zwanzig Schritte ins Unterholz. Dort stoßt Ihr auf eine Lichtung, in deren Mitte ein Felsklotz liegt, der rund ist und in der Mitte eine Vertiefung hat wie eine riesige Schale. Neben diesem Klotz hat Melissa de Willms das Loch zugeschüttet.«

»Großartig!«, rief sein Herr. »Antonius, ich bin dir zu Dank verpflichtet.«

Wieder flogen Vögel auf. Unruhig ließ Antonius seinen Blick schweifen. Der Wald kam ihm plötzlich feindselig vor. Gefahr lag in der Luft, er konnte sie spüren.

»Gleich morgen brechen wir nach Rottweil auf«, fuhr Erhard fort. Er schien Antonius' Unbehagen nicht zu bemerken. »Wir schauen uns an, was diese Melissa de Willms zu verbergen hat.« Er erhob sich und schwang sich in den Sattel. »Auf, Antonius! Wir sollten uns früh zur Ruhe begeben, morgen wartet ein scharfer Ritt auf uns.«

Antonius stieg ebenfalls auf, doch sein Herr vermochte nicht, ihn mit seinem Tatendrang anzustecken. Er hatte Melissa verraten, und damit auch Wendel. Was, wenn in dem Versteck etwas lag, dass den jungen Herrn ebenso sehr belastete wie sein Weib? Wenn Melissa gar nicht für sich, sondern für Wendel etwas versteckt hatte? Wenn in diesem dunklen Loch etwas lag, gegen das die Auflösung der Verlobung nichts war als ein dummer Bubenstreich?

***

»Diese Nacht ist so schwarz wie die Sünde! Wollt Ihr uns in den Tod schicken, Anführer?« Der kleine dicke Söldner reckte das Kinn vor.

Leopold von Steyer baute sich vor ihm auf. »Du hast die Wahl: Entweder du reitest mit uns, oder du stirbst von meiner Hand. Und wenn du dich aus dem Staub machst, bist du fortan vogelfrei und stirbst früher oder später durch eine andere Hand. Der Befehl unserer Herrin duldet keinen Widerspruch.«

»Aber die Herrin hat diesen Ritt gar nicht befohlen. Wir

sollen Erhard Füger folgen wie ein Schatten, so lautet der Befehl der Gräfin!«

Aus den Augenwinkeln sah von Steyer, dass die anderen Söldner betreten zu Boden blickten. Die Lage war in der Tat vertrackt, denn der aufmüpfige Söldner hatte recht, was den Befehl der Herrin anging. »Lasst Erhard Füger nicht aus den Augen«, hatte sie gesagt. »Ich will über jeden seiner Schritte unterrichtet werden.« So lautete sein Auftrag. Doch nun hatten sie etwas erfahren, das unverzügliches Handeln erforderte: Sie hatten mitgehört, wie der alte Füger seinem Leibwächter ein Geheimnis entlockt hatte, das die Herrin brennend interessieren dürfte. Leider hatten sie nicht genug Zeit, auf der Adlerburg Bericht zu erstatten und neue Befehle abzuwarten. Sie mussten sofort handeln. Noch diese Nacht. Sie mussten vor Erhard Füger in Rottweil sein und das Versteck im Wald in Augenschein nehmen. Othilia würde es so wollen, da war er ganz sicher. Er straffte die Schultern. Und davon abgesehen durfte er es nicht dulden, dass einer seiner Untergebenen seine Autorität so offen infrage stellte. »Die Herrin ist nicht hier, und in ihrer Abwesenheit hast du mir zu gehorchen!« Er legte die Hand an den Schwertknauf.

Der widerspenstige Söldner stemmte die Hände in die Hüften. »Ihr verlangt, dass ich mich den Befehlen der Gräfin widersetze?«

»Im Gegenteil. Mir gehorchen heißt der Gräfin gehorchen.« Von Steyer zog das Schwert ein Stück aus der Scheide, gerade so weit, dass die Klinge im Licht der Fackeln bedrohlich funkelte. Hoffentlich lenkte dieser Tölpel endlich ein! So ein unsinniger Zweikampf schwächte nicht nur seine Stellung, er würde sie zudem unnötig aufhalten.

Der Söldner schaute verunsichert seine Kameraden an. Keiner sprang ihm bei.

»Als du dein Kreuz unter den Vertrag gesetzt hast, hast du damit erklärt, deiner Herrin und ihren Vertretern zu gehorchen«, sagte von Steyer. »Du hast dich verpflichtet, meinen Befehlen Folge zu leisten. Du darfst dich nicht widersetzen. Wenn du es trotzdem versuchen möchtest, nur zu!« Von Steyer trat noch näher an den Söldner heran. »Entscheide dich! Jetzt!«

Der Söldner hob langsam die Arme. »Schon gut, schon gut. Mir soll es egal sein, Ihr müsst letztlich bei der Gräfin Euren Kopf für diese Eigenmächtigkeit hinhalten. Was geht es mich an?«

Wenig später stiegen die Männer auf, entzündeten Fackeln und ließen ihre Pferde antraben. Langsam fiel die Anspannung von von Steyer ab. Doch nur um einer neuen Sorge Platz zu machen: Hoffentlich fanden sie das Versteck, und hoffentlich enthielt es etwas, das seine eigenmächtige Entscheidung vor der Gräfin rechtfertigte. Wenn es ihm gelang, Othilia ein ganz besonderes Präsent zu überreichen, etwas, womit sie ihre Widersacherin vernichten konnte, half das vielleicht dabei, ihre Gunst zu gewinnen und diesen Gecken Eberhard von Säckingen auszustechen.

* * *

Noch bevor der Hahn krähte, erhob Antonius sich von seinem Lager. Er hatte kaum Schlaf gefunden und sich die ganze Nacht auf seinem Strohsack hin- und hergewälzt. Wenn er nur mit seiner Enthüllung kein Unheil heraufbeschworen hatte! Unruhig machte er sich an die Reisevorbereitungen. Im Haus war noch alles still. Am Abend hatte er die Herrin laut sprechen hören, sie schien verärgert zu sein, doch er hatte ihre Worte nicht verstanden. Hatte der alte Füger sie in seine Pläne eingeweiht? War sie deshalb erbost? Oder hatte sie am Ende darauf bestanden, mitzukommen? Nein, das wohl kaum. Vermutlich hatten die Eheleute sich einer ganz anderen Sache wegen gestritten. In letzter Zeit fiel öfter einmal ein harsches Wort, der Herr war noch launischer als früher und die Herrin längst nicht so gehorsam wie andere Frauen. Sie war zwar sanftmütig und gütig, aber sie hatte ihren eigenen Kopf.

Als sein Herr im Morgengrauen zu den Stallungen kam, hatte Antonius bereits die Pferde gesattelt, Wasser, Wein und Proviant verstaut. Erhard Füger grüßte ihn voll grimmiger Entschlossenheit und saß sogleich auf. Einer der Knechte erschien mit müden Augen bei der Hintertür, und Erhard rief: »Denk daran, Bursche, gleich als Erstes zur Sommerhalde zu laufen und dem dortigen Huser meine Nachricht zu überbringen. Und dann gehst du meiner Frau zur Hand, die im Weinkeller nach dem Rechten sehen will. Einige Gestelle für die Fässer sind morsch; bevor die Lese beginnt, muss alles hergerichtet sein.«

»Ja, Herr.«

»Ich komme morgen Abend zurück, so Gott will. Ich möchte keine Klagen hören.«

»Ja, Herr.«

Ohne ein weiteres Wort ritt Erhard Füger durch das Hoftor auf die Gasse. Antonius folgte ihm, und schon bald erreichten sie das Obere Tor. Es war gerade erst geöffnet worden, und die ersten Bauern und Händler drängten in die Stadt. Ängstlich wichen sie den beiden Reitern aus, die, kaum dass sie auf der Landstraße waren, den Pferden die Sporen gaben.

Als die Sonne aufging, waren Antonius und sein Herr schon drei Meilen von Reutlingen entfernt. Sie machten nur wenige, kurze Pausen, und mit jeder Elle, die sie Rottweil näher kamen, schien Erhard es eiliger zu haben. Er trieb sein Pferd an, verlangte ihm alles ab. Sie passierten das Dorf Schömberg, von hier war es nur noch eine knappe halbe Meile.

Wenn nur die sechs auffälligen Tannen nicht gefällt worden waren! Unruhig schaute Antonius sich um. Die bewaldete Bergkuppe! Dort war der Weg, den er genommen hatte, um Melissas Pfad nicht zu kreuzen. Auf einmal spürte auch Antonius das Jagdfieber; die Müdigkeit, die ihn während des ganzen Tages wieder und wieder überfallen hatte, war wie weggeblasen. Was auch immer sie in dieser Grube finden würden – er musste sich ihm stellen.

Antonius richtete sich im Sattel auf, um besser sehen zu können. Da standen sie, die sechs Bäume. Selbst jetzt, da er aus der entgegengesetzten Richtung kam, sahen sie aus wie eine Familie, die sich an den Händen hielt. »Hier ist es!«, rief er. »Von hier aus müssen wir zu Fuß weiter.«

»Dann sitzen wir ab«, entschied der alte Füger und sprang vom Pferd.

Antonius tat es ihm gleich, und gemeinsam führten sie die Pferde am Zügel in den Wald hinein. Antonius stieß erleichtert die Luft aus. Auch die Lichtung sah noch so aus wie vor zwei Jahren: Da war der Fels, der an eine große Schale erinnerte, da waren die Brombeerranken, die um ihn herum wucherten. Dann jedoch erstarrte er: Frische, feuchte Erde türmte sich neben dem Felsklotz zu einem kleinen Hügel auf.

»Nein!« Erhard Füger stieß einen Wutschrei aus und stürzte auf die Stelle zu.

Antonius folgte ihm langsam. Er hatte es nicht eilig, denn er ahnte, was ihn erwartete. Mit einem Ziehen im Magen trat er neben seinen Herrn und warf einen Blick in das frisch ausgehobene Loch.

Die Grube war leer.

✳ ✳ ✳

Melisande rieb sich die Augen. Es war ein langer Tag gewesen und sicherlich besser, die Arbeit für heute zu beenden. Wendel wäre erbost, wenn er herausfand, dass sie den ganzen Nachmittag in der Schreibkammer gesessen und über Dokumenten gebrütet hatte. Glücklicherweise war er ausgeritten. Er suchte nach geeigneten Hängen, hatte er sich doch in den Kopf gesetzt, eigenen Wein anzubauen, wie er es in Reutlingen getan hatte.

Melisande schob die Pergamentrollen zur Seite, verschloss das Tintenfass und deckte die Rechnungen, Lieferlisten und Briefe mit einem Leinentuch ab. In den letzten Stunden war es ihr gelungen, nicht ein einziges Mal an Eberhard von Säckingen zu denken, und das war gut so. Je weiter der schreckliche Augenblick am Neckarufer in die Vergangenheit rückte, desto blasser wurde das Bild des Ritters in ihrem Kopf. Inzwischen war sie beinahe sicher, dass sie sich getäuscht hatte. Seit der Augsburger vor fast zwei Wochen mit Wendel gesprochen und ihr in Erinnerung gerufen hatte, wie schnell ihr Gebäude aus Lügen und Täuschung zusammenbrechen konnte, hatte sie überall Gefahr gesehen, auch dort, wo keine drohte. Sie musste wieder zur Ruhe kommen. Es war alles in Ordnung, zumindest so weit es in Ordnung sein konnte. Ganz sicher würde sie nie sein. Sie musste endlich lernen, mit einem Rest Gefahr zu leben, ohne darüber den Verstand zu verlieren. Schließlich war ihr das ja auch in den letzten zwei Jahren recht gut gelungen.

Ein Klopfen riss sie aus ihren Gedanken. Irma schob sich zur Kammertür herein. Ihre Augen waren rot gerändert, ihr Blick traurig.

Melisande sprang auf. »Liebste Freundin, was ist geschehen?«

»Mein Onkel, es geht ihm von Stunde zu Stunde schlechter.« Sie ließ sich auf einem Schemel nieder. »Sein Bein ist schon ganz schwarz.«

Der Schmerz ihrer Freundin traf Melisande tief ins Herz. Sie kniete neben ihr nieder und ergriff ihre Hände. »Ganz schwarz, sagst du? Und eitern tut die Wunde auch?«

»Ja«, schluchzte Irma. »Ich habe solche Angst um ihn.«

»Was sagt denn der Meister Chirurgicus?«

»Er ist bei einem Patienten in Zimmern. Er kommt wohl erst spät am Abend wieder.«

Melisande streichelte Irmas Hände und sah die Freundin betroffen an. Das klang nicht gut. Die Entzündung war offenbar schon weit fortgeschritten, und so wie es sich anhörte, konnte man nur noch das Bein abnehmen, um das Leben des Onkels zu retten. Wenn sie sich das Bein doch nur einmal ansehen könnte! Vielleicht konnte sie helfen. Sie zuckte zusammen. Nein, das ging nicht! Es war zu gefährlich. Wenn die Leute erfuhren, wie viel sie von der Wundheilung verstand, würden sie Fragen stellen. Oder schlimmer noch: Irgendwelche Dummköpfe würden sie der Hexerei bezichtigen und ihr Haus anstecken. Sie hatte das alles schon einmal durchgemacht. Auch damals hatte es damit begonnen, dass sie geholfen und anderen das Leben gerettet hatte. Nein, sie konnte nichts für Irmas Onkel tun, es war unmöglich.

»Ich...« Irma senkte den Kopf und weinte bitterlich. »Ich habe solche Angst um ihn!«

Melisande erhob sich und drückte Irma an sich. Sie würde sich das Bein nur ansehen, daran war nichts Verräterisches. Vielleicht war alles halb so schlimm, und sie konnte die Freundin beruhigen. »Irma, ich habe einen besonders guten Wein«, sagte sie sanft. »Ich möchte ihn deinem Onkel bringen, das wird ihn stärken. Was meinst du?«

»Danke, Melissa, du bist so gut«, sagte Irma und zog die Nase geräuschvoll hoch.

»Dann lass uns gehen.« Melisande führte Irma in die Küche, wo Selmtraud gerade das Abendessen richtete. Gertrud saß auf einer Decke auf dem Boden und spielte mit Holzklötzen, die Wendel mit bunten Gesichtern bemalt hatte.

Melisande beugte sich über sie und küsste sie auf den Kopf. »Ich werde dich niemals in Gefahr bringen«, murmelte sie in das samtweiche Haar. Gertrud gluckste vergnügt und schlug zwei Klötze aneinander.

»Eine kleine Musikantin haben wir hier!«, lachte Selmtraud. »Vielleicht solltet Ihr ihr ein Päuklein schenken.«

»Das fehlte gerade noch«, gab Melisande zurück. »Dann trommelt sie das ganze Haus zusammen. Außerdem soll sie etwas Anständiges lernen. Lesen und Schreiben!« Sie richtete sich auf und holte einen Krug mit einfachem Rotwein aus der Speisekammer, den sie mit ein wenig Zimt und Thymian versetzte. »Ich bringe Irma nach Hause, Selmtraud«, sagte sie. »Ich bleibe nicht lange fort.«

Sie nahm ihre Freundin an der Hand und zog sie aus dem Haus. Wenig später standen sie vor dem Haus des Onkels in der Nähe des Unteren Auentores. Eine Magd führte sie in die Schlafkammer.

Meister Egidius lag schweißüberströmt im Bett. Er stöhnte vor Schmerzen, und sein Atem ging schnell und röchelnd. Irmas Mutter kniete an seiner Seite, hielt seine Hand und weinte leise. Der Raum stank nach Eiter und Fäulnis, ein Geruch, den Melisande nur zu gut kannte, dennoch musste sie schlucken, um die aufsteigende Übelkeit zu verdrängen.

»Seid gegrüßt, Meister Egidius«, sagte sie freundlich. »Ich bringe Euch einen kräftigenden Wein.« Sie stellte den Krug ab. Dann hob sie behutsam die Bettdecke hoch. Erschrocken hielt sie die Luft an. Der Unterschenkel war von schwarzer, toter Haut überzogen, und aus einer klaffenden Wunde sickerte weißgelbe Flüssigkeit. Was als kleine Verletzung begonnen hatte, drohte nun den ganzen Mann zu töten.

Melisande deckte das Bein wieder ab und betrachtete das schweißnasse Gesicht des Kranken. Bis der Chirurgicus zurückkehrte, konnte Meister Egidius tot sein. Das Bein musste sofort abgenommen werden, und sie konnte es tun. Schließlich hatte sie als Henkerin des Öfteren Gliedmaßen amputieren müssen. Sie ballte die Fäuste. Wenn sie es tat, brachte sie sich und ihre ganze Familie in Gefahr. Gertruds weiches goldfarbenes Haar kam ihr in den Sinn. Es liegt nicht in deiner Verantwortung, beschwor sie sich. Der Meister Chirurgicus wird das Richtige tun, wenn er zurück ist. Wenn Gott diesen Mann retten möchte, wird er ihn am Leben lassen, bis der Arzt ihm helfen kann.

Sie berührte leicht die Schulter ihrer Freundin und wandte sich ab. Leise verließ sie das Haus.

***

Erhard Fügers Kopf glühte vor Zorn. Er nahm eine Handvoll Erde und schleuderte sie Antonius ins Gesicht. »Du hast mich verraten!«, brüllte er.

Antonius sah ihn fassungslos an. Wie konnte sein Herr das von ihm denken? Nach all den Jahren unverbrüchlicher Treue? Empörung stieg in ihm hoch. »Was sagt Ihr da, Herr?«, rief er. »Warum sollte ich so etwas tun?«

»Warum?« Erhard Füger trat einen Schritt auf Antonius zu. »Ich sage dir, warum: Weil diese Metze auch dich verhext hat. Weil du ihr hörig bist. Deshalb.« Er legte die Hand an sein Schwert.

Antonius taumelte zurück und hob die Arme. »Ihr seid ja vollkommen wahnsinnig geworden! Wollt Ihr mein Blut? Nehmt es Euch. Es ist wahrlich kein Wunder, dass Euer Sohn nicht mehr nach Hause kommen will.« Sofort bereute er, was er gesagt hatte. Wenn der Herr von solcher Wut gepackt war, tat man nicht gut daran, ihn noch weiter zu provozieren. Doch die ungeheure Unterstellung hatte ihn verletzt. Wie konnte der Herr nur glauben, er hätte sich von der Metze betören lassen, wo sie es doch gewesen war, die ihm Wendel weggenommen hatte?

»Gut, Bursche, wie du willst.« Erhard Füger zog blank, stieß einen Schrei aus und stürzte sich auf Antonius, der einen Ausfallschritt zur Seite machte, um dem Hieb zu entgehen. Erhard Füger lief ins Leere, stolperte über eine Wurzel, sein Schwert flog durch die Luft, während er selbst auf dem Bauch landete. Sofort rappelte er sich hoch und drehte sich zu Antonius um. Einen Wimpernschlag lang zögerte er, dann stürzte er sich auf ihn, diesmal mit bloßen Händen.

Gut so, dachte Antonius, lasst Eure Wut an mir aus! Wenn Ihr Euch ausgetobt habt, beginnt Euer Verstand wieder zu arbeiten.

Erhard Füger schlug mit den Fäusten auf ihn ein. »Na warte, du treuloser Halunke! Dir werde ich zeigen, was ich mit Verrätern mache!«

»Herr! So nehmt doch Vernunft an!« Antonius gab ordentlich zurück, jedoch nicht allzu fest. Er hätte den älteren, schlecht trainierten Mann leicht zu Boden werfen können, doch er wollte ihn nicht demütigen.

Eine Weile rangen sie, Schweiß und Staub mischten sich auf ihrer Haut zu einem klebrigen grauen Brei. Immer schwerer ging Erhards Atem, doch es dauerte noch eine ganze Weile, bis er keuchend von Antonius abließ. Wankend blieb er stehen.

Antonius schaute zu Boden. War das das Ende? Musste er sich jetzt einen neuen Herrn suchen? Vielleicht gar bei einem Söldnertrupp anheuern? Schnell verwarf er den Gedanken. Nein, er würde versuchen, bei einem angesehenen Grafen in der Leibwache unterzukommen. Es kümmerte ihn nicht, einen Angreifer unschädlich zu machen, aber mordend und brandschatzend durch die Gegend zu ziehen, wie viele Söldner es taten, das war erbärmlich.

Endlich kam Bewegung in Erhard Fügers Glieder. Er hob sein Schwert auf und schob es in die Scheide, stolzierte wortlos an Antonius vorbei und nahm sein Pferd beim Zügel. Ohne sich umzublicken, brach er sich einen Weg zurück durchs Unterholz, und kurz darauf hörte Antonius, wie er davonpreschte.

Antonius schüttelte den Kopf. Was zum Teufel war mit seinem Herrn los? Jeder Narr musste doch begreifen, dass er es nicht nötig gehabt hätte, über das Versteck auch nur ein Wort fallen zu lassen. Warum also sollte er erst davon erzählen, um dann Melissa zu warnen? Er schüttelte den Kopf und ließ sich auf einem Baumstumpf nieder. Ameisen wimmelten zu seinen Füßen umher, schleppten unablässig Blätter, Holzschnitzel und erbeutete Insekten vorbei. Nachdenklich legte Antonius einen Zweig quer über den Ameisenpfad; sofort wurde er untersucht und sodann als ungefährlich liegen gelassen. Egal, wie groß die Last war, die die einzelnen Ameisen mit sich schleppten, sie überwanden das Hindernis scheinbar mühelos.

So stark wie eine Ameise müsste ich sein, dachte Antonius, dann bräuchte ich keinen Feind zu fürchten. Er stand auf und streckte sich. Was für eine seltsame Welt! In seinem ganzen

Leben hatte er sich noch nichts zuschulden kommen lassen, das gegen Gottes Gesetz oder die Gesetze Württembergs verstieß, und doch beschuldigte sein Herr ihn, ein Verräter zu sein. Was sollte er jetzt tun? Seinem Herrn folgen? Würde Erhard Füger seine Anklage wiederholen? Würde die Herrin sich für ihn einsetzen? Bisher hatte sie es immer getan. Sollte er nach Rottweil gehen, Wendel bitten, ihn in seine Dienste zu nehmen? Oder sollte er das Weite suchen und ganz neu anfangen? Drei Möglichkeiten, eine zu viel, um eine Münze zu werfen.

»Die Ameisen sollen entscheiden!«, rief er, nahm einen anderen Zweig, suchte eine breite Ameisenstraße und legte ihn abermals quer in den Weg. Liefen sie rechts vorbei, würde er nach Rottweil gehen, nahmen sie den Weg links an dem Zweig vorbei, hieß es nach Reutlingen zurückkehren. Überquerten sie den Zweig in der Mitte, würde er sein Glück bei einem neuen Herrn versuchen.

Verwirrt blieben die Ameisen stehen. Eine von ihnen tastete sich an dem Ast entlang. Nach links. Die anderen folgten. Antonius blickte kurz zum Himmel hinauf, dann wieder auf die Ameisen. Die Entscheidung war gefallen.

»Na gut, wenn ihr meint, dass ich nach Reutlingen zurückmuss, dann gehe ich nach Reutlingen.« Seufzend griff er nach dem Zügel und führte seine Stute zurück durch das Unterholz. Es dämmerte bereits. Er musste sich beeilen, um seinen Herrn einzuholen, denn ohne Begleitung war der alte Füger für Straßenräuber eine leichte Beute.

**

»Ehre sei dem Vater und dem Sohn und dem Heiligen Geist, wie im Anfang, so auch jetzt und alle Zeit und in Ewigkeit.

Amen.« Melisande kniete vor dem kleinen Altar der Hochturmkapelle. Irmas Onkel war dem Tod geweiht, wenn ihm nicht rasch geholfen wurde. War es nicht ein christliches Gebot, zu helfen, wo sie konnte? Aber war sie nicht ebenso angehalten, ihre Familie zu schützen? Ihre kleine Gertrud mit dem glatten, rosigen Kindergesicht, dem fröhlichen Lachen, der duftenden Haut ... Plötzlich schob sich ein anderes Gesicht vor ihr inneres Auge: das Gesicht ihrer kleinen Schwester, die ebenfalls Gertrud geheißen hatte und die gestorben war, weil sie sie nicht hatte beschützen können. Nein, ihre Tochter sollte nicht das gleiche Schicksal ereilen! Niemals.

Melisande schaute zum Kreuz empor. Gott hatte ihr in der Not immer zur Seite gestanden und seine schützende Hand über sie gehalten. Und er hatte ihr die wunderbare Gabe des Heilens geschenkt. War das ihr Dank? Dass sie einen braven Christen leiden und vielleicht sogar sterben ließ? »Herr Jesus Christus, gib mir die Kraft, das Richtige zu tun«, wisperte sie immer wieder, bis sie schließlich eine Entscheidung traf. »Herr, ich lege mein Schicksal in deine Hände.« Sie erhob sich und trat festen Schrittes aus der Kapelle. Hoffentlich war es noch nicht zu spät!

Melisande eilte nach Hause. Die Küche war leer, doch sie hörte Selmtraud im oberen Stockwerk singen und Gertruds freudiges Glucksen. Mit geübtem Griff bereitete sie eine Heilpaste zu, dann packte sie einige Werkzeuge in einen Beutel und lief zu Egidius' Haus. Als sie in die Gasse bog, überkam sie das seltsame Gefühl, dass etwas nicht stimmte. Dann hörte sie es, ein lautes Weinen und Klagen. Nein! Das durfte nicht sein.

Sie klopfte an, und eine Magd mit rotgeweinten Augen öffnete ihr. »Oh!«, rief sie überrascht, als sie Melisande sah. »Ihr seid es. Ich dachte, es wäre der Priester.«

»Meister Egidius?«, fragte Melisande mit belegter Stimme.

»Er ist vor wenigen Augenblicken von uns gegangen.«

Melisande krallte ihre Hand in die Türfassung, um sich abzustützen, ihre Beine zitterten. »Er ist tot?«, flüsterte sie ungläubig. »Aber – aber vor einer Stunde...«

»Es war mit einem Mal ganz schnell vorbei. Sein Atem ging schneller und schneller. Plötzlich erstarrte er, als sähe er etwas, das ihn erschreckt. Er murmelte etwas von einem hellen Licht, und dann war es ausgestanden.« Die Magd bekreuzigte sich. »Wollt Ihr nicht eintreten, Herrin? Die arme Irma kann Euren Trost sicherlich gut gebrauchen. Ihr seid doch ihre beste Freundin.«

»Nein«, stammelte Melisande. »Ich...ich kann nicht. Nicht jetzt. Sag ihr... sag ihr, dass ich für ihren Onkel eine Kerze entzünden werde.« Sie löste die Hand von der Türfassung und wandte sich ab. Meister Egidius war tot. Tot, weil sie gezögert hatte, ihm zu helfen.

Hinter ihr schlug die Magd die Tür zu. Melisande machte ein paar wankende Schritte in die Gasse. Es war still bis auf das Klagen, das dumpf aus dem Haus des Meisters drang. »Herr, vergib mir«, flüsterte sie. Tränen liefen ihr über das Gesicht. »Vergib mir, dass ich nicht auf dich vertraut und diesen braven alten Mann habe sterben lassen.«

* * *

»Antonius!« Erhard Füger versuchte, seine Stimme nicht allzu scharf klingen zu lassen. Seit ihrem Streit im Wald waren sie sich aus dem Weg gegangen und hatten kein Wort miteinander gewechselt. Antonius hatte ihn nach etwa einer Meile eingeholt und war stumm neben ihm hergeritten. Sie hatten in einer Scheune übernachtet, die ein Bauer ihnen für wenig Geld überlassen hatte, für das er ihnen sogar noch einen Laib Brot und eine Räucherwurst als Wegzehrung mitgegeben hatte. Drei Tage war das her. Seit ihrer Rückkehr bestürmte Katherina ihn mit Fragen – den gleichen, die sie vor seiner Abreise gestellt hatte. Er hatte sie vertröstet, doch lange würde das nicht mehr gehen. Jetzt war Montag, und sie hatte ihm bedeutet, dass sie nicht länger auf eine Antwort warten würde. Sie war mit der Magd auf dem Markt und würde erst gegen Mittag wiederkommen. Dann wollte sie erfahren, was los war, sonst würde sie die gemeinsame Schlafkammer verlassen und ab sofort mit der Köchin in einem Bett schlafen. Nicht zum ersten Mal drohte sie damit, doch diesmal schien es ihr bitterernst zu sein.

Erhard seufzte. Seine Wut auf Antonius war längst verraucht. Natürlich hatte sein Leibwächter Melissa nicht gewarnt. Wie auch? Und vor allem: weshalb? Es war an der Zeit, sich mit dem aufrechten Mann zu versöhnen, auch wenn es ihm nicht leichtfiel. Aber gleichzeitig mit dem treuen Diener und mit seiner Gemahlin im Streit zu liegen, das war einfach zu viel. Zudem brauchte er für seinen Plan Antonius' Hilfe.

Der Leibwächter trat in die Stube. Sein Blick war wachsam, seine Hände steckten im Gürtel.

Erhard holte tief Luft. »Ich möchte mich bei dir entschuldigen, Antonius. Es war dumm von mir, dich des Verrats zu bezichtigen.« Er sah Antonius in die Augen. Der Diener wirkte sichtlich erleichtert. Erhard meinte die Felsbrocken fallen zu hören, die auf seinem Herz gelastet hatten. Antonius nahm die Hände aus dem Gürtel, und auf seinem Gesicht machte sich ein Lächeln breit. »Und ich möchte dich in meine Pläne einweihen«, sprach Erhard rasch weiter. »Du sollst mir helfen, Wendel wieder nach Hause zu holen. Was sagst du, Antonius? Bist du dabei?«

»Ja, natürlich, Herr, wenn ich irgendetwas tun kann ... jederzeit ...« Antonius zögerte. »Aber wie sollen wir das anstellen? Wir haben doch das Geheimnis von Melissas Versteck nicht gelüftet.«

Erhard winkte ab. »Das brauchen wir nicht. Es hätte die Sache leichter gemacht, wenn wir Wendel damit hätten konfrontieren können, was für ein hinterhältiges Weib er sich da ins Haus geholt hat, doch es geht auch so. Ich weiß genug über diese falsche Melissa, glaube mir.« Er stellte zwei Becher auf den Tisch und goss Wein ein, ohne auf Antonius' überraschten Gesichtsausdruck zu achten. »Trink!«

Antonius nahm seinen Becher, und sie stießen an.

»Auf Wendel!«, rief Erhard.

»Auf Wendel«, wiederholte Antonius vorsichtig.

Sie tranken, ließen sich am Tisch nieder. »Jetzt höre, was ich in Augsburg erfahren habe!«, sagte Erhard. »Es gibt nicht nur gar keine Melissa de Willms. Die Familienmitglieder sehen auch noch allesamt völlig anders aus als unser feiner Merten und seine Zwillingsschwester!« Rasch berichtete er, was er außerdem herausgefunden hatte: dass die beiden ein Gaunerpärchen sein mussten, das sich an leichtgläubigen Opfern bereicherte. Dass sie den echten Merten de Willms vermutlich ermordet hatten, und dass nun Wendel in ihrer Falle saß.

Antonius sprang auf, kaum hatte Erhard zu Ende gesprochen. »Diese Hexe! Wir müssen sofort nach Rottweil!«

»Immer mit der Ruhe.« Erhard drückte den Heißsporn zurück auf den Schemel. »Die Metze wird warten, bis sie Wendel einen Sohn geboren hat, der eines Tages sein Erbe antreten kann. Wir haben also Zeit, und das ist gut. Denn wir müssen besonnen vorgehen.«

»Und wenn die beiden Verbrecher ganz andere Pläne haben?«, fragte Antonius aufgebracht. »Wir dürfen Wendel nicht schutzlos in den Klauen dieser Mörderin lassen!«

»Natürlich müssen wir Wendel schützen«, bestätigte Erhard. »Aber ohne, dass er etwas merkt.«

Antonius wurde plötzlich blass.

Erhard sah, dass er mit sich rang, dass ihm etwas auf der Zunge lag. »Was ist?«, fragte er. »Was hast du?«

»Ihr wisst, dass Eure Gemahlin Kontakt zu Eurem Sohn hat?«, fragte der Leibwächter.

Erhard nickte ungeduldig. Ja, das wusste er. Er hatte es ihr zähneknirschend gestattet, sonst hätte sie nie wieder ein Wort mit ihm gesprochen. »Sie schreibt ihm Briefe, ja, und er schreibt zurück. Warum erwähnst du das?«

»Weil sie mir etwas anvertraut hat, Herr.« Antonius wurde rot, schien mehr sagen zu wollen, biss sich dann aber auf die Unterlippe.

»Und was?«

»Es ist möglich, dass die Hexe wieder schwanger ist. Angeblich ist sie sicher, dass es diesmal ein Junge wird.«

»Ich verstehe.« Erhard brach der Schweiß aus. Wenn diese Melissa Wendels Sohn unter dem Herzen trug, gab es für sie keinen Grund mehr, länger zu warten.

»Ich kann sofort losreiten, Herr, wenn Ihr es befehlt.«

»Nein«, erwiderte Erhard barsch. »Wir müssen uns beeilen, ja, aber wir dürfen dennoch nichts überstürzen. Ohne List wird der Plan nicht aufgehen. Wenn Wendel erfährt, dass ich hinter seinem Rücken in Augsburg war, um Auskünfte über seine Gemahlin einzuholen, wird er mich bis ans Ende seiner Tage hassen. Vor allem wird er mir kein Wort glauben. Diese Melissa hat ihm offenbar so gründlich den Kopf verdreht, dass er die Wahrheit nicht wird hören wollen.«

Antonius nickte eifrig. »Aber was sollen wir tun?«

Erhard verzog den Mund zu einem Grinsen. »Du wirst ihn beschützen, bis sich eine Gelegenheit ergibt, Melissa von ihm wegzulocken. Du und meine Gemahlin, ihr werdet Wendel heimlich besuchen. Hinter meinem Rücken, verstehst du?« Er zwinkerte Antonius zu. »Irgendwie musst du die Herrin dazu bringen, nach Rottweil zu reisen. Aber sie darf keinesfalls erfahren, dass der Vorschlag von mir kommt, ist das klar?«

Antonius nickte, räusperte sich und hustete.

»Nimm noch einen Schluck Wein.«

Antonius nahm dankend an und trank gierig.

»Ich werde Katherina morgen sagen, dass ich wieder verreisen muss und mindestens einen Monat wegbleiben werde. Du musst dafür sorgen, dass sie möglichst rasch auf den Gedanken kommt, Wendel in meiner Abwesenheit einen Besuch abzustatten. Bestimmt brennt sie darauf, ihren Sohn zu sehen, es wird nicht schwer sein, sie zu überreden.« Erhard rieb sich die Hände. »Ich werde derweil mit zwei Männern in der Nähe von Rottweil ein Lager aufschlagen. Sobald sich eine Gelegenheit ergibt, bringst du Melissa zu mir. Wichtig ist, dass niemand weiß, dass ihr zusammen aufgebrochen seid. Dann kehrst du nach Rottweil zurück. Irgendwann wird man Melissa vermissen. Du beteiligst dich an der Suche, hast dabei aber ein Auge auf Wendel. Nicht dass Melissas Zwillingsbruder irgendwo lauert und ihm etwas antut! Katherina wird Wendel tröstend zur Seite stehen, wenn Melissa nicht wieder auftaucht, und sobald ich von dem Unglück erfahre, komme ich ebenfalls nach Rottweil und versöhne mich mit Wendel, sichere ihm meine Hilfe zu. Du wirst sehen: Bald schon wird er Rottweil verlassen und nach Reutlingen zurückkehren.«

»Und was geschieht mit Melissa?« Antonius starrte in den Weinbecher.

»Ich werde sie nach Augsburg bringen, wo man ihr den Prozess machen wird. Schade, dass ihr Versteck leer war. Sicherlich lagen darin Beweise für ihre Schandtaten.«

Antonius setzte den Becher ab und schluckte hörbar.

»Dir ist nicht wohl bei dem Gedanken?«

»Ich wusste ja die ganze Zeit, dass Melissa irgendein dunkles Geheimnis hat«, gestand der Diener. »Schließlich habe ich sie im Wald beobachtet. Doch nie hätte ich geglaubt, dass sie eine Mörderin ist. Ich habe immer gedacht, dass sie Wendel tatsächlich liebt.«

Erhard sah ihn prüfend an. Hoffentlich war es kein Fehler gewesen, Antonius einzuweihen. »Du weißt doch, wie durchtrieben Menschen sein können«, sagte er. »Und die Weiber allemal. Melissa de Willms beherrscht die Kunst der Täuschung meisterlich. Sonst wäre mein Sohn ja auch nicht auf sie hereingefallen. Du hast Wendel schon einmal vor einem Mordkomplott gerettet, Antonius. Jetzt braucht er erneut deine Hilfe.«

Antonius schwieg, doch in seinem Gesicht arbeitete es.

»Antonius! Hilfst du mir, Wendel zu retten? Ich brauche dich!« Langsam wurde es Erhard heiß. Was war mit seinem Diener? Warum antwortete er nicht? »Antonius!«

»Was ist mit dem Ungeborenen?«, stieß der Diener hervor.

Erhard Füger schluckte. Bei der Heiligen Jungfrau Maria! Der Mann hatte Recht. Sollten sie den Augsburgern verschweigen, dass Melissa schwanger war? Nein, auf keinen Fall. Er wollte eine Mörderin dingfest machen, sich aber nicht an unschuldigem Leben versündigen. »Die Augsburger müssen uns garantieren, dass das Kind leben darf«, erklärte er. »Erst nach der Geburt soll die Mörderin gerichtet werden. Nur unter dieser Bedingung liefern wir sie aus.«

Antonius' Gesichtszüge entspannten sich. »Wendel muss gerettet werden, und ich werde alles dafür tun, was in meiner Macht steht!«

※ ※ ※

Konrad Sempach erhob sich aus seinem Stuhl und reckte die Glieder. Ein langer Tag lag hinter ihm, angefüllt mit lästigem Schreibkram und ermüdenden Sitzungen des Esslinger Stadtrats, dem er angehörte. Als sei das noch nicht genug, hatte er, seit er am Nachmittag nach Hause gekommen war, das Gezeter seines Weibes ertragen müssen. Seit ihre drei Töchter verheiratet waren, fehlte Dorothea offenbar eine richtige Aufgabe. Das Hauswesen allein füllte sie nicht aus. Also strich sie pausenlos jammernd und schimpfend um ihn herum und raubte ihm den letzten Nerv. Vielleicht sollte er die Anzahl der Mägde reduzieren, damit genug Arbeit für Dorothea übrig blieb. Das würde ihr das Maul stopfen.

Sempach verkorkte das Tintenfass und schob die Pergamentbögen zusammen. Vorfreude pulste ihm durch die Lenden, als er an das besondere Vergnügen dachte, das ihn heute noch erwartete, ein Vergnügen, das er sich viel zu selten gönnen durfte.

Vor der Zimmertür polterte es, und im gleichen Augenblick erhob sich Dorotheas näselnde Stimme. »Du tollpatschiges Huhn! Musst du immer alles fallen lassen? Wisch das sofort auf! Wenn das noch einmal passiert, streiche ich für diese Woche deinen Lohn. Du hast ohnehin keinen Heller verdient. Ich müsste noch Geld dafür bekommen, dass ich dich Nichtsnutz durchfüttere!«

Sempach trat angewidert ans Fenster. Dorotheas Gekeife und das Heulen der Magd hatten ihn aus seinen wohligen Gedanken gerissen. Sein Magen krampfte sich zusammen, Säure fraß sich die Kehle hinauf. Verflucht! Seit zwei Jahren haderte er mit seinem Magen. Mal verspürte er gesunden Appetit und genoss die köstlichen Speisen, die Dorothea ihm vorsetzte, doch dann wieder schienen seine Eingeweide ihn von innen her zu verschlingen und er bekam tagelang keinen Bissen herunter.

Begonnen hatte das Elend, als dieser kleine Bastard verschwunden war, Melchior, der ehemalige Esslinger Henker. Er hatte einen Beschuldigten laufen lassen und war selbst geflohen. Unter seinen Habseligkeiten hatten die Büttel eine ketzerische Übersetzung der Heiligen Schrift gefunden, und Sempach hatte sich bereit erklärt, den Urheber dieses Machwerks zu finden. Die Spur hatte ihn zu Meister Henrich geführt, dem Braumeister, den eine verdächtige Freundschaft mit dem Henker verbunden hatte. Doch Sempach hatte ihm nichts nachweisen können, und der Bürgermeister hatte ihm schließlich untersagt, weiter nachzuforschen, weil er die Ketzerjäger der Kirche nicht in der Stadt haben wollte. Dieser Feigling! Sempach ballte die Faust. Melchior war jedenfalls nicht mehr aufgetaucht. Man hatte nie wieder von ihm gehört, also hatte der Rat ihn für tot erklären lassen und einen neuen Henker eingestellt. Doch Sempach glaubte nicht, dass Melchior einfach gestorben war. Er lebte. Er war irgendwo da draußen und lachte sich ins Fäustchen, weil er ihnen allen eins ausgewischt hatte.

Sempach stützte sich auf das Fensterbrett und schaute hinaus. Er hatte sogar einmal kurz Melchiors Fährte aufgenommen, im Herbst nach dessen Verschwinden. Da hatte Petter, sein Handlanger, Melchior bei einer Hinrichtung erkannt. Er war der Henker gewesen, der Ottmar de Bruce hatte köpfen sollen und der absichtlich daneben geschlagen hatte, damit der Graf fliehen konnte. Obwohl der Henker eine Kapuze trug, war Petter sicher gewesen, dass es Melchior war. Doch in Urach hatte sich die Spur verloren. Sempach hatte im ganzen Land Kundschafter ausgeschickt, die jeden Henker genau in Augenschein nehmen sollten, wenn irgendwo eine Hinrichtung anstand. Melchior aber war nicht wieder in Erscheinung getreten. Noch nicht. Irgendwann jedoch würden sich ihre Wege noch einmal kreuzen, da war er ganz sicher. Es war ihr Schicksal.

Der Lärm vor der Zimmertür war verebbt, und Sempach trat hinaus. Er lauschte. Alles still. So leise wie möglich schlich er die Treppe hinunter, denn er verspürte nicht die geringste Lust, Dorothea zu begegnen. Auf Höhe der Küche blieb er kurz stehen. *Gesottenes Fleisch!* Angewidert hielt er sich die Nase zu, keinen Bissen würde er heute hinunterbekommen. In den letzten Wochen hatte er ganz gut essen können, und er hatte sich bereits Hoffnung gemacht, bald wieder seine gewohnte Leibesfülle zu erlangen. Die übrigen Ratsherren spöttelten nur zu gern über seinen Gewichtsverlust, zogen ihn damit auf, dass er seine ehelichen Pflichten zu ernst nehme, seine Gesundheit seiner Manneskraft opfere. Ihn schauderte. Dorothea war schon lange nicht mehr nach seinem Geschmack, er zog feinere, frischere Kost vor. Wieder wogte Erregung durch seinen Körper.

Sempach trat vor die Tür. Eiligen Schrittes ging er durch die Bindergasse. An ihrem Ende, direkt vor dem Oberen Tor, lag das Frauenhaus. Der Ort war gut gewählt, denn durch diese Straße kamen alle Reisenden, die Esslingen durchqueren. Doch nicht jeder Besucher erhielt Einblick in die Geheimnisse dieses Hauses, einige besondere Dienstleistungen wurden nur Eingeweihten zuteil. Eine von ihnen bot Sempach gemeinsam mit Ekarius an, dem neuen Esslinger Henker.

Ursprünglich hatte Sempach geplant, das Geschäft mit Melchior aufzuziehen, den er nach wie vor für diese delikate Aufgabe für geeigneter hielt. Aber der hatte sich just in dem Moment verdrückt, als seine Pläne konkrete Formen angenommen hatten. Also war ihm nichts anderes übrig geblieben, als Ekarius mit ins Boot zu holen. Der Henker war zugleich Verwalter des Frauenhauses, was bedeutete, dass dort nichts geschah, wovon er nicht erfuhr. Glücklicherweise war Ekarius seinem Vorschlag gegenüber sofort sehr aufgeschlossen gewesen. Er hatte sogar eigene Ideen beigesteuert, etwa die, nicht nur Mädchen, sondern auch Knaben für ganz ausgefallene Geschmäcker herbeizuschaffen. Ein nicht ganz uneigennütziger Vorschlag, wie Sempach schon bald festgestellt hatte. Er rümpfte die Nase. Ihn selbst widerte die Vorstellung an, mit einem Knaben das Bett zu teilen – was für eine gottlose Perversion! Doch das Geschäft machte er nur zu gern. Er hatte ohnehin wenig Arbeit damit: Es war Ekarius, der, wann immer es möglich war, die blutjunge Ware beschaffte, mit der sich die reichen Kunden später vergnügen konnten. Wenn die Mädchen Glück hatten, blieben sie danach im Frauenhaus, wenn nicht, sorgte der Henker dafür, dass seine Knechte ihre Überreste unauffällig auf dem Totenacker vor dem Schelztor begruben.

Sempach nickte Ekarius' Stellvertreterin Applonia zu, die an der Pforte zum Frauenhaus stand, und drängte sich an ihr vorbei ins Innere. Ohne sich um die anderen Gäste zu scheren, stürmte er die Treppe hoch.

Applonia kam hinter ihm her. »Sempach, Herr! Wohin wollt Ihr? Sucht Ihr etwas Bestimmtes?«

»Was für eine Frage!« Sempach drehte sich um. »Das Frischfleisch natürlich. Das Mädchen.«

Sie verneigte sich tief. »Ich bin untröstlich, Herr, das Kind ist nicht hier.«

»Du machst schlechte Scherze, Metze! Schaff mir das Balg heran, oder ich lasse dich die Kunst deines Brotherrn schmecken.«

Applonia schwieg, verbeugte sich noch tiefer. Sempach hatte sie ebenfalls in die Geschäfte eingeweiht, denn es wäre nicht möglich gewesen, sie hinter ihrem Rücken zu betreiben.

»Herr!« Auf dem Treppenabsatz erschien Ekarius. »Kommt mit. Ich muss mit Euch sprechen.«

Sempach bebte vor Zorn, doch er folgte dem Henker ohne ein weiteres Wort über die enge Stiege in das Dachgeschoss. Hier oben stapelten sich alte Truhen, Spinnweben ließen es so aussehen, als ob der Raum selten betreten wurde. Doch der Eindruck täuschte. Ekarius schob schnaufend eine der Truhen beiseite und legte eine kleine Tür frei. Er stieß sie auf und trat ein. Seine ungeheure Leibesfülle passte gerade eben durch die schmale Öffnung.

Sempach folgte ihm. Allein der Anblick der engen Kammer, die der Henker nach seinen Anweisungen eingerichtet hatte, ließ ihn vor Wonne schaudern. Neben dem breiten, mit einem roten Samttuch verhängten Bett war der Raum mit allerlei Gerätschaften ausgestattet, die die Leidenschaft zusätzlich entfachen sollten. So manche davon hätten auch im Thronsaal, dem Folterkeller im Schelkopfstor, gute Verwendung gefunden – etwa die lange, mit Nägeln gespickte Peitsche oder die eisernen Ketten, mit denen man die Mädchen fesseln konnte. Etwas aber fehlte heute.

Sempach sah sich um. »Und? Wo ist sie?«

Ekarius hob entschuldigend die Hände. »Mein Herr, ich bitte Euch vielmals um Entschuldigung, das Mädchen ist auf dem Weg hierher gestorben. Einfach so. Sie begann zu zittern, Schaum troff aus ihrem Mund, und dann war sie tot.«

»Verdammt nochmal! Was hast du mit der Kleinen angestellt? Hast du sie angefasst?«

Ekarius verneigte sich tief. »Herr, nein, um Gottes willen! Das würde ich niemals wagen.«

»Dann zieh los, und besorg eine andere! Ich gebe dir drei Tage Zeit.«

Ergeben nickte Ekarius. »Es wird nicht einfach sein, wenn es wieder ein Mädchen sein soll, das keiner vermisst, doch ich werde mein Bestes geben. Erst gestern erhielt ich einen Hinweis, wo ein solches Mädchen zu finden sein könnte. Dem werde ich unverzüglich nachgehen.«

»Gut, gut«, erwiderte Sempach ungeduldig. »War das alles?«

»Jetzt, wo Ihr es erwähnt, Herr...«

»Was?« Sempach juckte es in den Fäusten.

»Es könnte sein, dass etwas über die geheime Kammer durchgesickert ist. Es gibt Gerüchte.«

Sempach starrte ihn an. »Durchgesickert? Gerüchte? Wie konnte das geschehen?«

Der Henker hob die Schultern. »Eine der Huren vielleicht. Die haben ihre Augen und Ohren überall. Und sie plaudern mit den Kunden, es gehört zum Geschäft.«

Sempach atmete tief durch. Darum musste er sich kümmern, und zwar unverzüglich. Allerdings nicht heute Abend. Der Anblick der Kammer hatte seine Lust so gesteigert, dass er fürchtete, seine Lenden könnten platzen. Er brauchte dringend Erleichterung. So schnell wie möglich. »Ich kläre das und kümmere mich um einen besseren Ort«, sagte er kurz angebunden. »Und jetzt bring mir die jüngste Hure, die du im Angebot hast, und wehe sie ist krank oder unwillig!«

***

Wendel öffnete die Augen und lauschte. Außer den ruhigen Atemzügen seiner Gattin war nichts zu hören. Sonst war es meistens Melissa, die schlecht schlief und von Albträumen gequält wurde, doch seit einigen Tagen war es umgekehrt. Melissa schlief wie eine Tote, ihn aber suchten immer wieder Bilder aus der Vergangenheit heim. Gerade hatte er sich noch im Kerker von Esslingen gesehen, unfähig sich zu bewegen. Ein Schrei hatte ihn geweckt, aber im Haus und auf den Gassen war es ruhig. Vielleicht hatte er den Schrei geträumt. Vielleicht hatte eine Katze geschrien, er vermochte es nicht zu sagen.

Melissa rührte sich nicht. Er blieb liegen und betrachtete sie im fahlen Licht, das durch die Läden sickerte. Die erste Stunde des Tages mochte angebrochen sein, bald würden die Glocken zur Laudes läuten. Gestern war ein Bote aus Reutlingen gekommen und hatte angekündigt, dass seine Mutter und Antonius ihn besuchen würden. Zehn Tage, nachdem sie abgereist waren! Ob sie Nachricht von seinem Vater brachten? War dieser endlich bereit, sich zu versöhnen? Aber würde er dann nicht gleich mit den beiden reisen? Wie gerne würde Wendel endlich Frieden mit ihm schließen; die Aussöhnung mit dem Vater war das Einzige, das ihm zu seinem Glück fehlte.

Sanft streichelte er Melissa über den Kopf. Wie schön sie war. Wie stark und voller Liebe und Leidenschaft. Hoffentlich behielt sie Recht damit, dass sie empfangen hatte. Und hoffentlich war es ein Sohn. Er liebte Gertrud über alles, sie war sein ganzer Stolz. Dennoch blieb sie ein Mädchen, irgendwann würde sie zur Frau heranreifen, würde ihr Elternhaus verlassen, um einen Mann zu heiraten und Teil von dessen Familie zu werden. So wie Melissa jetzt eine Füger war und zu seiner Familie gehörte. Sein Sohn aber würde sein Nachfolger sein, er würde mit seiner Familie hier bei ihnen leben. Wendel strich Melissa eine Haarsträhne aus der Stirn. Er würde seinem Sohn eine gute Frau aussuchen, die Melissa zur Hand gehen würde, ohne ihre Herrschaft über den Haushalt infrage zu stellen.

Wendel lächelte. Was hatte er da gerade überlegt? Er wollte seinem Sohn eine Frau suchen? Seinem Sohn, von dem er noch nicht einmal wusste, ob er überhaupt schon gezeugt war?

Als die ersten Glocken läuteten, reckte und streckte sich Melissa, öffnete die Augen und lächelte ihn an. »Guten Morgen, Liebster«, flüsterte sie und kuschelte sich an seine Brust.

Wendel überkam wieder dieses Gefühl grenzenloser Liebe, das ihn schwindeln machte. Nichts konnte diese Liebe erschüttern. Absolut nichts. Er zeichnete mit den Fingerspitzen die Konturen ihres Gesichts nach. »Guten Morgen, Liebste.« Sanft löste er sich aus ihrer Umarmung, küsste sie und schlüpfte aus dem Bett. Aus der Küche war bereits Klappern zu hören, und, wenn er sich nicht täuschte, auch das fröhliche Geplapper von Gertrud. »Ich muss mich beeilen«, sagte er. »Zur dritten Stunde beginnt die Zusammenkunft, gleich nach der Frühmesse. Alle werden da sein, wenn wir einen neuen Zunftmeister wählen.«

Melissa knurrte unwillig, gab sich aber ihrem Schicksal hin und stand ebenfalls auf. »Wer wird es werden?«

»Ich denke, die Mehrheit wird für Eugenius den Älteren stimmen«, antwortete Wendel, während er seinen Surcot überstreifte. »Er kennt nicht nur alle Gesetze auswendig, sondern auch die Schliche der Württemberger, des Rates und der Geschlechter. Seine Reden sind überzeugend, sein Leumund ist tadellos.«

»Und du? Hast du nicht dieselben Tugenden?« Melissa schlang von hinten die Arme um Wendels Taille.

Er legte seine Hände auf ihre. »Melissa Füger! Du hast einen einzigen Fehler. Und das ist deine Ungeduld.«

Sie zwickte ihn in den Bauch. »Du bist der Beste. Darum geht es.«

»Aber du weißt doch, dass ich gar nicht gewählt werden kann. Erst muss ich fünf Jahre Mitglied der Zunft gewesen sein. In dieser Zeit darf ich mir nichts zuschulden kommen lassen, und mein Leumund muss blütenrein sein.«

»Und dein einziger Fehler ist, dass du *zu* geduldig bist.«

Wendel grinste. »Da hast du allerdings Recht. Und bei meinem Weib werde ich anfangen, das zu ändern.« Er machte sich los, drehte sich um, schlang einen Arm um ihre Taille und begann, sie mit der anderen Hand zu kitzeln.

Sie schrie auf, prustete vor Lachen, krümmte sich, versuchte ihm zu entkommen, aber er hielt sie eisern fest und warf sich mit ihr aufs Bett, wo sie beide atemlos liegen blieben. Seufzend erhob Wendel sich wieder und fuhr fort, sich anzukleiden. »Ich muss den Knechten sagen, was sie zu tun haben, sonst machen sie sich einen faulen Tag, während ihr Herr im Zunfthaus ist.«

»Das machen sie bestimmt nicht«, sagte Melissa und griff nach ihrem Gewand. Dafür sorge ich schon.«

»Ich weiß.« Wendel lächelte sie an. »Ich weiß. Du hast die Mägde und Knechte gut im Griff. Gerade so, als hättest du schon einmal ein Geschäft mit einer Schar Bediensteter leiten müssen.«

Melissas Augen verschleierten sich einen Moment, so als hätte sich eine winzige Wolke vor die Sonne geschoben. Dann trat sie zu ihm, nahm seinen Kopf und schaute ihm tief in die Augen. »Wendel Füger. Eins darfst du nie vergessen: Ich liebe dich und Gertrud von ganzem Herzen. Was auch geschehen mag, daran wird nichts etwas ändern.«

Er nahm ihre Hände von seinem Gesicht und küsste sie. »Ich liebe dich auch, Melissa. Und nichts und niemand kann diese Liebe erschüttern.«

※ ※ ※

»Mein lieber Burkhard, endlich seid Ihr wieder im Lande.« Graf Ulrich winkte Burkhard von Melchingen zu sich, der sich, wie es sich gehörte, tief vor seinem Herrn verneigt hatte. Ulrich nahm ihn in die Arme und drückte ihn. Von Melchingen war tatsächlich abgemagert wie eine Kuh im Winter. Er ließ ihn los, trat einen Schritt zurück und musterte den weit Gereisten von Kopf bis Fuß. »Jesus, Maria und Josef, Ihr seid ja nur noch Haut und Knochen!«

»In der Tat, meine Reise hat mich nicht nur um einen anständigen Batzen Gold erleichtert, sondern auch um einige Batzen Fett«, erwiderte von Melchingen mit einem Lächeln.

Ulrich klatschte in die Hände. »Nun, dann werdet Ihr sicherlich nichts gegen eine kleine Zwischenmahlzeit haben?«

Von Melchingen deutete eine Verbeugung an.

Auf Ulrichs Wink strömten Diener in den Saal des Uracher Schlosses, Tische wurden aufgebaut, und ein Mahl aufgetragen, das einer Krönungsfeier würdig gewesen wäre. Bald türmten sich gebratene Fasane, Wachteln in Feigensoße und in Honig und Mandeln gebackene Karpfen auf silbernen Tabletts und wetteiferten mit süßen Früchten und rubinrotem

Wein. Als auch die übrigen Ritter der Burg und die Hofdamen hereinkamen und Platz nahmen, nickte von Melchingen anerkennend. »Gibt es einen Grund zum Feiern, mein werter Graf? Ihr habt das doch nicht alles nur aufgefahren, weil Euer alter Freund heil von seiner Pilgerreise heimgekehrt ist?«

»Aber natürlich gibt es etwas zu feiern. Abgesehen von Eurer Rückkehr. Ihr seid zu bescheiden, Burkhard.«

»Ich verstehe nicht ...«

Ulrich hob seinen Pokal. »Ich trinke auf den Bezwinger des Grafen der Adlerburg, Burkhard von Melchingen!«

Alle im Saal applaudierten, nur von Melchingen blickte verwirrt, beinahe mürrisch in die Runde, so als hätte man ihn verspottet.

Ulrich musterte ihn verwundert. Sein Gast war nicht nur abgemagert, er war braun gebrannt, seine Haut wirkte ledrig. Sein Haar, das bei seiner Abreise nur von einigen wenigen grauen Strähnen durchzogen gewesen war, war nun fast vollständig ergraut. Doch von Melchingens Augen blickten wachsam und klar wie eh und je. Es gab also keinen Grund, an seinem Erinnerungsvermögen zu zweifeln. Oder gar an seinem Verstand. Ulrich legte die Stirn in Falten. Irgendetwas stimmte nicht.

Als sich der Applaus legte, lächelte von Melchingen gequält und neigte sich zu Ulrich. »Werter Graf, verzeiht mir, aber ich habe nicht die geringste Ahnung, wovon Ihr sprecht«, raunte er so leise, dass nur Ulrich es hören konnte. »Was ist denn mit de Bruce? Und was habe ich mit ihm zu schaffen?«

»Später, mein Guter«, flüsterte Ulrich, setzte ein huldvolles Lächeln auf und klatschte abermals in die Hände. Akrobaten stoben in die Mitte des Saals, schlugen Räder, bauten menschliche Pyramiden, Musik spielte auf, und aus den Akrobaten wurden Tänzer.

Mit Genugtuung sah Ulrich, dass von Melchingen sich seine Verwirrung nicht weiter anmerken ließ, sondern immer wieder den Pokal hob, Huldigungen entgegennahm und sich ganz so verhielt, wie es ein Held tun sollte.

Ein paar gebratene Wachteln, Pfauen und Karpfen sowie einige Krüge Wein später erhob sich Ulrich, dankte den Gästen und bedeutete von Melchingen, ihm in seine privaten Gemächer zu folgen.

Sie nahmen direkt am Kamin Platz, in dem ein wärmendes Feuer loderte. Noch war zwar Sommer, doch die Nächte am Rande der Alb waren bereits kalt.

»Ihr habt keine Ahnung von de Bruce' Machenschaften«, stellte Ulrich ohne weitere Einleitung fest. »Und Ihr habt mir auch vor Eurer Abreise keinen Brief geschrieben, in dem Ihr ihn selbiger bezichtigt. Ihr wisst nichts von seiner Verurteilung und seiner Flucht, und Ihr wisst auch nicht, dass er tot ist.«

Von Melchingen starrte ihn an. »In der Tat. Von alledem weiß ich nichts. De Bruce ist tot? Hingerichtet?«

»Tot: ja. Hingerichtet: nein.« Ulrich seufzte. »Er wurde der Weinpanscherei überführt und zum Tode verurteilt. Durch eine Intrige entzog er sich der Strafe. Irgendwie ist es ihm gelungen, den Uracher Henker durch einen seiner Männer zu ersetzen, der ihm die Flucht ermöglichte. Zwei Jahre haben wir nichts von ihm gehört, und nun fand ausgerechnet einer meiner Leute ihn, als wir auf der Jagd waren. Er wurde von einer Bärin gerissen.«

»Das ist ja unfassbar!«, rief von Melchingen entsetzt. »Dass der Graf krumme Geschäfte gemacht hat, überrascht mich wenig. Aber der Rest der Geschichte ist wirklich abenteuerlich.« Er beugte sich vor. »Doch was habe ich damit zu tun, dass Ihr mir in aller Öffentlichkeit Euren Glückwunsch aussprachtʔ«

Ulrich rief seinen Verwalter, der einen Brief hereintrug und von Melchingen überreichte. Einen Brief mit Burkhard von Melchingens Siegel und mit seiner Unterschrift.

Der Gast studierte ihn gründlich. »Ich habe dieses Dokument nicht verfasst«, sagte er schließlich. »Ich hatte nicht die geringste Ahnung von Ottmar de Bruce' betrügerischen Geschäften. Ich muss allerdings zugeben, dass das Siegel von meinem eigenen nicht zu unterscheiden ist.«

»Und die Unterschrift?«, fragte Ulrich

»Eine sehr gute Fälschung.«

Ulrich stand auf. Er hob zu sprechen an, aber von Melchingen kam ihm zuvor. »Ich muss wissen, wer hinter dieser infamen Sache steckt«, stieß er zwischen den Zähnen hervor. »Wer weiß, was dieser Unbekannte noch in meinem Namen verbreitet hat! Sind weitere Dokumente aufgetaucht, die mein Siegel und meine Unterschrift tragenʔ«

»Nicht, dass ich wüsste. Diesen Schlag gegen de Bruce scheint jemand geführt zu haben, der sehr spezielle Absichten hegte«, sagte Ulrich nachdenklich. »Jemand, der ganz besondere Eigenschaften auf sich vereint.«

»Ganz recht. Und er muss über Wissen verfügen, das die meisten Menschen nicht besitzen«, ergänzte von Melchingen. »Das sollte ihn überführen. Dem Fälscher gebührt der Tod. Es kann nicht sein, dass irgendein Betrüger sich meines Siegels und meiner Unterschrift bedient und ...«

Ulrich hob die Hand. »Sicher, sicher, das ist eine unerhörte Anmaßung. Wer immer dieses Dokument verfasst hat, hat sich gegen die gottgewollte Ordnung gestellt. Aber er hat uns auch einen Gefallen getan. De Bruce' Verbrechen wären nie entdeckt worden, hätte dieser Mensch mir nicht den entscheidenden Hinweis geliefert. Wer weiß, was diesem Verbrecher noch alles eingefallen wäre!«

»Das mag ja sein. Dennoch müssen wir Kundschafter losschicken, die Augen und Ohren offen halten, um diesen Betrüger zu entlarven! Wir müssen ihn finden und öffentlich über ihn zu Gericht sitzen. Er verdient die härteste Strafe, die es gibt, auf dass niemand auf die Idee komme, mich jemals wieder so bloßzustellen!« Von Melchingen atmete schwer.

Ulrich kratzte sich am Kinn. »Ich würde auch gerne wissen, wer uns – verzeiht mir den Ausdruck – diesen Streich gespielt hat«, sagte er. »Aber wenn wir das an die große Glocke hängen, dann könnte uns das ernsthaft schaden. Wir gäben uns der Lächerlichkeit preis. Bedenkt: Wem außer dem Verbrecher Ottmar de Bruce ist ein Schaden entstanden? Euer Ruf würde am meisten leiden, wenn bekannt würde, dass nicht Ihr ihn entlarvt habt, sondern irgendein Halunke, der sich zu diesem Zweck frech Euren Namen borgte.«

Von Melchingen verzog das Gesicht. »Da habt Ihr natürlich Recht, vor allem jetzt, da Ihr mich zu einem strahlenden Helden gemacht habt. Es wäre geradezu hochnotpeinlich.«

»Seht Ihr? Deswegen werden wir die Sache im Stillen regeln.«

»Und wie?«

»Das überlasst getrost mir. Ich kümmere mich darum.«

Von Melchingen stand auf und verneigte sich. »Ihr seid ein weiser Mann, Graf Ulrich. Ich danke Euch, dass Ihr mich davor bewahrt habt, vorschnell zu handeln.«

»Es freut mich, dass ich zu Diensten sein konnte, mein lieber Burkhard. Und nun zieht Euch zurück auf Eure Gemächer, und ruht Euch aus. Heute Abend wartet ein weiteres

Bankett auf Euch, Ihr seid schließlich ein Held, der gebührend gefeiert werden muss.«

Ulrich nahm seinen Freund nochmals in die Arme und entließ ihn. Dann rief er erneut seinen Verwalter. »Lasst Alberto Fussili kommen. Ich weiß, dass er eigentlich einen anderen Auftrag hat, doch den kann er ruhig zwei oder drei Wochen aufschieben.« Zufrieden ließ er sich in seinen Stuhl sinken. Fussili war sein bester Spion, ein Bluthund, der sich unsichtbar machen konnte und der seine Beute bisher immer geschlagen hatte. Fussili würde den Kaufmann aufsuchen, der damals den Brief übergeben hatte, und dann konnte es nicht lange dauern, bis sein Verfasser gefunden war.

***

Das tat gut! Melisande ließ sich auf einen Schemel fallen, den sie vor das Haus getragen hatte, und streckte die Beine aus. Seit den frühen Morgenstunden hatte sie unermüdlich gearbeitet, jetzt war es später Nachmittag und Zeit für eine kleine Pause. Genüsslich biss sie in ein Stück des saftigen Apfelkuchens, den die Köchin am Morgen anlässlich der Zunftmeisterwahl gebacken hatte. Walburg war kein Vorwand zu schade, leckere süße Sachen zuzubereiten, von denen sie, wie man ihr unschwer ansah, selbst gern naschte. Warum auch nicht? Alle im Fügerschen Haushalt freuten sich über die Leckereien, die die Köchin zubereitete, und solange sie gut wirtschaftete und der kleinen Gertrud nicht zu viel Naschwerk zusteckte, war dagegen nichts einzuwenden.

Melisande saß da, kaute und beobachtete das Treiben auf der Straße. Manche Menschen schlenderten gemächlich an ihr vorbei, andere waren in ein Gespräch vertieft, wieder andere schienen in Eile zu sein. Manch einer, den sie kannte, nickte ihr zu oder rief einen Gruß. Eine Sau mit ihren Ferkeln trabte die Straße hinab, zwei Jungen rannten hinterher, um sie wieder einzufangen, einer stürzte und schlug dabei zwei Purzelbäume.

Melisande musste lachen. So ist es gut, dachte sie. Lachen tut gut. Das vertreibt die bösen Dämonen. Du bist hier in Sicherheit. Du hast einen Mann, der dich liebt. Du hast eine wunderbare Tochter. Also sei zufrieden.

Nach Meister Egidius' Tod war sie vor Entsetzen starr gewesen. Warum hatte sie einen Menschen hilflos sterben lassen? Wie hatte sie ausgerechnet Irmas Onkel so selbstsüchtig seinem Schicksal überlassen können? Die Fragen und Selbstvorwürfe hatten sie gequält, bis sie auf der Beerdigung vom Meister Chirurgicus erfahren hatte, dass der Alte sich standhaft geweigert hatte, sich das Bein abnehmen zu lassen. Schon Tage vor seinem Tod hatte der Wundarzt den Kranken darauf hingewiesen, dass das seinen sicheren Tod bedeutete, dass die Entzündung sich im ganzen Körper ausbreiten und ihn von innen her auffressen würde, doch der Meister war uneinsichtig geblieben. Melisande wäre dem Arzt vor Erleichterung am liebsten um den Hals gefallen. In der Nacht nach der Beerdigung hatte sie zum ersten Mal seit über einer Woche wieder tief und traumlos geschlafen. Und wenn jetzt Katherina kam und womöglich auch noch gute Nachrichten aus Reutlingen mitbrachte, dann konnte sie einer sorglosen Zukunft entgegensehen.

Melisande seufzte. *Zumindest einer fast sorglosen Zukunft.* Sie schluckte das letzte Stück Kuchen hinunter. Genug des Müßiggangs. Sie sollte wieder hineingehen, das Pult lag voller Arbeit. Den ganzen Tag hatte sie die Schreibkammer gemieden und sich anderen Aufgaben gewidmet, doch jetzt musste sie die letzten hellen Stunden des Tages nutzen. Sie erhob sich, trug den Schemel zurück in die Küche, schöpfte sich einen Becher Wasser und öffnete die Kammertür.

Auf der Schwelle blieb sie entsetzt stehen. Pergamentrollen lagen auf dem Boden verstreut, das Schreibpult war verschoben. Ein Einbrecher? Ein Dieb? Ihr Herz schlug schneller, ihr Atem beschleunigte sich. Sie horchte.

Nichts.

Niemand.

Doch.

Ein Knacken! Irgendwo weiter hinten im Haus.

Ein Schauder lief ihr den Rücken hinunter. Langsam drehte sie sich um, ließ den Blick durch die Küche und den dunklen Gang wandern, der zur Hintertür führte. Da war niemand. Sie tastete nach dem Messer, das sie immer unter dem Gewand am Gürtel trug. Dann rannte sie die Treppe hoch und stieß nacheinander jede Zimmertür auf. Es war niemand da. Selmtraud war mit Berbelin beim Tuchhändler, um Stoff für neue Bettwäsche zu besorgen. Die beiden hatten Gertrud mitgenommen. Die Köchin brachte den Kuchen zur Zunftversammlung, und zwei der Knechte waren beim Wagner, um den Karren abzuholen, den dieser repariert hatte. Außer Melisande war nur ein Knecht im Haus, Michel, der vermutlich draußen bei den Tieren war. Sie lief die Treppe wieder hinunter und durch die Küche zur Hintertür. Behutsam öffnete sie und spähte hinaus.

Michel kam gerade aus dem Stall. »Kann ich etwas für Euch tun, Herrin?«

»Hast du hier im Hof jemanden gesehen?« Melisande trat hinaus und schaute sich um.

»Nein, Herrin. Allerdings habe ich gerade die Pferde gefüttert. Eure Stute hat ordentlich Radau gemacht, mag sein, dass ich nicht gehört habe, wie jemand vorbeikam.«

»Merkwürdig. Dann habe ich mich wohl geirrt«, sagte Melisande rasch. »Geh wieder an die Arbeit, Michel!« Bekümmert kehrte Melisande ins Haus zurück. Hatte sie sich nicht vor wenigen Augenblicken noch darüber gefreut, dass sie nichts mehr zu fürchten hatte? Dass es ihr gutging? Die Pergamente! Melisande erschrak. Es waren wichtige Dokumente darunter, hoffentlich fehlte keins! Sie lief in die Schreibkammer, kniete sich auf den Boden, sortierte alles und atmete auf. Nichts war abhandengekommen. Gott sei Dank! Aber was hatte der Eindringling dann gewollt? Hatte er etwas gesucht, das er nicht gefunden hatte? Aber was? Nachdenklich stapelte sie die Pergamentrollen wieder auf dem Pult, ihr Herz beruhigte sich etwas, jedoch nur, um ihr im nächsten Moment fast aus der Brust zu springen. Vor ihr lag eine Schreibtafel. Aber nicht die von Melissa Füger und auch nicht die von Wendel Füger. Nein, es war eine alte, abgenutzte Schreibtafel aus dunklem Holz. Eine Schreibtafel, die sie unter Tausenden erkannt hätte: die Schreibtafel des Henkers von Esslingen. Ihre alte Schreibtafel.

Aber das war nicht möglich! Melisande zitterte so sehr, dass sie sich setzen musste. Sie hatte die Tafel doch zusammen mit allen anderen verräterischen Habseligkeiten im Wald verscharrt! Niemand kannte das Versteck. Und selbst wenn jemand es zufällig gefunden hatte – niemand konnte wissen, dass es ihre Sachen waren! Nein, sie musste sich täuschen. Sicherlich sah diese Tafel ihrer nur ähnlich. Behutsam berührte sie die zerkratzte Wachsoberfläche, als wäre sie glühend heiß. Sie könnte sie umdrehen, auf der Rückseite nach den eingeritzten Initialen suchen. Doch das war nicht nötig. Es gab keinen Zweifel.

Einen Moment lang war Melisande gelähmt. Dann sprang sie auf, griff nach der Tafel, stolperte in die Küche und warf sie ins Herdfeuer. Gebannt sah sie zu, wie das Wachs schmolz, das Holz Feuer fing, wie die Flammen die Erinnerung an den stummen Melchior langsam auffraßen. Schließlich war die Tafel zu Asche verbrannt, doch das war nur ein schwacher Trost. Jemand kannte ihr Geheimnis, und dieser Jemand wollte, dass sie es wusste.

Melisande sank auf den Boden, vergrub ihr Gesicht in den Händen und brach in Tränen aus.

Das Zerwürfnis

Zu schade, dass sie nicht dabei gewesen war, als ihre Widersacherin ihr kleines Präsent erhalten hatte. Othilia öffnete die Augen und tastete nach von Säckingen. Seit sie ihn vor mehr als zwei Wochen zur Rede gestellt hatte, war er auf ihren Befehl hin auf der Adlerburg geblieben. Sie hatte ihm noch nicht erzählt, dass ihre Männer einen Schatz gefunden hatten, der mehr wert war als eine ganze Wagenladung Gold. Sie hatte auf den richtigen Moment gewartet.

Othilia fand seinen Arm, strich über die weiche Haut, unter der sich feste Muskeln spannten. Von Säckingen schien auch im Schlaf jederzeit bereit zu sein, seine Feinde in den Staub zu treten. Ob er wusste, wie nötig sie ihn brauchte, jetzt, wo de Bruce tot war? Ob sich herumgesprochen hatte, dass viele meinten, sie müsse wieder heiraten? Vermutlich. Sie fühlte sich wie Penelope, die Frau des Odysseus, die ebenfalls von Freiern bedrängt worden war. Nur, dass Ottmar tatsächlich tot, Odysseus aber lediglich verschollen gewesen war und nach seiner Rückkehr alle Freier erschlug. Sie schmunzelte. Ottmar hätte von Säckingen nicht erschlagen, dafür hätte sie schon gesorgt. Aber ihr Geliebter hätte die Adlerburg verlassen müssen.

Jetzt waren die Karten neu gemischt und sie brauchte von Säckingen, vor allem, um sich die übrigen Freier vom Hals zu halten. Heiraten würde sie ihn nie und nimmer. Ihn nicht, und einen anderen auch nicht, so es sich vermeiden ließ. Schließlich war sie als de Bruce' Witwe die Herrin der Adlerburg, als Gemahlin eines neuen Herrn aber wäre sie nichts weiter als ein dummes Weib, das die Hofdamen herumkommandieren und ihrem Gatten Söhne gebären durfte. Sie hoffte darauf, dass ihr das Glück geneigt war und es ihr gelang, Ulrich III. davon zu überzeugen, dass eine erneute Heirat nicht notwendig, ja sogar schädlich war. Sollte sie damit scheitern, würde sie sich einen mächtigen Burggrafen suchen – einen, der ebenfalls verwitwet war und keinen Erben hatte. So wenigstens könnte sie ihren Einfluss mehren und das Erbe für ihren Sohn vergrößern.

Aber das eilte nicht. Zunächst galt es, Ottmars Mörderin zu richten. Und dafür mussten all die schönen Dinge, die ihre Männer in dem Versteck gefunden hatten, zurück zu ihrer rechtmäßigen Besitzerin. Das würde die feige Schlange langsam, aber sicher in den Wahnsinn treiben.

Es war Zeit, aufzustehen. Othilia schwang die Beine aus dem Bett. Sie hatte es aus Frankreich kommen lassen, ein blauer Baldachin war darüber gespannt, wie ein Himmel. Barfuß lief sie zum Fenster und schob den Laden auf. Das Morgenlicht tauchte den Horizont in zarte Rottöne, vom Hof her hörte sie gedämpfte Stimmen und Geschirrgeklapper. Eine Lerche sang, unterbrochen von den hässlichen Tönen einer

Krähe. Othilia fröstelte. Obwohl die Nacht kühl gewesen war, hatte sie nackt geschlafen, denn von Säckingen strahlte Körperwärme für zwei aus. Auch jetzt zog sie sich nicht sofort an, sondern genoss den kalten Luftzug auf ihrer Haut.

An der Wand hing ein großer Spiegel aus feinstem Silber. Sie trat davor und begutachtete ihren Körper. Von ihrer ersten Schwangerschaft war nichts zurückgeblieben; ihre Taille war genauso schmal wie vor der Heirat, sie hatte kein Gramm zugenommen. Zufrieden strich sie sich über die Brüste. Sie waren etwas größer geworden, aber nach wie vor fest. Das Einzige, das sie an ihrem Körper störte, war ihre Stimme. Sie war zu hoch, und wenn sie aufgeregt war, klirrte sie wie Metall, das aufeinanderschlug. Sie hatte schon alles versucht, um dieses Ärgernis abzuschalten, aber nichts hatte geholfen. Also bemühte sie sich, möglichst ruhig und tief zu sprechen.

Sie drehte sich zum Bett um. »Steht auf, Ihr Taugenichts!«

Von Säckingen stöhnte. »Herrin! Es ist noch mitten in der Nacht. Steht etwa der Feind vor den Toren?« Er richtete sich verschlafen auf, sein Oberkörper glänzte noch von dem Öl, mit dem sie ihn eingerieben hatte.

»Der Feind steht nicht vor den Toren, nein, noch sitzt er in seinem Loch. Er wittert etwas, aber er kann die Richtung nicht erkennen, aus der die tödliche Gefahr kommt. Gegenwärtig ist er vermutlich nur ein wenig beunruhigt. Aber das werden wir bald ändern.« Othilia trat zu einer Truhe, öffnete sie und zog ein Kleid hervor. »Was seht Ihr, von Säckingen?«

»Herrin, ich sehe Euch in der ganzen Pracht, die der Herr Euch geschenkt hat, und Ihr haltet ein blaues Kleid in der Hand.« Der Ritter streckte die Glieder und schüttelte das blonde Haar.

Othilia kam nicht umhin, wieder einmal zu bemerken, dass er ein wirklich perfektes Mannsbild war. Allerdings nur, was den Körper anbelangte. »Ein blaues Kleid? Schaut genau hin!«

Von Säckingen krabbelte aus dem Bett, rieb sich die Augen, zuckte mit den Schultern. »Verzeiht, Herrin. Es bleibt, was es ist.«

»Oh nein, es ist viel mehr.« Othilia lächelte. Sie streifte sich das Kleid über. »Das ist viel mehr als einfach nur Stoff, den eine geschickte Hand zu einem kleinen Kunstwerk veredelt hat. Dieses Kleid ist die Haut meines Feindes.«

Von Säckingen verzog das Gesicht.

Othilia trat ans Fenster, wo das Licht besser war, und drehte sich aufreizend hin und her, ohne von Säckingen aus den Augen zu lassen. Er stutzte, dann wurde er blass. Sie tat so, als hätte sie es nicht bemerkt. »Ich hatte Euch gewarnt, von Säckingen. Die Rache einer Frau ist nicht notwendigerweise blutig.«

Er trat näher, ohne seine Augen von dem blauen Stoff zu lösen. Er hatte das Kleid erkannt, dessen war Othilia sich gewiss.

»Woher habt Ihr das?«, flüsterte er heiser.

»Steht es mir nicht ausgezeichnet?« Sie strich über den Stoff. »Ein wenig schlicht für eine Gräfin und völlig verschmutzt, das gebe ich zu. Und doch ist es so einzigartig, dass es meiner würdig ist.«

Von Säckingen trat so dicht vor sie, dass ihre Gesichter sich beinahe berührten. »Woher habt Ihr das?«, wiederholte er. Seine Stimme klang jetzt drohend.

Othilia blinzelte irritiert. Sie hatte eine Reaktion erwartet, aber eine so heftige? »Ich habe einen Auftrag für Euch«, säuselte sie. »Ihr werdet dieses Gewand nach Rottweil bringen. Zu seiner rechtmäßigen Besitzerin. Das möchtet Ihr doch gerne, nicht wahr?«

Von Säckingen wandte sich ab und begann, sich mit schnellen, abrupten Bewegungen anzuziehen.

»Na, na«, spöttelte Othilia. »Ihr könnt es wohl gar nicht abwarten! Ist der Schoß dieser Metze wirklich so heiß?« Wut überkam sie. Sie packte den Ritter an der Schulter und zwang ihn, sie anzusehen. »Ihr werdet dieses Kleid seiner Besitzerin zurückgeben«, zischte sie. »Aber sie darf Euch dabei nicht sehen, Ihr dürft nicht mit ihr sprechen. Keinesfalls, verstanden? Verkleidet Euch. Niemand darf wissen, wer Ihr seid. Legt das Kleid in ihr Schlafgemach, gut sichtbar. Und dann kommt Ihr wieder hierher, denn ich habe weitere Aufträge für Euch.« Sie bohrte ihre Fingernägel in seine nackte Haut. »Und vergesst nicht, dass *ich* Eure Herrin bin. Ihr habt meinen Befehlen unbedingt Folge zu leisten.« Sie ließ ihre Hand sinken.

»Sehr wohl, Herrin.« Er hatte nicht einmal gezuckt, obwohl ihre Nägel blutige Linien über seinen Rücken gezogen hatten.

»Und wenn Ihr zurückkehrt, werde ich Euch erzählen, wie dieses Gewand den Weg zu mir gefunden hat. Vielleicht verrate ich Euch dann sogar, was ich dort noch an Schätzen gefunden habe. Diese angebliche Melissa Füger ist nicht nur in Wahrheit Melisande Wilhelmis und Mechthild, die falsche Magd, mein Lieber. Nein, sie hat ein noch viel dunkleres Geheimnis!«

※ ※ ※

»Michel!« Melisande wartete einen Moment, dann rief sie erneut: »Michel! Wo steckst du denn? Meine Schwiegermutter kann jeden Moment eintreffen, und das Stroh in ihrer Stube ist noch nicht eingestreut!« Sie lauschte, endlich hörte sie platschende Füße, das Knarren der Treppe, übertönt von Michels Stimme.

»Verzeiht, Herrin, ich bin schon da. Ich musste die Sau einfangen, die ist der Berbelin schon wieder ausgebüchst.«

»Los, los, beeil dich! Warum hat Berbelin sie denn nicht selbst eingefangen?« Melisande verdrehte die Augen. »Und warum ist ihr das Tier schon wieder abgehauen?«

Keuchend betrat Michel die Kammer. Unter beide Arme hatte er frische Strohgarben geklemmt. »Das weiß ich doch auch nicht«, antwortete er atemlos. »Berbelin sagt, sie hat besonders gut aufgepasst diesmal, sie hat sich nur einen winzigen Augenblick weggedreht und schon war die Sau fort.«

Melisande schüttelte den Kopf. »Schon gut. Verteil jetzt das Stroh, schnell, unsere Gäste treffen bald ein.«

Michel verbeugte sich, warf die Garben auf den Boden und begann sogleich, das Stroh zu brechen und zu verteilen. Wider Willen musste Melisande lächeln. Michel war ein fleißiger und vor allem ehrlicher Kerl, aber mit dem Denken war es bei ihm nicht weit her. Wenn Berbelin ihm erzählen würde, dass der Sau plötzlich Flügel gewachsen seien und sie sich in die Lüfte erhoben hätte, würde er das vermutlich auch glauben.

Melisande eilte die Treppe hinunter. Soeben hatte die tiefe Glocke der Heilig-Kreuz-Kirche drei Mal geschlagen und damit den Handelszug angekündigt, mit dem Katherina und Antonius reisten. Die Wagen würden zunächst beim Kaufhaus haltmachen, um die Waren zu verzollen. Ihre Schwiegermutter und Antonius würden darauf jedoch nicht warten müssen, sondern sich gleich zu ihrem Haus aufmachen. Melisandes Herz schlug schneller. Jetzt würde alles gut werden! Katherina würde sie und Wendel in die Arme nehmen und ihnen ausrichten, dass Erhard seinem Sohn verzeihen und sie als Schwiegertochter annehmen würde.

Es musste einfach so sein! Melisande verlangsamte ihre Schritte. Tief in ihrem Inneren aber wusste sie, dass nichts je wieder gut werden würde. Dass das Unheil irgendwo lauerte und jeden Tag alles zunichtemachen konnte, was ihr etwas bedeutete. Und das hatte nichts mit Erhard Füger zu tun. Wenn doch ihre einzige Sorge wäre, dass ihr Schwiegervater sie nicht ausstehen konnte! Wie glücklich könnte sie sein! Seit fünf Tagen spielte sie den Menschen, mit denen sie zusammenlebte, nun schon etwas vor, tat so, als ginge alles seinen gewohnten Gang. Dabei war die Zeit stehen geblieben, seit sie die Tafel gefunden hatte. Manchmal gab sie sich der Vorstellung hin, ihre Sinne hätten ihr einen Streich gespielt, sie hätte sich alles nur eingebildet. Oder die Tafel, die sie verbrannt hatte, wäre gar nicht ihre gewesen. Schließlich hatte sie sie nicht umgedreht, hatte nicht überprüft, ob tatsächlich ihre Initialen eingeritzt waren.

»Du kommst gerade recht, Melissa.« Wendel schaute nicht auf, als Melisande die Stube betrat. Er hatte sein bestes Gewand angelegt und nestelte an der Tasselscheibe herum, die ihm wohl noch nicht gerade genug hing. Melisande hatte sie ihm im vergangenen Jahr geschenkt; die Scheibe zeigte zwei ineinander verschlungene Äste, ein Symbol für ihre unverbrüchliche Liebe.

»Warte, ich helfe dir.« Sie trat zu ihm hin, rückte die Scheibe zurecht.

»Danke, Liebste.« Er blickte zur Treppe. »Ist alles bereit für den Besuch?«

»Das hoffe ich.« Melisande lächelte ihn an. »Diese einfältigen Mädchen und Buben! Der Berbelin ist doch tatsächlich wieder einmal die Sau ausgebüchst, und der Michel hat natürlich erst ihr geholfen, statt sich um das Stroh zu kümmern.«

»Sie sind wie eine Herde Lämmer. Aber du hast sie fest im

Griff.« Wendel nahm sie in die Arme, drückte sie an sich, und sie wusste, dass er ihren sehnlichsten Wunsch teilte und sagen wollte: Hoffentlich hat Gott meinem Vater Einsicht geschenkt, damit er endlich Frieden schließt. Er sah sie an. »Wir dürfen meine Mutter nicht mit unseren Hoffnungen überfallen. Wenn sie gute Nachrichten hat, wird sie von selbst davon anfangen. Und wenn nicht...«

»... dann freuen wir uns wie immer über ihren Besuch und heißen sie in unserem Haus willkommen«, ergänzte Melisande. »Lass uns jetzt nach draußen gehen, sie müssen jeden Moment da sein.«

Kaum hatte sie zu Ende gesprochen, polterte Michel mit hochrotem Kopf die Treppe hinunter. »Es ist fertig, Herrin, alles ist fertig.«

Melisande nickte. »Gut, Michel. Geh in den Hof und hilf Wolfgang beim Holzspalten.«

»Sehr wohl!« Michel rannte sogleich hinaus.

Wendel und Melisande gingen vor die Tür, wo Selmtraud, Berbelin und Walburg bereits warteten. Selmtraud hielt Gertrud auf dem Arm, sang leise ein Lied, zu dem das Mädchen in die Hände klatschte und gluckste. Berbelin hatte sich Kornblumen ins Haar gebunden, Walburgs Gesicht glänzte, als hätte sie das Schweinefett nicht in die Suppe gerührt, sondern auf ihren Wangen verteilt.

Menschen und Tiere zogen an der Haustür vorbei. Mägde eilten mit gefüllten Körben auf das Waldtor zu oder liefen zum Gramansbrunnen, um Wasser zu holen. Ein Karren mit Tonwaren rammte um Haaresbreite einen Mann, der ein langes Brett mit einem Dutzend Brotlaiben auf der Schulter balancierte.

»Du Tölpel!«, rief der Mann empört. »Kannst du nicht aufpassen?«

»Pass selber auf, Großmaul!«, schnauzte der Fuhrknecht zurück und spuckte auf den Boden. »Pack die Brote doch in einen Korb!«

»Sie sind noch heiß, Hornochse!«, gab der Mann mit den Broten zurück. »Im Korb würden sie zerdrückt, das muss doch selbst ein Einfaltspinsel wie du wissen.«

Den Rest des Wortgefechts bekam Melisande nicht mit, denn in diesem Augenblick lösten sich zwei vertraute Gestalten mit ihren Pferden aus dem Gewimmel und kamen auf die Wartenden zu. Melisande lächelte, doch ihr Lächeln erstarb, als sie ihre Mienen sah. Der Mund ihrer Schwiegermutter war zu einem schmalen Schlitz zusammengepresst, Antonius' Augen waren trüb und gerötet; dunkle Ringe hatten sich tief in seine sonst so rosige Haut eingegraben.

Was war geschehen? In Melisandes Bauch machte sich ein flaues Gefühl breit. Sicherlich ist es nur wegen der Reise, redete sie sich ein. Bestimmt war sie hart und anstrengend.

Als Katherina sie und Wendel erblickte, breitete sich ein freudiges Strahlen auf ihrem Gesicht aus. Sie eilte auf sie zu, nahm beide auf einmal in die Arme und drückte sie so fest, als wolle sie sie nie wieder loslassen.

Wendel machte sich als Erster frei. Er lachte. »Wie schön, dich so schnell wiederzusehen, Mutter! Wie war die Reise? Ihr beide«, er zeigte auf Antonius, der etwas abseits stand, »scheint müde zu sein?«

Katherina entließ auch Melisande aus ihrer Umarmung und verzog den Mund. »Ach ja. Antonius, bring meine Sachen ins Haus, dann kannst du etwas essen.« Sie drehte sich zu Gertrud, die bereits unruhig auf Selmtrauds Arm herumzappelte. »Da ist ja meine kleine Prinzessin! Komm, meine Süße, komm in meine Arme!« Sie nahm das Kind von der Magd in Empfang und wirbelte es durch die Luft. Für einen

Augenblick schien alle Erschöpfung von ihr gewichen zu sein.

Wendel trat auf Antonius zu. »Willkommen, Freund!«, sagte er warm. »Stell doch das Gepäck ab.«

Antonius zögerte einen Moment, dann gehorchte er. Wendel drückte ihn herzlich und raunte ihm etwas ins Ohr. Melisande verstand die Worte nicht, aber es musste etwas Erfreuliches sein, denn Antonius' Miene hellte sich auf, ja, er brachte sogar ein schmales Lächeln zustande, das jedoch nur kurz währte. Dann nahm er das Gepäck wieder auf und nickte Melisande im Vorbeigehen zu, wie es sich für einen Untergebenen schickte. Trotz der vollendeten Höflichkeit lief es Melisande eiskalt den Rücken hinunter. Was war nur mit Antonius los? Grollte er ihr? Oder sah sie wieder einmal Gespenster?

Wendel hatte von der Kälte zwischen ihr und Antonius offenbar nichts bemerkt. »Es ist schön, dass ihr da seid«, sagte er zu Katherina, die Gertrud inzwischen an Selmtraud zurückgegeben hatte. »Wie lange wirst du dieses Mal bleiben können?«

»Solange ihr mich ertragt.« Sie lächelte schwach.

Wendel öffnete die Hände. »Liebste Mutter, dann bleib, so lange du möchtest. Unser Haus ist dein Haus.« Er führte sie über die Schwelle. »Michel! Bring die Pferde in den Stall! Walburg! Wo bleibt das Essen? Willst du dich nicht um unsere Gäste kümmern?«

Die Köchin eilte zum Herd. »Berbelin! Wo sind die frischen Kräuter, die du aus dem Garten holen solltest? Wo ist das Brot?«

Berbelin rannte los, die Blumen rutschten ihr aus dem Haar, und Wendel hob den Kranz lachend auf. »Keine Angst, so schnell verhungert meine Mutter nicht.«

Melisande blieb auf der Schwelle stehen und sah von dort zu, wie ihr Gemahl seine Mutter an den besten Platz am Tisch bugsierte, ihr Wein einschenkte und Nüsse und reife Pflaumen reichte. Selmtraud gesellte sich mit Gertrud zu ihnen, und Katherina reichte ihrer Enkelin ein Stück saftiges Fruchtfleisch. Ein Bild voller Harmonie, dachte Melisande, eine glückliche Familie. Sie lächelte. Wendel schien noch voller Hoffnung zu sein, dass auch sein Vater bald zu diesem perfekten Familienglück gehören würde, doch sie wusste es besser. Die düsteren Mienen der beiden Reisenden, die Tatsache, dass Katherina ihren Diener wie ein Möbelstück behandelte, dass Antonius sie selbst mit unverhohlener Abneigung begrüßt hatte. All das konnte nur eines bedeuten: Ihre Schwiegermutter war nicht so bald schon wieder angereist, weil es gute Neuigkeiten gab. Im Gegenteil: Irgendetwas stimmte ganz und gar nicht. Doch was? Im Augenblick wusste Melisande nur eines sicher: Über Erhard Füger war nicht der Geist der Versöhnung gekommen und hatte ihn dazu veranlasst, seine Gemahlin und seinen Leibwächter loszuschicken, die frohe Botschaft zu verkünden. Doch welchem Zweck diente ihr Besuch dann? War etwas geschehen? Oder verfolgte Wendels Familie einen Plan? Und warum verachtete Antonius sie auf einmal so sehr?

***

»Nun, Albrecht, seid Ihr mit Berthold, dem Sohn Bertholds von Massenbach übereingekommen, was die Burg und Eure Lehnsverpflichtungen betrifft?« Graf Ulrich III. musterte den massigen Mann, der vor ihm stand und seinen Kopf ein wenig gebeugt hielt, abwartend. Es war eine leidige Sache, seit Jahren schon anhängig. Albrecht und Berthold teilten sich

Burg Neuhaus als gemeinsames Lehen, und diese enge Bindung schien sie übermütig zu machen. Immer wieder waren die beiden Burgherren eigene Wege gegangen, immer wieder hatten sie sich ihren Lehnsverpflichtungen entzogen, weil sie glaubten, mehr für Württemberg zu tun, als das Lehen, das Ulrich ihnen überschrieben hatte, wert war. Im letzten Frühjahr war es Ulrich zu bunt geworden, er hatte Stefan von Burgau zu der Burg geschickt und den beiden klargemacht, dass sie den Bogen überspannt hatten. Gott sei Dank hatten sie angesichts der dreihundert Bogenschützen, zwölf Katapulte und siebzig Ritter schnell eingelenkt und versprochen, ihren Eid auf Ulrich zu erneuern. Schöne Worte, die von Burgau gern gehört hatte. Aber erst als sie die ausstehenden Lehensverpflichtungen in Form von Silbermünzen beglichen und noch einen Batzen für die Verpflegung der kleinen Armee draufgelegt hatten, war der Hauptmann abgerückt. Vorerst. Denn die formelle Bekräftigung des Lehnseids stand noch immer aus.

»Ja, Herr, wie wir es versprochen haben.« Albrecht hielt ein Dokument hoch.

Ulrich nahm es entgegen und las laut vor:

Albrecht Brusse und Berthold, Sohn Bertholds von Massenbach, Edelknechte, bekennen, dass Graf Ulrich III. von Württemberg ihnen für ihre geleisteten Dienste Burg Neuhaus bei Ehrstädt zum Lehen gegeben hat. Sie schwören, mit ihrer Burg Neuhaus nimmer gegen die Herrschaft Württemberg zu sein, und dass die Burg Neuhaus offenes Haus der Herrschaft Württemberg sein soll.

Ulrich rollte die Urkunde zusammen und klopfte sich damit auf den Oberschenkel. Sollte er noch ein wenig Salz in die Wunde streuen? Nein, das war nicht nötig. »Ich bin sehr zufrieden, Albrecht. Ich werde morgen eine Abschrift unserer Vereinbarung anfertigen lassen und sie dann siegeln. Glaubt mir, es wird Euer Schaden nicht sein. Gibt es noch etwas, das ich für Euch tun kann?«

»In der Tat, das gibt es.« Brusse drückte den Rücken durch und streckte die Brust heraus. »Ihr wisst, dass Sunnesheim, ganz in der Nähe der Neuburg, die Stadtrechte innehat. Darunter fallen auch Marktrechte und Wegerechte, die bis an unsere Burg heranreichen. Mit harter Faust halten die Pfalzgrafen dort die Zölle fest.«

Oh ja, das wusste Ulrich nur zu gut. Wie vor ihm sein Vater, versuchte er schon lange, den Fuß in die Tür zu bekommen und den Einfluss der Pfalzgrafen zu beschränken. Vergebens. Aber vielleicht ... Nachdenklich strich Ulrich sich über das Kinn. Albrecht hatte ihn auf eine Idee gebracht. Ehrstädt, ein Dorf, das unterhalb der Neuburg lag, gehörte zu Württemberg. Warum sollte er nicht dort einen Markt mit verminderten Zöllen einrichten und damit die Handelswege ein wenig korrigieren? Eine verlockende Idee, die aber auch Risiken barg. Die Kurpfälzer würden sich darüber aufregen, und verminderte Zölle an *einem* Marktflecken konnten durchaus andere Städte dazu ermuntern, die Zölle ebenfalls zu verringern, damit bei ihnen das Handelsaufkommen stieg. Nein, er musste erst darüber nachdenken. Albrecht würde er derweil etwas anderes anbieten.

Er richtete sich auf. »Lieber Albrecht, ich kann Euch kein Markrecht geben, das seht Ihr sicherlich ein. Aber ich kann Euch das Gut Hohenehrbach zusätzlich zum Lehen geben. Das Gut bringt reiche Erträge, es ist ein hervorragendes

Geschäft für Euch.« Zufrieden lehnte er sich zurück. Ein wahrhaft kluger Schachzug, lobte er sich selbst im Stillen. Ein Schachzug, bei dem er zwei Fliegen mit einer Klappe schlug: Die Neuburger würden mit dem Gut alle Hände voll zu tun haben, denn es war zwar einträglich, aber äußerst zeitaufwendig zu verwalten. Zugleich bekam Hohenehrbach Herren, mit denen nicht zu spaßen war. Ablehnen konnte Albrecht sein Angebot nicht, das wäre eine ungeheuerliche Beleidigung und würde einer offenen Kriegserklärung gleichkommen.

Brusse verbeugte sich tief. »Ihr seid in der Tat ein gütiger Mann, Ulrich, der den Seinen keine Verfehlungen nachträgt. Ihr beschämt mich, und ich nehme dankbar an.«

Wie gut, dass seine Zunge geschliffener ist als sein Schwert, dachte Ulrich amüsiert. Er entließ den Vasallen, von dem er zumindest für die nächsten ein oder zwei Jahre Treue erwarten konnte. Er seufzte. Ein weiterer unangenehmer Fall erwartete ihn.

Sein Schreiber, Suitbert der Ältere, ein gelehrter Mann, der sieben Sprachen beherrschte, trat in den Saal, beladen mit zahlreichen Urkunden. Ulrich erhob sich kurz, um Suitbert einige Rollen abzunehmen und deutete auf den Stuhl neben sich.

Der Schreiber verneigte sich dankend und nahm Platz. »Ich habe alles durchgesehen, Herr«, sagte er. »Wir sind im Recht. Die Ländereien südlich von Rottweil gehören in der Tat Euch. Ulrich II., der Halbbruder Eures Vaters, hat sie als Lehen im Jahre 1274 von Kaiser Rudolf I. erhalten.«

Ulrich schlug mit der Faust auf den Tisch. »Dann sollte ich den Rottweilern wohl einen Besuch abstatten und mir den Rat vorknöpfen, damit er das Land endlich wieder zurückgibt. Ich muss sowieso den einen oder andern im Lande an seine Verträge erinnern.« Er seufzte erneut tief und rieb sich das Bein. So schnell, wie er gehofft hatte, war es nicht verheilt, und Sophie hatte ihm gedroht, ihn aus dem Schlafgemach auszusperren, sollte er sich auf weitere Jagdabenteuer einlassen. Eine harte Strafe, auch wenn er sich eingestehen musste, dass Sophie Recht hatte. Trotzdem verdarb es ihm die Stimmung, hinter den Mauern seiner Residenz eingesperrt zu sein. Die Aussicht auf eine Reise war durchaus willkommen und verbesserte seine Laune ein wenig. Allerdings würde er Sophie mitnehmen müssen, da sie ihm nicht über den Weg traute. Auch damit hatte sie Recht. Die Jagd war nun mal das edelste und kühnste Vergnügen, das einem Mann seines Standes vergönnt war. Auf sie zu verzichten war bitter und fiel ihm schwer. Eine Reise durch sein Reich war durch all die mit ihr verbundenen Strapazen und Unannehmlichkeiten ein schlechter Ersatz. Doch es musste sein. Seine Söhne konnten ihn in seiner Abwesenheit vertreten, sie hatten sich zu seiner Freude zu geschickten Regenten entwickelt.

»Suitbert, lass alles für eine Reise vorbereiten. Ich möchte in zwei Tagen aufbrechen«, sagte er. »Wir beginnen im Süden und arbeiten uns nach Norden vor. In zwei Monaten sollten wir wieder hier sein.«

»Sehr wohl, Herr.« Der Schreiber verneigte sich. »Eins noch, Herr, wenn Ihr erlaubt. Ich habe Nachricht von Fussili.«

Ulrich straffte seinen Rücken. »Gut. Her damit!«

Suitbert griff in die Falten seines Gewandes, zog ein Pergament hervor und reichte es ihm mit einer Verneigung.

Ulrich nahm es und drehte es in den Händen. Das Siegel war unversehrt. »Ich danke Euch, Suitbert.«

Der Schreiber verstand und zog sich eilends zurück. Ulrich erbrach das Siegel, sobald sich die Tür hinter ihm geschlossen hatte. Er überflog die einleitenden Höflichkeitsfloskeln, die fast ebenso viel Platz einnahmen wie die Neuigkeiten, die ihn interessierten.

Endlich kamen die Worte, auf die er gewartet hatte:

Herr, ich habe den Kaufmann ausfindig gemacht, der vor zwei Jahren das Schreiben an Euch übergeben hat. Es handelt sich um Karl Likkius aus Ulm. Bedauerlicherweise ist er auf Reisen. Doch er wird in wenigen Tagen zurückerwartet.
Euer untertänigster Diener Alberto Fussili.

Ulrich knüllte das Pergament zusammen, stand auf und warf es in den Kamin, wo es prasselnd verbrannte. Er starrte in die Flammen und genoss das Kribbeln, das die Nachricht in seinen Gliedern ausgelöst hatte. Die Meute hatte die Witterung aufgenommen, die Beute saß so gut wie in der Falle. Ja, auch das war eine Jagd, und sie begann, ihm Spaß zu machen. Nur eins wusste er noch nicht: wohin das Abenteuer führen würde. Was sollte er mit dem Galgenstrick tun, der ihn dermaßen an der Nase herumgeführt hatte? Ihn heimlich meucheln lassen oder in seine Dienste nehmen? Nun, das würde er entscheiden, wenn die Jagd beendet war.

***

Von Säckingen zog die Zügel an. In der Ferne erhob sich Rottweil imposant in den Himmel: Die gewaltige Stadtbefestigung, der Hochturm und die Brücke über den Neckar, die zum Auentor führte, strahlten hell im Nachmittagslicht. Irgendwo hinter diesen Mauern befand sich Mechthild oder

Melisande oder wie auch immer sie in Wirklichkeit heißen mochte. Er schnitt eine Grimasse. Othilia hatte ihn durchschaut. Er hatte in der Tat keine Ahnung, wie Frauen dachten oder fühlten. Vor allem wusste er nicht, wie Othilia dachte und fühlte und wie ihre Pläne aussahen. Was hatte sie mit Melisande vor? Wozu sollte er ihr das Kleid bringen? Was bezweckte die Herrin mit diesem Hokuspokus? Er hasste es, eine Figur in einem Spiel zu sein, dessen Regeln er nicht kannte! Der Auftrag hatte nur ein Gutes: Er würde endlich die Gelegenheit erhalten, sich die falsche Melissa Füger von Nahem anzusehen, um sicherzugehen, dass es sich bei ihr wirklich um Mechthild handelte, die Frau, die er seit zwei Jahren suchte. Nicht, dass er noch Zweifel hegte. Nicht mehr, seit er das Kleid gesehen hatte. Doch es würde etwas anderes sein, ihr leibhaftig zu begegnen. Dabei allerdings musste er sich geschickt anstellen, denn er durfte auf keinen Fall gesehen werden. Er brauchte nicht Othilias Anweisungen, um zu wissen, dass eine solche Begegnung fatale Folgen haben würde.

Von Säckingen straffte die Schultern und gab dem Pferd die Sporen. Dieses Mal hatte er für seinen Ritt nach Rottweil nicht Excelsior genommen, denn das Tier war zu auffällig und manch einer kannte es vielleicht von einem Turnier oder seinem letzten Besuch in der Stadt. Stattdessen hatte er sich einen kreuzbraven braunen Wallach ausgesucht, der starke Nerven und viel Ausdauer besaß. Der Braune war weit geduldiger als er selbst; am liebsten wäre er in einem Stück durchgeritten, und er hatte sich dazu zwingen müssen, auf halber Strecke eine Rast einzulegen. Was für einen Sinn hätte es auch gehabt, mitten in der Nacht in Rottweil einzutreffen, wo er ohnehin keinen Einlass gefunden hätte?

Während der Wallach über die Brücke auf das Tor zutrottete, ging von Säckingen noch einmal den Plan durch, den er sich unterwegs zurechtgelegt hatte. Das Haus der Fügers lag schräg gegenüber dem Rathaus an der Hauptstraße, die vom Oberen Auentor die Stadt hinauf zum Waldtor führte. Es war, wie von Säckingen von seinen Männern erfahren hatte, achtzehn Fuß breit und dreißig Fuß tief. Nach hinten heraus lag der Hof mit Stallungen, Abort, Kräutergarten und Brunnen. Grund und Boden reichten bis zur Blumengasse, die parallel zur Hauptstraße verlief. Von dort konnte man einfach über den niedrigen Zaun klettern, um in den Hof zu gelangen. Einen Wachhund gab es nicht, auch keine Gänse, an denen er nicht unbemerkt vorbeigekommen wäre. Die Familie besaß allerdings einige Hühner, die ebenfalls Lärm machen konnten. Um sie zu beruhigen, hatte er sich einen Beutel Gerste besorgt. Da konnte kein Huhn widerstehen. Die Tiere würden sich Bauch und Kropf so vollstopfen, dass sie keinen Ton mehr herausbrachten.

Drei Knechte, zwei Mägde und eine Köchin lebten mit der Familie im Haus, zudem waren die Mutter des Hausherrn und ihr Leibwächter zu Besuch. Unangenehm, aber für von Säckingen kein Grund, den Plan zu ändern. Er hatte hin- und herüberlegt, es gab nur einen halbwegs sicheren Weg: Er musste über den Zaun, die Hühner füttern, die Hintertür aufbrechen, durch die Stube die Treppe hinauf in die Schlafkammer, wo er das Kleid auf dem Bett ausbreiten würde. Danach würde er auf demselben Weg wieder verschwinden. Othilias Kundschafter hatten die Gewohnheiten der Fügers eine Weile beobachtet und festgestellt, dass zur Frühmesse am Freitagvormittag niemand im Haus war. Diese Tatsache hatte sich auch schon einer von Othilias Söldnern zunutze gemacht, als er einen anderen Gegenstand im Haus deponiert hatte. Um welchen Gegenstand es sich dabei gehandelt hatte, hatte Othilia ihm nicht verraten.

Von Säckingen wischte den Gedanken an seine Herrin und ihre Winkelzüge ärgerlich fort. Er wollte jetzt nicht daran denken. Lieber dachte er an das, was vor ihm lag. Morgen würde er Mechthild so nah sein wie nie zuvor. Morgen würde er in ihr Haus eindringen und ihr Schlafgemach aufsuchen.

Von Säckingen ließ sich auf der Bank nieder. Er hatte sich für die Nacht im Gasthaus »Zum Löwen« einquartiert, das sich neben dem Auentor an die Stadtmauer schmiegte. So konnte er die Stadt schnell wieder verlassen, falls es nötig werden sollte. Er hatte sich als Rudolf Meyen ausgegeben und behauptet, unterwegs nach Basel zu sein, wo er Geschäfte zu erledigen habe. Obwohl ihn kein Ungeziefer geplagt hatte und der Lärm in der Schankstube weit vor Mitternacht verebbt war, hatte er kaum ein Auge zugetan. Das hatte nicht daran gelegen, dass ihm die bevorstehende Aufgabe den Schlaf raubte, nein! Er war schließlich ein Krieger, und ein Abenteuer wie dieses war kaum dazu geeignet, ihn aus der Ruhe zu bringen. Vielmehr hatte er befürchtet, ausgeraubt oder schlimmer noch, enttarnt zu werden. Das konnte er sich keinesfalls erlauben. Bereits vor dem Morgengrauen hatte er sich daher von seinem Lager erhoben und einige Übungen gemacht, um seine Muskeln aufzuwärmen.

Inzwischen hatten sich auch die anderen Gäste von den Bänken erhoben, auf denen sie die Nacht verbracht hatten, rollten die Felle zusammen und packten ihre Bündel. Eine Magd brachte Brot und Brei.

Von Säckingen hatte zwar keinen Appetit, doch er schaufelte den Hirsebrei in sich hinein. Was er vorhatte, sollte er besser nicht mit leerem Magen angehen. Er wischte sich mit dem Ärmel über den Mund. Wider Erwarten war der Brei recht schmackhaft, denn es waren reichlich Honig und sogar Nüsse beigemischt.

Gerade als er den Rest aus der Schale mit einem Stück Brot zusammenkratzte, läuteten die Glocken zur Messe. Von Säckingen packte seine Sachen und trat auf die Straße.

Flaumige Wolken huschten über den Himmel, ein milder Wind blies von Südwest. Der Sommer war ungewöhnlich warm gewesen, vielleicht gönnte Gott den Menschen nach den vielen harten Wintern der letzten Jahre einen milderen Jahresausklang. Im letzten Winter war die Adlerburg fast drei Monate lang eingeschneit gewesen, keine Maus hatte die Mauern verlassen können, keine Boten waren durchgekommen. Othilia hatte sich in dieser schweren Zeit den Respekt ihrer Leute erworben: Nicht nur für das leibliche Wohl ihrer Untertanen hatte sie gesorgt, sondern auch für genug Beschäftigung. Nach dem Winter waren die Wachen gedrillt wie nie zuvor, die Waffen glänzten, sämtliches Holz war geölt, jeder bröckelnde Stein innerhalb der Gebäude ausgebessert. Einmal in der Woche hatte es im Palas sogar Wettspiele gegeben, denen auch die Mägde und Knechte beiwohnen durften. Ja, Othilia war eine ungewöhnliche Frau. Und schwer zu durchschauen.

Von Säckingen blickte sich erstaunt um. Offenbar waren die Rottweiler keine sehr eifrigen Kirchgänger. Obwohl die Frühmesse im Gange war, herrschte auf den Straßen reges Treiben. Umso besser – je mehr Menschen ihn umgaben, desto leichter konnte er zwischen ihnen untertauchen. Er zog seine Gugel tief ins Gesicht. Unter seinem weiten Umhang hatte er das Kleid versteckt und ein Messer, das so scharf war, dass es mit einer einzigen Bewegung einen Finger abtrennen konnte. Wer immer ihm in die Quere kam, würde das mit dem Leben bezahlen.

So geschäftig es auf der Hauptstraße zuging, so verlassen lag die Blumengasse da. Von Säckingen schaute sich unauffällig um, dann nutzte er die Gelegenheit, sprang aus dem Stand über den Zaun, zog den Beutel mit den Körnern hervor, und bevor ein Huhn vor Aufregung gackern konnte, hatte er ihnen die Leckereien bereits hingeworfen. Nichts anderes interessierte nun die Tiere, als möglichst rasch möglichst viele Körner aufzupicken. Von Säckingen rümpfte abschätzig die Nase. Die Menschen waren nicht viel anders. Man brauchte nur zu wissen, wie die Körner geartet sein mussten, die man ihnen hinwarf, damit sie alles andere vergaßen.

Plötzlich polterte es. Schnell duckte sich von Säckingen hinter den Brunnen. Keinen Moment zu früh. Im Nachbarhaus wurde eine Tür aufgestoßen, eine grobschlächtige Magd trat mit einem Korb voll Wäsche heraus, stapfte ans Ende des Grundstücks und begann, die Kleider über den Zaun zu hängen. Ausgerechnet jetzt! In der Hocke arbeitete sich von Säckingen zur Hintertür vor. Er sah sich um. Die Magd war noch immer mit der Wäsche beschäftigt. Er zog einen Draht aus seinem Beutel, bog ihn mit geübtem Griff zurecht und schob ihn ins Schloss. Ein paar Wimpernschläge später sprang die Tür auf, ohne ein Geräusch zu machen. Die Scharniere waren gut geölt.

Von Säckingen hielt den Atem an. Von drinnen war nichts zu hören. Er schlich ins Haus und zog die Tür hinter sich zu. Wieder blieb er abwartend stehen. Der Duft von frischen Kräutern und Geräuchertem schlug ihm entgegen, und er war froh, dass sein Magen gut gefüllt war. Er sah sich um und erkannte zu seiner Rechten die Schreibkammer; Pergamentrollen lagen wohlgeordnet in Regalen, das Schreibpult glänzte frisch geölt. Zu seiner Linken lag die Kellertür, geradeaus ging es in die Küche und die Stube. In der Stube wandte er sich nach links. Von hier führte eine Treppe ins Obergeschoss. Jetzt hieß es Obacht geben. Die Spione hatten berichtet, dass diese Treppe knarzte wie ein Tannenwald im Wind und dass sie bisweilen sogar bis auf die Straße zu hören war. Heute brauchte er sich darum zwar keine großen Sorgen zu machen, denn das Haus war verlassen und auf der Straße lärmten bereits die ersten Fuhrwerke. Dennoch wollte er versuchen, kein Geräusch zu machen. Als Übung. Denn Othilia hatte angedeutet, dass dies nicht sein letzter Besuch im Hause Füger sein würde.

Vorsichtig setzte von Säckingen einen Fuß auf die erste Stufe und verlagerte sein Gewicht, bis es ganz darauf lastete. Nichts. Er drückte sich hoch, zog den zweiten Fuß nach, ging in die Knie und presste die linke Hand auf die nächste Stufe, die bei der Berührung leise stöhnte. Er verstärkte den Druck, die Stufe wurde jedoch nicht lauter, sondern schwieg alsbald. Gut! So würde es gehen.

Eine Stufe nach der anderen erklomm von Säckingen, das Holz ächzte unter seinem Gewicht, leise zwar, aber doch vernehmlich. Wäre jemand im Haus gewesen, wäre er sofort entdeckt worden. Falls es tatsächlich einen nächsten Besuch gab, musste er es anders angehen.

Endlich erreichte er den Treppenabsatz, legte die Hände darauf, zog die Beine nach. In der Hocke wartete er und lauschte. Keine Gefahr. Er richtete sich auf, schaute sich um. Die Tür zur Schlafkammer war nur angelehnt. Er gab ihr einen sanften Stoß und bemerkte erleichtert, dass auch ihre Scharniere bestens geschmiert waren. Sofort schlug ihm der Duft von Rosenöl entgegen.

Von Säckingen erstarrte. Plötzlich saß er wieder auf seinem Pferd und ritt auf den Fronhof bei Hülben. Er erblickte Mechthild, die Magd, und derselbe Duft von Rosen stieg ihm in die Nase. Er wankte, hielt sich an einem Bettpfosten fest, rieb sich das Gesicht, um wieder klar denken zu können. Suchend ließ er den Blick durch den Raum schweifen. Ein Bett, ein Schemel, eine große Truhe an der Wand, eine etwas kleinere neben dem Bett. Die große Truhe hatte kein Schloss. Er hob den Deckel an. Wäsche lag darin. Eine sauber gefaltete Cotte, ein moosgrünes Gewand, ein Umhang aus schwerer Wolle und einige weitere Kleidungsstücke. Von Säckingen hob das Gewand heraus und vergrub sein Gesicht darin. Rosenöl. Ihm schwindelte. Er strich über den Stoff. Wie Mechthild darin wohl aussah? Oder vielmehr Melisande. Es fiel ihm immer noch schwer, sich vorzustellen, dass die Magd vom Fronhof Melisande Wilhelmis war.

Hinter dem Haus ertönten Stimmen. Von Säckingen zuckte zusammen. Sein Herz raste. Wie hatte er sich nur so vergessen können! Er ließ das Gewand in die Truhe fallen, schloss sie behutsam und sprang auf. Mit wenigen Schritten war er in der kleinen Kammer beim Treppenabsatz und spähte aus dem Fenster. Zwei Frauen, von denen er eine sofort erkannte. Ihm stockte der Atem. Die Augen, die Lippen, die Art, wie sie sich bewegte. Und die rote Haarsträhne, die unter der weißen Haube hervorgerutscht war. Jetzt hatte er endgültig Gewissheit: Melissa Füger war Mechthild und somit wohl auch Melisande Wilhelmis. Er hatte sie gefunden.

Von Säckingen krallte die Finger in das Fensterbrett. Er hatte sie gefunden, und doch war sie unerreichbar für ihn. Nicht etwa, weil dieser weibische Jammerlappen von ihrem Gemahl zwischen ihnen stand, nein, der stellte kein Hindernis dar. Es war die mächtige Gräfin Othilia de Bruce, seine Geliebte und Herrin, die ihm Melisande streitig machte. Und mit ihr war nicht zu spaßen.

Von Säckingen rief sich zur Ordnung. Dies war nun wirklich nicht der richtige Zeitpunkt, um darüber nachzudenken. Jetzt stand Dringlicheres an. Rasch überlegte er: Die andere Frau musste Melisandes Schwiegermutter sein. Warum betraten die beiden Frauen das Haus von der Hinterseite? Wo waren die übrigen Mitglieder des Haushaltes? Etwa schon an der Vordertür?

Schlagartig erwachten seine erstarrten Glieder zum Leben. Er stürzte zurück in das Schlafgemach, zog das blaue Kleid unter seinem Umhang hervor und breitete es auf dem Bett aus. Er warf einen letzten Blick darauf.

Der Fronhof. Mechthilds kühner Blick. Ihr feuerrotes Haar.

Die Stimmen wurden lauter. Jetzt klimperten Schlüssel. Die beiden Frauen hatten die Hintertür erreicht.

»Oh! Ich habe wohl vergessen abzusperren!« Das musste Melisande sein.

Er hörte Schritte, die Frauen betraten die Stube und schnitten ihm damit den Fluchtweg ab – er saß in der Falle.

***

»Ich lege mich ein wenig aufs Bett, dann geht es mir gleich wieder besser«, sagte Melisande. Es war ihr unangenehm, dass Katherina sich so um sie sorgte. Warum war das auch ausgerechnet heute passiert? Als sie sich in der Kirche auf den kalten Steinboden gekniet hatte, war ihr plötzlich schwarz vor Augen geworden. Wendel hatte sie sofort nach Hause bringen wollen, doch Katherina hatte sich vorgedrängt. »Ich mache das, mein Junge«, hatte sie entschieden. »Das ist Frauensache, davon verstehst du nichts. Mach dir keine Sorgen.« Sie hatte Melisande am Arm gepackt und hinaus an die frische Luft geführt. Am Spitalbrunnen hatte sie ein Tuch befeuchtet und damit Melisandes Stirn gekühlt, dann waren sie durch die schattigen Nebengassen zurück zum Fügerschen Haus gegangen.

»Ich begleite dich nach oben«, sagte Katherina und hakte Melisande erneut unter.

Gemeinsam stiegen sie die Treppe hoch. Nach ein paar Stufen blieb Melisande stehen, um zu Atem zu kommen. »Einen Augenblick...« Ihr war noch immer ein wenig unwohl, und das Treppensteigen strengte sie an. Plötzlich knarrte es über ihren Köpfen. Erschrocken sah Melisande ihre Schwiegermutter an. Was war das? Waren sie etwa nicht allein?

»Hast du das auch gehört?«, flüsterte Katherina. »Ist jemand im Haus?«

»Ich weiß es nicht«, antwortete Melisande ebenso leise. »Es hat sich angehört, als sei jemand im Dachgeschoss.«

»Aber die Mägde und Knechte sind doch alle mit zur Messe gegangen.« Katherina sah nicht ängstlich aus, eher verwundert.

Melisandes Herz aber raste. »Ich weiß«, sagte sie. Ihre Gedanken überschlugen sich. Jemand war im Haus. Jemand, der hier nichts zu suchen hatte. Der Eindringling, der die Tafel in die Schreibkammer gelegt hatte? Die Tafel des Henkers Melchior... Mit einem Mal wurde ihr eiskalt. Bestimmt war es nur ein gewöhnlicher Einbrecher. Mit dem würde sie fertig werden. Dem würde sie zeigen, dass er sich das falsche Opfer ausgesucht hatte. Niemand hatte das Recht, einfach in ihr Haus einzudringen. Wer auch immer sich auf dem Dachboden versteckte, sie würde ihm nicht wehrlos gegenübertreten.

»Warte hier«, wisperte sie Katherina zu. Sie rannte die Stufen hinunter und riss in der Küche eine schwere Pfanne von der Wand. Damit kehrte sie zu Katherina zurück. »Hier, nimm!«

Entsetzt starrte ihre Schwiegermutter sie an. »Was soll ich damit?«

»Zuschlagen, wenn es sein muss.«

Katherina nickte grimmig. »Gut.« Sie hob die Pfanne hoch über ihren Kopf und folgte Melisande die Treppe hinauf.

Vor der Gästekammer zog Melisande ihr Messer hervor. Mit einer schnellen Bewegung stieß sie die Tür auf.

Nichts.

Sie betraten die Schlafkammer.

Nichts.

Doch!

Melisande schrie auf. Auf dem Bett lag ein Kleid, das sie mit Sicherheit nicht dorthin gelegt hatte. Ein Kleid, das hier nicht sein sollte, nicht sein durfte.

»Was ist los?« Katherina sah sich im Zimmer um.

»Nichts«, stammelte Melisande. »Nur die Angst.«

»Vielleicht sollten wir besser vor dem Haus auf die Männer warten?«

Über ihnen ertönte ein schabendes Geräusch.

»Warte hier!« Melisande rannte los, die enge Stiege ins Dachgeschoss hinauf. Als sie auf dem Treppenabsatz ankam, flatterte eine Taube auf.

Der Raum war leer. Sie war zu spät gekommen.

※ ※ ※

Von Säckingen hielt die Luft an. Diese Frau war in der Tat ungewöhnlich mutig und schlau. Sie hatte offenbar erraten, dass er nur über das Dach fliehen konnte, und sie war bereit gewesen, ihn zu stellen. Oder war sie einfach nur töricht und hatte den Sinn für die Gefahr verloren? Sie hatte ihren Kopf durch die verschobenen Schindeln gesteckt und in alle Richtungen geschaut, aber zu seinem Glück war sie nicht hinausgeklettert, um einen Blick über den Giebel nach hinten zu werfen. Dann hätte sie ihn entdeckt. Vielleicht war Melisande auf seinen Trick hereingefallen, vielleicht hatte sie ihn aber auch gar nicht stellen, sondern nur verjagen wollen.

Von Säckingen stieß Luft aus. Letztlich fehlten ihr doch die Erfahrung und die Gewitztheit eines Kriegers. Er war zur Hauptstraße hin auf das Dach geklettert – ein kurzer Moment der Gefahr, aber niemand hatte hinaufgeschaut – und war dann über den Giebel auf die Hinterseite gestiegen. Hier war die Wahrscheinlichkeit geringer, dass jemand ihn entdeckte. Dennoch wurde es Zeit, dass er sich aus seiner misslichen Lage befreite, seine Arme brannten wie Feuer vor Anstrengung. Die Dachneigung war so steil, dass er sich mit aller Kraft festklammern und zugleich ganz behutsam bewegen musste, weil sonst die Schindeln ins Rutschen kommen würden. Er zog sich langsam hoch, legte sich auf den Giebel und spürte erleichtert, wie der Schmerz in seinen Armen und Beinen verebbte. Nur ein wenig länger, und er wäre vom Dach gefallen wie reifes Obst vom Baum.

Eine Weile blieb von Säckingen so liegen, dann wechselte er auf das Nachbardach, das weniger steil war, und ließ sich langsam hinabgleiten. Ein Apfelbaum reichte bis zur Kante; es war ein Leichtes, an ihm hinunterzuklettern und durch den Hinterhof auf die Straße zu gelangen. Dort zog er die Gugel wieder tief ins Gesicht. Er wagte einen letzten Blick über den Zaun zu Melisandes Haus. Alles schien ruhig zu sein.

※※※

Melisande stolperte zurück in ihre Schlafkammer, wo Katherina ihr ängstlich entgegenblickte.

Sie lächelte. »Eine Taube«, sagte sie mit betonter Leichtigkeit. »Ein paar Dachschindeln sind verrutscht, und eine Taube ist durch die Lücke hineingeflogen. Wir sind vielleicht zwei dumme Weiber! Erschrecken uns vor einem Täubchen zu Tode.«

Auch Katherina lächelte nun, doch ihr Lächeln wirkte verkrampft. »Dann ist ja alles gut«, sagte sie und ließ den Arm mit der Pfanne sinken.

»Lass uns den Vorfall nicht erwähnen«, schlug Melisande vor. »Sonst meint Wendel, er kann mich nicht mehr allein im Haus zurücklassen. Ich habe keine Lust, ständig einen Aufpasser um mich herum zu haben.«

»Ganz recht.« In Katherinas Blick lag Argwohn. Sie schien zu ahnen, dass etwas nicht stimmte. »Was geschehen ist, bleibt unser Geheimnis. Sonst müssen wir uns in den nächsten Tagen ständig damit aufziehen lassen, was für schreckhafte Weiber wir doch sind.« Sie deutete auf das Gewand, das auf dem Bett lag. »Was für ein schönes Kleid! Und so ein ungewöhnlicher Schnitt. Ich habe es noch gar nicht an dir gesehen. Warum ist es denn so voller Schmutz und Erde?«

Melisande räusperte sich. »Ja, weil ich...« Sie unterbrach sich, hielt sich die Hand an den Bauch.

»Ach, was frage ich für dummes Zeug. Dabei geht es dir nicht gut.« Katherina ergriff Melisandes Arm und führte sie zum Bett. Sie nahm das Kleid weg, drückte sie auf die Decke und streichelte ihr über den Kopf. »Du solltest dich jetzt ausruhen, mein Kind«, sagte sie sanft. »Die ganze Aufregung war nicht gut für dich. Ich hänge die Pfanne wieder an ihren Platz. Und das Kleid gebe ich Selmtraud. Sie soll es waschen. Wahrscheinlich hast du damit im Garten gearbeitet, ist es nicht so?«

Melisande ließ sich zurücksinken. Gegen diese Fürsorge war sie machtlos. Immerhin entging sie so weiteren unangenehmen Fragen. Aber das Gewand wollte sie nicht aus der Hand geben. »Das Kleid werde ich selber waschen«, sagte sie rasch. »Ich möchte nicht, dass es leidet. Bitte, leg es einfach in meine Truhe.«

Katherina lächelte. »Ja, das kann ich verstehen. Es ist ein wertvolles Kleid, nicht wahr? Es bedeutet dir etwas. Hast du es getragen, als du Wendel zum ersten Mal begegnet bist?«

Melisande setzte zum Sprechen an, aber Katherina legte ihr einen Zeigefinger auf die Lippen. »Du musst jetzt nichts sagen. Du weißt, du kannst mir alles anvertrauen, wenn du möchtest. Aber ich schätze dich auch, wenn du mir nicht alles erzählst.« Sie verstaute das Kleid in der großen Truhe und verließ den Raum.

Melisande schloss die Augen, versuchte, das Rauschen des Blutes in ihren Ohren zu verscheuchen. Jemand kannte ihr Geheimnis, so viel war sicher. Die Tafel hätte ihr Warnung genug sein sollen, doch sie hatte es nicht wahrhaben wollen. Jetzt gab es keinen Zweifel mehr. Was wollte der Unbekannte? Sie erschrecken? Oder warnen? Wovor? Bilder tanzten vor ihren Augen. Antonius! War er es nicht gewesen, dem sie vor zwei Jahren am Flöttlinstor begegnet war, nachdem sie ihre Vergangenheit begraben hatte? Hatte Antonius sie beobachtet? Hatte er die ganze Zeit von ihrem Geheimnis gewusst? Das würde sein merkwürdiges Verhalten erklären.

Melisande schüttelte den Kopf. Das passte nicht zusammen. Antonius konnte nicht der Mann sein, der über das Dach geflohen war, er war mit den anderen in der Kirche gewesen. Also musste er einen Komplizen haben. Aber wen? Und was führten die beiden im Schilde?

※ ※ ※

Eberhard von Säckingen blickte sich um, niemand war in der Nähe. Entschlossen zog er am Zügel und lenkte den Wallach auf den schmalen Pfad in Richtung Osten. Um keinen Verdacht zu erregen, hatte er Rottweil durch das Hochbrücktor verlassen, das im Süden der Stadt lag, denn im Gasthaus hatte er angegeben, auf dem Weg nach Basel zu sein. Niemand sollte mitbekommen, dass er in die Richtung ritt, aus der er gekommen war. Das bedeutete zwar einen Umweg, doch nur so ging er ganz sicher. Der schmale Pfad führte angeblich zu einer Furt durch den Neckar und stieß einige Meilen weiter auf die Landstraße nach Tübingen.

Die Äste hingen tief, Zweige peitschten von Säckingen ins Gesicht, aber der Schmerz war süß und trieb ihm die Erinnerung an Melisandes Schlafkammer aus dem Kopf, an den betörenden Duft nach Rosenöl, an das Verlangen, das ihm körperliche Schmerzen bereitete. Was hatte diese Metze nur an sich, dass sie ihm dermaßen den Verstand raubte? War sie des Teufels? Hatte sie ihn verhext? Vielleicht hatten die braven Uracher Handwerker damals nicht ganz unrecht gehabt. Vielleicht besaß sie tatsächlich Zauberkräfte.

Unsinn! Er ballte die Faust. Was für ein Unfug! Dieses Weib besaß nicht mehr Macht als jedes andere. *Er* war der Tölpel, der ihr verfallen war. Wut stieg in ihm auf. Was war er nur für ein erbärmlicher Schwächling!

Obwohl es lebensgefährlich war, auf dem schmalen Pfad schneller als im Schritt zu reiten, gab er dem Wallach die Sporen. Was sollte es! Er war Eberhard von Säckingen, ein Ritter von Mut und Ehre, kein verweichlichter Geck, der wegen eines Weiberrocks aus der Fassung geriet. Er senkte den Kopf, um sein Gesicht vor den Zweigen zu schützen. Für die Dauer seiner Rückreise zur Adlerburg würde er keinen einzigen Gedanken mehr an Melisande Wilhelmis verschwenden!

※※※

Eiligen Schrittes durchquerte Fussili die engen Seitengassen von Ulm. Karl Likkius war am Vorabend in der Stadt eingetroffen, endlich konnte er ihn befragen. Fussili hatte Erkundigungen eingezogen: Der Kaufmann galt als ehrbares Mitglied seiner Zunft und war in Ulm wohlgelitten. Er war nicht mehr ganz jung und hatte vor Kurzem neu geheiratet, eine Frau von erst siebzehn Lenzen. Auch hatte Fussili erfahren, dass Likkius' erste Frau vor einigen Monaten krank geworden und gestorben war, ohne ihm einen Erben zu hinterlassen. Fussili rieb sich die Hände. Likkius würde sicherlich alles tun, damit dies nicht wieder geschah. Er trat vor das große dreistöckige Haus und ließ den bronzenen Türklopfer zweimal auf das Holz fallen.

Wenig später öffnete eine Magd mit feisten glänzenden Backen die Sichtluke. Sie blickte ihn freundlich an. »Guten Tag, Bruder. Sagt Ihr mir, wer Ihr seid und was Euer Begehr ist?«

»Mein Name ist Alberto Fussili. Ich möchte mit Karl Likkius sprechen. In einer vertraulichen Angelegenheit.«

Die Magd schloss die Luke wieder, und bevor Fussili bis hundert zählen konnte, öffnete sie sich erneut, und das wettergegerbte Gesicht eines Mannes erschien. »Ich bin Karl Likkius, doch Euren Namen habe ich noch nie gehört. Warum sollte ich annehmen, dass Ihr in einer vertraulichen Angelegenheit mit mir sprechen könnt?«

Fussili lächelte milde. »Ich komme im Auftrag von Ulrich III., Graf von Württemberg.«

Likkius riss ungläubig die Augen auf. Doch seine Überraschung verflog rasch. »Könnt Ihr Euch ausweisen?«

Fussili, der mit der Frage gerechnet hatte, hielt ein Dokument vor die Luke. Likkius griff zu, trat einige Schritte zurück, ließ die Luke jedoch offen – ein Zeichen, dass er Fussili nicht als Bedrohung ansah.

Es dauerte nicht lange, bis sich die Tür öffnete und Likkius ihn hereinbat. »Verzeiht meine Vorsicht, aber es gibt zu viele Betrüger«, sagte er. »Selbst solche im heiligen Gewand eines Mönches. Aber ein Bote unseres verehrten Grafen Ulrich ist in meinem Hause natürlich immer willkommen.«

»Ich danke Euch.« Fussili betrachtete den Kaufmann. Er war ein hochgewachsener Mann von schlanker Statur, der ihn mit selbstsicherem Blick ansah. Entweder hatte er mit dem gefälschten Schreiben nichts zu tun, oder er ahnte noch nicht, in welcher Angelegenheit sein Besucher gekommen war.

»Seid mein Gast, Alberto Fussili.« Mit einer einladenden Handbewegung bedeutete der Hausherr ihm, ihm in die Stube zu folgen. Der Raum zeugte vom Wohlstand seines Besitzers, denn er wartete mit einem großen gekachelten Kamin auf, mit Teppichen an den Wänden und sogar bräunlichen, in Blei gefassten Glasscheiben in den Fenstern. »Nehmt Platz und trinkt mit mir.« Likkius schenkte Wein in zwei Pokale, die offenbar immer für die Bewirtung von Gästen auf dem Tisch bereitstanden. »Womit kann ich Euch dienen?«

Fussili ließ sich nieder und strich anerkennend über das weiche Lammfell auf dem Stuhl. Es erinnerte ihn allzu schmerzlich daran, dass er die letzten Wochen fast nur im harten Sattel verbracht hatte. Er hob den Pokal, lobte den Hausherrn und seine Gastfreundschaft und nahm einen tiefen Schluck. Nachdem er den Pokal abgesetzt hatte, legte er die Fingerspitzen zusammen. Er musste behutsam vorgehen, seine Worte sorgsam wählen, denn mit Drohungen würde er nichts erreichen. »Ehrenwerter Meister Likkius«, begann er schließlich. »Ich komme in einer äußerst delikaten Angelegenheit, die sowohl Ulrich III. als auch Burkhard von Melchingen betrifft.«

Likkius legte den Kopf ein wenig schief und sah ihn abwartend an. »Ehrenwerte Herren, das steht außer Frage, und nach dem, was man sich erzählt, Männer des Friedens und des Handels. Wie kann ich den beiden zu Diensten sein?«

Fussili entspannte sich ein wenig. Der Kaufmann hegte offenbar keinen Groll gegen von Melchingen oder den Landesfürsten. Vielleicht hatte er tatsächlich nur jemandem einen Gefallen getan, ohne zu wissen, auf was er sich einließ. »Es freut mich sehr, dass Ihr von meinem Herrn und seinem Freund eine solch hohe Meinung habt. Ich möchte Eure wertvolle Zeit nicht unnötig mit Beschlag belegen, deswegen komme ich gleich zur Sache.«

Likkius nickte zustimmend.

»Vor etwa zwei Jahren habt Ihr meinem Herrn, dem Grafen Ulrich, ein Schreiben zukommen lassen, das Euch angeblich ein Bote des Grafen von Melchingen überreicht hatte. Vielleicht erinnert Ihr Euch.«

Likkius runzelte erst die Stirn, schien sich dann jedoch zu erinnern. »Und?«

»Von Melchingen hat den Brief nicht geschrieben, er hat auch keinen Boten losgeschickt. Es handelte sich um eine Fälschung, um einen Betrug.«

Der Blick des Kaufmanns wanderte zum Fenster, durch dessen Glas gelbliches Licht in den Raum fiel. Die kleinen Scheiben waren bauchig und gewölbt und ließen die Menschen, die auf der anderen Seite an ihnen vorbeihuschten, wie seltsam verzerrte Wesen aus einer Geisterwelt wirken. »Das habe ich nicht gewusst«, sagte er, die Augen starr auf die Scheiben geheftet.

Fussili glaubte ihm nicht, doch er hütete sich zu widersprechen. »Dieser Brief war sowohl für Graf Ulrich als auch für den Grafen von Melchingen sowie für eine weitere hochgestellte Person von erheblicher Bedeutung, und zwar in mehrfacher Hinsicht.« Er nahm einen Schluck Wein. »Ich nehme an, Ihr kennt den Inhalt des Schreibens nicht?«

Likkius wandte ihm das Gesicht zu und grinste breit. »Nun, ich muss zugeben, Ihr seid gewitzt. Eine Antwort auf diese Frage würde Euch viel verraten. Mehr vielleicht, als Euch zu wissen gebührt. Bevor ich mich darauf einlasse, gestattet mir ebenfalls eine Frage.«

Fussili blieb nichts anderes übrig, als zu nicken.

»Woher weiß ich, dass Ihr tatsächlich im Auftrag des Grafen hier seid?« Likkius lächelte dünn. »Euer Freibrief könnte ebenfalls eine Fälschung sein – ist es nicht so? Vielleicht sollte ich besser die Büttel rufen.«

Fussili unterdrückte einen Seufzer. Wenn er etwas erreichen wollte, musste er mit offenen Karten spielen. Zumindest musste es so aussehen, als lägen alle Karten auf dem Tisch. »Ihr seid nicht weniger gewitzt, werter Meister Likkius«, sagte er. »Ich werde Euch also reinen Wein einschenken: Wir *wissen*, dass Ihr im Auftrag eines Dritten ein Schreiben für Graf Ulrich III. weitergeleitet habt, das mit dem Siegel des Grafen Burkhard von Melchingen versehen war. Es enthielt sehr wichtige, vertrauliche Neuigkeiten. Über den Grafen Ottmar de Bruce. Mithilfe dieses Briefes konnte er der Weinpanscherei überführt und vor Gericht gestellt werden.«

»Doch er entzog sich der Strafe, wenn ich richtig gehört habe?«

»Nur der weltlichen. Gott hat das Urteil vollstreckt. Eine Bärin riss ihn und bereitete seinem Leben ein Ende.« Fussili bekreuzigte sich. »Gott sei seiner Seele gnädig.«

Likkius legte erneut den Kopf schief. »Und jetzt wollt Ihr des Mannes habhaft werden, der sich des Verbrechens schuldig gemacht hat, das Siegel eines Grafen zu stehlen und einen Brief zu fälschen.«

Fussili nahm noch einen Schluck Wein, um Zeit zu gewinnen. Plötzlich fiel ihm auf, dass Likkius erst ein einziges Mal an seinem Getränk genippt hatte. Dieser Fuchs! Er wusste genau, was er tat. Vermutlich würde er gar nichts verraten, wenn er damit den Brieffälscher in Gefahr brachte, denn das würde ihn ebenfalls in Bedrängnis bringen. Wenn dem Fälscher der Prozess gemacht wurde, würde der Kaufmann als Mitwisser schließlich ebenfalls vor Gericht gestellt werden. Er räusperte sich. »So ist es. Aber wir wollen dem Mann nichts Böses. Im Gegenteil: Wir möchten ihm für den wertvollen Dienst danken, den er Württemberg erwiesen hat. Und ihn bitten, uns zu erklären, wie er an das Siegel kam, damit wir sicherstellen können, dass aus dieser Quelle nicht weitere gefälschte Dokumente auftauchen. Graf Ulrich ist sehr besorgt um das Wohl seines Freundes, ebenso wie Ihr Euch sicherlich um das Wohl Eurer jungen Gemahlin sorgt...«

»Ich habe schon verstanden, Alberto Fussili.« Likkius musterte ihn einen Augenblick mit versteinerter Miene, dann klatschte er in die Hände.

Sofort erschien ein Diener.

»Bring mir Schreibzeug«, sagte Likkius, der Diener verbeugte sich und eilte davon.

Dieser Mann ist ein harter Brocken, dachte Fussili. Wie gut, dass Ulrich mich mit weitreichenden Vollmachten ausgestattet hat.

»Ich werde ein kleines Schreiben aufsetzen, in dem ich das eben Gesagte festhalte«, erklärte Likkius. »Ihr siegelt und zeichnet es. Dann bin ich bereit, Euch den Namen des Mannes zu nennen. Das Schreiben werde ich dem Ulmer Rat übergeben. Sollte mir etwas zustoßen, wird alles, was wir soeben besprochen haben, öffentlich. Ihr wisst ja, dass die freie Reichsstadt Ulm umfangreiche Beziehungen und Verbündete hat.«

»Wie Ihr wünscht.« Fussili lehnte sich zufrieden zurück. Likkius war schlau, aber nicht schlau genug. Selbstverständlich würde er alles siegeln, was Likkius ihm vorlegte, doch das würde das Leben des Kaufmanns im Zweifelsfall nicht retten. Wenn Ulrich beschloss, den Mitwisser zu beseitigen, würde das Dokument aus dem Rathaus der Stadt verschwinden. Oder gleich das ganze Rathaus. Wie leicht brach heutzutage ein Feuer aus!

Nachdem alles zur Zufriedenheit des Kaufmanns aufgesetzt, gezeichnet und gesiegelt war, nachdem ein Bote das Dokument ins Rathaus gebracht, die beiden Herren derweil gespeist und Fussili die Küche des Gastgebers gebührend gelobt hatte, setzte Likkius ein selbstgefälliges Lächeln auf. »Es ist mir eine Freude, dem ehrenwerten Grafen Ulrich III. helfen zu können und Euch zu sagen, was ich weiß. Der Mann, den Ihr sucht, stammt aus Reutlingen. Er heißt Wendel Füger und ist der Sohn des Karchers Erhard Füger.«

Ein warmes Gefühl breitete sich in Fussilis Bauch aus. Die Beute zappelte im Netz. Jetzt musste er nur noch zugreifen.

※※※

»Melissa!« Katherinas Stimme riss Melisande aus dem Schlaf. »Willst du nicht essen kommen? Alles ist bereit. Wir warten auf dich!«

Melisande richtete sich auf. Ach herrje! Sie musste trotz der Anspannung eingenickt sein. Mit einem Schlag fiel ihr alles wieder ein. Der Einbrecher! Der Verdacht gegen Antonius. Ob er wirklich etwas gegen sie im Schilde führte? Wendels treuer Freund! Konnte das sein? Sie musste herausfinden, ob er während der ganzen Messe in der Kirche gewesen war. Nach dem Essen würde sie Wolfgang, Bart und Michel unauffällig befragen. Die drei hatten hinter Antonius gestanden, sie mussten ihn also gesehen haben.

»Melissa? Geht es dir gut?« Katherina war die Treppe heraufgekommen und stand nun in der Tür. »Sag bloß, du hast bis eben geschlafen! Ich dachte, du bist längst wieder auf. Hätte ich dich nicht wecken sollen?«

»Nein, das war genau richtig«, versicherte Melisande rasch. »Ich habe nur geruht.« Sie erhob sich aus dem Bett und sah ihre Schwiegermutter prüfend an. »Du hast doch nicht...«

»Ich habe unser kleines Geheimnis nicht verraten.« Katherina lächelte. »Aber du solltest dafür sorgen, dass das Dach schnellstmöglich in Ordnung gebracht wird. Dieser vorwitzige Vogel hat mich zu Tode erschreckt.«

Gemeinsam stiegen sie hinab in die Stube, wo sie bereits erwartet wurden. Der Tisch war gedeckt, alle waren vollzählig versammelt. Gertrud saß wie immer auf Selmtrauds Schoß und winkte ihrer Mutter freudig entgegen. Ihr Anblick versetzte Melisande einen Stich. Unwillkürlich ballte sie die Fäuste. Sollte ihr Widersacher es wagen, Gertrud etwas anzutun oder sie auch nur in Gefahr zu bringen, würde er es nicht mit der braven Kaufmannsgattin Melissa Füger zu tun bekommen, sondern mit dem Henker von Esslingen.

Als sie auf ihren Platz glitt, fing sie Wendels besorgten Blick auf.

»Geht es dir gut, Liebste?«, fragte er.

»Alles bestens«, versicherte sie. »Es war so stickig in der Kirche. Kaum war ich draußen, ging es mir besser. Allerdings hat deine Mutter darauf bestanden, dass ich trotzdem ein wenig ruhe. Jetzt bin ich so frisch, dass ich eine ganze Fuhre Wein aus dem Burgund allein entladen könnte.« Um ihre Worte zu untermalen, rieb sie sich die Hände.

Wendel strich ihr zärtlich über das Gesicht. »Wenn du auch nur ein Fass anrührst, bekommst du es mit mir zu tun.«

Sie hob eine Augenbraue. »War das eine Drohung?«

»Worauf du dich verlassen kannst.«

Sie senkte in gespielter Demut den Kopf. »Dann tue ich, was Ihr befehlt, Herr.«

»Recht so.« Er klatschte in die Hände. »Walburg, wo bleibt das Essen? Sollen wir alle verhungern?«

»Nein, Herr! Sofort, Herr!« Die Köchin sprang auf, holte den dampfenden Suppentopf herbei und begann, die Schalen zu füllen.

Kaum hatte sie Platz genommen, faltete Wendel die Hände und senkte den Kopf. Als die anderen am Tisch es ihm gleichtaten, räusperte er sich und sprach das Tischgebet. »Gütiger Gott! Dir sei Dank für Speis und Trank. Dir sind wir überantwortet von heute bis in alle Ewigkeit. Möge deine Güte alle Herzen erfüllen, alle Sorgen vertreiben und uns nicht fehlgehen lassen.«

Erstaunt bemerkte Melisande, dass Wendel ein anderes Gebet gewählt hatte als sonst. Es war eine Aufforderung an alle am Tisch, sich zu fragen, ob sie auf dem rechten Weg wandelten. Ahnte er etwas? Oder ließ ihn der Gedanke an seinen Vater zu solch nachdenklichen Worten greifen?

Wendel schwieg einen Moment, bevor er das Gebet beendete. Das »Amen« flüsterte er fast. Er zögerte kurz, dann brach er ein Stück Brot und tunkte es in die Suppe.

Sichtlich erleichtert tauchten die drei Knechte ihre Löffel in die Schalen. Sie hatten offenbar schon großen Hunger gehabt, und mit dem Beten nahmen sie es ohnehin nicht so genau. Nicht dass sie keine gute Christen waren. Sie waren wohl eher der Ansicht, dass ein leerer Magen nicht so gottgefällig beten konnte wie ein gefüllter.

Eine Weile waren alle so in die Mahlzeit vertieft, dass niemand sprach. Selbst Gertrud nuckelte zufrieden an einem Brotkanten. Melisande sah zu Antonius hinüber. Er ließ seine Schüssel nicht aus den Augen und mied ihren Blick, sein schlechtes Gewissen war ihm geradezu auf die Stirn geschrieben.

Katherina brach schließlich das Schweigen. Sie grinste schelmisch und hob drohend den Zeigefinger in Wendels Richtung. »Du solltest wirklich besser auf Melissa achtgeben, mein Sohn! Wie kannst du deine zerbrechliche kleine Gemahlin nur in ihrem besten Kleid im Garten schuften lassen!« Sie kicherte und zwinkerte Melisande zu.

Mein Gott, dachte Melisande erschrocken, warum kann sie nicht ihr Mundwerk im Zaum halten? Sie hat mir doch versprochen, nichts zu erzählen. Hoffentlich springt Wendel nicht darauf an!

Doch der legte das Brot beiseite und setzte eine ratlose Miene auf. »Ich soll was?«

Katherinas Lachen stoppte abrupt. »Na ja, ich meine das wunderschöne blaue Kleid. Wir haben doch gestern Stoff gekauft, damit ich Melissa ein neues Kleid nähen kann, und heute kommen wir von der Messe heim, und was sehe ich auf eurem Bett liegen? Ein Gewand von ebendiesem strahlenden Blau. Allerdings völlig verdreckt. Deine arme Gemahlin hat damit im Kräutergarten geschuftet. Ist das nicht eine Schande?«

Die Mägde und Knechte blickten neugierig auf.

Katherina schaute hilfesuchend zu Melisande. »Du hast doch gesagt, du hättest damit im Garten gearbeitet, weil du vergessen hast...«

Melisande lächelte mühsam. Himmel! Sie musste etwas unternehmen, musste Katherina zum Schweigen bringen, und sie musste das Kleid erklären, musste Wendel erklären, wo ein Kleid herkam, das er noch nie gesehen hatte.

»Nein, das ... das hast du ganz falsch verstanden«, stammelte sie. »Das Gewand gehört mir gar nicht.« Gütiger Gott, was sollte sie nur erzählen? »Irma hat es mir gegeben. Sie wollte Lorentz damit überraschen, und er sollte es vorher nicht sehen. Niemand sollte es wissen, und ich dumme Pute habe es fallen lassen, und dann ist noch der Hahn darüber gelaufen, und jetzt muss ich es waschen. Das ist alles.«

Niemand am Tisch kümmerte sich mehr um seine Suppe. Alle starrten Melisande an, als wären ihr soeben Hörner gewachsen. Auch Antonius war aufmerksam geworden. Etwas in seinem Blick ließ Melisande erschaudern. So eine dumme Geschichte! Und so leicht nachzuprüfen. Rasch wechselte sie das Thema. »Was ist? Schmeckt die Suppe nicht? Esst! Sonst wird alles kalt!« Sie tauchte ihr Brot in die Schale, steckte sich das Stück in den Mund und brummte genießerisch, obwohl sie einen Würgereiz unterdrücken musste, weil ihre Kehle wie zugeschnürt war. »Einfach köstlich! Walburga, du bist eine hervorragende Köchin.«

»Danke, Herrin!« Walburga lief rot an, Michel und Bart lachten. Michel hörte schnell wieder auf, denn Walburga stieß ihm den Ellbogen in die Rippen, woraufhin alle anderen vor Lachen losprusteten. Michel stutzte, rieb sich die Seite und stimmte erneut in das Gelächter mit ein. Eine Weile aßen sie, die üblichen heiteren Gesprächsfetzen flogen hin und her, und auch Melisande entspannte sich, obwohl Wendel sie zu beobachten schien wie ein seltsames Tier. Schließlich waren alle Schüsseln geleert, Gertrud gähnte und Michel rieb sich den vollen Bauch.

Ein guter Moment, die Aufgaben für den Nachmittag zu verteilen. »Ach, Michel, bevor ich es vergesse«, sagte Melisande so beiläufig wie möglich. »Am Dach haben sich Schindeln gelöst. Kümmere dich bitte gleich darum.«

Sie wandte sich Antonius zu. »Bitte sei so gut, Antonius, und geh ihm zur Hand. Vielleicht muss er aufs Dach hinaus, dann kannst du ihn an einem Seil halten. Du bist der Stärkste hier im Haus, für dich ist es am leichtesten.«

Antonius blieb nichts anderes übrig, als höflich zu nicken. Gut so! Damit war der Leibwächter erst einmal außer Gefecht gesetzt. Dass er dabei helfen sollte, den Schaden zu beheben, den er womöglich selbst angerichtet hatte, erfüllte sie mit Genugtuung. Jetzt musste sie nur noch dafür sorgen, dass auch Wendel eine Weile beschäftigt war, damit sie zu Irma laufen und sie einweihen konnte, bevor jemand auf die Idee kam, sie auf das blaue Kleid anzusprechen. »Und du, Wendel, wärest du so gütig und würdest die Briefe nach Ulm noch einmal durchsehen? Sie sind zu wichtig, als dass wir uns einen Fehler leisten könnten.«

Wendel legte das, was von seinem Stück Brot noch übrig war, zur Seite. Das meiste hatte er zwischen den Fingern zerrieben. »Natürlich. Ich erledige das, bevor ich zur Zunftversammlung gehe.«

Melisande gab ihm einen Kuss auf die Wange. »Danke, Liebster.«

Sie atmete erleichtert durch. Der Nächste, der ihr nicht in die Quere kommen konnte. Nach dem Essen würde sie Katherina bitten, sich um Gertrud zu kümmern. Wolfgang würde sie anweisen, mit Bart die Ferkel zu untersuchen, ob sie auch gesund waren. Das hatten sie zwar erst gestern getan, aber die beiden würden ihre Anweisungen nicht hinterfragen. Selmtraud musste ohnehin am Neckarufer die Laken waschen, und Walburg war wie immer in der Küche beschäftigt und würde dabei von Berbelin unterstützt werden. Während sich alle ihren Pflichten widmeten, konnte sie unbemerkt zu Irma eilen und sie einweihen. Damit hatte sie zumindest ein Problem aus der Welt geschafft.

***

Antonius galoppierte an und genoss den Wind, der in sein Gesicht peitschte und seinen Zopf flattern ließ. In Wendels Haus konnte er kaum noch atmen. Hatten ihn bis zum Morgen noch Zweifel an der Rechtmäßigkeit von Erhard Fügers Vorhaben gequält, waren alle seine Vorbehalte ausgeräumt, seit diese Metze beim Lügen erwischt worden war. Obwohl es offensichtlich war, hatte niemand auch nur ein Wort darüber verloren, nicht einmal Wendel. Sein Freund und Schutzbefohlener stand unter dem Bann dieser Hexe und der gesamte Hausstand mit ihm. Es war gar nicht nötig gewesen, diese Irma zu befragen. Zudem war Melissa bestimmt nach dem Essen sofort zu ihr geeilt, um sie genauso zu verhexen wie ihre Familie. Deshalb hatte sie auch dafür gesorgt, dass alle beschäftigt waren. Sehr schlau eingefädelt!

Antonius verzog das Gesicht. Ihn hatte es besonders schlimm getroffen. Dieser Tölpel Michel hatte sich so dumm angestellt, dass er am Ende die Schindeln selbst verlegt hatte. Melissa misstraute ihm, das war nicht zu verkennen. Und daran war er selbst schuld. Aber er war kein Heuchler oder Speichellecker, er war ein Krieger, der es gewohnt war, dem Gegner Aug in Aug gegenüberzustehen.

Nachdem er das Dach repariert hatte, hatte er sich bei Wendel und Katherina abgemeldet und behauptet, er müsse sein Pferd bewegen. Das war natürlich ein Vorwand; er musste zu seinem Herrn, der sicher schon ungeduldig auf Nachricht wartete. Sie hatten einen Treffpunkt vereinbart, der südlich von Rottweil an einer Wegkreuzung lag. Einer von Erhard Fügers Männern würde dort jeden Nachmittag warten.

Ohne Zwischenfälle erreichte Antonius die Wegkreuzung, und kaum hatte er sein Pferd angehalten, löste sich auch schon Meister Oswald aus dem nahen Waldsaum. Er hatte sich gut versteckt, sodass Antonius ihn zuvor nicht bemerkt hatte.

Antonius saß ab und führte sein Pferd am Zügel, folgte dem altgedienten Kämpen in den Wald. Wortlos bahnten sie sich einen Weg durch das Unterholz, und nach wenigen Minuten öffnete sich eine kleine Lichtung, die an einem Bachlauf gelegen war. Ein perfekter Lagerplatz.

Erhard Füger saß bei der kalten Feuerstelle und sprang auf, als die beiden Männer sich näherten. Er schlug Antonius auf die Schulter. »Wie sieht es aus, Antonius? Gibt es Neuigkeiten aus Rottweil?«

»Die gibt es in der Tat, Herr.« Antonius verzog das Gesicht. »Ich fürchte, wir müssen uns beeilen. Ich bin mir sicher, dass Melissa einen Verdacht gegen mich hegt. Außerdem ist heute etwas Merkwürdiges geschehen: In der Schlafkammer ist ein völlig verdrecktes Gewand aufgetaucht, dessen Existenz sie nicht erklären konnte. Sie hat Wendel eine hanebüchene Geschichte aufgetischt und sich dabei in Widersprüche verwickelt.«

»Was ist deine Erklärung dafür?«

»Das leere Versteck. Das Kleid muss sich darin befunden haben. Deswegen war es auch so schmutzig. Es hat etwas mit ihrer dunklen Vergangenheit zu tun, deshalb ist sie derart erschrocken.«

»Und Wendel? Was hat er dazu gesagt?«

Antonius hob traurig die Schultern. »Er scheint nichts zu merken. Er ist völlig verhext von dieser Metze.«

Erhard Füger rieb sich die Bartstoppeln. »Es ist also noch jemand hinter ihr her.«

»Das vermute ich auch, Herr. Und sie wird es ebenfalls wissen. Bestimmt plant sie schon ihre Flucht. Oder etwas Schlimmeres.« Er holte Luft. »Niemand kann ihr Einhalt gebieten, alle sind ihr hörig. Es ist unheimlich.«

Erhard Füger ballte die Fäuste. »So weit wird es nicht kommen!« Er runzelte die Stirn. »Du sagst, sie hegt einen Verdacht gegen dich. Wie kommt das?«

Antonius senkte den Kopf. »Ich habe mich nicht allzu klug angestellt, fürchte ich. Ich war unfreundlich und kalt ihr gegenüber. Das ist ihr natürlich nicht entgangen.«

Der alte Füger nickte. »Reiß dich zusammen und sei freundlich zu ihr. Wir brauchen noch etwas Zeit. Also zerstreue ihren Verdacht. Freunde dich mit ihr an. Es ist noch zu früh, um zu handeln.« Er trat in den Boden, dass die Erde spritzte. »Der verfluchte Wagen ist noch nicht da.«

Antonius stöhnte auf. »Aber der Wagner hat doch –«

»Ja, der verdammte Hundsfott hat versprochen, den Wagen bis heute zu liefern. Aber jetzt braucht er doch noch ein paar Tage, und mehr Geld hat er auch verlangt. So ein doppelter Boden, das ist keine Kleinigkeit, hat er gesagt. Und zudem benötigt er das zusätzliche Geld angeblich, damit er auch tatsächlich vergisst, dass er je einen solchen Wagen gebaut hat.«

»Dieser Halsabschneider!«, stieß Antonius hervor.

»Mag sein, aber wir sind auf ihn angewiesen«, sagte Erhard Füger mit ungewohnter Ruhe.

Meister Oswald, der neben ihm stand, spuckte zustimmend auf den Boden.

»Das heißt, ich muss es noch eine Weile in diesem Schlangennest aushalten.« Antonius verdrehte die Augen. »Ich werde wahnsinnig dort! Ein Fluch liegt über dem Haus.«

Erhard Füger nahm ihn am Arm und trat mit ihm zur Seite. »Antonius, ich brauche dich, du bist mein treuester Diener. Du musst stark sein. Hat dich je ein Gegner besiegen können?«

Bis heute nicht, dachte Antonius, sonst stünde ich nicht hier. Aber diese Melissa ist kein gewöhnlicher Gegner. Sie hat Zauberkräfte, gegen die ein Schwert machtlos ist.

Sein Herr schien seine Gedanken zu erraten. »Ich weiß, du fürchtest weder Schwert noch Pfeil, Antonius. Deshalb habe ich etwas Besonderes für dich.« Er griff unter seinen Surcot und zog einen Beutel hervor. »In diesem Beutel befindet sich ein Stück Stoff, ein Teil der Leinwand, in die die Heilige Lanze eingewickelt war, als die christlichen Heere den Sieg über die Heiden von Jerusalem errangen.« Er seufzte. »Leider ging die Heilige Lanze verloren, sonst wäre Jerusalem heute bestimmt nicht in der Hand unserer Feinde. Aber diese heilige Reliquie hat mich bisher vor dem Einfluss dieser Hexe bewahrt. Ich trage sie immer bei mir. Nimm sie, sie wird auch dich beschützen. Wenn wir die Hexe erst einmal eingesperrt haben, werde ich den Beutel an das Schloss binden, damit sie keine Macht über uns ausüben kann.«

»Habt Dank, Herr.« Antonius bekreuzigte sich, nahm den Beutel mit dem unbezahlbaren Inhalt und band ihn fest an den Gürtel unter seinem Umhang. Er verbeugte sich tief. »Mit Gottes Hilfe wird es mir gelingen, Wendel von seinem Fluch zu befreien und die mörderische Hexe ihrer gerechten Strafe zuzuführen.«

※ ※ ※

Melisande atmete auf. Endlich konnte sie Irma aufsuchen. Eigentlich hatte sie sofort nach dem Essen zu ihr eilen wollen, aber gerade als sie im Begriff war aufzubrechen, hatte Wendel in zwei Briefen Fehler gefunden. Die hatte sie erst verbessern müssen, damit der Bote sie noch mitnehmen konnte. Als Wendel sich auf den Weg zur Zunftversammlung gemacht hatte, war sein Blick abwesend gewesen, und er hatte sie nur flüchtig auf die Stirn geküsst. War er wegen der Sache mit dem Gewand beunruhigt? Hatte er bemerkt, dass sie ihm und den anderen eine fadenscheinige Lügengeschichte aufgetischt hatte? Sie musste am Abend unbedingt mit ihm reden, seine Zweifel zerstreuen.

Nachdenklich setzte Melisande die Haube auf. Antonius konnte nicht der Einbrecher sein. Inzwischen hatte sie mit Michel, Wolfgang und Bart gesprochen, und alle drei hatten versichert, dass Antonius während des gesamten Gottesdienstes vor ihnen gestanden hatte. Sie hatten ihre Fragen willig beantwortet und sich nicht darüber gewundert. Das war der Vorteil, wenn die Knechte nicht allzu schlau waren; sie machten sich keine überflüssigen Gedanken über Dinge, die sie ohnehin nicht verstanden. Aber was bedeutete das? Hatte Antonius tatsächlich einen Komplizen? Oder steckte doch jemand anderes dahinter?

Seufzend trat Melisande vor das Haus. Unruhig blickte sie die Straße auf und ab. Antonius hatte das Dach gemeinsam mit Michel im Handumdrehen ausgebessert. Dennoch war er jetzt glücklicherweise nicht im Haus. Als sie über den Briefen saß, hatte sie gehört, wie er Wendel darum gebeten hatte, ausreiten zu dürfen. Er würde ihr also nicht hinterherspionieren, wenn sie zu Irma ging. Fragte sich nur, wo sein Komplize steckte.

Auf dem Weg zu ihrer Freundin sah Melisande immer wieder über ihre Schulter, doch sie konnte niemand Verdächtigen ausmachen. Sei nicht albern, ermahnte sie sich selbst. Sie musste einen kühlen Kopf bewahren, nur so konnte sie gegen ihren unbekannten Widersacher etwas ausrichten. Wenn sie in Panik ausbrach, würde er ein leichtes Spiel mit ihr haben. Es war nichts Verwerfliches daran, dass sie ihre Freundin besuchte. Viel drängender erschien ihr die Frage, welchen Gegenstand aus ihrer Vergangenheit ihr Feind als Nächstes in ihr Haus bringen würde.

Irma saß mit dem schlafenden Friedel im Arm im Garten. Melisande betrachtete sie wehmütig. Was würde sie um Irmas sorgenlosen Frieden geben! Und jetzt zog sie ihre Freundin auch noch in das Lügengespinst hinein, aus dem ihr Leben bestand. Sie küssten sich auf die Wangen.

Melisande hielt sich nicht lange mit Vorreden auf. »Irma, vertraust du mir?«

»Selbstverständlich. Warum fragst du?« In Irmas Augen blitzte unschuldige Neugier.

Melisande nahm ihre Hand. »Tust du mir einen Gefallen? Wenn irgendjemand dich nach einem blauen Kleid fragen sollte, dann antworte, dass das niemanden etwas angeht und dass er sich gefälligst um seine eigenen Angelegenheiten scheren soll.«

»Ein Geheimnis?« Irma machte eine verschwörerische Miene.

Melisande entspannte sich. Irma war wie ein junges Kätzchen. Alles was sie sah oder hörte, war für sie ein Spiel. Und wenn es um ein Geheimnis ging, war sie doppelt eifrig. Was für eine Ironie! Der letzte Mensch, der ihr noch blind vertraute, war eine naive junge Frau, die von den Schattenseiten des Lebens wenig wusste. Aber Irma war aufrichtig und verlässlich, und nur darauf kam es an. »Ja!«, erwiderte sie leichthin. »Ein Geheimnis, das nur uns beide etwas angeht. Und wenn es so weit ist, werde ich dich einweihen.«

»Du kannst dich auf mich verlassen.« Irma drückte Melisandes Hand. »Was immer es ist, du bist meine Freundin. Wir beide sind unzertrennlich.«

Melisande lächelte. »Ach Irma, was würde ich nur ohne dich machen!«

»Das weiß ich auch nicht«, erwiderte Irma und spitzte die Lippen.

In Gedanken versunken schlenderte Melisande nach Hause zurück. Sie dachte gerade darüber nach, wie sie Antonius am besten auf die Schliche kommen konnte, als sie ihn erblickte. Er kam ihr vom Waldtor her entgegengeritten und saß ab, als er sie sah.

Sie versuchte, sich nichts von ihren düsteren Gedanken anmerken zu lassen. »Ich hoffe, du hattest einen angenehmen Ritt, Antonius.«

»Ja, danke, Herrin.« Er verneigte sich.

Melisandes Blick glitt über seine Kleidung, die Stute, den Sattel. Sie wusste selbst nicht, wonach sie suchte, wohl nach einem Hinweis darauf, dass er etwas anderes getan hatte, als das, was er zu tun vorgegeben hatte. Dass er von einem geheimen Treffen mit seinem Komplizen zurückkehrte. Doch sie erblickte nichts, was ihr verdächtig erschien.

»Auf ein Wort, Herrin.« Wieder verneigte er sich.

So viel Höflichkeit nach all der Kälte? Was war in ihn gefahren? »Worum geht es, Antonius?«

»Herrin, ich möchte Euch etwas beichten.« Er blickte verlegen zu Boden. »Es fällt mir nicht leicht, darüber zu sprechen.«

»Nur zu, ich höre.« Trotz seiner offenkundigen Zerknirschtheit blieb sie misstrauisch.

Antonius senkte den Blick. »Erhard Füger ... mein Herr ... hat mich hierhergeschickt, um Zwietracht zwischen Euch und Wendel zu säen«, stammelte er.

Melisande schnappte nach Luft. Deshalb hatte er sich so seltsam benommen! Bevor sie wütend werden konnte, erkannte sie, welche Überwindung ihn dieses Eingeständnis kosten musste, und sie schluckte die Bemerkung herunter, die ihr auf der Zunge lag.

»Seine Gemahlin ahnt zwar etwas«, beeilte sich Antonius zu ergänzen. »Aber sie weiß nichts. Die Herrin würde niemals dulden, dass ich einen Keil zwischen Euch und ihren Sohn treibe.« Er blickte auf. »Es tut mir leid.«

»Mir auch, Antonius.« Ihre Gedanken rasten. War das wirklich alles? Hatte er nichts mit dem Einbruch zu tun? Sie bemühte sich um ein Lächeln. »Aber ich bin froh, dass du es mir gesagt hast. Hast du mit Wendel darüber gesprochen?«

»Um Himmels willen, nein!« Antonius sah völlig entsetzt aus. »Er würde nie wieder ein Wort mit mir reden.«

»Er wird es nicht erfahren – sofern du mir versprichst, diesen törichten Plan aufzugeben. Eins musst du wissen: Nie im Leben würde ich etwas tun, das Wendel schaden könnte. Niemals. Genau wie du. Glaubst du mir das?«

Antonius hielt ihrem Blick stand. »Ja, Herrin.«

»Dann lass uns die trüben Gedanken vertreiben. Meine Schwiegermutter und mein Mann sollen sehen, dass wir uns bestens verstehen, dann wird deine Herrin dich auch nicht mehr herumschubsen wie einen störrischen Esel. Was meinst du?«

Antonius nickte, sein Lächeln geriet etwas schief, aber er schien erleichtert zu sein. »Habt tausend Dank, Herrin.« Ein weiteres Mal verbeugte er sich, bevor er sich abwandte und in einer Seitengasse verschwand. Er würde das Grundstück durch das hintere Tor betreten, um das Pferd in den Stall zu bringen.

Melisande sah ihm nachdenklich hinterher. Hatte er die Wahrheit gesprochen? Hatte er sich tatsächlich die ganze Zeit so merkwürdig verhalten, weil ihn der Befehl seines Herrn quälte? Doch wer in aller Welt hatte dann ihr Versteck im Wald gefunden?

* * *

Noch immer wehte der warme Wind von Südwesten, doch mit der sinkenden Sonne kühlte die Luft merklich ab. Von Säckingen lenkte seinen Braunen in den Wald hinein, der hier nur noch aus einer undurchdringlichen Ansammlung grauer Riesen zu bestehen schien. Die ersten Sterne leuchteten bereits, aber der Mond war nicht zu sehen und es war zu dunkel, um weiterzureiten. Mit dem schwindenden Licht hatte sich auch von Säckingens Laune verdüstert. Was war nur aus ihm geworden? Ein reitender Lakai in einem Zwist zwischen zwei Weibern! Was gäbe er darum, in einen richtigen Krieg ziehen zu können, in einen ehrlichen Kampf zwischen Männern, ohne Winkelzüge und albernes Gezänk. Er war kein Krieger mehr, sondern ein Laufbursche. Am liebsten hätte er sich selbst ins Gesicht gespuckt.

Von Säckingen stieg ab, nahm das Pferd beim Zügel und suchte sich eine Stelle, an der zwei Bäume so dicht beieinanderstanden, dass er ein Leintuch zwischen ihnen spannen konnte. Er schlief nur ungern auf dem Boden, wo es von Ungeziefer wimmelte. Zum Glück hatte ihm ein Pilger vor Jahren gezeigt, wie man mithilfe eines Pferdes das Leintuch so stramm ziehen konnte, dass es fest wie ein Strohlager wurde und es gleichzeitig möglich war, sich in die Leinwand einzurollen. War diese mit Talg präpariert, brauchte man auch den Regen nicht zu fürchten oder den Tau, der in den Sommernächten die Kleidung durchnässte.

Er kaute ein wenig Brot und Trockenfleisch und machte es sich dann in dem Tuch bequem. Nicht das schlechteste Lager. Nicht so weich wie Othilias kleines Paradies, aber dafür war der Himmel echt, der sich über ihm spannte. Oft stellte er sich vor, eine Leiter zu bauen, die so lang war, dass man das Firmament berühren konnte. Aber Gott strafte die Menschen für solch eitle Torheiten. Gott war mächtig und wie alle Mächtigen darauf bedacht, seine Macht zu zeigen. Aber er war auch launisch wie ein Weib, und manches Unrecht blieb auf Erden ungesühnt. Von Säckingen hatte schon viele Übeltäter gesehen, die gegen Gottes Gesetze verstießen, ihn verlachten, seine Häuser niederbrannten und seine Diener abschlachteten, und die nicht dafür bestraft wurden. Also musste es die Hölle geben, denn das war der einzige Ort, an dem die Ungerechten ihre gerechte Strafe erhalten konnten.

Wo mochte er selbst wohl enden? Im Himmel? Er hielt sich an die gottgegebene Ordnung, tat, was man ihm befahl. Er war nicht der fleißigste Kirchgänger, aber sein Beichtvater hatte ihm gesagt, dass nicht derjenige Gott gefalle, der ständig in die Kirche renne, sondern der, der Gott in seinem Herzen trage. Und so war es. Er trug Gott in seinem Herzen, er gab den Armen und half den Schutzlosen, solange es nicht gegen die Befehle seiner Herrschaft ging. Nein, er brauchte sich keine Sorgen zu machen. Der Himmel stand ihm offen, und auch hier auf der Erde würde sich früher oder später alles nach seinen Wünschen regeln. Er durfte nur nicht die Geduld verlieren, sie war die höchste Tugend eines Ritters.

Der Drache schnaubte, die Erde bebte. Na warte! So leicht kriegst du mich nicht, du Bestie! Von Säckingen holte aus und hieb sein Schwert in den schuppigen Leib des Ungetüms, das vor Schmerz laut aufheulte. Er sprang zurück, bereit, erneut zuzustoßen. Wieder heulte der Drache, ein Beben ging durch seinen Körper, dann öffnete er das Maul und spie einen tödlichen Feuerstrahl aus.

Schweißgebadet riss von Säckingen die Augen auf. Einen Augenblick war er verwirrt. Dann atmete er erleichtert durch. Statt des feuerspeienden Ungetüms stand sein Brauner neben ihm; das Pferd scharrte mit den Hufen und zerrte an den Zügeln, die an die Halteseile seines Schlaflakens gebunden waren. Der Morgen dämmerte, es war an der Zeit, weiterzuziehen.

Von Säckingen wickelte sich aus, packte zusammen und führte sein Pferd zu einem Bach, wo es sofort gierig soff. Das Wasser war klar und kühl. Von Säckingen legte seine Kleider ab und tauchte ein, trank ebenfalls. Der Bach war hier so tief, dass er sogar ein wenig schwimmen konnte. Er machte einige kräftige Züge unter Wasser, schillernde Fische stoben in alle Richtungen davon.

Als er wieder auftauchte, schüttelte er die blonden Haare. Tropfen flogen in alle Richtungen. Plötzlich hielt er inne. Irgendetwas stimmte nicht. Wo war sein Brauner?

Mit einem Satz sprang von Säckingen aus dem Bach. Hektisch blickte er sich um, der Wallach war nirgends zu sehen. Verdammt! Er schlüpfte hastig in seine Kleider. Nochmals verdammt! Wie hatte er nur so unvorsichtig sein können! Sein Schwert hing am Sattel, nicht einmal ein Messer hatte er bei sich. Er hob einen schweren Ast vom Boden auf, doch dem Angriff eines bewaffneten Ritters oder Räubers konnte er damit nicht viel entgegensetzen.

»Heda!«

Von Säckingen fuhr herum und packte den Knüppel fester. »Ja?«

Ein schlanker Mann in Mönchskutte, an die sechs Fuß groß, schlenderte auf ihn zu. Er führte den Wallach am Zügel und wirkte wie ein müßiger Spaziergänger. »Das ist Eures, mein Sohn, nehme ich an?«

Von Säckingen nickte, blieb aber in Verteidigungsposition.

Der Mann lächelte. »Senkt Euer lächerliches Stück Holz, und nehmt Euer Pferd in Empfang. Das Schwert hängt auch noch am Sattel. Als Ritter solltet Ihr eigentlich wissen, dass man sein Pferd immer festmachen muss. Oder seid Ihr etwa nicht in der Lage, einen anständigen Knoten zu binden?« Er erwartete offenbar keine Antwort, denn er sprach sogleich weiter: »Und lasst Euch gesagt sein: Wenn ich Euch hätte töten wollen, dann stündet Ihr schon längst vor Gott, unserem Herrn.« Er zog ein Messer, drehte sich ein wenig und warf es in einen dreißig Fuß entfernt stehenden Baum, in dem es in Brusthöhe stecken blieb.

Von Säckingen ließ den Knüppel sinken. »Seid Ihr ein Streiter Gottes oder ein Krieger?«

»Beides, mein Sohn. Es sind unsichere Zeiten. Mein Name ist Alberto Fussili, ich stamme aus Italien und bin Franziskaner. Ein echter, nicht so einer, der Wasser predigt und Wein trinkt. Ich habe mich der Armut verschrieben und dem Dienst an Gott, unserem Herrn. Wer seid Ihr, wenn ich fragen darf?«

»Ihr dürft, und ich gebe mich Euch gerne zu erkennen, denn Ihr habt mir einen großen Dienst erwiesen.« Von Säckingen deutete eine Verbeugung an. »Eberhard von Säckingen. Ich bin Ritter in den Diensten Othilias von Hohenfels, Gräfin de Bruce, Herrin der Adlerburg.«

Fussili reichte von Säckingen die Zügel und ging dann zu dem Baum, in dessen Rinde noch immer sein Messer steckte. »Wie gut, dass ich Eure Seele nicht befreit habe.« Er lachte kehlig. »Eure Herrin hätte sich darüber sicherlich nicht gefreut.« Er zog das Messer aus dem Baum und ließ es unter seiner Kutte verschwinden. »Ihr seid unterwegs zur Adlerburg? Auf dem Rückweg von einem Auftrag, den Ihr für die Gräfin de Bruce ausgeführt habt?«

Von Säckingen hob die Augenbrauen. »In der Tat. Und was führt Euch in diese Gegend?«

Fussili zögerte einen Moment. »Dies und das«, erwiderte er ausweichend. »Es ist möglich, dass wir uns recht bald wieder begegnen. Ich habe Emelin, de Bruce' alter Amme versprochen, sie aufzusuchen. Sie fühlt den Tod nahen und wünscht mich an ihrer Seite.«

»Ich entnehme Euren Worten, dass Ihr die alte Frau gut kennt.«

Fussili nickte und blickte abwesend in die Ferne. »Sehr gut und sehr lange.« Sein Blick wurde hart. »Nun denn, ich muss weiterziehen. Gehabt Euch wohl, edler Ritter.«

»Gute Reise, Mönch. Und auf bald. Ich werde Euch mit Freuden willkommen heißen, wenn Euer Weg Euch auf die Adlerburg führt.«

Der Geistliche verschwand lautlos zwischen den Stämmen, kein Knacken oder Rascheln verriet, wohin sein Weg ihn führte.

Von Säckingen blieb verwirrt zurück. Fast kam es ihm vor, als hätte er die Begegnung geträumt. Doch ein Traum hinterließ keine Kerbe im Baum. Wie hatte er sich nur so überrumpeln lassen können? Ungehalten über seinen eigenen Leichtsinn wandte von Säckingen sich ab. Dieser merkwürdige Mönch hatte ihn nicht nur unbewaffnet und wehrlos überrascht, sondern ihn auch noch dazu gebracht, Dinge von sich zu erzählen, ohne im Gegenzug selbst etwas zu erfahren. Gewöhnlich war er es, der die Zunge Fremder löste, ohne mehr als das Nötigste von sich selbst preiszugeben.

※ ※ ※

Es war wie immer: Kaum war Ulrich unterwegs in seinem Land, verbreitete sich die Kunde von seiner Reise wie ein Lauffeuer. Alle Städte und Dörfer, ja selbst armselige Bauernkaten wurden herausgeputzt, als käme der Kaiser persönlich. Die Straßen wurden sauber gefegt, die Bettler in den Turm geworfen und die Fassaden der Häuser mit Blumen und Girlanden geschmückt. Ulrich hatte nichts dagegen, dass seine Untertanen ihm zu gefallen suchten. Aber leider war das nur der Fall, wenn er persönlich bei ihnen erschien. Dann fiel der Schatten der Macht auf die Menschen, und sie wollten an ihrem Glanz teilhaben, indem sie sich so prächtig wie möglich ausstaffierten. Und vor allem taten sie alles, um zu verbergen, dass sie ihre Pflichten nur widerwillig erfüllten, wenn der Regent gerade nicht bei ihnen weilte.

Seine Gemahlin und sein ganzer Hofstaat begleiteten Ulrich, denn nur mit angemessenem Prunk machte man als Herrscher angemessenen Eindruck. Abseits des Trubels sorgte sein Schreiber Suitbert dafür, dass auch der geschäftliche Teil der Reise reibungslos vonstattenging, und kümmerte sich um die vertragsgemäße Abrechnung der Abgaben. In den meisten Fällen gab es keine Beanstandungen, und bis jetzt hatte noch niemand in Eisen gelegt werden müssen, weil er betrogen hatte.

Nun waren sie auf dem Weg nach Rottweil. Die Ländereien südlich der Stadt, immerhin fünfundzwanzig Äcker, waren ein kaiserliches Lehen, und es war Ulrich ein Rätsel, wie es dazu hatte kommen können, dass die Rottweiler das Land bewirtschafteten und den Ertrag von hundertfünfzig Maltern Getreide, dreihundertsiebzig Hühnern, fast zweitausendfünfhundert Eiern, einem Eimer Honig, fünf Schweinen und zwei Schlachtochsen seit Jahren für sich einstrichen.

Er ging noch einmal seine Strategie durch. Das Ziel war klar: Er musste sein Recht durchsetzen und das Lehen zurückfordern. Immerhin hatte Suitbert herausgefunden, dass er in den letzten Jahren einen ganzen Batzen dafür an den Kaiser gezahlt hatte – eine Summe, die sich in einem anderen Posten verborgen hatte. Er konnte den Rottweiler Bürgern nicht nachweisen, dass sie das Unrecht bewusst begangen hatten. Also würden sie auch keinen Ausgleich zahlen, zumindest nicht freiwillig. Dennoch würde er auf keinen Fall militärisch gegen Rottweil vorgehen – die Stadt war rauflustig wie eine verletzte Bärin, und die anderen Reichsstädte würden diesen Fehler sofort nutzen, ihrer Verbündeten beispringen und so ganz nebenbei das eine oder andere Stück Land unter ihre Herrschaft bringen. Am Ende hätte er womöglich mehr verloren als gewonnen.

Ulrich strich sich über das Kinn. Seine Verhandlungsposition war denkbar schlecht. Wenn die Rottweiler kein Einsehen hatten, musste er sich an den Kaiser wenden, eine unangenehme Sache, denn das warf kein gutes Licht auf seine Regentschaft. Da half nur ein Gegengeschäft, das ihn nicht viel kostete, den Rottweilern aber das Gefühl gab, sie hätten einen großen Erfolg errungen. Er würde ihnen also zusichern, die Straßen um Rottweil, die in seinem Herrschaftsbereich lagen, nicht nur auszubessern, sondern auch noch besonders gut bewachen zu lassen. Das hatte er ohnehin vorgehabt. Jetzt aber würde er es als großmütige Wohltat hinstellen und damit hoffentlich einen Konflikt vermeiden. Nun ... in zwei Tagen würde er es wissen.

Unwillkürlich fasste Ulrich an seinen Gürtel. Dort steckte ein Schreiben, das ein Bote ihm am Morgen überreicht hatte. Es war seinem treuen Spion tatsächlich gelungen, den Brieffälscher ausfindig zu machen. Ironie des Schicksals, dass der Mann ausgerechnet in Rottweil wohnte! *Wendel Füger*, der Name hatte eine Erinnerung in ihm ausgelöst. Die Fügers hatten zu den Weinhändlern gehört, die wegen der Panscherei des Grafen de Bruce beinahe ihren guten Ruf eingebüßt hätten. Vater und Sohn waren wie viele andere Geschädigte zum Prozess nach Urach angereist. Doch warum hatte der junge Füger den Brief gefälscht und das Siegel des Grafen von Melchingen benutzt? Warum hatte er sich nicht direkt an seinen Landesherrn gewandt?

Ulrich legte die Hand zurück an den Zügel und zwang sich, ruhig weiterzureiten. Am liebsten würde er die Gelegenheit nutzen und diesen Füger in Rottweil sofort zur Rede stellen. Doch das wäre zu gefährlich. Wenn sich herumsprach, dass er sich den Händler zur Brust genommen hatte, kämen vermutlich auch die unangenehmen Einzelheiten der Unterredung ans Tageslicht. Er musste sich in Geduld fassen, selbst wenn es ihm schwerfiel. Der Bursche würde ihm nicht davonlaufen.

* * *

»Habt Ihr das Kleid geliefert, Ritter?« Othilia stand vor dem Fenster, von Säckingen konnte nur ihre Konturen erkennen, ihr Gesicht lag im Schatten.

Er verneigte sich. »Wie Ihr es befohlen habt, Herrin.« Er wartete einen Moment, aber Othilia schwieg. »Sie hat mich nicht gesehen, alles ist reibungslos verlaufen«, ergänzte er schließlich.

Othilia trat zur Seite. Licht fiel auf ihr Gesicht und zeigte ihre blassen Wangen und dunkel umränderte Augen. »Wie hat sie reagiert?«

Von Säckingen zuckte mit den Schultern. »Ich konnte leider nicht bleiben, um sie zu beobachten, doch ich weiß, dass es seine Wirkung nicht verfehlt hat.«

»Was heißt das? Sie hat geweint? Getobt? Sich die Haare gerauft?«

Von Säckingen blickte zu Boden. »Bei allem Respekt, Herrin, Ihr kennt diese Frau schlecht. So leicht verliert sie nicht die Beherrschung.«

Othilias Augen verengten sich zu Schlitzen. »Ich kenne sie schlecht? Ach ja? Aber Ihr kennt sie gut? Ich verstehe: Ihr habt die kleine Hure nicht nur für Euren Herrn verfolgt, Ihr seid scharf auf sie und rennt ihr hinterher wie ein Hengst einer rossigen Stute!«

Von Säckingen senkte den Kopf noch tiefer. »Mit Verlaub, Herrin –«

»Ist es so?« Othilias Stimme überschlug sich fast.

Von Säckingen zwang sich, ruhig stehen zu bleiben. Am liebsten hätte er ihr die Kehle zugedrückt, um ihre klirrende Stimme nie wieder hören zu müssen. »Ihr täuscht Euch.«

»Ach wirklich?« Sie stemmte die Hände in die Hüften und tippte ungeduldig mit der Fußspitze auf den Boden.

»Mein Ehrenwort.«

»Unterschätzt mich nicht, von Säckingen!«

»Ich habe sie im Auftrag Eures Gemahls suchen lassen.« Er blickte auf und sah sie an. »Das ist alles. Und ich habe bis jetzt weitergesucht, da mir seine Befehle auch in seiner Abwesenheit Gesetz sind.«

Othilia kniff die Augen zusammen. »Ist das alles? Ihr habt lediglich einen Befehl Eures toten Herrn befolgt?«

»Bis vor zwei Wochen wusste ich nicht, dass er tot ist.«

»Wie wahr.« Othilia trat auf ihn zu und fasste ihn am Kinn. »Versucht nicht, mich zu hintergehen, von Säckingen! Es würde Euch übel bekommen.« Sie ließ die Hand sinken. »Und jetzt werde ich Euch etwas zeigen, das Euch klarmachen wird, wie wenig Ihr Melissa Füger alias Melisande Wilhelmis kennt.« Sie streifte einen Falknerhandschuh über, trat zu einer Truhe und öffnete sie. Mit spitzen Fingern zog sie etwas daraus hervor. »Ich fürchte, ich werde die Truhe verbrennen lassen müssen«, sagte sie mit einem bedauernden Seufzen. »Sie ist nicht mehr zu gebrauchen.« Sie drehte sich um und hielt von Säckingen den Gegenstand hin, den sie aus der Truhe gefischt hatte. »Ich möchte, dass Ihr das hier ebenfalls nach Rottweil bringt.«

Von Säckingen kniff die Augen zusammen. Was war das nun wieder? Etwa ein –? Er stutzte. Als er erkannte, was Othilia in der Hand hielt, erstarrte er.

* * *

»Seid doch vorsichtig, ihr Hornochsen!« Konrad Sempach schüttelte verzweifelt den Kopf. »Seht ihr denn nicht, dass die Feder gleich bricht? Weg hier! Aus dem Weg!«

Er scheuchte die Henkersknechte mit einer unwirschen Handbewegung von der Maschine und ließ deren Mechanismus wieder in die Ausgangsstellung zurückgleiten. Alles musste man selbst machen, diese Tölpel waren in der Lage, die Arbeit von Monaten in einem einzigen unbedachten Moment zu zerstören. Er tätschelte das geölte Eichenholz, strich mit dem Finger über die glänzenden Metallbänder und prüfte, ob die Polster der Fesseln dick genug waren, um den Delinquenten unentrinnbar festzuhalten und ihm zugleich genügend Bewegungsfreiheit zu geben. Das war die Seele dieser Maschine. Wer immer darin steckte, würde nicht nur einen, er würde Hunderte Tode sterben. Genau das Richtige für den stummen Melchior, den ehemaligen Henker von Esslingen. Irgendwann würde man ihn fangen, auch wenn der Rat der Stadt alle glauben machen wollte, dass er tot war. Ein Lächeln glitt über Sempachs Gesicht. Für diesen Moment wollte er vorbereitet sein. Dann endlich würde er dieser Ausgeburt der Hölle zurückzahlen, was sie ihm angetan hatte.

Sempach klatschte in die Hände. Es war an der Zeit, einen neuen Testdurchlauf zu machen. Augenblicke später schleppten Knechte einen alten, halb verhungerten Gefangenen herbei, der einverstanden gewesen war, sich als Testperson zur Verfügung zu stellen. Auch der Rat hatte seinem Anliegen zugestimmt, hatte sich allerdings ausbedungen, dass Sempach alle Kosten aus dem eigenen Geldbeutel beglich und sich auch um eventuelle Forderungen von Angehörigen kümmerte.

Sempach fürchtete sich nicht vor irgendwelchen Angehörigen. Der Alte vegetierte bereits so lange im Esslinger Verlies vor sich hin, dass niemand mehr wusste, wessen er überhaupt angeklagt war. Selbst sein Name war in Vergessenheit geraten. Sempach verzog den Mund zu einem Grinsen. Immerhin wurde dem namenlosen Alten nun die Ehre zuteil, der erste Mensch zu sein, der sich am eigenen Leib von der Wirksamkeit der Persae überzeugen durfte.

Die Knechte hievten den Mann in den Käfig, der das Herz der Maschine bildete. Noch standen beide Flügel weit offen, sodass es für die Knechte leicht war, dem Alten die Fesseln anzulegen. Er stand aufrecht und wurde von einem breiten Hüftgürtel gehalten, der ihn davor bewahrte, zu Boden zu sinken oder umzufallen. Seine Füße standen in einem kleinen Bottich, in den man verschiedene Flüssigkeiten schütten konnte, zum Beispiel heißes Öl.

Mit einer Handbewegung bedeutete Sempach den Knechten zurückzutreten. Jetzt galt es nur noch, Kopf und Glieder des Alten mit der Persae zu verbinden. Für jeden Finger gab es einen Ring, der durch eine Schnur an die vielfältigen Rädchen angeschlossen war. Sempach schauderte vor Vergnügen. Die Idee war ihm im Schlaf gekommen. Er hatte die Maschine im Traum vor sich gesehen: Melchior hatte darin gesteckt und um Gnade gefleht, die Sempach ihm selbstverständlich nicht gewährt hatte. Am nächsten Morgen hatte er seine Traumbilder aufgezeichnet. Bis nach Nürnberg war er gereist, um einen Handwerker zu finden, einen Uhrmacher, der in der Lage gewesen war, den komplizierten Mechanismus zu bauen. Den Rest hatten Esslinger Tischler und Schmiede besorgt. Monate hatte es gedauert, bis der Apparat so funktioniert hatte, wie Sempach es in seinem Traum gesehen hatte. Nun endlich war es so weit.

Er hatte die Maschine »Persae« getauft, was so viel bedeutete wie *per omnia saecula saeculorum*, von Ewigkeit zu Ewigkeit. Denn die Persae ließ jede Sekunde wie eine Ewigkeit erscheinen. Der Delinquent folterte sich in ihr selbst, und auch wenn Sempach eingestehen musste, dass die Grundidee nicht ganz neu war – seine Persae war zweifelsohne die raffinierteste Umsetzung dieser Idee, die die Welt je gesehen hatte.

Am liebsten hätte Sempach die Persae mit einem der Mädchen ausprobiert, die Ekarius ihm besorgte. Das wäre ein Hochgenuss gewesen. Er hatte sogar überlegt, sie in das neue Versteck bringen zu lassen, in seine geheime Kammer der Lüste. Aber das wäre leider viel zu gefährlich. Selbst hier im

Folterkeller musste er darauf achtgeben, dass er die Regeln einhielt. Ein Mädchen hereinzuschmuggeln wäre tödlicher Leichtsinn. Dummerweise teilten nicht alle Männer im Rat seine exquisiten Neigungen, und irgendein Schwächling – vermutlich dieser Gutmensch Karl Schedel – würde ihm daraus sicherlich einen Strick drehen.

Bei dem Gedanken an die Kleine, die Ekarius ihm vor einer Woche geliefert hatte, nachdem die andere dummerweise gestorben war, lief Sempach das Wasser im Mund zusammen. Was für ein Leckerbissen! Ihr zarter, kindlicher Körper in der Persae ... Ein Stöhnen entfuhr ihm. Er schüttelte den Kopf, um die Bilder zu vertreiben. Vielleicht. Eines Tages. Fürs Erste musste er mit dem Alten vorliebnehmen. Hauptsache, der starb nicht zu schnell.

Vorsichtig schob Sempach jeweils einen Ring auf jeden Finger des Alten und zog ihn mit einer kleinen Flügelschraube gerade so fest, dass er nicht herunterrutschen konnte. Erneut lobte er sich im Stillen für diese geniale Einrichtung, durch die sich die Maschine jeder Körpergröße anpasste. Jetzt die Zehen. Sie waren dreckig, aber das störte nicht. Wenn nur endlich der Käfig geschlossen war und der Alte zwangsläufig irgendwann nicht mehr anders konnte, als sich zu bewegen!

Zum Schluss noch das Würgeband um den Hals und nachgeschaut, ob die Augen- und Ohrenbohrer richtig positioniert waren. Sempach trat einen Schritt zurück, betrachtete die Persae samt ihrer menschlichen Fracht und war zufrieden. Er schnippte mit den Fingern, sofort sprangen die Knechte wieder herbei und schlossen den Käfig. Nichts passierte. Gut! Genau so sollte es sein.

Denn ein letzter Handgriff fehlte noch. An der Vorderseite der Maschine hatte der Nürnberger Uhrmacher einen kleinen Hebel angebracht. Sempach nahm einen hohlen Vierkant vom Schlüsselbund an seinem Gürtel, steckte ihn in die vorgesehene Öffnung und drehte. Metallisches Klicken und Klackern erfüllte den Folterkeller. Nach einer Viertelumdrehung hielt er inne. Nichts. Gut. Noch dämmerte der Alte vor sich hin. Sempach drehte weiter, bis sich die Metallfeder, die mit dem Vierkant verbunden war, ganz gespannt hatte. Jetzt war die Persae bereit.

Sempachs Atem ging schneller. Blut pulsierte heiß in seinem Körper. Das hatte er vorher noch nie verspürt, wenn er im Thronsaal war: In seinen Lenden regte sich die Lust.

Er legte den Hebel an der Vorderseite der Maschine um und setzte damit einen kleinen, unscheinbaren Dorn in Gang, der dem Alten in den Oberarm piekste. Das bereitete diesem keinen ernsthaften Schmerz, noch nicht. Als der Alte jedoch die Augen öffnete, den Kopf drehte und eine Hand bewegte, begann die Persae zu singen: Rädchen setzten sich in Bewegung, die Augenbohrer schoben sich nach vorn, der Kopfgurt straffte sich, an den Waden bohrten sich feine Nadeln in die Haut.

Sempach holte tief Luft. Unglaublich! Es funktionierte! Aber er musste eingreifen, sonst war das Spiel zu schnell vorbei. Er stoppte die Maschine, in dem er den Hebel wieder nach vorne zog. Sofort kehrten Nadeln, Gurte und Bohrer wieder in ihre Ausgangsstellung zurück.

Der Alte schnappte nach Luft, Sempach trat neben ihn. »Du darfst dich nicht bewegen, sonst fügst du dir selbst Schmerz zu. Hast du verstanden?«

Der Alte erwiderte nichts, Schweiß brach ihm aus allen Poren. An seinen Augen erkannte Sempach, dass er verstanden hatte.

»Gebt ihm zu trinken, er hat noch einen harten Tag vor sich!«, befahl er.

Die Knechte gehorchten augenblicklich. Sie öffneten die Gittertür und setzten dem Alten einen Becher an die Lippen. Gierig schluckte er, hustete und sank in sich zusammen.

»Das reicht!« Sempach wartete, bis der Alte wieder zu Atem gekommen war und wiederholte dann seine Erklärung: »Wenn du dich bewegst, schadest du dir selbst. Wenn du stillhältst, wirst du leben und frei sein. So lautet die Abmachung.«

In den Augen des Alten glomm ein Funke Hoffnung auf. Sempach unterdrückte ein Lächeln, schloss die Tür wieder und legte den Hebel um. Sofort setzte der Dorn sich erneut in Bewegung. Obwohl es dem Alten diesmal tatsächlich gelang stillzuhalten, glitt der Dorn weiter vor. Die Stelle, auf die er traf, färbte sich rot, die Haut riss ein, ein Blutfaden lief den ausgemergelten Arm hinunter. Noch immer regte sich der Alte nicht, aber lange würde er nicht mehr standhalten. Überall traten Sehnen aus dem mageren Körper hervor wie gespannte Seile, Schweiß lief in kleinen Bächen über die fahle Haut.

Der Alte schloss die Augen, dann schrie er mit gellender Stimme: »Verflucht seiest du, Konrad Sempach, du Ausgeburt der Hölle!«

Sempach taumelte einen Schritt zurück.

Der Alte stieß einen markerschütternden Schrei aus und begann unvermittelt, jedes Glied, das er zu rühren vermochte, hektisch hin und her zu bewegen.

Rädchen klickten, Federn zischten, Riemen zogen sich stramm, die Bohrer schossen nach vorn, Messer klappten auf und schnitten blutige Linien in den Rücken des Alten, der längst nicht mehr schreien konnte, weil der Halsriemen ihm die Luft abschnürte. Einige Wimpernschläge lang zappelte er noch, dann hing er schlaff im Käfig. Er spürte es nicht mehr, wie die Maschine ihm die Augen ausbohrte, wie sie ihm die

Dorne in die Gehörgänge rammte, die Achillessehnen zerschnitt und das Gemächt zerquetschte.

»Verdammt«, flüsterte Sempach mit feuchten Augen, nachdem der Mechanismus mit einem leisen Quietschen die Instrumente in die Ausgangsstellung zurückgezogen hatte. »Jeder Henker des Landes wird vor Neid erblassen, wenn er dieses Wunderwerk bei der Arbeit erlebt.«

Er schaute sich um. Die Henkersknechte starrten auf die blutigen Reste des Alten. Einer hatte sich übergeben, ein Faden Speichel hing ihm aus dem Mund. Sempach grinste verächtlich. »Holt den Kadaver da raus, und macht mir alles anständig sauber«, befahl er. »Aber passt auf, dass ihr nichts beschädigt, sonst seid ihr die Nächsten, die dieses Wunderwerk zu schmecken bekommen.«

Er lachte dröhnend und stapfte die Treppe hinauf. Die Persae war ihr Geld zweifelsohne wert, jeden einzelnen Heller. Nur eine Kleinigkeit musste er noch ergänzen: Man musste den Ablauf des Mechanismus schneller unterbrechen können. Der Alte hatte seinem Leiden mithilfe der Maschine selbst ein Ende gesetzt, als er begriffen hatte, dass ihn nichts mehr retten konnte. Das durfte nicht sein.

***

»Und er hat tatsächlich keine Armee dabei?« Melissa schien es nicht glauben zu wollen.

Wendel tätschelte ihr die Wange. Er war besorgt, denn seine Frau war noch immer blass. Sie kränkelte, seit ihr am Freitag in der Messe schwindelig geworden war. »Keine Angst«, sagte er aufmunternd. »Er weiß, dass er gegen Rottweil nicht zu Felde ziehen kann, ohne einen Aufstand der Reichsstädte auszulösen. Er ist hier, weil er verhandeln will.«

»Um was geht es?«

»Ich weiß es nicht genau. Die Ratsherren sind sehr verschwiegen. Aber man munkelt, es drehe sich um ausgedehnte Ländereien südlich der Stadt.«

»Oh nein!« Melissa schüttelte verärgert den Kopf. »Ist unser Weinberg davon betroffen?«

Wendel seufzte. »Wenn die Gerüchte stimmen, ja. Nur gut, dass ich den Vertrag noch nicht unterschrieben habe.« Er verscheuchte den ärgerlichen Gedanken und klatschte in die Hände. »Los, los, wo bleibt ihr denn? Wir verpassen den Einzug des Grafen! Oder wollt ihr lieber hierbleiben und die Ställe ausmisten?«

Er hatte den Bediensteten erlaubt, mit zum großen Empfang des Grafen von Württemberg zu gehen, und ihnen sogar für Anlässe wie diesen gute Ausgehgewänder fertigen lassen. Das war nicht billig gewesen, und manch einer aus seiner Zunft hatte ob dieser Geldverschwendung den Kopf geschüttelt. Doch Wendel mochte es nicht, dass die Menschen, die ihm dienten, in Lumpen herumliefen, während er fein herausgeputzt war. Im Kerker von Esslingen hatte er für den Fall, dass er diesen jemals lebend verlassen würde, geschworen, zu allen Menschen gut zu sein und nicht sinnlos Reichtum anzuhäufen. Er dachte nicht oft an jene Tage zurück, zu schrecklich war gewesen, was ihm dort widerfahren war. Doch manchmal, vor allem, wenn sein Fuß mehr schmerzte als gewöhnlich, suchten ihn die entsetzlichen Erinnerungen heim; dann roch er wieder das Blut und die Fäkalien, hörte den schneidenden Befehlston des Ratsherrn Konrad Sempach, sah die grauenvollen Werkzeuge in den geschickten kleinen Händen des Henkers, und Verzweiflung kroch in ihm hoch. In solchen Momenten versuchte er, seinen Gemütszustand vor Melissa zu verbergen. Sie musste von diesen schrecklichen

Dingen nichts wissen, schon gar nicht jetzt, wo es ihr so schlecht ging.

Er sah sich um. Endlich waren alle fertig. Wendel konnte ein Grinsen nicht unterdrücken, als er Michel sah, der wie immer, wenn er seine Beinlinge aus feinem Leinen und sein wollenes Wams trug, völlig verwandelt schien. Aus dem tapsigen Burschen schien der Sohn eines Gutsherrn geworden zu sein; wie ein Gockel stapfte er umher, verbeugte sich hier und da und schwang einen Gehstock, den er sich aus der Wurzel einer Eiche geschnitzt hatte.

»Auf geht's!« Wendel nahm Melissa und Katherina am Arm, es folgten Antonius und Selmtraud, die Gertrud trug, dann Bart, Wolfgang und Michel, zuletzt Berbelin und Walburg.

Ein ordentlicher Hausstand ist ebenso wichtig wie ordentlich geführte Bücher, dachte Wendel. Und im Augenblick schien alles zum Besten bestellt zu sein. In der letzten Woche noch hatte er sich Gedanken gemacht, weil Antonius sich so abweisend verhalten hatte, doch dessen schlechte Laune schien inzwischen verflogen zu sein. Ein wenig Sorge bereitete ihm allerdings Melissas Zustand. Als sie mit Gertrud schwanger gewesen war, hatte sie keinerlei Beschwerden gehabt, hatte noch mit dickem Bauch in der Küche und im Weinkeller geholfen. Vielleicht lag es ja daran, dass sie diesmal einen Knaben erwartete. Hieß es nicht, dass Söhne ihren Müttern schon vor der Geburt mehr Ärger bereiteten als Töchter?

Nein, er hatte wirklich keinen Grund zur Klage. Der einzige Schatten in seinem Leben war sein Vater, der einfach nicht einsehen wollte, dass Melissa das Beste war, was seinem Sohn je passiert war. Allerdings ... die Sache mit den verrutschten Dachschindeln war merkwürdig. Er hatte sich den Schaden angesehen, bevor Antonius und Michel ihn repariert hatten. Die Schindeln hatten sich nicht einfach bei starkem Wind gelöst. Da hatte eine menschliche Hand nachgeholfen. Er wusste, dass Melissa manchmal heimlich auf den Dachboden stieg und eine Schindel beiseiteschob, um auf die Straße hinabzusehen, obwohl sie das genauso gut vom Fenster ihrer Schlafkammer aus tun konnte. Er hatte keine Ahnung, warum sie das tat, doch er fand nichts Verwerfliches daran. Vielleicht wollte sie die Leute beobachten, ohne selbst gesehen zu werden. Doch der Schaden am Freitag war viel zu groß gewesen, als dass er davon hätte herrühren können. Es hatte eher so ausgesehen, als habe jemand versucht, auf diesem Weg in das Haus einzudringen. Ein Einbrecher etwa. Ohne Melissas Wissen hatte er daher zwei Knechte gedungen, die das Anwesen unauffällig bewachen und Alarm schlagen sollten, falls sich jemand ungebeten Einlass verschaffen wollte. Heute hatte er sie zu besonderer Aufmerksamkeit ermahnt.

Sie erreichten die Hochbrücktorstraße, zu deren Seite sich die Stadtwachen aufgestellt hatten. Mit Mühe und Not hielten sie die Menschen zurück, die sich den Hals verrenkten, obwohl der Graf noch gar nicht angekommen war. Wendel und seine Familie drängten sich durch die Menge.

»Wäret Ihr wohl so freundlich...« Sanft schob Wendel einen alten Mann zur Seite.

Der Alte funkelte ihn wütend an. »Heda, nicht vordrängeln!«

»Ich möchte meine Familie nur zu ihrem rechtmäßigen Platz geleiten«, erklärte Wendel höflich. Jede Zunft hatte ihren eigenen Bereich, zu dem nur die Mitglieder und ihre Familien Zutritt hatten.

»Da könnte ja jeder kommen«, brummte der Alte, doch er hatte sich bereits wieder abgewandt.

Sie gelangten zu dem abgetrennten Bereich. Die Stelle war gut gewählt, von hier konnten sie den Vorplatz der Liebfrauenkirche ebenso überblicken wie die Straße zum Hochbrücktor, durch das der Graf einziehen würde. Eine Tribüne war aufgebaut, die Ratsherren hatten bereits ihre Sitze eingenommen; nur der Bürgermeister fehlte noch, er wartete mit einer berittenen Eskorte vor dem Tor, um den hohen Gast angemessen willkommen zu heißen.

Wendel und Melissa grüßten den frisch gewählten Zunftmeister Eugenius und nickten den anderen zu. Alle trugen ihre besten Gewänder, Eugenius' Sohn hielt stolz das Wappenschild der Zunft hoch.

Melissa sagte etwas, aber Wendel konnte es nicht verstehen, weil der Lärm aus Hunderten von Kehlen ihre Worte übertönte. Er beugte sich zu ihr.

»Gertrud ist so unruhig!«, rief sie. »Sie fühlt sich nicht wohl in diesem Gedränge. Ich glaube, ich gehe mit ihr zum Haus zurück. Selmtraud soll ruhig hierbleiben, ich muss den Grafen nicht unbedingt zu Gesicht bekommen.«

Ich auch nicht, dachte Wendel. Er war nur seiner Familie zuliebe hergekommen, und weil es sich so gehörte, dass die Zünfte vollständig versammelt waren. Wenn er sich vorstellte, dass Ulrich III. ahnen könnte, dass in der jubelnden Menge einer stand, der ihn mit einem dreisten Betrug hinters Licht geführt hatte, wurde ihm übel. »Ich begleite dich«, sagte er und nahm Gertrud auf den Arm. »Du solltest nicht allein nach Hause gehen. Nicht, dass dir wieder schwindelig wird.«

Er sagte seiner Mutter Bescheid, die besorgt das Gesicht verzog, dann jedoch erleichtert nickte, als Melissa sie beruhigend anlächelte.

»Geht ihr nur«, sagte sie. »Ich achte darauf, dass das Gesinde euch keine Schande macht.«

Wendel blickte zu Antonius, der die Stirn runzelte, aber nichts sagte. Dann legte er seinen Arm beschützend um seine Tochter und bahnte sich und Melissa einen Weg durch die Menge.

※ ※ ※

Von Säckingen war der Bursche sofort aufgefallen, der sich in einer Toreinfahrt herumdrückte und das Haus der Fügers beobachtete. Besonders geschickt stellte er sich dabei nicht an; es war leicht zu erkennen, dass diese Aufgabe für ihn ungewohnt war, denn ein erfahrener Krieger oder ein geübter Einbrecher würde sich auf die Kunst verstehen, sich unsichtbar zu machen. Davon war dieser Tölpel weit entfernt. Es gab nur eine Erklärung für seine Anwesenheit: Jemand bezahlte ihn dafür, dass er das Haus bewachte. Und bei diesem Jemand konnte es sich nur um den Hausherrn oder um die Hausherrin handeln.

Von Säckingen überlegte. Entweder war Wendel Füger aufgefallen, dass irgendwer ins Haus eingedrungen war, oder Melisande wollte auf diese Weise in Erfahrung bringen, wer ihr das Kleid gebracht hatte. Doch das war unwahrscheinlich. Ein solches Vorgehen erregte zu viel Aufmerksamkeit. Was würde ihr Gatte denken, wenn er es herausfand? Nein, Melisande gehörte seiner Meinung nach eher zu den Frauen, die versuchten, jedes Problem auf eigene Faust zu lösen. Sie vertraute niemandem, und sie war es gewohnt, allein zu handeln. Wendel Füger also. Wie viel wusste er? Viel konnte es nicht sein, denn Melisande hatte ihn sicherlich nicht eingeweiht. Dieser Karchersohn war wohlbehütet aufgewachsen, er war ein Mann mit festen Prinzipien, von edler Gesinnung und Moral. Und er neigte dazu, nur zu sehen, was er sehen wollte.

Dieses Bürschchen hatte nicht ein einziges Mal den Versuch unternommen, mehr über seine Gemahlin zu erfahren, obwohl ihre Vergangenheit völlig im Dunkeln lag. Das hatten Othilias Spione herausgefunden – hervorragende Männer! Seine Herrin hatte ein Händchen dafür, die richtigen Leute auszusuchen, das musste man ihr lassen. Wahrscheinlich hatte der junge Füger das kaputte Dach entdeckt, an einen Einbrecher gedacht und deshalb eine Wache angeheuert. Dass diese Wache sich so dämlich anstellte, dass kein Einbrecher, der etwas auf sich hielt, sich von ihr abhalten lassen würde, lag offenbar außerhalb von Fügers Vorstellungskraft. Umso besser!

Er grinste und winkte einem Jungen, der gerade vorbeilief. »Hier, Bursche«, er drückte ihm eine Münze in die Hand. »Die ist für dich. Alles, was du dafür tun musst, ist, zum Haus der Fügers zu gehen und Einlass zu begehren. Mach ruhig ordentlich Radau. Wenn dich jemand anspricht, lauf davon. Verstanden?«

Der Junge nickte.

»Dann los mit dir.« Von Säckingen lehnte sich zurück. Jetzt würde er sehen, wie die Wache reagierte.

Der Junge tat, wie ihm geheißen, aber der Mann in der Toreinfahrt regte sich nicht. Mehrmals schlug der Junge an die Tür, bis jemand aus dem Nachbarhaus ihn wegen des Lärms anging und ihm zurief, dass die Fügers nicht da seien, auch niemand vom Gesinde, und dass er sich fortmachen solle. Der Junge beeilte sich, dem nachzukommen, schlug ein paar Haken und tauchte neben von Säckingen wieder auf. Der nickte nachdenklich. Gerade wollte er den Jungen fortscheuchen, als er etwas entdeckte und erschrocken innehielt. Von der Brotlaube her kamen Melisande und Wendel die Straße herauf. Wendel hielt das Balg auf dem Arm, sonst war niemand bei ihnen. An den Jubelrufen, die vom Hochbrücktor herüberhallten, erkannte von Säckingen, dass der Graf gerade angekommen sein musste. Wendel und seine Gemahlin kehrten also vor dem großen Ereignis heim. Nicht schlecht! So konnte er zwei Fliegen mit einer Klappe schlagen.

Er beugte sich über den Brunnen und beobachtete aus den Augenwinkeln, wie Wendel dem Wächter ein Zeichen gab, sich zu verziehen. Melisande bemerkte davon offenbar nichts. Sie plapperte auf ihre Tochter ein, erzählte ihr etwas, das die Kleine zum Lachen brachte, und küsste sie dann auf die Stirn. Also war es, wie er vermutet hatte: Der Hausherr war misstrauisch geworden.

Von Säckingen richtete sich auf, gab dem Jungen eine weitere Münze und einen weiteren Auftrag.

***

Kaum hatten sie die Menschenmenge hinter sich gelassen, beruhigte sich Gertrud. Wendel drückte sie fest an sich und wiegte sie mit dem Oberkörper sanft hin und her. Melissa erzählte ihr irgendeinen Unfug von einem Grafen, der im hohen Bogen von seinem Pferd fiel und in einem Haufen Dreck landete, und Gertrud gluckste vor Lachen.

Zufrieden bemerkte Wendel, dass der Knecht auf seinem Wachposten stand. Er nickte ihm unauffällig zu, damit er wusste, dass er nicht mehr gebraucht wurde. Der Mann verschwand augenblicklich. Offensichtlich war er froh darüber, dass er den Grafen nun doch noch sehen und vielleicht einige der Münzen ergattern konnte, die bei einer solch seltenen Gelegenheit unters Volk gestreut wurden.

Melissa öffnete die Tür. Wendel trat ein, lauschte einen Moment, aber er konnte nichts Verdächtiges hören.

Melissa füllte zwei Becher mit Wein und ließ sich am Tisch nieder. »Komm Liebster, lass uns die Ruhe genießen, bevor das Haus wieder bis zum Bersten mit Menschen gefüllt ist.«

Wendel setzte sich zu ihr und umfasste ihre schmale Taille. Er schob ihre Haube zur Seite und küsste sie in den Nacken. »Soll ich versuchen, Gertrud hinzulegen? Sie schläft schon fast«, flüsterte er ihr ins Ohr. »Dann hätten wir Zeit für uns.«

Er spürte, wie Melissa erschauderte. »Mitten am Tag?«, wisperte sie. »Bist du verrückt, Wendel? Was ist, wenn die anderen früher zurückkommen?«

»Wen schert es?« Er küsste sie wieder und erhob sich. »Ich bin gleich zurück.«

Er hatte noch nicht die Treppe erreicht, als es klopfte. Er seufzte, lief zur Tür und öffnete. Ein Junge, den er nicht kannte, hielt ihm ein graues linnenes Bündel entgegen.

»Für Melissa und Wendel Füger.« Er stockte, schien nachzudenken. »Mit besten Grüßen von einem alten Bekannten.«

Kaum hatte Wendel danach gegriffen, rannte der Junge los, als sei der Teufel hinter ihm her.

Auf Melissas fragenden Blick hielt Wendel das graue Leinen in die Höhe. Auf seinem Arm schlief Gertrud, nicht einmal das laute Klopfen hatte sie geweckt.

»Was war das denn?« Melissa lief zur Tür und spähte hinaus.

»Siehst du etwas?«, fragte Wendel.

Sie schloss die Tür und drehte sich zu ihm um. »Der Junge ist weg. Ansonsten ist es ungewöhnlich still draußen. Es sind kaum Menschen unterwegs. Und die Jubelschreie sind verstummt. Vermutlich hält der Graf gerade seine Ansprache.«

Wendel drückte ihr das Bündel in die Hand. »Mach du es auf.«

Sie zögerte.

»Nun, mach schon«, wiederholte er, obwohl sich ein ungutes Gefühl in seinem Bauch ausbreitete. Vielleicht wäre es besser, diese seltsame Gabe einfach zu verbrennen. Wer wusste, was dieser Bengel ihnen da vorbeigebracht hatte. *Von einem alten Bekannten* – wer mochte das nur sein?

Melissa nahm das Bündel entgegen und wog es in der Hand. Wendel legte Gertrud behutsam auf die Bank. Etwas sagte ihm, dass es wichtig war, die Hände frei zu haben.

Melissa hatte sich ein wenig von ihm abgewandt, um das graue Leinen auseinanderzufalten. Plötzlich stieß sie einen Schrei aus, der in ein leises Stöhnen überging. Das Bündel entglitt ihren Fingern, fiel auf den Boden und gab seinen Inhalt preis.

Wendels Blick fiel auf den Gegenstand. Entsetzt sprang er einen Schritt zurück, taumelte, stechender Schmerz fuhr durch seinen Körper, sein Herz schlug wild. Nein! Das war unmöglich! Der Teufel leibhaftig musste das geschickt haben! Er schloss die Augen, öffnete sie wieder. Noch immer lag es zwischen ihnen auf dem Boden. Das Gewand eines Henkers. Zweifellos. Nein, nicht das Gewand irgendeines Henkers, sondern das des Henkers von Esslingen. Er hätte es unter Tausenden von Gewändern erkannt, so lebhaft war es ihm in Erinnerung.

Ihm brach der Schweiß aus. Diese Nachricht war für ihn bestimmt. Jemand wollte ihn quälen. Ihn daran erinnern, dass Ottmar de Bruce noch eine Rechnung mit ihm offen hatte. Noch aus dem Grab heraus hatte der Graf Macht über ihn. Irgendwer führte zu Ende, was dieser begonnen hatte.

Auch Melissa war totenbleich. Kein Wunder! Das Gewand eines Henkers galt als unrein, wer es berührte, wurde als besudelt angesehen. Bestimmt war sie beim Auswickeln mit den Fingern an den Stoff gestoßen.

»Hast du es angefasst?«, fragte er leise.

Melissa schien ihn nicht gehört zu haben.

»Liebste, hast du das Gewand angefasst?« Er trat zu ihr, darauf bedacht, nicht auf den Boden zu blicken. Er musste sie beruhigen, ihr sagen, dass sie keine Angst zu haben brauchte. Der Henker hatte ihn berührt, als er ihm bei der Flucht geholfen hatte, und es war nichts Schreckliches geschehen. »Es ist nicht schlimm, wenn du es in die Hand genommen hast, Liebste, glaub mir. Es ist nur ein dummer Aberglaube.«

Melissa blickte auf. Wendel erschrak. Ihr Gesicht war weiß, die Augen lagen tief in den Höhlen. Tränen liefen ihr über die Wangen. Sie flüsterte etwas, das Wendel nicht verstand. Dann sprach sie lauter. »Ich habe es angefasst«, sagte sie mit tonloser Stimme. »Wieder und wieder.« Sie sah ihn an, schaute ihm in die Augen. »Mehr noch, Liebster, ich habe es getragen.«

Wendels Kehle entrang sich ein gurgelnder Laut. Er musste sich verhört haben. Bestimmt war Melissa verwirrt. Sie war nicht sie selbst, schon seit Tagen nicht. Sie war krank, das war es. Sie war krank. »Melissa, du solltest dich ausruhen«, sagte er sanft. »Ich sorge derweil dafür, dass das hier ...« Er deutete mit dem Fuß auf das bunte Gewand. »... dass das verschwindet. Ruh dich aus, und vergiss, dass du es je gesehen hast.«

Sie schüttelte den Kopf. »Wendel, ich kann dieses Gewand nicht vergessen. Es ist meins, es ist ein Teil von mir. Mein Leben, meine Vergangenheit.« Sie seufzte. »Es wird Zeit, dass du die Wahrheit erfährst. Ich hätte sie dir längst erzählen sollen.«

Wendels Magen krampfte sich zusammen. »Ich habe keine Ahnung, wovon du redest«, presste er hervor. »Du bist ja ganz durcheinander.«

»Wendel«, wiederholte sie. »Du musst es wissen. Sonst finden wir niemals Frieden.«

In Wendels Kopf rauschte es, sein Herz raste, seine Zunge verweigerte ihm den Dienst, also nickte er nur.

Sie nahm ihn bei der Hand und führte ihn zum Tisch. Sie setzten sich neben Gertrud, die immer noch friedlich schlief. Am liebsten hätte Wendel mit ihr getauscht. Schlafen, einfach nur schlafen und nichts hören und sehen, wie köstlich musste das sein!

Melissa ließ seine Hand nicht los. »Mein Name ist nicht Melissa«, begann sie. »Ich bin Melisande Wilhelmis, geboren in der freien Reichsstadt Esslingen, Tochter des ehrenwerten Kaufmanns Konrad Wilhelmis und Tochter der Beata Wilhelmis, der wundervollsten Mutter, die es je gegeben hat. Ich bin die Schwester von Rudger Wilhelmis, der allein zehn Feinde besiegte, und von Gertrud Wilhelmis, die ich nicht schützen konnte. Und ich bin die Schwester eines namenlosen Bruders, der ungetauft starb. Sie alle wurden von Ottmar de Bruce ermordet.« Sie hielt einen Augenblick inne.

Wendel wagte nicht zu atmen. Er hatte das Gefühl, von einem Strudel mitgerissen zu werden, zu ertrinken. Was erzählte Melissa da? Wer war diese Melisande? *Herr, gib, dass das alles nur ein böser Traum ist!*

»Der Henker Raimund Magnus rettete mir das Leben, deshalb wuchs ich in seinem Haus auf und erlernte sein Handwerk. Als er krank wurde und sein Lager nicht mehr verlassen konnte, wurde ich zum Henker von Esslingen.« Sie holte tief Luft. »Ich bin Melchior, der stumme Henker, der dich gefoltert hat und dir dann zur Flucht verhalf.« Sie drückte seine Hand, bevor sie flüsterte: »Es tut mir so leid, Liebster.«

Sie hielt einen Moment inne, und Wendel wünschte sich, sie möge für immer schweigen, möge dieses aberwitzige Geschwätz beenden. Was sie erzählte, konnte nicht wahr sein. Es durfte nicht wahr sein. Niemals. Sie wollte ihn quälen, sicherlich, doch warum? War sie irr geworden?

Als er nichts sagte, fuhr sie fort: »Als ich aus Esslingen fliehen musste, wurde ich zu Mechthild, der Magd, die auf dem Fronhof bei Hülben ein neues Zuhause fand, als Heilerin den Menschen half und dafür als Hexe mit dem Tod durch das Feuer bestraft werden sollte. Statt meiner fanden zwei gütige, gottgefällige Menschen den Tod, die mich als ihre Tochter angenommen hatten.« Melissa redete immer schneller, immer lauter, so als hätte sie Angst, nicht rechtzeitig fertig zu werden. »Und ich war auch Merten de Willms, dessen Dokumente ich an mich nahm, nachdem der echte Merten bei einem Überfall getötet wurde.« Ihre Stimme wurde wieder leiser. »Und zu guter Letzt war ich auch der Henker in Urach, der Ottmar de Bruce unter dem Richtschwert hatte und der so endlich die Rache für seine Familie hätte vollenden können. Der es jedoch nicht tat, weil es Sünde gewesen wäre. Im Wald traf ich de Bruce wieder; Gott schickte ihn mir ein zweites Mal, und diesmal tötete ich ihn in einem gerechten Zweikampf.«

Sie nahm Wendels Hand und hielt sie an ihre Wange. »Danach schloss ich mit allem ab, was geschehen war, und kehrte als Melissa de Willms zu dem Mann zurück, den ich liebe. Doch es scheint, als gäbe es jemanden, für den die Vergangenheit noch nicht begraben ist.«

»Du ...« Wendel zog seine Hand zurück und drückte sich mühsam von der Bank hoch. Er wankte, als hätte er einen großen Krug Wein geleert. Allmählich ergaben Melissas Worte in seinem Kopf einen Sinn: Seine Gemahlin war nicht die, für die sie sich ausgegeben hatte. Sie war jemand ganz anderes. Sie hieß nicht einmal Melissa. Sie hatte getötet und gefoltert. Sie hatte ihn belogen, ihm etwas vorgespielt. Wer wusste, ob sie nicht auch jetzt log. Vielleicht stimmte ja auch diese Geschichte nicht. Doch wie könnte sie sich etwas so Schreckliches ausdenken? Sie musste vom Teufel besessen sein! Ein Henker! Er war mit einem Henker verheiratet!

Ihm wurde übel. Sein Blick fiel auf das Gewand, das noch immer auf dem Boden lag. *Es gibt keine Melissa, es gibt nur den Henker von Esslingen. Nichts als Lug und Trug! Meine Ehe, meine Familie, das alles ist ein hässliches, hohles Lügengebäude.*

Als Melissa sich ebenfalls erhob und auf ihn zutrat, wich er zurück. »Fass mich nicht an, du verlogene Metze!«

»Aber Wendel!«, flüsterte sie.

»Kein Wort mehr!«, gab er zurück. »Du hast genug gesagt. Ich will kein Wort mehr hören. Ich war blind und einfältig. Doch ich bin fähig, aus meinen Fehlern zu lernen.« Er lachte bitter auf. »Letztlich hatte mein Vater also doch Recht. Ich hätte auf ihn hören sollen.«

»Nein!«, wisperte sie. »Bitte, Wendel, versteh doch!«

»Ich verstehe sehr gut, Melissa, oder besser: Melisande.« Er kniff die Augen zusammen. »Oder wie möchtest du gern genannt werden?«

Sie öffnete den Mund, doch er gebot ihr mit der Hand Einhalt. »Du brauchst es mir nicht zu sagen. Ich habe nicht vor, deinen Namen – einen deiner Namen – je wieder in den Mund zu nehmen. Ab heute gehörst du nicht mehr zu meinem Leben.«

»Was hast du vor, Wendel?«, fragte sie mit brüchiger Stimme.

Er beugte sich über Gertrud und hob sie sanft von der Bank. Sie gluckste und kuschelte sich an ihn. »Ich bringe meine Tochter in Sicherheit.«

»Aber...« Noch immer liefen ihr Tränen über die Wangen,

doch sie rührten ihn nicht. Eine Hexe wie sie beherrschte mit Sicherheit die Kunst, falsche Tränen zu weinen.

»Verlass mein Haus!« Wendels Hals wurde eng bei diesen Worten, doch er verscheuchte die Erinnerungen, die ihn bestürmten: Melissa, wie sie ihn in der Huserhütte besuchte, ihr Lächeln, ihre Küsse. Er schüttelte den Kopf. Das alles gab es nicht mehr. Schlimmer noch: Es war nie etwas anderes als ein Trugbild gewesen. »Geh, und kehr nie wieder zurück! Solltest du dich jemals wieder in meinem Haus blicken lassen, werde ich dafür sorgen, dass du die gerechte Strafe für deine Schandtaten erhältst.« Er drückte Gertrud fester an sich. »Ich werde zur Hochturmkapelle gehen und für dich beten. Wenn ich zurückkehre, bist du fort. Sonst rufe ich die Büttel.«

Die Entführung

Melisande fühlte sich ganz benommen. Was war geschehen? Wendel … Gertrud … War sie nicht eben noch mit ihrer Familie glücklich gewesen? Am liebsten wäre sie auf der Stelle gestorben. Sie hatte keine Kraft mehr, sie wollte nicht schon wieder fliehen. Nein, sie wollte die Augen schließen und für immer vergessen. Sie stöhnte leise. Nein, um Gertruds willen musste sie leben und für das Kind, das in ihr heranwuchs. Sie presste die Handflächen gegen ihre Schläfen. Es war das Furchtbarste eingetreten, was sie sich hatte vorstellen können. Obwohl sie damit gerechnet hatte, dass Wendel mit ihrer Vergangenheit nicht leben konnte, hatte sie wider jede Vernunft gehofft, er würde sie verstehen und ihr vergeben. Wie dumm sie gewesen war! Sie hätte ihn in dem Glauben lassen sollen, dass sie dieses Gewand nie zuvor gesehen hatte. Dann wäre er jetzt hier bei ihr. Doch wie lange noch? Einen Tag, einen Monat? Hätte das ihre Liebe gerettet?

Nein. Melisande schüttelte unwillkürlich den Kopf. Wenn sie weiter gelogen hätte, hätte sie damit die Stunde der Wahrheit nur hinausgezögert. Sie hätte immer neue Lügen und Ausreden erfinden müssen und sich dabei jedes Mal erbärmlicher gefühlt.

Sie fuhr sich mit der Hand über die Stirn. Sie durfte nicht weiter tatenlos hier herumstehen. Wendel würde in seiner blinden Wut und Verzweiflung nicht zögern, sie tatsächlich den Bütteln zu übergeben, und dann wäre sie verloren. Sie musste ihm Zeit geben, Zeit, das Unbegreifliche zu begreifen. Ja, er brauchte Zeit. Sie würde fortgehen, wie er es verlangt hatte. Aber nicht weit. Sie würde da sein, ein Auge auf ihn und Gertrud haben, und darauf warten, dass er ihr verzieh.

Rasch warf sie das Henkersgewand ins Feuer und sorgte dafür, dass es gut brannte. Einen Augenblick lang verspürte sie so etwas wie Wehmut. Es waren nicht nur schlechte Erinnerungen, die sie mit diesem Kleidungsstück verband. Sie dachte an Raimund, an seine gütigen Augen, schlug das Kreuz und sprach ein kurzes Gebet für ihn. Dann eilte sie in die Schreibstube, packte Tintenfass, Federn, Schaber und einige gebrauchte Pergamentbögen zusammen. Aus der Schlafkammer holte sie ein zweites Kleid, einen Umhang und eine Gugel. Nach kurzem Zögern entnahm sie der Geldtruhe einen Beutel, in dem sich knapp drei Pfund Silber befanden, genug Geld, um einige Monate zu überleben. Jetzt noch ihr Messer und eine kleine Wegzehrung. Als sie alles in einem Bündel zusammengerafft hatte, hielt sie kurz inne. Das Haus war völlig still. Ihr Herz krampfte sich zusammen. Sie blickte zu der Bank, auf der Gertrud eben noch gelegen hatte. Tränen schossen ihr in die Augen, hastig wischte sie sie fort.

»Ich komme wieder, mein Engel«, flüsterte sie.

Ihr Blick fiel auf den Boden unter der Bank. Dort lag etwas

Rotes – ein verknotetes Stück Stoff, mit dem Gertrud immer spielte. Sie hob es auf und hielt es an ihr Gesicht. Es duftete nach ihrer Tochter. Sie ließ es in ihr Bündel gleiten. Nachdem sie sich ein letztes Mal umgesehen hatte, verließ sie das Haus durch die Hintertür, die Gugel tief ins Gesicht gezogen.

※※※

Was für ein Weichling! Wie konnte er in einem solchen Augenblick weglaufen? War er nicht der Herr im Haus? Von Säckingen spuckte auf den Boden. Dieser Füger hatte ihn fast umgerannt. Mit dem Kind auf dem Arm war er aus dem Haus gestürmt; sein Blick war fiebrig gewesen, fast wie bei einem Irren.

Er kniff die Augen zusammen. Melisande war nun allein. Was sie wohl tat? Es kostete ihn einige Beherrschung, nicht hinüberzulaufen und durch die Fenster zu spähen. Nichts rührte sich. Auch die Straße war fast leer, weil die ganze Stadt zum Empfang des Landesherrn geeilt war. Zu dumm! Das machte es schwieriger, unbemerkt zu bleiben.

Witikund, einer seiner Söldner, stieß zu ihm. »Melissa Füger hat das Haus durch die Hintertür verlassen«, berichtete er. »Sie hat ein Bündel dabei. Adam folgt ihr.«

Von Säckingen runzelte die Stirn. »Will sie die Stadt verlassen?«

Witikund zuckte mit den Schultern. »Sie hat nicht den direkten Weg genommen. Vielleicht will sie bei jemandem unterschlüpfen.«

»Bei ihrer Freundin Irma.« Von Säckingen dachte nach. »Mag sein, dass sie sich verabschieden will. Oder sie möchte etwas in Irmas Obhut zurücklassen. Aber sie kann nicht dort bleiben. Der Gemahl ihrer Freundin ist zwar recht weichherzig, aber er ist Mitglied im Stadtrat. Die weggelaufene Gemahlin eines anderen Mannes bei sich aufzunehmen, das würde er nicht wagen.«

Witikund blickte verstohlen die Straße auf und ab. »Was sollen wir tun?«

»Lasst sie nicht aus den Augen. Erstattet mir Bericht. Ich bleibe vorerst in der Stadt.« Von Säckingen tastete mit der Hand nach dem Dolch, der unter seinem Umhang verborgen am Gürtel hing. »Ich habe noch etwas zu erledigen.«

※ ※ ※

Melisande klopfte leise an die Haustür. Sie wagte kaum zu hoffen, dass ihre Freundin daheim war, sicherlich stand sie mit den anderen Jubelnden bei der Liebfrauenkirche. Doch sie hatte Glück. Irma öffnete.

Melisande drängte sich ins Haus. »Bist du allein?«, flüsterte sie.

Irma hob erstaunt die Augenbrauen. »Bis auf meinen Sohn ist niemand hier. Sie sind alle fort, um den Grafen zu sehen. Mir war nicht wohl, deshalb bin ich im Haus geblieben.«

Melisande griff nach Irmas Händen. »Irma, du bist der einzige Mensch, dem ich noch vertrauen kann. Gebe Gott, dass ich mich nicht täusche.«

Irma sah sie erschrocken an. »Aber Melissa, was ist denn los? Hat es mit dem Kleid zu tun, von dem du erzählt hast? Hast du dich mit Wendel gestritten?«

Melisande seufzte. »Das auch.«

Irma drückte ihre Hände. »Das wird schon wieder. Männer sind manchmal eigen. Man muss sie zu nehmen wissen. Es ist genau wie bei störrischem Vieh.« Sie lachte ihr perlendes

Lachen, das Melisande immer an das Lachen ihrer toten kleinen Schwester erinnerte.

»Leider ist es mehr als das«, sagte sie. »Hör zu, es ist ernst. Todernst.«

Irma verging das Lachen, aber sie ließ Melisandes Hände nicht los, sondern hielt sie nur noch fester. »Lieber Himmel, was ist denn los?«, flüsterte sie.

Melisande holte tief Luft. »Es kann sein, dass du in den nächsten Tagen ungeheuerliche Dinge über mich hören wirst. Manches davon wird wahr sein, das meiste jedoch erfunden und erlogen. Ich muss Rottweil für einige Zeit verlassen, aber ich bleibe in der Nähe. Ich werde in Sulz unterkommen, mich dort unter einem anderen Namen in der Herberge ›Zum Lamm‹ einmieten. Maria von Felsenbrunn, so werde ich mich nennen. Kannst du dir das merken?«

Irma riss erstaunt die Augen auf.

»Bitte, stell keine Fragen, Irma. Je weniger du weißt, desto besser für dich. Ich bitte dich nur, mir zu vertrauen.« Sie sah ihre Freundin mit festem Blick an. »Und nicht alles zu glauben, was man dir über mich erzählt.«

»Ich verspreche es.« Irmas Gesicht war so ernst, wie Melisande es nie zuvor gesehen hatte.

Erleichtert seufzte Melisande. Sie hatte befürchtet, ihre gutmütige, stets fröhliche Freundin würde den Ernst der Lage womöglich nicht begreifen. Aber ihre Befürchtungen hatten sich nicht bewahrheitet. »Ich danke dir, liebste Freundin. Und ich bitte dich, mir regelmäßig Nachricht zu schicken, mir durch einen zuverlässigen Boten mitzuteilen, was in der Stadt geschieht, was man über mich erzählt.«

Irma nickte. »Das werde ich. Sollen wir etwas vereinbaren, eine Losung, ein Wort, damit der Bote weiß, dass er die Nachricht der richtigen Person übergibt?«

Melisande überlegte kurz. »Raimund«, sagte sie.
»Raimund. In Ordnung. Du kannst dich auf mich verlassen.«

Melisande umarmte Irma.

Irma drückte sie fest. »Kann ich sonst noch etwas für dich tun?«

Melisande wischte die Tränen fort, die ihr schon wieder über die Wangen liefen. »Hab ein Auge auf Gertrud«, bat sie. »Lass mich wissen, ob es ihr gutgeht.«

»Das werde ich.« Irma küsste sie auf die Stirn. »Ich werde auf sie achtgeben, als wäre sie mein eigenes Kind.«

***

Wendel kniete vor dem Altar, bis seine Beine taub waren. Melissas Worte hallten in seinen Ohren wider. Erinnerungen suchten ihn heim: an den Henker von Esslingen, den Kerker, die furchtbaren Schmerzen, die er an diesem Ort erlitten hatte.

Gertrud greinte leise vor sich hin. »Meine Kleine!« Er presste sie an sich, wiegte sie und sang ihr leise ein Lied vor.

Ich hörte auf der Heide
Helle Stimmen und süßen Gesang

Sofort beruhigte sie sich und patschte mit ihren Händen in sein Gesicht. Wundervolle Gertrud! Ein Stich fuhr ihm durch die Brust. Warum hatte Melissa ihm das angetan? Warum hatte sie all diese furchtbaren Dinge getan? Sie hatte nicht das Recht gehabt, ihn so zu belügen, ihm die anständige Ehefrau vorzuspielen, während sie in Wahrheit eine ganz andere war.

Sie hatte Menschen gefoltert und getötet, und sie schien es nicht einmal zu bereuen. Als sie ihm davon erzählt hatte, hatte ihre Stimme gefasst geklungen, ja beinahe stolz.

Er stöhnte auf und presste Gertrud an sich, die nun leise vor sich hinplapperte. Armes Ding! Was sollte er ihr erzählen, wenn sie ihn nach ihrer Mutter fragte? Am liebsten wäre er aufgesprungen und losgerannt, nach Hause gestürmt, um Melissa aufzuhalten, um ihr zu sagen, dass es nicht wichtig war, wer sie in der Vergangenheit gewesen war, dass nur zählte, wer sie jetzt war. Doch er vermochte es nicht. Die Erinnerungen an den Esslinger Kerker lähmten ihm die Glieder. Der Gestank, die Angst, der Schmerz. Wie konnte er das Bett mit dem Menschen teilen, der ihm so viel Leid zugefügt hatte?

Wieder begann Gertrud, leise zu wimmern, und ihm wurde klar, dass sie hungrig sein musste. Schwerfällig erhob er sich. Seine Beine waren gefühllos und kalt, er konnte kaum gerade stehen. Vorsichtig machte ein paar Schritte und trat dann vor die Kapelle. Er musste sich zusammenreißen, konnte sich nicht einfach in ein Loch verkriechen, auch wenn er es nur zu gern getan hätte. Schließlich trug er Verantwortung – für Gertrud, für seine Mägde und Knechte, für das Geschäft. Er musste durchhalten, stark sein. Er würde nach Hause zurückkehren und sein Leben selbst in die Hand nehmen. Vielleicht war Melissa ja noch nicht fort. Vielleicht war es noch nicht zu spät.

Er stockte. Was war er doch für ein Tor! Er hatte Melissa damit gedroht, die Büttel zu rufen. Sie wäre lebensmüde, wenn sie unter diesen Umständen nicht unverzüglich das Weite gesucht hätte. Aber vielleicht hatte sie ihm eine Nachricht hinterlassen, ihm geschrieben, wohin sie gegangen war. Er lief schneller und rannte los, als er sein Haus erblickte.

Atemlos stieß er die Tür auf, Melissas Namen auf den Lippen, doch es war seine Mutter, die ihm entgegentrat. Tiefe Falten zeichneten sich auf ihrer Stirn ab. »Wo wart ihr denn?«, rief sie. »Wir haben uns schon Sorgen gemacht. Ich habe Antonius losgeschickt, euch zu suchen.« Sie stutzte. »Wo ist Melissa?«

»Fort«, erwiderte Wendel tonlos. Er trat ein und schloss die Tür. »Selmtraud!«

Schritte polterten die Treppe hinunter. »Ich bin hier, Herr. Ist Gertrud wohlauf?«

Wendel küsste seine Tochter und überreichte sie der Magd. Wie gut, dass sie noch so klein war und nichts mitbekam. »Bring sie nach oben, kümmere dich um sie. Ich glaube, sie hat Hunger. Gib ihr etwas Brei, und dann leg sie in die Wiege. Wenn das erledigt ist, komm herunter. Deine Herrin ist nicht da, und es gibt viel zu tun.«

Selmtraud senkte leicht den Kopf; es schien, als wollte sie etwas fragen, aber sie drehte sich um und eilte die Treppe wieder hinauf.

Als sie fort war, schaute Wendel sich um. Von dem Henkersgewand fehlte jede Spur. »Sind alle zurück und wieder bei der Arbeit?«, fragte er seine Mutter.

Katherina nickte. »Ja. Walburg und Berbelin sind im Kräutergarten, die Knechte im Weinkeller, du wolltest doch, dass sie ein neues Gestell für die Fässer bauen. Sie sind mit einem Haufen Bauholz und Werkzeug nach unten verschwunden.« Sie trat näher, sah ihm in die Augen. »Wo ist Melissa?«

»Fort. Das sagte ich doch bereits.« Wendel biss sich auf die Lippe. Was sollte er seiner Mutter sagen? Wie konnte er ihr erklären, was er selbst nicht begriff?

Katherina wollte etwas erwidern, doch in dem Augenblick öffnete sich die Tür, und Antonius trat ein. »Ah, da seid Ihr ja,

Herr«, murmelte er. In seinen Augen lag Argwohn. »Eure Mutter hat sich um Euch gesorgt.«

»Zu Recht, fürchte ich«, sagte Katharina mit schneidender Stimme. »Wendel, willst du mir endlich verraten, was los ist?«

Wendel warf einen raschen Blick zu Antonius. Der begriff und eilte zur Hintertür. »Ich schaue nach, ob in den Ställen alles in Ordnung ist«, sagte er.

»Nein!«, rief Wendel.

Antonius erstarrte und drehte sich überrascht um.

»Ich möchte, dass du es ebenfalls hörst.«

Antonius kam langsam zurück. »Wie Ihr wünscht, Herr.«

Wendel räusperte sich. »Ich habe Melissa fortgeschickt.«

Katharina schrie auf und schlug die Hand vor den Mund, Antonius nickte grimmig.

»Ich kann und will euch im Augenblick nicht mehr dazu sagen, und ich bitte euch, meinen Wunsch zu respektieren. Wenn euch jemand fragt, sagt ihr, sie besucht Verwandte. Mehr braucht niemand zu wissen.«

Katharina trat langsam auf Wendel zu. »Wenn du glaubst, dass ich mich damit zufriedengebe, täuschst du dich! Ihr habt euch gestritten. Ist es nicht so?«

Wendel ließ sich auf die Bank sinken, auf der er vorhin noch mit Melissa gesessen hatte, und vergrub sein Gesicht in den Händen. »Bitte, Mutter, ich kann jetzt nicht ...«

Katharina setzte sich ihm gegenüber. »Oh doch, mein Sohn, du musst! Du kannst unangenehme Dinge nicht aus der Welt schaffen, indem du so tust, als seien sie nicht da. Wendel Füger! Sieh mich an, und sprich mit mir! Was ist geschehen?«

Wendel nahm die Hände vom Gesicht und sah seine Mutter an. Vielleicht war es tatsächlich besser, wenn sie und Antonius die Wahrheit erfuhren. Einen Teil der Wahrheit zumindest. Nur so würden sie seine Entscheidung verstehen und ihn nicht ständig mit Fragen quälen. »Melissa ist nicht die, für die sie sich ausgegeben hat«, sagte er leise.

Antonius schnappte hörbar nach Luft.

Wendel warf ihm einen raschen Blick zu, bevor er weitersprach. »Ihr wahrer Name ist Melisande Wilhelmis. Sie stammt aus Esslingen.« Er ballte die Fäuste. »Sie hat mich von Anfang an belogen.«

Katherina hatte sich nicht gerührt. »Und das ist alles?«

»Reicht das nicht?«, gab Wendel zurück. »Sie hat mich belogen und lächerlich gemacht.« Er sprang auf. »Und jetzt habe ich zu tun. Wenn ihr mich entschuldigt.«

»Herr, wartet!« Antonius stellte sich ihm in den Weg. Wendel hätte ihn am liebsten geohrfeigt.

»Ich muss Euch etwas sagen, Herr. Etwas Wichtiges, es geht um Leben und Tod. Bitte hört mir zu!«

Wendel atmete tief ein und aus. Er bezweifelte, dass Antonius ihm irgendetwas über Melissa sagen konnte, das schlimmer war als das, was er bereits wusste. Trotzdem wollte er es nicht hören. »Ich habe keine Zeit«, erwiderte er.

»Wendel!« Seine Mutter hatte sich ebenfalls erhoben. »Du wirst dir anhören, was er zu sagen hat. Und ich möchte es ebenfalls erfahren.« Sie sah Antonius auffordernd an.

Antonius zögerte.

»Nun rede schon«, sagte Wendel mit einem Schulterzucken. »Heute kann mich nichts mehr erschüttern.«

»Ihr müsst wissen, dass Euer Vater Euch liebt und Euch nichts Böses will«, begann Antonius.

Wendel verschränkte die Arme. Er war sich ganz und gar nicht sicher, ob das so war. Auch wenn sein Vater in Bezug auf Melissa richtig gelegen hatte und er ihm im Stillen für seine Sturheit Abbitte leisten musste.

Antonius sprach weiter. »Er hat ebenfalls etwas über Melissa herausgefunden. Es ist furchtbar, aber es ist wahr: Sie kommt nicht aus Augsburg, und sie hat auch keinen Zwillingsbruder.«

»Das wissen wir bereits«, unterbrach ihn Katherina. »Wendel sagte doch, dass sie aus Esslingen stammt.« Sie runzelte die Stirn. »Ich habe den Namen Wilhelmis schon gehört, doch es will mir nicht einfallen, in welchem Zusammenhang.«

»Ich habe noch nicht alles erzählt, Herrin«, erwiderte Antonius. »Es gab einen Merten de Willms, aber der ist vor zwei Jahren ermordet worden. Der Herr hat Beweise, dass Melissa dieses grauenvolle Verbrechen verübt hat.«

Ein Hieb in die Magengrube hätte nicht schlimmer sein können. Wendel krümmte sich zusammen und hielt sich den Bauch. Katherina wollte ihm aufhelfen, aber er schlug ihre Hand zur Seite. Melissa, eine Mörderin? Nein, nicht auch das noch! Was hatte sie ihm erzählt? Sie habe dem toten Merten de Willms die Dokumente abgenommen. Er stöhnte. Nein, sie konnte keine Mörderin sein, so sehr konnte er sich nicht in ihr getäuscht haben! »Was ... was für Beweise?«, stammelte er.

»Ich ...« Antonius stockte. »Vielleicht solltet Ihr mit Eurem Vater sprechen, er kann es besser erklären.«

Wendel starrte ihn an. »Er ist weit weg.«

Antonius senkte den Kopf. »Nein. Er ist ganz in der Nähe.«

Katherina trat vor und packte ihn am Umhang. »Was erzählst du da, Bursche? Und warum weiß ich davon nichts? Sind denn alle verrückt geworden?«

Antonius schoss die Röte ins Gesicht. Er senkte den Kopf. »Herrin, verzeiht ...«

»Ich verzeihe gar nichts, du Schandfleck! Wo ist mein

Gemahl? Und wage es nicht, mich noch einmal anzulügen, sonst lasse ich dich in den Turm werfen.«

»Er lagert nur eine Reitstunde von hier in Richtung Süden«, sagte Antonius kleinlaut.

»Hol ihn her, sofort!« Katherinas Stimme duldete keinen Widerspruch.

Antonius wagte es dennoch, den Kopf zu heben. »Herrin, ich ...«

»Auf der Stelle!« Katherinas Stimme peitschte durch die Luft.

»Ja, Herrin!« Nach einer raschen Verbeugung rannte Antonius aus der Hintertür, um sein Pferd zu satteln. Schon bald war eiliger Hufschlag zu hören, der schnell verklang.

Katherina rieb sich mit beiden Händen die Augen. Wendel trat zu ihr und nahm sie in den Arm. »Was habe ich nur angerichtet«, flüsterte er.

»Gar nichts, mein Sohn, du hast gar nichts angerichtet.« Sie strich ihm über das Haar. »Ich glaube nicht, dass Melissa eine Mörderin ist, egal, welche Beweise dein Vater zu haben glaubt. Sie ist eine anständige, gottesfürchtige Frau. Bestimmt hatte sie einen guten Grund, dir ihre Vergangenheit zu verschweigen.« Sie stockte, schlug sich vor die Stirn. »Jetzt weiß ich es wieder. Wilhelmis! Natürlich habe ich diesen Namen schon gehört. Das war die Familie, die vor einigen Jahren von einem Raubritter gemeuchelt wurde. Niemand überlebte. Eine grauenvolle Tragödie. Eine ganze Familie, einfach ausgelöscht.«

»Nicht ganz«, widersprach Wendel. »Melisande hat offenbar überlebt. Und es war auch kein Raubritter, es war Ottmar de Bruce.« Er nahm seine Mutter bei der Hand. »Komm, setzen wir uns. Ich werde dir sagen, was sie mir erzählt hat.«

Als er geendet hatte, starrte Katherina ihn fassungslos an.

Schließlich schloss sie kurz die Augen. »Das arme Kind«, murmelte sie schließlich. »Wie muss sie gelitten haben. Wie muss sie jetzt leiden.«

Katherinas Worte fuhren Wendel in den Bauch wie ein Messer. So hatte er das noch gar nicht gesehen! Er hatte die ganze Zeit nur an sich und sein eigenes Leid gedacht, nicht daran, wie es Melissa ergangen sein musste. Beschämt senkte er den Kopf.

»Sohn!« Katherina fasste ihn am Kinn, zwang ihn, ihr in die Augen zu blicken. »Das ist eine ernste Angelegenheit, und ich verstehe, dass du vollkommen erschüttert bist. Wir werden eine Lösung finden, aber als Erstes müssen wir klären, ob dein Vater wirklich Beweise gegen deine Gemahlin hat. Und bis dahin dürfen wir niemandem etwas erzählen. Das ist dir doch wohl klar?«

Wendel schluckte hart und nickte.

Katherina nahm seinen Kopf in ihre Hände. »Willst du sie denn wiederhaben, Wendel?«

»Ich...« Wendel stockte. Genau das wusste er nicht. Eine Stimme in ihm schrie nach ihr wie ein Ertrinkender nach dem rettenden Ufer. Eine andere Stimme flüsterte immer wieder, dass sie eine Betrügerin war und er ihr nie wieder vertrauen konnte.

»Du weißt es nicht. Alles geht durcheinander, nicht wahr?« Katherina musste an seinem Mienenspiel abgelesen haben, was in ihm vorging. »Wir müssen nichts überstürzen. Lass uns hören, was dein Vater zu sagen hat, dann treffen wir unsere Entscheidungen.« Katherina stand auf. »Und jetzt brauche ich etwas zu trinken.«

Während sie einen Krug holte und für sich und Wendel Wein einschenkte, fiel ihm ein, dass er eines in dem ganzen Wirrwarr völlig vergessen hatte: Es musste noch jemanden geben, der die Wahrheit kannte, denjenigen, der ihnen das Henkersgewand geschickt hatte. Und wer immer es war – er war ihnen bestimmt nicht wohlgesinnt.

* * *

Schon nach wenigen Meilen wurde der Schmerz beinahe unerträglich. Melisande vermisste Gertrud, und je weiter der Wagenzug sie von Rottweil wegführte, desto schlimmer wurde es. Sie vermisste auch Wendel. Sein Lachen, seine Unbekümmertheit, seine Lebensfreude, die sie immer wieder daran erinnert hatte, wie glücklich sie sich schätzen konnte. Nichts war von ihrem Glück geblieben. Wie der Fronhof bei Hülben war alles zu Asche verbrannt.

Sie hatte sich vor dem Flöttlinstor einem zufällig vorbeireisenden Händlerzug angeschlossen, der über Oberndorf und Sulz nach Straßburg unterwegs war. Der Zugführer hatte erst gezögert, da eine mitreisende Frau im Ernstfall eher eine zusätzliche Last als eine Hilfe bei der Verteidigung gegen Straßenräuber war, doch für ein paar Pfennige hatte er ihr schließlich doch gestattet, auf einem der Wagen bis Sulz mitzureisen.

Nun saß sie auf dem ruckelnden Gefährt und versuchte zu begreifen, was eigentlich geschehen war. Von einem Augenblick zum anderen lag ihr ganzes Leben in Scherben, und irgendwo da draußen lauerte ein Feind, dessen Gesicht sie nicht kannte. Je mehr sie darüber nachdachte, desto sicherer war sie, dass Antonius an den Geschehnissen beteiligt war. Nur er konnte das Versteck kennen und wissen, wer die Sachen dort vergraben hatte. Doch er war zweifellos nicht gewitzt genug, einen solchen Plan allein zu ersinnen und auszuführen. Antonius war lediglich der Handlanger, ihr wahrer

Gegner war jemand anderes. Welcher Mann würde auf solch eine Weise vorgehen? Erhard Füger? Eberhard von Säckingen? Irgendjemand aus Esslingen, der die Wahrheit über sie wusste und noch ein Hühnchen mit dem stummen Melchior zu rupfen hatte? Sie hatte eine Menge Feinde, aber keinem traute sie eine solch perfide List zu. Was geschehen war, trug die Handschrift einer Frau. Doch welche Frau sollte sie so sehr hassen?

Melisande seufzte. Da sie Rottweil hatte verlassen müssen, war sie nun nicht einmal mehr in der Lage, Antonius auf den Zahn zu fühlen. Obwohl er seit seinem Geständnis vor drei Tagen wie ausgewechselt gewesen war, hatte sie das Gefühl gehabt, dass er sie beobachtete. Inzwischen war ihr klar, dass seine Freundlichkeit lediglich ein Befehl seines Auftraggebers gewesen sein musste. Bestimmt führten ihn seine ständigen Ausritte zum Unterschlupf seines Herrn. Warum hatte sie nicht früher daran gedacht, ihn beschatten zu lassen? Jetzt war es dafür zu spät. Immerhin konnte sie bei Antonius sicher sein, dass Wendel und Gertrud nichts geschehen würde, denn Antonius vergötterte seinen jungen Herrn nach wie vor und würde sicherlich alles tun, um ihn zu schützen. Und sich selbst würde sie zu verteidigen wissen.

Der Wagen ruckelte. Melisande schwankte und stieß sich den Kopf. Wie damals... Auch an jenem Tag hatte der Wagen geruckelt, bis er plötzlich stehen geblieben war. Dann hatte ein Pfeilregen eingesetzt, die Schwertkämpfer waren aus dem Unterholz hervorgebrochen und hatten alle niedergemetzelt. Die Schreie. All das Blut... Niemand außer ihr selbst war mit dem Leben davongekommen. Nicht einmal das Kind, das ihre Mutter unter dem Herzen getragen hatte – de Bruce hatte es ihr aus dem Leib geschnitten und wie alle anderen ermordet.

Unwillkürlich legte Melisande ihre Hände auf den Bauch. Mehr als sieben Jahre waren vergangen, und nun war sie es, die schwanger auf einem Wagen saß und einem ungewissen Schicksal entgegenreiste. Vielleicht wäre es besser gewesen, wenn sie damals nicht überlebt hätte. Nein! So durfte sie nicht denken. Sie hatte Gertrud und Wendel – und ihren kleinen Jungen, den sie unter dem Herzen trug. Ihre Familie. Sie würde nicht aufgeben. Wer auch immer ihr Gegner war – sie würde ihn stellen und besiegen. Und dann würde sie dafür beten, dass Wendel ihr verzieh und sie einen neuen Anfang wagen konnten.

Es dämmerte bereits, als der Zug am Stadttor von Sulz zum Stillstand kam. Während die Kaufleute den Zoll entrichteten, machte Melisande sich zu Fuß auf den Weg zur Herberge. Das Gasthaus »Zum Lamm« hatte einer ihrer Weinlieferanten kürzlich als saubere, gut geführte Unterkunft erwähnt. Melisande hoffte, dass auf seine Empfehlung Verlass war. Sie fragte eine Magd, die ihr mit einem Korb Wäsche entgegenkam, nach dem Weg und stand schon bald in der Gaststube. Wie zuvor dem Zugführer stellte sie sich auch dem Wirt als Maria von Felsenbrunn vor, die auf ihren Gatten warten wollte, der mit einem Handelszug aus dem Norden hierher unterwegs sei. Sie sei ihm entgegengereist, um ihn zu empfangen. »Habt Ihr vielleicht eine einfache Kammer, die Ihr mir vermieten könnt?«

»Eine Kammer?« Der Wirt verdrehte die Augen. »Das hier ist kein Palast, sondern eine gewöhnliche Herberge. Ihr könnt in der Wirtsstube schlafen, wie die anderen Gäste auch.«

Melisande sah ihn mit großen Augen an. »Zwischen all den ungehobelten Kerlen? Wie könnte ich das, so ganz ohne Begleitung? Bitte, denkt noch einmal nach, ob Ihr nicht doch ein anderes Plätzchen für mich habt. Ich zahle auch gut dafür.« Sie zog ihren Beutel hervor.

Der Wirt kratzte sich am Kopf. »Meinetwegen könnt Ihr die Kammer der Köchin haben, sie soll solange zu den Mägden auf den Dachboden ziehen.« Er rief die Köchin herbei, die das Gesicht verzog, als der Wirt ihr sagte, worum es ging, und murrend ihre wenigen Habseligkeiten aus der Kammer holte.

Melisande drückte ihr zwei Heller in die schwielige Hand, damit sie ihr nicht allzu sehr zürnte. Als sie endlich allein in der engen, nach fauligem Stroh stinkenden Kammer war, stellte sie sich ans Fenster und blickte hinaus. Auf der Gasse unter ihr herrschte buntes Durcheinander. Der Zug war inzwischen vorgefahren, Pferde mussten ausgespannt und versorgt werden, Reisende verköstigt. Die Kaufleute würden gemeinsam in der großen Schankstube schlafen und am nächsten Morgen in aller Frühe weiterziehen. Melisande legte ihre Wange an das raue Holz des Fensterrahmens. Das Heimweh brannte ihr in der Brust. Erst wollte sie die Tränen hinunterschlucken, doch dann ließ sie sie laufen. Ihre Trauer war alles, was ihr geblieben war.

※ ※ ※

Gerade verklang der letzte Schlag der Glocke, die zur Vesper rief, als es klopfte.

»Herein!« Wendel sprang auf. Endlich! Den ganzen Nachmittag lang hatte er mit seiner Mutter am Tisch gesessen und darauf gewartet, dass Antonius zurückkehrte. Nur kurz war er aufgestanden, um nachzusehen, ob die Arbeit im Weinkeller reibungslos verlief.

»Herr!« Langsam schwang die Tür auf, Antonius kam herein, trat zu Seite, verbeugte sich leicht. Hinter ihm tauchte Erhard Füger auf. Wendel versteifte sich. Sein Vater hatte sich verändert in den zwei Jahren, in denen er ihn nicht gesehen hatte. Er war merklich älter geworden, sehniger und abgehärmter. Und er war nicht allein gekommen; Meister Oswald, der Waffenmeister, bei dem Wendel den Schwertkampf gelernt hatte, stand hinter ihm. Er blieb vor der Schwelle stehen und nickte wortlos zu Wendel hinüber.

»Meister Oswald hält draußen Wache«, sagte Erhard und schloss die Tür.

Schweigend musterte Wendel seinen Vater. Er hatte gehofft, sich zu freuen, wenn dieser ihn endlich in seinem Haus aufsuchte, aber er spürte nichts als Zorn.

Erhard blieb unschlüssig stehen. »Willst du deinen Vater nicht willkommen heißen?«

Wendel rührte sich nicht. »Bevor ich dich willkommen heiße, hast du mir einiges zu erklären. Ich erwarte, dass du mir nichts verschweigst.«

Erhard öffnete den Mund und schloss ihn wieder. Er strich mit den Handflächen über den Stoff seines Surcots, als wollte er sie trocken reiben. Schwitzte er, oder wusste er nicht, wohin mit ihnen, während er sich eine überzeugende Geschichte zurechtlegte?

»Also gut, dann lassen wir das Vorgeplänkel.« Erhard Füger holte tief Luft. »Es ist furchtbar, aber es ist wahr: Melissa ist eine Mörderin.« Er wartete kurz, doch niemand sprach, also fuhr er fort: »Oder zumindest hat sie mit einem Mörder gemeinsame Sache gemacht. Sie und ihr Zwillingsbruder haben Merten de Willms umgebracht und sich seiner Habe bemächtigt. Dann hat der Bursche sich als Merten de Willms ausgegeben, um sich bei uns einzuschleichen. Vermutlich sollte er den Weg für seine Schwester ebnen. Das ist ihm auch vorzüglich gelungen. Die beiden werden dich töten, Wendel, um an dein Erbe zu kommen.«

Bevor Wendel etwas sagen konnte, zischte seine Mutter ihren Mann an. »Und wo sind die Beweise für diese grässlichen Anschuldigungen?«

»Ich war in Augsburg. Die de Willms sind allesamt groß und dunkelhaarig. Und sie haben –«, er zögerte, »sie hatten ausschließlich Söhne. Es gibt keine Melissa de Willms.« Er rieb sich die Handgelenke. »Merten de Willms wurde bei einem Überfall auf einen Handelszug in der Nähe von Urach von Raubrittern ermordet. Die falsche Melissa und ihr Bruder müssen Mitglieder dieser Bande sein.« Er sah Wendel eindringlich an. »Du schwebst in großer Gefahr, mein Sohn. Begreifst du denn nicht? Sie hat dich verhext!«

Wendel rauschte der Schädel. Zu viele verschiedene Geschichten hatte er heute schon gehört. Nichts passte zusammen. Oder doch? Melissa hatte immerhin zugegeben, Merten de Willms' Dokumente an sich genommen zu haben, sie hatte ebenfalls von einem Überfall gesprochen, jedoch nicht von Mord. Was hatte sie noch gesagt? Sie war es gewesen, die sich als Merten ausgegeben hatte. Es gab keinen Zwillingsbruder, es gab nur sie. Konnte das sein? Der Schreiber Merten war Melissa gewesen? Er dachte an die seltsam raue Stimme des Schreibers, an die zarten Hände, die schlanke Gestalt. Nein, was das betraf, hatte Melissa sicherlich nicht gelogen.

Er wandte sich an seinen Vater. »Ist das alles, was du gegen sie in der Hand hast? Das sind doch nur Mutmaßungen. Gibt es Zeugen? Gibt es eine Untersuchung der Stadt Urach zum Tod von Merten de Willms?«

»Reicht dir das denn nicht, mein Junge?« Erhard Fügers Stimme klang flehentlich. »Sie hat dich belogen. Sie hat den Familiennamen eines Ermordeten angenommen. Wofür brauchst du weitere Beweise?«

»Was, wenn Melissa Merten de Willms' Habseligkeiten an sich genommen hat, als er schon tot war?«

Erhards Augen verengten sich. »Hat sie das behauptet?« Er schien einen Moment zu schwanken. »Dann hat sie dir Lügen erzählt. Sohn! Siehst du denn nicht, was für eine hinterhältige Schlange sie ist? Dein Urteilsvermögen ist getrübt, weil du ihr verfallen bist.«

Wendel spürte plötzlich eine tiefe Ruhe in sich. »Nein, Vater. Dein Urteilsvermögen ist getrübt, weil du glaubst, du könntest mich zurückzugewinnen, indem du sie beschuldigst, indem du ihr unterstellst, die Familie auseinandergerissen zu haben. Aber so war es nicht. Ich habe die Verlobung mit Engellin aus eigenem Antrieb gelöst. Weder Merten noch Melissa haben mich dazu überredet. Sie waren nicht einmal in Reutlingen, als ich es tat. Wenn du also jemanden hassen solltest, dann mich. Melissa hat mit unserer angeblichen Familienschande nichts zu tun.«

Er brach ab, und eine Weile sprach niemand.

»Wendel«, sagte Erhard schließlich. »Ich hasse diese Frau nicht, aber sie hat deinen Verstand getrübt und den aller anderen hier ebenfalls.«

Katherina schnaubte empört. »Das ist ja wohl...«

Auch Wendel konnte es nicht fassen. Wie stur war sein Vater? Wie blind? Hatte er ihm überhaupt zugehört? »Mein Verstand ist klar wie ein Bach im Frühling«, sagte er gelassen. »Deshalb sehe ich, was du nicht siehst: Der einzige Mensch, der dir deinen Sohn weggenommen hat, bist du selbst, Vater.«

Erhard knetete seine Hände, Tränen schimmerten in seinen Augenwinkeln. »Ich möchte dich doch nur beschützen, mein Sohn. Ich habe Angst um dich. Diese... diese Frau hat ein dunkles Geheimnis, und sie ist nicht die, für die sie sich ausgibt. Du kennst ja nicht einmal ihren richtigen Namen.«

»Du irrst dich. Ich kenne ihren Namen«, widersprach Wendel. »Sie heißt Melisande Wilhelmis und stammt aus Esslingen.«

Erhard Fügers Kinnlade klappte herunter. Dann kniff er die Augen zusammen. »Wilhelmis, soso. Das ist in der Tat ein brillanter Schachzug von ihr.«

Katherina trat zu ihrem Mann. »Kennst du nicht den Namen Wilhelmis? Erinnerst du dich nicht, was ihrer Familie widerfahren ist?«

»Doch, ich erinnere mich gut«, erwiderte Erhard und lachte bitter auf. »Das ist es ja, was ich so brillant finde: Sie behauptet, jemand zu sein, den niemand kennen kann. Niemand wird widerlegen können, dass sie Melisande Wilhelmis ist. Die ganze Familie ist tot, der Überfall liegt viele Jahre zurück. Kein Mensch wird behaupten können, dass sie es mit Sicherheit nicht ist. Was für ein ausgefuchstes Weib!«

Wendel verschlug es für einen Augenblick den Atem. »Gut, Vater«, sagte er dann. »Ich sehe, dass wir uns in dieser Angelegenheit nicht einigen können. Ich glaube nicht, dass Melissa eine Mörderin ist. Doch ich bin auch kein dummer Bauerntölpel oder geiler Junker, der sich von irgendeinem Weiberrock den Verstand stehlen lässt. Ich möchte die Wahrheit erfahren. Gleichgültig, wie schrecklich sie ist. Ich habe lange genug weggeschaut.«

Er machte eine Pause und blickte zu Antonius, der bekümmert in der Ecke stand. Ihm war er nicht wirklich gram. Der arme Kerl wurde zwischen den Felsbrocken seiner verschiedenen Loyalitäten zerrieben, weil er versuchte, drei Herren gleichzeitig zu dienen. Und Wendel würde nie vergessen, dass Antonius bereit war, sein Leben zu geben, um ihn zu beschützen. »Antonius wird dich ja davon unterrichtet haben, dass ich Melissa weggeschickt habe«, fuhr er fort. »Sollte sie in einen Mord verwickelt sein, und du bringst mir Beweise dafür, die jeder Prüfung standhalten, dann wird sie nie wieder einen Schritt über die Schwelle dieses Hauses setzen, und die Gerechtigkeit soll ihren Lauf nehmen, so schmerzhaft das für mich wäre. Solltest du jedoch keinen Beweis für ihre Schuld finden, dann werde ich sie suchen und heimholen, und dann möchte ich aus deinem Mund nie wieder ein schlechtes Wort über sie hören, Vater, ansonsten sind wir geschiedene Leute.«

Wendel verstummte. Bis eben hatte er selbst noch nicht gewusst, was er tun wollte. Doch er spürte, dass er sich richtig entschieden hatte. Seine Mutter hatte Recht: Melissa hatte Schreckliches durchgemacht, und an dem, was aus ihr geworden war, trug nicht sie die Schuld, sondern Ottmar de Bruce. Wenn sie zurückkam, würde er ihr vergeben, mehr noch, er würde sie um Verzeihung bitten, weil er ihre Liebe verraten hatte. Sie mochte der Henker gewesen sein, der ihn gefoltert hatte. Aber sie hatte ihn auch unter Lebensgefahr aus dem Kerker befreit, weil sie es nicht hatte ertragen können, einen Unschuldigen leiden zu sehen. Was konnte edler, was konnte gottesfürchtiger sein? Er sah seinen Vater an. »Einverstanden?«

Erhard Füger schluckte. Langsam nickte er. »Einverstanden, mein Sohn.« Er wandte sich zu seiner Frau. »Weib, willst du deinem Sohn weiter zur Seite stehen?«

Wendel sah ihn erstaunt an. Er hatte seinen Vater unterschätzt. Indem er Katherina die Wahl überließ, ob sie in Rottweil bleiben wollte oder nicht, vermied er einen Machtkampf, den er nicht gewinnen konnte.

Katherina nickte kurz.

»Ein letztes Wort noch, bevor ich gehe, Wendel.«

»Nur zu, Vater, du kannst sagen, was du möchtest.«

»Bitte lass Antonius bei euch bleiben. Ich verspreche dir, dass er nicht ...«

»... dass er uns nicht weiter ausspionieren wird? Meinst du das?« Er wandte sich zu Antonius, der mit hochrotem Kopf dastand. »Antonius! Schwörst du bei deiner Seele, dass du meinem Befehl, und zwar meinem Befehl allein gehorchen und nichts tun wirst, was diesem Haushalt und den Menschen, die hier leben, schadet? Schwörst du mir und meiner Familie unverbrüchliche Treue bis in den Tod?«

Antonius brach der Schweiß aus. »Ich ...«

Erhard erlöste den Diener von seinen Gewissensnöten. »Schwör es. Es ist recht so. Ich entbinde dich deiner Eide mir gegenüber.«

Antonius hob die Hand. Seine Worte waren kaum zu verstehen. »Ich schwöre es, bei meiner Seele.«

***

Konrad Sempach sah sich um. Alles war zu seiner Zufriedenheit hergerichtet. Die Werkzeuge lagen bereit, ein Krug Wein stand auf der Truhe, und das Mädchen hockte auf dem Bett und sah ihn mit großen Augen an. So jung war noch keines gewesen, ein richtiges Kind war es, süß und unschuldig.

Sempach lief das Wasser im Mund zusammen. Doch er musste sich beherrschen. Diese ganz besondere Frucht wartete auf einen Kunden, der einen nicht unerheblichen Betrag dafür gezahlt hatte, dass man sie hier für ihn bereithielt. Nicht, dass er als Abkömmling einer der vornehmsten Familien von Esslingen auf das Geld angewiesen wäre. Er war mehr als wohlhabend und konnte sich jeden nur erdenklichen Luxus leisten. Doch das Heranschaffen der Ware war kostspielig: Lohn für die Handlanger, Unterbringung und Verpflegung der Mädchen und nicht zuletzt Schweigegelder mussten aufgebracht werden. Zudem hatte Sempach ein neues Versteck ausfindig machen und unauffällig herrichten müssen. Das war ihm in der Tat meisterhaft gelungen. Hier würde sie so schnell keiner aufstöbern.

Die Kleine weinte leise. Tränen liefen ihr über das schmutzige Kindergesicht, ihre schmalen Schultern zuckten. Sempach betrachtete sie. Er hätte sie gern gelehrt, was ein richtiger Grund zum Weinen war, wie sich echte Schmerzen anfühlten. Einen Moment lang genoss er die Vorstellung, es einfach zu tun. Allein der Gedanke an eine solche Wonne ließ das Blut in seinem Unterleib pulsieren. Es gab durchaus Methoden, die keine Spuren hinterließen.

Sempach steckte sich die Hand in den Mund und biss darauf, um sich zur Ordnung zu rufen. Er durfte nicht wagen, diesen speziellen Kunden zu hintergehen. Er würde dabei ohne Frage den Kürzeren ziehen. Nun denn ... Er machte dem Knecht, der die ganze Zeit wartend in der Ecke gestanden hatte, ein Zeichen. »Los, gib ihr etwas Wasser. Und dann fessle sie, und hol den Kunden am vereinbarten Treffpunkt ab.«

※ ※ ※

Auf Erhard Fügers Zeichen zogen seine Männer an den Zügeln und hielten die Pferde an.

»Möchtet Ihr eine Rast einlegen, Herr?«, fragte Meister Oswald.

Unwillig schüttelte Erhard den Kopf. Das alles schmeckte ihm ganz und gar nicht. Das war nicht der Plan gewesen, nicht das, was er vorgehabt hatte. Er hatte mit seinem Sohn einen Burgfrieden geschlossen. Aber um welchen Preis? Gestern war er vor lauter Freude über die Aussöhnung Hals über Kopf aufgebrochen. Doch mit einem Mal gefiel es ihm gar nicht mehr, dass er in der Gegend herumreiten und Beweise suchen sollte, die es vielleicht gar nicht gab, während die rothaarige Hexe weiterhin ungehindert ihr Unwesen treiben konnte. Wendel hatte sie zwar fortgeschickt, doch sie war bestimmt in der Nähe geblieben. Schließlich hatte sie noch nicht bekommen, worauf sie aus war. Und Wendel würde sie sicherlich mit offenen Armen zurücknehmen, wenn sie ihm nur eine weitere tränenschwere Lügenmär auftischte. Offensichtlich beherrschte sie die Kunst, jeden mit ihrer Zunge zu verhexen. Selbst Katherina, seine kluge und sonst so vernünftige Gemahlin, war auf das Geschwätz hereingefallen. Melisande Wilhelmis! So ein Unsinn! Jeder wusste, dass niemand aus der Familie Wilhelmis das Gemetzel damals überlebt hatte.

Erhard seufzte. Es schien, als stünde er allein da im Kampf gegen das Böse. Nicht einmal bei Antonius konnte er noch sicher sein. Er war zwar im Haus geblieben, um auf Wendel achtzugeben, doch auf welcher Seite er letztlich stand, war ungewiss. Irgendwer musste dem Teufelsweib gesteckt haben, dass sein Geheimnis in Gefahr war. Denn wer, wenn nicht sie selbst, sollte das Versteck geplündert haben? Da konnte Antonius noch so eifrig betonen, dass er nichts verraten habe, letztlich war wohl doch kein Verlass auf ihn. So war es nun einmal mit den Menschen niederer Herkunft: Sie hatten kein Ehrgefühl und würden für eine ausreichende Menge Geld sogar ihre eigene Brut an den Feind verschachern. Das größte Unglück war jedoch, dass diese Metze geflohen war.

Erhard ballte die Faust. Was das betraf, hatte Antonius leider Recht gehabt. Sie hätten sofort zuschlagen müssen, Wagen hin oder her. Dann hätten sie das Hexenweib im Wald festgehalten, bis ihr rollendes Gefängnis bereit gewesen wäre.

Jetzt war es dafür zu spät. Mit den wenigen Leuten, die er angeheuert hatte, hatte er keine Möglichkeit, sie zu finden. Dazu bedurfte es schon einer kleinen Armee von Spähern und Kundschaftern.

Er stockte. Ein Gedanke formte sich in ihm, ein guter Gedanke, der verlangte, sofort in die Tat umgesetzt zu werden. Erhard sah seine Männer an. »Wir kehren um. Auf der Stelle. Wenn wir scharf reiten, schaffen wir es vor Anbruch der Dunkelheit zurück nach Rottweil!«

※ ※ ※

»Sie ist in Sulz und nennt sich Maria von Felsenbrunn«, hauchte ihm Adam ins Ohr. »Sie hat eine Kammer über der Schankstube des ›Lamms‹, die sie seit ihrer Ankunft noch nicht verlassen hat. Sie spielt eine brave Gattin, die ihren Mann erwartet, der bald von einer Handelsreise zurückkehren soll.«

»Gute Arbeit.« Von Säckingen reichte Adam einen Beutel Münzen. Der griff zu, neigte dankend den Kopf. Das Geld war keine Belohnung, denn alles, was Adam tat, war seine Pflicht gegenüber seiner Herrin, Othilia von Hohenfels. Die Münzen sollten die Kosten für Übernachtung und Verpflegung decken. Und vor allem die Aufwendungen für Bestechung. »Ist Witikund in Sulz?«, fragte von Säckingen.

»Selbstverständlich, Herr, er lässt ihre Kammertür nicht aus den Augen.«

»Dann kehr du ebenfalls nach Sulz zurück, sie darf uns auf keinen Fall entwischen. Auf keinen Fall! Hast du verstanden?«

»Natürlich, Herr. Ich stehe persönlich dafür ein, dass wir sie nicht aus den Augen verlieren.« Adam schlug sich mit der Faust auf die Brust und machte sich auf den Weg.

Von Säckingen fuhr sich mit beiden Händen durch das Haar. Hoffentlich waren Adam und Witikund die richtigen Männer für diese heikle Aufgabe. Sollte Melisande bemerken, dass sie verfolgt wurde, würde sie untertauchen. Dass sie diese Kunst perfekt beherrschte, wusste er inzwischen. Und wenn die Beute entwischte, würde Othilias Zorn grenzenlos sein. Es war zum Verzweifeln. Er hatte Mechthild endlich gefunden und konnte doch nicht mit ihr tun, was er wollte. Heute Nacht musste er etwas erledigen, das ihm keiner seiner Männer abnehmen konnte und das zugleich sein Gewissen schwer belastete. Das blaue Kleid zu hinterlegen und das Henkergewand abzuliefern, das war ein Spaß gewesen, ein Abenteuer. Aber nachts in ein Haus eindringen und dem Hausherrn die ...

Er verscheuchte den Gedanken. Othilias Befehl duldete keinen Widerspruch. Außerdem hatte er schon Schlimmeres getan. Viel Schlimmeres. Und es traf keinen Unschuldigen. Wendel Füger hatte den Grafen de Bruce beleidigt und war damit davongekommen. Und er hatte ihm selbst Mechthild vor der Nase weggeschnappt. Aus irgendeinem Grund fiel dieser jämmerliche Weinkrämer immer auf die Füße. Was für eine üble Laune des Schicksals! Da half nur eins: Er musste das Schicksal korrigieren.

※ ※ ※

Erhard und seine Männer passierten das Untere Auentor, kurz bevor es geschlossen wurde, und ritten ohne Verzögerung auf das Rathaus zu. Ein einsamer Reiter sprengte ihnen entgegen; er hatte es offenbar genauso eilig, die Stadt zu verlassen, wie sie es eilig hatten, die schützenden Mauern noch vor Einbruch der Nacht zu erreichen.

Ein mulmiges Gefühl beschlich Erhard, als er absaß. Hoffentlich war noch jemand da, dem er sein Anliegen vortragen konnte, und hoffentlich sah Wendel ihn nicht. Er schaute sich verstohlen um. Das Rathaus lag an der breiten Hauptstraße, an der auch sein Sohn wohnte. Ein Blick auf die andere Straßenseite verriet ihm, dass die Lampen bereits entzündet, die Läden jedoch noch nicht geschlossen waren. Erhard seufzte. Sein Sohn war so nah und doch unerreichbar für ihn. Und was er im Begriff war zu tun, würde kaum dazu beitragen, Wendel wieder auf seine Seite zu ziehen. Doch es musste getan werden. Eines Tages würde Wendel es einsehen und ihm dankbar sein.

Erhard eilte die Stufen hinauf und wandte sich an eine der Wachen. »Ich muss einen Ratsherrn sprechen«, sagte er. »Sofort. Es ist überaus wichtig, denn ich habe einen Mord anzuzeigen, den eine Rottweiler Bürgerin begangen hat.«

Die Wache riss die Augen auf und rannte los.

Nur wenige Augenblicke später stand ein in edle Tuche gekleideter Mann mit grauen Schläfen und buschigen Augenbrauen vor ihm, der seinen Namen wissen wollte und sich selbst dann als Ratsherr Thomas von Kastelruth vorstellte. »Ihr habt Kenntnis von einem Verbrechen? Bitte sagt mir, wo es sich zugetragen hat. Ich werde sofort die Büttel hinschicken.«

Erhard schluckte verlegen. »Da handelt es sich um ein Missverständnis, geschätzter Ratsherr von Kastelruth«, sagte er rasch. »Das Verbrechen, von dem ich spreche, wurde vor mehr als zwei Jahren begangen.«

Thomas von Kastelruth kniff die Augenbrauen zusammen. Es war ihm anzusehen, dass er glaubte, einem Wichtigtuer gegenüberzustehen.

Erhard Füger straffte die Schultern. »Was ich zu sagen

habe, ist dennoch von äußerster Wichtigkeit, glaubt mir. Die Person, von der ich spreche, ist hochgefährlich und bereit, weitere Verbrechen zu begehen.«

»Nun gut«, sagte von Kastelruth. »Folgt mir. Aber fasst Euch kurz, mein Weib wartet mit dem Abendessen. Ihr könnt von Glück reden, dass Ihr mich noch angetroffen habt.« Er führte Erhard in eine Schreibstube, nahm hinter einem großen, unter einem Berg von Pergamentrollen ächzenden Eichentisch Platz und deutete auf den einfachen Schemel, der vor dem Tisch stand. »Setzt Euch, Meister Füger.« Er lehnte sich zurück. »Und bevor Ihr sprecht, hört meine Ermahnung: Der Rat von Rottweil wird niemanden leichtfertig vor Gericht stellen, nur weil ein Fremder ihn eines Vergehens beschuldigt. Wenn Ihr Euch nicht sicher seid, dass Eure Anschuldigungen wahr sind, so könnt Ihr jetzt aufstehen und als ehrenwerter Mann das Rathaus verlassen.«

Erhard zögerte keinen Augenblick. »Ich bin mir absolut sicher.«

»Dann lasst hören. Eine unserer Bürgersfrauen soll einen Mord begangen haben, sagt Ihr. Um welche Frau handelt es sich?«

»Melissa Füger«, stieß Erhard hervor. Er spürte, wie sein Puls sich beschleunigte.

Von Kastelruth beugte sich vor. »Ist das nicht die Gemahlin Eures Sohnes?«

»Bedauerlicherweise ja.«

»Und was genau werft Ihr Melissa Füger vor?« Der Ratsherr lehnt sich wieder zurück.

»Zuallererst ist sie eine Betrügerin! Sie ist nicht die, für die sie sich ausgibt.« Er zog das Dokument aus dem Ärmel, das ihm Herrmann de Willms in Augsburg ausgestellt hatte, und reichte es von Kastelruth.

Der überflog es und legte dann die Stirn in Falten. »Nun, das ist in der Tat bemerkenswert«, sagte er vollkommen ruhig, was Erhards Puls weiter hochjagte. War dieser Mensch denn durch nichts zu beeindrucken?

»Das ist noch nicht alles, ehrenwerter Thomas von Kastelruth«, fuhr Erhard mit mühsam unterdrücktem Ärger fort. »Es gibt nicht nur keine Melissa de Willms, es gibt zudem einen falschen Merten de Willms, dessen Schwester zu sein sie vorgibt. Vor zwei Jahren trat ein Mann dieses Namens in meine Dienste. Ich brauchte gerade einen Schreiber, und er hatte hervorragende Referenzen. Doch dieser angebliche Merten de Willms hatte feuerrote Haare, während der Sohn des Herrmann de Willms, wie ich in Augsburg erfuhr, dunkelhaarig war. Der echte Merten de Willms starb, so heißt es, bei einem Überfall. Ich bin mir jedoch sicher, dass er von diesem verbrecherischen Geschwisterpaar ermordet wurde. Wie sonst sollte der falsche Merten an seine Dokumente gekommen sein?«

Endlich zeigte von Kastelruths Miene Betroffenheit. »Das ist ja grauenvoll!«, rief er. »Wo ist denn dieser Mord geschehen?«

»Offiziell war es ein Überfall auf einen Händlerzug bei Urach. Es wurde nie geklärt, wer dafür verantwortlich war.«

Von Kastelruth rieb sich das Kinn. »Habt Ihr mit Eurem Sohn gesprochen? Und mit Melissa? Was sagen die beiden dazu?«

Jetzt konnte Erhard einen weiteren Trumpf ausspielen. »Melissa ist verschwunden. Anscheinend hat sie den Braten gerochen.« Erhard atmete tief ein. Was er sagte, entsprach nicht ganz der Wahrheit, doch eine Lüge für einen guten Zweck würde der Herrgott ihm sicherlich verzeihen. »Und mein Sohn will von alledem nichts wissen, solange es keine Beweise gibt.«

Von Kastelruth lächelte dünn. »Die brauchen wir hier allerdings auch. Habt Ihr einen Zeugen, der Eure Geschichte bestätigen kann?«

»Ist das denn nötig?«, fragte Erhard. Es fiel ihm schwer, seine Wut im Zaum zu halten. Warum waren nur alle so blind und verbohrt? »Man muss doch nur eins und eins zusammenzählen, dann ist alles klar.«

»Ich fürchte, so einfach ist das nicht, Meister Füger. Eure Schwiegertochter ist eine unbescholtene Frau, die ebenso wie Euer Sohn hier in der Stadt hohes Ansehen genießt. Die beiden gelten als ehrlich, fleißig und gottesfürchtig.«

Erhard konnte ein verächtliches Schnauben nicht unterdrücken.

Von Kastelruth musterte ihn abschätzend. »Ihr habt keine sehr hohe Meinung von der Gemahlin Eures Sohnes.«

»Wie könnte ich?«, rief Erhard aufgebracht.

»Ihre Schuld ist nicht erwiesen«, sagte der Ratsherr ruhig. »Im Gegenteil. Alles, was ich von ihr weiß, spricht für ihre Unschuld. Dass sie einen falschen Namen angenommen hat, ist natürlich merkwürdig, aber dafür mag es viele Gründe geben. Ohnehin habt Ihr als Beweis dafür nur das Schreiben eines Ratsherrn aus Augsburg, dessen Namen ich nie zuvor gehört habe. Jedenfalls lässt sich diese Unannehmlichkeit mühelos mit einer Geldbuße aus dem Weg räumen, da bin ich ganz sicher.«

Erhard traute seinen Ohren nicht. Eine Geldbuße? Für eine Betrügerin, die Dokumente gefälscht hatte? Er öffnete den Mund, um etwas zu erwidern, doch von Kastelruth war schneller.

»Versteht mich nicht falsch, Meister Füger. Wir nehmen solche Anschuldigungen nicht auf die leichte Schulter, aber wir stellen eine völlig untadlige Frau auch nicht für Vergehen vor Gericht, die wir nur vom Hörensagen kennen. Melissa Füger ist mir wohlbekannt, Euch sehe ich heute zum ersten Mal. Und bis jetzt habe ich von Euch nichts gehört, das ausreichen würde, um gegen Eure Schwiegertochter eine Klage wegen Mordes zu führen.« Er faltete die Hände und blickte Erhard eindringlich an. »War es nicht *Euer* Sohn, der um ein Haar wegen einer falschen Anschuldigung unter dem Henkerbeil gelandet wäre?«

Erhard brach der Schweiß aus. »Aber ...«

»Ich erwarte, dass Ihr Euch zurückhaltet und nichts weiter in der Angelegenheit unternehmt«, sagte von Kastelruth scharf. »Sonst seid Ihr es am Ende, der vom Henker peinlich verhört wird. Der Rat der Stadt Rottweil wird Erkundigungen einziehen, über deren Ergebnisse Ihr zu gegebener Zeit unterrichtet werdet. Bis dahin haltet Ihr Euch zurück, Füger. Habe ich mich klar ausgedrückt?«

Wut und Entsetzen rangen in Erhard miteinander. Warum nur sah niemand, was er sah? Und was für einen unverschämten Ton erlaubte sich dieser lächerliche Hampelmann gegenüber einem Zunftmeister der freien Reichsstadt Reutlingen? Es kostete ihn große Mühe, von Kastelruth nicht anzubrüllen. »Wie Ihr meint«, presste er hervor.

Wenige Augenblicke später verließ er das Rathaus. Auf der Straße schlug ihm kühle Abendluft entgegen. Seine Männer hatten in der Zwischenzeit die Pferde beim Gramansbrunnen getränkt und warteten nun auf einer niedrigen Mauer sitzend auf ihn.

Erhard bedachte das Rathaus mit einem abschätzigen Blick über die Schulter, dann trat er zu seinen Leuten. »Wir suchen uns ein Nachtlager«, befahl er. »Und morgen rekrutieren wir Männer, bilden Suchmannschaften und klappern die umliegenden Städte und Dörfer ab. Diese angebliche Melissa kann nicht weit sein, wir werden sie finden und ergreifen.« Verstohlen sah er zum Haus seines Sohns hinüber. Sein Entschluss stand fest: Er hatte dem Wagner nicht umsonst ein kleines Vermögen für seine Arbeit bezahlt, er würde seine Spezialanfertigung noch brauchen. Und zwar sehr bald.

***

Die Nacht senkte sich über die Stadt, Finsternis breitete sich aus. Der Mond war nur eine schmale Sichel, die kaum Licht spendete. Von Säckingen lächelte zufrieden. Eine gute Nacht für Mörder, Diebe und andere Halunken. Der Nachtwächter machte eben seine erste Runde, sein Licht flackerte, und sein Singsang forderte alle auf, in den Häusern zu bleiben oder sich rasch nach Hause zu begeben. Es waren friedliche Zeiten, daher lief er allein und nur zu jeder vollen Stunde. Wer es darauf anlegte, konnte hundert Männer und Frauen in ihren Betten erwürgen; niemand würde es vor dem Morgen bemerken.

Von Säckingen wartete, bis die Mondsichel hinter dem Hochturm verschwunden war. Dann trat er vom Fenster weg. Es war so weit. Die Stadt lag in tiefem Schlaf, jetzt brach die Stunde an, auf die er gewartet hatte. Er legte einen grauen Mantel an, band sich eine Theatermaske vor das Gesicht und prüfte sein Messer, dessen Klinge er mit Engelsgeduld immer wieder über den Schleifstein gezogen hatte, bis er ein Haar damit zerteilen konnte. Wer auch immer diese Klinge heute Nacht zu schmecken bekam, würde ein schnelles Ende finden. Da er niemanden unnötig töten wollte, band von Säckingen sich zusätzlich einen Eisenknauf an den Gürtel, mit dem er einen Menschen mit einem einzigen Schlag ins Reich der Träume schicken konnte, ohne dass dieser auch nur einen Laut von sich gab.

Den Weg zum Anwesen der Fügers kannte von Säckingen inzwischen im Schlaf. Selbst wenn man ihm die Augen verbunden hätte, hätte er sein Ziel nicht verfehlt. Wie beim letzten Mal näherte er sich dem Haus von der Rückseite. Den Wächter, den Wendel Füger aufgestellt hatte, schaltete er mit einem Hieb gegen die Schläfe aus. Dem Kerl würde einige Zeit der Kopf dröhnen, wenn er wieder aufwachte; mehr leiden dürfte er aber darunter, dass er sich wie ein altes Weib hatte überrumpeln lassen. Leicht kam in solch einem Fall der Verdacht auf, dass der Wächter bestechlich war. Von Säckingen verzog verächtlich den Mund. Burschen wie dieser bereiteten ihm kein Kopfzerbrechen – sie waren zu unerfahren, um sein Vorhaben ernsthaft zu gefährden. Der einzige wirklich gefährliche Mann im Haus war dieser Antonius, ein ausgezeichneter Kämpfer, mit dem er sich lieber nicht anlegen wollte.

Auch dieses Mal war es ein Leichtes, das Schloss mit dem Draht zu öffnen. Bevor von Säckingen jedoch die Tür aufzog, legte er sein Ohr daran und horchte. Seine Sinne waren geschärft wie die eines Raubvogels. Wenn Antonius hinter dieser Tür wartete, musste er früher oder später ein Geräusch machen. Nichts war zu hören. Entweder war niemand da, oder derjenige hatte Verdacht geschöpft und sich weder bewegt noch geatmet.

Mit einem Ruck riss von Säckingen die Tür auf. Lautlos sprang er in den Raum und nahm eine tiefe Kampfstellung ein, das Messer in Hüfthöhe, bereit zum tödlichen Stoß. Niemand stellte sich ihm in den Weg. Wendel Füger musste sich sehr sicher fühlen. Sein Pech, von Säckingens Glück. Doch von Säckingen wusste, dass der schlimmste aller Feinde nicht hier lauerte, sondern in der Stube. Die knarzende Treppe. Die konnte er weder mit einem Messer noch mit einer anderen

Waffe ruhigstellen. Er hatte jedoch eine Technik ersonnen, um diesen tückischen Gegner zu überlisten: Er würde seine Waffen griffbereit jeweils ein paar Stufen höher vor sich platzieren und dann auf allen vieren hinaufsteigen, um sein Gewicht besser zu verteilen. Zudem würde er sich an den Wangen hocharbeiten, die aus massivem Holz gefertigt waren und daher weniger unter seiner Last nachgeben würden.

Mit einer Hand legte er nacheinander Messer und Eisenknauf auf die fünfte Stufe. Danach presste er sich mit den Füßen zwischen die Wangen auf Höhe der zweiten Stufe, mit den Händen hielt er sich oberhalb der fünften fest. Er zog die Beine nach, spannte den Körper, löste eine Hand, nahm die Waffen, legte sie weiter oben ab, krabbelte mit den Händen hoch, bis seine Beine fast gestreckt waren. Wieder zog er die Beine nach. Schweiß rann ihm über den Rücken. Er wiederholte die Prozedur noch einmal, dann war er endlich oben.

Auf dem Treppenabsatz verharrte er in der Hocke und lauschte. Atemgeräusche kamen aus Wendel Fügers Schlafkammer, ein Schmatzen, dann setzte leises Schnarchen ein. Aus den anderen beiden Kammern war nichts zu hören, der Schlaf der Frauen war offenbar lautlos. Von Säckingen erhob sich. Mit vier Schritten war er am Bett seines Widersachers. Er schaute auf den Mann hinunter, der auf dem Rücken lag, ihm die Kehle bot und ihm völlig wehrlos ausgeliefert war. Noch konnte er umkehren, noch konnte er fliehen, aber er hatte keine Wahl. Othilia wollte, dass Melisande litt, und er war ihr Werkzeug. Er wog die Waffe in seiner Hand, bat Gott um Verzeihung und schlug zu.

***

Ein Geräusch ließ Melisande aufschrecken. *Gertrud! Ich muss nach der Kleinen schauen. Irgendetwas stimmt nicht mit ihr.* Sie setzte sich auf, tastete nach ihrer Cotte und streifte sie über. Dann stieß sie an das raue Holz des Schemels, und alles fiel ihr wieder ein. Sie war nicht in ihrem Haus in Rottweil, sondern in Sulz. Sie konnte überhaupt nicht hören, ob Gertrud weinte, und sie konnte nicht an ihre Wiege eilen, um sie zu trösten. Aber wovon war sie aufgewacht?

Beunruhigt trat sie an das kleine Fenster und schob den Laden ein Stück weit auf. Eiseskälte schlug ihr entgegen. Erst jetzt bemerkte sie den Wind. In der Nacht waren die Temperaturen gefallen, ein kalter Nordwind rüttelte am Dach des »Lamms« und drang durch die Ritzen und undichten Stellen ins Haus. Fröstelnd zog Melisande die Schultern hoch. Der September war gerade erst angebrochen, und schon jetzt verhießen alle Zeichen einen frühen und strengen Winter: Die Haselnusssträucher trugen ungewöhnlich viele Früchte, die Rauchschwalben hatten sich schon lange im Schlamm der Seen zur Winterruhe begeben, die Gänse hatten das Land früher als üblich verlassen, waren in ihren keilförmigen Formationen Richtung Süden geflogen, um dort in ihren Höhlen zu überwintern.

Ein grauer Streifen am Horizont kündigte den nahenden Tag an. Einen Tag, an dem sie endlich entscheiden musste, wie es weitergehen sollte. Bisher hatte sie gehofft und gewartet, bei jedem Hufschlag aus dem Fenster geschaut in der Erwartung, dass es ein Bote war, der ihr Nachricht aus Rottweil brachte. Dass es womöglich sogar Wendel war, der Irma in seiner Verzweiflung das Geheimnis entlockt hatte und nun kam, um sie heimzuholen. Süße, dumme Träume, die sie davon abhielten, den Tatsachen ins Auge zu blicken.

Melisande schlang die Arme um sich. Sie hatte sogar gehofft, ihr Feind möge sie in ihrem Versteck aufstöbern, damit sie ihn endlich sehen, damit sie ihn endlich bekämpfen konnte. Doch auch das war nicht geschehen. Die letzten beiden Tage waren völlig ereignislos verlaufen.

Der Schrei, der sie geweckt hatte, hallte ihr immer noch in den Ohren. War es der Wind gewesen? Oder ein verendendes Tier? Sie schauderte. Nein, sie durfte nicht länger tatenlos herumsitzen. Sobald es hell war, würde sie auf den Markt gehen und ein paar Besorgungen machen. Sie wusste zwar nicht, wie der nächste Zug ihres Gegners aussehen würde, doch sie wollte für alles gerüstet sein.

***

Wo kamen nur die Schmerzen her? Warum fühlte sich sein Kopf an, als hätte er tagelang gesoffen? Und warum schrien alle durcheinander?

Mühsam öffnete Wendel die Augen einen Spaltbreit – und schloss sie sofort wieder. Das Licht ließ seinen Schädel förmlich explodieren, ihm wurde übel, er rollte sich über die Bettkante und verlor den Halt. Bevor er auf dem Boden aufschlug, ergriffen ihn Hände und beförderten ihn wieder zurück. Er stöhnte.

»Wendel, wach auf! Um Gottes willen, Wendel, komm zu dir!« Aus weiter Ferne hörte er die Worte. Die Stimme seiner Mutter. Wo war Melissa? Warum war sie nicht bei ihm? Schlagartig fiel es ihm ein: Melissa war fort. Er selbst hatte sie aus dem Haus gejagt. Was hatte er nur getan? Er stöhnte erneut, doch als er die Augen zum zweiten Mal öffnete, brannte die Helligkeit nicht ganz so unerträglich und die Welt drehte sich nicht mehr.

Er hob den Kopf, erkannte Katherina, die auf dem Bett saß,

die Augen gerötet, die Wangen tränenüberströmt. Sie hielt ein Leintuch in der Hand, das triefnass war.

»Was zum Teufel ist los?«, röchelte er.

Sie schluchzte und presste sich das Tuch vor die Augen.

Wendel richtete sich auf. Angst verdrängte die Schmerzen und die Übelkeit. Er war jetzt hellwach. »Was ist los?«, schrie er. Ohne ihre Antwort abzuwarten, schwang er die Beine aus dem Bett und wäre fast umgefallen, als er sich aufrichtete. Er sah, dass Antonius bei der Tür stand. Der Leibwächter war leichenblass und biss an einem Finger herum, als wollte er ihn aufessen. Fassungslos blickte Wendel von Antonius zu seiner Mutter.

Katherina nahm das Tuch vom Gesicht. »Gertrud ist verschwunden«, stieß sie mit tränenerstickter Stimme hervor, bevor sie wieder zu weinen begann.

Wendels Herz krampfte sich zusammen. Obwohl eine neuerliche Welle Übelkeit ihn überrollte, stürzte er an Antonius vorbei in Selmtrauds Kammer. Die Magd saß auf einem Hocker, der Chirurgicus hantierte an ihrem Kopf herum. Als Wendel eintrat, warf sie sich auf den Boden, umklammerte seine Füße. »Herr, verzeiht mir, ich bin unwert, ich hätte sie besser beschützen müssen.«

Wendel bückte sich und zerrte sie auf die Beine. »Rede keinen Unsinn! Erzähl mir lieber, was passiert ist! Wer war es? Ist er gefasst? Wo ist meine Tochter?« Seine Stimme überschlug sich.

Katherina trat hinter ihn, drehte ihn zu sich und nahm ihn in die Arme. »Sie ist weg«, flüsterte sie, als müsste sie etwas aussprechen, das besser nicht ausgesprochen wurde. »Einfach weg. Niemand hat etwas gehört, niemand hat etwas gesehen. Jemand ist heute Nacht in das Haus eingebrochen und hat sie mitgenommen. Dir und Selmtraud hat der Entführer offenbar auf den Schädel geschlagen. Ein Glück, dass ihr nicht schlimmer verletzt seid!« Wieder schossen ihr die Tränen in die Augen. »Das arme Kind«, jammerte sie. »Mein armes, armes Mädchen! Hoffentlich tut er ihr nichts an!«

Selmtraud brach ebenfalls in Tränen aus. Was für ein Wahnsinn, dachte Wendel. Heulende Weiber, und niemand tut etwas. Er machte sich frei. »Habt ihr die Büttel gerufen? Ist der Rat im Bilde?«

Katherina nickte. »Sie haben schon die ganze Stadt abgesucht, jedes Haus. Jeden Stein haben sie umgedreht, doch keine Spur von dem armen Kind. Und die ganze Zeit hast du auf dem Bett gelegen wie tot. Mein Gott, Wendel, wir haben gedacht, du wachst nicht wieder auf!«

Das wäre vielleicht besser gewesen, dachte er. Zuerst Melissa, jetzt Gertrud. Ein scharfer Schmerz fuhr durch seine Brust. Melissa! Was, wenn sie Gertrud geholt hatte? Nein. Das konnte nicht sein, das würde sie ihrer Tochter nicht antun. Andererseits, was wusste er schon von seiner Frau? Sie war eine Fremde, Melisande Wilhelmis aus Esslingen. Melissa Füger hätte niemals ihr eigenes Kind in Gefahr gebracht, aber wozu Melisande Wilhelmis fähig war, das wagte er sich nicht vorzustellen.

Er wandte sich wieder an Selmtraud, deren Kopf inzwischen fertig verbunden war. »Hast du wirklich nichts gesehen?«

Sie schluchzte, zögerte, aber Wendel hatte keine Zeit zu verlieren. »Rede, oder ich lasse dich auspeitschen!«, brüllte er so laut, dass selbst der Chirurgicus zusammenzuckte.

»Es war eine Frau«, flüsterte Selmtraud. Sie war so erschrocken, dass sie aufgehört hatte zu weinen. »Ich habe kurz ihr Gesicht gesehen.«

»War es deine Herrin?«, donnerte Wendel und trat auf Selmtraud zu.

»Ich ... ich ... ich weiß es nicht«, stotterte sie, ihre Zähne schlugen aufeinander. »Es ... es war zu dunkel.«

Verfluchte Weiber! Wendel drehte sich abrupt um, stürzte die Treppe hinunter, riss die Tür auf und stürmte quer über die Straße zum Rathaus. Einige Nachbarn zeigten auf ihn, riefen seinen Namen, aber er achtete nicht auf sie. Vorbei an den Wachen rannte er in den Ratssaal, in dem sich fast alle Ratsherren der Stadt versammelt hatten. Lorentz Weishausen und dessen Vater kamen auf ihn zu. Als Lorentz ihn umarmte, begann Wendel wie im Fieber zu zittern. Die Worte von Irmas Gemahl drangen nur undeutlich zu ihm durch.

»Wie gut, dass du wieder auf den Beinen bist! Wir haben die ganze Stadt auf den Kopf gestellt, die Tore sind geschlossen, niemand kann Rottweil verlassen, bevor wir ihn nicht bis auf die nackte Haut untersucht haben. Das gilt für alle, Männer wie Frauen, egal welchen Standes. Wenn der Entführer noch in der Stadt ist, finden wir ihn.«

Wendel versuchte, die Herrschaft über seinen Körper wiederzuerlangen, indem er tief ein- und ausatmete. Immerhin ließ das Zittern nach. Die Suche würde erfolglos bleiben. Dessen war er sich sicher. Die Entführung war sorgfältig geplant und eiskalt durchgeführt worden, und zwar von jemandem, der sein Handwerk verstand. Von jemandem, der sich lautlos bewegen konnte, jemandem, der wusste, wie man Menschen betäubte, ohne sie zu töten. Entweder war es ein außergewöhnlicher Krieger gewesen – oder ein Henker. Eine Henkerin. Melchior, der Henker von Esslingen. Seine Frau. Für wen sonst war es von Nutzen, ihm die Tochter zu nehmen? Also hatte sie es doch getan, und er hatte sich ein weiteres Mal in ihr getäuscht.

»Brecht die Suche ab«, sagte er rau. »Öffnet die Stadttore. Ihr werdet nichts finden. Sie ist über alle Berge.«

»Sie?«, fragte Lorentz überrascht.

Wendel schloss kurz die Augen. Sein Kopf fühlte sich an, als würde er unter Wasser gedrückt, in seinen Ohren rauschte es. »Können wir ungestört reden?«

Lorentz wechselte einen Blick mit seinem Vater. Der nickte knapp und winkte dann dem Ratsherrn Thomas von Kastelruth zu, der sofort zu ihnen trat und sie in seine Schreibstube führte. Auf dem Weg dorthin wurde der Stein, der auf Wendels Brust drückte, ein wenig leichter. Alle waren gekommen, um ihm beizustehen; sie ergriffen seine Hände; riefen ihm zu, dass niemand ungestraft einem Rottweiler Bürger Unrecht antun konnte, dass sie ganz Württemberg umkrempeln würden, um seine Tochter zu finden. Er war nicht allein. Doch er war der Einzige, der wusste, mit welchem Gegner sie es zu tun hatten.

Als sie Platz genommen hatten, begann Wendel zu reden. »Lieber Lorentz, werte Herren. Ich danke Euch vielmals für Eure Anteilnahme und Euer rasches Handeln.« Er legte eine Hand an sein Herz. »Ich bin tief bewegt.«

Alle drei neigten kurz den Kopf, und alle drei hatten die Augen ein wenig zugekniffen, als müssten sie gegen die Sonne blicken.

»Du sprachst vorhin von einer Frau«, sagte Lorentz leise. »Wen hast du damit gemeint? Weißt du, wer dein Kind entführt hat?«

Wendel seufzte. »Ich fürchte, es war Melissa.«

Von Kastelruth sprang vom Stuhl. »Eure Gattin? Bei allen Heiligen, wie kommt Ihr darauf? Das wird ja immer toller! Wie meint Ihr das? Um Gottes willen, sprecht!«

Wendel erschrak. Warum reagierte der Ratsherr so aufgebracht? Er zögerte, bevor er sprach. Jedes Wort musste er sorgsam wählen, denn er wollte nicht alles preisgeben, was er wusste. Was im Esslinger Kerker geschehen war, ging niemanden etwas an. Er schluckte. »Wir hatten einen Streit«, erklärte er schließlich. »Einen schlimmen Streit. Ich habe sie im Zorn des Hauses verwiesen.«

»Und nun vermutet Ihr, dass sie Eure Tochter zu sich geholt hat?«, fragte Lorentz' Vater ungläubig.

Lorentz sagte nichts, er sah Wendel entsetzt an.

Der stumme Vorwurf in den Augen des Freundes schmerzte Wendel – er las darin, dass Irmas Gemahl Wendels Verhalten verurteilte, weil er Melissa gut leiden konnte und ihr nichts Böses zutraute. Aber Lorentz wusste ja auch nicht, was Wendel wusste.

Von Kastelruth setzte sich wieder und faltete die Hände. »Meister Füger, wir beide wissen, dass das nicht alles ist. Ich kenne die Wahrheit, wir können also offen sprechen.« Er seufzte. »Ich fürchte, es ist mein Versäumnis, dass das Kind verschwunden ist. Ich hätte es verhindern können.«

Wendel spürte, wie ihm das Blut aus dem Gesicht wich. Fassungslos starrte er den Ratsherrn an. Was wusste von Kastelruth? Und woher? »Ich fürchte, ich verstehe nicht...«, stammelte er.

»Versprecht Ihr mir, dass Ihr besonnen bleibt und dem Rat das weitere Vorgehen überlasst? Ich versichere Euch, dass wir auf Eurer Seite stehen und alles tun werden, um...«, von Kastelruth stockte, verknotete seine Finger, entwirrte sie wieder, »...um Euch zu helfen. Habe ich Euer Wort?«

Wendel lachte bitter auf. »Das könnt Ihr nicht von mir verlangen. Nicht, solange ich nicht weiß, worum es geht.«

Lorentz' Vater beugte sich zu Kastelruth. »Nun sag schon, was du weißt.« Er deutete auf Wendel. »Er wird schon nicht gleich eine Armee in Marsch setzen.«

Der harmlose Scherz tat gut. Wendel konnte tatsächlich einen Wimpernschlag lang lächeln, bevor er wieder in dem

Morast aus wirren Gedanken und Gefühlen versank, der ihn fast erstickte.

Von Kastelruth legte seine Hände flach auf den Tisch und blickte Wendel tief in die Augen. »Es ist Anklage erhoben worden gegen Melissa Füger – wegen Mordes an einem gewissen Merten de Willms.«

Der alte Weishausen zog scharf die Luft ein, Lorentz riss die Augen auf und schlug die Hand vor den Mund.

Wendel ballte die Fäuste. »Wer? Wer hat Anklage erhoben?« Bevor von Kastelruth etwas erwidern konnte, beantwortete Wendel die Frage selbst: »Mein Vater. Erhard Füger!«

Von Kastelruth schloss kurz die Augen, Lorentz entfuhr ein entsetztes »Dein Vater? Das ist doch nicht möglich!«, der alte Weishausen schwieg, aber seine Züge verrieten, dass ihm jegliche Lust auf Scherze vergangen war.

Von Kastelruth räusperte sich. »Zudem soll sie unter falschem Namen leben. Angeblich hat es nie eine Melissa de Willms gegeben. Euer Vater hat mir ein entsprechendes Dokument vorgelegt.« Wieder spielte er nervös mit seinen Händen. »Natürlich habe ich Euren Vater fortgeschickt. Er hatte keine Zeugen, keine Beweise für seine Mordanschuldigungen. Lediglich das Dokument, das – nun ja, das gewisse Zweifel an Melissas Herkunft aufkommen lässt. Aufgrund eines solchen Schreibens lasse ich niemanden in den Kerker werfen. Doch nun, wo das Kind verschwunden ist und Ihr selbst, Meister Füger, den Verdacht hegt, es könne Eure Gemahlin dahinterstecken, stellt sich alles in neuem Licht dar. Wenn ich Eurem Vater doch nur geglaubt hätte! Dann hätte ich die Gefahr erkannt und die Entführung vielleicht verhindern können!«

Wendel dröhnte der Kopf. Er stand auf. »Und nun? Was glaubt Ihr nun? Haltet auch Ihr meine Gemahlin für eine Mörderin?«

Von Kastelruth erhob sich ebenfalls. »Wir werden sie suchen lassen. Sie allein kann alle Missverständnisse aufklären – sofern es sich um Missverständnisse handelt. Wir unterrichten alle Reichsstädte, ebenso Graf Ulrich. Eine Beschreibung von ihr und der kleinen Gertrud wird auf allen Marktplätzen, in allen Kirchen und in alle Schänken in Württemberg verlesen werden, sie wird uns nicht entkommen. Wenn sie gefasst ist, wird der Rat beim Schultheiß Anklage erheben wegen Menschenraubes und wegen des Verdachts der Beteiligung an einem Mord.«

Wendel sah von Kastelruth an, dann den alten Weishausen und schließlich Lorentz, der weiß war wie ein Leichentuch. Er wusste nichts mehr. Er wusste nicht mehr, wer Melissa war, wer sein Vater war, wem er vertrauen konnte. Er wusste nicht, ob Melissa nicht vielleicht doch Merten de Willms getötet und seine Tochter entführt hatte. Alles war ihm fremd geworden, selbst sein eigener Name. »Ich habe nichts mehr zu sagen«, murmelte er tonlos. »Ich werde jetzt nach Hause gehen, und wenn es Neuigkeiten gibt, wisst Ihr, wo Ihr mich findet.« Er verneigte sich, und eine seltsame Leichtigkeit ergriff ihn, als er sich umdrehte und die Schreibstube verließ.

Wie ein Betrunkener taumelte er auf die Straße, wankte an den verdutzten Gesichtern vorbei, betrat sein Haus, ignorierte die Fragen, die auf ihn niederprasselten, und stieg in den Weinkeller hinab. Er verrammelte die Tür von innen, füllte einen Becher kräftigen Falerners ab, leerte ihn, füllte nach, trank auch den zweiten Becher in einem Zug leer. Wieder und wieder leerte er den Becher, bis er nicht mehr schlucken konnte und kraftlos zu Boden sank. Noch bevor er aufschlug, umfing ihn gnädige Schwärze.

* * *

Es hatte Melisande den ganzen Tag gekostet, alles zu besorgen, was sie brauchte, ohne unnötig viel Aufsehen zu erregen. Die letzte Kleinigkeit hatte sie erst bei einem Bauern eine halbe Meile außerhalb von Sulz ausfindig gemacht. Immerhin war sie so beschäftigt gewesen, dass sie keine Zeit gehabt hatte zu grübeln. Nun eilte sie mit ihrem prall gefüllten Beutel auf das Stadttor zu. Der eisige Wind, der sie am Morgen geweckt hatte, blies mit unverminderter Stärke. Es dämmerte bereits wieder, die dritte einsame Nacht erwartete sie.

Melisande beschleunigte ihre Schritte. Vielleicht war ja im Laufe des Nachmittags ein Brief von Irma eingetroffen. Irgendetwas musste sie doch zu berichten haben, und wenn sie nur schrieb, dass es allen gutging. Ihretwegen konnte sie auch den Klatsch und Tratsch aus der Stadt erzählen, davon gab es immer genug. Erst vorhin auf dem Markt hatte eine Bäuerin erzählt, in Rottweil herrsche großer Aufruhr, weil ein Kind entführt worden sei. Und das nur wenige Stunden, nachdem Graf Ulrich, der die Stadt besucht hatte, wieder abgereist war. Was, wenn die Halunken dem Grafen etwas angetan hätten, statt ein Kind zu entführen?

Melisande hatte nur den Kopf geschüttelt ob dieses unsinnigen Geschwätzes. Als würde ein Verbrecher allein deshalb eine Tat begehen, um etwas Böses zu tun! In ihrer Zeit als Henker hatte sie mehr als einmal erfahren, dass hinter jedem Verbrechen eine komplizierte, häufig tragische Geschichte steckte. Natürlich gab es auch unzählige Berufsganoven, die nicht aus Not oder Verzweiflung handelten, doch selbst ihr gottloser Lebensweg hatte häufig mit einem Schicksalsschlag begonnen.

Melisandes Herzschlag setzte aus, als die Herberge in Sicht kam und der Wirt, der vor der Tür stand, ihr aufgeregt winkte.

»Ein Bote!«, rief er ihr zu. »Er hat einen Brief, will ihn aber nur Euch persönlich übergeben.«

»Wo ist er?« Melisande bemühte sich, nicht allzu ungeduldig zu klingen.

Der Wirt deutete auf die Tür. »In der Schankstube. Sputet Euch, er möchte zurück, bevor die Tore geschlossen werden.«

Melisande stürzte ins Innere der Herberge. Einige Reisende saßen an Tischen, doch sie wusste sofort, wer von ihnen der Bote war. Er hockte allein auf einem Schemel und wirkte unruhig, blickte sich ständig um und ließ die Tür nicht aus den Augen. Als er Melisande sah, sprang er auf und eilte auf sie zu. Sein Gesicht war staubig, Schlammspritzer hatten sein Gewand von oben bis unten verschmutzt. »Ihr seid Maria von Felsenbrunn?«

Melisande tastete nach dem Messer unter ihrem Gewand. »Wer will das wissen?«

»Irma Weishausen hat mich geschickt. Ich muss Euch unter vier Augen sprechen.«

Melisande deutete auf die Hintertür, und gemeinsam traten sie hinaus auf den Hof. Ein Knecht versorgte die Pferde, doch er war außer Hörweite.

Der Bote beugte sich vor. »Ich muss wissen, ob Ihr tatsächlich Maria von Felsenbrunn seid.«

Melisande lächelte schwach, Irma hatte tatsächlich an alles gedacht. »Es ist der Name Raimund, den Ihr hören wollt, nehme ich an?«

Der Bote nickte, griff in seinen Umhang, überreichte Melisande einen versiegelten Brief und verbeugte sich. »Ich muss sogleich wieder nach Rottweil zurück. Soll ich etwas ausrichten?«

Melisande schluckte. »Ja. Sagt Irma Weishausen, dass es niemanden gibt, dem ich mehr Dank schulde als ihr.«

»Sehr wohl.« Der Bote sprang auf sein Pferd, gab ihm die Sporen und sprengte durch das Hoftor auf die Straße. Wenige Augenblicke später hatten die anderen Geräusche der Stadt den Hufschlag überdeckt.

Könnte ich doch nur mit ihm reiten, dachte Melisande. Könnte ich doch einfach nach Hause zurückkehren! Eine Windbö riss ihr die Haube vom Kopf, sie machte einen Satz nach vorne, griff sie mit einer Hand und setzte sie wieder auf. Sie trat an die Hauswand, wo sie vor dem schneidenden Wind etwas geschützt war. Mit zitternden Fingern entfaltete sie den Brief. Schon nach den ersten Worten hielt sie entsetzt inne. Ihre Augen füllten sich mit Tränen. Rasch fuhr sie mit dem Ärmel über das Gesicht und begann erneut zu lesen.

Liebste Freundin,
es ist so gekommen, wie du gesagt hast, und sogar noch schlimmer. Ich kann es fast nicht niederschreiben, aber um deinetwillen muss ich es tun: Gertrud ist verschwunden!

Hier war die Tinte war ein wenig verwischt.

Schmerz und Angst überrollten Melisande. Wieder füllten sich ihre Augen mit Tränen, aber sie zwinkerte sie fort und zwang sich weiterzulesen.

Jemand hat deine Tochter mitten in der Nacht aus ihrer Wiege geraubt. Es ist so furchtbar! Ich habe versagt! Hatte ich dir nicht mein Wort gegeben, auf sie zu achten wie auf mein eigenes Kind? Eine schöne Freundin bin ich! Wendel und eure Magd Selmtraud hat der Entführer beinahe totgeschlagen. Doch keine Sorge, beide sind wohl-

auf. Leider ist das noch nicht alles: Sie sagen, du hättest es getan. Aber das kann nicht sein, ich weiß, dass du so etwas niemals tun würdest. Die Dinge hier stehen schlecht für dich. Der Rat lässt dich nicht nur wegen Entführung, sondern auch wegen Mordes suchen. Kannst du dir das vorstellen? Du sollst einen Merten de Willms ermordet haben. Wer ist dieser Mann? Ein Verwandter von dir? Jedenfalls muss ich dich warnen. Es sind Boten unterwegs, die die Nachricht verbreiten sollen. Bald wird man dich im ganzen Land für eine Verbrecherin halten. Sei auf der Hut! Wendel ist vollkommen verzweifelt, er hat sich im Weinkeller eingesperrt und will nicht herauskommen. Ich würde so gern helfen, aber ich weiß nicht, wie. Liebste Freundin, was immer ich für dich tun kann, werde ich tun. Sei vorsichtig!
Auf bald. Deine treue Freundin Irma.«

Die Tränen liefen nun ungehemmt über Melisandes Gesicht. Sie zerriss das Pergament, streute die Fetzen in den Sturm, der sie gierig griff und davontrug. Aus dem Ärmel ihres Gewandes zog sie das rote Tuch hervor, das sie aus Rottweil mitgenommen hatte, und presste es an ihre Wange. Der Stoff duftete nach der kleinen Gertrud.

Melisande sog den Duft ein. Eine unheimliche Ruhe kam über sie. Wehe dem, der meine Tochter entführt hat, dachte sie. Er wird bald merken, dass er sich mit der Falschen angelegt hat. Und wie sie es vor vielen Jahren getan hatte, kniete sie nieder und legte einen Eid ab. »Ich, Melisande Wilhelmis«, sprach sie mit leiser, aber fester Stimme, »schwöre bei meiner unsterblichen Seele und bei der unsterblichen Seele meiner ermordeten Eltern und Geschwister, dass ich meine Tochter

Gertrud finden und ihren Entführer seiner gerechten Strafe zuführen werde.«

Gierig sog sie den kalten Wind in ihre Lungen, bis sie brannten. Aus welchem Grund auch immer Gott ihr diese Prüfungen auferlegte, sie würde stark sein und um ihre Familie kämpfen. Sie schlug ein Kreuz, dann erhob sie sich und ging zurück ins Haus. Neben der Hintertür lag noch der Beutel mit ihren Einkäufen. Nun würde sie sie früher benötigen, als sie gedacht hatte.

Sie stieg die Stufen zu der Kammer hinauf. Eine Nacht noch durfte sie es sich erlauben, in einem warmen Bett zu schlafen, doch am Morgen würde sie aufbrechen, sobald die Stadttore sich öffneten. *Gebe Gott, dass bis dahin kein Bote aus Rottweil hier eintrifft!*

Sie wollte sich auf ihr Lager fallen lassen, aber im letzten Moment erkannte sie, dass etwas darauf lag. Eine Pergamentrolle. Noch eine Nachricht aus Rottweil? Von Wendel? Ihr Herz klopfte schneller, bis sie sich daran erinnerte, was Irma geschrieben hatte: Wendel hockte wie ein verängstigtes Tier im Weinkeller und kam nicht heraus.

Wütend ballte sie die Faust. Verhielt sich so ein Vater, dessen Kind entführt worden war? Wollte er so seiner Tochter helfen?

Sie stellte sich ans Fenster, um besseres Licht zu haben, erbrach das Siegel und entrollte das Pergament. Während sie die Worte überflog, schien der Boden unter ihren Füßen sich in Melasse zu verwandeln, in der sie langsam versank.

Die Rückkehr

Der scharfe Nordwind hatte sich gelegt, die Fahne, die das Wappen der Adlerburg trug, hing schlaff vom Mast herunter. Othilia betrachtete das Stück Stoff nachdenklich, dann schaute sie nach unten. Sie liebte es, auf dem Turm zu stehen. Von hier aus konnte sie ihren gesamten Besitz überblicken. Doch heute wollte sich die Befriedigung, die ihr der Anblick gewöhnlich verschaffte, nicht einstellen. Unruhig suchte sie den Horizont ab, wo die Baumkronen im schwindenden Licht mit dem Himmel verschwammen. Wo blieb von Säckingen? Hatte er seinen Auftrag ausgeführt, oder war er etwa mit ihrer Todfeindin durchgebrannt?

»Nein, niemals!«, rief sie und stieß eine Faust in die Luft.

Das würde er nicht wagen! Er war nicht dumm, er wusste, dass ihre Rache ihn früher oder später treffen würde, wenn er sie betrog. Bis jetzt war er ihr immer treu ergeben gewesen – und sicherlich nicht nur, weil sie das Lager teilten. Ehrgefühl,

Glaube und Angst hielten sich bei ihm die Waage, sorgten dafür, dass er tat, was sie ihm befahl. Ganz wie es sich für einen Ritter geziemte. Trotzdem war er eine schwelende Gefahr. Er war ihr Komplize, ihr verlängerter Arm, und wenn er es wollte, konnte er sie mit seinem Wissen ans Messer liefern. Wenn sie ihr Ziel erreicht hatte, würde sie entscheiden müssen, was mit ihm geschehen sollte.

Mit den Zeigefingern rieb Othilia sich die Schläfen. Seit einiger Zeit wurde sie fast täglich von einem Pochen in ihrem Schädel heimgesucht. Es war nicht schmerzhaft, eher lästig wie eine Fliege, die nicht aufhörte, einen zu umschwirren, doch es zehrte an ihren Kräften. Nur wenn sie mehr Wein trank, als ihr Durst forderte, ließ das Pochen nach. Aber sie konnte nicht ständig halb betrunken herumlaufen. Außerdem brauchte sie jedes Mal mehr Wein, um das Pochen zu besänftigen. Sie seufzte. Vielleicht konnte Fussili ihr ja helfen. Der Mann schien über endloses Wissen zu verfügen. Was für eine kluge Eingebung ihres Vaters, ihr diesen alten Freund der Familie als Beistand zu schicken! Dabei sah es ihm gar nicht ähnlich. Ihr Vater hatte sich nie um sie geschert, nicht einmal als ihr Gemahl im Kerker saß und vor dem Richtschwert zitterte. Vielleicht war er ja auf seine alten Tage sanftmütiger geworden. Othilia fegte die sentimentalen Gedanken mit einer unwirschen Handbewegung fort. Fehlte noch, dass auch sie anfing, weich zu werden!

Alberto Fussili hatte vor zwei Tagen unangemeldet an das Burgtor geklopft und um ihre Gastfreundschaft gebeten, da er der alten Amme Emelin einen Besuch abstatten wolle. Zudem hatte er behauptet, der Alte von Hohenfels habe ihm aufgetragen, nach seiner Tochter zu sehen, da sie ohne Gemahl dastand und die Geschäfte der Burg allein verwalten musste. Nach all der Zeit! Was glaubte er denn, wie sie in den letzten zwei Jahren zurechtgekommen war? Othilia konnte sich nicht daran entsinnen, den Geistlichen je gesehen zu haben, doch sie erinnerte sich dunkel, dass der Name des Mannes in ihrer Kindheit öfter gefallen war. Fussili hatte sie mit seiner Besonnenheit und seinen klugen Reden sogleich tief beeindruckt, und es konnte sicherlich nicht schaden, einen Mönch als Berater zu haben. Sie würde Fussili sofort rufen lassen und seine Meinung zu ihren Kopfschmerzen einholen. Bestimmt kannte er ein Kraut, das Abhilfe schaffte.

Vorsichtig lehnte sie sich ein wenig über die Brüstung des Turmes. Sie traute dem Gemäuer nicht. Erst kürzlich war ihr aufgefallen, dass einige der Steine lose waren. Sie hatte sofort Ausbesserungsarbeiten in Auftrag gegeben, die jedoch ins Stocken geraten waren, da man auf die Lieferung des Mörtels warten musste. In der Zwischenzeit war das fehlende Stück Mauer notdürftig durch ein hölzernes Geländer ersetzt worden. Sie kniff die Augen zusammen. Der Mönch spazierte viel im Burghof umher, möglich, dass sie ihn von hier oben erspähte. Bei den Ställen war er nicht zu sehen, auch auf dem Vorplatz der Burg konnte sie keine Spur von ihm entdecken.

Sie ging zur anderen Seite des Turmes, die ihr den Blick auf den Garten ermöglichte. Fussili war auch hier nicht zu sehen, doch dafür erblickte sie etwas anderes. Die Amme trug den kleinen Ottmar spazieren, der offensichtlich eifrig vor sich hinbrabbelte und mit seinen kleinen Ärmchen wedelte.

Ein Lächeln stahl sich auf Othilias Gesicht, das Klopfen hinter ihren Schläfen ließ nach. Der kleine Ottmar war das Beste, das sie je besessen hatte. Mit ihm hatte de Bruce ihr die Macht über die Adlerburg vermacht. Gäbe es den Kleinen nicht, da war Othilia sich sicher, hätte Ulrich ihr die Burg längst genommen. Durch das Kind aber gab es einen legitimen Erben, einen Sohn, der eines Tages das Lehen übernehmen würde. Und bis dahin war sie die Herrin der Burg.

Othilia kniff die Augen zusammen. Wo war Fussili? In der Kapelle? Wahrscheinlich. Sie seufzte. Sie würde also wieder in die Niederungen der Burg hinuntersteigen müssen. Bevor sie sich jedoch ganz abgewandt hatte, sah sie aus den Augenwinkeln eine Bewegung im Garten, die ihr das Blut in den Adern gefrieren ließ.

Ein junger Bursche war zu der Amme und dem kleinen Ottmar getreten. Obwohl er das Gesicht abgewandt hatte, erkannte sie ihn sofort. Stark und wohlgebaut wie sein Vater war er, das war nicht zu übersehen. Doch Othilia war jede Faser seines Körpers ein Dorn im Auge. Nicklas, der Waffenschmied, Bastard von Ottmar de Bruce, war der einzige Mensch auf der Burg, den sie nicht einzuschätzen vermochte. Und sie hasste es, wenn sie nicht wusste, woran sie bei jemandem war. Vor allem, wenn dieser Jemand ihr gefährlich werden konnte. Bisher hatte Ottmar seine schützende Hand über den Burschen gehalten, jetzt gab es eigentlich keinen Grund mehr, ihn noch länger auf der Burg zu dulden. Sie konnte ihn auf der Stelle fortschicken. Allerdings würde sie ihn sich damit zum Feind machen. Zu einem Feind, der hinter ihrem Rücken in aller Ruhe Anhänger um sich scharen und gegen sie marschieren konnte. Hier auf der Burg hingegen hatte sie ihn unter Kontrolle.

Als Nicklas vor der Amme und Ottmar stehen blieb, beschleunigte sich Othilias Herzschlag, ihre Finger krallten sich in das Mauerwerk der Brüstung. Wenn dem kleinen Ottmar etwas zustieß, konnte Nicklas durchaus die Nachfolge seines Vaters einfordern. Er wäre nicht der erste und nicht der letzte Bastard, der eine Position einnahm, die ihm nicht zustand. So manche Grafenwitwe war mitsamt ihrer männlichen Nachkommen Opfer von unehelichen Söhnen geworden, die in völliger Verkennung von Gottes Recht und Gesetz eine Stellung anstrebten, die ihnen nicht gebührte. Opfer von Bastarden, die gnadenlos alle Hindernisse aus dem Weg räumten und auch vor Mord und Totschlag nicht zurückschreckten. Othilia presste die Lippen zusammen. Sie würde zu verhindern wissen, dass ihr oder ihrem Sohn etwas Derartiges zustieß. Aber sie musste dabei behutsam vorgehen. Ihr Lehnsherr, Graf Ulrich III., liebte es nicht, wenn auf seinen Burgen Menschen zu Tode kamen, in deren Adern adliges Blut floss, selbst wenn es Bastarde waren.

Plötzlich stockte Othilia der Atem. Mit einer schnellen Bewegung hatte Nicklas etwas aus seinem Wams gezogen, einen länglichen Gegenstand, der metallisch glänzte. Dieser feige Verräter!

»Nicklas!« Ihre Stimme schoss wie ein Pfeil vom Turm. Nur seinen Namen rief sie, doch ihr Schrei verfehlte nicht seine Wirkung. Er hielt in seiner Bewegung inne, schaute zu ihr hoch, senkte den Kopf und beugte das Knie.

»Was hast du da in der Hand?«, brüllte sie.

Nicklas erhob sich, trat einen Schritt zurück und hielt es hoch. »Ein Geschenk für Ottmar, Herrin!«, rief er. Seine Stimme klang völlig unschuldig und gelassen.

Sie lachte auf. Es klang schrill, selbst in ihren eigenen Ohren. Ein Geschenk! Dieser Bastard schreckte vor keiner Dreistigkeit zurück. Sie beugte sich weiter vor, versuchte, den Gegenstand zu erkennen. Er war lang und spitz. Voller Zacken, scharfer Zacken. Was für eine furchtbare Waffe! »Bring mir das Ding. Sofort!« Othilias Stimme überschlug sich.

»Sehr wohl, Herrin!« Nicklas rannte los, als würde er vom Leibhaftigen verfolgt. Wenige Augenblicke später erschien er schwer atmend auf dem Turm. Er hielt ihr das Ding entgegen, und jetzt erkannte sie, was es war: ein kleiner Drache mit gezacktem Rücken, aufgesperrten Maul und einer Flamme, die aus seinem Rachen loderte.

»Er soll doch eines Tages ein mutiger Ritter werden, der keine Angst vor Drachen hat«, sagte Nicklas und kniete vor ihr nieder.

Othilia nahm ihm das Figürchen aus der ausgestreckten Hand. Er war aus Holz geschnitzt und glänzte metallisch, weil es geölt war.

»Welches Holz hast du verwendet? Sprich, oder willst du dich mir widersetzen?«

Nicklas hielt den Kopf gesenkt. »Kirsche, Herrin.«

»Und das Öl? Willst du Ottmar vergiften?«

Nicklas senkte den Kopf noch ein Stück tiefer. »Es ist Leinöl, Herrin. Gut verdaulich, gerade für Ottmar, der doch immer unter Blähungen und Schmerzen im Unterleib leidet.«

Othilia stieg die Hitze ins Gesicht. »Bist du seit Neuestem der Medicus, du unverschämter Bursche?« Sie warf den Drachen auf den Boden und stampfte mit den Füßen darauf herum, bis der Feuerstrahl abbrach. Selbst mit einem solchen als Spielzeug getarnten Holzdolch konnte man ein Kleinkind umbringen. Vor allem, wenn der Dolch aus Kirschholz gefertigt war, das fast so hart war wie Stahl. Dass Nicklas zu dieser List gegriffen hatte, die Mordwaffe als Geschenk getarnt hatte, machte ihn doppelt gefährlich. Wie hatte sie nur so lange die Augen vor dieser Gefahr verschließen können, die ihr in ihrer eigenen Burg drohte?

»Du hattest kein Recht, dich meinem Sohn zu nähern«, sagte sie bemüht ruhig.

Nicklas gab keinen Laut von sich. Er kniete noch immer mit gesenktem Kopf vor ihr, hatte nicht einmal gezuckt, als sie den Drachen unschädlich gemacht hatte.

Othilia sah ihn von oben an. Am liebsten hätte sie den Kerl wegen versuchten Mordes in den Kerker geworfen, aber dieser Schlappschwanz von Ulrich würde ihn niemals verurteilen und stattdessen womöglich auch noch sie selbst für ihr übereiltes Handeln zur Rechenschaft ziehen. Schließlich hatte Nicklas dem Jungen ja nur ein Spielzeug schenken wollen. Von wegen! Othilia zog verächtlich die Augenbrauen in die Höhe. Sie wusste es besser. Dieser Bastard war gefährlich. Und das Schlimmste war: Er brauchte nicht einmal eine Waffe, konnte den kleinen Ottmar mit seinen bloßen Pranken zerreißen wie eine Stoffpuppe. Er durfte ihrem Sohn nie wieder zu nahe kommen.

Sie verschränkte die Arme. »Ab heute wirst du dich von Ottmar fernhalten. Wenn du ihn auch nur ansiehst, lasse ich dich in den Kerker werfen.«

Nicklas zuckte zusammen, hob vorsichtig den Kopf. »Aber Herrin, er ist mein Bruder, warum ...«

»Schweig, du Missgeburt!« Othilia beugte sich zu ihm hinunter und versetzte ihm eine schallende Ohrfeige. »Wage es nie wieder, Ottmar deinen Bruder zu nennen! Du bist nichts! Du bist aus dem Schoß irgendeiner Hure gekrochen. Vergiss das nie!«

Nicklas sprang auf die Beine. Unbändige Wut blitzte in seinen Augen.

Othilia taumelte zwei Schritte zurück, setzte an, nach den Wachen zu rufen, aber bevor sie auch nur ein Wort herausbringen konnte, hatte Nicklas sich umgedreht und war verschwunden.

✳ ✳ ✳

Über Nacht hatte sich der Wind gelegt, weißer Nebel hing in den Gassen von Sulz, als Melisande sich in aller Frühe erhob. Sie hatte kaum geschlafen, immer wieder hatten sich die Worte des Briefs in ihre wirren Träume geschlichen, hatten sich in kleine blutrote Teufelchen verwandelt, die ihr höhnisch lachend ins Gesicht sprangen. Ihr Gegner hatte sich ihr nicht zu erkennen gegeben, dennoch war sie jetzt sicher, mit wem sie es zu tun hatte. Es gab keine andere Möglichkeit. Sie musste nach Esslingen, und zwar noch heute. Die Vorstellung, dass sich ihre Tochter, ihre wunderbare, zauberhafte Gertrud, in den Klauen dieses Monsters befand, war mehr, als sie ertragen konnte.

Melisande nahm ihr Bündel und ein Schreiben, das sie in aller Eile verfasst hatte, und stieg die Treppe hinunter in den Schankraum. Nur wenige Gäste hatten die Nacht in der Herberge verbracht; sie alle schliefen noch, und der Raum war erfüllt von lautem Schnarchen und den Ausdünstungen der Männer. Vom Hof her hörte sie Stimmen, offenbar schalt der Wirt gerade eine der Mägde. Rasch stieß Melisande die Hintertür auf und trat hinaus in die Morgendämmerung.

Als der Wirt sie erblickte, zog er verwirrt die Brauen zusammen. »So früh schon auf den Beinen?«

Melisande schlug sich die Hände vors Gesicht. Sie schluchzte auf, und es fiel ihr nicht einmal schwer. Niemals zuvor, nicht einmal in den dunkelsten Stunden ihres Lebens, war sie in einer solch verzweifelten Lage gewesen. »Mein ... mein Mann ist schwer erkrankt«, stammelte sie. »Es steht schlecht um ihn. Er kann nicht kommen, um mich abzuholen, und ich weiß nicht, wie ich zu ihm gelangen soll.«

Der Wirt knetete seine Finger. »Das ist ja furchtbar«, brummte er, sichtlich bemüht, so zu klingen, als ginge ihm das wirklich ans Herz. »Ich würde Euch ja gerne Geleit geben, aber ich bin nicht abkömmlich, das versteht Ihr doch sicherlich? Und ich kann auch keinen meiner Knechte entbehren. Wenn ich Euch jedoch ansonsten irgendwie helfen kann, sagt es frei heraus.«

Melisande holte tief Luft. »Verkauft mir ein Pferd. Dann reite ich allein.«

Der Wirt war ein schlechter Schauspieler, selbst ein Kind hätte sein Erschrecken besser vortäuschen können. In Wirklichkeit schien er erleichtert zu sein, dass er das unbequeme Weib bald los war. Er hob die Hände. »Aber das könnt Ihr nicht tun! Ihr seid verloren, eine Frau wie Ihr, ohne jede Begleitung.«

»Hier bin ich genauso verloren. Gott wird seine schützende Hand über mich halten, und mit seiner Hilfe werde ich meinen Gemahl erreichen, bevor er abberufen wird.« Noch einmal schluchzte Melisande auf.

»Na gut, ich verkaufe Euch ein Pferd, ein hervorragendes noch dazu. Es hat zwar seinen Preis, aber wie könnte ich Euch eine billige Schindmäre geben, wo Ihr doch auf ein zuverlässiges Tier angewiesen seid, das zudem schneller als alle anderen Pferde ist, die man Euch anbieten könnte?« Die Augen des Wirts blitzten verschlagen.

Melisande sah ihn forschend an. Je vollmundiger die Anpreisungen des Verkäufers waren, desto schlechter war die Ware üblicherweise. Bestimmt hatte das Tier, das der Mann ihr nun andrehen wollte, noch bis eben auf der Speisekarte gestanden. Doch sie konnte sich nicht erlauben, wählerisch zu sein. »Was soll es denn kosten?«

»Mit Zaumzeug und Sattel muss ich vier Pfund Silber dafür nehmen.«

Melisande zog erschrocken die Luft ein. Das war deutlich mehr, als sie erwartet hatte, und deutlich mehr, als sie mit sich führte. »Nun, dann zeigt mir dieses Wundertier, das so viel kostet wie das Paradepferd des Königs«, sagte sie ergeben.

Der Wirt verneigte sich. »Glaubt mir, Ihr werdet es nicht bereuen. Auch wenn es nicht so aussieht – es kann dreißig Meilen galoppieren, ohne müde zu werden.«

Melisande glaubte dem Wirt vor allem, dass er gute Geschichten erfinden konnte, um seine Kunden über den Tisch zu ziehen, aber sie folgte ihm dennoch in den Stall. In einer Ecke stand eine zierliche, zerbrechlich wirkende weiße Stute. Melisande erkannte auf den ersten Blick, dass das Tier gepflegt war, und trotz der zarten Glieder kräftige Muskeln und einen wachen Blick besaß. Es war ohne Zweifel den Preis wert, den der Wirt verlangte. Doch so viel Geld hatte sie nicht. »Ziemlich mager, die Stute«, sagte sie, verzog das Gesicht und legte den Kopf schief. »Trägt sie mich überhaupt?«

»Von Eurer Statur trägt sie drei, gute Frau«, gab der Wirt zurück. »Sie ist ein besonders edles Tier, das könnt Ihr mir glauben. Ein Ritter kam hier vorbei, verlor im Spiel und beglich mit ihr seine Zeche. Sie heißt Saphira und stammt aus dem Morgenland, wo der Ritter sie im Kampf erbeutet hat. Steigt auf. Versucht es.«

Er sattelte und zäumte das Pferd und führte es nach draußen, wo es nervös zu tänzeln begann, als er Melisande hinaufhelfen wollte. Melisande forderte den Wirt auf zurückzutreten. Kaum hatte er sich ein paar Schritte entfernt, stand Saphira ruhig da, die Ohren aufmerksam nach hinten gelegt.

»Braves Mädchen«, flüsterte Melisande und strich Saphira über den Hals. Sie hob einen Fuß in den Steigbügel und schwang sich in den Sattel. Noch immer stand die Stute still da. Melisande richtete sich auf, gab mit ihren Schenkeln leichten Druck, und schon ging Saphira im Schritt los. Als sie das Hoftor passiert hatten und die gerade Straße vor ihnen lag, gab Melisande ein wenig mehr Druck, und Saphira fiel in einen so sanften Trab, dass Melisande es kaum wahrnahm. Sie atmete tief ein, legte ein Bein zurück und gab mit dem anderen das Signal zum Galopp. Saphira stob davon wie ein Blatt im Sturm, und einen Moment fragte sich Melisande, wo ihr Vater und Rudger blieben, mit denen sie so oft ausgeritten war.

Saphira schien durch die Gassen zu fliegen. Melisande staunte über ihren weichen Gang und ihre Schnelligkeit. Sie war zum Rennen geboren und reagierte dennoch auf jedes Signal ihrer Reiterin. Der Wirt hatte wahr gesprochen: Dieses Pferd war etwas Besonderes.

Melisande parierte Saphira durch, und sie wechselte geschmeidig erst in den Trab und dann in den Schritt – gerade noch rechtzeitig, denn aus einer Gasse bog ein Karren mit Kürbissen in die Hauptstraße ein. Die Stadt erwachte langsam zum Leben. Wie leichtsinnig sie gewesen war! Es war lebensgefährlich, durch die Straßen zu galoppieren, selbst zu dieser frühen Stunde, doch auf Saphiras Rücken hatte Melisande für einen Augenblick alle Vorsicht und alle Sorgen vergessen. Sie wendete und ließ Saphira im Schritt zum Gasthof zurückkehren.

Der Wirt konnte seine Erleichterung darüber, dass Ross und Reiterin unversehrt zurückkehrten, nicht verbergen. Er deutete eine leichte Verbeugung an. »Kein Zweifel, Saphira und Ihr passt gut zusammen. Sie hat Euch sofort als Herrin angenommen.«

Melisande hob die Augenbrauen. »Ich nehme an, das war nicht bei jedem ihrer Reiter so, oder?«

Der Wirt räusperte sich. »Ich will Euch nicht verschweigen, dass sie bisher jeden abgeworfen hat. Es mag daran liegen, dass Ihr eine Frau seid.«

Melisande nickte stumm. Sie hatte richtig vermutet. Nicht

umsonst hatte ihr Vater ihr nicht nur das Reiten beigebracht, sondern auch, dass man ein Pferd mit Respekt behandeln musste. »Ein Pferd macht nie etwas falsch«, hatte er ihr eingetrichtert. »Es ist immer der Reiter, der Fehler macht.« Offenbar hatte irgendein Mann diese Regel nicht beherzigt und Saphira so gequält, dass ihr nun jeder Mann als Bedrohung erschien.

Melisande stieg ab und betrachtete Saphira genauer. Am Rücken fand sie einige Narben, die vom Kampf herrühren konnten, aber auch von einem Herrn, der geglaubt hatte, die Stute nur durch Gewalt beherrschen zu können. Sie wandte sich dem Wirt zu. »Ich danke Euch für Eure Offenheit. So will auch ich offen zu Euch sein. Ich kann Euch nur zwei Pfund Silber geben. Mehr führe ich nicht mit.«

Der Wirt rümpfte die Nase. »Anscheinend will Gott, dass ich heute ein schlechtes Geschäft mache.«

Von wegen, dachte Melisande. Ihr solltet froh sein, dass ich Saphira nehme. Bei Euch steht sie nur nutzlos im Stall herum und kostet Platz und Futter. Und ein Mann kommt wohl kaum als Käufer infrage!

Er hielt ihr die Hand hin. »Ihr nehmt sie?«

»Zwei Pfund Silber. Mit Sattelzeug.«

Er seufzte, dann schlug er ein. »Ihr werdet es nicht bereuen.«

»Dann ist es abgemacht. Ich werde Euch das Geld gleich geben.« Sie drückte dem Wirt die Zügel in die Hand.

Er band das Tier an einem Balken fest und ging gemeinsam mit Melisande in die Schankstube. Die Gäste waren inzwischen aufgewacht und machten sich für die Weiterreise fertig. Einige saßen an den Tischen und nahmen ein einfaches Frühmahl ein, andere schnürten gerade ihr Bündel oder streiften sich die Stiefel über.

An der Theke zog Melisande ihren Beutel hervor und zählte die Münzen ab. So viel Geld für ein Pferd! Aber Saphira war jeden Heller wert. Nicht nur, weil sie galoppierte wie der Wind, sondern auch, weil sie wie Melisande selbst war: verletzt und doch voller Lebenskraft.

Der Wirt zählte das Geld nach und nickte zufrieden. »Wartet einen Augenblick.« Er verschwand hinter der Theke und hielt ihr kurz darauf einen Beutel entgegen. »Hier, nehmt das für Eure Reise. Ein wenig Brot und Käse. Ihr werdet es brauchen.«

»Habt Dank!« Melisande griff nach ihrem Bündel, das noch immer an der Theke lehnte, und wandte sich zur Tür. Dabei fiel ihr Blick auf einen Tisch in der Ecke. Ihr stockte der Atem. Dort saßen einige Bewaffnete, deren Tracht sie als württembergische Boten auswies. Wussten die Männer schon, dass nach einer rothaarigen Frau gesucht wurde? Waren sie vielleicht sogar ihretwegen hier? Nur mit Mühe unterdrückte Melisande den Drang, einfach fortzurennen. Die Männer grüßten freundlich. Also wussten sie noch nichts. Erleichtert atmete sie auf. Aus einer Bemerkung schloss sie, dass die Bewaffneten nach Rottweil unterwegs waren. Was für ein Glück!

Zögernd trat sie an den Tisch. »Verzeiht.«

Die Männer musterten sie. »Können wir Euch helfen, junge Frau?«, fragte einer, der offenbar der Wortführer war.

»Ich habe gehört, dass Ihr nach Rottweil reist. Wärt Ihr so gütig, einen Brief mitzunehmen und ihn einer Freundin auszuhändigen? Ihr Name ist Irma Weishausen und sie ist die Gemahlin des Ratsherrn Lorentz Weishausen. Selbstverständlich bezahle ich Euch für die Umstände.«

Der Mann grinste und entblößte eine Zahnlücke. »Es ist uns eine Ehre, einer Frau in Not beizustehen. Euer Brief wird seine Empfängerin sicher erreichen.« Er streckte eine schmutzige Hand aus. Melisande zögerte kurz, dann reichte sie ihm das Schreiben und ein paar Heller, bedankte sich noch einmal und verließ die Gaststube.

Kurz bevor das Stadttor in Sicht kam, wurden die Gebäude links und rechts der Straße spärlicher, Äcker und Weiden breiteten sich zwischen den Häusern aus. Gestern hatte Melisande eine Scheune entdeckt, deren Tür nicht verriegelt war. Sie saß ab, führte Saphira die letzten Schritte am Zügel. Nachdem sie sich vergewissert hatte, dass niemand sie beobachtete, zog Melisande vorsichtig die Tür auf und spähte hinein. Heu und Stroh lagen herum, sonst war der Raum leer. Rasch schob sie Saphira ins Innere und schlüpfte hinterher. Es war Zeit, sich zu verwandeln. Ab hier würde Melisande als Mann weiterreisen, nur so war sie sicher vor Entdeckung. Es konnte nicht mehr lange dauern, bis sich herumsprach, dass eine junge Mutter wegen Entführung und Mordes gesucht wurde. Vielleicht hatten die Wachen an den Stadttoren sogar schon Order, nach einer rothaarigen Frau Ausschau zu halten.

Ohne zu zögern, zog Melisande sich aus, schnürte sich die Brust ein und legte Beinlinge, Surcot und Wams an. Dann nahm sie ihr Messer und schnitt ihr Haar auf Kinnlänge zurück. Zum Schluss rieb sie sich den Sud in die Haare, den sie in ihrer Kammer aus den Nussschalen bereitet hatte, die sie am Vortag bei dem Bauern besorgt hatte. Er überdeckte das Rot der Haare und verlieh ihnen eine tiefbraune Färbung.

Als die Verwandlung vollzogen war, machte Melisande ein paar Schritte und stemmte die Hände in die Hüften. »Ich bin Raimund Halverson aus Hamburg, Feldscher ist mein Gewerbe«, sagte sie mit verstellter Stimme. »Und wer glaubt, sich über meine helle Stimme lustig machen zu müssen, dem gebe ich gerne mein Schwert zu schmecken.«

Es war ein seltsames Gefühl, wieder Männerkleider zu tragen. Erschreckend und vertraut zugleich. Wie eine zweite Haut, von der sie geglaubt hatte, sie hätte sie für immer abgestreift. Melisande seufzte. Mochte Gott geben, dass ihr Unternehmen gelang!

Saphira stupste sie sanft an. Melisande drehte sich zu ihr um und streichelte ihr die weichen Lippen. »Wie gut, dass Menschen nicht so feinsinnig sind wie Pferde«, flüsterte sie. »Du würdest nie auf meine alberne Verkleidung hereinfallen und mich für einen Mann halten.« Sie bückte sich, um ihre alten Kleider und die übrigen Habseligkeiten wieder zusammenzupacken. Auch das abgeschnittene Haar nahm sie mit. Sie durfte keine Spuren zurücklassen.

Unbemerkt verließ sie die Scheune, saß auf, setzte eine wichtige Miene auf und ritt auf das Stadttor zu. Inzwischen hatte es geöffnet und Dutzende von Händlern kamen ihr entgegen, ihre Waren auf Karren vor sich herschiebend oder einfach auf den Rücken geschnallt. Als Melisande näher kam bemerkte sie, dass die Zahl der Wachen seit gestern verdoppelt worden war. Die Männer durchsuchten alle Wagen, die hinein- und hinauswollten, und griffen den Frauen unter die Hauben, um ihre Haare zu begutachten.

Melisande packte die Zügel fester. Sie hatte sich keinen Augenblick zu früh verwandelt. Melissa Füger wurde nun auch in Sulz gesucht. Was für ein Glück, dass die Württemberger Boten noch ahnungslos gewesen waren! Der Tag schien unter einem guten Omen zu stehen.

»Werter Herr, auf ein Wort.« Einer der Männer wandte sich ihr zu und hob die Hand.

Melisande nickte und hielt Saphira an.

»Wir suchen eine Mörderin. Eine junge Frau mit langen roten Haaren. Sie ist aus Rottweil geflohen und hält sich vermutlich irgendwo hier in der Gegend versteckt. Habt Ihr ein Weib gesehen, auf das diese Beschreibung passt?«

Melisande kniff die Augen zusammen, als würde sie nachdenken. Sie rieb sich das Kinn und schüttelte den Kopf.

»Dann wünsche ich Euch eine gute Reise, Herr.« Der Wächter trat zur Seite und winkte Melisande durch.

Sie musste sich beherrschen, um Saphira nicht die Fersen in die Seite zu stoßen, damit sie sie so schnell wie möglich von hier wegbrachte. Fast eine halbe Meile ließ sie die Stute im Schritt gehen. Dann erst erlaubte sie Saphira, in einen weichen Galopp zu fallen.

※※※

Das Dröhnen wurde immer lauter. Es klang, als wolle jemand das ganze Haus einreißen. Waren die Württemberger über die Stadt hergefallen? Suchte Graf Ulrich den Betrüger?

Wendel rollte sich stöhnend auf die Seite, sein Kopf schien größer zu sein als die Fässer, zwischen denen er lag. Wieder donnerte es, er hielt sich die Ohren zu und nahm gleichzeitig einen üblen Geruch wahr. Säuerlich stank es, so als hätte sich jemand auf den Boden erbrochen. Was für eine Schweinerei! Die Knechte mussten unbedingt sauber machen, in einem Weinkeller durfte es nach nichts anderem riechen als nach Holzfässern und Wein. Ein solcher Gestank war schlecht fürs Geschäft.

Wieder krachte von irgendwoher ein Donnerschlag. Wendel fuhr hoch. Verdammt! Was hatte das zu bedeuten? Einen Augenblick lang schaute er sich verwirrt um. Dann kam die Erinnerung zurück, kalt und unerbittlich. Er selbst hatte sich erbrochen. Er selbst hatte seinen eigenen Weinkeller als Abort benutzt. Wie lange hockte er schon hier in der Dunkelheit?

Plötzlich hörte er eine Stimme. Seine Mutter, kein Zweifel. Sie rief etwas, doch er verstand ihre Worte nicht. Als sie verstummte, donnerte es wieder an der Tür. Jeder Schlag fuhr Wendel in den schmerzenden Schädel. Mühsam rappelte er sich auf, versuchte, auf die Beine zu kommen. Doch er scheiterte kläglich und plumpste wie ein Kleinkind auf sein Gesäß. Auf allen vieren kroch er zur Tür. »Schon gut, ich komme!«, wollte er rufen, aber er brachte nichts als ein Krächzen heraus. Ächzend zog er sich am Knauf hoch, entriegelte die Tür. Als sie sich öffnete, stürzte er ins Leere.

Antonius fing ihn auf. »Zum Teufel, Herr, Ihr seht aus, als wärt Ihr aus dem Totenreich zurückgekehrt!«

»Wendel!« Katherinas Stimme klang schrill. »Wendel Füger, was ist denn in dich gefahren? Glaubst du, dass du mit Wein deine Sorgen wegspülen kannst? Bist du denn kein Mann? Willst du, dass die ganze Stadt über dich spottet?« Sie packte seinen Oberarm. »Kannst du mich überhaupt hören?«

Wendel nickte, was seinen Kopf beinahe bersten ließ. Er konnte seine Mutter nicht nur hören, nein, er verstand sogar den Sinn ihrer Worte. Doch das wollte er nicht, er wollte nichts hören, wollte sich nicht an das erinnern, was geschehen war. Zurück in den Keller, dachte er, zurück zu meinem Wein, damit ich vergessen kann. Da zuckte Gertruds Gesicht durch seine Gedanken. Seine kleine Tochter, sie brauchte ihn doch! Er musste sie finden, niemand sonst konnte das tun! Wie lange hatte er sich in dem Keller vergraben? Was war in der Zwischenzeit geschehen? Er stöhnte. Seine Mutter hatte

Recht. Er war ein jämmerlicher Weichling. Seine Familie war in Not, und statt ihr zu helfen verkroch er sich und soff sich den Verstand aus dem Kopf. Er versuchte, sich von Antonius frei zu machen, doch der hielt ihn eisern fest. »Lass mich los! Ich habe genug Zeit vergeudet! Ich muss Gertrud suchen!«

»Gut, dass du das endlich einsiehst«, sagte Katherina. »Es besteht also noch Hoffnung.«

»Wie lange war ich ...?« Er brach ab.

»Einen Tag«, erwiderte seine Mutter. »Gestern Morgen haben wir Gertruds Verschwinden bemerkt, am Nachmittag hast du dich im Keller eingesperrt und niemanden mehr zu dir gelassen. Die ganze Nacht hast du dort verbracht. Und auch den ganzen heutigen Tag. Es dämmert bereits.«

»Oh nein!« Wendel wankte. So viel Zeit, so sinnlos vergeudet! »Es gibt keine Spur von meiner Tochter?«

»Nicht die geringste.« Katherinas Stimme klang traurig. »Es haben sich viele Freiwillige gemeldet, die bei der Suche geholfen haben. Noch einmal haben sie die ganze Stadt auf den Kopf gestellt, überall haben sie nachgeschaut, auf jedem Dachboden, in jeder Scheune, in jedem Keller, doch ohne Erfolg. Sie haben ihre Arbeit liegen lassen, um dir zu helfen, während du in deinem Keller gehockt hast und in deinen eigenen Exkrementen herumgekrochen bist! Du solltest dich schämen.«

Wendel schloss die Augen. Und wie er sich schämte! Er hatte sich benommen wie ein Schwächling, wie ein Feigling, wie ein kleines verängstigtes Kind. Als er wieder aufsah, bemerkte er, dass sich eine weitere Person im Raum befand, Irma Weishausen, Melissas beste Freundin. Sie sah elend aus, so elend, wie er sich fühlte.

Katherina blickte ihn an. »Irma hat einen Brief für dich, und sie wollte ihn dir nur persönlich geben. Sie hat damit gedroht, dich aus der Zunft werfen zu lassen, wenn du sie nicht empfängst.«

»So ist es.« Irma hielt ihm eine dicke Pergamentrolle entgegen, deren Siegel ungebrochen war.

Er streckte eine Hand aus, doch er verfehlte den Brief.

Katherina schlug ihm den Arm weg. »Du wirst dich zuerst reinigen. So lange wird Irma sich gedulden.« Ihre Stimme duldete keinen Widerspruch, mit dem Zeigefinger deutete sie in Richtung Küche.

Antonius verfrachtete Wendel in den Badezuber. Das Wasser war so heiß, dass er das Gefühl hatte, gekocht zu werden. »Ich bin so ein Hornochse«, klagte er.

Antonius nickte zustimmend.

»So ein erbärmlicher Hasenfuß.«

»Ganz meine Meinung«, sagte Antonius und ließ die Wurzelbürste über Wendels Rücken fahren, als müsse er den Schmutz von Jahrhunderten herunterbürsten.

»Trinkt dies, Herr.« Berbelin reichte Wendel einen bitteren Trank. »Dann wird es Euch bald bessergehen.«

Wendel schluckte widerwillig, doch tatsächlich begann sich sein Blick schon bald zu klären, seine Gedanken und Gefühle ordneten sich.

Er stieg aus dem Badezuber, rieb sich ab, legte frische Kleidung an und straffte den Rücken. Bis er seine Tochter wieder in seinen Armen hielt, würde er nur noch stark verdünnten Wein trinken und auf Bier ganz verzichten.

Irma reichte ihm die Rolle.

Mit zitternden Fingern erbrach er das Siegel. Noch bevor er das erste Wort entziffert hatte, musste er schlucken. Es war die Handschrift seiner Frau.

Liebster!
Wenn du diese Zeilen liest, bin ich bereits nach Esslingen aufgebrochen. Denn ich vermute, dass der Entführer unserer Tochter dort zu finden ist. Wie groß die Gefahr ist, in der sie schwebt, wie grausam der Gegner, mit dem wir es zu tun haben, wirst du erkennen, wenn du den Brief liest, den ich erhalten habe. Gott steh uns bei!
In tiefer Liebe, Melisande Füger, geborene Wilhelmis.

Wendels Hände verkrampften sich, nur mit Mühe konnte er das zweite Pergament aufrollen, das in das erste gewickelt gewesen war. Diese Handschrift kannte er nicht, aber was er las, ließ ihm das Blut in den Adern gefrieren.

Melisande Wilhelmis, du hast wohl geglaubt, der Gerechtigkeit entkommen zu können! Wie du siehst, hast du dich geirrt. Dein Balg ist in meinen Händen, noch geht es ihm gut, doch das kann sich jederzeit ändern. Aber ich bin kein Unmensch. Du kannst dein kleines Kindchen freikaufen. Und der Preis ist nicht einmal sehr hoch. Bring mir den Kopf deines Gemahls, dann bekommst du deine Brut zurück. Du hast Zeit bis zum nächsten Vollmond, dann erwarte ich dich eine Meile vor den Toren der Stadt Esslingen, auf der Lichtung am höchsten Punkt der Berkheimer Steige, dort wo die Ruine der Einsiedelei steht. Solltest du es wagen, ohne den vereinbarten Preis zu erscheinen, oder solltest du gar nicht auftauchen, ist deine Tochter des Todes. Und sei versichert: Ihr Sterben wird mir die süßesten Wonnen bereiten, denn es wird langsam und qualvoll sein.

* * *

Es war kühl und dämmrig im Wald. Die Laute der Tiere und das Säuseln des Windes hallten schrill in Melisandes Ohren. Sie wusste, dass weit und breit keine Menschenseele war, und doch lähmte eine beinahe unbezwingbare Furcht ihre Glieder. Das Herz schien ihr aus der Brust springen zu wollen. Die feinen Härchen auf ihren Armen stellten sich auf. Jeden Moment konnten Bewaffnete sie aus dem Gebüsch heraus angreifen, konnte ein Pfeil aus dem Unterholz heransirren und sie aus dem Sattel reißen.

Als sie diesen Weg das letzte Mal beschritten hatte, war ihre Familie kurz zuvor ermordet worden und sie selbst hatte nur überlebt, weil der Henker von Esslingen sie gerettet hatte. Hierher war er mit ihr geflüchtet und hatte sie in einer Höhle versteckt. Viele Jahre waren vergangen, Melisande war seit jenem Tag nie wieder hier gewesen. Sie hatte die Gegend gemieden, die so viele schreckliche Erinnerungen barg. Nun würde sie das Versteck noch einmal nutzen, um für die Nacht ein sicheres Lager zu haben, bevor sie am kommenden Morgen die Stadt betrat. Heute war es zu spät, zudem war sie völlig erschöpft von dem langen Ritt, ganz im Gegensatz zu Saphira, die so leichtfüßig lief, als seien sie eben erst aufgebrochen.

Melisande näherte sich dem Talschluss, die Felsen waren noch genauso unbewachsen und schroff wie damals, nichts schien sich verändert zu haben. Sie saß ab, führte Saphira am Zügel. Die Stute war vollkommen ruhig, so als spürte sie Melisandes Beklemmung und wollte ihr Trost und Zuversicht spenden.

An einem Felsbrocken blieb Melisande einen Moment lang stehen, betrachtete das nackte Gestein, schloss die Augen, öffnete sie wieder. Sie hob die Hand, strich über den rauen Stein. Das musste er sein. Hier musste der Eingang zur Höhle liegen. Damals war alles so schnell gegangen, doch auch jetzt, wo sie die Stelle in Ruhe betrachten konnte, fiel ihr nichts Ungewöhnliches auf. Der Fels sah aus, als sei er ein unverrückbarer Teil des Steilhanges.

Melisande bückte sich, um ein wenig Erde beiseitezukratzen, die sich am Fuß des Felsens gesammelt hatte, dann tastete sie nach dem Riegel. Langsam fuhr sie mit den Fingern die Kante ab, bis sie auf etwas Hartes stieß. Sie hatte ihn gefunden! Mit einem kräftigen Ruck öffnete sie die Verriegelung und rollte den Felsklotz ohne Mühe zur Seite. Sie lauschte. Die Geräusche des Waldes hatten sich nicht verändert. Sie atmete auf, beugte sich vor und spähte in die Finsternis.

»Auf geht's.« Sie drehte sich zu Saphira um, die die Ohren angelegt hatte. Das dunkle Loch behagte der Stute offenbar ganz und gar nicht. »Komm mit, hab keine Angst. Da drinnen sind wir in Sicherheit.« Melisande streichelte der Stute über die Nüstern, nahm sie an den Zügeln und führte sie ohne Zögern in die Höhle. Zu ihrer Erleichterung folgte Saphira ihr widerstandslos. Sie hätte die Stute nicht draußen zurücklassen können, wo sie leichte Beute für wilde Tiere gewesen wäre.

Melisandes Herz klopfte wild, als sie weiter in die Höhle vordrang. Im Dämmerlicht erkannte sie, dass die Fackel noch an ihrem Platz war, ebenso der Feuerstein. Schnell loderte die Flamme auf. Saphira schnaubte nervös, blieb aber ruhig, weil auch Melisande ruhig blieb.

Melisande verschloss den Eingang. Jetzt waren sie sicher im Bauch des Berges. Sie zog Saphira an den Zügeln durch den Gang in den Hauptraum der Höhle. Die Strohmatratze, die Wassertonne, die Feuerstelle … Auf den ersten Blick schien alles intakt zu sein, sah aus, als wäre sie eben erst fortgegangen. Fast meinte sie, das zu Tode verängstigte dreizehnjährige Mädchen vor sich zu sehen, das vor Jahren vor dem Lager gekniet und für seine Familie gebetet hatte, die der Teufel Ottmar de Bruce wenige Stunden zuvor abgeschlachtet hatte.

Melisande schüttelte den Kopf, als könne sie die quälenden Erinnerungen damit vertreiben. Sie durfte jetzt nicht daran denken, es gab Wichtigeres, um das sie sich kümmern musste. Langsam schritt sie die Höhle ab. Das Fass war im Laufe der Jahre undicht geworden, sein Inhalt hatte sich in Erde verwandelt. Wenn sie die Fackel bewegte, huschten kleine Tiere zur Seite, sobald sie in den Lichtkegel gerieten. Sie lauschte. Ein leises Plätschern. Zumindest war die Quelle nicht versiegt.

»Komm mit.« Sie führte Saphira zum Wasser, und sogleich begann die Stute gierig zu saufen.

Melisande trank ebenfalls. Es war gut zu wissen, dass es diesen Ort gab. Falls es notwendig werden sollte, konnte sie sich hier verstecken, vielleicht sogar mit Gertrud. Am liebsten wäre sie aus der Höhle gerannt und sofort nach Esslingen aufgebrochen. Doch das wäre unvernünftig. Wenn sie Gertrud retten wollte, musste sie besonnen vorgehen. Der Entführer hatte ihr eine Frist bis zum nächsten Vollmond gesetzt. Bis dahin würde er Gertrud nichts antun. Zumindest hoffte sie das.

***

Erhard Füger kaute auf seiner Unterlippe herum. Nichts hatte er in der Hand, gar nichts. Mit hängenden Köpfen standen die Männer vor ihm. Sie hatten versagt. Weder hatten sie Melissa gefunden, noch hatten sie auch nur den Hauch einer Spur von ihr entdeckt. Ein Mensch konnte sich doch nicht einfach in Luft auflösen! »Meister Oswald, zahlt die Männer aus, und dann fort mit ihnen!«, befahl er barsch.

Oswald zog einen Beutel hervor und nahm einige Münzen heraus. Schweigend nahmen die Männer ihren Lohn entgegen, nickten kurz zum Abschied und machten sich aus dem Staub.

»Unser Geld geht zur Neige, Herr«, sagte Oswald und wog den Beutel in seiner Hand, der nur noch ein schlaffes Stück Leder war.

Erhard verzog das Gesicht. »Haben wir noch genug Vorräte?«

Oswald nickte und zeigte zwei Finger.

Zwei Wochen würde der Proviant also noch reichen. Erhard nickte grimmig. Das war nicht lang, aber immerhin. Er würde nicht aufgeben. Wenn die Meute die Fährte nicht aufnehmen konnte, dann musste er es eben selbst tun. Noch fehlten ja auch zwei seiner Leute, die er nach Sulz geschickt hatte. Vielleicht brachten die ja Neuigkeiten. Er musste einen kühlen Kopf bewahren, durfte sich nicht völlig in dieser Suche verlieren. Schließlich hatte er in Reutlingen einen gut gehenden Weinhandel, den er nicht zu lang seinem Verwalter und den Knechten überlassen durfte. Zwar waren seine Bediensteten zuverlässig, doch wenn der Herr zu lange fort war, litt das Hauswesen immer darunter.

Er seufzte. Nichts war, wie es sein sollte. Seit diese rothaarige Metze seinen Sohn verhext hatte, lief alles aus dem Ruder. Wenn wenigstens Katherina in Reutlingen wäre! Sie hätte Geschäft und Haushalt im Griff. Doch sein Weib hockte immer noch in Rottweil bei Wendel. Höchste Zeit also, dass er die Sache selbst in die Hand nahm. Wenn die Lage aussichtslos schien, so konnte sie zumindest nicht schlimmer werden. Aber zuerst musste er die Geldkatze mästen. In einigen Wirtshäusern entlang des Neckars gab es noch Wirte, die ihm Geld schuldeten. Das würde er eintreiben. Und danach ...

Pferdeschnauben ließ Erhard aufschauen, Hufe schlugen auf den Boden wie Trommelwirbel. Gleichzeitig drehten er und Oswald sich um und zogen die Schwerter, ließen sie jedoch gleich wieder in die Scheiden gleiten, als sie die beiden Männer erkannten, die mit wehenden Haaren auf sie zustoben. Kurz vor ihnen brachten sie ihre Pferde zum Stehen und sprangen aus den Sätteln.

Einen Moment rangen die Männer nach Atem, dann begann der größere von ihnen stockend zu berichten: »Herr, wir haben eine Spur! Eine Frau mit feuerrotem Haar hat einige Tage in Sulz im ›Lamm‹ gewohnt. Erst heute im Morgengrauen ist sie abgereist. Mutterseelenallein. Der Wirt hat ihr ein Pferd verkauft. Allerdings hat niemand gesehen, in welche Richtung sie fortgeritten ist.«

Erhard spürte, wie sein Herz schneller schlug. War es das? Hatten sie tatsächlich endlich eine Spur, die etwas taugte?

»Wie hat sie sich genannt?«, fragte Oswald.

»Maria von Felsenbrunn. Angeblich hat sie auf ihren Gatten gewartet, bis plötzlich Nachricht kam, dass er erkrankt sei. Da ist sie überstürzt abgereist.«

»Sie hat einen Komplizen!« Erhard schlug sich mit der Faust in die flache Hand. »Jemand hat sie gewarnt, deshalb hat sie sich davongemacht.«

Der andere Mann räusperte sich, schabte mit dem Fuß über den Boden.

»Was?«, fuhr Erhard ihn an.

»Es könnte einen weiteren Grund dafür geben, dass sie verschwunden ist.« Er zögerte. »Wir haben noch etwas in Erfahrung gebracht, Herr. Es gibt Neuigkeiten aus Rottweil.« Er verstummte, sah seinen Begleiter auffordernd an.

Erhard kniff die Lippen zusammen. »Was denn? Spuck's aus!«

Als sein Gefährte nichts sagte, sprach der Mann weiter. »Eure Enkeltochter...«

Erhard sprang auf ihn zu. »Meine Enkeltochter? Was ist mit ihr? So sprecht doch, oder soll ich Euch jedes Wort einzeln aus dem Maul schlagen?« Er brüllte so laut, dass sogar Oswald zusammenzuckte.

»Sie wurde entführt.« Der Mann hielt den Kopf gesenkt, als rechne er jederzeit mit einem Schlag.

Erhard fröstelte, schwankte einen Moment. Hatte er nicht eben noch gedacht, dass es nicht schlimmer werden konnte? Er sah den Burschen an. »Von wem?«

»Es heißt, dass es die eigene Mutter gewesen sei. Melissa Füger. Sie wird gesucht, alle Reichsstädte sind alarmiert.«

Jetzt endlich suchten sie also nach ihr. Erhard wusste nicht, ob er entsetzt sein oder frohlocken sollte. Er hatte Recht behalten: Melissa war eine Verbrecherin. Doch der Triumph schmeckte schal. Warum hatte erst ein solches Unglück geschehen müssen? Warum hatte man nicht auf ihn gehört?

Müde wandte Erhard sich ab. Armer Wendel. Der Junge musste vollkommen verzweifelt sein. Das eigen Fleisch und Blut, geraubt von dieser Verbrecherin! Das war mehr, als ein Mann ertragen konnte. Nur mit Mühe bewahrte Erhard die Fassung. Er hatte sein Enkelkind noch nie gesehen und in seiner Fantasie nahm sie die Gestalt von Elisabeth an, seiner eigenen Tochter, die als kleines Mädchen gestorben war. Er begann zu zittern. *Wendel! Er braucht mich jetzt. Ich muss ihm beistehen.*

Erhard ballte die Fäuste und wandte sich wieder den Männern zu, die schweigend auf Anweisungen warteten. Sein Entschluss stand fest. Was auch immer zwischen ihm und seinem Sohn gewesen sein mochte – jetzt galt es zu beweisen, dass er Wendel immer noch ein guter Vater war, dass er ihn und die Seinen beschützte. Die Suche nach Melissa konnte er beruhigt einstellen. Sie würde sich vor den Suchmannschaften nicht mehr lange versteckt halten können.

»Habt Dank für die gute Arbeit. Und nehmt dies als Zeichen meiner Erkenntlichkeit.« Er schüttete sich einige Münzen in die Hand, dann warf er den Männern den Beutel zu. »Teilt es. Und haltet Euch bereit. Vielleicht brauche ich Eure Dienste noch einmal.« Er sprang auf sein Pferd. »Brecht morgen früh das Lager ab, und kehrt zurück nach Rottweil. Oswald und ich reiten voraus.«

* * *

Es war hell, doch der Tag schien eben erst angebrochen zu sein. Das Blau des Himmels war noch blass, Tau schimmerte auf den bemoosten Felswänden, der würzige Duft des Waldes vertrieb den muffigen Geruch der Höhle. Melisande trat vor den Eingang, Saphira folgte, machte ein paar Schritte und schüttelte sich vom Kopf bis zum Schweif. Melisande lächelte. Die Stute war überglücklich, aus dem schwarzen Loch entkommen zu sein. Höhlen waren eben nichts für Pferde. Melisande hingegen hatte in der Geborgenheit des sicheren Verstecks so gut geschlafen wie lange nicht mehr.

Geschwind verschloss Melisande den Eingang, schwang sich in den Sattel und strich Saphira über die Mähne. »Treue Freundin. Hoffentlich muss ich dich nicht in Esslingen zurücklassen«, sagte sie, und Saphira hob den Kopf, als hätte sie ihre Worte verstanden. Melisande beugte sich vor und tätschelte Saphira den Hals. »Auf geht's«, murmelte sie, und die Stute setzte sich in Bewegung.

Sie waren noch nicht lange gelaufen, da hörte Melisande die Glocken von St. Dionys, die die Esslinger Bürger zur Messe riefen. Ihre ganze Kindheit über hatten diese vollen, warmen Klänge sie begleitet, und auch später, als sie unerkannt als Henker in der Stadt gelebt hatte, hatten die Glocken ihren Tag in Stunden eingeteilt. Die einzelnen Töne waren ihr so vertraut, dass sie bemerkte, dass die Esslinger die große Glocke noch immer nicht ausgetauscht hatten. Seit einem schweren Gewitter, bei dem ein Blitz in den Kirchturm eingeschlagen war, hatte sie einen kleinen Riss, der den Klang ein wenig verzerrte.

Von einer Anhöhe ließ Melisande den Blick über die Dächer schweifen, die unter ihr im Tal lagen. Rauch stieg aus einigen Schornsteinen auf. Die Nacht war kalt gewesen, aber jetzt wärmte eine milde Septembersonne die Stadt, kämpfte mit der dunklen Wolkenfront, die von Westen her immer näher rückte. Melisandes Herz schlug heftig. Sie war zu Hause. Und doch war es kein freudiger Anlass, der sie in die Heimat zurückgerufen hatte. Irgendwo dort, unter einem dieser Dächer, wurde Gertrud gefangen gehalten. Dessen war sie sich sicher. Warum sonst hätte der Entführer einen Treffpunkt so nah bei Esslingen aussuchen sollen?

Das Heiligkreuztor war trotz der frühen Stunde bereits geöffnet, wie immer wurden Waren begutachtet und Zölle erhoben, wie immer stritten sich Händler und Steuereintreiber, strömten die Menschen durch die Pliensau zur Inneren Brücke und von dort in die Stadt. Nur um sie, einen einsamen Reiter ohne Waren, kümmerte sich niemand.

Einen Wimpernschlag lang war Melisande versucht, einen Umweg zu machen, um nachzusehen, ob auch das Henkershaus aussah wie damals und ob der neue Henker Haus und Garten in Ordnung hielt. Sie widerstand jedoch der Versuchung und begab sich ohne Verzögerung zum »Schwarzen Bären«, einem Gasthaus, in dem üblicherweise nicht viele Fragen gestellt wurden. Wie erwartet interessierte der Wirt sich weder für ihren Namen, noch für den Grund ihres Aufenthalts, sondern nahm sichtlich erfreut das Geld für Unterkunft, Stallmiete und Futter für einige Tage im Voraus entgegen. Melisande hoffte zwar, noch am gleichen Tag mit Gertrud die Stadt wieder zu verlassen, rechnete aber damit, dass es länger dauern konnte, bis sie den Aufenthaltsort ihrer Tochter ausgekundschaftet hatte und sich eine Gelegenheit bot, sie zu befreien.

Sie stellte Saphira unter, gab dem Stallknecht Anweisung, sich der Stute besser nicht zu nähern, und machte sich sogleich auf den Weg. Bald musste die Frühmesse zu Ende sein. Wenn der Mann, den sie suchte, seine Gewohnheiten nicht geändert hatte, war er unter den Kirchgängern. Sie postierte sich in einer Nische des Katharinenhospitals – ein guter Platz, denn von hier konnte sie jeden sehen, der die Kirche verließ, war aber selbst durch einen Mauervorsprung verborgen.

Sie musste nicht lange warten. Schon öffnete sich das Portal, und ein dicker Mann in bunter Kleidung trat heraus. Ohne Zweifel war es der neue Henker, der als Erster die Kirche verlassen musste. Kaum war der Dicke von der Tür weggetreten, da strömten die übrigen Kirchenbesucher ins Freie. Melisande kannte sie fast alle: Ratsherren, Kaufleute und Handwerker mit ihren Familien. Und da war auch der Mann, auf den sie gewartet hatte: Konrad Sempach. Er wirkte abgemagert, nicht mehr so feist und aufgeschwemmt wie früher, doch seine Augen funkelten so boshaft wie eh und je. Selbst wenn er lächelte, wie jetzt gerade im Gespräch mit einem anderen Ratsherrn, konnte er seine Verschlagenheit nicht verbergen, denn seine Augen lächelten nicht mit, sondern huschten unstet hin und her. Das Gesicht seiner Frau war grau und verhärmt. Die Töchter allerdings waren nirgends zu sehen. Waren sie inzwischen alle drei verheiratet? Melisande betrachtete Sempachs Gemahlin. Wie viel mochte sie von seinen Umtrieben wissen? Kannte sie die dunkle Seite ihres Gemahls? Wusste sie um seine gottlosen Gelüste? Versteckte Sempach Gertrud womöglich in seinem eigenen Haus?

Melisande zwang sich, ruhig zu bleiben. Sie würde es herausfinden. Sempach hatte sich verrechnet, wenn er glaubte, sie würde sich kampflos geschlagen geben, sich auf sein absurdes Spiel einlassen. Was für ein perfider Plan, sie zwischen ihrem Gemahl und ihrer Tochter wählen zu lassen! Sie entscheiden zu lassen, ob sie Gertrud den Launen ihres Entführers überließ, oder ob sie für den Rest ihres Lebens mit der Schuld leben musste, ihren Gatten geopfert zu haben. Fast zu perfide für einen groben Klotz wie Sempach. Und doch war er der Einzige, der sie so sehr hasste, dass sie ihm solche Rachegelüste zutraute. Und der Einzige, der böswillig genug war, seine Gelüste in die Tat umzusetzen. Immerhin hatte er guten Grund, ihr Böses zu wollen, hatte sie Sempach doch als Henker Melchior an der Nase herumgeführt, ihn vor dem Rat der Stadt bloßgestellt, ihm das Geschäft vermasselt. Irgendwie musste der Ratsherr herausgefunden haben, dass der entflohene Melchior mit Melissa Füger identisch war.

Sie zog die Gugel über den Kopf und folgte Sempach mit einigem Abstand bis in die Alte Milchgasse. Er schickte seine Frau ins Haus und blieb vor der Tür stehen. Offenbar erwartete er jemanden. Seinen Komplizen? Rasch drückte Melisande sich in einen Hauseingang, damit Sempach sie nicht sah. In ihrer Verkleidung würde er sie zwar nicht erkennen, doch wenn ein Fremder in der Nähe seines Hauses herumlungerte, würde das den Ratsherrn bestimmt misstrauisch machen.

Es dauerte nicht lange, da kam ein magerer, pickeliger Bursche mit mausgrauen Haaren aus der Strohgasse gelaufen. Melisande erkannte ihn sofort. Es war Petter, ein Bote der Stadt und zudem seit Jahren Sempachs Handlanger und Spion. Natürlich wussten die übrigen Ratsherren nicht, dass einer der ihren den Boten auch für persönliche Dienste nutzte, doch Melisande, die als Henker genug von der dunklen Seite der Stadt gesehen hatte, kannte viele Geheimnisse.

Sempach flüsterte Petter etwas ins Ohr, dann verschwand er im Haus. Der Bursche lief sofort los.

Melisande zögerte nicht und folgte ihm. Was für ein Glück! Bestimmt sollte Petter etwas für den Ratsherrn erledigen. Womöglich führte er sie geradewegs zum Versteck ihrer Tochter! Falls nicht, konnte sie Sempachs Haus immer noch später genauer in Augenschein nehmen, mitten am Tag konnte sie hier ohnehin nicht viel ausrichten.

Petter eilte in Richtung Kosbühel, wo das Badehaus stand. War Gertrud im Badehaus versteckt? Das konnte sie sich nicht vorstellen. Als hätte der Mann ihre Gedanken gelesen, lief er weiter, bog zum Fischmarkt ab, eilte über den Markt und steuerte die Webergasse an. Ein paarmal blickte er über die Schulter, als wolle er sichergehen, dass ihm niemand folgte. Melisande ließ sich zurückfallen, versteckte sich mal hinter einer schwer bepackten Magd, mal hinter einigen Handwerksgesellen.

Schließlich blieb Petter vor dem »Alten Landmann« stehen, einer düsteren Kaschemme, in der das Bier dünn und wässrig und die Gesellschaft derb war. Melisandes Herz klopfte. Um hierherzukommen, hätte Petter nur die Strohgasse hinauflaufen müssen. Warum dieser Umweg? Warum diese Vorsicht?

Petter schlüpfte durch die Tür des »Alten Landmanns«. Melisande zögerte. Wenn sie ihm folgte, würden alle sie anstarren, denn sie war für eine solche Absteige viel zu gut gekleidet. Was sollte sie tun? Dann fiel ihr ein, dass sie ja ein Fremder war, Raimund Halverson aus Hamburg. Als solcher konnte sie ja nicht wissen, dass im »Alten Landmann« nur das übelste Gesindel verkehrte.

Entschlossen stieß sie die Tür auf. Bitterer Gestank wogte ihr entgegen. Bier und die Körperausdünstungen Dutzender ungewaschener Leiber. Einige Gäste hoben die Köpfe, andere musterten sie abschätzend, ein Alter verzog das Gesicht zu einem zahnlosen Grinsen.

Melisande beachtete die Männer nicht weiter, trat an die Theke und legte eine Münze darauf. »Habt Ihr ein anständiges Bier für einen Reisenden, der von weither kommt?«, fragte sie mit so tiefer Stimme, wie es ihr möglich war.

»Aber immer doch.« Der Wirt knallte einen Becher auf die Theke. »Willkommen in Esslingen, Fremder.«

Melisande nahm den Becher und drehte sich wieder zum Gastraum. Petter saß an einem Tisch in einer Nische. Er war allein, ein Becher stand vor ihm. All die Geheimniskrämerei, um ein Bier zu trinken? Sie ging zu ihm. »Ihr erlaubt?«

»Ich erwarte jemanden.« Petter starrte sie feindselig an.

Melisande antwortete, ohne nachzudenken. »Vielleicht ja mich?«

»Meister Rogwald?« Petter sprang sichtlich erschrocken auf. »Verzeiht, Herr. Ich wusste ja nicht. Ich dachte, Ihr wärt – nun ja ...« Er brach ab, sein Kopf glühte hochrot.

»Was denn?«, fragte Melisande. »Älter?«

»Ich weiß auch nicht.« Hastig nahm er einen Schluck Bier.

Melisandes Gedanken rasten. Petter wartete sicherlich in Sempachs Auftrag. Es war nicht schwer zu erraten, um was es ging. Als sie noch Henker von Esslingen gewesen war, hatte Sempach mit ihr ein Geschäft aufziehen wollen, hatte sogar versucht, sie zu erpressen, damit sie ihm half. Das war einer der Gründe gewesen, warum sie Hals über Kopf aus der Stadt geflohen war. Offenbar hatte Sempach inzwischen neue Geschäftspartner gefunden.

Petter beugte sich vor. »Ich habe Neuigkeiten, Meister Rogwald«, flüsterte er. »Die Ware ist auf dem Weg, doch es hat eine Verzögerung gegeben.«

Melisande brach der Schweiß aus. Bei der Ware handelte es sich um Mädchen, ganz junge Mädchen, Kinder noch. Manche vielleicht kaum älter als Gertrud. Mit Mühe presste sie eine Antwort heraus. »Eine Verzögerung? Was soll das heißen?«

Petter schob nervös den Becher zur Seite. »Ihr müsst Euch zwei, vielleicht drei Tage gedulden. Mein Herr bedauert zutiefst, Euch Unannehmlichkeiten zu bereiten. Doch er verspricht, dass sich die Wartezeit lohnen wird. Und selbstverständlich erhaltet Ihr einen Preisnachlass.«

Melisande antwortete nicht sofort. Sie musste wissen, wo das Versteck war. »Und die Örtlichkeit...«, begann sie vorsichtig.

»Mein Herr hat Euch doch sicherlich mitgeteilt, dass die Kammer im Frauenhaus zu gefährlich wurde, dass es ein neues Versteck gibt? Wenn es so weit ist, gebe ich Euch Nachricht. Dann wartet die Kleine wie besprochen in der Pliensau auf Euch. In der Scheune vom Althofen. Die findet Ihr ohne Mühe. Ich werde dort sein und Euch die geheime Kammer zeigen.«

»Warum zeigt Ihr sie mir nicht gleich jetzt? Dann weiß ich, wohin ich mich begeben muss, wenn es so weit ist.«

Petter wurde bleich. »Nein, Herr, das ist unmöglich.«

Melisandes Herz raste. Gertrud! Sie musste in der Scheune sein! Deshalb wollte Petter sie nicht dorthin führen. Auf einmal saß sie auf heißen Kohlen. Sie musste ohnehin sehen, dass sie fortkam, denn jeden Augenblick konnte der echte Meister Rogwald auftauchen und sie enttarnen. »Nun gut«, sagte sie daher. »Aber nicht länger als drei Tage. Ich will hier keine Wurzeln schlagen.«

»Nur zu richtig, Herr.« Petter sah sie lauernd an. »Wenn Ihr mir jetzt noch verraten wollt, wo ich Euch finde, wenn die Ware bereit ist?«

Melisande erhob sich, ihr Bier hatte sie nicht angerührt. »Im ›Eichbrunnen‹«, sagte sie nach kurzem Zögern. »Ihr findet mich im ›Eichbrunnen‹.« Sie erhob sich. Hoffentlich war sie bereits fort, wenn Petter nach seinem Kunden fragte und feststellen musste, dass kein Meister Rogwald dort wohnte. Und hoffentlich begegnete sie ihm nicht zufällig irgendwo, nachdem er herausgefunden hatte, dass sie nicht derjenige war, für den sie sich ausgegeben hatte.

Ohne sich noch einmal umzudrehen, stürmte sie hinaus auf die Gasse. Fast wäre sie mit einem Mann zusammengestoßen, der soeben die Tür zum »Alten Landmann« öffnen wollte. Er war feist, seine Schweinsäuglein musterten sie missbilligend. Ebenso wie sie war er für eine Kaschemme wie diese zu fein gekleidet. War er der echte Meister Rogwald? Melisande hatte nicht den Wunsch, es herauszufinden. So schnell sie konnte, hastete sie auf den Marktplatz zu und mischte sich unter die Kauflustigen.

∗∗∗

Es war kaum Mittag, als Erhard und Meister Oswald in Rottweil eintrafen. Sie hatten die Pferde nicht geschont und waren die ganze Nacht ohne Rast durchgeritten. Ungeduldig ließ Erhard die Prozedur am Stadttor über sich ergehen. Die Wachen schienen noch pingeliger zu sein als sonst. Ein kleines Mädchen werde gesucht, sagte einer, als könnte er Erhard damit beruhigen. Tölpel! Dachte er etwa, der Entführer wolle das Kind in die Stadt hineinschmuggeln? Er sollte sich lieber um die Leute kümmern, die Rottweil verließen!

»Ihr erzählt mir nichts Neues«, herrschte er die Wache an. »Es ist meine Enkeltochter, die entführt wurde. Aus ebendiesem Grund bin ich angereist. Und, wie Ihr Euch denken könnt, ich habe keine Zeit zu verlieren. Also lasst mich endlich durch!«

Der Wachmann verbeugte sich erschrocken. »Selbstverständlich, Herr.«

»Wurde aber auch Zeit«, knurrte Erhard und lief mit weit ausholenden Schritten voran. Zu seinem Ärger herrschte auf den Straßen so viel Gedränge, dass er und Oswald die Pferde führen mussten. Als sie endlich am Haus seines Sohns angelangt waren, reichte Erhard die Zügel seines Pferdes an Oswald weiter und klopfte an die Tür. Noch bevor seine Faust ein zweites Mal auf das Holz getroffen war, riss Katherina sie auf. Ihre Augen waren gerötet, das Gesicht aufgedunsen. Ihr Anblick schmerzte Erhard. Er trat auf sie zu, wollte sie in die Arme nehmen, aber sie machte einen Schritt rückwärts und funkelte ihn an.

»Was willst du denn hier?« Ihre Stimme klang rau.

Erhard schluckte seinen Ärger herunter. Seine Frau hatte guten Grund, erbost zu sein. Er hatte seinen Sohn schändlich im Stich gelassen, hatte es für wichtiger erachtet, seine Schwiegertochter zu verfolgen. »Ich habe von Gertrud gehört«, sagte er ruhig. »Wo ist Wendel? Er braucht mich jetzt. Ich möchte ihm beistehen in dieser schweren Stunde.«

Katherina blinzelte, Erhard konnte nicht sagen, ob es Misstrauen war, oder ob sie Tränen unterdrückte. »Komm herein.«

Sie trat zur Seite, blickte an ihm vorbei und entdeckte seinen Begleiter. »Oh, Meister Oswald. Verzeih, ich habe dich gar nicht gesehen. Sei gegrüßt, und tritt ebenfalls ein.« Sie wandte sich um. »Berbelin! Bring Wein, Käse und Brot. Michel! Kümmere dich um die Pferde!«

»Habt Dank, Herrin.« Oswald legte eine Faust an die linke Brust. »Es tut mir so leid. Aber seid gewiss: Wir werden Gertrud finden. Gesund und munter.«

»So Gott will, Meister Oswald.«

Wenige Augenblicke später standen Speis und Trank auf dem Tisch. Oswald setzte sich, nahm einen großen Schluck von dem Wein und aß voller Appetit, doch Erhards Kehle war wie zugeschnürt. Er nippte nur einmal im Stehen an seinem Becher, um den Straßenstaub aus dem Mund zu spülen. »Wo ist Wendel, Katherina?«, fragte er. »Ich muss mit ihm sprechen, ihn um Verzeihung dafür bitten, dass ich ihm so ein schlechter Vater war.«

»Er ist nicht hier.« Auch sie hatte sich nicht gesetzt.

Erhard seufzte. »Wo steckt er? Was macht er?«

»Das einzig Richtige: Er sucht seine Tochter.« Sie verschränkte die Arme.

»Katherina!« Erhard griff nach ihrer Hand. »Ich will nur das Beste für unseren Sohn, das musst du mir glauben.«

Katherina zog ihre Hand weg. »Dadurch, dass du dich ständig wiederholst, wird das, was du sagst, noch lange nicht wahrer. An ihren Taten sollt ihr sie messen, nicht an ihren Worten.«

»Dann miss mich an meinen Taten. Ich will helfen, Gertrud zu finden. Was kann ich tun? Braucht ihr Geld? Leute?«

»Warum, Erhard?«

»Warum was?« Erhard sah seine Frau verständnislos an. Was war nur in sie gefahren? Hatte die Sorge um ihre Enkeltochter ihr den Verstand geraubt?

»Warum du auf einmal helfen willst«, sagte Katharina leise. »Das will ich wissen. Glaubst du, dass du auf diese Weise Melissa in die Finger bekommst?«

Daher wehte also der Wind. Katharina traute ihm nicht über den Weg. Sie hatte natürlich Recht: Wo Gertrud war, musste auch Melissa sein. »Daran hatte ich gar nicht gedacht, ehrlich«, sagte er und schaute seiner Gemahlin in die Augen. »Mich treibt einzig und allein die Sorge um mein Enkelkind.«

»Das du gar nicht kennst, nicht einmal angesehen hast, als du hier warst. Ein Kind, das du nicht als dein Fleisch und Blut anerkennen wolltest.«

Er ließ den Kopf hängen. Das Scherbengericht war noch lange nicht zu Ende.

Katharina trat einen Schritt auf ihn zu. »Du glaubst, dass sie das Kind entführt hat? Du hältst sie tatsächlich für so schändlich?«

Zorn rührte sich in Erhard. War sie denn immer noch so blind? Nach allem, was geschehen war? »Ja, ich glaube, dass Melissa Gertrud entführt hat«, stieß er wütend hervor. »Wie dumm bist du eigentlich, Weib? Wer sonst sollte so etwas tun? Erst verschwindet sie, dann das Balg. Selbst der Dümmste kann eins und eins zusammenrechnen und kommt zum richtigen Ergebnis!«

Oswald erhob sich, kam langsam auf Erhard zu, blieb aber stehen, als Erhard ihn wütend anfunkelte. Er wandte sich wieder an Katharina. So viel Blindheit machte ihn rasend. »Diese Frau ist gefährlich!«, schrie er. »Hast du das noch immer nicht begriffen? Gefährlich und verschlagen. Siehst du das denn nicht, Katharina?« Er holte tief Luft und packte sie an den Oberarmen. »Ich weiß, dass es falsch war, Wendel zu verstoßen. Ich hätte ihm beistehen müssen. Aber es wäre genauso falsch, ihn jetzt Melissas Ränken zu überlassen.«

Katherina machte sich mit einer abrupten Handbewegung los.

Erhard ballte die Fäuste. Er hatte sie erneut gegen sich aufgebracht. Aber er konnte nicht anders; er musste sagen, wovon er überzeugt war – auch wenn es ihn in Schwierigkeiten brachte.

»Wir brauchen deine Hilfe nicht.« Sie wich zurück, ging auf die Haustür zu. »Es ist besser, wenn du jetzt gehst.«

Wieder flammte Wut in ihm auf. »Wendel ist mein Sohn!«, schrie er. »Ich werde ihn niemals seinem Schicksal überlassen, Weib! Hörst du? Niemals! Ich werde ihn vor Gefahren schützen, egal, ob du mir dabei hilfst oder nicht!«

»Erhard Füger!« Katherina flüsterte die Worte fast. »Du verlässt jetzt dieses Haus. Wenn nicht, rufe ich die Büttel. Hier hast du nichts zu sagen, und mir hast du schon lange nichts mehr zu sagen. Du bist ein dickköpfiger beleidigter Esel, der die Wand nicht sieht, an der er sich den Kopf aufgeschlagen hat. Du bist ein jähzorniger Trottel, der keine Ahnung vom Leben hat. Du siehst nur dich und deine Nasenspitze. Und alles was nicht hineinpasst in diesen Pisspott, in dem deine kleine Welt schwimmt, ist in deinen Augen des Teufels oder Hexenwerk. Unser Sohn hat eingesehen, dass er falsch gehandelt hat, und er wird es wiedergutmachen. Doch du, du siehst gar nichts ein. Du bist vollkommen verbohrt. Solange du dich von deinem Hass leiten lässt, will ich dich nicht mehr sehen. Geh mir aus den Augen!«

Jedes Wort traf Erhard wie ein Fausthieb. Wie konnte sie nur wagen, so zu ihm zu sprechen? Sie war sein Weib, sie hatte ihm zu gehorchen. Doch was brachte es ihm, wenn er von seinem Recht Gebrauch machte und Gehorsam einforderte? Er würde sie nur gänzlich verlieren. Und das konnte, das durfte nie geschehen. Entmutigt ließ er die Arme sinken.

Er spürte kaum, wie Oswald ihn an der Schulter packte und auf die Straße schob.

Oswald band die Pferde los, die Michel vor dem Haus festgemacht hatte. Benommen stieg Erhard auf seinen Gaul, gab ihm die Sporen und scherte sich nicht darum, dass die Menschen zur Seite springen mussten, um nicht unter die Hufe zu geraten, oder dass die Wachen am Stadttor ihm Flüche hinterherriefen, weil sie ihn nicht hatten kontrollieren können. Eine Meile von Rottweil entfernt riss er an den Zügeln, dass sein Pferd vor Schmerz wieherte. Er sprang aus dem Sattel, zog das Schwert und hieb auf einen Baum ein, bis er den Arm erschöpft sinken lassen musste.

Auch jetzt war es Meister Oswald, der ihm beistand. »Ihr seid sicherlich durstig, Herr.« Er nahm ihm die Klinge aus der Hand und reichte ihm den Wasserschlauch.

Erhard trank gierig. »Danke, mein Guter. Wenigstens eine Seele, die zu mir hält.« Er gab dem Waffenmeister den Schlauch zurück. »Was soll ich nur tun? Kannst du mir einen Rat geben?«

Oswald nickte. »Ich weiß nicht, ob ich Euch raten kann, doch ich weiß, was ich an Eurer Stelle tun würde.«

Erhard sah ihn an. »Ich höre, Meister Oswald.«

※ ※ ※

Auf der Pliensau hatte sich nichts verändert. Felder, die jetzt bereits abgeerntet waren, ein paar Handwerkerhäuser, ein paar Bauernhäuser, die immer noch so windschief standen, wie vor ihrer Flucht. Unmittelbar hinter der Inneren Brücke lag rechts von der Straße der große Rossmarkt, danach folgte die Gasse der Metzger, aus der der Geruch von Wurst und frischem Blut herüberwehte. Ganz am Ende dieser Gasse, unmittelbar an der Stadtmauer stand das Henkerhaus, zu weit entfernt, als dass Melisande es hätte sehen können. Sie lief die breite Hauptstraße entlang, die zum Mühlentor führte, und bog dann in die winzige Gasse, an deren Ende die Wiese mit der Scheune lag. Gut sichtbar erhob sich das Gebäude vor ihr, umgeben von nackten Äckern. Es gab keine Möglichkeit, sich unbemerkt heranzuschleichen. Melisande schüttelte verständnislos den Kopf. Was für eine ungewöhnliche Wahl für ein Versteck! Offenbar wickelte Sempach seine widerlichen Geschäfte nur des Nachts ab – oder die Kunden und ihre Opfer kamen versteckt in Wagen oder Kisten.

Melisande schaute hinauf in den Himmel. Dunkle Wolken hatten sich vor die Sonne geschoben; bald würde es regnen. Ein Regenschleier war auch ein guter Deckmantel, fast so dicht wie die Schwärze der Nacht. Sie hockte sich hinter einen Karren und wartete. Glücklicherweise herrschte in der Gasse nicht viel Betrieb. Die Bewohner der Häuser gingen wohl alle ihren täglichen Geschäften nach, niemand schien sie bemerkt zu haben. Ob sie es schon jetzt wagen sollte? Was, wenn der Regen auf sich warten ließ? Was, wenn Gertrud in dieser Scheune hungerte oder fror?

Vorsichtig kroch Melisande hinter dem Karren hervor. Keine Menschenseele war zu sehen. Sie schickte ein Stoßgebet zum Himmel und rannte los. Es waren nur wenige Schritte bis zu der Scheune. Ohne zu zögern, entriegelte sie die kleine Seitentür und schlüpfte ins Innere. Hoffentlich hatte Sempach keine Wache aufgestellt!

Sie hielt einen Augenblick inne und lauschte.

Alles war still. Gedämpft drangen Geräusche von draußen in die Scheune, das Blöken eines Schafs, ein Hämmern, das Brüllen eines Mannes, der seinen Knecht zurechtwies. Langsam entspannten sich Melisandes Glieder. Sie blickte sich im

Dämmerlicht um. Die Scheune schien nicht genutzt zu werden. Nur ein paar Bretter lagen herum und ein Rest fauliges Heu. Ein alter Leiterwagen drückte seine Räder in den Staub. Vom Dach her begann es, leise zu pochen. Es war so weit. Der Regen hatte eingesetzt.

Melisande schritt die Scheune ab. Irgendwo musste es doch einen Zugang zu der geheimen Kammer geben, von der Petter gesprochen hatte! Prüfend ließ sie ihren Blick über die wenigen Gegenstände gleiten. Als sie wieder bei dem Leiterwagen war, stutzte sie. Die dicke Staubschicht, die alles andere bedeckte, schien um die Räder herum verwischt zu sein. Zudem sah die Deichsel aus, als würde sie oft angefasst. Sie griff danach und zog.

Die Räder leisteten keinen Widerstand. Mit wenigen Schritten bugsierte Melisande den Wagen auf die andere Seite der Scheune. Darunter kamen einige Bretter zum Vorschein, die wie zufällig auf dem Boden lagen. Melisande bückte sich und versuchte, eins anzuheben. Es ging ganz leicht. Sie griff nach dem nächsten. Ein Loch tat sich auf, Staub rieselte hinab in die Dunkelheit. Das nächste Brett legte eine einfache Sprossentreppe frei. Sie hatte das Versteck gefunden.

Melisande wagte kaum zu atmen. Ein seltsamer Geruch schlug ihr entgegen, ein wenig so, wie sie es aus der Folterkammer kannte: eine Mischung aus Schweiß, Angst und Elend. Ihr Herz krampfte sich zusammen, und sie konnte nicht verhindern, dass ihr Tränen über die Wangen liefen. Welches Leid unschuldige Mädchen dort unten wohl erdulden mussten! Unschuldige Mädchen wie Gertrud. Sie schluckte, wischte mit dem Ärmel die Tränen weg und machte sich an den Abstieg.

Durch die Luke fiel genug Licht herein, dass sie ihre Umgebung erkennen konnte. Sempach hatte nicht gespart: Wachslichter waren in Haltern an den Wänden angebracht, sehr kostspielig, aber sinnvoll, denn Talglampen rußten zu viel. Ein mit Schnitzereien versehenes Bett stand in der Mitte des Raumes, rechts und links davon jeweils ein Scherenstuhl. Eine Truhe mit schweren Verschlägen duckte sich in eine Ecke, auf einem hüfthohen Fass standen ein Weinkrug und zwei Becher. Das Bettzeug duftete frisch, aber der Geruch des Todes hing in jeder Ritze der Kammer. Dieser Ort stand Esslingens Folterkeller in nichts nach.

Bis auf die wenigen Einrichtungsgegenstände war das Versteck leer. Keine Spur von Gertrud. Wieder schossen Melisande die Tränen in die Augen Sie war so sicher gewesen, dass Sempach ihre Tochter hier versteckt hielt. Doch offenbar hatte sie ihn falsch eingeschätzt. Wenn er tatsächlich wusste, wer sie war, dann war ihm auch klar, dass sie über seine dunklen Geschäfte unterrichtet war und überall suchen würde, wo sie seine Verstecke vermutete. Sie stöhnte auf.

»Liebste Gertrud, verzweifle nicht«, flüsterte sie. »Ich finde dich.«

Sie ließ den Blick noch einmal durch die Kammer schweifen. Wenn ihre Tochter schon nicht hier war, so wollte sie wenigstens alles genau durchsuchen. Vielleicht fand sich ja eine Spur oder etwas, womit sie Sempach unter Druck setzen konnte. Das Versteck allein reichte nicht. Es war nicht verboten, sich in einer Scheune eine versteckte Kammer einzurichten. Sempach würde nur lachen und behaupten, es sei ein Unterschlupf für den Fall, dass die Stadt von Feinden überrannt würde. Sie brauchte mehr.

Melisande schnupperte an den Krügen, konnte aber nichts Besonderes feststellen, und schaute unter das Bett, wo sie lediglich eine verängstigte Maus aufschreckte. Dann wandte sie sich der Truhe zu, die zu ihrer Überraschung nicht verschlossen war. Der Deckel ließ sich mühelos anheben, doch vor Schreck hätte sie ihn beinahe sofort wieder fallen gelassen. Über ihr tappte es, als ginge ein Mensch über den Boden der Scheune. Sie hielt die Luft an und lauschte, aber nur das Trommeln des Regens war zu hören. Sie schlich zur Sprossentreppe, spähte hinauf. Nichts. Vorsichtig stieg sie hoch. Die Scheune war leer. Melisande wischte sich den Schweiß von der Stirn und stieg wieder hinab. Ihre Nerven spielten verrückt, das war alles. Hastig untersuchte sie den Inhalt der Truhe. Bettlaken und Tücher, nichts weiter. Sie warf alles wieder hinein und wandte sich ab.

Sie ließ den Blick noch einmal durch den kleinen Raum schweifen. Sempach war nicht dumm. Es war schlau, ein Versteck in einer Scheune zu wählen, die von jedermann einzusehen und deshalb völlig unauffällig war. Eine harmlose Scheune. Und in ihr eine harmlose Truhe voller Wäsche.

Das ist es!

Sie stürzte zur Truhe, kniete nieder und hob sie vorsichtig ein Stück an. Nichts war darunter. Dafür gab die Truhe einen seltsam hohlen Klang von sich, als Melisande sie wieder absetzte. Natürlich! Die Truhe musste ein Geheimfach haben. So wie die Scheune die Kammer verbarg, verbarg die Truhe etwas anderes! Sie riss die Wäsche heraus, tastete den Boden ab, klopfte auf die Bretter, steckte die Klinge ihres Messers in jede Ritze. Nichts und wieder nichts. Aber es musste doch... Sie trat drei Schritte zurück und betrachtete die Truhe. Irgendetwas stimmte nicht. Doch was?

»Vergiss alles«, murmelte sie. »Versuch, die Truhe zu betrachten, als hättest du noch nie zuvor eine gesehen.« Sie kniff die Augen zusammen. Das Bild der Truhe verschwamm, und da erkannte sie es: Das Geheimnis lag nicht in der Truhe selbst, sondern in ihrer Einfassung. Die Kanthölzer, die die Bretter zusammenhielten und zugleich die Füße bildeten, waren viel zu groß. So groß, dass man ohne Weiteres etwas in ihnen verstecken konnte.

Mit einem Ruck stürzte Melisande die Truhe auf die Seite. Ihr Messer fuhr von unten in den ersten Fuß wie in ein Stück Butter. Mit gefärbtem Wachs war das Kantholz verschlossen. Schnell entfernte sie das Wachs und zog eine Pergamentrolle aus dem hohlen Innenraum.

Mit zitternden Fingern entrollte sie das Pergament. Sie hatte immer schon gewusst, dass Sempach ein ordentlicher Mensch war, und das sollte sich jetzt rächen. Minutiös hatte der Ratsherr sämtliche Einnahmen aus seinen Geschäften aufgelistet. Sogar die Namen der Opfer hatte er eingetragen und ihre besonderen Eigenschaften. Melisande stockte der Atem. Was für ein Ungeheuer! Von samtener Haut im Wert von zehn Pfund Silber war da die Rede, von vergoldeter Jungfräulichkeit und erlesenen Früchten, die nackt und unschuldig nur gepflückt werden mussten.

Melisande kämpfte die aufsteigende Panik nieder. Sie durfte auf keinen Fall daran denken, was Gertrud in den Händen dieses Ungeheuers widerfahren konnte, sonst war sie nicht mehr Herrin ihres Verstandes. Und sie brauchte ihren Verstand, um ihre Tochter zu retten. Sie rollte das Pergament zusammen und untersuchte die anderen Kanthölzer, die sich aber als leer erwiesen. Also hatte sie nur dieses eine Beweisstück, und selbst das war nicht so eindeutig, dass es Sempach überführte. Aber es sollte genügen, um erheblichen Zweifel an seiner Rechtschaffenheit aufkommen zu lassen. Am besten wäre es, ihn auf frischer Tat zu ertappen. Doch das war nicht ihre Aufgabe, sondern die des Esslinger Rates. Sie würde ihm das Dokument überreichen. Allerdings erst, wenn ihre Tochter außer Gefahr war.

Eilig richtete sie die Truhe wieder her, stieg hinauf und verdeckte den Einstieg mit den Brettern. Zum Schluss zog sie den Wagen an seine Stelle.

Auf dem Weg zu ihrer Herberge blickte Melisande sich immer wieder um, doch niemand schien ihr zu folgen. Der Regen hatte nachgelassen, nur noch vereinzelte Tropfen fielen vom Himmel. Was sie in der geheimen Kammer gesehen hatte, ließ ihr keine Ruhe. Am liebsten wäre sie sofort zum Rat gelaufen, damit der Sempach das Handwerk legen konnte. Doch das durfte sie nicht tun. Sie durfte Gertrud keinesfalls in Gefahr bringen, indem sie Sempach in die Ecke drängte.

Im »Schwarzen Bären« fragte sie nach jemandem, der in Richtung Rottweil reiste. Man verwies sie an einen Boten der Heilbronner Kaufmannsgilde, der unterwegs war zum Bodensee und in Rottweil haltmachen wollte. Rasch verfasste sie einen kurzen Brief, gab ihn zusammen mit Sempachs Pergament dem Boten und beschrieb ihm das Haus, wo er beides abgeben sollte.

Als das erledigt war, lehnte Melisande sich erleichtert zurück.

»Bringt mir eine Suppe«, bat sie den Wirt. Zwar verspürte sie kaum Hunger, doch es wäre unklug, den nächsten Schritt mit leerem Magen zu tun. Während sie aß, überlegte sie, wie sie weiter vorgehen sollte. Einfach bei Sempach einzubrechen war gefährlich. Andererseits wusste sie nicht, wie sie sonst an Informationen kommen sollte. Wie gern hätte sie Wendel jetzt an ihrer Seite! Wie mochte es ihm ergangen sein, als er die Nachricht aus Sulz erhalten hatte? Glaubte er ihr? Begriff er, in welcher Gefahr Gertrud schwebte? Oder hielt auch er sie für Gertruds Entführerin? Ein Stich fuhr ihr ins Herz. Wäre er doch bei ihr! Gemeinsam würden sie ihre Tochter retten. Gemeinsam waren sie unbesiegbar.

Als sie den Rest Suppe mit einem Stück Brot aufsaugte, ließ ein lautes Summen sie zusammenschrecken. Über ihr an einem Balken zappelte eine Fliege im Netz einer Spinne. Die Spinne wartete eine kleine Weile, sie wollte wohl sichergehen, dass die Fliege auch wirklich festsaß. Dann plötzlich, so schnell, dass Melisande kaum mit den Augen folgen konnte, griff die Spinne ihr Opfer an, betäubte es, wickelte es ein und ließ es an einem Faden zappeln. Nach getaner Arbeit begab sie sich gemächlich zurück in die Mitte des Netzes und machte es sich bequem, ganz so, als wäre nichts geschehen.

Melisande schloss die Augen. *Die Fliege, die sich in das Reich der Spinne wagt, kommt darin zu Tode.* Das war ein schlechtes Zeichen. Sollte sie den Plan, bei Sempach einzubrechen, fallen lassen? Oder war sie die Spinne und Sempach die Fliege? Er hatte sich in ihr Leben gedrängt, nicht umgekehrt.

Mit einer fließenden Bewegung stand sie auf, steckte ihr Messer in den Schaft ihres rechten Stiefels und trat vor den »Schwarzen Bären«. Draußen auf der Bindergasse war es ruhiger geworden. Es dämmerte bereits. Jetzt würde sich herausstellen, wer die Fliege und wer die Spinne war.

❊❊❊

Wendel blickte den Abhang hinunter auf die Stadt, die zu seinen Füßen lag, Aichaha am Neckar, im gestreckten Galopp kaum mehr als drei Stunden von Esslingen entfernt. Feuchter Dampf stieg aus dem Tal auf, eine Folge des Regens, der vor einer Weile auf das Neckartal niedergepeitscht war. Inzwischen funkelte die Abendsonne wieder zwischen den grauen Wolken hervor, doch sie stand bereits tief. Zeit, sich ein Nachtlager zu suchen, auch wenn er am liebsten noch heute bis nach Esslingen durchgeritten wäre.

Das Vernünftigste wäre, in Aichaha ein Gasthaus zu suchen, doch alles in Wendel sträubte sich gegen menschliche Gesellschaft. Derbe Scherze und übermütiges Lachen waren das Letzte, was er hören wollte. Beides wäre nur zu überbieten von Geschichten über eine vom Teufel besessene rothaarige Hexe aus Rottweil, die sieben Männer getötet und ein Kind entführt hatte, um es bei lebendigem Leib zu verspeisen. Diese Schauermär hatte ihm und Antonius gestern Abend ein fahrender Kesselflicker erzählt, und es hatte Wendel ungeheure Beherrschung gekostet, dem Kerl nicht den Hals umzudrehen.

Ihre Reise stand überhaupt unter einem schlechten Stern. Eigentlich hätten sie längst in Esslingen sein müssen, doch gestern war Wendels Pferd gestrauchelt, kurz nachdem sie aufgebrochen waren, und hatte sich am Bein verletzt. Es konnte noch laufen, doch keinen Reiter mehr tragen. Also hatten sie zu Fuß bis zu einem Gutshof weiterlaufen müssen, wo der Verwalter nach zähen Verhandlungen das verletzte, wertvolle Tier gegen eine gesunde, aber alte und sture Mähre ausgetauscht hatte. Antonius hatte über den schlechten Tausch geflucht, doch Wendel hatte ihn beschwichtigt. Es war immer noch besser, langsam zu reiten, als zu Fuß weiterzuziehen. Doch sie hatten wertvolle Zeit verloren und es nur mit Mühe bis Rottenburg geschafft. Dort hatten sie versucht, ein besseres Pferd zu bekommen, doch das Geld, das Wendel mit sich führte, reichte nicht aus – zumindest nicht, wenn sie noch etwas übrig behalten wollten für Unterkunft, Wegzehrung und derlei Ausgaben.

Wendel seufzte. Er hatte keine Ahnung, was ihn in Esslingen erwartete, und was er in der Vergangenheit in dieser Stadt erlebt hatte, trug nicht dazu bei, ihn zu beruhigen. Es kostete ihn ungeheure Kraft, gegen die schrecklichen Bilder in seiner Erinnerung und die dumpfe Angst anzureiten, die ihn von innen her aufzufressen schien.

Antonius gesellte sich zu ihm. »Wenn wir uns beeilen, schaffen wir es noch in die Stadt, bevor die Tore schließen.«

»Ich bleibe heute Nacht lieber ohne Gesellschaft«, gab Wendel zurück.

»Der Wald ist voller Gefahren«, hielt Antonius dagegen. »In der Stadt seid Ihr Euch nur selbst gefährlich.«

Wendel sah seinen Leibwächter an. »Eben. Eine schlimmere Gefahr gibt es nicht.«

Antonius zuckte mit den Schultern. »Wie Ihr meint, Herr. Dann lasst uns einen Lagerplatz suchen, bevor es ganz dunkel ist.« Er saß ab und führt sein Pferd über einen schmalen Trampelpfad ins Unterholz.

Wendel folgte seinem Beispiel, so gut es ging. Die bockige Mähre weigerte sich, den bequemen breiten Weg zu verlassen, und Wendel musste sie mit einer Mohrrübe locken, die er in der Satteltasche mitgeführt hatte.

Unweit eines kleinen Baches blieb Antonius stehen. »Lasst uns hier lagern, Herr.«

Wendel nickte wortlos. Das dichte Gebüsch bot einen guten Schutz für die Nacht. Hier würde sie niemand entdecken. Noch lange, nachdem Antonius eingeschlafen war, starrte Wendel hinauf in die Sterne, die zwischen dem schwarzen Laub hervorblitzen. Was war er nur für ein Hornochse gewesen! Ein einfältiger, blinder Hornochse! Doch damit war jetzt Schluss. Er würde Melissa – oder Melisande, wie er sie von nun an eigentlich nennen sollte – zu Hilfe eilen. Gemeinsam würden sie ihre Tochter retten. Wenn es nur noch nicht zu spät war!

***

Der Nachtwächter war bereits zweimal an Melisandes Versteck vorbeigekommen, als sie schwere Schritte hörte, die vom Kosbühel her näher kamen. Eine Gestalt tauchte auf. Sempach!

Melisandes Gedanken überschlugen sich. Wenn es ihr gelang, ihn zu überrumpeln, würde sie ohne Schwierigkeiten ins Haus gelangen. Das war viel leichter, als den Laden zu entfernen und durch das Fenster zu klettern. Und vor allem ging es schneller. Zwar war es nicht ungefährlich, sich mit dem breitschultrigen Mann anzulegen, doch sie hatte das Überraschungsmoment auf ihrer Seite. Und nicht nur das: Sempach war wankend vor dem Haus stehen geblieben und fingerte ungelenk an seinem Gürtel herum; offenbar hatte er getrunken.

Langsam bückte Melisande sich und zog das Messer aus dem Stiefel. Lautlos schlich sie näher. Sie erreichte Sempach in dem Augenblick, als dieser den Schlüssel umdrehte und die Tür aufstieß. Entschlossen packte sie ihn am Mantel und setzte ihm das Messer an die Kehle. »Los! Ins Haus!«

Sempach gehorchte ohne Widerstand, er wirkte benommen, schien nicht so recht zu begreifen, was mit ihm geschah. Er roch nach einer Mischung aus Lavendel, Zitronenmelisse und Rotwein, also war er vermutlich im Badehaus gewesen.

Im Inneren des Hauses war nichts zu hören. Offenbar schliefen die übrigen Bewohner. Melisande hoffte, dass es so blieb, denn sie hatte nicht vor, mehr Gewalt anzuwenden, als unbedingt nötig war. Sie schob mit dem Fuß die Haustür zu und dirigierte Sempach durch einen Korridor in eine kleine Kammer, eine Art Schreibstube. Dort drückte sie ihn auf einen Stuhl, stopfte ihm ein zerknülltes Pergament in den Mund, damit er nicht schreien konnte, und knotete die Ärmel seines Mantels auf dem Rücken zusammen. Das musste ausreichen, bis sie etwas Besseres gefunden hatte, um ihn zu fesseln.

Fieberhaft blickte sie sich um. Sempach war inzwischen aus seiner Erstarrung erwacht. Er würgte an dem Knebel und wand seinen Oberkörper, um sich aus dem Mantel zu befreien. Keine Zeit, eine Fessel zu suchen. Melisande griff nach einem schweren Tintenfass aus Ton und ließ es auf Sempachs Schädel niedersausen. Es zersprang, der große Mann sank mit einem leisen Seufzer in sich zusammen. Aus der Wunde am Kopf sickerte glücklicherweise nur wenig Blut, und das Fass war leer gewesen, ansonsten wäre Melisande von oben bis unten mit schwarzer Tinte befleckt gewesen.

Sie überlegte. Sollte sie zuerst das Haus durchsuchen? Oder sollte sie gleich bei Sempach anfangen, versuchen, ihn zum Reden zu bringen? Vermutlich würde es ausreichen, ihn daran zu erinnern, wer sie war und wie geschickt sie als der Henker Melchior die armen Sünder ans Reden bekommen hatte, um die Worte nur so aus ihm heraussprudeln zu lassen. Aber er war bewusstlos, sie müsste ihn wieder aufwecken, und wenn er wach war, konnte er um Hilfe rufen.

In dem Augenblick hörte sie ein Geräusch, das aus einem der oberen Stockwerke zu ihr herunterdrang. Ein Geräusch, das sie nur zu gut kannte. Ein kleines Kind greinte. Gertrud! Das musste Gertrud sein! Sempach hatte keine kleinen Kinder, nur drei erwachsene Töchter. Gertrud! Sie lebte! Melisande rannte aus der Kammer auf die Treppe zu. Er hat sie tatsächlich bei sich zu Hause versteckt, schoss es ihr durch den Kopf. Wie leichtsinnig! Er muss sich für unbesiegbar halten.

Sie folgte dem Weinen bis vor eine Kammer. Fast hätte sie die Tür einfach aufgestoßen und wäre zu ihrer Tochter gestürmt. Doch sie musste vorsichtig sein. Vielleicht war Gertrud nicht allein. Behutsam schob sie die Tür einen Spalt auf, das Messer stoßbereit in der Hand. Im Zimmer brannte kein Licht. Als Melisandes Augen sich an die Dunkelheit gewöhnt hatten, erkannte sie eine Wiege und eine Truhe, keine weiteren Möbelstücke. Außer dem Kind in der Wiege schien niemand im Zimmer zu sein.

Melisande rannte zu der Wiege und riss die Decke weg. Gleichzeitig bemerkte sie zweierlei: Das Kind war nicht Gertrud, und es war noch jemand im Raum. Das letzte, das sie wahrnahm, waren ein Schlag auf den Kopf und ein jäher Schmerz.

Die Flucht

Als Erhard Füger die Stadt im Morgennebel vor sich liegen sah, erfasste ihn grimmige Entschlossenheit. Hier würde er die Wahrheit herausfinden. Was auch immer das für ihn und seine Familie bedeuten mochte. So oder so würden sie bald Gewissheit haben. Es war Samstag, und auf den Landstraßen um Urach herrschte bereits reges Treiben. Vor einem der Stadttore war ein Wagen im Schlamm stecken geblieben, und bis zu seinem Aussichtspunkt konnte Erhard die Flüche der Reisenden hören, die sich an dem Gefährt vorbeidrängen mussten. Auch ihnen hatte der Regen einen Strich durch die Rechnung gemacht. Er hatte die Wege in schmierige Rutschbahnen verwandelt, sodass sie nicht schneller als im Schritt vorwärtsgekommen waren. Oft hatten sie sogar absteigen und die Pferde an den Zügeln führen müssen. Bis auf die Haut durchnässt hatten sie in einer leer stehenden Köhlerhütte die Nacht verbracht und waren im Morgengrauen wieder aufgebrochen.

Trotz der Strapazen der Reise fühlte Erhard keinerlei Müdigkeit, im Gegenteil, er war so wach wie lange nicht mehr. Seit dem Streit mit Katherina war eine seltsame Klarheit über ihn gekommen. Er durfte Wendel nicht länger gram sein dafür, dass er die Frau geheiratet hatte, die er liebte. Dass sich diese Frau als Mörderin, Betrügerin und Kindsentführerin herausgestellt hatte, war schlimm, doch es war nicht Wendels Schuld. Er war leichtfertig gewesen, gutgläubig. Aber er war kein schlechter Mensch. Jetzt galt es, ihn auf den richtigen Weg zurückzuführen.

Der Rat seines Waffenmeisters war das einzig Richtige gewesen: Er würde die Beweise beibringen, die Melissa überführen würden, so, wie er es von Anfang an vorgehabt hatte. Gegen handfeste Beweise konnte auch Wendel sich nicht verschließen. Er würde leiden, doch er würde nicht zusammenbrechen unter dem Schmerz. Sein Sohn war stark. Und wenn er sich wieder gefangen hatte, würden sie die Verbrecherin vielleicht sogar gemeinsam an die Stadt Augsburg ausliefern.

Erhard gab Oswald und den beiden anderen Männern, die zu ihrem Schutz mitritten, ein Zeichen. Sie setzten sich wieder in Bewegung und erreichten wenig später die Stadt. Der Gasthof »Wilder Mann« war brechend voll, den Neuankömmlingen gelang es dennoch, ein warmes Plätzchen in der Nähe des Kamins zu ergattern, wo ein anständiges Feuer prasselte, sodass sie sich aufwärmen und ihre Gewänder trocknen konnten.

Erhard gestattete seinen Männern, etwas zu essen und sich auszuruhen. Sie nahmen dankbar an, entledigten sich ihrer nassen Kleider, nahmen die Decken, die der Wirt ihnen reichte und stärkten sich mit einem Eintopf und verdünntem Wein.

Erhard selbst nahm nur wenig zu sich. Zu eilig hatte er es, Erkundigungen einzuholen. Er hielt sich an den Wirt, denn er wusste, dass dieser Berufstand bestens im Bilde war über alles, was in einer Stadt vor sich ging. Schließlich war Erhard auch Wirt, und kaum etwas, das sich in Reutlingen zutrug, entging ihm.

Er begab sich an die Theke, bestellte einen Falerner, den teuersten Wein, den der Wirt anbot, und hieß ihn, sich ebenfalls einen Becher einzuschenken. »Vielleicht habt Ihr ja Zeit, mir einen Augenblick Gesellschaft zu leisten.«

Das ließ sich der Wirt nicht zweimal sagen. »Habt Dank, Meister Füger.« Er hob seinen Becher, und sie stießen an. »Womit kann ich Euch dienen? Was wollt Ihr wissen?«

Erhard schmunzelte. »Ihr seid ein Mann, der das Leben kennt, keine Frage.«

Der Wirt lächelte verschmitzt.

»Vor etwa zwei Jahren ist hier in der Nähe ein Handelszug überfallen worden, habe ich mir sagen lassen. Erinnert Ihr Euch daran?«

Der Wirt knurrte wie ein Kettenhund und kniff die Augen zusammen. »Könnte sein, dass ich mich erinnere. Ihr seid nicht aus Urach. Was habt Ihr damit zu schaffen?«

Erhard hob beschwichtigend die Hände. »Nichts liegt mir ferner, als mich in Angelegenheiten einzumischen, die mich nichts angehen. Die Toten sollen in Frieden ruhen. Und auch den Lebenden möchte ich keinen Ärger machen.«

Der Wirt nickte misstrauisch. »Ganz recht.«

Er wollte sich umdrehen, aber Erhard packte ihn am Arm. »Vielleicht interessiert Euch, wer dafür verantwortlich war?«

Der Wirt verzog das Gesicht, als hätte er Essig statt Wein getrunken. »Das wissen wir.«

Jetzt war es an Erhard, das Gesicht zu verziehen, allerdings vor Erstaunen.

Der Wirt nahm den letzten Schluck aus seinem Becher. »Habt Dank für den Wein, Füger. Doch jetzt lasst mich in Frieden. Wenn Euch die Geschichte interessiert, geht zu Meister Fridel, dem Metzger. Der war dabei. Er hat alles mit eigenen Augen gesehen. Ich habe nichts dazu zu sagen.«

Er wandte sich ab, und diesmal versuchte Erhard nicht, ihn aufzuhalten. Aus diesem Mann würde er ohnehin nichts mehr herausbekommen.

Seltsamer Zeitgenosse, dachte Erhard. Alle Wirte, die er kannte, schwatzten für ihr Leben gern. Vielleicht mochte dieser keine Fremden. Oder er hatte mehr mit dem Überfall zu tun, als er ihn wissen lassen wollte. Blieb nur zu hoffen, dass der Fleischer gesprächiger war.

Erhard drängte sich durch das Gewimmel zu Oswald durch, der mit den anderen Männern in einem Winkel saß und Eintopf aß. »Der Wirt wollte nicht recht mit der Sprache raus«, berichtete er. »Er hat mich an einen Metzger verwiesen. Ich gehe hin und höre mir an, was er zu sagen hat.«

»Ich begleite Euch.« Der Waffenmeister schob die Schüssel weg und sprang auf, doch Erhard winkte ab. Manchmal brachte man bei einem Gespräch unter vier Augen mehr in Erfahrung.

Die Gasse der Metzger war nicht schwer zu finden, ebenso wenig Meister Fridel, der in Urach offenbar ein bekannter und geachteter Mann war.

Erhard wich einem Hund aus, der ein Stück Darm erbeutet hatte, trat an die überdachte Fleischbank und betrachtete die ausgebreiteten Waren. Sie sahen frisch aus und gut geschlagen.

Eine mollige Frau sprach ihn freundlich an. »Seid gegrüßt, Herr.« Sie zeigte auf ein Stück Fleisch. »Sind das nicht ganz wunderbare Stücke von der hohen Hüfte? Genau das Richtige für einen edlen Herrn, wie Ihr es seid.« Sie lächelte warm.

Erhard kam nicht umhin, sich geschmeichelt zu fühlen. »In der Tat, Eure Ware ist von bester Qualität, das ist nicht zu übersehen. Aber verzeiht mir, ich bin heute nicht hier, um gut einzukaufen, denn ich bin nur auf der Durchreise. Mein Begehr ist es, den Meister Fridel zu sprechen.«

Die Frau verlor ihre Freundlichkeit nicht, nickte und verschwand im Haus. Einen Moment später trat ein Hüne von einem Mann durch die Tür und reichte Erhard die Hand. »Mein Weib sagte mir, ein Fleischkenner wolle mich sprechen. Mit wem habe ich die Ehre?«

Erhard drückte seine Hand fest. »Erhard Füger ist mein Name, ich bin Wirt und Karcher und komme aus Reutlingen.«

»Seid willkommen. Wie kann ich Euch helfen?«

»Nun, der Wirt vom ›Wilden Mann‹ schickt mich zu Euch. Ihr seid offenbar der Mann, an den man sich wenden muss, wenn man mehr über ein schreckliches Verbrechen erfahren möchte, das sich vor etwa zwei Jahren vor den Toren der Stadt zutrug.«

Meister Fridel zog scharf die Luft ein. »Ihr sprecht von dem Überfall auf den Handelszug, nehme ich an. Was hat ein Karcher aus Reutlingen damit zu schaffen?«

Erhard senkte die Stimme. »Das will ich Euch gern erklären. Doch vielleicht nicht vor Zeugen.« Er warf einen Blick in Richtung Fleischbank, wo inzwischen Kundschaft aufgetaucht war und mit der Fleischersgattin um den Preis für ein paar Suppenknochen feilschte.

Meister Fridel nickte. »Kommt mit.« Er führte Erhard ins Innere des Hauses, in eine Art Vorraum, in dem einige leere Käfige herumstanden und Seile und eiserne Haken von den Wänden hingen. Durch den Türspalt erkannte Erhard einen weiteren Raum, in dem ein Geselle damit beschäftigt war, eine Schweinehälfte zu zerlegen.

»Entschuldigt, dass ich Euch nicht in die gute Stube führe«, sagte Meister Fridel. »Ich habe nicht viel Zeit. Die Arbeit wartet.«

»Das macht gar nichts«, erwiderte Erhard. »Ich bin Euch dankbar, dass Ihr Euch überhaupt die Zeit nehmt, mich anzuhören.«

Der Metzger sah ihn an. »Ich gebe zu, Ihr habt mich neugierig gemacht. Was interessiert Euch an dieser schrecklichen Geschichte?«

»Ich kenne jemanden, der vermutlich an dem Überfall beteiligt war. Ich weiß ziemlich sicher, dass diese Person den Schreiber aus Augsburg getötet hat, der unter den Opfern war.«

Der Metzger hob die Augenbrauen. »Ach ja? Ist das so? Nun, wir hier in Urach wissen es ebenfalls, und nicht nur das: Wir haben die Hundsfötter auch gefangen, verurteilt und hingerichtet. Sieben Monate nach dem Überfall war das. Da haben sie nämlich noch einen Zug überfallen, fast an der gleichen Stelle, doch der war von hervorragend ausgebildeten Söldnern begleitet, die die Räuber kurzerhand überwältigt haben. Den meisten haben sie an Ort und Stelle den Garaus gemacht, und die wenigen, die überlebten, wurden einige Tage später vor den Toren der Stadt aufgeknüpft.«

Erhard spürte, wie ihm das Blut aus dem Gesicht wich. »Seid Ihr sicher, dass es die gleichen Männer waren?«

»So sicher, wie ich vor Euch stehe. Einige trugen noch die Waffen und Schmuckstücke bei sich, die sie bei dem ersten Überfall erbeutet hatten.« Der Metzger legte den Kopf schief. »Ihr hattet jemand anderen im Verdacht?«

Erhard zögerte. Wie viel sollte er dem Mann erzählen? »Ich habe Kunde von einer jungen Frau«, begann er vorsichtig. »Ich habe gehört, sie sei bei dem Überfall gesehen worden.«

Meister Fridel knallte die Faust auf einen der leeren Käfige. »Verfluchtes Gesindel!«, stieß er hervor. »Hört das denn nie auf?«

Erhard wich erschrocken zurück. Der Ausbruch des Hünen hatte ihn vollkommen überrascht. Noch bevor er fragen konnte, worüber dieser so erbost war, begann Meister Fridel, von sich aus zu erzählen.

»Vor einiger Zeit gab es oben auf der Alb, neben dem Dorf Hülben, einen verlassenen Hof«, berichtete er. »Nur ein altes Paar, Ida und Herrmann, lebten dort und fristeten ihr Dasein mehr schlecht als recht. Bis zu dem Tag, als eine junge Magd namens Mechthild dort auftauchte und begann, ihnen zur Hand zu gehen. Schon bald wurde sie den beiden Alten zur Tochter, und auch hier in Urach war das Mädchen gut gelitten. Dann eines Tages wurde ein Handelszug von einer Horde Räuber überfallen. Mechthild war zufällig in der Nähe und sah alles mit an. Als die Räuber sich mit ihrer Beute verzogen hatten, eilte sie aus ihrem Versteck und versorgte die Verwundeten. Vier Männern rettete sie das Leben! Ich selbst sah, wie geschickt sie die Opfer versorgt hatte, denn ich war einer der Ersten, die an der Unglücksstelle ankamen. In der Stadt sprach sich schnell herum, dass Mechthild eine Heilkundige war. Immer häufiger wurde sie herbeigerufen, wenn jemand verletzt war. Und womit haben sie es ihr gedankt?«

Er streckte anklagend die Hände in die Höhe. »Sie hielten sie für eine Hexe, weil sie rotes Haar hatte, und brannten den Hof nieder, auf dem sie lebte. Der Wirt, der Euch hergeschickt hat, ist übrigens nicht ganz unschuldig an der Schandtat. Er wusste, was die Meute vorhatte, und hat zu spät Alarm geschlagen. Die beiden Alten kamen in den Flammen um, Mechthild verschwand. Und weil sie überlebte, gibt es noch immer Menschen hier in der Stadt, die fest daran glauben, dass sie eine Hexe war. Abergläubisches Pack! Wenn Euch einer von denen etwas über Mechthilds angebliche Zauberkünste erzählt, glaubt ihm kein Wort, Meister Erhard! Mechthild war eine aufrichtige und gute junge Frau, und ich hoffe sehr, dass sie irgendwo anders ihr Glück gefunden hat.«

Erhard rang nach Fassung. »Ihr seid Euch absolut sicher, dass sie mit dem Überfall nichts zu tun hatte? Immerhin war sie eine Fremde. Ihr wisst doch nichts über ihre Vergangenheit.«

Der Metzger sah ihn mit festem Blick an. »Ich bin mir sicher. Ich brauche nichts über die Vergangenheit eines Menschen zu wissen, um mir ein Urteil darüber zu bilden, ob er anständig ist oder ein Halunke. Ihr, Meister Füger, seid anständig und aufrecht, ebenso wie die Magd Mechthild. Auch wenn Euch etwas zu quälen scheint, das Euch das Herz zu zerreißen droht.«

Erhard starrte ihn an.

Meister Fridel legte ihm eine Hand auf die Schulter. »Ich verstehe, Meister Füger, dass Ihr Gewissheit haben müsst, da sonst Eure Seele keinen Frieden finden kann. Mein Wort allein genügt offenbar nicht. Ihr solltet daher mit den Männern sprechen, die Mechthild gerettet hat, mit den vier Überlebenden. Sie allein kennen die Wahrheit. Nun, ich selbst weiß nur den Aufenthaltsort von einem von Ihnen, denn er ist ein entfernter Verwandter von mir. Er heißt Godehart von Bräseln und lebt in Speyer. Sucht ihn auf und versucht Euer Glück. Einfach wird es nicht sein, denn Godehart hat bis heute nicht über seine Erlebnisse gesprochen. Nicht ein Wort. Zu niemandem. Er ist seit dem Blutbad verstummt.«

* * *

Melisande schreckte hoch. Ihr Schädel brummte, als hätte sie zu viel Wein getrunken, doch sie erinnerte sich nicht, im Wirtshaus gewesen zu sein. Sie blickte sich um, konnte jedoch kaum etwas erkennen. Um sie herum war es dämmrig. Irgendwo schien eine Fackel zu brennen, denn an der Mauer zuckten unruhige Lichtfetzen hin und her, doch sie war zu weit weg, um Helligkeit zu spenden. Es stank. Und es war kalt. Wo war sie?

Von irgendwoher hörte Melisande ein leises Stöhnen. Sie schrak zusammen. Plötzlich fiel ihr alles wieder ein: Sempachs Haus, das Kind in der Wiege, der Schlag auf den Kopf. Die Büttel hatten sie in den Kerker geschleift und sich nicht weiter um sie gekümmert. Doch warum hockte sie in der kleinen Einzelzelle und nicht in dem großen Verlies bei den anderen Gefangenen?

Panik stieg in ihr auf. Hektisch tastete sie ihren Körper ab. Sie trug nach wie vor ihre Männerkleider. Erleichtert atmete sie aus. Zumindest hatten sie noch nicht bemerkt, dass sie eine Frau war.

Melisande schloss die Augen und versuchte, sich die Ereignisse der vergangenen Nacht ins Gedächtnis zu rufen. Sie hatte Sempach auf der Straße überrumpelt und ihn in seiner Schreibstube bewusstlos geschlagen. Dann hatte sie das Weinen gehört und war in den ersten Stock hinaufgestiegen, ohne

Sempach richtig zu fesseln. Sie erinnerte sich noch, wie sie sich über das Kind gebeugt und erkannt hatte, dass es nicht Gertrud war. Dann war da nichts als Schwärze. Wer hatte sie niedergeschlagen? Hatte Sempach sich so schnell von dem Schlag erholt? War eine der Mägde erwacht? Oder die Mutter des Kindes? Natürlich, so musste es gewesen sein. Doch Sempachs Weib hatte ihm bestimmt kein Kind mehr geboren. Es musste sich also um eines seiner Enkelkinder handeln.

Melisande stöhnte auf. Wie töricht hatte sie sich angestellt! Jetzt drohten ihr Folter und eine schwere Strafe, womöglich sogar der Tod. Sie war in das Haus eines ehrenwerten Ratsherrn eingedrungen, hatte ihn niedergeschlagen und sich an einem hilflosen Kind vergriffen. Als sie sich über die Wiege gebeugt hatte, hatte sie das Messer noch in den Händen gehalten. Lieber Gott, wie sollte sie das erklären? Überhaupt nicht. Da gab es nichts mehr zu erklären.

Ihr ganzer Körper zitterte vor Angst. Nichts würde sie verheimlichen können, wenn man sie der peinlichen Befragung unterzog. Der Brief, den sie an Irma geschickt hatte, der Brief, der Sempachs dunkle Machenschaften entlarvte, war ihre einzige Rettung. Sie musste einen der Ratsherren überreden, sich das Schriftstück schicken zu lassen. Doch welchem der Männer konnte sie trauen? Normalerweise war Sempach einer der Ratsherren, die bei den peinlichen Befragungen zugegen waren. Das machte es nicht leichter. Henner Langkoop war ebenfalls häufig dabei. Aus ihm war sie nie recht schlau geworden, er schien sein Fähnchen nach dem Wind zu hängen. Am ehesten war wohl dem Kürschnermeister Karl Schedel zu trauen. Er war ein Mann mit strengen Prinzipien, aber aufrecht und besonnen. Ob sie verlangen konnte, mit ihm zu sprechen?

Mit einem Mal spürte sie etwas in ihrem Ärmel. Gertruds Tuch! Rasch zog sie es hervor und hielt es sich vor das Gesicht. Süße Erinnerungen stiegen in ihr auf. Wie sie ihre Tochter zum ersten Mal in den Armen gehalten hatte. Wie Gertrud zum ersten Mal durch die Stube gekrabbelt war, flink wie ein Eichkätzchen. Melisande schluckte die Tränen hinunter.

Sie zuckte zusammen. Jemand näherte sich. Melisande drückte sich in die hinterste Ecke der Zelle. Je weniger deutlich man ihr Gesicht sah, desto besser. Schon flammte Fackellicht vor dem vergitterten Fenster auf, Schlüssel rasselten. Rasch ließ Melisande das kleine Tuch verschwinden. Sie musste plötzlich an all die Menschen denken, die sie hier unten der peinlichen Befragung unterzogen hatte. Welche Qualen hatten diese armen Seelen durch ihre Hand erleiden müssen! Auch wenn die meisten Verbrecher gewesen waren, die es nicht besser verdient hatten – was war mit jenen, die unschuldig verdächtigt worden waren, so wie sie jetzt?

»Herr im Himmel! Verzeih mir die Angst und den Schmerz, das Leid, das ich als Henker von Esslingen den Menschen zugefügt habe«, wisperte sie.

Die Tür schwang auf, Konrad Sempach wuchs aus dem Schatten wie der Teufel. Die Fackel warf verzerrte Silhouetten an die Wände. Melisande erkannte, dass hinter dem Ratsherrn ein Büttel eintrat, der Melisande hochzog, die Kette von der Wand löste und sie wortlos hinter sich herzog.

Melisande schauderte. Sie wusste, wohin es ging: in den Thronsaal, die Folterkammer des Kerkers von Esslingen. Ihre Knie wurden weich, kaum gelang es ihr, einen Fuß vor den anderen zu setzen. Sie musste an den Rattenhelm denken, an die glühenden Zangen, an die Fußschrauben, mit denen sie Wendels Füße verkrüppelt hatte. Sie stöhnte, taumelte hinter dem Büttel her wie in einem Albtraum.

Der Büttel stieß sie in den Thronsaal. Melisande blickte sich um. Nichts hatte sich verändert; noch immer sah alles aus, wie sie es aus ihrer Zeit als Henker Melchior kannte. Mit Erleichterung sah sie, dass neben dem dicken Henker auch Karl Schedel und Henner Langkoop im Raum waren. Immerhin hatte das Glück sie nicht ganz verlassen. Diese beiden Männer würden darauf achten, dass bei der peinlichen Befragung das Gesetz genau eingehalten wurde. Das bedeutete, dass der Henker ihr die Instrumente zunächst nur vorführen würde. Vielleicht ergab sich ja dabei schon eine Gelegenheit, Karl Schedel gegenüber eine Andeutung zu machen. Doch sie musste geschickt vorgehen. Sempach durfte nicht gewarnt werden, sonst sorgte er dafür, dass alle Beweise verschwanden. Bei den vielen dankbaren Kunden, die er überall im Land besaß, reichte sein Einfluss sicherlich weit.

»Ihr Herren...« Weiter kam Melisande nicht, denn der Büttel hieb ihr die Faust in die Seite, der Schmerz ließ sie zusammenknicken wie einen Strohhalm.

»Du redest, wenn du gefragt wirst, und dann sagst du die Wahrheit oder du wirst dem peinlichen Verhör unterzogen!«, brüllte Sempach. Auf sein Zeichen hin zog der Büttel Melisande hoch und stieß sie auf den Thron.

Henner Langkoop verzog das Gesicht. »Werter Sempach! Hättet Ihr wohl die Güte, Euer beeindruckendes Stimmorgan ein wenig zu zügeln? Der gestrige Abend war lang, und jedes Geräusch, das lauter ist als das Schnurren einer Katze, verursacht mir größere Pein, als wenn der Henker mir auf der Streckbank die Glieder ordnete.« Er wandte sich an den Büttel. »Und du, du grober Klotz, wenn du noch einmal etwas machst, das dir nicht einer der Herren hier befohlen hat, dann findest du dich ganz schnell auf genau jener Streckbank wieder.«

Der Büttel senkte den Kopf. »Verzeiht.«

Melisande schöpfte Hoffnung. Die Abneigung Langkoops gegen Sempach war greifbar. Die beiden waren nie Freunde gewesen, doch seit ihrer Flucht schien sich die Kluft zwischen ihnen noch vertieft zu haben.

Sempach räusperte sich und wandte sich wieder an Melisande. Seinem Gesicht war der Ärger über die Zurechtweisung anzusehen. »Wie heißt du, Bursche?«

Melisande senkte den Kopf, versuchte ihre Stimme so tief wie möglich klingen zu lassen. »Raimund Halverson.«

»Woher kommst du?«

»Aus dem Norden.«

Sempach schnappte nach Luft, schien wieder losbrüllen zu wollen, aber im letzten Moment besann er sich und fragte geradezu freundlich: »Aus welcher Stadt im Norden?«

»Hamburg.«

Sempach grinste. »Soso. Aus Hamburg. Dann kennst du doch bestimmt den Bürgermeister Steven de Burg?«

Melisande wurde es heiß. Jetzt kam es darauf an, dass sie sich nicht in ihrem Netz aus Lügen verstrickte. Sie schüttelte den Kopf. »Ich bin in Hamburg geboren, aber ich habe weit weg von der Stadt gelebt, auf einem Gutshof. Dort wurde ich...«

Sempach hieb mit der Hand in die Luft. »Schweig! Nichts als Lügen! Ich habe mich ein wenig umgehört. Du besitzt ein Pferd, das nicht aus unseren Landen stammt. Es ist ein arabisches Pferd. Man hat dich mit einem Messer in der Hand auf frischer Tat ertappt. An der Wiege meines Enkels. Gib zu: Du bist ein Assassine und hattest den Auftrag, mich und meine Familie zu töten.«

Fast hätte Melisande laut losgelacht. Was bildete sich dieses Scheusal ein? Dass sich Assassinen um ihn bemühten? Die standen im Dienste mächtiger heidnischer Könige aus dem Morgenland und töteten hochgestellte Menschen, nicht irgendwelche unnützen verwöhnten Mitglieder eines Esslinger Geschlechts. »Nein, das ist nicht wahr«, sagte sie mit fester Stimme. »Ich könnte niemals einem Kind etwas zuleide tun.« Ganz im Gegensatz zu dir, fügte sie in Gedanken hinzu.

Sempach schlug sich die Hände vors Gesicht und jammerte gekünstelt: »Hört Euch die Worte dieses Gutmenschen an!«

»Es reicht jetzt, Sempach!« Karl Schedel trat vor und blickte Melisande streng in die Augen.

Das war der Moment, die Wahrheit über Sempach zu verbreiten. Sie holte tief Luft, öffnete den Mund und schloss ihn wieder. Nein, es war zu gefährlich! Den einzigen Beweis, den sie besaß, hatte sie nach Rottweil geschickt. Sie überlegte fieberhaft. Wenn sie ihr Wissen hier und jetzt preisgab, war Sempach gewarnt. Tat sie es nicht, würde sie sicherlich sehr bald hingerichtet. Sie saß in der Falle, musste Zeit gewinnen. Das war es. Sie brauchte Zeit, und sie musste eine Geschichte erfinden, die nachzuprüfen es einiger Tage bedurfte. Das Dokument durfte sie nicht erwähnen, denn Sempach würde alles daran setzen, es in die Hände zu bekommen, und dabei würde er auch vor einem Mord an Irma nicht zurückschrecken. Sie durfte ihre Freundin nicht in Gefahr bringen. Und das Dokument war ihre allerletzte Rettung, es durfte nicht verloren gehen. Sie musste die Anschuldigungen also so weit zugeben, wie sie nicht zu leugnen waren.

»Herr, ich bin kein Assassine.« Melisande erwiderte Schedels Blick. »Ihr solltet wissen, dass Assassinen ausschließlich Muselmanen sind, und auch ein Blinder würde erkennen, dass ich weder aus dem Orient stamme, noch dort längere Zeit verbracht habe, denn meine Haut ist hell wie frische Milch.«

Schedel hob die Augenbrauen. »Wer immer du bist, du hast eine geschliffene Zunge. Wenn du nicht willst, dass wir sie dir herausreißen, dann sprich die Wahrheit.«

Melisande schwitzte. Das Kohlenfeuer, in dem die Zange lag, heizte den Thronsaal auf, und der kalte Blick des Richters jagte ihr Schauder über den Rücken. Sie sah rasch zu dem Henker, der mit verschränkten Armen neben dem Feuer stand und darauf zu warten schien, dass es endlich etwas zu tun gab für ihn. »Ich hatte nicht die Absicht, dem Kind etwas anzutun, das schwöre ich«, sagte sie rasch. »Als ich den Ratsherrn Sempach überwältigt hatte, hörte ich das Kind greinen und eilte zu ihm, um zu sehen, ob ihm etwas fehle. Da sich niemand um das Geschrei zu scheren schien, nahm ich an, keiner sonst sei im Haus. Auch nicht die Gemahlin des werten Ratsherrn Sempach. Sonst hätte ich mich nicht wie ein Kaninchen fangen lassen, das könnt Ihr mir glauben.«

Sempach lief rot an, Schedel hob eine Hand, gebot ihm zu schweigen und wandte sich wieder Melisande zu. »Deine Augen blicken aufrecht, aber ich habe schon Mörder gesehen, die, obwohl sie auf frischer Tat ertappt wurden, glaubhaft schworen, dass sie es nicht gewesen seien. Warum hast du Sempach überfallen?«

»Er schuldet mir etwas.«

Sempach erbleichte. Melisande sah ihn prüfend an. Wusste er von Petter, dass sich ein Fremder nach seinen Geschäften erkundigt hatte? Ahnte er, wie gefährlich sie ihm werden konnte?

Schedel zog die Brauen hoch. »Wie interessant. Lass hören, was du uns zu erzählen hast, Mann aus dem Norden, aber merk dir: Ich werde dir nicht alle Würmer einzeln aus Nase ziehen. Wenn dein Bericht ins Stocken gerät, werde ich dir von Meister Ekarius auf die Sprünge helfen lassen.« Er zeigte auf den fetten Henker. »Ekarius ist ein Meister seines Fachs, glaube mir.«

Melisande zweifelte keine Sekunde daran. Sie hob an zu reden, doch Schedel wedelte mit dem Zeigefinger, also schwieg sie.

»Du bist kein Dummkopf und kein dahergelaufener Mörder«, sagte er. »Aber unterschätze uns nicht. Wir halten uns hier an das Gesetz. Und das verlangt, dass du zuerst die Instrumente vorgeführt bekommst, die dir die Zunge lösen sollen. Ekarius, zeig ihm, was ihn erwartet, wenn er lügt.«

Schedel trat zurück, der fette Henker baute sich vor Melisande auf. Sein Gesichtsausdruck war gleichgültig, nur seine Augen funkelten böse. »Sieh her!«, brummte er und hielt Melisande die glühende Zange vor die Nase. »Damit werde ich dir in den Arm kneifen, wenn du nicht die Wahrheit sprichst oder einen hohen Herrn beleidigst oder verunglimpfst.«

Melisande sah auf die Zange hinunter. Sie versuchte, nicht den Blick abzuwenden, weil man sie dann mit Gewalt dazu bringen würde, das glühende Metall in Augenschein zu nehmen.

Ekarius warf die Zange zurück in das Kohlebecken und nahm die Daumenschrauben von der Wand. »Als Nächstes werde ich dir damit so lange die Finger quetschen, bis du endlich die Wahrheit sprichst.« Die Daumenschrauben landeten wieder an der Wand, mit einem leichten Lächeln auf den Lippen deutete Ekarius auf die Streckbank. »Damit geht es weiter, und glaube mir, noch niemand hat auf der Streckbank das Maul halten können.«

Melisande würgte, so sehr biss die Angst ihr in die Eingeweide.

»Das genügt fürs Erste«, sagte Schedel, und Ekarius trat wieder zurück in seine Ecke.

Mit einem Mal hatte Melisande das Gefühl, ersticken zu müssen. Mit Mühe krächzte sie: »Wasser!«

Schedel und Langkoop tauschten einen Blick. Langkoop nickte, der Büttel gab Melisande zu trinken. Das Wasser rann kühl ihre Kehle hinunter, sie hustete, dann fühlte sie sich etwas besser. »Ich schwöre, dass ich die Wahrheit sagen werde, so wahr mir Gott helfe«, murmelte sie.

Schedel nickte ihr zu. »Dann mal los!«

»Konrad Sempach hat meinem Vater den Lohn verweigert für eine Lieferung besten Leinens. Jetzt ist mein Vater tot, und ich vollstrecke seinen letzten Willen.« Etwas Besseres war ihr auf die Schnelle nicht eingefallen, der Anblick der Folterinstrumente hatte ihr jeden klaren Gedanken geraubt.

Schedel drehte sich zu Sempach um. Der wirkte erleichtert. Ein schwaches Lächeln umspielte seine Lippen. »Keine schlechte Geschichte«, sagte er anerkennend. »Vor allem lässt sie sich nicht so leicht nachprüfen. Allerdings hast du eins nicht bedacht: Meine Familie bezieht all ihr Leinen seit Generationen von ein und demselben Händler. Das kann ich ganz einfach nachweisen.« Er sah zu Schedel und dann zu Langkoop. »Und der sitzt nicht in Hamburg. Ich denke, wir sollten jetzt die Zange benutzen. Was meint Ihr, werte Kollegen?«

Langkoop zuckte mit den Schultern, Schedel nickte. Er schien verärgert darüber zu sein, dass er sich von dem Gefangenen hatte täuschen lassen. »Ja«, sagte er. »Ich denke, wir müssen der Findung der Wahrheit etwas nachhelfen.« Er wandte sich an Ekarius, der bereits vorgetreten war. »Aber achte darauf, dass er vernehmungsfähig bleibt. Das alles ist ein seltsames Rätsel, und ich will es gelöst haben. Tot nutzt uns der Bursche nichts mehr.«

Melisande erstarrte. Wie hatte sie sich nur so dumm anstellen können? Warum war ihr nichts Glaubwürdigeres in den Sinn gekommen? Aber sie hatte ja nicht ahnen können, dass Sempach ausgerechnet beim Kauf seines Leinens ein so treuer Kunde war. Trotzdem hätte sie gedacht, dass Schedel ihre Aussage zumindest überprüfen lassen würde. »Herr!«, rief sie. »Ihr müsst meine Worte nachprüfen. Es gibt Dokumente. Sie liegen sicher verwahrt bei einem Rastherrn in Hamburg.«

Schedel schmunzelte. »So, muss ich das? Dann werde ich es tun. Das Gesetz gibt mir die Möglichkeit, deine Aussage hier an Ort und Stelle zu überprüfen. Mit Hilfe von Meister Ekarius.«

Melisande biss sich auf die Lippe, um nicht vor Angst zu schreien. Hatte sie sich in Schedel getäuscht? Nein, ihre Geschichte war einfach zu abwegig. Und sie erklärte nicht, was sie mit dem Messer in der Hand an der Wiege gewollt hatte. Sie hatte sich selbst in diese unmögliche Lage hineinmanövriert.

Ekarius trat an sie heran, schlitzte ihr den Ärmel auf, stutzte einen Moment, als er ihren Arm sah, ging aber dann zum Kohlebecken und nahm die Zange heraus.

»Nein!«, schrie Melisande. »Das könnt Ihr nicht machen. Hört auf!«

Aber Ekarius zögerte nicht und schlug ihr die Zange ins Fleisch. Wieder schrie sie. Es zischte, der Geruch ihres eigenen verbrannten Fleisches stieg ihr in die Nase. So musste es sein, wenn man bei lebendigem Leib verbrannte. Der Raum begann sich zu drehen. Alles verschwamm ihr vor den Augen. Kaum bekam sie mit, wie sie getragen, wie Wasser über sie gegossen wurde.

Wie aus einem dichten Nebel hörte Melisande überraschte

Ausrufe und aufgeregte Stimmen. Dann verlor sie endgültig das Bewusstsein.

***

Othilia beugte sich über das Bettchen, in dem das Kind lag und friedlich schlief. Behutsam fuhr sie ihm mit dem Finger über die Wange. Das Mädchen verzog im Schlaf das Gesicht, doch es wachte nicht auf. Zufrieden richtete sich Othilia auf. Alles lief nach Plan. Dieser von Säckingen war ein echter Teufelskerl, das musste sie ihm lassen. Mitten aus der vor Leben berstenden Stadt hatte er ein kleines Mädchen entführt und es unerkannt auf die Adlerburg geschafft. Zur Belohnung hatte sie ihm einen anständigen Batzen Silber überreicht und ihn in der letzten Nacht in ihr Bett gelassen. Doch weder sie noch er hatten rechte Freude an den Wonnen des Fleisches gehabt. Er hatte sich damit entschuldigt, dass er müde von der anstrengenden Reise sei – schließlich hatte er die Straßen meiden müssen mit seiner delikaten Fracht. Doch Othilia fürchtete, dass es eher daran lag, dass er mit seinen Gedanken woanders war. Bei *ihr*.

Othilia verzog den Mund. Sollte er nur ohne Unterlass an diese Melisande denken, solange er ihre Befehle nicht missachtete. Sie würde ihn im Auge behalten, denn sie war sich alles andere als sicher, ob er ihr noch folgen würde, wenn er erfuhr, wie die Einzelheiten ihres Plans aussahen. Je länger er ahnungslos blieb, desto besser.

Sie seufzte. Keinem der Männer an ihrer Seite konnte sie trauen. Wenn es hart auf hart kam, war sie auf sich allein gestellt. Zu dumm, dass von Säckingens Leute die Metze aus den Augen verloren hatten. Wie kleine Jungen hatten sie sich von ihr an der Nase herumführen lassen. Keiner wusste, wo sie steckte. Was für eine glückliche Fügung allerdings, dass Melisande Wilhelmis im ganzen Land wegen der Entführung gesucht wurde! Dass man ausgerechnet die Mutter des Kindes für die Entführerin halten würde, hatte Othilia nicht erwartet, aber es kam ihr mehr als gelegen, denn es bedeutete, dass das Miststück sich verstecken musste und nirgendwo auf Hilfe zählen konnte. Melisande Wilhelmis war ihr ganz und gar ausgeliefert, in aller Ruhe konnte sie die Schlinge zuziehen, die um den Hals dieser Teufelin lag.

Wieder beugte sich Othilia über die schlafende Gertrud. Wirklich ein süßes Balg, dachte sie und strich ihr mit dem Zeigerfinger über den Kopf. Wie es Melisande wohl gefallen würde, wenn ihre Tochter mit nur einem Arm auskommen musste? Oder wenn ihr die Nase fehlte?

»Süße kleine Stupsnase«, flüsterte sie und zog ihren Dolch.

Im selben Moment klopfte es. Sie ließ die Waffe unter ihrem Gewand verschwinden und eilte zur Tür. »Wer da?«

»Euer untertänigster Diener und Beichtvater Alberto Fussili bittet um Einlass.«

Othilia atmete tief ein. Fussili! Er war wirklich ein ungewöhnlicher Mensch. Was mochte er nur für ein Geheimnis mit sich herumtragen? Dass er eines hatte, stand außer Zweifel. Er redete ungefragt nicht viel, gab nichts von sich preis, aber er war ein Meister darin, andere zum Reden zu bringen. Mehr als einmal hatte Othilia das Gefühl beschlichen, dass er nicht auf der Adlerburg war, um ihr beizustehen, sondern um sie auszuspionieren. Daher erzählte sie ihm nur, was er wissen durfte. Und dazu gehörte beileibe nicht, dass sie ein Kind beherbergte, das einer Familie aus Rottweil geraubt worden war. »Erwartet mich in der Kapelle!«, rief sie durch die Tür. »Heute ist der Tag des Herrn, und ich möchte beichten.«

Sie wartete, bis seine Schritte sich entfernt hatten, dann öffnete sie eine andere Tür und winkte die alte Magd herbei, die sich um Gertrud kümmerte. Sie war außer von Säckingen als Einzige eingeweiht. Je weniger Menschen Bescheid wussten, desto besser. »Sorg dafür, dass sie keinen Lärm macht, wenn sie erwacht«, wies Othilia die Magd an. »Und lass niemanden außer mir in die Kammer.«

Die Magd knickste. »Sehr wohl, Herrin.«

Fussili wartete in einer kleinen Nische der Kapelle, die Hände gefaltet, den Blick auf sie gerichtet.

Othilia bemühte sich, ihre Gedanken zu sammeln. Sie musste beichten, doch genau drauf achten, was sie ihm erzählte. Er wäre nicht der erste Mönch, der sein Wissen trotz Beichtgeheimnis in bare Münze oder einen anderen Vorteil umwandelte. Daher hatte sie mit Gott ein Abkommen getroffen: Sie beichtete bei Alberto Fussili und zusätzlich in Gedanken beim Herrgott persönlich. Mit den Worten »und vergib mir auch die Sünden, die ich in meiner Unvollkommenheit vergaß zu erwähnen« war ihr Gottes Absolution sicher. So waren alle zufrieden.

Sie kniete vor ihrem Beichtvater nieder. Er nahm ihre Hände in seine, und sie begann die Beichtformel zu sprechen.

»Gott, der unser Herz erleuchtet, schenke dir wahre Erkenntnis deiner Sünden und seiner Barmherzigkeit«, erwiderte Fussili ruhig.

»Herr, vergib mir, denn ich habe gesündigt«, setzte Othilia ihre Beichte pflichtschuldig fort. »Ich konnte den Lockrufen des Fleisches nicht widerstehen und befleckte mich mit der Sünde der Lust.«

Fussili holte tief Luft, doch er sagte nichts.

Ob *du* widerstehen könntest, braver Gottesmann, fragte Othilia stumm, wenn ich dich in Versuchung führte? Zumindest seit er auf der Adlerburg weilte, hatte Fussili kein Weib auch nur unkeusch angesehen. Doch ihrer Erfahrung nach gab es keinen Mann, der nicht für die Verlockungen der Weiber anfällig war, wenn er entsprechend kunstvoll umgarnt wurde. »Herr, vergib mir, denn ich habe gesündigt«, sagte sie. »Ich habe eine Magd härter bestraft, als ihre Verfehlung es notwendig gemacht hat, nur um meinem Ärger Luft zu machen.«

Das tat ihr wirklich leid. Das arme Ding hatte die Peitsche nicht gut vertragen und lag seitdem krank auf dem Lager, so fiel sie als Arbeitskraft aus. Sie ergänzte noch ein paar kleinere Verfehlungen, Völlerei in Form des Genusses von zu viel süßen Leckereien und das Werfen eines Kruges nach einem der Hunde ihres verstorbenen Gemahls. Die Tiere waren ihr lästig, doch da sie Ottmar gehört hatten, brachte sie es nicht übers Herz, sich ihrer zu entledigen. Sie litten darunter, dass sie nicht mehr ins Innere der Burg durften, sondern draußen an der Kette liegen mussten, und ließen sie das gelegentlich mit jämmerlichem Gejaule spüren.

Rasch fügte sie in Gedanken die Sünden hinzu, die sie nicht laut aussprechen durfte. »Herr, ich habe gesündigt. Ich habe einer Frau das Kind entführen lassen und sie vor eine schreckliche Wahl gestellt. Sie kann das Kind nur retten, wenn sie im Gegenzug ihrem eigenen Gemahl den Kopf abschlägt. Herr im Himmel, verzeih mir in deiner Güte, denn du weißt auch, welches Leid mir diese Frau antat, denn so wie ich ihr das Kind raubte, raubte sie mir den geliebten Gemahl. ›Auge um Auge, Zahn um Zahn‹, heißt es nicht so in der Heiligen Schrift?«

Laut sagte sie: »Ich bereue, dass ich Böses getan und Gutes unterlassen habe. Erbarme dich meiner, oh Herr.«

Fussili kniete nun ebenfalls nieder. »Othilia von Hohenfels, Gräfin der Adlerburg und Witwe des Grafen de Bruce, wahrlich, du hast schwer gesündigt. So gebe ich dir folgende Buße auf, damit der Herr sich deiner erbarme: Sprich zehn *Ave Maria,* und verschließe deine Tür vor den Männern, die deine Lust erwecken, auf dass du in Zukunft den Verlockungen der Fleischeslust widerstehen mögest. Spende den Armen, die vor deiner Burg um Almosen bitten: Lass jedem von ihnen heute, am heiligen Sonntag, eine warme Suppe und einen Viertellaib Brot bringen. Der Herr sieht mit Freude, dass du dich um die Magd, die du zu hart bestraftest, sorgst, sodass sie sicherlich bald wieder gesund ist.«

»Ich danke dem Herrn für seine Gnade und gelobe Besserung.«

Fussili zeichnete ihr mit dem Daumen ein Kreuz auf die Stirn, während er die Formel der Absolution murmelte.

Dann erhoben sich beide.

»Geht es Euch gut?«, fragte der Geistliche. »Ihr wirkt so abwesend, als läge eine schwere Last auf Eurer Seele.«

Othilia lächelte. »Lieber Fussili, ich danke Euch für Eure Fürsorge. Aber seid versichert, so gut wie jetzt ging es mir schon lange nicht mehr.«

Fussili blickte sie noch einen Moment an, als wolle er den Wert ihrer Worte abschätzen, dann verneigte er sich und verließ die Kapelle.

Othilia folgte ihm nachdenklich. Als sie den Palas betrat, rief eine Magd ihr aufgeregt zu: »Eben war ein Bursche aus Esslingen da, der dringend den Ritter Eberhard von Säckingen zu sprechen wünschte. Er schien sehr aufgeregt zu sein.«

»Wo ist er?«

»Der Bursche ist schon wieder fort, Herrin, jetzt ist es der

Ritter, der *Euch* dringend zu sprechen wünscht. Er ist im großen Saal.«

Othilia raffte ihr Gewand und eilte los. Sie musste sich beherrschen, um nicht zu rennen. Sie erwartete keinerlei Nachricht aus Esslingen. Um was auch immer es gehen mochte, es konnte nichts Gutes sein. Sie stürmte in den Saal und erkannte augenblicklich an von Säckingens starrem, bleichem Gesicht, dass die Neuigkeiten wahrhaft grauenvoll sein mussten.

※ ※ ※

Wendel kniff die Augen zu schmalen Schlitzen zusammen. Schneller als erwartet hatte sich die Dunkelheit über die Landschaft gesenkt. Am Morgen hatten sie die Furt bei Aichaha passiert und waren der Landstraße in Richtung Esslingen gefolgt. Immer wieder waren heftige Schauer auf sie niedergeprasselt, und erneut waren sie nur langsam vorangekommen, weil die Mähre bockte, wo sie nur konnte. Der vom Regen aufgeweichte Boden tat ein Übriges, um ihnen das Vorankommen zu erschweren, und zu allem Überfluss war es kalt geworden. Die Regentropfen waren eisig gewesen, und Wendel schmeckte bereits den ersten Schnee in der Luft. Inständig hatte er gebetet, dass der Winter nicht vorzeitig ausbrechen möge. Wenn die Straßen einschneiten, würden sie noch Tage bis Esslingen brauchen, falls sie überhaupt dort ankamen.

Vor etwa einer Stunde hatten sie einen finsteren Hohlweg passiert. Augenblicklich hatten sich die Härchen in Wendels Nacken aufgestellt, als sie durch die Schlucht ritten. Es hatte sich angefühlt, als laure irgendwo zwischen den Felsen über ihnen eine dunkle Macht. Vermutlich waren es die Seelen der Toten, die keinen Frieden fanden. Derer gab es hier bestimmt viele, denn der Ort war wie geschaffen für einen Hinterhalt.

Wendel hatte erleichtert Luft ausgestoßen, als sie den Hohlweg endlich hinter sich ließen, und Antonius hatte ihn seltsam von der Seite angesehen. »Ihr wisst, Herr, dass hier die Familie Wilhelmis gemeuchelt wurde?«

»Hier?« Wendel blickte sich um, warf einen letzten Blick auf die finstere Schlucht. »Ist das wahr?«

»Ja, Herr. Man erzählt, dass die Mörder die Frau und ihre zwei Töchter einen Abhang hinaufjagten, dass sie sich an ihnen vergingen, bevor sie ihnen den Garaus machten.« Er biss sich auf die Lippe, als er Wendels entsetztes Gesicht sah. »Verzeiht, Herr.« Er senkte den Kopf. »Ich wollte Euch nicht quälen. Wenn Eure Gemahlin die Wahrheit spricht und tatsächlich Melisande Wilhelmis ist, die dieses Grauen irgendwie überlebt hat, dann hat sie in die schlimmsten Abgründe der Hölle geblickt.«

Wendel wandte sich ab. Erst jetzt begriff er die Tragweite des Leids, das Melisande durchlebt hatte. Wenigstens wusste er, dass Melisande an diesem Tag nicht entehrt worden war, denn sie war bei ihrer Hochzeit noch unschuldig gewesen. Er drückte der alten Stute seine Oberschenkel in die Seite. »Lass uns machen, dass wir weiterkommen«, sagte er mit gebrochener Stimme. »Dieser Ort drückt mir aufs Gemüt.«

Schweigend waren sie weitergeritten. Frierend und hungrig erreichten sie mit dem letzten Licht des Tages den Lagerplatz bei der Berkheimer Steige. Bis Esslingen würden sie es heute nicht schaffen, doch es war nicht mehr weit.

Einige Wetterfeste hatten es geschafft, trotz des Regens ein Feuer in Gang zu bringen. Wendel und Antonius banden ihre Pferde an, sammelten Holz und legten es auf den ansehnlichen Stapel, der bereitlag, damit die Flammen nicht erloschen. Dann traten sie ans Feuer. Die Menschen rückten zusammen, sie ließen sich nieder und genossen die Wärme.

Wendel schaute sich um und musste trotz seiner Sorgen lächeln. Genau wie er dampften die anderen Menschen. Keiner von ihnen hatte die nassen Kleider abgelegt, um sie zu trocknen, denn das war gefährlich. Zu schnell wurde ein Wams Opfer der Flammen. Gemurmel lief um das Feuer herum, mal leiser, mal lauter, manchmal schwelte sogar Lachen auf, und Wendel schienen die Flammen in solchen Momenten plötzlich heller zu brennen. Die Reisenden hatten allerhand zu erzählen, die Geschichte von der rothaarigen Kindsräuberin war nicht darunter, und so entspannte sich Wendel langsam und genoss die Gesellschaft.

Antonius saß mit gesenktem Kopf neben ihm. Wendel sah ihn von der Seite an. Eine Frage quälte ihn noch, die er seinem Leibwächter unbedingt stellen musste, und zwar bevor sie in Esslingen ankamen. Bisher hatte er sich gescheut, dieses Thema anzuschneiden, hatte stattdessen die Zweisamkeit mit Antonius genossen, fast wie in alten Tagen. Doch nun war es an der Zeit, sich der Wahrheit zu stellen. »Antonius, mein Freund...« Wendel stieß ihn sanft in die Seite. »Komm mit mir, es gibt etwas, das ich dich fragen muss.«

Antonius erhob sich und folgte ihm wortlos auf eine kleine Lichtung, die etwas abseits des Lagerplatzes lag. »Was begehrt Ihr zu wissen, Herr?«

»Du musst mir sagen, was mein Vater geplant hatte. Ich kenne ihn gut, denn ich bin ebenso wie er: Wenn ich ein Ziel erreichen will, dann sind mir alle Mittel recht. Sein Ziel war, Melissa – Melisande – aus meinem Leben zu entfernen, dessen bin ich sicher. Welchen Plan verfolgte er? Ich bitte dich, mir alles zu sagen, was du weißt. Egal, was es ist. Ich werde dir nichts übel nehmen, wenn du es mir jetzt erzählst.«

Antonius knetete seine Finger, blickte Wendel in die Augen, dann wieder zu Boden. »Er ... er wollte Melissa entführen und nach Augsburg bringen lassen«, begann er schließlich.

Wendel stieß einen entsetzten Laut aus, doch er bedeutete Antonius weiterzusprechen.

»Er hat dafür einen Wagen bauen lassen, mit doppeltem Boden. In Augsburg sollte sie dann für den Mord an dem echten Merten de Willms vor Gericht gestellt werden. Ihr müsst wissen: Euer Vater ist sicher, dass sie ihn getötet hat oder zumindest als Komplizin mitschuldig ist. Euch wollte er in dem Glauben lassen, dass sie von sich aus weggelaufen sei. Zumindest so lange, bis ihre Schuld durch ein Geständnis erwiesen sein würde.«

Wendel hatte mit vielem gerechnet, dennoch traute er seinen Ohren nicht. Melissa entführen, sie der Folter und dem Scharfrichter zuführen und ihn glauben lassen, dass sie von selbst verschwunden sei? Was für ein grausamer Plan! Wendel schluckte. Sein Vater war im Grunde seines Herzens ein anständiger Mensch, aufbrausend zwar, aber zugleich gütig und gerecht. Wenn er zu solch drastischen Maßnahmen griff, bedeutete das nur eins: Er glaubte tatsächlich, dass er seinen Sohn beschützen musste. Es war nicht einfach der Hass auf die Frau, die ihm angeblich den Sohn genommen hatte.

Wendel seufzte. »Und du, mein Freund, was glaubst du? Ist Melissa eine Hexe, eine Mörderin, eine Kindsentführerin?«

»Herr«, flüsterte Antonius. »Verzeiht mir. Ich weiß es nicht. Aber glaubt mir: Wie ich es bei meiner Seele geschworen habe, werde ich Euch und die Eurigen mit meinem Leben beschützen. Das gilt auch für Euer Weib. Was immer es getan haben mag.«

Wendel nahm die Hände des Leibwächters in die seinen.

»Ich glaube dir, Antonius, und ich danke dir für deine Ehrlichkeit.«

Ein Knacken im Unterholz ließ beide zusammenfahren. Schneller als Wendel schauen konnte, riss Antonius das Schwert aus der Scheide, versetzte Wendel einen Stoß und fuhr herum.

Wendel taumelte zur Seite, drehte sich ebenfalls um und erstarrte.

* * *

Melisande schrie auf. Sie hatte geträumt, dass Wendel versuchte, sie zu retten, doch eine ganze Armee Ritter stellte sich ihm in den Weg. Er wankte unsicher, von vielen Wunden entkräftet, doch er gab nicht auf, taumelte weiter, schwenkte das Schwert, von dessen Klinge das Blut Dutzender Gegner tropfte. Plötzlich stellte sich ihm ein Widersacher in den Weg, der stärker und furchtloser war als alle, die Wendel bisher besiegt hatte. Er schwang die Waffe über dem Kopf, dann ließ er sie auf Wendel niedersausen.

Wieder schrie Melisande, und diesmal wachte sie auf. »Nur ein Traum«, sagte sie sich. »Nur ein Traum. Wendel ist nicht in Gefahr.« Dann wurde ihr bewusst, wo sie war. Sie blickte auf ihren Arm, der mit einem Stück Leinen verbunden war. Die Wunde brannte ein wenig, doch kein verdächtiges Pochen deutete darauf hin, dass sie entzündet war. Melisande fragte sich, wie lange sie schon in dem einsamen Verlies lag. Stunden? Oder Tage? Nein, so lange nicht. Man würde sie sicherlich sobald wie möglich wieder befragen. Es war schon erstaunlich, dass man sie nach dem kleinen Schwächeanfall so sang- und klanglos wieder zurückgebracht hatte. Normalerweise würde der Henker einem Delinquenten in einem solchen Augenblick einen Eimer Wasser ins Gesicht schütten, um ihn zu wecken, und die Befragung fortsetzen.

Einen Eimer Wasser! Melisande erschrak. Sie erinnerte sich an Wasser – und an die überraschten Ausrufe der Männer. Hektisch blickte sie an sich herunter. Sie trug nur noch ihre weiße Cotte, die Übergewänder hatte man ihr abgestreift. Der Stoff war noch immer feucht, und obwohl die weiblichen Rundungen ihres Körpers nicht sehr üppig waren, waren sie gut zu erkennen. Braune Streifen zeichneten sich auf dem hellen Stoff ab. Instinktiv fuhr sie sich durch die Haare. Das Wasser hatte auch einen Teil der Farbe ausgewaschen, nicht viel, aber genug, um zu offenbaren, dass ihr Haar in Wirklichkeit rot war. Also wussten sie nicht nur, dass sie eine Frau war, sondern vermutlich auch, welche Frau. Das war das Ende.

Sie würde Esslingen nicht lebend verlassen.

***

Das hatte von Säckingen gerade noch gefehlt. Wendel Füger und sein Leibwächter Antonius! Weshalb war er nicht einfach weitergeritten und hatte einen Platz gewählt, wo er seine Ruhe hatte? Sonst suchte er auch nicht die Nähe anderer Reisender. Warum ausgerechnet heute, wo die Aufgabe, die vor ihm lag, auch ohne weitere Komplikationen schwer genug war? Jetzt war es zu spät, und er musste schnell handeln, denn dieser Antonius hatte das Schwert gezogen, kaum dass er auf die Lichtung getreten war. Von Säckingen hatte es ihm gleichgetan, und nun standen sie sich gegenüber, die Klingen über ihren Köpfen erhoben, bereit zu einem Kampf auf Leben und Tod.

Auch der verfluchte Füger, der Mann mit den sieben Leben, hatte inzwischen das Schwert in der Hand. Er war einige Schritte nach rechts ausgewichen, keine schlechte Taktik, denn jetzt musste von Säckingen das Schwert zwischen beide halten. Griff er einen der Männer an, konnte der andere ihm in den Rücken fallen. Antonius allein wäre schon ein harter Brocken, mit beiden würde er kaum fertig werden. Er ließ die Schwertspitze ein wenig sinken, um anzudeuten, dass er nicht angreifen wollte.

»Was wollt Ihr hier, Ritter von der Adlerburg?«, rief Wendel Füger und verlagerte sein Gewicht auf das linke Bein. Das Schwert hielt er immer noch über dem Kopf, eindeutig eine Angriffsposition. »Habt Ihr nicht schon genug angerichtet? Wollt Ihr meinen Kopf? Dann kommt, und holt ihn Euch!«

Von Säckingen verzog verächtlich das Gesicht. »Zwei gegen einen, da könnt Ihr große Reden führen. Legt Euren Wachhund an die Kette, dann können wir gerne ausfechten, wer von uns beiden Gott mehr gefällt.«

Antonius machte einen Schritt auf von Säckingen zu. »Nehmt es mit mir auf, wenn Ihr Euch traut. Ihr habt wohl gedacht, Ihr könntet uns im Schlaf überraschen? Das würde zu Euch passen.«

Wut stieg in von Säckingen auf. Was bildeten diese beiden Großmäuler sich ein? Er war ein Ritter, kein Meuchelmörder, sonst würde dieser Füger gar nicht hier stehen. Aber er musste Ruhe bewahren. Er war nicht hergekommen, um irgendwen zu töten, im Gegenteil: Er war unterwegs, um jemandem das Leben zu retten, vorerst zumindest. Er wandte sich an Wendel. »Ich trachte niemandem nach dem Leben, Füger. Das müsst Ihr mir glauben. Der Zufall hat mich hierhergeführt, ich bin auf der Durchreise, genau wie Ihr, und habe mich ans Feuer begeben in der Hoffnung auf ein bisschen Wärme und Sicherheit während der dunklen Stunden der Nacht.«

»Ach wirklich?«, rief Wendel. »Das Feuer und die schützende Gesellschaft sind aber fünfzig Schritte von hier entfernt.«

»Ich musste austreten, dabei habe ich nicht gern Zuschauer.«

Der junge Weinhändler blieb misstrauisch. »Und wohin seid Ihr unterwegs?«

Von Säckingen stöhnte innerlich. »Können wir das nicht in Ruhe besprechen?«, fragte er. »Ohne uns dabei gegenseitig mit der Waffe zu bedrohen? Senkt Euer Schwert, und ich senke meines.«

Wendel Füger verzog das Gesicht. »Niemals. Senkt Ihr das Eure, dann senken wir die unseren.«

Von Säckingen lachte bitter auf. »Damit Ihr über mich herfallt?«

»Wir sind Euch so oder so überlegen, das ist Euch doch wohl klar«, mischte Antonius sich wieder ein. »Wenn wir Euch töten wollten, dann hätten wir es längst getan.«

Von Säckingen trat Schweiß auf die Stirn. Das war eine verdammte Sackgasse. Die Kerle waren misstrauisch, und das zu Recht. Wenn dieser Füger wüsste ... *Bloß nicht daran denken!* Die Sache mit dem Kind bereitete ihm ohnehin Magenschmerzen. Er war ein Ritter, und was er in den letzten Tagen getan hatte, widersprach allen Eiden, die er geschworen hatte. Wie konnte er die beiden Männer nur davon überzeugen, dass er es nicht auf ihr Leben abgesehen hatte? Er stockte. Waren sie etwa aus dem gleichen Grund hier wie er? Wussten sie es bereits?

Aber Wendel Füger hatte sich doch mit seinem Weib überworfen! War es nicht so? Offenbar hatte er es sich anders überlegt, und das bedeutete, dass ihm die beiden zu allem

Überfluss in die Quere kommen konnten. Was sollte er nur tun? Da fiel ihm ein, was sein Lehrmeister immer gepredigt hatte: *Du musst dir den stärksten deiner Feinde zum Verbündeten machen, dann die Schwachen vernichten und zuletzt deinen Verbündeten. So kannst du mächtig werden, so machen es die Herrscher seit Anbeginn der Menschheit.* Sich die Feinde zu Verbündeten machen. Ja, das war die Lösung. Er senkte das Schwert und schob es zurück in die Scheide.

In Wendels Augen blitzte kurz etwas auf, das von Säckingen einen kalten Schauder über den Rücken jagte, aber dann senkte auch er sein Schwert.

»Ich schwöre bei meiner unsterblichen Seele, dass es ein Zufall ist, dass wir uns hier begegnet sind«, sagte von Säckingen. »Allerdings kommt er nicht ganz ungelegen, denn ich glaube, wir haben das gleiche Ziel.«

Wendel starrte ihn ungläubig an. »Und das wäre?«

Von Säckingen überlegte. Er musste davon ausgehen, dass Wendel Füger inzwischen alles über die wahre Herkunft seiner Gemahlin wusste, denn nur das erklärte das Zerwürfnis zwischen ihnen. Wunderbar, daraus ließ sich eine überzeugende Geschichte fabrizieren, die sogar teilweise der Wahrheit entsprach. »Meine Herrin, Othilia von Hohenfels, Gräfin der Adlerburg hat mir befohlen, Eure Gemahlin, Melisande Wilhelmis zu befreien.«

Wendel Füger runzelte die Stirn. »Befreien?«

Von Säckingen atmete auf. Der Weinhändler wusste also tatsächlich über seine Frau Bescheid. Er war nicht über den Namen Melisande gestolpert, sondern über das Wort ›befreien‹. Kein Wunder, dass er sich fragte, warum der Ritter seiner Gemahlin helfen wollte. »Nun«, antwortete er. »Die Kunde, dass Eure Gemahlin im Esslinger Kerker festsitzt, hat auch die Adlerburg erreicht. Und Othilia will Buße tun für das Unrecht, das ihr Gatte an der Familie Wilhelmis verübt hat. Othilia ist eine gottesfürchtige und gerechte Frau, das solltet Ihr eigentlich wissen, denn ihr guter Ruf ist landauf landab bekannt.«

Der Weinhändler hob das Schwert. »Wovon redet Ihr eigentlich, Ritter? Was wisst Ihr von meiner Gemahlin? Und wie kommt Ihr darauf, dass sie im Kerker sitzt?« Seine Stimme überschlug sich fast.

»Beruhigt Euch, und hört zu.« Von Säckingen machte eine beschwichtigende Handbewegung. »Ihr wisst selbst, dass Ottmar de Bruce ein rachsüchtiger, grausamer Mensch war, Füger«, begann er. »Ihr habt es am eigenen Leib zu spüren bekommen. Auch meine Herrin ist davon nicht verschont geblieben. Sie wurde gegen ihren Willen verheiratet, und in der Hochzeitsnacht gellten ihre Schreie durch die Flure der Adlerburg. Seit de Bruce verschwunden war, lebte sie in Angst und Schrecken, er könne wieder auftauchen. Das tat er auch, allerdings als Leichnam. Eine Freude nicht nur für Euch, sondern auch für meine Herrin. Schon lange wusste sie, welches Unrecht de Bruce an der Familie Wilhelmis begangen hatte. Und sie ahnte, dass es eine Überlebende gegeben hatte: Melisande. Schließlich haben wir herausgefunden, dass Melisande als Eure Gattin in Rottweil lebt. Meine Herrin wollte die Vergehen ihres Mannes wiedergutmachen, doch ich kam zu spät.« Von Säckingen ließ die Schultern hängen. »Deshalb hat sie mich ausgesandt, sie zu befreien.«

»Was redet Ihr da? Warum befreien?« Wendel Füger machte einen Schritt auf ihn zu, sein Leibwächter hob warnend eine Hand.

Von Säckingen verstand. Er wusste es nicht! Doch was machte er dann vor den Toren von Esslingen? Suchte er etwa hier nach seiner Tochter? »Ihr habt es noch nicht gehört?

Eure Gemahlin sitzt im Kerker von Esslingen. Man wirft ihr vor, einen Anschlag auf das Leben des Ratsherrn Konrad Sempach und seine Familie verübt zu haben. Als Mann verkleidet drang sie in sein Haus ein, überwältigte ihn und wurde mit einem Messer in der Hand an der Wiege von Sempachs Enkelkind erwischt.«

Wendel ließ die Arme hängen, Fassungslosigkeit lag in seinem Blick. Antonius steckte sein Schwert ein und kam näher. Von Säckingen sah ihm an, dass er in seiner Wachsamkeit nicht nachließ. Alles andere hätte ihn auch gewundert. Er durfte keine unbedachte Bewegung machen.

»Sie wollte in Esslingen nach ihrer entführten Tochter suchen«, murmelte Wendel. »Was wollte sie bei Sempach? Hat er Gertrud entführt?«

Von Säckingen konnte sein Glück nicht fassen. Melisande suchte ihre Tochter in Esslingen. Also hatte sie keine Ahnung, aus welcher Richtung der Sturm auf sie zuraste. Warum sie wohl Konrad Sempach im Verdacht hatte? Nun ja, diese Frage war im Augenblick unbedeutend. Er zuckte mit den Schultern. »Sempach ist ein angesehenes Mitglied des Stadtrats. Mehr weiß ich nicht.«

Plötzlich kam Leben in Wendel. Er drehte sich um und rannte auf die Stelle zu, wo die Pferde angebunden waren.

Verdammt! Er musste verhindern, dass dieser Bursche übereilt handelte und dadurch alles noch schwerer oder gar unmöglich machte! Von Säckingen stürmte hinter ihm her, Antonius war ihm dicht auf den Fersen.

»Wendel Füger, wartet!«, rief von Säckingen. »Übereilt jetzt nichts. Gott ist auf unserer Seite, denn er hat uns zusammengeführt. Gemeinsam werden wir Melisande befreien, doch wir müssen einen Plan schmieden. Habt Geduld, Füger, Ihr seid nicht allein!«

Antonius warf ihm einen argwöhnischen Blick zu, doch er neigte zustimmend den Kopf. »Der Ritter hat Recht, Herr. Heute Nacht könnt Ihr nichts ausrichten. Haltet ein, um Gottes willen!«

Die Worte seines Leibwächters schienen Wendel zu erreichen. Er ließ die Hände sinken, mit denen er gerade die Zügel vom Baum hatte lösen wollen. Er nickte wortlos, drehte sich um, seine Augen waren schwarz wie die Nacht. »Von Säckingen!«, grollte er. »Ihr sollt wissen, dass ich Euch nicht traue, und wenn ich erkennen sollte, dass Ihr ein übles Spiel im Sinn habt, dann werdet Ihr meinen Stahl zu schmecken bekommen.«

Von Säckingen deutete ein Nicken an.

»Aber wir können jeden Mann gebrauchen, denn ich kenne den Kerker von Esslingen und weiß, dass er eine kleine Festung ist. Er ist im Schelkopfstor untergebracht, das noch kein Feind überwinden konnte.«

Von Säckingen reckte kämpferisch das Kinn. »Gemeinsam werden wir Eure Gattin befreien und Eure kleine Tochter finden, das ist sicher.« Er drehte die Handflächen nach oben. »Aber nur wenn wir mit Besonnenheit vorgehen. Wenn die Wachen uns ergreifen, dann gnade uns Gott, dann werden wir gemeinsam mit Eurer Gattin am Galgen enden.«

Wendel sah ihn lange schweigend an. »Eberhard von Säckingen«, sagte er dann vollkommen ruhig. »Schwört bei Eurer Ehre und bei Gott, dass Ihr uns treu zur Seite stehen werdet, dass Ihr Euer Leben einsetzen werdet, um meine Gemahlin Melisande Füger aus dem Kerker von Esslingen zu befreien!«

Von Säckingen hob seinen Schwurarm, sprach die Worte nach und fügte bekräftigend hinzu: »Bei meiner Seele und bei meiner Ehre als Ritter.«

Wendel atmete hörbar aus, das Misstrauen verschwand aus seinen Augen. Er ließ sich auf einem Gesteinsbrocken nieder. »Gut, dann lasst uns beraten, wie wir Melisande den Klauen der Esslinger entreißen sollen.« Er blickte einen Moment in den Himmel, dann fügte er hinzu: »So wahr mir Gott helfe: Wenn es sein muss, werde ich die ganze Stadt in Brand stecken, um sie vor dem Galgen zu retten!«

* * *

Melisande hatte die Knie zur Brust hochgezogen, die Arme darum geschlungen und weinte ohne Tränen. Ihr ganzer Körper juckte, war von Flohbissen und Ausschlag gezeichnet. Der Arm brannte. Die Feuchtigkeit war ihr in alle Glieder gekrochen, saß beinahe tiefer als die Angst. Nach dem ersten Schreck darüber, dass sie enttarnt worden war, war eine noch viel schlimmere Befürchtung über sie hereingebrochen: Was hatten sie mit ihr getan, während sie nicht bei Bewusstsein gewesen war? Immer wieder schreckte sie hoch, meinte sich zu erinnern, wie schmierige Finger über ihre nackte Haut fuhren.

Sie hob den Kopf. Irgendwoher hatte sie ein Geräusch gehört. Sie horchte. Nichts. Behutsam strich sie sich über den Bauch. Was mochte wohl aus ihrem ungeborenen Sohn werden? Würde man ihre Hinrichtung vertagen, wenn sie sagte, dass sie ein Kind erwarte? Würde man ihr überhaupt glauben? Es würden schließlich noch viele Wochen vergehen, bis man ihr die Schwangerschaft ansah. Und dann? Was würden sie mit dem Kleinen machen, wenn sie es zur Welt gebracht hatte? Sie stellte sich vor, wie Konrad Sempach sich anbot, den Hexenbastard großzuziehen, und ihr Magen krampfte sich zusammen.

Wieder hörte sie ein Geräusch. Diesmal deutlicher. Schlüsselrasseln und Schritte waren zu vernehmen, die langsam näher kamen. Die Tür wurde aufgestoßen, ein Büttel trat ein. Melisande rappelte sich auf, bereit, um ihr Leben zu kämpfen, sollte sich der stinkende Fettwanst über sie hermachen wollen. Aber nichts dergleichen geschah.

Sempach tauchte hinter ihm auf und grinste. »Aber, aber«, sagte er beschwichtigend, fast so, als wolle er sie tatsächlich beruhigen. »Wer wird denn solche Angst haben? Keine Sorge, du hast nichts von uns zu befürchten, zumindest nicht, solange du brav bist.« Er grinste. »Komm mit!«

Der Büttel griff sie grob am Arm und stieß sie so unsanft in den Gang, dass sie fast gestürzt wäre. Melisande biss die Zähne zusammen. Vielleicht schaffte sie es ja doch, die dreimalige Folter zu ertragen? Die glühende Zange hatte sie schon überstanden, ihr Arm schmerzte, aber die Wunde hatte sich nicht entzündet.

Als sie an der Tür zum Thronsaal vorbeigingen, beschlich Melisande ein ungutes Gefühl. Sempach führte irgendetwas im Schilde, aber was?

»Meine Kollegen sind ein wenig zu arglos«, sagte der Ratsherr über die Schulter hinweg. »Sie glauben an das Gute im Menschen, ein törichter Fehler, den ich nicht mache, denn ich weiß es besser.«

Mit Stößen in den Rücken schob der Büttel Melisande weiter. Wollte Sempach sie ohne Aufsicht foltern? Das würde ihm eine Menge Probleme einbringen – es sei denn, er tat Dinge, die man ihr später nicht ansehen würde. Der Gedanke ließ sie straucheln. Sie stolperte und handelte sich einen Fußtritt des Büttels ein.

Sempach löste einen Schlüssel von seinem Gürtel und öffnete die Tür zu einem selten genutzten Einzelverließ. Der Büttel stieß Melisande in den Raum, Sempach entzündete Fackeln und baute sich vor Melisande auf, sodass sie nicht sehen konnte, was sich hinter ihm befand. »Jetzt werden wir zwei uns ein bisschen unterhalten, Melissa Füger«, sagte er aufgeräumt.

Mit einem Schritt trat er zur Seite. Melisandes Blick fiel auf eine seltsame Maschine. Sie brauchte nur wenige Augenblicke, um zu begreifen, wozu dieses Monstrum gebaut worden war, auch wenn sie nicht die Funktion eines jeden Teils verstand.

Bevor sie auch nur einen Ton von sich geben konnte, stopfte ihr der Büttel einen Knebel in den Mund, stieß sie in die Maschine, legte ihr einen Hüftgurt und einen Kopfriemen an und befestigte Bänder an Händen und Füßen, sodass sie sie noch bewegen, aber nicht wegziehen konnte. Zum Schluss legte er ihr ein Würgeband um den Hals und machte damit eine Flucht aus dem Höllengerät gänzlich unmöglich.

Melisandes Puls raste, das Blut rauschte ihr in den Ohren. Herr, dachte sie, habe ich so sehr gesündigt, dass du mir eine solch schwere Prüfung auferlegst? Wenn du mich strafen musst, verschone zumindest das unschuldige Leben, das ich in mir trage!

Sempach warf dem Büttel ein paar Münzen zu. Er fing sie geschickt auf, verließ den Raum und schloss leise die Tür hinter sich. Melisande wurde es übel vor Angst. Jetzt war sie allein mit ihrem Todfeind. Sempach würde sie langsam zu Tode quälen, und er würde einen Weg finden, ihren Tod als natürlich auszugeben. Gertrud, dachte sie, meine liebe Gertrud! Ich kann dir vielleicht nicht mehr helfen, doch verzweifle nicht. Dein Vater wird kommen.

Trotz allem, was zwischen ihnen vorgefallen war, glaubte

Melisande fest daran, dass Wendel seine Tochter nicht im Stich lassen würde. Wenn er nicht ihretwegen kam, dann zumindest, um Gertrud zu retten.

Sempach schnalzte mit der Zunge. »Du bist tapfer, das muss man dir lassen, und das ist genau das, was ich schätze. Je länger es dauert, desto besser. Es hat sich herausgestellt«, Sempach lachte blökend, »dass du ein Weib bist. Noch dazu nicht irgendein Weib, sondern eines, das wegen Mordes und Kindesentführung gesucht wird. Ist es nicht so?« Er sah sie abwartend an. Dann schlug er sich mit der Hand an die Stirn. »Verzeih, du kannst ja gar nicht sprechen.«

Er trat an die Maschine heran, zog ihr den Knebel aus dem Mund und tätschelte ihr die Wange. Melisande versuchte ihn anzuspucken, aber ihr Mund war zu trocken, sie musste husten.

Sempach war nach hinten ausgewichen. Als er jedoch erkannte, dass Melisande nicht einmal spucken konnte, brach er in dröhnendes Gelächter aus. »Du bist eine echte Wildkatze! Eine ungezähmte Stute. Wie hält dein Mann das aus? Hast du überhaupt einen? Ach ja, Wendel Füger. Ich erinnere mich dunkel. Ein Waschlappen. Ein Feigling. Du hättest sehen sollen, wie der sich angestellt hat, als wir ihn hier im Kerker peinlich befragt haben. Hat sich bepisst wie ein Greis und gejammert wie ein kleines Kind.«

Sempach brüllte vor Lachen. Melisande biss sich fast die Zunge ab, um ihm nicht entgegenzuschleudern, dass er ein Lügner war, dass sie dabei gewesen war und die Wahrheit kannte.

Von einem Moment auf den anderen wurde Sempach todernst. »Du erwartest keine Gnade, nicht wahr? Und wenn ich mit dir ein Geschäft machen würde und dich freiließe, dann würdest du denselben Fehler nicht zweimal machen, habe ich

Recht? Dann würdest du mich bei der erstbesten Gelegenheit abstechen.«

»Darauf kannst du wetten!« Endlich hatte Melisande die Sprache wiedergefunden. Sie hatte nichts mehr zu verlieren, also konnte sie Sempach ebenso gut die Wahrheit ins Gesicht schleudern. »Wo ist meine Tochter, du Ungeheuer? Was hast du mit ihr angestellt? Warum spielst du den Ahnungslosen? Wenn du weißt, wer ich bin, weißt du auch, was ich in deinem Haus wollte!« Ihre Stimme war brüchig, doch sie brachte die Worte ohne ein Zittern über die Lippen.

Sempach hob die Augenbrauen. »Wovon redest du, Weib? Deine Tochter? Ich dachte, du selbst hast sie entführt? So zumindest hieß es in der Nachricht, die wir aus Rottweil erhielten. Genug geredet!« Er zog eine Art Schlüssel hervor und machte sich an der Maschine zu schaffen, metallisches Klicken hallte von den Kerkermauern wider.

Kurz darauf spürte Melisande eine Nadel, die ihr in den Oberarm piekste. Nicht fest. Es tat nicht einmal weh. Noch nicht. Sie bewegte einen Finger, und schon schoss ein Metalldorn auf ihr rechtes Auge zu. Sie erstarrte, und der Dorn blieb stehen, eine Handbreit von ihrem Auge entfernt. Jetzt erst verstand sie wirklich, in was für ein Teufelsgerät Sempach sie gesteckt hatte. Wann immer sie sich bewegte, würde die Maschine darauf reagieren. Sie selbst hatte damit einen Einfluss darauf, was ihr geschah; sie könnte ihrem Leben sogar ein rasches Ende setzen, wenn sie nicht mehr die Kraft hatte zu kämpfen. Das allerdings wäre eine Todsünde – zumal sie nicht nur sich selbst, sondern auch ihr ungeborenes Kind töten würde.

Sempach schob sein Gesicht ganz nah an das ihre. »Was wolltest du in meinem Haus, Hexe? Was wolltest du von mir?«, knurrte er, und es schien, als sei er plötzlich unsicher geworden.

Melisande starrte ihn an. Mit einem Mal spürte sie den Boden unter ihren Füßen wegsacken. Sie hatte den Falschen verdächtigt! Sempach wusste nichts von ihrer Tochter. Und er wusste auch nicht, dass sie Melchior gewesen war. Nichts wusste er. Er war ein Verbrecher, eine zutiefst verabscheuungswürdige Kreatur, doch mit Gertruds Entführung hatte er nichts zu tun.

Melisande schwitzte aus jeder Pore, Feuerringe tanzten vor ihren Augen. Sie hatte ihre Tochter am falschen Ort gesucht und sich völlig vergeblich in Lebensgefahr gebracht! Doch sie wollte nicht hinnehmen, dass alles verloren war. Sie biss sich auf die Zunge, der Schmerz vertrieb die Irrlichter. Eine Idee nahm in ihren Gedanken Gestalt an. Entschlossen suchte sie Sempachs Blick. »Ich wollte Euch ein Geschäft anbieten«, sagte sie. »Aber Ihr wolltet ja nicht zuhören.« Sempachs Augenlider flatterten einen Moment. Sie war also auf dem richtigen Weg. »Ich weiß von Euren verbotenen Leidenschaften und von Euren Geschäften. Ich weiß von den Mädchen, von der geheimen Kammer. Ich weiß alles.« Sie hielt inne. Entweder brachte er sie jetzt um, oder sie hatte ihn am Haken.

»Ich habe keine Ahnung, wovon du sprichst«, sagte Sempach leise. Doch sein linkes Augenlid zuckte verräterisch. Bestimmt hatte Petter ihm von dem falschen Kunden berichtet, und jetzt zählte er eins und eins zusammen.

»Gut. Dann macht es Euch ja sicherlich auch nichts aus, dass ich aus dem hohlen Fuß der Truhe ein Pergament entfernt und zu einem guten Freund geschickt habe, um sicherzustellen, dass mir nichts zustößt. Dieser Freund ist natürlich über alles unterrichtet, und wenn er erfährt, dass ich im Folterkeller von Esslingen zu Tode gekommen bin, wird er entsprechende Maßnahmen ergreifen.«

Sempach öffnete den Mund, doch er bekam keine Gelegenheit mehr zu antworten. Laute Rufe drangen durch die Tür, dann die Stimme des Büttels. »Herr, habt Gnade...«

Ein Schmerzensschrei löste den Satz ab. Die Tür wurde aufgerissen, der Büttel taumelte hinein, hielt sich den Kopf, Blut floss über sein Gesicht. Hinter ihm drängten Wachen des Rates in den Kerker, und zuletzt traten Karl Schedel und Henner Langkoop in den Raum.

Langkoop baute sich vor Sempach auf. »Konrad Sempach, auf Beschluss des Rates ist es Euch bis zum Ende der Untersuchungen verboten, das Schelkopfstor zu betreten. Gebt mir Eure Schlüssel. Sofort!«

Sempach war blass geworden, er versuchte zu sprechen, brachte aber keinen Ton heraus. Wortlos händigte er Langkoop die Schlüssel aus, warf Melisande einen drohenden Blick zu und verließ in Begleitung zweier Wachen den Kerker.

Langkoop wandte sich an den Büttel. »Hol das Weib aus dieser Höllenmaschine, und schaff es wieder ins Verlies! Gib ihr ein frisches Gewand, etwas zu essen und zu trinken. Morgen wird das Verhör fortgesetzt.«

Der Büttel befreite Melisande, die sich kaum auf den Beinen halten konnte. Alles war so schnell geschehen, dass es ihr unwirklich erschien.

Karl Schedel baute sich vor ihr auf. »Glaub nicht, dass dir diese Sache irgendetwas nützt, Melissa Füger. Du wirst die Wahrheit sagen, so oder so, und deine gerechte Strafe erhalten für alle Verbrechen, die du begangen hast. Hier in Esslingen herrschen Recht und Gesetz.«

Auf sein Zeichen nahmen die Wachen sie in die Mitte und geleiteten sie zurück in das Verlies. Der Büttel brachte ihr ein frisches Gewand, einen ganzen Krug Wein mit Wasser gemischt, einen Viertellaib Brot und einen Apfel. Unglaublich! Ein Apfel. Sie kleidete sich um, machte sich über das Brot her und trank gierig.

Langsam klärten sich ihre Gedanken. Und die Angst kehrte zurück. Wo war Gertrud? Wer in aller Welt mochte sie entführt haben, wenn es nicht Sempach gewesen war? Sie war sich absolut sicher gewesen. Warum eigentlich? Weil er in der Nähe des Treffpunkts wohnte? Weil er ihr als Einziger in den Sinn gekommen war? Weil sie ihn für einen bezwingbaren Gegner gehalten hatte? Auch wenn sie ihr vielleicht das Leben gerettet hatten: Schedel und Langkoop waren zu früh gekommen. Noch ein paar Minuten, und sie hätte Sempach so weit gehabt. Sie hätte ihn erpresst, ihr die Flucht zu ermöglichen. Es konnte nicht mehr lange dauern bis zum nächsten Vollmond. Wenn sie dann nicht bei der Einsiedelei auf der Berkheimer Steige erschien, würde der Entführer Gertrud töten.

»Wendel, Liebster!«, flüsterte sie in die Dunkelheit. »Wo auch immer du bist, ich brauche dich. Bitte lass mich nicht im Stich. Ich schaffe es nicht allein.«

Etwas kitzelte sie an der Hand. Eine Feldmaus mit spitzer Nase. Ein Auge fehlte, das andere war trüb. Melisande lächelte traurig. Die Maus und sie hatten etwas gemeinsam: Auch sie war blind gewesen, war in die Falle gelaufen, weil sie sich von ihren Ängsten und Gefühlen hatte leiten lassen, weil sie vorschnell gehandelt und schlecht geplant hatte. Sie brach einen Krumen Brot ab und reichte ihn der Maus, die sich auf die Hinterpfoten stellte und sofort zu knabbern begann. Schließlich putzte sich das Tier und schlüpfte in ihren Ärmel.

Wenigstens bin ich nicht ganz allein, dachte Melisande, lehnte sich an die kalte Mauer, spürte den kleinen warmen

Körper der Maus auf ihrer Haut und fiel erschöpft in einen unruhigen Schlaf.

※ ※ ※

»Öffnet, schnell!« Heftig schlugen Fäuste gegen das Holz. »Bitte öffnet, es gibt Nachricht aus Esslingen!«

Berbelin steckte den Kopf aus der Tür. »Frau Irma, Ihr seid es! Ihr macht ja Krach wie ein ganzer Gewalthaufen. Tretet ein.« Sie zog die Tür weit auf, sodass Irma eintreten konnte.

»Wo ist deine Herrin, Berbelin?«, fragte sie, noch ganz außer Atem. »Ich muss sie sprechen.«

Berbelin senkte den Kopf. »Sie ist fort. Das wisst Ihr doch, Frau Irma.«

Irma sah die Magd an. »Ach Berbelin. Ich meine die Katherina, die Mutter von deinem Herrn. Sag, wo finde ich sie?«

»Hier.« Katherina hatte bisher schweigend am Tisch gesessen und ein Schreiben mit Anweisungen für den Verwalter verfasst, der sich in ihrer und Erhards Abwesenheit um das Gasthaus und den Weinhandel in Reutlingen kümmerte. Nun erhob sie sich und nahm Irmas Hände in die ihren. Sie waren ganz kalt. »Was für Nachrichten habt Ihr für mich, Kind?«

Irma versuchte, etwas zu sagen, doch sie brachte kein Wort hervor, fiel Katherina um den Hals und weinte hemmungslos.

Katherina ließ sie einen Augenblick gewähren, dann machte sie sich frei. »Bei der Heiligen Jungfrau Maria, was ist geschehen?«

Irma zog die Nase hoch. »Melissa! Man hat sie in den Kerker geworfen! Man wirft ihr vor, einen Mordanschlag auf die Familie eines Ratsherrn verübt zu haben.« Sie schluchzte. »Ich verstehe das alles nicht! Was hatte sie mit diesem Ratsherrn zu schaffen? Und was hat das mit Gertrud zu tun? Es wird immer verrückter.« Wieder weinte sie, diesmal leiser, und auch Berbelin, die immer noch hilflos bei der Tür stand, liefen die Tränen über die Wangen.

»Alles, was geschieht, ist Gottes Wille, mein Kind«, sagte Katherina. »Auch wenn wir nicht immer begreifen, welchen Sinn es hat.«

»Dann ist Gott ungerecht!«, stieß Irma hervor. »Oder ist es gerecht, wenn unschuldige Menschen in den Kerker geworfen werden? Oder gar ermordet? Heute Morgen fand man einen Mann eine Viertelmeile vor der Stadt, er lag in seinem Blut, erstochen und ausgeraubt. Es heißt, er sei aus Heilbronn gewesen und auf dem Weg zum Bodensee. Ist es etwa gerecht, dass er auf diese Art sterben musste?«

Katherina erschrak. »Schweig still, Kind! Du darfst Gott nicht lästern, das ist eine Sünde.«

Irma legte die Stirn in Falten. »Eine Sünde ist es, Melissa ihrem Schicksal zu überlassen, sie dem Esslinger Scharfrichter auszuliefern. Ich begreife nicht, worum es geht, doch ich verstehe sehr wohl, dass ihr irgendwer die Schlinge um den Hals gelegt hat und sie nun langsam zuzieht.«

»Du lieber Himmel, wovon sprecht Ihr, Kind?«

»Seht Ihr denn nicht, dass es eine Verschwörung gegen Melissa geben muss? Erst wird sie gezwungen, Hals über Kopf aus der Stadt zu fliehen, dann verschwindet ihr Kind und man lockt sie nach Esslingen, wo sie unter einem Vorwand festgenommen wird. Denn nichts von dem, was man ihr vorwirft, kann sie getan haben. Was sollte also anderes dahinterstecken als ein ausgeklügelter Plan, um sie zu vernichten?«

Katherina nickte. Diese junge Frau war klüger, als es den Anschein hatte. Und sie glaubte an Melisande, so wie sie selbst auch. »Danach sieht es in der Tat aus, mein Kind. Leider wissen wir nicht, wer ihr Gegner ist.«

»Was können wir tun?«, fragte Irma. »Sollen wir nach Esslingen reisen und mit dem Rat sprechen? Dort muss es doch auch vernünftige Männer geben.«

»Du liebe Güte, nein, Irma!«, rief Katherina erschrocken. »Wir bleiben schön hier. Wendel ist auf dem Weg nach Esslingen, sicherlich ist er längst dort, hat schon mit dem Rat gesprochen und alles in die Wege geleitet, um Melissa zu retten.«

»Und wenn nicht? Wenn ihm unterwegs etwas zugestoßen ist? Wer hilft Melissa dann?«

Katherina starrte sie entsetzt an.

»Verzeiht«, stammelte Irma. »Wie unüberlegt von mir. Natürlich ist Eurem Sohn nichts zugestoßen.« Sie senkte den Kopf. »Ich will doch nur etwas tun, irgendwie von Nutzen sein.«

Katherina seufzte. »Ihr, mein Kind, seid hier in Rottweil von größtem Nutzen für Melissa, glaubt mir. Geht wieder nach Hause, betet für Eure Freundin, und haltet Augen und Ohren offen. Ihr scheint immer bestens über alles unterrichtet zu sein. Auch das ist wertvoll. Ich werde derweil einen Brief an den Rat der Stadt Esslingen schreiben und die Herren daran erinnern, dass sie schon einmal beinahe einen Unschuldigen auf den Richtplatz gezerrt haben.«

»Haben sie das?«, fragte Irma mit großen Augen.

»Das haben sie, und es ist ihnen bestimmt noch in schlechter Erinnerung. Falls Wendel, nun ... aufgehalten wurde, sollte mein Brief vorerst das Schlimmste verhindern.«

Irma seufzte, umarmte Katherina und trat an die Tür.

»Gebe Gott, dass Ihr Recht habt«, flüsterte sie, bevor sie auf die Straße trat.

Katherina wandte sich an Berbelin. »Hast du nichts zu tun, Kind? Hör auf zu flennen, und mach dich ans Werk. Es hilft deiner Herrin nicht, wenn vor lauter Kummer die Arbeit liegen bleibt.«

»Ja, Frau Katherina.« Berbelin eilte los, hinauf in den ersten Stock, wo die Betten aufgeschüttelt werden mussten, doch kaum war sie auf der Stiege angelangt, hörte Katherina sie bereits wieder schluchzen.

Katherina trat zurück an den großen Esstisch, um sofort das Schreiben an den Esslinger Rat aufzusetzen. Sie hatte sich angewöhnt, ihre Briefe hier zu schreiben, nicht in der Schreibstube, denn die war Melisandes Reich. Wenn sie diesen Platz selbst nutzte, käme es ihr so vor, als hätte sie sich schon damit abgefunden, dass ihre Schwiegertochter nicht mehr zurückkehren würde. Und das durfte nicht sein.

※ ※ ※

Melisande teilte das letzte Stückchen Brot mit der kleinen Maus und lehnte sich gegen die Wand. Es schienen unendlich viele Stunden vergangen zu sein, seit sie wieder in das Verlies geworfen worden war. Spielten ihr ihre Sinne einen Streich? Oder hatte man beschlossen, sie in dem dunklen Loch verrotten zu lassen? Nein, wohl kaum, denn irgendwer hatte ihr zwischenzeitlich Essen zukommen lassen: Brot, verdünnten Wein und sogar ein Stück Wurst.

Zum wohl hundertsten Mal fragte sie sich, was nun mit ihr geschehen würde. Sie würden sie erneut peinlich befragen, so viel stand fest. Sie würden wissen wollen, was sie in Sempachs Haus gewollt hatte. Sollte sie ihnen die Wahrheit erzählen? Dass sie ihre Tochter bei ihm vermutet hatte? Doch welchen Grund sollte sie für ihren Verdacht angeben? Sie konnte ihnen schließlich nicht erzählen, dass sie sich jahrelang als stummer Henker Melchior ausgegeben hatte und dass Sempach aus dieser Zeit noch eine Rechnung mit ihr offen hatte.

Sie seufzte. Als sie sah, dass das Mäuschen erschrocken seine blinden Augen in ihre Richtung lenkte, musste sie jedoch lächeln. »Keine Sorge, mein Kleiner, von mir droht dir keine Gefahr. Ich wünschte, ich könnte mich so klein machen, wie du es bist, dann könnten wir gemeinsam von hier fliehen.«

Ihre Gedanken wanderten wieder zu Sempach. Was würde geschehen, wenn sie den Ratsherren von der Scheune berichtete, von dem, was sie dort gefunden hatte? Wenn sie sagte, dass sie Gertrud aus diesem Grund in seinen Händen wähnte? Sie würde auf das Dokument hinweisen, das inzwischen sicher bei Irma lag. Aber würde man ihr glauben? Würde man den Vorwürfen überhaupt nachgehen? Sie hatte Sempach schon einmal falsch beschuldigt, und die geheime Kammer in der Scheune hatte er mit Sicherheit längst leer räumen lassen.

Die kleine Maus krabbelte auf Melisandes nacktes Bein und lief langsam ihren Körper hoch. Melisande nahm sie vorsichtig in die Hand und streichelte ihr über das Fell. »Wir sind zwei arme verlorene Seelen«, murmelte sie, das Gesicht nass von Tränen. »Blind und hilflos dem Schicksal ausgeliefert. Vielleicht wäre es doch besser, wenn wir tot wären.«

***

Bürgermeister Johann Remser seufzte und rollte das Pergament wieder zusammen, das er nun wohl schon ein Dutzend Mal gelesen hatte. Egal, wie er es drehte und wendete, er hatte keine Wahl. Wenn er Schaden von der Stadt abwenden wollte – und ebenso von sich selbst, musste er schnell handeln.

Er stand auf und lief zum Fenster. Wenn doch nur Gerold von Türkheim hier wäre! Der Alte mit der scharfen Zunge und dem noch schärferen Verstand hatte zwar ständig für Zwistigkeiten gesorgt, weil er die Handwerkermeister nicht als gleichwertige Ratsmitglieder anerkannt hatte, doch sein Urteil war stets klug und durchdacht gewesen. Aber von Türkheim war im letzten Winter gestorben, und seither war es ruhig geworden im Stadtrat, und auch ein bisschen langweilig. Remser wischte den Gedanken fort, Vergangenem sollte man nicht nachtrauern. Er hatte einen Büttel zu Karl Schedel und Henner Langkoop geschickt. Die beiden, und sonst niemanden, wollte er einweihen. Je weniger Leute Bescheid wussten, desto besser. Aus diesem Grund hatte er sie auch in sein Haus bestellt, wo er sicher sein konnte, dass kein anderer etwas von ihrer Unterredung mitbekam. Aber warum dauerte das bloß so lang? Hoffentlich war im Kerker nichts vorgefallen, das die Angelegenheit weiter verkomplizierte!

Es klopfte, der Büttel kündigte die beiden Besucher an, und auf Remsers Nicken betraten Langkoop und der Kürschnermeister die Stube. Remser forderte die beiden auf, Platz zu nehmen, rief nach einer Magd und orderte Wein, Brot und kalten Braten. Die Beratung würde länger dauern, das stand fest, und ein leerer Magen dachte schlecht. »Setzt Euch, meine Herren, esst und trinkt.«

»Steht es so schlimm?«, fragte Schedel.

Unwillkürlich musste Remser lachen. Rasch wurde er wieder ernst. »Ihr kennt mich gut, Meister Karl, das muss ich zugeben. Und ja, es kann schlimm werden, wenn wir nicht unverzüglich handeln.«

»Geht es um Melissa Füger, die Frau im Kerker?«, fragte Langkoop kauend.

Remser nickte. »Eben die. Sagt mir: Wie schätzt Ihr sie ein?«

Schedel räusperte sich. »Sie ist eine Meisterin der Verstellung. Niemand hat sie als Frau erkannt. Selbst die helle Stimme hat keinen Verdacht erregt, weil sie sich wie ein Mann bewegt und verhalten hat. Außerdem hat sie ihre weiblichen Rundungen mit einer Schnürung versteckt. Eine teuflische List. Ich glaube, dass sie ein Geheimnis hat, das sie nicht preisgeben will. Die Geschichte mit der offenen Rechnung ist jedenfalls erlogen.«

»Ich sehe das genauso«, ergänzte Langkoop. »Die Metze hat ein dunkles Geheimnis. Wenn wir nicht Order gehabt hätten, sie vorerst in Ruhe zu lassen, hätten wir es vielleicht schon aus ihr herausgepresst.«

Remser sah ihn mit hochgezogenen Augenbrauen an. »Ihr wisst, dass wir erst offiziell den Rat der Stadt Rottweil benachrichtigen mussten.«

»Gibt es inzwischen Antwort?«, wollte Schedel wissen.

»Ja. Man äußert Verständnis dafür, dass wir Anspruch auf sie erheben, weil sie einen Anschlag auf einen hiesigen Ratsherrn verübte, doch man bittet uns, nicht zu vergessen, dass allein sie weiß, wo das Kind steckt.«

»Ach ja, das Kind«, murmelte Langkoop. »Bei sich hatte sie es jedenfalls nicht.«

»Sie muss einen Komplizen haben«, meinte Schedel. »Oder sie hat es längst getötet.«

»Ihre eigene Brut?«, rief Langkoop entsetzt.

»Vielleicht ist sie nicht bei Verstand.« Schedel zuckte mit den Schultern. »Immerhin hat sie schon einen Mord begangen, oder? Deswegen wird sie doch von den Rottweilern gesucht.«

Langkoop wollte etwas einwenden, doch Remser hob die Hand. »Mag sein, dass Meister Karl gar nicht so falsch liegt. Vielleicht ist sie tatsächlich nicht ganz richtig im Kopf. Wäre nicht verwunderlich, bei ihrer Geschichte.«

Die beiden sahen ihn erstaunt an.

»Erinnert Ihr Euch an die Tragödie der Familie Wilhelmis?«, fragte er.

Die beiden senkten die Köpfe.

»Natürlich, wer wird das je vergessen können? Eine ganze Familie ausgelöscht! Immerhin sind die Schuldigen einen furchtbaren Tod gestorben«, sagte Schedel.

Remser nickte. »Was würdet Ihr sagen, wenn es eine überlebende Wilhelmis gäbe?«

Die Köpfe der beiden ruckten nach oben. »Unmöglich!«

»Das dachte ich ebenfalls. In dieser Schlucht sind alle abgeschlachtet worden wie Vieh. Es gab kein Entkommen. Aber...« Remser schüttelte den Kopf und hob das Pergament hoch. »In diesem Brief behauptet Katherina Füger, die Mutter des Wendel Füger, der der Gatte der Melissa Füger ist«, er holte Luft, »dass Melissa Füger«, er machte eine kurze Pause, »... dass Melissa Füger in Wahrheit Melisande Wilhelmis ist.«

Langkoop sprang von seinem Stuhl auf. »Sind denn alle verrückt geworden?« Da niemand antwortete, setzte er sich wieder und trank von seinem Wein.

»Das ist noch nicht alles«, sagte Remser und rieb sich die Handgelenke, die seit zwei Tagen schmerzten. Das nasse Wetter war nichts für ihn und seine Knochen. »Katherina Füger behauptet, dass Melisande Wilhelmis nach der Tragödie viele Jahre unerkannt hier in Esslingen gelebt hat.«

Schedel lachte gekünstelt. »Also bitte, das Ganze wird ja immer abwegiger. Die Wilhelmis' waren Rotschöpfe, keiner von denen hätte unerkannt hier in Esslingen leben können. Und überhaupt, es wäre doch aufgefallen, wenn plötzlich ein junges Mädchen aufgetaucht wäre – ganz ohne Familie und doch offenbar keine Magd oder Bettlerin.«

Remser steckte sich ein Stück Fleisch in den Mund und kaute. Unwillkürlich musste er an den Medicus denken, der ihm geraten hatte, seine Ernährung umzustellen, da das viele Fleisch seine Gelenke zerstören würde. So ein Unsinn! Außerdem gab es Wichtigeres, um das er sich zu kümmern hatte. Und Interessanteres. »Meine Herren!« Endlich konnte er jemandem seine Theorie unterbreiten. »Ein Mädchen wäre sicherlich aufgefallen. Aber denkt einmal zurück. Erinnert Euch. Es ist viele Jahre her, sicher, aber in der Zeit nach dem Überfall auf die Wilhelmis' gab es einen Neuzugang in der Stadt, der rote Haare hatte.«

Schedel und Langkoop zuckten mit den Schultern. »Das mag wohl sein«, sagte Schedel. »Ständig kommen Leute in die Stadt, doch es war niemand darunter, der mir im Gedächtnis geblieben wäre.«

»Tatsächlich nicht? Denkt nach, Schedel!« Remser konnte gut verstehen, dass Schedel nicht wusste, von wem er sprach. Der Gedanke war so ungeheuerlich, dass er selbst es noch immer nicht recht glauben wollte. »Ihr habt gesagt, Melissa Füger könne einfach so in die Haut eines Mannes schlüpfen, ohne dass jemand etwas merkt. Nur die Stimme sei auffällig. Na? Dämmert es jetzt?« Remser rieb sich das rechte Handgelenk.

Langkoop kniff die Augen zusammen. »Ihr meint doch nicht etwa...« Er unterbrach sich. »Nein, das kann nicht sein.« Er wedelte mit den Händen durch die Luft, als wollte er

Wespen vertreiben. »Nein«, wiederholte er. »Nein und nochmals nein.«

Remser hob die Augenbrauen.

Schedel erbleichte. »Melchior! Der stumme Melchior.« Er schluckte. »Unser Henker!«

Langkoop kicherte nervös. »Das ist nicht Euer Ernst! Ich bitte Euch, meine Herren! Das wäre eine absolute Katastrophe. Die Reichstadt Esslingen hatte ein Weib als Henker? Ein Mädchen, das sich als Knabe verkleidete? Und niemand hat es bemerkt? Ganz Württemberg würde sich über uns totlachen, wenn das herauskäme! Mehr noch, wir wären das Gespött des gesamten Reiches!«

»Das wären wir in der Tat.« Remser faltete die Hände. »Deshalb muss ich wohl nicht betonen, dass niemand außer uns etwas davon erfahren darf.«

Schedel zeigte auf das Pergament und machte eine Miene, als halte Remser den Schwanz des Teufels in den Händen. »Und das alles steht da drin?«

»Nicht das über Melchior. Aber alles andere.« Remser reichte es ihm. »Lest selbst.«

Schedel nahm es entgegen und entrollte es.

Langkoop erhob sich, stellte sich hinter Schedel und las mit. »Grundgütiger«, hauchte er.

Remser durchmaß das Zimmer mehrere Male, während die Männer lasen, und nahm wieder Platz, als seine Knie anfingen zu schmerzen. Ob er doch versuchen sollte, weniger Fleisch zu essen? Vielleicht half es tatsächlich gegen diese Folter, die seine Gelenke in Feuer zu tauchen schien.

Schedel ließ das Pergament sinken. »Falls das alles wahr ist und wirklich Ottmar de Bruce hinter dem Überfall steckte, wie diese Katherina Füger behauptet, dann haben wir Unschuldige getötet, als wir die Kronenburg zerstört haben, weil wir dachten, ihr Herr sei für das Gemetzel an der Familie Wilhelmis verantwortlich.«

Langkoop schürzte die Lippen. »Friedrich von der Kronenburg war nicht gerade ein Heiliger ...«

Remser schlug mit der Faust auf den Tisch. »Wenn das ruchbar wird, dann werden uns Ulrich und der Kaiser eine Rechnung präsentieren, die sich gewaschen hat. Im schlechtesten Fall erheben sie Klage, weil wir den Landfrieden gebrochen haben.«

»Aber die Feldzeichen, die wir am Schauplatz des Verbrechens fanden ...« Schedel schien in sich zusammenzufallen.

»Ja, ja, die Feldzeichen.« Remser leerte seinen Krug. »Seid ehrlich: Wie gründlich haben wir den Fall untersucht?«

Langkoop und Schedel betrachteten den Boden und schwiegen.

»Genau!«, rief Remser. »Wir hätten uns mehr Zeit nehmen müssen. Schließlich wussten wir alle, dass de Bruce mit Konrad Wilhelmis im Zwist lag. Aber mit dem wollten wir uns nicht anlegen, ist es nicht so?«

Schedel hob den Kopf. »Warum ist sie nicht zu uns gekommen?«

»Weil sie wusste, dass ihr Gegner nicht ruhen würde, bis auch sie tot wäre. Wir hätten sie auf Dauer nicht schützen können«, erwiderte Remser leise.

Schedel nickte. »Ich nehme an, sie hatte einen weisen Ratgeber.«

»Raimund Magnus«, sagte Remser. »Wir haben ihn unterschätzt. Er hat uns Melisande Wilhelmis als seinen Neffen Melchior präsentiert, und wir alle sind darauf hereingefallen. Wahrscheinlich hat er ihr mit seiner Posse das Leben gerettet.«

»Eine Henkerin!« Schedel schlug die Hände zusammen. »Und eine verdammt gute noch dazu. Hatten wir je einen besseren Henker als Melchior?«

»Nein«, antwortete Remser. »Dieser Ekarius ist ein Metzger, das wisst Ihr nur zu gut.« Er kratzte sich am Kopf. »Aber darum geht es nicht. Wir müssen etwas unternehmen.«

Karl Schedel stand auf. »Wir nehmen sie wieder bei uns auf – als Tochter der Stadt. Das ist das Mindeste, was wir für sie tun können.«

»Immer mit der Ruhe, mein lieber Schedel«, entgegnete Remser und bedeutete ihm, wieder Platz zu nehmen. »So gern ich Eurem Vorschlag zustimmen würde, wir müssen das Wohl der Stadt im Auge behalten.«

»Und das heißt?«

»Dass niemand erfahren darf, wer sie in Wirklichkeit ist; dass sie unser Henker war und uns alle an der Nase herumgeführt hat. Dass wir die Kronenburg…« Remser rieb Daumen und Zeigefinger aneinander, um Schedel noch einmal klarzumachen, dass es auch um viel Geld ging.

Schedel setzte sich wieder. »Aber was sollen wir dann tun?«

»Dieser Brief wurde von einer Frau geschrieben, die –«, Remser räusperte sich, »der jedes Mittel recht wäre. Die alles behaupten und noch mehr erfinden würde, um ihre Schwiegertochter zu retten, auch eine völlig an den Haaren herbeigezogene Lügenmär. Beweise, dass diese Melissa Füger tatsächlich Melisande Wilhelmis ist«, er lächelte kurz, »gibt es keine.«

»So ist es.« Langkoop nickte langsam. »Jeder könnte eine solche Geschichte erfinden. Ohne Beweis ist sie nichts wert. Wir können nicht die Geschäfte dieser Stadt danach ausrichten, dass irgendein Weib Gerüchte in die Welt setzt. Außerdem hat Melissa Füger schwere Schuld auf sich geladen. Das ist kein Gerücht, sondern eine Tatsache. Wir können uns als Rat der Stadt Esslingen nicht vor eine Kindsentführerin und Mörderin stellen. Und noch dazu hat sie einen von uns angegriffen. Denkt an Sempach.«

Remser verzog gequält das Gesicht. Sempach war ein weiteres Geschwür, das er sich am liebsten aus dem Leib geschnitten hätte. Dieser Mann war ein Besessener. Vor einiger Zeit hatte er um jeden Preis einen Ketzer finden wollen, der die Bibel in die Sprache des Volkes hatte übersetzen lassen, und hätte damit beinahe das Heilige Inquisitionsgericht in die Stadt geholt. Zum Glück hatte er seine sinnlose Jagd bald aufgeben müssen. Remser räusperte sich. »Ob diese Frau Melisande Wilhelmis ist oder nicht – sie hat ein Verbrechen nach dem anderen begangen, hat gelogen und betrogen. Vielleicht wäre es besser für sie gewesen, wenn sie damals mit ihrer Familie gestorben wäre. Sie war für den Tod bestimmt und ist ihm entronnen. Jetzt holt er sich, was seins ist.« Er klopfte mit seinem Messer auf den Tisch. »Karl Schedel, Henner Langkoop, als zuständiger Richter erteile ich Euch folgende Order: Bringt mir das Geständnis der Verbrecherin, damit wir sie nach Recht und Gesetz richten können. In spätestens drei Tagen soll der Prozess stattfinden. Den Brief werde ich vernichten, damit er nicht in falsche Hände gerät. Und beeilt Euch. Wir müssen Tatsachen schaffen, bevor es zu spät ist.«

Schedel und Langkoop wandten sich zur Tür. Schedel wirkte unzufrieden, doch Remser vertraute darauf, dass er seine Pflicht gegenüber seiner Stadt ernst nahm. Er erhob sich ebenfalls. »Einen Moment noch, meine Herren.«

Sie drehten sich um.

»Ihr werdet das Verhör nur mit dem Henker und einem

Büttel durchführen. Einem zuverlässigen Büttel, der nicht alles, was er mitbekommt, im nächsten Wirtshaus ausplaudert.«

»Ich kenne einen, auf den Verlass ist«, sagte Langkoop sofort.

»Gut.« Remser rieb sich zufrieden die schmerzenden Finger. »Diese Frau soll durch das Schwert sterben, schnell und sauber, schließlich sind wir keine Unmenschen. Und dann werden wir ihren Leichnam verbrennen lassen.«

***

Konrad Sempach starrte fassungslos auf die Truhe. Diese verfluchte Metze hatte das verborgene Fach tatsächlich ausgeräumt! Wie gut, dass er Geheimtinte verwendet hatte, um die Namen der Kunden auf der Rückseite zu notieren. Aber woher wusste sie von seinen Geschäften? Wer hatte ihn verraten? Zum wiederholten Mal ging er in Gedanken seine Kunden durch, aber da war niemand, mit dem er Streit hatte oder der mit der Ware unzufrieden gewesen wäre. Im Gegenteil: Erst vor wenigen Tagen hatte er den Spross einer der vornehmsten Familien des Reiches mit einem ganz besonderen Leckerbissen erfreut. Die Männer standen Schlange, er konnte den Bedarf kaum decken, musste immer größere Kreise ziehen, um frische Ware zu bekommen.

Gestern hatte er sich zuerst Petter vorgeknöpft, der ihm stotternd gebeichtet hatte, dass ihn am vergangenen Freitag ein falscher Kunde aufgesucht habe. Er habe die Täuschung erst bemerkt, als der echte Meister Rogwald bei ihm auftauchte und nach dem Mädchen verlangte. Daraufhin habe er die ganze Stadt nach dem Betrüger abgesucht, jedoch keine Spur von ihm gefunden. Als dann bei Sempach der Einbrecher gefasst worden sei, der der Beschreibung nach der falsche Kunde sein musste, habe er gedacht, damit sei die Sache erledigt.

Sempach hätte den dummen Burschen am liebsten einen Kopf kürzer gemacht. »Und wann hattest du vor, mir davon zu erzählen?«, brüllte er ihn an.

»Ich ... ich dachte doch, jetzt wo der Schuft im Kerker sitzt, da...«

»Da was?« Sempach packte ihn bei den Schultern und schüttelte ihn.

»Da ... da würde er doch ohnehin alle Untaten gestehen und verurteilt werden.«

»Und, du neunmalkluge Ratte, hast du auch darüber nachgedacht, was er unter der Folter über unsere Geschäfte ausplaudern könnte?« Wütend stieß Sempach ihn von sich weg.

Petter wurde weiß wie eine frisch gekalkte Wand. »Verzeiht, Herr, dass ich so ...«

»Ja, ja, schon gut.« Sempach bemühte sich um einen gefassten Tonfall. Er durfte nicht die Beherrschung verlieren. Und er durfte seinen Handlanger nicht gegen sich aufbringen, sonst hatte er ein weiteres Problem. Außerdem hatte Petter ihm bisher immer gute Dienste geleistet. Und wenn er ehrlich war, musste er zugeben, dass auch er auf das Possenspiel dieser Metze hereingefallen war. Wenn sie in der Lage war, einen Konrad Sempach zu täuschen, dann war ein Einfaltspinsel wie Petter leichte Beute für sie.

Er hatte dem Burschen großmütig verziehen, woraufhin dieser sich dankbar vor ihm auf die Knie geworfen hatte. Dann hatte er ihn losgeschickt, den echten Meister Rogwald zu informieren, dass es im Augenblick einen Engpass gebe und er heimreisen und dort auf Nachricht warten solle. Als Petter fort war, hatte Sempach sich mit einem Krug Wein in seine Schreibkammer eingeschlossen und die ganze Nacht über einem Plan gebrütet, wie er das rothaarige Miststück im Kerker für immer loswerden konnte.

Schwere Schritte kündigten an, dass sich jemand dem Versteck näherte. Das musste Ekarius sein. Und tatsächlich hangelte sich der Henker einen Augenblick später die Sprossentreppe herunter und blieb prustend vor Sempach stehen. »Herr, hier bin ich, Ihr habt nach mir rufen lassen?«

»Irgendjemand hat unser Geheimnis verraten. Diese Metze, die du gerade in den Fingern hast, war hier und hat unsere Liste gefunden.«

Ekarius brach der Schweiß aus. Er kratzte sich am Kopf, wobei Tropfen durch die Luft flogen.

Sempach sprang drei Fuß nach hinten. »Bist du des Teufels, du hirnloser Fleischberg? Behalte deine Ausdünstungen bei dir, oder willst du mich verunreinigen?«

Ekarius erstarrte, dann fuhr er sich vorsichtig mit dem Ärmel über die Stirn. »Verzeiht, Herr ...«

»Halt's Maul! Wir haben ein Problem. Ich darf nicht mehr in den Kerker, aber du. Diese Metze muss sterben, und zwar schnell. Sonst baumeln wir alle bald an deinem Strick.«

»Aber wie ...«

»Halt's Maul!«, wiederholte Sempach. Speichel sprühte aus seinem Mund. »Du sollst nicht denken, du sollst nur genau das tun, was ich dir sage.«

Ekarius nickte.

Sempach reichte ihm eine Phiole. »Das ist Eisenhut. Misch ihr das unters Essen. Dann ist unser Problem erledigt. Ich habe keine Lust, mir ein neues kleines Paradies zu bauen. Aber wir dürfen es einige Zeit nicht nutzen. Bis diese Hexe tot ist, können wir keine Kunden empfangen und keine Mädchen hier verstecken, ist das klar? Und die Sachen müssen rausgeräumt werden. Nur für den Fall, dass sie plappert und jemand auf die Idee kommt, nachzusehen. Verflucht! Ich hasse dieses Weibsstück!«

»Herr...« Ekarius senkte den Kopf.

»Was?« Sempach zitterte vor Wut. Wann hörte seine Pechsträhne endlich auf?

»Die Mädchen aus dem Schwarzwald... Sie müssten bald ankommen. Ich warte jeden Tag auf Nachricht.«

Sempach warf ihm einen Beutel zu. »Bezahl die Ware, und bring sie irgendwo außerhalb von Esslingen unter. Applonia soll dir helfen. Und jetzt mach schon, schick deine Knechte her, sie sollen das Bett und die Truhe hier herausschaffen.«

»Ja, Herr.« Mühsam kletterte Ekarius die Sprossen hinauf.

Wie so oft, wenn Sempach den fetten Henker betrachtete, drängte sich ihm der Vergleich mit Ekarius' Vorgänger Melchior auf. Er seufzte tonlos. Wie viel verständiger war er gewesen. Wie viel geschmeidiger hatte er sich immer bewegt. Dann traf ihn die Erkenntnis wie ein Hammerschlag. Jetzt wusste er, wo er diesen Mann, der eigentlich eine Frau war, schon einmal gesehen hatte. Und nicht nur gesehen. Sie hatten zusammengearbeitet im Kerker von Esslingen, hatten gemeinsam Verbrechern Geständnisse entlockt. Ja, so ergab es Sinn. Verflucht noch eins! Deshalb wusste diese Hexe von seinen Geschäften.

Sempach schoss die Hitze in alle Glieder. Melchior! Wie oft hatte er die zarten, schlanken Finger des Henkers bestaunt, die Kunstfertigkeit genossen, mit der sie mit den Werkzeugen hantierten!

Er schnaufte, Schweiß lief ihm über das Gesicht. Der Teufel sollte ihn holen! Der Henker von Esslingen war ein Weib gewesen. Eine rothaarige Hexe, eine Teufelin. Und jetzt musste sie sterben.

※ ※ ※

Es regnete schon wieder, als Erhard und seine Männer am Dienstag um die Mittagszeit in Speyer eintrafen. Sie stiegen in der Herberge »Zum Ochsen« ab, dankbar für einen trockenen Platz und eine warme Mahlzeit. Oswald hatte sich erkältet, ein übler Husten plagte ihn, und Erhard drohte, ihn an einen Tisch zu fesseln, falls er sich nicht freiwillig schonte, den Tag am Kaminfeuer verbrachte und sich von den Mägden mit heißem Würzwein verwöhnen ließ. Aber Oswald ließ sich nicht beirren, und schließlich gestattete Erhard ihm zähneknirschend, ihn zu Godehard von Bräseln zu begleiten.

Wenig später hatten sie das Haus der von Bräselns ausfindig gemacht, das sich im Norden der Stadt an die Stadtmauer schmiegte.

Erhard ließ den schweren Türklopfer auf das rote Holz des Portals fallen. Er wartete, aber nichts rührte sich. Er klopfte wieder und wieder, doch selbst nach dem fünften Mal ließ sich niemand blicken.

Im Haus nebenan öffnete sich ein Fensterladen, eine junge Frau schaute hinaus, offenbar eine unverheiratete Magd. »Da könnt Ihr so oft klopfen, wie Ihr wollt, mein Herr!«, rief sie. »Es ist niemand da.«

Erhard neigte den Kopf. »Ich danke Euch, Mädchen. Wisst Ihr vielleicht, wo ich Godehard von Bräseln finden kann?«

Sie lächelte verschmitzt. »Ja, das weiß ich wohl, allerdings ist er nicht sehr gesprächig in letzter Zeit.«

»Das hat man mir in Urach bereits mitgeteilt, dennoch muss ich in einer dringenden Angelegenheit mit ihm reden.«

Die junge Frau kicherte. »Verzeiht, aber er ist wohl noch ein wenig wortkarger, als Ihr es erwartet. Er ist nämlich für immer verstummt. Und bevor er vor vier Wochen starb, hat er auch nicht viel gesagt. Um genau zu sein: Seit er vor zwei Jahren Opfer eines Überfalls wurde, hat er kein Wort mehr gesprochen. Mit niemandem. Nicht mit seiner Mutter, nicht mit seiner Verlobten, die übrigens vor Kummer wahnsinnig geworden ist. Kein einziges armseliges Wort. Wenn Ihr dennoch die Rede an ihn richten wollt, so findet Ihr sein Grab auf dem Gottesacker an der Kirche St. Joseph. Geht durchs Altpörtel, und Ihr werdet St. Joseph nicht verfehlen. Wahrscheinlich trefft Ihr dort seine Mutter Agnes an. Sie ist fast den ganzen Tag dort, und das immer allein, denn die Linie der von Bräselns reißt mit dem Tod Godehards ab.«

Erhard seufzte. »Habt Dank!«

Die Frau verschwand vom Fenster. Oswald spuckte aufs Pflaster. »Die ganze Reise vergebens. Ein Fluch scheint über allem zu liegen, was mit dieser Metze zu tun hat.«

Erhard sah ihn scharf an. »Mäßige deine Zunge, Oswald. Wir wollen dennoch mit der Mutter sprechen, auch wenn sie vermutlich nichts weiß, das uns weiterhilft. Lass uns wenigstens das Grab des Mannes besuchen, der uns die Wahrheit über den Tod des Merten de Willms hätte verraten können.«

Oswald legte ihm die Hand auf die Schulter. »Herr, es ist Gottes Wille. Grämt Euch nicht.«

Erhard brachte ein schwaches Lächeln zustande. »Ich danke dir, mein alter Freund. Aber Gott strapaziert meine Geduld.«

Oswald hustete und bekreuzigte sich rasch.

Erhard lachte auf. »Gott hat mir die Tochter genommen und – wenn auch auf andere Weise – auch den Sohn und die Gemahlin. Warum nimmt er nicht gleich mein Leben?« Er wandte sich vom Haus der von Bräselns ab und schritt voraus zum Friedhof der Kirche St. Joseph.

Die Magd hatte richtig vermutet. Nur eine Frau stand auf dem Gottesacker, in dunkle Gewänder gehüllt, an einem Grab, in dessen Holzkreuz der Name Godehard von Bräseln geschnitzt war.

Erhard blieb stehen, plötzlich verunsichert. Warum sollte er die Frau in ihrer Trauer stören? Was hatte er hier überhaupt verloren? Godehard hatte niemandem ein Sterbenswörtchen erzählt, auch nicht seiner Mutter.

Bevor er sich zu einer Entscheidung durchringen konnte, drehte die Frau sich um. Erhard musste sich zusammennehmen, um nicht laut aufzuschreien. Wie ein Trommelfell spannte sich die Haut über ihrem knochigen Gesicht, sie sah aus wie eine Tote, die aus ihrer Gruft gestiegen war. Aber ihre Stimme klang warm und freundlich. »Wollt Ihr zu mir, mein Herr? Kanntet Ihr meinen Godehard?« Ihre Augen füllten sich mit Tränen. »Er war so ein guter Junge. Ein Wunder hat ihm das Leben gerettet, und doch musste er sterben, von...« Mit fahrigen Bewegungen zog sie eine Gebetskette aus ihrem Umhang und begann zu beten, wobei ihr Oberkörper in schnellem Takt von hinten nach vorn wippte.

»Ich kenne die Frau, die ihm das Leben gerettet hat«, sagte Erhard leise.

Das Murmeln erstarb. »Ihr kennt sie? Wie geht es ihr? Ist es ihr besser ergangen als meinem Sohn?«

Erhard kratzte sich am Kinn. »Ja und nein. Sie lebt, aber man wirft ihr vor, einen Mord begangen zu haben.«

»Einen Mord! Jesus, Maria und Josef! Das kann ich nicht glauben. Sie hat doch vier Menschen das Leben gerettet, auch meinem Sohn.«

»So heißt es, ja.«

»Ihr zweifelt daran?« Sie wirkte unsicher.

Oswald trat vor. »Wir hatten gehofft, Euer Sohn könnte uns berichten, ob das, was man sich erzählt, der Wahrheit entspricht.«

Agnes von Bräselns Wimpern flatterten. Sie schwankte, Erhard und Oswald griffen zu und hielten sie.

»Ich ... vielleicht ...« Sie verstummte, und Erhard fürchtete schon, sie würde es ihrem Sohn gleichtun und nie wieder ein Wort sprechen, aber im nächsten Augenblick klärte sich ihr Blick und ihr Körper straffte sich. »Folgt mir, meine Herren.« Sie eilte mit langen Schritten davon.

Wenig später erreichten sie das Haus an der Stadtmauer; mit der flachen Hand stieß Agnes von Bräseln die Tür auf, die nicht versperrt gewesen war. Erhard und Oswald zögerten nicht und folgten ihr bis in die Schreibstube. In die Wand war ein riesiges hölzernes Regal eingelassen, in dem wohl an die hundert Pergamentrollen lagen. Agnes von Bräseln blieb davor stehen und deutete mit ihrem knochigen Zeigefinger auf die Rollen. »Godehard hat kein Wort mehr gesprochen, aber er hat von morgens bis abends die Feder tanzen lassen. Ihr habt meine Erlaubnis, Euch die Rollen anzusehen. Seid Ihr des Lesens mächtig?«

Erhard verneigte sich tief. »Ja, das bin ich. Ihr seid außerordentlich gütig, Agnes von Bräseln. Seid versichert, dass wir die Unterlagen Eures Sohnes mit äußerster Sorgfalt behandeln werden.«

Sie schüttelte den Kopf. »Ihr würdet eine Last von meinen Schultern nehmen, wenn Ihr Euch der Pergamente annehmen würdet, wenn Ihr die Lektüre beendet habt.«

»Wenn das Euer Wunsch ist, soll es so geschehen.«

Die Frau verschwand im hinteren Teil des Hauses. Oswald und Erhard nahmen eine Rolle nach der anderen aus dem

Regal, mit ehrfürchtiger Vorsicht, so als fürchteten sie, die Worte, die darauf zu lesen waren, könnten plötzlich verschwinden. Oswald konnte nur stockend lesen, oft fragte er Erhard nach einem Buchstaben, den er nicht entziffern konnte, oder einem Wort, das er nicht kannte. Nur langsam kamen sie voran, doch allmählich wurden die Regale leerer und der Stapel mit den gelesenen Schriftrollen zu ihren Füßen wuchs. Stille herrschte in der kleinen Kammer, die nur vom Rascheln der Pergamente und Oswalds gelegentlichen Hustenanfällen gestört wurde.

Die meisten der Bögen waren mit wirren Wortketten vollgekrakelt, die keinen Sinn ergaben. Offenbar hatte der bedauernswerte Godehard nicht nur seine Stimme, sondern auch seinen Verstand verloren. An die fünfzig Pergamente hatten sie bereits gelesen, aber außer der immer wiederkehrenden Niederschrift eines Albtraums hatten sie nichts gefunden, das auch nur entfernt einen Sinn ergab. Der Traum war zwar bemerkenswert, doch er verriet nichts über den Überfall: In wirren Worten und zittriger Schrift schilderte der Mann, wie er von Gott in die Hölle gestürzt und dort von froschartigen Wesen mit sechs Beinen zerrissen und aufgefressen wurde.

Das Froschungeheuer sperrte sein riesiges Maul auf, und sein schwefliger Odem streifte mich. Mir schwanden die Sinne, kaum spürte ich, wie es mir die Arme ausriss und sie verschlang...

Agnes von Bräseln ließ sich die ganze Zeit über nicht blicken. Hatte sie die Dokumente bereits gelesen? War sie davon überzeugt, dass ein Dämon in ihren Sohn gefahren war? Erhard fuhr sich nachdenklich durchs Haar. Hatte Godehard sich womöglich das Leben genommen? Er lag in geweihter Erde, also konnte das nicht sein. Es sei denn, seine Mutter hatte die genauen Todesumstände vertuscht. Aber würde sie dann zwei Fremden Zugang zu seinen Dokumenten gewähren? Es war schließlich möglich, dass ihr Sohn seine Absichten aufgeschrieben hatte. Andererseits wurde man aus seinen Worten nicht schlau.

Erhard griff in ein weiteres Fach und nahm sich die darin befindlichen Rollen vor. Er bemerkte sofort, dass etwas anders war; die Schrift war gerader, und die Worte waren nicht so wirr. Godehard hatte offensichtlich begonnen, seine Albträume als Strafe Gottes aufzufassen. Doch wofür? Auf einem Pergament, das nicht gerollt, sondern gefaltet war, fand Erhard den Grund und wollte es nicht glauben: Godehard von Bräseln hatte seinen eigenen Vater getötet. Das Geständnis war in klarer Handschrift niedergelegt, mit deutlich gewählten Worten, die jedes Missverständnis ausschlossen. Erhard schluckte schwer, als er weiterlas. Godehards Vater musste ein Ungeheuer gewesen sein, das seine Frau und seinen Sohn fast täglich windelweich geprügelt hatte. Der arme Bursche hatte seine Mutter schützen wollen. Rasch steckte Erhard das Geständnis ein. Das musste niemand sonst zu Gesicht bekommen.

Das nächste Pergament enthielt nichts als Zahlen, Kolonnen von Zahlen; ein anderes war bedeckt von winzigen Dreiecken; wieder ein anderes war schlicht leer, bis auf einen Satz: »Herr, vergib mir!«

»Herr!«

Erhard schreckte hoch.

»Verzeiht, Herr.« Oswald kniete vor ihm, den Kopf hochrot, in der Rechten hielt er ein Pergament. Zum ersten Mal in seinem Leben sah Ehrhard den alten Kämpen vor Aufregung zittern.

»Lest selbst!«

Erhard nahm den Bogen so vorsichtig in die Hand, als sei er vergiftet, schloss kurz die Augen, öffnete sie wieder und begann, die kleinen akkuraten Buchstaben zu lesen. Der Text begann mit einem Bericht darüber, wie der Handelszug in Speyer aufgebrochen war, wie die Reisenden in Urach Rast machten und am nächsten Tag gen Ulm aufbrachen. Dann endlich widmete sich Godehard dem Überfall:

Ich hatte mich mit einem Schreiber aus Augsburg angefreundet. Merten de Willms war sein Name, und ihm zu Ehren will ich berichten, wie er zu Tode kam, denn er war ein Held. Als der Kampf um die Wagen entbrannte ...

Erhard überflog die Zeilen, umarmte den verdatterten Oswald, und befahl ihm, alle Rollen in ein Tuch einzuschlagen und für den Transport vorzubereiten. Er selbst suchte die Hausherrin und fand sie schließlich betend in ihrer Schlafkammer.

»Agnes von Bräseln ...«, flüsterte er, kniete sich nieder und nahm ihre Hände. »Euer Sohn war ein gottesfürchtiger rechtschaffener Mann. Ich habe alles gelesen, ich weiß es. Was immer er getan hat: Ihr müsst wissen, dass es Gottes Wille war. Es gibt keinen Grund ...«

Agnes legte Erhard einen Zeigefinger auf den Mund. »Konnte ich Euch helfen?«

Erhard nickte. »Eine große Bürde ist mir von der Seele genommen.«

»Dann ist es gut. Geht nach Hause und tut, was Ihr tun müsst.«

»Das werde ich, Agnes. Und ich werde alle Pergamente, die

Euer Sohn verfasst hat, mitnehmen und verbrennen. Bis auf eines, das mir die Augen geöffnet hat und weder ihm noch Euch schaden kann.«

Agnes nickte und verfiel in Schweigen.

Erhard erhob sich. Oswald erwartete ihn bei der Tür. Jetzt galt es, so schnell wie möglich nach Rottweil zu gelangen, um das größte Unheil abzuwenden, das ihm und seiner Familie jemals gedroht hatte.

* * *

Der Regen hatte aufgehört, Tropfen schillerten auf dem herbstlich gelben Laub. Wendel kniff die Augen zusammen und ließ seinen Blick über die Landstraße gleiten, die auf die Berkheimer Steige zuführte. Nichts zu sehen. Hoffentlich verging nicht noch ein Tag, ohne dass das eintraf, worauf sie ungeduldig warteten! Verärgert hieb er die Faust in einen Baumstamm. Jede Stunde, die Melisande länger im Kerker saß, konnte zusätzliche Schmerzen, Pein und Höllenqualen bedeuten. Zwei Tage harrten sie nun schon aus, eine Ewigkeit für jemanden, der im Verlies saß und mit der Folter bedroht war. Eine Ewigkeit auch für ihn selbst.

Immerhin hatte er am Morgen einen befreundeten Weinhändler unter den Reisenden in einem Wagenzug entdeckt und die Gelegenheit gehabt, ihm ein paar Fragen zu stellen. So hatte er erfahren, dass für die Frau, die als Mann verkleidet im Haus des Ratsherrn Konrad Sempach aufgegriffen worden war, noch kein Prozess angesetzt war. Es hieß, man warte auf Antwort aus Rottweil, da man auch dort Anspruch auf die Gefangene erhebe.

Wendel streckte sich. Es war Zeit, dass er seinen Beobachtungsposten aufgab und zu seinen Verbündeten zurückkehrte. Seinen Verbündeten! Wendel stieß verärgert Luft aus. Niemals im Leben hätte er gedacht, einmal mit einem von Ottmar de Bruce' Vertrauten gemeinsame Sache machen zu müssen. Er drückte sich durch ein Gebüsch und lief auf dem kaum erkennbaren Pfad durch das Unterholz bis zu dem geheimen Lager, das von Säckingen, Antonius und er aufgeschlagen hatten, um unbeobachtet die Vorbereitungen für Melisandes Befreiung treffen zu können.

Ein kleines Feuer war entzündet, Antonius achtete darauf, dass es gut brannte und nicht qualmte, was bei der Feuchtigkeit nicht leicht war. Von Säckingen saß neben ihm auf einem Fels. »Gibt es Neuigkeiten?«, fragte er, als Wendel näher trat.

»Leider nicht.«

»Dann gibt es zumindest auch keine schlechten Neuigkeiten.«

Wendel sah den Ritter von der Seite an. Er wurde nicht schlau aus ihm, und das beunruhigte ihn mehr als alles andere.

»Antonius und ich haben gerade überlegt, wie wohl das Innere des Kerkers von Esslingen aussehen mag«, sagte von Säckingen. »Ihr kommt also gerade recht, Füger, denn nur Ihr habt ihn von innen gesehen.«

Wendel seufzte und hockte sich auf den Boden. »Der Esslinger Kerker ist unter dem Schelkopfstor untergebracht«, sagte er und ritzte mit der Spitze seines Messers die Umrisse in den angetrockneten Schlamm. »Eine steile Treppe führt nach unten in ein Kellergewölbe, daran schließt sich ein Gang an, an dem zur linken Hand der Thronsaal liegt.«

Von Säckingen runzelte die Stirn.

»So heißt der Folterkeller in Esslingen.«

»Die Esslinger haben durchaus Sinn für derbe Scherze«,

sagte von Säckingen und brach sich noch ein Stück Brot ab.

»Von dem Gang geht es zudem rechts in den großen Kerker, in dem ich zuerst gesessen habe.« Wendel musste tief durchatmen, um die aufkeimende Panik zu verscheuchen. Allein der Gedanke an den Kerker löste in ihm den Drang aus, aufzuspringen und wegzurennen. »Hier sitzt immer allerhand Gesindel ein. Zudem gibt es ein kleines Einzelverlies, nämlich hier, nachdem der Gang eine scharfe Rechtskurve gemacht hat.« Er markierte die Stelle. »Darin war ich später untergebracht. Neben dem Thronsaal muss es noch einen weiteren Raum geben, den habe ich aber nie von innen gesehen.«

Er atmete scharf ein. Des Nachts hatte er einmal Schreie aus jenem Raum gehört, gellende Schreie, die ihn aus dem Schlaf gerissen hatten. Bis heute wusste er nicht, ob er sich die Schreie eingebildet hatte, oder ob damals tatsächlich jemand dort eingesperrt gewesen war. An vieles konnte er sich ohnehin nur verschwommen erinnern. Und das war wahrscheinlich auch besser so.

»Das Schelkopfstor ist nicht mit Soldaten besetzt«, ergänzte von Säckingen, den Blick auf die Zeichnung am Boden geheftet. Entweder hatte er nicht bemerkt, was in Wendel vorging, oder er ignorierte es absichtlich. »Denn es liegt innerhalb der Stadt und wird nur voll bemannt, wenn der Feind vor den Toren steht. Trotzdem werden wir es wahrscheinlich mit sechs bis acht Männern zu tun bekommen – je vier Büttel und vier Wachen des Rates. Die Zeiten, in denen nachts lediglich zwei verschlafene Wachen Dienst schoben, sind vorbei.« Er warf Wendel einen Blick zu.

Wieder versuchte dieser, die Gedanken des Ritters zu erraten, aber es gelang ihm nicht. Er musste wachsam bleiben. Dieser Mann war äußerst gefährlich. Normalerweise hätte

Wendel sich nicht gescheut, von Säckingens Behauptungen auf der Adlerburg zu überprüfen, doch die Zeit drängte.

»Wir können es nicht mit acht Mann aufnehmen«, fuhr von Säckingen fort. »Selbst wenn das Überraschungsmoment auf unserer Seite ist. Also müssen wir die Wachen ablenken. Unter welchen Umständen würden sie ihren Posten verlassen?«

»Wenn sie woanders gebraucht werden«, schlug Antonius vor.

»Richtig! Und wann ist das der Fall?«

Wendel überlegte. Er erinnerte sich an seinen Schwur. *Wenn es sein muss, werde ich die ganze Stadt in Brand stecken, um sie vor dem Galgen zu retten!* »Ein Feuer!«, sagte er. »Wenn es brennt, wird jede Hand gebraucht, dann würden sogar die Büttel bis auf zwei abgezogen. Das ist in jeder Stadt so.«

»Genau.« Von Säckingen zog ein Pergament aus der Tasche.

Verwundert stellte Wendel fest, dass es ein Stadtplan von Esslingen war. Der Ritter hatte sich gut vorbereitet. Seine Geschichte schien also wahr zu sein.

»Und ich wüsste die ideale Stelle.« Von Säckingen tippte auf einen Punkt auf dem Plan »Die Pliensau ist nicht sehr dicht bebaut«, erklärte er. »Etwa hier steht eine alte Scheune, die offenbar kaum genutzt wird. Wenn wir dort Feuer legen, wird alles, was Hände und Beine hat, sich aufmachen, um eine Löschkette zu bilden. Von der Scheune bis zum Neckar ist es ein Stück, sie liegt von beiden Flussarmen etwa gleich weit entfernt. Und einen Löschteich gibt es in der Pliensau nicht.«

Wendel rieb sich das Kinn. »Dann müssen wir getrennt zuschlagen. Einer legt das Feuer ...«

Antonius winkte ab. »Nicht nötig. Einer legt das Feuer, das

ist richtig. Aber er wird genug Zeit haben, rechtzeitig zu den anderen zu stoßen, denn er wird dafür sorgen, dass sich der Ausbruch der Flammen verzögert.«

Von Säckingen nickte anerkennend. »Ihr seid mit allen Wassern gewaschen, Antonius. Welche Methode verwendet Ihr?«

»Glühende Kohlen werden in ein feuchtes Tuch eingeschlagen, das wiederum in Holzwolle liegt, die mit Pech getränkt ist. Die Glut frisst sich langsam durch das Tuch, und wenn sie das Pech erreicht, schlagen die Flammen schnell hoch. Wir werden längst am Schelkopfstor auf der Lauer liegen, wenn die Glocken Alarm schlagen.«

Wendel war beeindruckt. Diese Seite seines Gefährten hatte er noch nicht kennengelernt.

»Das ist ein guter Plan. Und dann holen wir Mech... Melisande aus dem Verlies und schaffen sie aus der Stadt.«

»Wenn nur der Wagen rechtzeitig eintrifft«, sagte Antonius.

Wenn nur der Henker bis dahin die Finger von Melisande lässt, ergänzte Wendel in Gedanken. Oder dieser Sempach. Wenn Melisande nachts in sein Haus eingedrungen war, gab es dafür einen Grund. Und das konnte nur bedeuten, dass dieser feine Ratsherr gar nicht so fein war.

***

Nicklas hielt mit der Linken den Rohling und mit der Rechten den Hammer. Er wollte zuschlagen, erkannte aber, dass das Eisenstück schon kalt geworden war. Was hatte er nur falsch gemacht? Wie konnte die Gräfin nur glauben, dass er seinem Bruder ein Leid zufügen könnte?

Er steckte den Rohling wieder in die Esse, trat kräftig den Blasebalg und erhitzte das Stück auf die richtige Temperatur. Er musste sich konzentrieren, durfte seinen Gedanken nicht erlauben, abzuschweifen. Er hatte Gitterstäbe für ein neues Verlies geschmiedet. Sie waren so dick, dass nicht einmal zehn Pferde sie verbiegen konnten. Seltsam war, dass das Verlies nicht im Kellergewölbe angelegt wurde, wo die übrigen Verliese waren, sondern im Palas, ganz in der Nähe der persönlichen Gemächer der Gräfin. Wer sollte dort eingesperrt werden?

Nicklas schwang den Hammer. Jeder Hieb auf das glühende Eisen war wie eine Befreiung. Er tauchte den fertigen Stab ins Wasser, rieb die Schlacke ab und legte ihn zu den anderen. Es war der letzte, den er benötigte. Die Gitterstäbe sollten noch heute eingebaut werden. Nicklas hatte das Mauerwerk bereits vorbereitet, stets bewacht von zwei Männern der Leibgarde seiner Herrin. Keinen Fuß durfte er ohne Bewachung ins Innere der Burg setzen. Auch jetzt standen die beiden Wachleute vor der Werkstatt und ließen ihn nicht aus den Augen.

Nicklas zuckte mit den Schultern. Was auch immer in die Gräfin gefahren war, er würde seine Aufgabe zu ihrer Zufriedenheit erledigen und ihr keinen Anlass geben, ihn zu bestrafen. Er rollte die Stäbe in ein Leintuch und trat vor die Schmiede. Die Wächter nahmen ihn in die Mitte, eskortierten ihn in den Palas und ließen sich in einiger Entfernung von ihm auf dem Boden nieder. Sogleich machte sich Nicklas daran, die Stäbe einzupassen und mit Steinen und Mörtel unverrückbar zu vermauern, wie Leopold von Steyer, das Rattengesicht, es angeordnet hatte.

»Meinst du, die Gräfin ist noch bei Trost?«

Nicklas horchte auf. Eine der Wachen hatte gesprochen. Offenbar glaubte der Mann, dass Nicklas ihn nicht hören konnte. Oder die beiden hatten ihn einfach vergessen.

»Nein. Aber halt besser die Klappe. Wenn sie das hört, landest du schneller im Burggraben, als du deinen Namen aussprechen kannst.«

»Ja, ja, das weiß ich selbst«, raunte der andere. »Aber mal ehrlich: Was will sie mit dem Balg? Und warum lässt sie extra ein neues Verlies für das Kleine bauen? Oder ist es für jemand anderen?«

»Halt doch dein loses Maul, du Holzkopf! Und hör endlich auf, Fragen zu stellen. Wer fragt, lebt nicht lange.«

Aber der andere ließ nicht locker. »Komm schon, du hast das Kind doch mit eigenen Augen gesehen, oder? Du hast Dienst gehabt, als von Säckingen es herbrachte. Das hast du mir selbst erzählt. Red schon, was für ein Balg ist es? Ich übernehme auch deine Nachtwache, dann kannst du zur Trudi. Na, was hältst du davon?«

Nicklas setzte einen weiteren Stab ein und hoffte, dass der Mann geil genug war, um das Angebot seines Kumpel anzunehmen.

»Die Trudi ist schon ein saftiges Stück.« Der Wachmann zögerte. »Na gut. Aber erzähl es nicht weiter. Ich dürfte eigentlich nichts davon wissen.« Er senkte die Stimme, wodurch Nicklas nur noch Wortfetzen verstand. »... Rottweil ... Tochter ... Wendel Füger ...«

Wendel Füger. Den Namen hatte Nicklas auf der Adlerburg schon oft gehört. Das war doch der Weinhändler aus Reutlingen, der bei Ottmar de Bruce in Ungnade gefallen war und der es geschafft hatte, aus dem Esslinger Kerker zu fliehen. Jeder kannte die Geschichte; es hieß, dass eine Hexe ihn auf ihrem Besen aus der Stadt geflogen hätte. Nicklas konnte das nicht recht glauben, aber was er gerade mitgehört hatte, das glaubte er gern. Er baute also einen Kerker für ein kleines Mädchen, das Eberhard von Säckingen entführt hatte. Anscheinend handelte es sich um die Tochter des Wendel Füger. Ein unschuldiges kleines Mädchen sollte in das Verlies gesperrt werden, das er baute!

Nicklas wischte sich den Schweiß von der Stirn. Noch nie hatte er sich so hilflos gefühlt. Seinen Bruder durfte er nicht mehr sehen, er wurde bewacht wie ein Verbrecher, und jetzt war er auch noch Mitwisser einer furchtbaren Verschwörung. Da die Wächter nur noch tuschelten, verstand er nichts mehr, aber er hatte genug gehört. Vielleicht war es am besten, wenn er die Adlerburg verließ und sich bei einem anderen Herrn verdingte. Sollte er Othilia bitten, ihn gehen zu lassen? Ohne ihre Erlaubnis würde er nicht weit kommen, geschweige denn einen neuen Herrn finden. Aber was, wenn sie ihn nicht freigab?

Sein Herzschlag beschleunigte sich. Mit zitternden Händen setzte er den letzten Stab ein und verputzte die rauen Steine. Er hatte gute Arbeit geleistet. Wenn der Mörtel ausgehärtet war, würde kein Mensch der Welt aus diesem … Er suchte das passende Wort und fand es alsbald: Käfig! Ja, niemand würde aus diesem Käfig ausbrechen können. Wer immer dort eingesperrt wurde, sollte wie ein wildes Tier oder ein seltener Vogel gehalten werden.

»Genug gegafft, Schmied! Pack deinen Kram. Los, los! Vorwärts!« Einer der Wächter hatte sich erhoben und war unbemerkt hinter ihn getreten.

Nicklas packte die Wut. Was bildete dieser Tunichtgut sich ein? Er war de Bruce' Sohn, kein Knecht, den jeder auf der Burg nach Belieben herumstoßen konnte! Blitzartig drehte er sich um, griff den Wächter an der Schulter und schleuderte ihn quer durch den Raum.

Der andere sprang auf, zog sein Schwert und hielt es Nicklas an die Kehle. »Nenn mir einen Grund, warum ich dich nicht auf der Stelle töten sollte.«

Nicklas zuckte nicht mit der Wimper. »Weil ich ein Bastard des Grafen bin und man dich häuten würde.«

»Schon gut!«, rief sein Kumpel und rappelte sich auf. »Ich habe ihn wohl erschreckt, und er wusste nicht, was er tat.«

Nicklas unterdrückte ein Grinsen. Was für ein erhebendes Gefühl! Die Wachen kuschten vor ihm wie junge Hunde. Warum nur hatte er das noch nie zuvor ausprobiert? Mit einer lässigen Bewegung schob er die Klinge zur Seite und stolzierte mit den beiden Wächtern im Schlepptau aus dem Palas. Gegen Othilia konnte er nichts ausrichten, aber er konnte Gott gegenüber sein Gewissen erleichtern. Vater Fussili würde sicherlich Zeit für ihn finden und ihm die Beichte abnehmen.

※ ※ ※

Melisande zwang sich, die Augen zu öffnen. Sie war schon lange wach, aber sie hatte sich vorgestellt, sie sei in Rottweil, Wendel sei bei ihr, Gertrud, ihre Tochter, Raimund, ihr Sohn, und ihre Schwiegereltern Erhard und Katherina. Es war Sommer, sie feierten Gertruds Hochzeit. Der Verlobte ihrer Tochter war ein angesehener junger Mann aus Ulm, den sie auf einer Reise mit ihrem Vater kennengelernt hatte. Du musst nur fest daran glauben, sagte sie sich, dann wird es eines Tages wahr. Bevor sie angefangen hatte, sich ihre Zukunft auszumalen, hatte sie einen Plan gefasst, wie sie aus Esslingen fliehen konnte. Sie würde sich nicht wie ein Schaf zur Schlachtbank führen lassen. Solange ihre kleine Tochter irgendwo gefangen gehalten wurde und ihre Hilfe brauchte, solange ihr kleiner Sohn in ihr heranwuchs, war sie nicht bereit, kampflos zu sterben.

Sie hatte darüber nachgedacht, wann der geeignete Zeitpunkt für einen Fluchtversuch wäre. Am besten wäre es natürlich, man ließe sie eine Weile im Thronsaal allein, dann wäre ihre Flucht ein Kinderspiel. Aber das war ebenso wahrscheinlich wie Schneefall im Sommer. Nein, sie hatte nur zwei Möglichkeiten: Die beste war der Prozess, die zweitbeste die Hinrichtung. Während des Prozesses würden ihr die Fesseln abgenommen werden, da sie zum einen als Frau keine Gefahr darstellte und der Rat zum anderen damit zeigen wollte, dass die Stadt Esslingen anständig mit Beschuldigten umging. Dass sie es in diesem Fall mit dem besten Henker zu tun hatten, den Esslingen je gehabt hatte, würden die Ratsherren erst merken, wenn es zu spät war, wenn sie den Bürgermeister Johann Remser als Geisel genommen und aus der Stadt geflohen war. Sollte sie diese Gelegenheit nicht bekommen, würde sie es auf dem Richtplatz versuchen, dann würde sie sich losreißen, bevor der Henker ihr die Hände auf den Rücken band. Sie würde das Richtschwert an sich bringen, in die Menge springen und dort eine Geisel nehmen. Das barg allerdings die Gefahr, dass die Ratsherren auf einen einfachen Mann oder eine einfache Frau keine Rücksicht nehmen und unter Umständen einfach beide von Bogenschützen niederstrecken lassen würden.

Sie überlegte kurz und schlug sich mit der Hand an die Stirn. Die Lösung war so einfach: der Priester! Sie würde den Priester als Geisel nehmen, dann würde niemand es wagen, sie anzugreifen.

Damit ihr Plan gelingen konnte, musste sie jedoch bei Kräften bleiben. Melisande erhob sich und fing an, ihre Glieder zu recken und zu strecken, bevor sie den Oberkörper vorbeugte, bis sie mit der flachen Hand den Boden berühren konnte. Um ihre Kraft zu stärken, legte sie sich auf den Bauch, spannte die Rückenmuskeln an und drückte sich mit den Fäusten hoch. Das machte sie so lange, bis die Muskeln zu schmerzen begannen. Danach ging sie in die Hocke und federte hoch bis in den Stand. Schweiß stand ihr auf der Stirn, aber sie fühlte sich viel besser, die Anstrengung vertrieb die trüben Gedanken.

Sie setzte sich, nahm kleine Schlucke Wein und spürte etwas, das ihr in die Haut pikte. Erschrocken griff sie unter sich und zog einen Metalldorn hervor, offenbar die Nadel einer Spange, die ein Ratsherr hier verloren haben musste. Sie war so lang wie ihr Mittelfinger, hatte am Ende eine Verdickung und lief spitz zu. In den richtigen Händen eine gefährliche Waffe. Mit diesem Dorn konnte sie mit einem Stoß einen Menschen töten. Sie musste den Kehlkopf seitlich treffen und dann den Dorn mit aller Kraft zur anderen Seite des Halses ziehen. Kein Mensch konnte das überleben.

Melisande schauderte bei dem Gedanken. Sie würde nur töten, wenn ihr keine andere Wahl blieb. Um einen Menschen außer Gefecht zu setzen, reichte es vollkommen, ihm den Dorn in die Kniekehle zu stoßen. Der Schmerz würde so gewaltig sein, dass das Opfer augenblicklich handlungsunfähig war.

Schritte hallten durch den Kerker, und Melisande konnte nicht verhindern, dass ihr Herz anfing zu rasen. Schnell schob sie den Dorn unter das Stroh.

Schon schwang die Tür auf, ein Büttel erschien und stellte ihr eine Schale dampfende Suppe hin, die stark nach Nelken und Wein duftete. Fleischstücke schwammen darin und Gelbrüben.

»Du musst eine echte Hexe sein«, knurrte er. »Du bekommst besseres Essen als ich.« Er nahm das schmutzige Geschirr mit, schlug die Tür zu und verzog sich fluchend.

Melisande starrte auf die dampfende Schale. Das Wasser

lief ihr im Mund zusammen. Doch bevor sie anfangen konnte zu essen, kitzelten sie feine Haare an der Hand. Es war Jakob, so hatte sie die blinde Maus getauft, obwohl sie nicht wusste, ob es auch wirklich ein Mäuserich war. Melisande lächelte. »Du weißt immer sofort, wenn es etwas für dich gibt«, sagte sie. »Auch wenn du nichts siehst.«

Sie tropfte ein wenig Suppe in ihre Hand. Jakob ließ sich nicht lange bitten, steckte seine Nase hinein und schmatzte leise, als er die Suppe aufschlabberte. Noch zwei Mal legte Melisande nach, dann war Jakob satt und begann, sich geschmeidig zu putzen. Schließlich stellte er sich auf die Hinterpfoten, piepste einmal und purzelte nach hinten.

Melisande lachte leise. Doch das Lachen blieb ihr im Hals stecken, denn Jakob zuckte einige Male und lag dann völlig still da. Tränen stiegen Melisande in die Augen. Sie stupste die Maus mit dem Finger an, aber sie rührte sich nicht.

Melisande schlug die Hände vors Gesicht. Egal, welches Wesen es mit ihr zu tun bekam, es musste bitter dafür büßen. Nichts als Tod und Verderben verbreitete sie. War das der Fluch des Henkers? Sie stutzte. Ihre Handfläche fühlte sich plötzlich ganz seltsam an. Sie nahm den Dorn und stach sich in die Haut. Sie spürte nichts, keinen Schmerz. Sie hielt sich die Hand dicht vor die Augen. Kleine Bläschen hatten sich auf der Oberfläche gebildet.

Eisenhut! Der Suppe musste Eisenhut beigemengt worden sein, und zwar in so hoher Konzentration, dass die Maus binnen weniger Augenblicke daran gestorben war und ihre eigene Haut taub wurde und Blasen warf. Voller Abscheu stieß sie die Schale um. Die Suppe versickerte schnell in dem rissigen Lehmboden.

Sempach! Nur er konnte dahinterstecken. Seine Macht reichte weit; wenn er nicht selbst Hand an sie legen konnte, sandte er seine Todesboten. Aber er hatte die Rechnung ohne Gott gemacht, der ihr einen Schutzengel geschickt hatte.

* * *

Wendel musste sich zusammenreißen, um nicht zu zittern. Nicht, dass er Angst hatte, nein, die war ihm längst vergangen. Es war das Jagdfieber. Er brannte darauf, Melisande aus dem Kerker zu befreien, Gertrud zu finden und dann diejenigen zur Strecke zu bringen, die die Verantwortung für diese Schandtaten trugen. Nie in seinem Leben war er so entschlossen gewesen, jeden aus dem Weg zu räumen, der es wagte, sich zwischen ihn und seine Frau und seine Tochter zu stellen. Auch sein eigenes Leben würde er ohne Zögern geben, wenn er damit Melisande und Gertrud retten konnte. Sein schlechtes Gewissen nagte Tag für Tag an ihm. Hätte er Melisande nicht verstoßen, wäre all das nicht geschehen. Eine andere Stimme in ihm behauptete das Gegenteil: *Du kannst das Schicksal nicht ändern. Hättest du sie nicht verstoßen, hätte sie vielleicht jemand hinterrücks ermordet.*

Das Heiligkreuztor kam in Sicht, die Pforte zur Pliensaubrücke, die erste Bewährungsprobe für ihre List. Die Wagen stauten sich, das Wetter war nach den Regentagen wieder sonnig, und aus allen Richtungen strebten die Menschen auf Esslingen zu, um ihre aufgeschobenen Geschäfte zu erledigen.

Wendel ritt vor dem Wagen her, den sein Vater hatte bauen lassen, um Melisande dem Augsburger Henker auszuliefern. Jetzt würde er dazu dienen, sie zu retten. Auf dem Bock saßen Antonius und von Säckingen. Bei ihrem Anblick musste Wendel schmunzeln. Sie trugen abgerissene Gewänder, die sie als seine Knechte ausweisen sollten. Von Säckingen hatte alles

Ritterliche verloren, kein Metall glänzte, kein Kettenhemd klirrte furchterregend, kein Schwert wies ihn als erfahrenen Kämpfer aus.

Das Warten hatte sich auf jeden Fall gelohnt. Von außen war dem Wagen nicht anzusehen, dass er über einen doppelten Boden verfügte, der einen Menschen aufnehmen konnte. Auch die Ladefläche gab das Geheimnis des Verstecks nicht preis. Sie schien in einem Stück gearbeitet zu sein, obwohl es an einer Stelle einen Einstieg gab, der in den zweiten Laderaum führte. Man musste schon mit der Nase über den Boden schleifen, um ihn zu erkennen.

Endlich kamen sie an die Reihe. Wendel zügelte sein Pferd vor der Wache und bedachte den grobschlächtigen Mann mit einem abschätzigen Blick. »Ich bin Meister Balduin von Trier.« Er wartete, doch der Mann reagierte nicht. Wendel beugte sich ein wenig zu dem Mann hinunter. »Du weißt wohl nicht, was für ein Geschäft mich nach Esslingen führt?«

Der drohende Ton entging dem Wachmann nicht. »Nein, Herr, verzeiht, ich habe Euch noch nie gesehen, und ich weiß nichts von Euren Geschäften«, sagte er und neigte den Kopf unterwürfig.

Sein edles Gewand beeindruckte den Mann sichtlich, dennoch musste Wendel vorsichtig sein und durfte den Bogen nicht überspannen. Er lachte auf. »Das glaube ich dir sofort. Na gut, ich will Gnade vor Recht ergehen lassen.« Mit einer ausholenden Bewegung zog er eine Pergamentrolle aus dem Wams und reichte sie dem verdutzten Wächter, der sie ergriff und das Siegel betrachtete. Wendel kreuzte die Finger. Das hatte er immer als kleiner Junge getan, wenn er etwas angestellt hatte und hoffte, seine Ausrede möge nicht durchschaut werden. Oft hatte es gewirkt. »Ich bringe wichtige Gerätschaften für das Schelkopfstor, für euren Thronsaal, so nennt ihr Esslinger doch den Folterkeller?«

Der Wächter nickte, warf noch einen Blick auf das Siegel und gab Wendel die Rolle zurück. Er wiegte den Kopf. »Herr, verzeiht, aber ich muss nachschauen, was Ihr geladen habt...«

»Nur zu, Mann«, sagte Wendel nicht unfreundlich. »Dazu bist du ja schließlich da. Das alles ist eine Gabe aus dem Folterkeller der Stadt Trier.« Er wendete das Pferd und deutete auf von Säckingen. »August, los, zeig dem Mann die Ladung!« Wäre die Lage nicht so ernst gewesen, hätte Wendel es genossen, von Säckingen herumzukommandieren.

Der Ritter zögerte einen Wimpernschlag lang, dann aber spielte er seine Rolle ohne Fehl. Er verbeugte sich und sprang vom Bock, hob die Plane an, führte die Wache heran und verbeugte sich erneut.

»Seht her!«, rief Wendel. »Balken, Eisendorne, Flaschenzüge. Alles, was man braucht, um einem Menschen die Zunge zu lockern. Funktioniert besser als der süßeste Wein.«

Der Wächter warf einen Blick auf die Ladung und nickte Wendel zu. Von Säckingen ließ die Plane fallen und sprang zurück auf den Bock.

Wendel hielt den Atem an, ritt los, der Wagen folgte ungehindert. Die erste Hürde war überwunden. Allein die Vorstellung, dass diese Gegenstände aus einem Folterkeller stammten, also von einem Henker angefasst worden waren, hatte genügt, dem Mann die Lust zu nehmen, die Ladung sorgsam zu prüfen, die letztlich aus nichts anderem als einigen Balken und Eisenstücken bestand, die mit Sicherheit keine zerlegten Foltergeräte waren.

Unbehelligt passierten sie die Brücke über den Neckar und das Mühlentor. Beim Anblick der ersten Häuser in der

Pliensau musste Wendel tief durchatmen. Jetzt war er in Esslingen, zurück in der Höhle des Löwen, an dem Ort, an dem er gestorben wäre, hätte Melchior ... hätte Melisande ihn nicht gerettet. Was für ein schlechter Scherz des Schicksals, dass nun er es war, der sie aus dem Esslinger Kerker befreien musste! Schloss sich hier und heute der Kreis? Waren die Prüfungen damit abgeschlossen? Wendel schüttelte den Kopf. Nein, noch lange nicht. Er wusste immer noch nicht, wo Gertrud war. Und wer war der unsichtbare Feind, der versuchte, ihr Leben zu zerstören?

Wendels Herz schlug rascher, aber nicht zu rasch. Gerade so, dass all seine Sinne geschärft waren. Stimmen drangen an sein Ohr, Alltägliches redeten die Leute, über die Abgaben, die ständig stiegen, über die Ernte, die in diesem Jahr gut ausfiel, und über die Ausbesserungen der Wehranlagen, die zwar Unsummen kosteten, aber unvermeidlich waren, da den Stuttgartern nicht zu trauen war.

Der Geruch von verfaultem Fleisch und altem Urin drückte Wendel auf den Magen. Sie hatten inzwischen die Innere Brücke erreicht, an der die Gerber ihr Handwerk betrieben. Als sie das Brückentor passierten, wandte Wendel sich um. Antonius saß nicht mehr neben von Säckingen. So wie sie es abgesprochen hatten, war er in einem günstigen Moment mit den glühenden Kohlen abgesprungen.

Wendel lenkte sein Pferd auf die Kirchgasse, die zum Schelkopfstor führte. Links erhoben sich die beiden Türme von St. Dionys, alles war genau so, wie es von Säckingen auf seiner Karte eingezeichnet hatte. Auch die Entfernungen stimmten und die Zeit, die sie benötigten.

Wo blieb Antonius? War er aufgehalten worden? Schon kam das Schelkopfstor in Sicht. Dunkel erhob sich der quadratische Turm gute fünfzig Fuß in den Himmel. Seine Mauern waren mindestens sechs Fuß dick, an manchen Stellen noch dicker.

Der Wagen knarrte, Wendel blickte sich um. Antonius war zurückgekehrt und hatte seinen Platz eingenommen, als wäre er nie weg gewesen. Er lächelte Wendel an, Wendel lächelte zurück. Das Feuer war gelegt, jetzt musste es nur noch im richtigen Moment ausbrechen – aber vorher mussten sie in die Unterwelt des Schelkopfstores gelangen. Ein kalter Schauer lief Wendel über den Rücken. Er saß ab und hielt auf das Tor zu, vor dem vier schwer bewaffnete Wachen standen und ihre Lanzen kreuzten, um ihm den Weg zu versperren. Er hob die Hände und lachte. »Werte Herren, ich habe nicht vor, das Tor zu stürmen. Es würde mir ja nichts nützen, denn es liegt innerhalb der Mauern, und sagt selbst: Steht der Feind bereits in der Stadt?« Wendel wartete einen Moment, die Männer sagten nichts, sondern hoben nur die Lanzen. »Seht ihr? Aber soll ich euch etwas verraten? Der Feind ist *doch* bereits in der Stadt.«

Die Männer erschraken und griffen ihre Waffen fester.

»Wein, Weib und Gesang!«, schrie Wendel und grölte vor Lachen, obwohl ihm nicht im Geringsten danach zumute war.

Die Wachen stutzen, dann fielen sie mit ein. Wendel nutzte dies, um noch näher zu kommen und einen Blick in die Wachstube zu werfen. Er zählte fünf Büttel. Sie hatten es also mit neun Gegnern zu tun. Wenigstens war das Misstrauen der Wachen verflogen. Wer gemeinsam lachte, war Freund, nicht Feind.

Wendel zog das Pergament hervor und trat an den Ranghöchsten heran, einen Hauptmann, der an einer Feder am Hut gut zu erkennen war. »Ich bin Balduin von Trier und habe eine Lieferung für den Thronsaal«, sagte er. »Habt Ihr so viele

Gottlose, dass Eure Geräte verschlissen sind?« Er klopfte dem grinsenden Hauptmann auf die Schulter, der sich das ohne Murren gefallen ließ. Wendel atmete auf. Jetzt waren sie so gut wie drin.

Der Hauptmann entrollte das Pergament, und Wendel erkannte sofort, dass er die Buchstaben nur mit Mühe entziffern konnte. Ein versierter Schreiber hätte die Fälschung sofort entlarvt.

»Wie Ihr seht, Hauptmann, ist es ein Schreiben des Trierer Rates an den Euren«, behauptete Wendel. »Wir sind ein wenig spät dran, die Ware wurde schon vor geraumer Zeit geordert, das Wetter wollte einfach nicht mitspielen. Aber jetzt sind wir wohlbehalten eingetroffen und würden gern unsere Fracht abladen, damit wir uns ausruhen und dann so schnell wie möglich nach Hause zurückkehren können. Ich habe mein Weib seit vier Wochen nicht mehr gesehen, und lasst Euch sagen, sie ist eine Schönheit.« Während Wendel sprach, zeigte er mit dem Zeigefinger auf die eine oder andere Zeile, so schnell, dass der Hauptmann nicht folgen konnte, und kaum hatte er zu Ende gesprochen, nahm er die Rolle wieder an sich. »Wo soll der Kram hin? Ich hoffe, es sind nicht allzu viele Stufen hinab in Euren Kerker?«

Der Hauptmann blickte Wendel prüfend in die Augen. »Doch, doch. Sehr viele«, antwortete er schließlich. »Und sie sind mächtig steil.« Er kratzte sich am Kopf und grummelte etwas in seinen Bart, wovon Wendel nur den Namen Sempach verstehen konnte. Sempach! Dieser Bluthund, der ihm am liebsten bei lebendigem Leibe die Haut abgezogen hätte! Der Verbrecher, der schuld daran war, dass Melisande im Kerker festsaß!

Der Hauptmann hob die Stimme. »Foltergeräte, sagt Ihr?«

Wendel nickte. »Aus einem unserer gastlichen Räume, in

denen wir die Übeltäter zum Reden bringen.« Er hoffte inständig, dass auch bei diesem Mann wirken würde, was bei der Torwache gewirkt hatte. Die einfachen Leute waren letztlich alle gleich. Abergläubisch und dumm.

»Nun gut. Aber wir können Euch leider nicht beim Tragen helfen, wir müssen das Tor bewachen, das versteht Ihr doch sicherlich?«

»Aber selbstverständlich.« Wendel zog einen Schlauch Wein hervor, einen hervorragenden Falerner. »Zeigt mir die Kammer, dann werde ich alles überwachen und Ihr könnt Euch ganz Eurer Aufgabe widmen. Aber erst müsst Ihr mit mir einen Schluck trinken.« Er beugte sich zum Hauptmann und flüsterte ihm ins Ohr: »Keine Sorge. Ich habe nichts von alledem berührt, ich bin rein wie der erste Schnee im Winter.«

Der Hauptmann atmete erleichtert auf, und wie es sich gehörte, setzte Wendel den Schlauch zuerst an, um zu zeigen, dass nichts Übles in dem Wein war. Dann nahm der Hauptmann den Schlauch entgegen, trank und stöhnte lustvoll. »Bei allen Heiligen, das ist ein Tröpfchen! Den bekommt man nicht alle Tage zu kosten.« Er schlug Wendel auf die Schulter, ein deutliches Zeichen, dass er ihm jetzt bedingungslos vertraute. »Kommt, ich zeige Euch unseren Thronsaal.«

Säure stieg Wendel die Kehle hinauf, er musste sich einen Ruck geben, dann folgte er dem Hauptmann die steile Treppe hinunter und in den Raum, den er eigentlich nie wieder hatte betreten wollen. Der Geruch von verbranntem Fleisch hing in der Luft, im Kohlebecken leuchtete rote Glut, von irgendwo aus dem Gewölbe war ein Stöhnen zu hören. Fast wäre Wendel losgestürzt, um nachzusehen, ob es Melisande war, die da so gotterbärmlich litt.

Sie stiegen wieder nach oben. Alles war ruhig, das Feuer war offensichtlich noch nicht ausgebrochen. Wendel unterdrückte die Angst, die in seinen Eingeweiden festsaß und spielte weiter seine Rolle. »Los, Männer«, rief er. »Was hockt ihr da so faul auf dem Wagen, als hättet ihr nichts zu tun? Ab in den Kerker mit der Fracht! Wird's bald? Oder soll ich euch als Zugabe hierlassen, damit sie die Geräte an euch ausprobieren können?«

Sofort begannen Antonius und von Säckingen, den Wagen abzuladen. Der Hauptmann gab einer der Wachen ein Zeichen, die sich sogleich an die Fersen der beiden heftete.

Wendel wandte sich an den Hauptmann. »Na, habt Ihr in Esslingen auch so viel Ärger mit fahrenden Händlern, die brave Bürger um ihr wohlverdientes Geld betrügen? Dieses Pack ist eine regelrechte Seuche, findet Ihr nicht?«

»Ganz meine Meinung«, stimmte der Hauptmann zu und ließ sich erneut den Weinschlauch reichen.

Es war nicht schwer, den Mann in ein Gespräch zu verwickeln. Die anderen Wachen gesellten sich zu ihnen, offenbar freuten sie sich über die Abwechslung. Antonius und von Säckingen schwitzten vor Anstrengung, aber niemand kontrollierte auch nur ein Stück, das sie nach unten trugen. Gerade schleppten sie die Kiste, in der die Waffen versteckt waren.

Wendel musste sich zwingen, nicht hinzusehen. Er schwitzte. Immer noch kein Alarm. Der Wagen war so gut wie leer, doch die Feuersbrunst ließ auf sich warten. Sobald das letzte Stück hinuntergetragen war, würde das Tor wieder versperrt werden, und ihr Plan war gescheitert.

Wendel fing einen Blick von Antonius auf. Er wusste sofort, was sein Freund sagen wollte: *Wenn es kein Feuer gibt, müssen wir es mit allen Männern aufnehmen.* Sollte es dazu kommen, musste Wendel als Erstes die Tür zur Wachstube von außen versperren, damit die Büttel nicht sofort eingreifen konnten. Nur so wäre es ihnen möglich, die Übermacht in Schach zu halten.

Gerade als von Säckingen das letzte Stück aus dem Wagen hievte, erlösten die Glocken von St. Dionys Wendel. »Es brennt! Feuer in der Stadt!«, riefen sie über alle Dächer.

Die Tür der Wachstube flog auf, die Büttel stürzten heraus, ohne nach rechts oder links zu schauen, denn wenn die Glocken Feueralarm gaben, mussten sich alle Bürger der Stadt ohne jeglichen Verzug an der Kirche versammeln, damit sie dort erfuhren, wo gelöscht werden musste.

Der Hauptmann zeigte auf einen seiner Männer. »Du kommst mit mir.« Dann befahl er dem anderen: »Du bleibst hier und schließt das Tor, sobald der Wagen entladen ist!« Noch bevor Wendel etwas sagen konnte, rannten die beiden los. Ihre Lanzen hatten sie einfach auf den Boden geworfen.

Wendel schlug das Herz bis in den Hals. Was, wenn tatsächlich die ganze Stadt niederbrannte? Wenn Kinder und Frauen ums Leben kamen? Doch für Zweifel war es zu spät. Gemeinsam mit Antonius und von Säckingen, die den letzten Balken trugen, rannte Wendel die Stufen zum Thronsaal hinunter. Der zweite Wachmann kam ihnen am Fuß der Treppe entgegen.

»Feuer!«, rief Wendel. »Esslingen brennt. Du musst zu Hilfe eilen.«

Der Mann schüttelte den Kopf. »Ich muss hierbleiben, bis ihr fertig und wieder draußen seid. Und dann muss ich oben Wache stehen. Das ist mein Befehl.«

Antonius und von Säckingen brachten den Balken in den Thronsaal. Wendel blieb im Gang, und ebenso wie die Wache hörte er mit einem Mal das leise Klirren eines Schwertes. Er erstarrte.

Der Wachmann blinzelte mit den Augen, dann begriff er

und legte die Hand an seine Klinge. Im selben Augenblick stürzte Antonius auf den Gang, seine Waffe zum tödlichen Streich erhoben.

Blitzschnell drehte der Wachmann sich um, griff Wendel am Wams und zerrte ihn zwischen sich und Antonius' Klinge.

Antonius musste zurückspringen, um Wendel nicht zu verletzen und verschaffte dem Wachmann damit genug Zeit, um ein paar Stufen hinaufzuhasten und seinen Kameraden zu Hilfe zu rufen. »Überfall!«, schrie er aus vollem Halse. »Zu Hilfe! Verräter im Verlies! Hol Verstärk…« Weiter kam der Mann nicht, denn im gleichen Augenblick spaltete Antonius ihm mit einem gewaltigen Hieb den Schädel. Wie ein Sack Getreide stürzte der Wachmann die Stufen hinunter und landete vor Wendels Füßen.

Ohne zurückzublicken, sprang Antonius die Treppe weiter hoch. Er musste den zweiten Mann ausschalten, bevor dieser Verstärkung holen konnte. Wendel selbst machte einen Satz über den toten Wachmann, ließ sich von von Säckingen ein Schwert reichen und stürzte den Gang entlang zu dem Kerker, in dem er Melisande zu finden hoffte. Wenn Antonius den anderen Wachmann nicht aufhalten konnte, war alles vergebens gewesen. In diesem Fall wollte er zumindest gemeinsam mit seiner Liebsten in den Tod gehen.

∗ ∗ ∗

»Vierundvierzig.« Melisande drückte die Arme durch und stemmte ihren Körper nach oben. Noch fünfundzwanzig, dann waren es genug. Am Vorabend war sie trotz des Anschlags auf ihr Leben gut eingeschlafen. Die Übungen hatten sie so müde gemacht, dass die ständig kreisenden Gedanken zur Ruhe gekommen waren und sie sogar von Albträumen verschont geblieben war. Sie war noch einige Male ihre Fluchtpläne durchgegangen, und mit jeder Einzelheit, die sie sich überlegt hatte, war ihre Zuversicht gestiegen.

»Du musst weitermachen«, sagte sie in die Dunkelheit. »Lass dich von den Geräuschen im vorderen Teil des Kerkers nicht beunruhigen. Niemand will etwas von dir. Zumindest im Augenblick nicht.« Gern hätte sie einen Blick nach draußen geworfen, doch der Gang vor dem Verlies machte schon nach wenigen Schritten einen Knick. Unmöglich, von hier aus etwas zu erkennen. Was ging da vor sich? Bereiteten die Büttel ein noch grausameres Foltergerät vor? Ihr Arm pochte, die Wunde hatte angefangen zu nässen, was kein gutes Zeichen war. Der Henker hatte sich nicht noch einmal die Mühe gemacht, sie zu versorgen.

Wieder rasselte und klapperte es. Eine Stimme rief einen Befehl. Melisande konnte nicht verhindern, dass ihr die Angst in die Glieder fuhr. Sie zählte schneller. »... sechs, sieben, acht, neun, fünfzig.«

Dieselbe Stimme hallte durch den Gang, dumpf zwar, aber diesmal laut genug, dass Melisande sie verstehen und vor allem herauszuhören vermochte, dass sie vor Angst verzerrt war. »Überfall!«, konnte Melisande verstehen. »Zu Hilfe!« Dann: »Verräter im Verlies!« Eine andere Stimme rief ebenso laut: »Lass ihn nicht entkommen, mach ihn nieder, schnell!«

Melisandes Herz machte einen Sprung. *Diese* Stimme kannte sie. Wendel! Sie sprang hoch und warf sich gegen die Tür. »Ich bin hier!«, schrie sie und trommelte mit den Fäusten gegen das raue, feuchte Holz. »Hol mich raus!« Ihre Stimme überschlug sich.

Schritte näherten sich, ein Gesicht schob sich in ihr Blickfeld.

»Wendel!«, hauchte Melisande und konnte ihre Freudentränen nicht zurückhalten. Sie streckte eine Hand durch die vergitterte Sichtluke.

Wendel griff sie und küsste jeden Finger einzeln. »Verzeih mir, Liebste, bitte verzeih mir, ich bin so ein ...«

»Ja, Wendel, ja, das bist du, und ich verzeihe dir alles, aber hol mich hier raus, ich kann nicht mehr ...« Sie spürte, wie ihre Knie nachgaben, wie ihr die Stimme versagte. Sie sank auf den Boden und hörte Wendels entsetzten Schrei.

»Melisande, was ist? So sag doch etwas!«

Mühsam zog sie sich hoch.

Wendel lächelte sie an. »Wir sind gekommen, um dich zu befreien. Antonius ist hier. Und Eberhard von Säckingen.«

Melisande erstarrte. »Was will dieses Ungeheuer bei euch?«

»Ohne ihn wäre ich jetzt nicht hier. Er hilft uns. Othilia von Hohenfels hat es ihm befohlen, und es scheint ihm ernst zu sein.«

Ein Beben lief durch Melisandes Körper. Von Säckingen bekehrt? Das käme einem Wunder gleich. Andererseits war er schon einmal herbeigeeilt, als ihr Leben in höchster Gefahr gewesen war – damals auf dem Fronhof bei Hülben. Melisande schob ihre Zweifel zur Seite. Sie würde später Gelegenheit haben, darüber nachzudenken, welche Rolle Eberhard von Säckingen in diesem merkwürdigen Spiel spielte. »Brich das Schloss auf, Wendel, schnell!«

Wendel nickte, sein Gesicht verschwand von dem vergitterten Sichtloch. Melisande lehnte sich gegen das Holz und lauschte den Kratzgeräuschen auf der anderen Seite der Tür. Wärme strömte durch ihren Körper. Wendel war gekommen, er hatte sich bis in den Esslinger Kerker durchgeschlagen, um sie zu befreien!

Eine Weile geschah nichts, nur vom anderen Ende des Kerkers waren dumpfe Laute zu hören. Dann brachte ein schwerer Schlag die Kerkertür zum Beben. Melisande zuckte zusammen.

»Ich bekomme das verdammte Schloss nicht auf.« Wendels Gesicht erschien wieder vor dem Gitter. »Die Wachen haben Alarm geschlagen. Bald wird Verstärkung hier sein. Tritt einen Schritt zurück.«

Melisande drückte sich an die hintere Wand. Panik stieg in ihr auf. Was würde geschehen, wenn Wendel das Schloss nicht aufbekam? Hatte er es so weit geschafft, um vor ihrer Tür aufgeben zu müssen?

Wieder krachte es gegen das Holz. Wendel fluchte. Ein weiterer Schlag folgte, doch die Tür gab nicht nach, sie schien Wendel und sie verhöhnen zu wollen. »Das Schloss ist verhext, es lässt sich nicht öffnen, und die Türe lässt sich auch nicht aus den Angeln heben.« Wendel umfasste mit beiden Händen die Gitterstäbe. »Ich bin gleich wieder da!«, rief er. »Ich hole Antonius, der hat mehr Kraft.«

»Hier kommst du mit Gewalt nicht weiter!«, wollte Melisande Wendel hinterherrufen, aber er war schon verschwunden. Sie warf sich auf den Boden und durchwühlte das modrige Stroh. Wo war das verdammte Ding? Sie hatte es doch vorhin noch in der Hand gehabt! Sie schleuderte das Stroh zur Seite, schlug vor Wut und Verzweiflung mit den Fäusten auf den nackten Boden und schrie vor Schmerz auf. Ihre rechte Hand blutete, aber sie hatte den Dorn gefunden!

Erneut krachte es an der Tür, Melisande rappelte sich hoch. Antonius' Gesicht erschien vor der Luke, er nickte kurz und setzte sein Werk fort.

»Lass es sein!«, schrie sie gegen den Lärm an. »Du kannst diese Tür nicht mit Muskelkraft überwinden.«

Die Schläge hörten auf. Wendel erschien an der Luke. »Und was sollen wir tun?«

Melisande reichte den Dorn durch das Gitter. »Biege das Ende zweimal um. Damit kannst du das Schloss öffnen.«

»Beeilt Euch! Die Soldaten kommen!« Von Säckingens Stimme fuhr Melisande in die Glieder. Sie hatte sie sofort wiedererkannt. Wie konnte er selbst in diesem Moment höchster Not so ruhig und beherrscht bleiben? Woher nahm er die Kraft? Hatte er nie Angst?

Wieder hörte sie ihn rufen: »Antonius, Ihr müsst mir helfen! Zaudert nicht, sonst sind wir verloren.«

»Sofort!« Antonius eilte von Säckingen zu Hilfe. Melisande lief unruhig in der Zelle hin und her. Die beiden waren hervorragende Kämpfer; sie konnten es schaffen, die Soldaten an der Treppe aufzuhalten, weil es dort so eng war, dass die Gegner sie nur zu zweit nebeneinander angreifen konnten.

Wendel fluchte, wie Melisande ihn noch nie hatte fluchen hören. »Zum Teufel! Dieses gottverdammte Schloss wird uns alle umbringen, es gibt keinen Deut nach.«

Melisande schloss kurz die Augen, um zur Ruhe zu kommen, dann presste sie sich ganz dicht an die Tür. »Wendel! Hör zu!«

»Ich höre, Liebste«, antwortete Wendel.

»Du darfst den Dorn nicht zu weit in das Schloss stecken. Nur etwa zwei Fingerbreit. Und dann drück ihn etwas nach oben.«

Melisande hörte erneut das Kratzen des Dorns, dann ein Klicken. Die Tür flog auf, und Wendel stürzte auf sie zu, nahm ihren Kopf in die Hände und küsste sie auf den Mund, zart und dennoch voller Leidenschaft. Einen kostbaren Moment lang verharrten sie so, dann nahm er sie an der Hand und zog sie in den Gang, der von Schwerterklirren und Schreien erfüllt war.

Bevor sie losrannten, wandte sich Wendel noch einmal zu

ihr um. »Auch wenn wir jetzt sterben müssen«, sagte er mit einem schwachen Lächeln, »brauchen wir den Tod nicht zu fürchten, denn wir werden beide ...«, er stockte, eine Träne stahl sich auf seine Wange, »... wir werden alle drei bei Gott Gnade finden. Er wird uns unsere Sünden vergeben und uns im Himmel aufnehmen. Und er wird auch für Gertrud sorgen.«

Melisande wischte seine Träne weg. »So weit ist es noch lange nicht, Wendel Füger. Wir müssen noch nicht sterben, zumindest nicht, wenn wir uns beeilen.«

Wendel schaute sie zweifelnd an und deutete den Gang hinunter. »Gegen diese Übermacht können wir nicht viel ausrichten.« Er setzte eine entschlossene Miene auf. »Aber wir werden ihnen einen guten Kampf bieten.«

Melisande versuchte, nicht auf dem Kampflärm zu achten, auf das Klirren der Schwerter und die Schreie der Verletzten, die düstere Erinnerungen in ihr weckten. Diesmal saßen sie nicht in der Falle. Es gab einen Ausweg, einen echten Ausweg, der nicht vergiftet war durch List und Trug. »Wir müssen in den Thronsaal«, rief sie. »Sofort. Dort ist Rettung!«

Wendel legte die Stirn in Falten. Melisande hielt sich jedoch nicht mit Erklärungen auf, sondern zog ihn mit sich. Sie stürmten um die Biegung, die Treppe kam in ihr Blickfeld. Antonius und der Ritter standen Seite an Seite und hieben immer wieder auf die Angreifer ein, die so töricht waren, sich mit ihnen messen zu wollen. Ein Toter lag bereits in seinem Blut, aber sie konnte mehr als zehn Männer sehen, die hinunterdrängten. Die schiere Masse der Soldaten würde Antonius und von Säckingen letztlich niederwerfen.

»Kommt mit in den Thronsaal, von dort gibt es einen Fluchtweg!« Melisande brüllte, so laut sie konnte.

Antonius warf ihr einen kurzen Blick über die Schulter zu,

in seinen Augen mischten sich Erleichterung und Staunen. Er rief dem Ritter etwas zu, der zögerte, dann aber zustimmend nickte. Gemeinsam machten sie einen Ausfall die Treppe hinauf und sprangen danach hinunter, hasteten zu Melisande und Wendel in den Thronsaal. Sofort drängten die Soldaten mit Triumphgeschrei hinter ihnen her, aber bevor sie den Thronsaal erreichten, hatte Antonius die Tür schon von innen verschlossen und den Riegel mit einer Zange blockiert.

»Hier stecken wir wie die Ratten in der Falle!«, fauchte von Säckingen und wischte sich mit einer Hand über das blutverschmierte Gesicht. »Da draußen hätten wir sie einen nach dem anderen niedergemacht und wären dann geflohen.«

»Ihr träumt, Ritter«, widersprach Melisande. »Oder glaubt Ihr, Ihr seid unbesiegbar? Diesmal werdet Ihr Euch mir anvertrauen müssen, wenn Ihr lebend hier herauskommen wollt.«

Von Säckingen sah mit blitzenden Augen zu ihr herüber, öffnete den Mund, schloss ihn jedoch wieder und zuckte ergeben mit den Schultern.

Ein paar Wimpernschläge lang starrten sie sich an, dann brach Melisande das Schweigen. »Verbarrikadiert die Tür und folgt mir.« Sie wandte sich dem hinteren, unbeleuchteten Teil des Thronsaals zu. »Jetzt zeigt sich, dass meine Zeit als Henker doch nicht ganz vergebens war«, murmelte sie so leise, dass nur Wendel es hören konnte. Sie lächelte ihn an. »Sieht so aus, als müsste ich uns beide ein zweites Mal aus dem Schelkopfstor hinausschmuggeln.«

※※※

Es krachte. Splitter regneten auf den Boden, die Klinge einer Axt drang durch das Holz. Wendel zuckte zusammen. Die

Tür des Thronsaals war leicht gebaut, hier wurde ja niemand eingesperrt, also bedurfte es keiner schweren Kerkertür. Nur noch wenige Hiebe, dann hatten die Wachen ein Loch freigeschlagen, das groß genug war, um hindurchzusteigen.

Melisande griff seine Hand und zog ihn in eine Ecke, Antonius und von Säckingen blieben drei Schritte von der Tür entfernt stehen, die Schwerter bereit zum Kampf. »Hier ist es!«, rief Melisande.

Wendel nickte. In der dunkelsten Ecke des Raums war eine Tür zu erkennen. Sie war niedrig, kaum fünf Fuß hoch. Dahinter war vermutlich ein Lagerraum. Und dann? Die Falle wurde nur ein wenig größer. Sie brachten lediglich eine weitere leicht zu durchbrechende Holzbarriere zwischen sich und ihre Gegner. Das würde sie nicht lange aufhalten.

Melisande zog die Tür auf, bückte sich und spähte hinein. »Ich brauche Licht.«

Wendel reichte ihr eine Fackel. Melisande nahm sie und verschwand aus seinem Blickfeld.

Wieder schlugen die Wachleute hinter ihnen ganze Stücke aus der Tür. Wendel drehte sich zu Antonius und von Säckingen um. Er musste ihnen helfen. Egal, was Melisande vorhatte, sie mussten ihr Zeit verschaffen. Langsam zog er das Schwert und bezog neben Antonius Stellung. Wer immer durch diese Türe kommen würde, war des Todes. Schon klaffte eine Lücke in dem Holz, so groß, dass sich ein Mann hindurchzwängen könnte. Sie mussten zur Seite ausweichen, denn jetzt konnte jederzeit ein Armbrustbolzen auf sie abgeschossen oder eine Lanze hindurchgestoßen werden. Doch die Soldaten wollten die Tür offenbar ganz einschlagen, um dann in breiter Front angreifen zu können.

Wendel hätte sich am liebsten die Ohren zugehalten. Der Lärm war so groß, dass er sein eigenes Wort nicht verstand.

Wie konnten Soldaten in einer Schlacht diesen Wahnsinn stundenlang aushalten? Er spürte bereits, wie das Gepolter und Gebrüll ihm die Kräfte raubte.

Von Säckingen machte einen Ausfallschritt nach vorne und stieß das Schwert durch die Lücke. Ein Mann schrie auf, zwei Lanzen stießen durch das Loch, von Säckingen entging ihren tödlichen Spitzen nur knapp.

Gut gemacht, dachte Wendel. Wieder ein paar Augenblicke Zeit gewonnen. Melisande erschien an dem Durchgang. Sie winkte ihm, und Wendel machte Antonius ein Zeichen, dass er ihr helfen musste. Schon war Melisande wieder verschwunden. Wendel lehnte sein Schwert an die Wand neben dem Durchgang und schlüpfte ebenfalls hindurch.

»Ich schaffe das nicht allein!«, schrie Melisande. Sie zeigte auf ein Fass, das augenscheinlich nicht mehr zu gebrauchen war, denn die Dauben waren morsch, Sand sickerte zwischen ihnen hindurch auf den Boden. Wendel warf sich mit aller Kraft gegen das Ungetüm, und tatsächlich, es bewegte sich eine Handbreit.

Melisande packte mit an, das Fass kippte und rollte zur Seite. Wendel schloss kurz die Augen, öffnete sie wieder, aber was er gesehen hatte, war noch immer da: ein Durchgang zu einem benachbarten Keller. Hoffnung flackerte in ihm auf. Er wusste, dass in den meisten Städten die Keller miteinander verbunden waren, damit die Bewohner unterirdisch fliehen konnten, wenn der Feind die Häuser unter Beschuss nahm oder bereits in der Stadt stand. Dass aber der Folterkeller an das Netz der Gänge angeschlossen war, hätte er nicht für möglich gehalten. Wenn die Keller wirklich verbunden waren, dann konnten sie fliehen – vorausgesetzt, die Soldaten kannten diesen Durchgang nicht. Aber selbst wenn ... Sie konnten nicht alle Häuser und Keller Esslingens überwachen, zumal in der Pliensau nach wie vor ein Feuer Leib und Leben der Bewohner bedrohte.

Er wandte sich wieder dem Thronsaal zu, er musste Antonius und von Säckingen holen. Kaum hatte er sich durch den engen Durchgang gezwängt, als ihn ein Armbrustbolzen nur knapp verfehlte. Er warf sich zur Seite. Die Tür war inzwischen in tausend Stücke gespalten. Antonius und von Säckingen hielten die Angreifer in Schach, indem sie mit ihren Schwertern von der Seite her auf alles einhackten, was sich durch die Tür wagte. Es war nur eine Frage der Zeit, bis die Angreifer sie überwältigten.

Eine Armbrust schob sich in den Raum, aber Antonius hatte aufgepasst und schlug sie dem Soldaten aus der Hand, der durch den Hieb ins Straucheln geriet und direkt in von Säckingens Schwert stolperte. Wendel robbte vorwärts, bis er direkt neben Antonius lag. Er spürte, dass ein Bolzen sein Wams ritzte. Ein kurzer, brennender Schmerz durchfuhr ihn, den er im gleichen Augenblick vergaß. »Wir haben einen Fluchtweg gefunden!«, schrie er Antonius ins Ohr. »Los!«

Sofort gab Antonius dem Ritter ein Zeichen und zeigte auf die Kammer. Von Säckingen verstand, bückte sich und hob mit einer Hand den toten Armbrustschützen an. Er nickte Antonius zu, der neben ihn trat und ebenfalls mit einer Hand zugriff, sodass sie den Leichnam des Soldaten als Schutzschild nutzen konnten.

Der Beschuss hörte sogleich auf, dafür aber drangen die Soldaten in den Thronsaal. Wendel schlug dem ersten das Schwert auf den Helm; der Angreifer brach zusammen und blieb liegen, die anderen zögerten einen Wimpernschlag lang, bevor sie reagierten. Zeit genug für Wendel, zum Durchgang zu hasten und sich in die Kammer zu retten. Ein strenger Befehl ließ die Männer wieder vorrücken, Antonius und von

Säckingen gingen Schritt für Schritt rückwärts, schlugen jeweils mit einem Arm auf die Angreifer ein.

Wendels Herz raste, Schweiß floss ihm aus jeder Pore, die Rettung war so nah und doch schien sie unmöglich. Sobald seine Mitstreiter versuchen würden, in den Durchgang zu gelangen, würden sie von hinten niedergemacht werden.

Plötzlich kam Wendel ein schrecklicher Gedanke. Nur einer von beiden würde sich retten können. »Antonius!«, schrie er. »Komm schon, komm her, hier bist du sicher!« Verdammt! Warum hatten sie nur auf Antonius gehört und darauf verzichtet, Armbrüste mitzunehmen! Sie hatten darüber gestritten, Antonius hatte darauf beharrt, dass Armbrüste zu sperrig seien und ihnen zudem in den engen Kellergängen wenig nutzen würden. Er hatte sich durchgesetzt.

Jetzt standen bereits drei Soldaten in einer Reihe und hieben auf die beiden ein. Von Säckingen und Antonius ließen den Toten fallen, denn jetzt, beim Kampf Auge in Auge konnten die Angreifer ihre Armbrüste nicht einsetzen. Wendel spannte die Muskeln, er musste wieder in den Thronsaal, den beiden zu Hilfe eilen. Doch zwei Hände hielten ihn fest. Melisande.

»Du kannst nicht helfen. Sie müssen hierherkommen. Sobald sie es geschafft haben, blockieren wir den Durchgang. So bleibt genug Zeit, um zu fliehen.«

Wendel wollte sich losreißen, aber Melisande ließ nicht los. Im Thronsaal war der Kampf immer noch unentschieden. Weder Antonius noch von Säckingen hatten sichtbare Verletzungen, aber Wendel erkannte, dass ihre Reaktionen langsamer wurden, dass sie den Hieben oft nur noch im letzten Moment ausweichen konnten und nicht mehr in der Lage waren, wirkungsvoll zurückzuschlagen.

Plötzlich trat Antonius einen Schritt zur Seite und gab von

Säckingen einen Stoß, sodass dieser vor den Durchgang stolperte. Und noch bevor der Ritter sich wieder aufrappeln konnte, stürmte Antonius nach vorn, griff mit einer Hand eine Fackel und stieß mit der anderen das Fass mit dem Fackelpech um. Ein entsetztes Stöhnen erfüllte den Raum, die Kampfgeräusche erstarben.

Von Säckingen kam mühsam wieder auf die Beine, machte einen Schritt vorwärts, hielt jedoch inne, als ein einsamer Armbrustbolzen heransirrte. Er schlug in Antonius' Brust ein.

Wendel schrie auf, wollte zu Antonius stürzen. Doch von Säckingens eiserner Griff hielt ihn zurück.

Antonius drehte sich um und schaute zu Wendel. Ihre Blicke trafen sich. Fassungslos sah Wendel, wie sein Freund langsam die Hand zu einem Abschiedsgruß hob. Tränen schossen Wendel in die Augen. Antonius' Blick verschleierte sich, ein warmes Lächeln überzog sein Gesicht. Bevor er zu Boden sank, ließ er die Fackel fallen.

Im selben Augenblick brach die Hölle los. Flammen schlugen hoch wie Hunderte Blitze. Antonius verschwand in der Höllenglut. Auch die Männer, die in den Thronsaal gedrängt waren – es mussten inzwischen mehr als zehn sein –, standen augenblicklich in Flammen. Ihre Schreie gellten in Wendels Ohren. Sie ruderten mit den Armen, versuchten, dem Tod zu entkommen, rannten durcheinander, einige flohen brennend aus dem Thronsaal.

Wendel hatte sich auf den Boden geworfen, Melisande mitgerissen und sich schützend über sie gelegt. Er sah noch, wie von Säckingen mit einem Hechtsprung dem Untergang entkam. Dann schoss eine Stichflamme über ihre Köpfe hinweg, erhellte für einen Moment die Kammer, nahm ihnen den Atem und war ebenso schnell verloschen, wie sie aufgeflammt war. Das Geschrei der Männer hatte sich vervielfacht.

Wendel konnte nicht glauben, dass Menschen solch grauenvolle Laute von sich geben konnten.

Von Säckingen riss ihn aus seiner Erstarrung. Er zerrte ihn hoch. »Macht schon, Füger, wir müssen weiter!«

Wendel half Melisande auf. Der Ritter hatte Recht. Jetzt hieß es handeln, trauern konnte er später. Antonius war tot, aber er selbst lebte und Melisande ebenfalls. Gemeinsam schlugen sie die Tür zu und verriegelten sie. Es würde eine ganze Weile dauern, bis die Soldaten ihnen folgen konnten, denn Antonius hatte im Thronsaal die Hölle entfacht.

Keiner von ihnen brachte ein Wort heraus, aber das war auch nicht notwendig. Sie stürzten durch die Tür hinter dem Fass in einen weiteren Kellerraum, suchten den nächsten Durchgang und fanden ihn hinter einigen Ballen groben Leinens. Dahinter lag ein Gang, der nach etwa hundert Fuß nach rechts abknickte. Schon standen sie in einem weiteren Keller.

Von Säckingen deutete nach oben. Wendel nickte zustimmend. Sie durften sich nicht zu weit vom Schelkopfstor entfernen, denn sie brauchten den Wagen, um aus der Stadt hinauszukommen.

Zum Glück war der Aufgang zum Haus schnell gefunden, und kurz darauf traten sie in eine menschenleere Stube. Wie gut, dass die Glocken von St. Dionys alle Menschen aus den Häusern gerufen hatten! Sie läuteten noch immer Sturm.

Wendel öffnete die Tür einen Spalt und spähte hinaus auf die Straße. Aus dem Schelkopfstor drang Qualm, Geschrei füllte die Gassen. Dann sah er den Wagen. Die Pferde hatten ihn trotz angezogener Bremse vom Tor weggezogen, um sich vor dem Feuer in Sicherheit zu bringen. Er wandte sich zu den beiden anderen um. »Der Wagen steht wenige Schritte von der Haustür entfernt in der Gasse, mein Pferd ebenfalls, ich hatte es an den Bock gebunden.« Er musste Atem schöpfen, hustete. Sein Hals schmerzte von dem Rauch, den er eingeatmet hatte. »Ich nehme das Pferd, Ihr lenkt den Wagen, von Säckingen. So wie es geplant war. Und du, Melisande, versteckst dich im Wagen. Er hat einen doppelten Boden.« Er deutete auf von Säckingen. »Der Ritter wird es dir zeigen.«

Sie rannten los. Melisande verschwand mit von Säckingen unter der Plane, Wendel band sein Pferd los und schwang sich in den Sattel. Niemand beachtete sie, das brennende Schelkopfstor zog alle in seinen Bann.

Erst als von Säckingen auf dem Bock erschien, sah Wendel, dass er sich die Seite hielt. »Ihr seid verletzt?«

Von Säckingen grinste. »Halb so schlimm«, sagte er beinahe fröhlich. Dann senkte er die Stimme. »Es tut mir leid um Euren Freund, Füger. Er war ein guter Mann.«

»Lasst uns aufbrechen«, entgegnete Wendel kurz. Er musste sich auf die Zunge beißen, um nicht loszuschreien vor Wut und Trauer. Dieser verdammte Ritter lebte, und Antonius war tot! Sobald die Stadt außer Sichtweite war, würde er von Säckingen entwaffnen und allein mit Melisande weiterziehen. Denn er traute ihm noch immer nicht. Bis jetzt konnte er ihm zwar nichts vorwerfen, und im Thronsaal hatte er Antonius sogar retten wollen. Dennoch sagte ihm sein Instinkt, dass von Säckingen eigene Ziele verfolgte, die seinen eigenen zuwiderliefen.

Menschen über Menschen strömten zum Schelkopfstor, in den Händen jedes nur erdenkliche Gefäß, mit dessen Hilfe sie das Feuer zu löschen hofften, bevor ihre Stadt von den Flammen eingeäschert wurde. Einige hatten jedoch auch Karren beladen und zogen es vor, ihre Habe in Sicherheit zu bringen.

Von irgendwoher hörte Wendel, dass die Scheune gelöscht sei und dass es Brandstifter gewesen sein mussten, denn es könne ja kein Zufall sein, dass so kurz hintereinander zwei Feuer in der Stadt ausbrachen. Die Tore seien zwar nicht geschlossen, aber jeder, der Esslingen verlassen wolle, werde aufs Schärfste kontrolliert.

Von Säckingen riss Wendel aus seinen Gedanken. »Wir nehmen das Obere Tor«, raunte er ihm zu.

Wendel nickte und schlug den Weg zur Bindergasse ein, die zum Oberen Tor führte. Durch dieses Tor war er schon einmal aus der Stadt geflohen. Er presste die Lippen zusammen. Damals hatte Melisande den Wächter mit einer List überrumpelt, diesmal war er es, der notfalls zur List greifen musste. Nach einigen Hundert Fuß ließ er sich hinter den Wagen zurückfallen. In diesem Teil der Stadt drängte sich nicht ganz so viel Volk wie auf dem Weg zur Inneren Brücke, dennoch hatte sich vor dem Tor eine Schlange aus Menschen, Karren und Vieh gebildet. Es dauerte eine Ewigkeit, bis von Säckingen zu den Wachmännern vorfahren konnte, die jeden Wagen, der aus der Stadt wollte, genauestens untersuchten.

»Wer bist du? Wohin willst du?«, fragte einer feindselig.

Von Säckingen wich seinem Blick aus. »Franz Gnopius, zu Diensten, Knecht des freien Bauern Walter Knofliger vom Gut Zweiherrenborn. Ich habe keine Ladung, würde aber gerne meinen Wagen aus der Stadt fahren, damit er nicht ein Raub der Flammen wird.«

Wendel hielt sich ein Stück hinter dem Wagen und beobachtete, wie der Wachmann sich am Kinn kratzte, die Plane hob und dann von Säckingen wieder ansprach. »Soso. Dein Wagen also. Seit wann hat ein Knecht einen eigenen Wagen?«

Verflucht! Wendels Hände krampften sich um die Zügel. Der Ritter hatte sich verplappert. Wahrhaftig, mit dem Schwert war er schneller als mit dem Verstand.

»Habe ich das gesagt?« Von Säckingen schlug sich vor die Stirn. »Na ja, schön wär's, und Ihr habt mich sogleich bei meinem Fehler ertappt. Der Wagen gehört natürlich meinem Herrn.«

Nicht schlecht, dachte Wendel, aber auch wieder zu gut für einen Knecht, zu gewitzt und zu glattzüngig.

Der Wachmann pfiff durch die Zähne. Sogleich sprangen ihm drei Kameraden zur Seite. »Nun, dann wollen wir doch mal schauen, ob mit deinem Wagen alles in Ordnung ist. Weißt du, wir suchen einen Brandstifter, und vielleicht ist das ja die Fracht, die du nicht hast.«

Der Wachmann zog sein Schwert, schlug mit der Klinge von außen an die Planken und stutzte.

Verdammt nochmal, dachte Wendel, wir sind aus der Hölle entkommen, und nur weil dieser dumme Ritter das Maul nicht halten kann, scheitern wir fünf Fuß vor der Freiheit. Und für all das hat Antonius sein Leben gegeben. »Verflucht sei diese Stadt!«, rief er, zog das Schwert und trat seinem Pferd in die Seiten.

***

Von Säckingen legte die Hand an sein Schwert. Der hohle Klang war nicht zu überhören gewesen. Sie waren entlarvt, und das, weil er sich verraten hatte. Aber verdammt nochmal, er war nun einmal kein Knecht, und er wusste auch nicht, wie ein solcher sich gewöhnlich ausdrückte. Er war Ritter, und Ritter pflegten zu kämpfen. List und Betrügereien lagen ihnen nicht. Er umfasste den Schwertgriff fester. Vier Wachen? Lächerlich! Die beiden ersten würde er mit einem

Streich fällen, und bevor die anderen überhaupt wussten, von wo die Gefahr drohte, würden sie ihrem Schöpfer gegenüberstehen.

Doch bevor er sein Schwert heben konnte, hörte er die Stimme des Weinhändlers. »Verflucht sei diese Stadt! Esslingen muss brennen! Und alle, die darin leben! Wehe Euch, Esslinger Bürger! Noch viele Feuer schwelen in Euren Kellern und Stuben, und sie werden bald ausbrechen, auf dass diese gottlose Stadt vom Antlitz der Erde hinweggerafft werde. Esslingen steht in Flammen! Ihr seid alle verloren!«

Von Säckingen war einen Herzschlag lang wie erstarrt. Dieser Füger war wirklich schlau. Und tollkühner, als er gedacht hätte. Die Wachen ließen augenblicklich von dem Wagen ab, Befehle flogen durch die Luft, doch Wendel Fügers Warnrufe taten bereits ihre Wirkung.

»Feuer!«, schrie eine Frau.

Im Nu schallte es aus vielen Kehlen: »Rette sich, wer kann! Die Stadt ist verloren! Die Feuerteufel sind in unseren Mauern!«

Verzweifelt versuchten die Wachen, die Meute zur Vernunft zu bringen. Es war ein vergebliches Unterfangen. Von Säckingen wusste das nur zu gut. War ein bestimmter Punkt überschritten, hatte sich unter den Menschen das richtige Maß an Angst breitgemacht, dann verhielten sie sich wie Vieh: Sie versuchten nur noch, um jeden Preis, ihre Haut zu retten, ganz gleich, wie sinnlos, ja widersinnig ihr Bemühen war. Das schied die niederen Leute von den Rittern: Ein Ritter verlor nie den kühlen Kopf.

»Ergreift den Feuerteufel!«, brüllte der Hauptmann der Wache, aber seine Männer kamen nicht zu Wendel durch, weil die Masse noch stärker als zuvor wie zäher Schlamm auf das Tor zudrängte und jeder den anderen wegschubste, um nur ja schnell aus der Stadt zu gelangen. Oben auf den Zinnen liefen die Wachen hin und her, sie legten die Armbürste an, konnten jedoch nicht schießen, da Wendel ständig in Bewegung blieb und immer wieder geschickt hinter einem Wagen oder anderen Reitern Deckung suchte. Auf diese Weise bewegte er sich mit dem Strom auf das Tor zu.

Von Säckingen wandte den Blick ab. Er konnte Wendel nicht helfen, musste das Durcheinander nutzen, um sich davonzumachen. Er ließ die Zügel locker und schnalzte mit der Zunge; die Pferde sollten sich selbst einen Weg bahnen, ihr Instinkt war jetzt besser als sein Verstand. Schon rollte der Wagen durch das Tor. Von Säckingen hörte Armbrustbolzen sirren, dann einen Schrei, gefolgt von furchtbaren Flüchen. Wendel? Er sprang auf und wandte sich um. Nein, der Weinhändler stand noch in den Steigbügeln, unverletzt. Um ihn herum hatte sich etwas Raum gebildet, anscheinend wollte keiner dem Feuerteufel zu nahe kommen. Die Wachen hatten wohl einen Unbeteiligten getroffen und trauten sich nun nicht mehr zu schießen. Diese Anfänger! Gerade jetzt wäre ihr Gegner ein leichtes Ziel!

»Gib dem Pferd die Sporen«, murmelte von Säckingen, und als hätte der Weinhändler ihn gehört, trat er seinem Pferd in die Seite, dass es sich aufbäumte. Die Menschen stoben noch weiter auseinander, Wendel legte sich nach vorn und ließ die Zügel los. Das Pferd machte einen Satz und pflügte sich durch die Masse, Panik stand in seinen Augen.

Von Säckingen ließ sich zurück auf den Bock fallen. Sie hatten das Tor hinter sich gelassen, die Pferde zogen an und fielen in einen flotten Trab. Vorbei ging es an vereinzelten Häusern, den mächtigen Mauern des Klarissenklosters und den zahlreichen Flüchtenden, die sich immer wieder ängstlich umsahen.

Hufschlag näherte sich von hinten. Von Säckingen sah aus den Augenwinkeln, wie Wendel an ihm vorbeischoss. Hier in der dünn besiedelten Vorstadt gab es viele freie Flächen, und der Weinhändler nutzte den Platz, um sein Pferd Haken schlagen zu lassen, damit die Schützen nicht zielen konnten. Ein Bolzen nach dem anderen flog ihm hinterher.

Von Säckingen duckte sich, so tief es ging, um nicht selbst getroffen zu werden. Nur noch ein kurzes Stück, dann waren sie außer Reichweite.

Da geschah es: Ein Bolzen traf Wendel in die Schulter. Er sackte zusammen, krümmte sich, doch er fiel nicht zu Boden. Das Pferd galoppierte unbeirrt weiter. Als Pferd und Reiter hinter den letzten Höfen verschwanden, endete der Bolzenhagel.

Von Säckingen ließ die Pferde vor dem Wagen ebenfalls angaloppieren. Er wollte so schnell wie möglich verschwinden, denn die Esslinger würden schon bald Reiter aussenden, um ihn und Wendel zu jagen. Doch nichts geschah. Er blickte sich um und sah, dass die Wachen das Tor geschlossen hatten. Er lachte laut auf. Bei allen Heiligen! Das Glück war heute auf seiner Seite. Die Beute wohlverwahrt im Bauch des Wagens, sein gefährlichster Gegner im Gefecht gefallen und sein Nebenbuhler womöglich so schwer verletzt, dass er ohne Versorgung durch einen Wundarzt nicht überleben würde. Und nun sah es auch noch so aus, als hätten die Verfolger die Jagd aufgegeben. Er parierte die Pferde in den Schritt durch, es gab keinen Grund mehr zur Eile.

Als der Wagen die letzten Häuser der Stadt hinter sich gelassen hatte, kniff von Säckingen die Augen zusammen und suchte die Landstraße ab, die entlang des Neckars in Richtung Süden verlief. Ein paar Reisende waren unterwegs, doch Wendel befand sich nicht unter ihnen. Entweder war er seiner

Verletzung erlegen und vom Pferd gestürzt, oder er war weitergaloppiert, um auf dem schnellsten Weg den vereinbarten Treffpunkt zu erreichen.

Eberhard von Säckingen lehnte sich zufrieden zurück. Falls Wendel noch lebte, würde er vergeblich warten. Es war besser gelaufen, als er zu träumen gewagt hätte. Er würde Melisande unverletzt und sicher auf die Adlerburg bringen. Dafür war Othilia ihm etwas schuldig. Und er wusste auch schon was.

Die Adlerburg

Irma summte leise, während sie die Wiege hin- und herschaukelte. Ihr Sohn schlief tief und fest, ein Lächeln lag auf seinem Gesicht, als hätte er einen süßen Traum. Wovon mochte so ein kleines Würmchen wohl träumen? Irma seufzte. Sie musste an Gertrud denken. Wo mochte die Kleine nur stecken? Lebte sie noch? Ging es ihr gut? Irma hörte auf zu summen und erhob sich. Leise schlich sie aus der Kammer. Arme Melissa. Sie wünschte so sehr, mehr für ihre Freundin tun zu können, doch sie wusste nicht, wie. Immerhin hatte sie Wendel dazu gebracht, ihr zu Hilfe zu eilen.

Sie stieg die Treppe hinunter. Im Haus war es ungewöhnlich still. Die Mägde und Knechte hatten wohl alle draußen zu tun, und Lorentz war auf einer Ratssitzung. Gerade, als Irma in der Küche nach dem Rechten sehen wollte, klopfte es so laut, dass sie erschrocken zusammenzuckte.

Sie trat an die Tür. »Wer da?«

»Ein Büttel der Stadt Rottweil, Herrin. Ich bringe Euch einen Brief.«

Irma runzelte die Stirn. Warum ließ man ihr einen Brief durch einen Büttel zustellen? »Von wem ist das Schreiben?«

»Von einer Maria von Felsenbrunn.«

Irma riss die Tür auf. Vor ihr stand ein Mann, den sie schon einige Male in Begleitung des Bürgermeisters gesehen hatte, ein hagerer Bursche mit hellblondem Haar. Er hielt ein gefaltetes Pergament in der Hand.

»Wer hat dir den Brief gegeben, Bursche?«, fragte sie misstrauisch.

»Er wurde bei einem Kerl gefunden, den man vor ein paar Tagen vor den Toren der Stadt erschlagen hat. Leider hat es gedauert, bis wir uns um den Leichnam kümmern konnten. Deshalb fanden wir das Schreiben eben erst unter seinem Wams.« Der Mann reichte ihr den Brief.

»Danke, Bursche.« Sie drückte dem Büttel einen Heller in die Hand, dann knallte sie die Tür zu.

Nachricht von Melissa! Endlich! Vielleicht hatte sie Gertrud schon gefunden! Vielleicht war endlich alles gut! Hastig erbrach Irma das Siegel. Ein zweites Pergament rutschte heraus und fiel zu Boden. Sie bückte sich danach, legte es auf den Tisch und überflog, was Melissa ihr geschrieben hatte.

Liebste Irma,
ich bin dem Verbrecher, der meine Tochter entführt hat, dicht auf den Fersen. Mit etwas Glück halte ich Gertrud vielleicht schon heute Abend wieder in den Armen. Der Mann heißt Konrad Sempach, er ist Ratsherr hier in Esslingen und in dunkle Geschäfte verwickelt. Die Beweise dafür finden sich auf dem Pergament, das ich meinem Schreiben beigefügt habe.

Meine liebe Freundin, solltest du nicht spätestens in zwei Tagen wieder Nachricht von mir bekommen, überreiche deinem Gemahl das beigefügte Dokument. Er wird wissen, was zu tun ist. Du bist meine letzte Bastion, wenn es zum Schlimmsten kommen sollte, Irma.
In Liebe,
Maria von Felsenbrunn

Irmas Hände zitterten. Melissa war in den Kerker geworfen worden, weil sie angeblich einen Anschlag auf einen Ratsherrn verübt hatte. Es bestand kein Zweifel, dass es sich bei diesem Ratsherrn um Konrad Sempach handelte. Dieser Schurke hatte den Spieß einfach umgedreht!

Vorsichtig entfaltete Irma das zweite Pergament. Erst wurde sie aus den Wörtern und Zahlen nicht schlau, doch dann entzifferte sie Namen von Mädchen und die Eigenschaften, mit denen sie bedacht worden waren. »Gütiger Gott«, murmelte sie entsetzt und ließ das Pergament fallen, als sei es ein glühendes Eisen. »Was für ein Ungeheuer! Und er hat die arme kleine Gertrud in den Klauen!«

Sie bückte sich, klaubte das Pergament vom Boden, riss ihren Mantel vom Stuhl, rannte zur Hintertür und stieß sie auf. »Trude!«, rief sie einer Magd zu, die gerade ein Huhn rupfte. »Komm ins Haus und achte auf Friedel. Sofort! Ich muss noch einmal fort.«

Ohne eine Antwort abzuwarten, wandte sie sich ab und verließ das Haus durch die Vordertür. Sie rannte los, die Schriftrollen an ihre Brust gepresst. Wie gut, dass der Rat gerade tagte. Hoffentlich war es noch nicht zu spät!

✳✳✳

Erleichtert stieß Melisande Luft aus und entspannte ihre verkrampften Muskeln. Ihr Körper fühlte sich an, als sei sie verprügelt worden. Bestimmt war sie mit blauen Flecken übersät, denn bei jeder Unebenheit war sie in dem engen Versteck irgendwo angestoßen. Sie hatte sich kaum bewegen können, ihre Arme und Beine waren taub, ihr Nacken schmerzte, weil sie ständig die Muskeln anspannen musste, damit ihr Kopf nicht an die harten Planken schlug.

Jetzt hatte das Ruckeln aufgehört. Offenbar hatte jemand den Wagen angehalten. Das musste von Säckingen gewesen sein, denn Wendels Stimme hatte sie lange nicht mehr gehört. War er entkommen? Wann endlich würde er wieder zu ihnen stoßen?

Melisande biss sich auf die Lippe. Wendel durfte nichts geschehen sein! Nicht, nachdem sie endlich wieder zueinandergefunden hatten! Nicht nach allem, was sie gemeinsam durchgestanden hatten! Sie mussten Gertrud retten, ihre Tochter brauchte sie! Tränen schossen Melisande in die Augen. Wer hatte Gertrud entführt? Sie war so sicher gewesen, dass Konrad Sempach dahintersteckte. Wie dumm von ihr! Und jetzt war der Zeitpunkt verstrichen, an dem sie am vereinbarten Treffpunkt hätte erscheinen sollen. Oder war noch nicht Vollmond gewesen? War noch Zeit? Wie viele Tage waren vergangen?

Ein Geräusch riss sie aus ihren Grübeleien. Über ihr schabte etwas, und plötzlich drang Licht in ihr Versteck. Von Säckingen hatte die Luke geöffnet. »Ihr könnt rauskommen. Es ist niemand in der Nähe«, sagte er rau.

Melisande versuchte, sich zu erheben, doch aus ihren Gliedern war alle Kraft gewichen, ihre Muskeln brannten wie Feuer.

Hände umfassten ihre Schultern und zogen sie hoch. »Wartet, ich helfe Euch. Ihr müsst ganz benommen sein von der langen Fahrt.« Von Säckingens Stimme klang ungewöhnlich weich.

Sie spürte die ungeheure Kraft des Ritters, wie ein kleines Mädchen hob er sie aus dem Versteck heraus, wollte sie tragen, aber sie machte sich los, um aus eigener Kraft vom Wagen zu klettern.

Von Säckingen verstand und hielt ihr nur die Hand hin, um sie zu stützen. Fast wäre sie gestürzt, aber dann stand sie mit zittrigen Beinen auf dem Boden. Sie versuchte, sich zu orientieren. Doch mehr als ein wenig flirrendes Grün und Braun vermochte sie nicht zu erkennen. Das Tageslicht blendete sie, und in ihrem Kopf rauschte es, als wäre sie betrunken.

Von Säckingen drückte sie sanft auf einen Baumstumpf. »Setzt Euch, Ihr seid noch ganz wackelig auf den Beinen.«

Melisande atmete ein paarmal tief ein und aus, langsam beruhigten sich ihre Sinne, Einzelheiten tauchten aus dem Nebel vor ihren Augen auf. Das Tageslicht, das ihr in den Augen gebrannt hatte, war nicht besonders hell. Im Gegenteil: Es dämmerte bereits. Sie befanden sich auf einer kleinen Lichtung mitten in einem dichten Nadelwald. Kein Weg war zu sehen, nicht einmal ein schmaler Pfad. Allein der Himmel wusste, wie von Säckingen den Wagen hierhergeschafft hatte. Ein sicheres Versteck, fernab der Landstraße. Ob Wendel hier zu ihnen stoßen würde?

Melisande betrachtete den Ritter, der damit beschäftigt war, ein kleines Feuer zu entzünden. Er trug schmutzige, blutbefleckte Lumpen, doch auch darin sah er nicht aus wie ein Bauer. Seine breiten Schultern und seine kräftigen Arme zeichneten sich unter der zerschlissenen Kleidung deutlich ab, sein Rücken war stolz und gerade, nicht von harter Arbeit gebeugt. Warum hatte von Säckingen ihr bei der Flucht geholfen, warum hatte er sein Leben für sie riskiert? Was führte er im Schilde? Dass er einfach nur helfen wollte, bezweifelte Melisande – vor allem, da der Auftrag angeblich von seiner Herrin Othilia kam. Die Gräfin kannte Melisande nicht einmal. Was sollte die Herrin einer Burg sich um das Schicksal einer einfachen Kaufmannsfrau scheren?

Melisande hob einen Zweig vom Boden auf, drehte ihn in den Händen und reiste in Gedanken zurück zu dem Tag, als sie zur Hinrichtung von Ottmar de Bruce nach Urach aufgebrochen war. Als wäre es gestern gewesen, standen die Bilder vor ihren Augen: wie sie das Richtschwert in den Boden gerammt und dann geflohen war; wie de Bruce sie auf der Lichtung überrascht hatte; wie sie ihn im Zweikampf besiegt und für seine unsterbliche Seele gebetet hatte und ...

Der Zweig zerbrach. Natürlich! Sie hatte de Bruce ihr Kruzifix in die Hände gelegt, das Kruzifix, das ihr Vater zu ihrer Geburt hatte anfertigen lassen. Ein wertvolles, einzigartiges Schmuckstück. Der Goldschmied, der es gefertigt hatte, würde sich mit Sicherheit daran erinnern.

Melisande starrte auf das Gras zu ihren Füßen. Wann hatte der Albtraum begonnen? Wann hatte sie die Tafel gefunden? Etwa zwei Wochen, nachdem sie erfahren hatte, dass de Bruce' sterbliche Überreste im Wald entdeckt worden waren. Und wer konnte so grausam sein, sie zuerst mit den Gegenständen aus ihrer Vergangenheit zu peinigen, dann ihre Tochter zu entführen und das Unmögliche von ihr zu verlangen, zwischen dem Leben ihres Kindes und dem Leben ihres Gatten zu wählen? Nur eine Frau konnte einen solch perfiden Racheplan ersinnen. Eine Frau, die abgrundtief hasste: Othilia von Hohenfels. Sie übte Rache für den Tod ihres Gemahls. Sie musste das Kruzifix gesehen und erkannt haben, dass sein Besitzer Ottmars Mörder war, und sie musste herausgefunden haben, dass es einmal Melisande Wilhelmis gehört hatte. Melisande stöhnte auf.

Von Säckingen fuhr herum. »Alles in Ordnung?«

»Mir schmerzen sämtliche Glieder«, sagte sie rasch. »Es fühlt sich an, als wäre ich in eine Schlucht gestürzt.«

»Ich bewundere Eure Tapferkeit.« Von Säckingen neigte leicht den Kopf. »Sicherlich waren die Tage im Kerker eine Qual und die Reise in diesem Sarg alles andere als bequem.« Er wandte sich wieder ab.

Melisande wagte es nicht, ihn nach Wendel zu fragen. Die Angst vor der Antwort schnürte ihr die Kehle zu. Was, wenn die Wachen am Tor ihn gefasst hatten? Was, wenn er nicht mehr lebte? Sie dachte wieder an Othilia. Irgendwie musste die Gräfin das Versteck im Wald ausfindig gemacht haben. Vielleicht hatte sie Antonius bestochen. Deshalb hatte er sich ihr gegenüber so merkwürdig verhalten, feindselig und schuldbewusst zugleich. Doch er hatte seinen Verrat gutgemacht, hatte sein Leben geopfert, um ihres zu retten. Ja, Othilia hatte Gertrud entführen lassen, nur so ergab alles einen Sinn. Und sie hatte ihren Ritter losgeschickt, um Melisande aus dem Kerker zu holen. Von Säckingen hatte bei ihrer Befreiung nur geholfen, weil Konrad Sempach die Rachepläne der Gräfin durchkreuzt hatte. Othilia wollte Melisande für sich allein. Vermutlich waren sie nun unterwegs zur Adlerburg, ein furchtbarer Gedanke. Aber wenn Gertrud dort war, war es der richtige Weg.

Das Feuer prasselte, von Säckingen erhob sich und setzte sich neben sie, mied aber ihren Blick. »Jetzt wird es bald ein wenig wärmer.« Er griff nach einem Leinenbeutel, der im Gras lag. »Leider habe ich nur ein Stück Brot, einen Zipfel Wurst und ein wenig Wein. Damit müssen wir auskommen, zumindest heute Abend.«

Melisande schüttelte den Kopf. »Ich habe keinen Hunger.«

»Ihr solltet aber essen, damit Ihr wieder zu Kräften kommt.« Er hielt ihr ein Stück Brot hin.

Melisande schluckte. In der Tat sollte sie Othilia von Hohenfels nicht völlig ausgehungert gegenübertreten. Sie würde all ihre Kraft brauchen, um Gertrud zu befreien. Schweigend griff sie nach dem Brot.

Eine Weile aßen sie, ohne etwas zu sagen. Schließlich zeigte von Säckingen auf ihren Arm. »Die Wunde nässt. Sieht nicht gut aus.«

Melisande zuckte mit den Schultern. »Ihr habt wohl kaum Verbandszeug dabei, oder?«

Er stand auf. »Wickelt den Lumpen ab.«

Während Melisande tat, wie ihr geheißen, sprang von Säckingen auf den Wagen und kramte in einem Fach unter dem Bock herum. Als er sich nach vorn beugte, erkannte sie, dass er selbst einen Verband um die Hüfte trug. Er musste sich beim Kampf im Kerker verletzt haben. Mit einem halbwegs sauberen Stück Leinen in der Hand kehrte er zurück und riss es in schmale Streifen. Er kniete vor Melisande nieder und legte die Streifen auf seinem Oberschenkel ab. Ohne ein Wort goss er den Rest Wein aus dem Schlauch über die entzündete Wunde und wickelte die Leinenstreifen darum. Widerwillig bemerkte Melisande, dass er sich dabei recht geschickt anstellte.

Als er fertig war, warf er ein paar Äste ins Feuer und blieb mit dem Rücken zu ihr stehen.

Melisande holte Luft. Jetzt oder nie! Sie durfte nicht länger die Augen vor der Wahrheit verschließen. »Was ist ... was ist mit Wendel?«, flüsterte sie.

Von Säckingens Schultern zuckten. Er drehte sich nicht zu

ihr um. »Wir haben uns vor dem Stadttor getrennt, er hat einen anderen Weg genommen.«

»Es geht ihm also gut?« Melisande ballte die Fäuste vor Anspannung.

»Als ich ihn das letzte Mal sah, saß er auf seinem Pferd und hüllte das Kloster der Klarissen in eine Staubwolke.«

Melisande hätte am liebsten aufgeschluchzt vor Erleichterung. Wendel lebte! Sie erinnerte sich, wie sie ihn vor dem Stadttor laut rufen gehört hatte, um die Aufmerksamkeit der Wachen auf sich zu lenken. Ihre Brust wäre beinahe geplatzt vor Rührung und Stolz. Ja, das war der Wendel, den sie liebte. »Wie finden wir ihn?«, fragte sie, obwohl sie die Antwort ahnte. *Auf der Adlerburg. Dort laufen alle Fäden zusammen.*

»Wir haben einen Treffpunkt ausgemacht«, sagte von Säckingen. »Er wird dort auf uns warten. Ohne Wagen ist er viel schneller, er ist sicher schon dort.«

Ja, sicher, dachte Melisande. *Lügen ist nicht Euer Geschäft, Ritter. Ihr solltet es besser gar nicht erst versuchen. Wendel wird sich wundern, wo wir bleiben. Aber er ist nicht dumm. Er wird eins und eins zusammenzählen und ebenfalls zur Adlerburg eilen.* Sie erhob sich und trat neben von Säckingen ans Feuer. »Danke.«

Überrascht sah er sie an. »Wofür?«

»Ihr habt mir das Leben gerettet.« Sie lächelte ihn an. Heute Nacht war sie dem Ritter ausgeliefert, es schadete nichts, ihn in Sicherheit zu wiegen, ihm das Gefühl zu geben, dass sie arglos war wie ein Lamm, das zur Schlachtbank geführt wurde.

Von Säckingen räusperte sich. »Ich ... ich war Euch noch etwas schuldig. Der Fronhof bei Hülben, in der Nähe der Stadt Urach. Sicher erinnert Ihr Euch. Das Feuer. Damals kam ich zu spät, um diese Unholde an ihrer frevlerischen Tat zu hindern. Ich wollte meine Scharte auswetzen.«

Melisande blickte in die Flammen, sah wieder das brennende Haus, ihre braven Zieheltern Ida und Herrmann, die in dem Feuer umgekommen waren, das ihr gegolten hatte.

»Dem Himmel sei Dank, dass Ihr davongekommen seid«, flüsterte von Säckingen neben ihr.

Sie warf ihm einen Blick zu. Seine Augen waren auf das knisternde Feuer gerichtet, doch sie schienen etwas ganz anderes zu sehen. Melisandes Herz schlug schneller. Konnte es sein, dass der Ritter ...

»Ihr solltet Euch niederlegen«, unterbrach von Säckingen harsch ihren Gedanken. »Ihr habt einen anstrengenden Tag hinter Euch. Und vermutlich einen ebensolchen vor Euch.« Er streifte seinen Umhang ab und breitete ihn neben dem Feuer aus. »Macht es Euch bequem, ich halte Wache.«

Melisande gehorchte. Sie streckte sich auf dem Boden aus und wickelte den Umhang um sich. Von Säckingen ließ sich im Schneidersitz neben ihr nieder, und sie wusste, dass sie zumindest für diese Nacht in Sicherheit war.

※ ※ ※

Je dunkler er wurde, desto lauter wurde der Wald. Zumindest kam es Wendel so vor. Überall knackte und raschelte es, ein Käuzchen rief, und von unten aus der Schlucht drangen Grunzen und Schnaufen herauf. Einzig die Geräusche, auf die er so sehnsüchtig wartete, das Knirschen der Wagenräder und das Schnauben der Pferde, blieben aus.

Wendel seufzte und rieb sich die schmerzende Schulter. Die Wunde brannte, doch sie schränkte seine Bewegungsfreiheit kaum ein. Er hatte Glück gehabt, ein paar Fingerbreit weiter rechts, und er wäre jetzt tot. Auch war der Bolzen nicht tief eingedrungen, sondern hatte sich schräg von oben in die Haut gebohrt. Dennoch hatte es ihn fast seine ganze verbliebene Kraft gekostet, ihn herauszuziehen. Vor Anstrengung war ihm der Schweiß über den Rücken gelaufen, und der Schmerz hatte ihn beinahe zerrissen. Danach war er erst einmal völlig erschöpft auf dem Waldboden zusammengesunken. Zu dem Zeitpunkt war er schon eine gute Stunde von Esslingen entfernt gewesen, und es bestand keine unmittelbare Gefahr mehr, dass die Verfolger ihn einholen.

Wieder horchte Wendel in die Dunkelheit. Nichts außer den Lauten des Waldes. Er lief ein paar Schritte den Pfad entlang in Richtung Landstraße und spähte zwischen den Stämmen hindurch. Der fast volle Mond war von dunklen Wolken bedeckt, sodass er kaum die Hand vor Augen sehen konnte.

Verflucht! Wendel ballte die Faust. Von Säckingen war aus der Stadt entkommen, der Wagen war vor ihm durch das Tor gerollt, und die Pferde waren losgaloppiert, sobald kein Hindernis mehr vor ihnen lag. War es möglich, dass sie trotzdem so viel länger brauchten als er? Oder waren sie unterwegs aufgehalten worden? Für den Fall, dass sie sich auf der Flucht trennen mussten, hatten sie ausgemacht, sich auf der Lichtung hinter der Berkheimer Steige zu treffen, auf der sie auf den Wagen gewartet hatten. Oder hatte er etwas missverstanden?

Plötzlich wurde es Wendel eiskalt. Er presste seine Stirn an die raue Rinde eines Baumes. »Du Hornochse!«, murmelte er. »Du einfältiger Narr.« Er stieß den Kopf gegen den Stamm. Warum sollte Eberhard von Säckingen zum vereinbarten Treffpunkt kommen? Er wollte Melisande haben, aus welchem Grund auch immer, und dabei war Wendel ihm nur im Weg. Dass sie getrennt hatten fliehen müssen, war das Beste, was dem Ritter hatte passieren können. Sicherlich war er längst über alle Berge.

Wendel unterdrückte den Drang, auf sein Pferd zu springen und loszureiten, sofort die Verfolgung aufzunehmen. Bei der Dunkelheit wäre das Selbstmord – zumal er nicht einmal wusste, in welche Richtung der Ritter mit Melisande unterwegs war. Er zwang sich, nachzudenken. Wohin würde von Säckingen Melisande bringen? Es gab nur einen Ort: die Adlerburg. Der Ritter handelte schließlich im Auftrag von Othilia, der Witwe von Ottmar de Bruce. Auf der Adlerburg würde er seine Frau finden oder zumindest eine Spur von ihr.

Wendel kniete nieder. »Herr, vergib mir meine Sünden. Vergib mir, dass ich Feuer gelegt und brave Menschen getötet habe, die nur ihre Pflicht taten. Herr, bestrafe mich, wie es dir recht erscheint, wirf mich in die Hölle, aber verschone meine Tochter und meine Gemahlin.«

Er schlug mehrmals das Kreuz, dann tastete er sich über den schmalen Pfad zurück zur Lichtung. Auf dem Boden bereitete er sich ein Lager. Er würde versuchen, ein paar Stunden zu schlafen, und beim ersten Morgengrauen würde er zur Adlerburg aufbrechen. Wenn er sich beeilte, wäre er noch vor dem Ritter dort. Vielleicht gelang es ihm sogar, von Säckingen vor dem Burgtor aufzulauern und Melisande aus seiner Gewalt zu befreien. Dazu müsste er den Ritter allerdings überrumpeln, denn im Zweikampf wäre er ihm hoffnungslos unterlegen. Wendel legte sich nieder und rollte sich in seinen Mantel. Jetzt musste er ruhen, morgen würde er sich einen Plan zurechtlegen.

✸ ✸ ✸

Eisiger Wind pfiff durch die Straßen, niemand ging freiwillig aus dem Haus, doch in der Stube war es behaglich. Walburg hatte das Feuer geschürt und wärmte über der roten Glut einen Topf Wein, den sie mit Ingwer, Zimt und Zucker verfeinerte. Als das Getränk heiß war, füllte sie zwei Becher, einen für Katherina und einen für Irma, die gerade ihre Erzählung beendete: »... und vor einer Stunde ist eine Gesandtschaft des Rates nach Esslingen aufgebrochen. Zwar wurde schon im Morgengrauen ein Bote vorausgeschickt, doch die Angelegenheit erschien den Herren zu wichtig, sie wollen sich höchstselbst davon überzeugen, dass die Nachricht auch im Esslinger Rat ankommt.«

»Dann ist Melisande gerettet«, sagte Katherina voller Hoffnung und nippte an ihrem Wein. Das heiße Getränk breitete sich in ihrem Körper aus und verströmte eine angenehme Wärme, ebenso wie Irmas Worte es taten.

»Melisande?«, fragte Irma verwirrt.

Katherina biss sich auf die Lippe. »Melissa, meine ich.«

»Ist das ihr wirklicher Name? Melisande?«, beharrte Irma.

Katherina nickte. Was machte es schon für einen Unterschied? Der Esslinger Rat wusste um Melisandes Schicksal, also würde es bei der Unterredung mit der Gesandtschaft aus Rottweil bestimmt zur Sprache kommen. Lorentz Weishausen würde es bald wissen, da konnte sie es auch gleich seiner Gemahlin erzählen. »Melissas tatsächlicher Name ist Melisande Wilhelmis. Sie stammt aus Esslingen. Ihre Familie wurde ermordet, als sie noch ein kleines Mädchen war, und sie musste viele Jahre unter falschem Namen leben, weil die Mörder immer noch hinter ihr her waren«, sagte sie leise.

Irma schlug die Hand vor den Mund. »Wie schrecklich! Hat das etwas mit Gertruds Entführung zu tun?«

Katherina sah sie überrascht an. An diese Möglichkeit hatte sie noch gar nicht gedacht. »Ich weiß es nicht«, gab sie zu.

Die beiden Frauen drehten sich überrascht um, als es so laut an der Tür klopfte, als wolle jemand sie einschlagen.

Berbelin, die gerade die Treppe herunterkam, öffnete.

»Guten Morgen, Kind«, ertönte eine Stimme, die Katherina nur zu gut kannte. »Ich muss dringend mit meiner Gemahlin sprechen. Ist sie im Haus?«

Berbelin sah zögernd zu Katherina, die ihren Weinbecher von sich wegschob. Sie musste sich eingestehen, dass sie sich freute, die Stimme ihres Gemahls zu hören. Er war ein Holzkopf und hatte sich mit Schuld beladen, aber sie liebte ihn.

»Wenn du in ehrlicher Absicht und mit Frieden im Herzen kommst, dann trete ein!«, rief sie zur Tür hin. »Ansonsten bleib draußen!«

Sie hörte Erhard schnauben. »Ich komme mit den besten Absichten.«

Katherina schwieg. Etwas mehr musste er ihr schon entgegenkommen.

»Und ich bringe gute Nachrichten.«

Katherina sprang auf. »Dann tritt ein und sei willkommen.«

Erhard trat in die Stube, zog den Mantel aus und überreichte ihn Berbelin.

Katherina griff ihn am Arm. »Du hast Nachricht von Wendel? Von Melisande?«

Ihr Gemahl warf einen raschen Blick zu Irma.

»Sie ist Melisandes Freundin, sie weiß Bescheid«, sagte Katherina. »Du kannst offen vor ihr sprechen.« Sie nahm seine Hände und schloss einen Moment die Augen. Wie hatte sie ihn vermisst! Wie hatte sie sich gewünscht, dass sie endlich ihren Zwist begruben! »Sag, was du weißt.«

Erhard zog die Stirn in Falten. »Nichts Neues von Wendel, leider.«

Katherina presste die Lippen zusammen. Die Hoffnung, die kurz in ihr aufgeflammt war, verglomm.

Erhard führte sie zurück zum Tisch und setzte sich, auch Katherina nahm wieder Platz, aber sie ließ seine Hände nicht los.

Walburg reichte Erhard einen Becher Wein, der eine Hand freimachte und gierig trank. »Immerhin weiß ich jetzt, was damals in Urach geschehen ist.« Er sah Katherina an und lächelte. »Unsere Schwiegertochter trifft keine Schuld. Im Gegenteil: Sie hat vier Männern das Leben gerettet.«

Unsere Schwiegertochter! Katherina sah ihren Gemahl an. Noch nie hatte er dieses Wort verwendet. Was auch immer er erfahren hatte, es musste seine Meinung über Melisande völlig ins Gegenteil verkehrt haben. »Es freut mich, das zu hören«, sagte sie und unterdrückte den Drang, Erhard um den Hals zu fallen. »Auch wenn ich nie daran gezweifelt habe.«

Erhard senkte den Blick, seine Hand drückte Katherinas fester, dann schaute er auf und lächelte. »Du hast Recht. Ich war ...«

Katherina legte ihm einen Finger auf die Lippen. Vor den Mägden sollte er sich nicht kasteien.

Erhard räusperte sich, küsste Katherinas Finger. »Und was sind deine guten Nachrichten, Weib?«

»Allzu viel Gutes habe ich leider nicht zu berichten. Aber es gibt Hoffnung.« Rasch erzählte Katherina ihm, was vorgefallen war: dass Melisande in den Esslinger Kerker geworfen worden war, weil sie angeblich das Leben eines Ratsherrn bedroht hatte; dass Katherina dem Rat die wahre Herkunft der Gefangenen mitgeteilt hatte, in der Hoffnung, das möge ihn dazu bringen, mit Bedacht zu handeln; dass inzwischen ein Schreiben von Melisande in Rottweil eingetroffen war, das Beweise für verbrecherische Umtriebe ebendieses Esslinger Ratsherrn enthielt, und dass eine Gesandtschaft des Rottweiler Rates bereits auf dem Weg nach Esslingen war.

»Herr im Himmel!« Erhard schlug mit der Faust auf den Tisch. Dann sah er Katherina an. »Und keine Nachricht von Wendel?«

Katherina schüttelte den Kopf. »Bisher nicht. Sicherlich ist er längst in Esslingen und tut alles, was in seiner Macht steht, um seiner Gemahlin beizustehen.«

»Und von Gertrud?«

Katherina senkte den Kopf. »Nichts.«

Wieder schmetterte Erhard die Faust auf den Tisch. »Verflucht! Das Kind kann sich doch nicht in Luft aufgelöst haben! Wer ist ihr Entführer? Was wissen wir über ihn?«

»Nur, dass Melisande annahm, er sei aus Esslingen.«

»Dieser verbrecherische Ratsherr?«, rief Erhard.

»Ich weiß es nicht.« Katherina sah ihren Mann besorgt an. Wie sie ihn kannte, würde es nicht mehr lange dauern, bis er seine Wut nicht mehr im Zaum halten konnte.

Da sprang er auch schon auf. »Ich werde unverzüglich nach Esslingen aufbrechen!«

»Aber der Rottweiler Rat kümmert sich bereits um die Sache, Erhard!«, rief Katherina. Sie wollte keinesfalls, dass ihr Gatte sich einmischte. Mit seiner aufbrausenden Art richtete er nur Schaden an.

»Gertrud ist meine Enkeltochter!«

»Meister Füger, bitte entschuldigt«, mischte Irma sich ein. »Mein Gemahl ist unter den Gesandten. Ihr könnt Euch sicher sein, dass er handeln wird, als ginge es um sein eigenes

Kind. Er ist ein aufrechter, anständiger Mann, und er weiß, wie lieb mir Melissa ... Melisande und ihre Tochter sind.«

Erhard ließ sich nicht beruhigen. »Und wenn dieser Verbrecher das Kind verschwinden lässt, um seine Schuld zu vertuschen?«

»Dann kannst du es nicht verhindern.« Katherina griff nach Erhards Arm.

Er schüttelte sie ab. »Glaubst du, ich werde tatenlos hier herumsitzen und Däumchen drehen, während meine Familie in Lebensgefahr schwebt?«

Katherina stand auf. »Du musst nicht tatenlos zusehen, mein lieber Gemahl. Es gibt jede Menge zu tun. Heute Nachmittag kommt eine Fuhre Wein aus Burgund, die dein Sohn bestellt hat. Wie wäre es, wenn du die Geschäfte übernimmst, bis er zurückkehrt? Damit wärst du ihm eine echte Hilfe.«

Erhard sah sie an. Sein Atem ging schwer. »Ich weiß nicht, ob ich das fertigbringe«, sagte er ein wenig ruhiger. »Aber ich werde es mir durch den Kopf gehen lassen.« Er hielt Berbelin den Becher hin. »Mehr Wein! Und sieh zu, dass der Becher voll ist!«

Katherina nickte Berbelin zu und lächelte verschmitzt.

❊❊❊

Kurz nach Mittag tauchte die Adlerburg vor ihnen auf. Eberhard von Säckingen straffte die Schultern und trieb die Pferde an. Endlich würde er erfahren, was genau Othilia im Schilde führte und welche Rolle er in diesem Spiel übernehmen sollte. Was auch immer es war, er würde dafür sorgen, dass seine Belohnung reichhaltig ausfiel. Immerhin hatte er das Unmögliche vollbracht. Und er war auf die Burg zurückgekehrt. Trotz aller Zweifel. Mehr als einmal hatte er unterwegs mit dem Gedanken gespielt, die Pferde in eine andere Richtung zu lenken. Nicht wegen des albernen Weinkrämers, der vielleicht gar nicht mehr lebte. Wegen Othilia. Zu gut wusste er, wie grausam sie sein konnte. Wenn er nicht sicher gewesen wäre, dass Othilias Plan voraussetzte, dass Melisande überlebte, hätte er keinesfalls den Weg zur Adlerburg eingeschlagen. Doch Othilia ging es nicht darum, ihre Widersacherin zu töten. Sie wollte sie leiden sehen, was ihm die Gelegenheit geben würde, sie zu trösten. Er warf einen Blick auf den Karren. Aus dem Versteck war nichts zu hören. Sicherlich schlief Melisande. So wie gestern Nacht am Feuer. Er hatte kaum ein Auge zugetan, sie immerzu angeschaut, beobachtet, wie die Flammen einen Tanz aus Licht und Schatten auf ihrem Gesicht vollführten. Sie war nicht so abweisend gewesen, wie er erwartet hatte, sogar bedankt hatte sie sich bei ihm. Wenn er nur …

Am Anstieg zur Adlerburg wurden die Pferde langsamer, der Karren blieb fast stehen. Von Säckingen hieb mit der Peitsche auf die Tiere ein. »Los, macht schon, ihr faulen Gäule! Der Wagen ist fast leer, setzt euch in Bewegung!«

Die Pferde legten sich ins Zeug, und wenig später rollte das Gefährt mit der wertvollen Fracht durch das Tor auf den Burghof. Umgeben von Wachen stand Othilia bei der Tür des Palas. Sie trug ein festliches blaues Gewand, ihr Haar war kunstvoll hochgesteckt, und ihre Augen verrieten, dass sie bester Laune war. »Seid willkommen, mein lieber von Säckingen«, säuselte sie. Lächelnd trat sie näher, wartete, bis er vom Bock gestiegen war, und ließ sich die Hand küssen. »Reichlich zerlumpt seht Ihr aus, Ritter. Wo habt Ihr Euch nur herumgetrieben?« Sie zwinkerte verschmitzt.

»Ich habe keine Mühen gescheut, Euren Wünschen nachzukommen.« Er verneigte sich.

»Nun, dann lasst sehen, was Ihr mir mitgebracht habt. Ich bin schon ganz gespannt.« Mit dem kleinen Finger zeigte sie beiläufig auf den Wagen.

Von Säckingen wandte sich ab, um das Versteck zu öffnen, doch Othilia hielt ihn zurück. »Und? Verratet es mir: War sie süß, die Frucht? Hat sie Euch gemundet?«

Von Säckingen blinzelte irritiert, doch dann begriff er und verzog das Gesicht zu einem Grinsen, von dem er hoffte, dass es überzeugend aussah. »Süß in der Tat, meine Liebe, süß und zugleich herb, genau so, wie man es von einer wilden Frucht vom Wegesrand erwartet. Lange nicht so erlesen jedoch wie die Köstlichkeiten, an denen ich mich hier auf der Adlerburg laben durfte.«

Othilia zog eine Augenbraue hoch und lächelte zufrieden. »Das dachte ich mir.« Sie fuhr ihm mit dem Finger über die Brust. »Ich wusste, dass Ihr einen hervorragenden Geschmack habt, dass Ihr zu schätzen wisst, was ich Euch zu bieten habe.« Ihr Gesicht wurde ernst. »Und jetzt bringt mir die Metze!«

»Wie Ihr wünscht.« Von Säckingen sprang auf den Wagen und öffnete die Luke. Behutsam half er Melisande aus dem engen Versteck.

»Nun macht schon, die Metze ist keine Prinzessin!«, keifte Othilia hinter ihm. »Ich habe nicht ewig Zeit. Wir werden erwartet!«

Von Säckingen drehte sich um. »Erwartet? Von wem? Wo?«

Othilia deutete wortlos auf den Turm, der sich hinter dem Palas in die Höhe reckte. Von Säckingen kniff die Augen zusammen und erkannte ein paar Gestalten, die reglos hinter den Zinnen warteten. Was hatte das zu bedeuten? Er sah zu Melisande, die sich inzwischen aufgerichtet hatte, einen unsicheren Schritt in seine Richtung machte und nach seinem Arm griff. Mit einem Mal packte ihn eine unerklärliche, lähmende Angst. Eine Angst, wie er sie nie zuvor empfunden hatte, nicht einmal auf dem Schlachtfeld. Etwas würde heute geschehen, etwas, das sein Leben von Grund auf verändern würde.

* * *

Melisande griff nach dem Arm, den von Säckingen ihr bot. Sie war noch ganz benommen von der Fahrt und geblendet von der plötzlichen Helligkeit. Unterwegs hatte sie fieberhaft überlegt, was sie tun sollte, wenn sie auf der Adlerburg ankamen, doch sie hatte keinen klaren Gedanken fassen können. Sie war allein und hatte es mit einer Übermacht zu tun, ohne Hilfe oder List konnte sie nichts ausrichten. Zudem wusste sie nicht, was die Gräfin plante. Daher hatte sie beschlossen abzuwarten, sich umzuschauen – und zu hoffen, dass Wendel noch lebte und ihr beisprang.

Von Säckingen half ihr vom Wagen. Melisande erkannte mächtige Mauern, einige Handwerkerhütten, die sich daran kauerten, einen Palas und einen Turm. Vor dem Palas verharrte reglos etwa ein Dutzend Ritter in voller Rüstung. Bei ihnen stand eine Frau, schlank und dunkelhaarig, mit blassem Gesicht und kalten Augen. Das musste die Gräfin sein. Melisande bemerkte überrascht, dass sie etwa genauso alt wie sie selbst war. Sie hatte sich die Gemahlin von Ottmar de Bruce deutlich älter vorgestellt.

Die Gräfin trat näher. »Melisande Wilhelmis, willkommen auf der Adlerburg.«

Melisande erwiderte nichts. Unauffällig blickte sie nach rechts und links. Wo war Wendel? Er musste längst hier sein!

Und wo war Gertrud? In der Schmiede nahm sie eine Bewegung wahr. Ein junger Bursche stand dort mit einem blinkenden Rohling in der Hand. Sein Blick war auf sie gerichtet, er hatte etwas merkwürdig Lauerndes, das sie an ein Raubtier erinnerte, das gleich zuschlägt. Hastig schaute sie weg.

»Was blickt Ihr so finster drein, meine Liebe?«, flötete Othilia de Bruce. »War die Reise so beschwerlich? Oder lag es an der Begleitung?« Sie verzog das Gesicht. »Ich gebe zu, Eberhard von Säckingen vergisst bisweilen seine gute Erziehung.«

Melisande schluckte. Sie wollte etwas sagen, irgendetwas, mit dem sie Othilia dazu verleiten konnte, weiterzusprechen, doch ihre Kehle war so ausgedörrt, dass sie nur ein kaum hörbares Krächzen zustande brachte.

»Mein Gott, wie unhöflich von mir!«, rief die Gräfin. »Ihr habt eine beschwerliche Reise hinter Euch, und ich vergesse die einfachsten Regeln der Gastfreundschaft.« Sie klatschte in die Hände. »Los, los, schnell! Eine Erfrischung für unseren Gast!«

Sofort rannte ein Diener mit einem Tablett herbei. Er reichte Melisande einen Becher verdünnten Wein, von dem sie durstig einige Schlucke nahm. Danach bot er ihr Käse und Früchte an, doch sie schüttelte den Kopf.

»Ihr seid nicht hungrig?«, fragte Othilia. »Ihr solltet trotzdem etwas essen. Eine große Aufgabe steht Euch bevor. Heute Nacht ist der Mond voll.«

Melisande erstarrte.

»Oh ja«, sagte Othilia. Ihr Lächeln gefror. »Ihr habt richtig geraten. Alles wird genau so sein, wie ich es von Anfang an geplant hatte. Nur der Ort wird ein anderer sein.« Sie winkte Melisande. »Wenn Ihr mir nun bitte folgen wollt.« Sie machte drei Schritte, dann drehte sie sich noch einmal um. »Ihr natürlich auch, von Säckingen! Um keinen Preis sollt Ihr dieses Schauspiel verpassen!«

※ ※ ※

Was für ein Hochgefühl! Othilia schwebte die Stufen zum Turm hinauf. Endlich war der große Augenblick gekommen! Und alles hatte sich so wunderbar gefügt, besser noch, als sie es ursprünglich geplant hatte. Sie würde die süßeste, köstlichste Rache schmecken, die je ein Mensch geschmeckt hatte, und sie würde sie auskosten bis zum letzten Tropfen. Von Säckingen war in der Tat ein Teufelskerl. Wie schlau er bei der Befreiung der rothaarigen Metze vorgegangen war! Und wie brav er danach in ihren Schoß zurückgekehrt war. Sie hätte sich die Spione sparen können, die sie ihm hinterhergeschickt hatte. Aber man wusste ja nie. Wenn ein Weib im Spiel war, verloren viele Männer den Verstand. Doch von Säckingen hatte offenbar gemerkt, dass so manche Frucht besser aussah, als sie schmeckte.

Othilia warf ihm einen raschen Blick zu. Alles war gelaufen wie am Schnürchen. Es fehlte nur noch der krönende Abschluss. Und dann würde von Säckingen eine ganz spezielle Belohnung von ihr erhalten. Die hatte er sich wahrlich verdient.

Ein kalter Windzug blies Othilia ins Gesicht, als sie den obersten Treppenabsatz erreichte und ins Freie trat. Zufrieden stellte sie fest, dass alles so war, wie sie es zurückgelassen hatte: die Wachen, der dunkellockige Weichling, der ihr vor die Füße gefallen war wie eine reife Frucht, die Magd mit dem Kind. Die Bühne war bereitet, das Spektakel konnte beginnen.

※ ※ ※

Wendel lauschte den Schritten auf der Treppe. Bald war Melisande bei ihm! Er hatte von oben gesehen, wie der Wagen auf den Burghof gerollt war, wie der Ritter Melisande aus dem Versteck geholt hatte. Sie schien unversehrt zu sein, dem Himmel sei Dank!

Er sah zu der Magd hinüber, die Gertrud auf dem Arm hielt. Die Familie ist wieder vereint, dachte er bitter, vereint, um gemeinsam zu sterben. Gott hatte offenbar beschlossen, sie alle für seine Sünden und seine Dummheit zu bestrafen. Wie hatte er sich nur so übertölpeln lassen können! In aller Frühe war er losgeritten und am späten Vormittag ohne Zwischenfälle bei der Adlerburg angelangt. Kurz vor dem Anstieg war er abgesessen und hatte das Pferd mit einem Klaps auf die Kruppe fortgeschickt. Dann war er durch das Unterholz neben der Straße den Berg hinaufgeklettert. Wenige Fuß vor der Mauer hatten Othilias Männer ihn geschnappt. Sie hatten im Geäst der Bäume auf ihn gewartet. Was war er nur für ein Narr! Natürlich hatten sie ihn schon längst aus der Ferne gesehen, beobachtet, wie er sich ins Gebüsch schlug, und ihn in aller Seelenruhe herankommen lassen. Als könnte er, ein einfacher Weinhändler, eine Horde bestens ausgebildeter Ritter überlisten!

Othilia hatte ihn freudestrahlend empfangen. Mit kleinen Trippelschritten war sie einige Male um ihn herumgelaufen, hatte an seinem Wams gezupft und an seinen Haaren gezogen, als wäre er eine Puppe, die darauf geprüft werden musste, zu welchem Spiel sie taugte. Dann hatte man ihn unsanft in den Kerker geworfen.

Er hatte gedacht, dass nun alles vorüber wäre, dass man ihn hier verrotten lassen würde. Bittere Wut und Verzweiflung waren über ihn gekommen. Doch zu seiner Überraschung waren schon bald zwei Wachen erschienen, die ihn grob an den Armen packten und fortzerrten. Vor ihnen her musste er auf den Turm steigen, wo ihn ein halbes Dutzend schwer bewaffneter Soldaten erwartete. Als er sich umblickte, stieß er einen Schrei aus. Nur wenige Schritte von ihm entfernt, neben einem hölzernen Geländer, das vor einem Loch in der Mauer angebracht worden war, stand eine Magd, die Gertrud auf dem Arm hielt. Seine Tochter schlief und schien unversehrt zu sein. Er wollte losrennen, sie in die Arme schließen, doch die Wachen hielten ihn mit eisernen Fäusten zurück.

Dann war ein Ruf über den Burghof gehallt, und kurz darauf war der Wagen durch das Tor gerollt.

Wendel wandte den Blick von Gertrud ab und sah zum Treppenaufgang. Othilia hatte sich umgezogen, sie sah aus, als würde sie zu ihrer Krönung schreiten. Hinter ihr erschienen von Säckingen – und Melisande. Wendel sah, wie ihre Augen sich weiteten, als sie erst ihn und dann Gertrud erblickte.

Othilia trat neben die Magd und bedeutete von Säckingen, sich zu ihm zu gesellen. Zwei Wachen platzierten sich neben Melisande. Othilia räusperte sich. »Verehrte Melisande Wilhelmis, Tochter des Konrad Wilhelmis.« Sie breitete die Arme aus. »Dies ist der Moment, auf den wir beide so sehnsüchtig gewartet haben. Der Moment, in dem ich dir zurückzahlen werde, was ich dir schuldig bin. Du hast mir den Gemahl genommen, hast ihn hinterrücks gemeuchelt. Du hast dafür gesorgt, dass ich mit einem Haufen schlecht erzogener Raufbolde in diesen kalten Mauern ausharren muss, statt unter den vornehmsten Familien Italiens zu verkehren und die Freuden des Lebens zu genießen. Und du hast dafür gesorgt, dass meine Sicherheit vom Wohlergehen meines kleinen Sohnes abhängt, dass ich nur durch ihn weiterhin Herrin der Adlerburg bin. Heute wirst du erfahren, dass ich eine sehr pflichtgetreue Schuldnerin bin. Ich zahle dir alles, was du mir angetan hast, dreifach zurück.« Sie lächelte dünn. »Nun gut. Du bist ja bereits mit den Regeln unseres kleinen Spiels vertraut, ich werde sie dennoch kurz wiederholen.« Sie winkte einem der Männer, der daraufhin ein Schwert vor Melisande auf den Boden legte, ein Schwert mit einer abgerundeten Spitze.

»Dies ist ein Richtschwert, meine Liebe«, fuhr Othilia fort. »Vielleicht hast du ja schon einmal eins aus der Nähe gesehen, bei deinem Busenfreund Melchior?« Sie wartete.

Wendel zuckte zusammen. Othilia wusste viel, doch offenbar nicht alles. Sie hatte keine Ahnung, dass Melisande ein solches Schwert nicht nur schon gesehen, sondern auch unzählige Male in den Händen gehalten hatte, dass sie geschickt wie niemand sonst damit umzugehen wusste. Sie hatte keine Ahnung, dass Melisande selbst Melchior gewesen war. Er schaute zu seiner Frau. Sie erwiderte seinen Blick und nickte kaum merklich.

»Gut«, sagte Othilia, die das Nicken anscheinend missverstanden hatte. »Dann brauche ich dir ja nicht zu erklären, dass du damit zwar töten, aber nicht kämpfen kannst.« Sie räusperte sich. »Wie ich dir bereits in meinem Brief mitteilte, lasse ich dir in meiner Gnade die Wahl – zwischen dem Leben deiner Tochter und dem Leben deines Gemahls. Tötest du deinen Gemahl, so lasse ich dein Balg leben. Tötest du ihn nicht ...«

Sie sprach nicht weiter, sondern ließ sich von der Magd das Kind reichen. Gertrud erwachte und fing an zu weinen.

»Gertrud!«, rief Melisande. »Gertrud, alles wird gut. Mama und Papa sind hier!«

Tatsächlich verstummte Gertrud, lächelte Melisande an

und streckte die Ärmchen nach ihr aus. Wendels Herz machte einen Satz. Aber Othilia lachte nur kalt und setzte Gertrud auf die Mauer.

»Nein!« Melisande schrie, Wendel stöhnte auf und versuchte, sich loszureißen. Eine der Wachen schlug ihm mit der Faust in den Magen, die andere riss ihn an den Haaren zurück.

Othilia hatte sich nicht einmal umgedreht. In aller Ruhe zog sie einen Gürtel hervor, schlang ihn um Gertruds Leib und nahm das Ende in die Hand. »So ist es sicherer«, sagte sie zu Melisande. »Wir wollen doch nicht, dass die Kleine in den Tod stürzt. Noch nicht.« Dann wandte sie sich Wendel zu. »Niederknien!«

Noch bevor er reagieren konnte, warfen ihn die Wachen zu Boden. Schmerz durchzuckte ihn, als er mit den Knien auf dem harten Boden aufschlug, doch er bemerkte es kaum.

»Hast du noch etwas zu sagen, Weinhändler?«, fragte Othilia. »Ein paar letzte Worte an deine Familie vielleicht?«

Wendel hob den Blick und sah Melisande in die Augen. In seinem Knie pochte der Schmerz, sein Herz hämmerte wild, seine Augen brannten. »Töte mich, und rette unser Kind«, sagte er leise.

Melisande schüttelte unmerklich den Kopf.

»Tu es«, wiederholte er. »Zögere nicht. Wir haben keine Wahl. Wenn es schnell geht, muss niemand lange leiden. Denk an die Hinrichtung, die ich zusammen mit meinem Freund Merten besuchte. Auch damals musste der Delinquent nicht lange leiden.«

✻ ✻ ✻

Dieses verfluchte Teufelsweib! Eberhard von Säckingen musterte Othilia mit einer Mischung aus Bewunderung und Abscheu. Wahrlich eine grandiose Rache, hundertfach schmerzhafter als ein noch so qualvolles Sterben! Melisande würde damit leben müssen, entweder für den Tod ihres Gemahls oder für den ihrer Tochter verantwortlich zu sein. Aber wäre das wirklich alles? Würde Othilia ihre Todfeindin ziehen lassen mit dem, was von ihrer Familie geblieben war, und sie in Frieden leben lassen? Wohl kaum. Hatte nicht irgendwer ein Verlies erwähnt, das die Gräfin im Palas hatte bauen lassen? Ein Verlies für Melisande und ihre kleine Tochter!

Von Säckingen fing Othilias Blick auf. Ein irres Flackern leuchtete in ihren Augen. Er schauderte. Und er verstand: Weder Wendel noch Gertrud würden diesen Tag überleben. Melisande würde einen von ihnen opfern und danach begreifen, wie sinnlos ihre Tat war. Beide würden sterben, so oder so. Und Melisande würde so lange leiden, bis der Tod auch ihr gnädiges Vergessen schenkte. Es würde nicht lange dauern, da war er sicher. Ohne ihre Familie würde Melisande in kürzester Zeit zugrunde gehen.

Von Säckingen hörte, wie Othilia Anweisungen gab, wie sie Wendel aufforderte, einige letzte Worte zu sprechen. Er sah ein kurzes Zucken in Melisandes Gesicht, sah, wie sie sich zögernd bückte, um das Richtschwert aufzuheben. Das Schwert wirkte riesig in ihren zarten Händen, sie konnte es kaum halten, geschweige denn über ihren Kopf heben. Unvorstellbar, dass sie auch nur einen einzigen Hieb damit ausführte! Melisande war eine ungewöhnlich mutige Frau, sicherlich, und doch hatte sie vermutlich noch nie in ihrem Leben ein Schwert in den Händen gehalten. Wenn sie kämpfte, dann mit anderen Waffen: mit Klugheit, Entschlossenheit und List. Wie unerschrocken sie ihre Flucht aus dem Kerker angeführt hatte, wie sie trotz der drohenden Gefahr für Leib und Leben einen kühlen Kopf bewahrt hatte!

Von Säckingen sah zu, wie Melisande das Schwert in ihren Händen musterte. Plötzlich kam ihm ein Gedanke: Woher hatte sie eigentlich den Fluchtweg aus dem Esslinger Thronsaal gekannt? Woher hatte sie gewusst, dass es hinter der Folterkammer einen weiteren Raum gab, von dem aus ein Gang zu den Kellern der benachbarten Häuser führte? Es bewies zweifellos, dass sie tatsächlich aus Esslingen stammte, dass sie dort aufgewachsen war und sich auskannte. Aber kannte jeder Esslinger den geheimen Ausgang aus dem Kerker und das Labyrinth unter der Stadt?

Unfähig, etwas zu tun, beobachtete von Säckingen, wie Melisande langsam zu Wendel ging, den Knauf des Richtschwertes fest mit beiden Händen umfasste und einen Fuß so zurückstellte, als wollte sie einen Tanzschritt vollführen. Von Säckingen stutzte. Etwas an ihren Bewegungen kam ihm merkwürdig vor, so als hätte er es schon einmal gesehen. Bilder blitzten vor seinem inneren Auge auf. Der Henker. Melchior. Er hatte immer genau so den Fuß zurückgestellt, bevor er seinen tödlichen Hieb ausführte.

Die Erkenntnis traf von Säckingen wie ein Faustschlag. Er warf einen raschen Blick zu Othilia, doch der war offenbar nichts aufgefallen. Natürlich nicht, sie hatte den Henker von Esslingen schließlich nie bei der Arbeit gesehen. Sie erklärte sich Melisandes merkwürdige Körperhaltung vermutlich damit, dass ihre Gefangene nicht wusste, wie man ein Schwert am besten hielt. Vermutlich amüsierte es sie sogar. Dabei war das Gegenteil der Fall: Melisande wusste es ganz genau, und sie war so geschickt darin, dass sie für ihre Kunst weit über die Stadtgrenzen von Esslingen hinaus berühmt gewesen war. Selbst Ottmar de Bruce hatte sie damit beeindruckt, so sehr, dass er sich von ihr im Umgang mit dem Schwert hatte unterrichten lassen.

Von Säckingen unterdrückte ein Stöhnen. Er spürte Melisandes Blick auf sich, sah sie an. In ihren Augen lag eine Frage. Sein Herz drohte ihm aus der Brust zu springen, als er stumm antwortete.

***

Melisande schloss die Augen und sammelte ihre Kräfte. *Herr im Himmel, steh mir bei!* Sie hob das Schwert, drehte sich in der Hüfte und schlug mit einer einzigen fließenden Bewegung dem Wachmann, der direkt hinter Wendel stand, den Kopf ab. Noch bevor die übrigen Männer reagieren konnten, hieb sie das Schwert dem nächsten in den Oberschenkel, aus dem sofort eine Blutfontäne spritzte.

Wendel griff sich das Schwert des Verletzten, sprang vor, hob Gertrud von der Mauer und hieb zugleich auf Othilia ein, damit sie den Gürtel losließ. Die Gräfin schien sich bereits nicht mehr für Gertrud zu interessieren. Noch bevor Wendels Hieb sie treffen konnte, ließ sie den Gürtel fallen, stürzte mit einem ohrenbetäubenden Wutschrei los und nahm einem der Männer das Schwert ab.

Wendel fuhr blitzschnell herum. Seine Tochter im Arm, das Schwert in der Hand, stellte er sich drei Männern zugleich, die sich mit gezogenen Klingen und vor Angst geweiteten Augen auf ihn zubewegten. Melisande ahnte, was sie dachten: Wenn schon die Frau mit einem einzigen Schlag einen Mann köpfen konnte, welche Kräfte schlummerten dann wohl in ihrem Gemahl?

Othilia hingegen schien keine Angst zu verspüren, nur Wut und Hass. Mit erhobenem Schwert stürmte sie auf Melisande zu, die den ersten Schlag mit einer schnellen Bewegung abwehrte.

Melisande wusste, dass sie die bessere Kämpferin war, doch sie war müde, ihr verletzter Arm schmerzte, und ihr Schwert war nicht für den Kampf geschaffen. *Lieber Gott, verlass mich nicht!*

Wieder schlug Othilia zu, ihre Kraft schien sich in ihrer Raserei zu verdoppeln. Melisande hielt noch einem weiteren Schlag stand, dann aber musste sie das Schwert kurz sinken lassen. Dem nächsten Hieb entging sie nur, weil sie sich blitzartig wegdrehte.

Aus den Augenwinkeln sah sie Wendel, der die drei Männer nach wie vor in Schach hielt, aber immer weiter zurückweichen musste. In dem Augenblick sprang von Säckingen hinzu, ohne Mühe wehrte er die entsetzten Angreifer ab, von ihm hatten sie keinen Angriff erwartet.

Melisandes Herz machte einen Satz. Sie hatte seinen Blick also richtig gedeutet: Er hatte die Seiten gewechselt.

Othilia folgte Melisandes Blick und stieß einen Wutschrei aus. »Du hast ihn verhext, du elendes Miststück!«, brüllte sie mit sich überschlagender Stimme und hieb so schnell und kraftvoll auf Melisande ein, dass ihr das Richtschwert aus der Hand fiel.

Melisande taumelte zurück, rechnete jeden Augenblick mit dem tödlichen Hieb. Schon hob Othilia ihre Waffe erneut. Ihre Frisur hatte sich gelöst, eine dunkle Haarsträhne hing ihr in die Augen, in denen blanker Hass loderte. »Fahr zur Hölle, Melisande Wilhelmis!«, rief sie und stach zu. Doch das Schwert fiel zu Boden, ebenso wie die Hand, die es geführt hatte.

Entsetzt starrte Othilia auf ihren blutenden Armstumpf, dann auf von Säckingen, der erneut ausholte und ihr das Schwert in den Unterleib stieß.

Othilia stöhnte, riss die Augen auf, wankte ihm entgegen und krallte ihre linke Hand in seine Haare. Verzweifelt versuchte von Säckingen, sich loszumachen, doch die Gräfin ließ nicht locker. Gemeinsam taumelten sie auf das Loch in der Mauer zu, das nur notdürftig mit Holzbrettern gesichert war. Othilia lehnte sich mit dem Rücken gegen das Holz, mit ihrer ganzen verbleibenden Kraft noch immer an den Ritter geklammert, bis ihr schwarzes Haar über dem Abgrund flatterte. Von Säckingen versuchte, sich loszureißen, doch die Gräfin hatte den blutenden Stumpf in seinen Gürtel geschoben.

»Ihr dachtet, Ihr könntet mich mit dieser rothaarigen Metze betrügen!«, schrie sie. »Ihr dachtet tatsächlich, Ihr könntet damit durchkommen! Seid verflucht, von Säckingen!« Sie lehnte sich immer weiter zurück, zerrte den Ritter unerbittlich mit sich. »Seid verflucht, Eberhard von Säckingen!«

Von Säckingen drehte den Kopf zu Melisande. Seine Lippen formten Worte, doch sie konnte sie nicht hören.

Melisande schrie auf und rannte auf ihn zu, um ihn zu packen, doch es war bereits zu spät. Von Säckingen warf sich gegen das Holz, das krachend zerbarst und stürzte gemeinsam mit der Gräfin in die Tiefe. Einen Wimpernschlag später schlugen sie dumpf im Hof auf. Melisande warf einen Blick über die Mauer und sah die Gräfin und den Ritter ineinander verschlungen in ihrem Blut liegen.

Einen Moment verharrte Melisande entsetzt. »Gott sei ihren Seelen gnädig«, murmelte sie, dann drangen Wendels Schreie in ihr Bewusstsein. Sie fuhr herum, hob Othilias Schwert vom Boden auf und rammte es dem Mann in den Rücken, der auf Wendel eindrang. Röchelnd sank er zu Boden.

※※※

Wendel ließ das Schwert sinken, sein Arm zitterte vor Anstrengung, sein Gewand war blutgetränkt. Melisande trat auf ihn zu, auch ihr Kleid trug die Spuren des mörderischen Kampfes, ebenso wie ihr Gesicht, das mit Othilias Blut bespritzt war. Doch ihre Augen leuchteten. Sie hatten gesiegt, sie waren frei. Wendel legte den Arm um sie, zog seine Frau und seine Tochter an sich. Tränen der Erleichterung brannten in seinen Augen. Sie hatten es geschafft. Sie lebten.

Aber der Siegestaumel währte nur kurz. Eilige Schritte und laute Befehle drangen von der Treppe an sein Ohr. Verstärkung!

»Es ist noch nicht zu Ende«, raunte Melisande ihm zu. Sie machte sich los und hob ein Schwert auf. Wendel setzte Gertrud auf dem Boden ab und stellte sich schützend vor sie. Die Magd, die bisher wimmernd vor der Mauer gehockt hatte, sprang auf, lächelte Wendel schüchtern an, nahm Gertrud bei der Hand und führte sie in eine sichere Ecke. Wendel nickte ihr dankbar zu, dann hob auch er erneut die Waffe.

Ritter stürmten auf die Plattform, blickten sich suchend um, zögerten angesichts des Blutbades, stürzten sich dann jedoch auf Melisande und Wendel. Den ersten wehrte Wendel ab. Gleichzeitig entzog sich Melisande mit einer geschickten Drehung einem tödlichen Hieb und streckte ihren Gegner nieder.

Die Männer hielten erschrocken inne. Offenbar war ihnen soeben bewusst geworden, dass die beiden für das Blutbad auf dem Turm verantwortlich waren. Dass Eberhard von Säckingen ihnen geholfen hatte, konnten sie nicht ahnen, ebenso wenig, dass der Ritter sich mit Othilia in den Tod gestürzt hatte.

Weitere Soldaten drängten auf die Plattform, doch keiner von ihnen wagte es, Wendel und Melisande anzugreifen.

Wendel hielt weiter mit beiden Händen das Schwert erhoben. Lange würde die Verschnaufpause nicht währen.

Schon ertönte ein Befehl. »Bringt Armbrüste, damit wir die Bastarde abschießen können! Wir halten sie so lange in Schach.«

Wendel nahm das Schwert in eine Hand. »Komm!« Er nahm Melisande in den Arm, ohne die Männer aus den Augen zu lassen. »Sie werden Gertrud am Leben lassen, jetzt, wo die Gräfin tot ist. Sie werden sich nicht an einem unschuldigen Kind versündigen. Immerhin das haben wir erreicht.«

Bewegung kam in die Soldaten, einige Armbrustschützen traten vor. Gegen diese mörderischen Waffen gab es keine Verteidigung.

Wendel trat einen Schritt zur Seite und deutete auf Gertrud. »Ihr seid ehrenhafte Männer!«, rief er. »Dies ist ein unschuldiges Kind. Nehmt es, und lasst es zu meinen Eltern nach Reutlingen bringen. Sie werden Euch für Eure Großherzigkeit reich belohnen.«

Der Hauptmann war vorgetreten und hob die Hand, um seine Männer zurückzuhalten. »Dieses Kind ist nicht unschuldig«, stieß er mit zusammengekniffenen Augen hervor. »Es ist eine Teufelsbrut und muss vernichtet werden. Niemand soll übrig bleiben, die ganze Sippe soll zur Hölle fahren!«

Die Schützen legten an.

Wendel legte sein Schwert nieder, trat zu der Magd, der das Entsetzen ins Gesicht geschrieben stand. Mit einem Lächeln nahm er Gertrud auf den Arm, dann stellte er sich wieder neben Melisande und zog sie fest an sich. Er konnte die Tränen nicht zurückhalten. Er hatte versagt, hatte nicht nur sein eigenes Leben verwirkt, sondern auch das seiner Frau und seiner Tochter. Er küsste Melisande auf die Stirn und flüsterte: »Verzeih, Liebste, dass ich euch nicht beschützen konnte.«

Sie sah ihn an. »Verzeih, dass ich dir nicht von Anfang an die Wahrheit erzählt habe.«

Sie hielten einander fest, schlossen die Augen und erwarteten die tödliche Salve. Wendel hörte die Bolzen einrasten. Jetzt, dachte er, jetzt...

»Einhalten! Sofort einhalten!« Die Stimme eines jungen Mannes schnitt durch die Luft.

Wendel riss die Augen auf. Der Hauptmann rührte sich nicht, die Schützen behielten die Waffen im Anschlag.

»Waffen niederlegen! Sofort!« Die Stimme kam näher. »Das ist ein Befehl!«

»Ein Befehl?«, murrte einer der Ritter und sah sich um. »Wer will hier Befehle erteilen? Zeigt Euch!«

Ein Jüngling, kaum mehr als ein Kind, trat vor die Schützen. Sein Körper war mit Muskeln bepackt, seine Haltung aufrecht und sein Gesichtsausdruck entschlossen.

Der Hauptmann lachte. »Seit wann nehmen wir Befehle von einem Waffenschmied entgegen?« Er musterte den Neuankömmling abschätzig.

»Ihr wisst, wer ich bin.« Der Bursche baute sich vor dem Hauptmann auf. »Und Ihr wisst, dass Ihr mir gehorchen müsst.«

Der Hauptmann spuckte auf den Boden. »Achtung, Männer, ich senke jetzt den Arm. Dass mir keiner schießt, bevor ich es anordne!« Er ließ langsam den Arm sinken und stemmte die Hände in die Hüften. »Und du, du Wicht, hast mir gar nichts zu befehlen! Ich gehorche nur der Herrin.«

»Seid Ihr blind und taub? Die Herrin ist tot! Sie liegt zerschmettert im Hof!«, rief der Schmied. »Deshalb bin ich nun Herr der Adlerburg.«

»Wie kommst du darauf, Bürschlein?«, fragte ein dürrer Ritter und trat näher.

Wendel hielt gespannt den Atem an. Er hatte keine Ahnung, wer der Bursche war, doch Mut besaß er für zehn, so viel stand fest. Unbewaffnet war er zwischen sie und ein halbes Dutzend gespannte Armbrüste getreten, obwohl sich jederzeit ein Schuss lösen konnte.

Der Schmied straffte seinen Körper und erhob die Stimme. »Ich bin Nicklas, Sohn des Ottmar de Bruce, und damit rechtmäßiger Herrscher der Adlerburg, und zwar so lange, bis mein kleiner Bruder alt genug ist, diese Aufgabe zu übernehmen. Und deshalb befehle ich Euch allen, die Waffen niederzulegen und meine Gäste...«, er deutete auf Melisande, Wendel und Gertrud, »... und meine Gäste sicher nach unten in den Palas zu geleiten.«

Der Hauptmann glotzte wie ein Kalb. Er schien nicht so recht zu wissen, auf welche Seite er sich schlagen sollte. Der dürre Ritter blieb argwöhnisch. »Wieso sollte ein Bastard Burgherr werden?«, fragte er mit zusammengekniffenen Augen. »Ich beuge mein Knie nicht vor einem Handwerkergesellen.«

Die übrigen Ritter sahen neugierig von einem zum anderen. Wendel verfolgte den Schlagabtausch gebannt. Hoffnung keimte in ihm auf. Ihr Schicksal hing davon ab, ob der Schmied mit diesem angriffslustigen Ritter fertig wurde.

Nicklas streckte die Hand aus. Der Hauptmann begriff sofort und machte einem seiner Männer ein Zeichen, der vortrat und dem Schmied ein Schwert reichte. Der wiegte es prüfend in der Hand, bevor er den dürren Ritter auffordernd ansah. Ein breites Grinsen trat auf dessen Gesicht. Offenbar hielt er den Burschen nicht für einen ernst zu nehmenden Gegner.

»Macht Platz!«, befahl der Hauptmann.

Die Männer traten zurück. Die beiden Widersacher hoben ihre Schwerter. Der Ritter führte den ersten Schlag. Blitzartig sprang er nach vorn und hieb auf den Schmied ein. Doch der drehte sich geschickt zur Seite und schlug zurück, noch bevor der Ritter das Schwert erneut anheben konnte. Nicklas ließ nicht mehr von dem Mann ab. Hieb um Hieb schlug er auf ihn ein, drängte ihn immer weiter auf die Burgmauer zu. Wendel staunte. Dieser Bursche konnte nicht nur Schwerter schmieden, er wusste auch meisterlich mit ihnen umzugehen. Zum ersten Mal meinte Wendel, eine entfernte Ähnlichkeit zwischen ihm und seinem Vater zu erkennen. Ottmar de Bruce war ebenso unerschrocken gewesen und nicht minder geschickt mit der Klinge. Aber dieser Bursche war nicht nur ein beherzter Kämpfer, er war auch klug. Mehrfach bot sich ihm die Gelegenheit, dem Ritter einen tödlichen Stoß zu versetzen, doch er nahm sie nicht wahr.

Schließlich war der Kampf auch ohne Blutvergießen entschieden. Mit einem letzten kräftigen Hieb schlug Nicklas seinem Gegner die Waffe aus der Hand und setzte ihm die Spitze seines Schwertes auf die Brust. »Wer ist dein Herr, Ritter?«

»Ihr seid es!«, keuchte der Ritter atemlos. »Ihr seid mein Herr!« Er fiel auf die Knie und senkte den Kopf.

Nicklas ließ seinen Blick über die übrigen Soldaten schweifen. »Gibt es noch jemanden, der meine Herrschaft anzweifelt?«

Niemand sagte etwas, bis der Hauptmann schließlich vortrat und rief: »Es lebe der Herr der Adlerburg, Nicklas de Bruce! Gott schütze ihn!«

»Gott schütze den neuen Herrn der Adlerburg!«, fielen die übrigen Soldaten in den Jubel ein. Die Armbrüste wurden gesenkt und entspannt. »Hoch lebe Nicklas de Bruce! Hoch lebe der neue Herr der Adlerburg!«

Wendel konnte es kaum glauben. Er tauschte einen Blick

mit Melisande, die ebenfalls ungläubig dreinschaute. Gertrud hielt sich die Ohren zu und presste sich an seine Brust. Die lauten Jubelschreie schienen sie mehr zu erschrecken als der Anblick der gespannten Armbrüste. Beruhigend strich er ihr über das Haar.

Nicklas hob die Hände, und sofort kehrte Ruhe ein. Er wandte sich dem Hauptmann zu. »Sorgt dafür, dass die Gräfin Othilia und der Ritter Eberhard von Säckingen ihrem Stand angemessen in der Kapelle aufgebahrt werden. Und schickt die Männer zurück auf ihre Posten.«

Ohne eine Antwort abzuwarten, bedeutete er Wendel und Melisande, ihm zu folgen. »Bitte seid meine Gäste!«

Die Ritter wichen zur Seite, niemand wagte es, die Waffe gegen sie zu erheben. Wendels Beine zitterten, er spürte, dass Melisande ebenfalls am Ende ihrer Kräfte war, aber sie ließen es sich nicht nehmen, aus eigener Kraft den Schauplatz ihres furchtbarsten Albtraums zu verlassen. Nicklas führte sie die Treppe hinunter und über den Hof in den Palas. Noch immer benommen von der plötzlichen Wendung der Ereignisse, folgten sie ihm in einen großen Saal. Diener brachten Schüsseln mit Wasser zum Waschen, nahmen die besudelten Kleider und tauschten sie gegen saubere, reichten Erfrischungen. Eine heilkundige Magd verband Wendels Schulterverletzung.

Als sie sich gereinigt und gestärkt hatten, nahmen sie Platz. Melisande hob Gertrud auf ihren Schoß und fütterte sie mit Trauben. Der junge Burgherr, Nicklas, schenkte Wein ein. Jetzt bemerkte Wendel auch die äußerliche Ähnlichkeit mit Ottmar de Bruce, die dunklen Haare, die schmalen Lippen, das kantige Gesicht. Nur seine Augen waren anders, sie strahlten nicht diese gnadenlose Kälte aus, sondern Güte und Verständnis. Wenn er der neue Herr der Adlerburg war, würden hier andere Zeiten anbrechen.

Nicklas setzte ein warmes Lächeln auf. »Ihr dürft meine Gastfreundschaft so lange in Anspruch nehmen, wie Ihr wollt, Meister Füger.« Er nahm einen Schluck Wein.

Wendel neigte das Haupt. Er konnte immer noch nicht fassen, was geschehen war. »Verehrter Graf. Wir verdanken Euch unser Leben«, sagte er. »Glaubt mir, das werden wir unseren Lebtag nicht vergessen. Aber wenn es Euch recht ist, würden wir gern so schnell wie möglich aufbrechen. Wir haben Familie und Freunde in Rottweil, die um unser Schicksal bangen.«

Nicklas grinste wie ein Bub. »Ich bin kein Graf, Meister Füger, nur ein einfacher Schmied. Auch wenn in meinen Adern das Blut von Ottmar de Bruce fließt.«

Wendel hob die Augenbrauen. »Aber Ihr besitzt den Mut eines Edelmannes.«

Der junge Mann seufzte. »Bei Gott, Ihr ebenso.« Er erhob sich. »Wenn es so eilt, möchte ich Euch nicht länger aufhalten. Ich werde Euch Pferde zur Verfügung stellen und eine Leibwache, die Euch sicher nach Rottweil bringt.« Er sah fragend zu Melisande. »Auch einen Wagen, wenn Ihr wollt.«

»Zwei Pferde sind alles, was wir brauchen, Herr«, sagte Melisande. »Habt Dank.«

»Nun, so soll es sein.«

Wendel konnte nicht anders. Er ergriff die Hände des Schmieds und blickte ihm in die klaren Augen. »Wir stehen auf ewig in Eurer Schuld. Und wenn Ihr jemals unsere Hilfe braucht – werden wir da sein.«

**

Melisande lief auf die Kapelle zu. Sie hatte Wendel gebeten, einen Augenblick zu warten, denn es gab noch jemanden, von dem sie Abschied nehmen musste. Im Inneren war es dämmrig und still. Wie der neue Burgherr befohlen hatte, lagen Othilia und von Säckingen aufgebahrt vor dem Altar. Ihre Wunden waren gesäubert, sie waren in weißes Leinen gehüllt, und ihre Gesichter wirkten friedlich. Melisande trat näher und kniete nieder.

»Herr im Himmel, du bist voller Gnade. So vergib diesen beiden verlorenen Seelen und nimm sie bei dir auf«, sagte sie leise.

Sie erhob sich und betrachtete die leblosen bleichen Gesichter. Von Othilia fiel es ihr nicht schwer, den Blick zu lösen. Doch an Eberhard von Säckingens Antlitz blieben ihre Augen hängen. Was für ein ungewöhnlicher Mann er gewesen war! Er hatte de Bruce geholfen, ihre Familie abzuschlachten, hatte womöglich selbst den tödlichen Schlag gegen ihren Vater geführt. Dennoch war er kein durch und durch schlechter Mensch gewesen. Am Ende hatte er sein Leben gegeben, um das ihre zu retten. Sie dachte an seine letzten Worte, die sie nicht hatte hören, aber von seinem Mund ablesen können. *Lebt wohl, Mechthild.* Hatte dieser Ritter tatsächlich Gefühle für sie gehegt? Hatte er sie geliebt?

Melisande trat neben ihn, beugte sich vor und küsste seine erkaltete Stirn. »Lebt wohl, Ritter, möge der Herrgott das Gute sehen, das Ihr zweifelsohne getan habt, und Euch gnädig bei sich aufnehmen.«

Sie spürte, wie Tränen in ihr aufstiegen. Hastig wandte sie sich ab und stürzte auf die Tür zu, hinter der ihre Familie sie erwartete. Vor der Kapelle blieb sie überrascht stehen.

Fremde Soldaten ritten auf den Burghof; sie trugen das Banner von Württemberg. Soldaten von Graf Ulrich! Was machten sie hier?

Melisande sah sich suchend um. Auch die Wachen wirkten

verunsichert, warteten offensichtlich auf Befehle ihres neuen Herrn. Der hob die Hand, um zu zeigen, dass kein Eingreifen nötig war.

Ulrichs Soldaten bildeten eine Gasse. Schließlich ritt ein einzelner Mann auf den Hof, der mit einem prächtigen roten Umhang bekleidet war. Melisande erkannte ihn sofort: Es war Graf Ulrich persönlich. Kam er ihretwegen? Wollte er die vermeintliche Kindsentführerin festsetzen? Oder wusste er von Othilias Machenschaften und wollte ihren Racheplänen Einhalt gebieten? Nein, davon konnte er nichts wissen. Vermutlich war es lediglich ein Zufall, dass er ausgerechnet jetzt die Adlerburg besuchte.

Der Graf saß ab, und ein Mann in Priestergewändern, der sich unter seinem Gefolge befand, gesellte sich zu ihm.

Nicklas trat vor und verneigte sich tief. »Seid willkommen, Graf Ulrich. Und auch Ihr, geschätzter Alberto Fussili. Es ist mir eine besondere Freude, Euch so bald schon wieder hier zu empfangen.«

Der Graf verschränkte die Arme und kniff die Augen zusammen. »Mit wem habe ich das Vergnügen?«

»Nicklas, Herr, Sohn des Ottmar de Bruce.«

»Sohn des Ottmar de Bruce?«, rief Ulrich erstaunt. »Ich dachte, der eine sei tot und der andere liege noch in Windeln?«

Der Priester beugte sich vor und flüsterte dem Landesherrn etwas ins Ohr. Der nickte und wandte sich wieder an Nicklas. »Nun gut. Ich bin gekommen, um deine Herrin in einer dringenden Angelegenheit zu sprechen. Bitte führ mich zu ihr!«

Nicklas verneigte sich erneut. »So müsst Ihr mir in die Kapelle folgen, wo sie aufgebahrt liegt, Herr.«

»Aufgebahrt? Othilia ist tot?« Entsetzt ließ Ulrich seinen

Blick schweifen. »Ist das wahr? Was ist geschehen? Bei Gott, nimmt das denn kein Ende?« Sein Blick fiel auf Melisande, Wendel und Gertrud, und er verzog argwöhnisch das Gesicht. »Hat es etwas mit dieser Kindesentführung zu tun?«

»Ihr wisst davon?« Nicklas starrte ihn überrascht an.

Ulrich verzog das Gesicht. »Ich wäre ein schlechter Landesfürst, wenn ich nicht darüber im Bilde wäre, was in Württemberg vor sich geht.« Er tauschte einen raschen Blick mit dem Geistlichen.

»Fussili? Ihr...?«, fragte Nicklas überrascht.

Ulrich klopfte Alberto Fussili auf die Schulter. »Ich kann nicht überall sein, doch ich habe überall meine Augen und Ohren.« Er wandte sich ab und sah Wendel an. »Dann seid Ihr Meister Füger, der Weinhändler aus Reutlingen, der inzwischen in Rottweil lebt?«

Wendel trat vor und verneigte sich. »Ja, Herr, der bin ich.«

Ulrich legte die Fingerspitzen aneinander. »Mich dünkt, wir beide haben noch ein Hühnchen zu rupfen.« Ein kurzes Lächeln flog über Ulrichs Gesicht, das sofort einer todernsten Miene Platz machte.

Wendel senkte den Kopf noch tiefer.

»Ich habe den Brief geschrieben.« Melisande trat vor.

Ulrich fuhr herum. »Weib, was redet Ihr da? Noch dazu ungefragt! Wer seid Ihr überhaupt?«

Melisande beugte das Knie. »Wendel Fügers Gemahlin. Melisande Wilhelmis, Tochter des Konrad Wilhelmis, der von Ottmar de Bruce in einem feigen Hinterhalt ermordet wurde.«

Ulrich sah sie lange schweigend an. »Ja, ich glaube, mich an den Vorfall zu erinnern. Ich schätze, die Geschichte, die Ihr mir zu erzählen habt, nimmt etwas Zeit in Anspruch. Und sie ist wohl eher nicht für die Ohren der Öffentlichkeit bestimmt. Lasst uns also hineingehen.« Er wandte sich an den Schmied. »Nicklas, Sohn des Ottmar de Bruce, dürfen wir auf deine Gastfreundschaft zählen?«

»Selbstverständlich, Graf. Es ist mir eine Ehre.«

Ulrich lächelte zufrieden und ging, wie es seinem Rang entsprach, voran.

Zum zweiten Mal an diesem Tag betraten sie den Palas und setzten sich an die Tafel im großen Saal, wo Nicklas Speisen und Wein auftragen ließ. Nachdem Ulrich von beidem gekostet hatte, forderte er alle bis auf Wendel und Melisande auf, den Saal zu verlassen, auch Nicklas, der sich ohne Widerspruch zurückzog.

»So, Melisande Wilhelmis, nun lasst mich wissen, was damals geschehen ist, als Eure Familie durch einen Hinterhalt ums Leben kam, was heute hier auf der Adlerburg vorgefallen ist und zum Tod der Gräfin führte – und was das alles mit einem gewissen Brief zu tun hat, den ich vor etwa zwei Jahren erhielt.« Der Landesfürst sah Melisande prüfend an.

Melisande seufzte. Keinesfalls durfte der Graf die ganze Wahrheit erfahren, aber sie musste ihm genug erzählen, um ihn zufriedenzustellen und ihn zugleich gütig zu stimmen. Nur so würden sie mit heiler Haut davonkommen. »Ihr wisst, dass die Familie Wilhelmis seit vielen Generationen im Streit lag mit der Familie de Bruce«, begann sie nach kurzem Zögern. »Eines Tages erschlug mein Vater Konrad Wilhelmis, ein braver, gottesfürchtiger Kaufmann, den Sohn des Ottmar de Bruce in Notwehr, und der Graf beschloss, Rache zu nehmen...«

Als Melisande geendet hatte, rieb sich Ulrich nachdenklich das Kinn. »Ihr zwei habt Euch mehrerer schwerer Vergehen schuldig gemacht, Melisande Wilhelmis und Wendel Füger«, sagte er schließlich. »Ihr habt eine Fälschung angefertigt und damit den Herrscher von Württemberg getäuscht. Ihr habt fast eine Stadt niedergebrannt, indem Ihr leichtfertig ein Feuer im Kerker gelegt habt. Ihr habt Euch gegen Recht und Ordnung aufgelehnt und so viele Gesetze gebrochen, dass ich einen halben Tag bräuchte, sie aufzuzählen! Dafür müsst Ihr mit dem Tod bestraft werden. Ist Euch das klar?«

Melisande schluckte hart. Hatte sie sich so in Graf Ulrich getäuscht?

Der Graf lehnte sich zurück und legte die Fingerspitzen zusammen. »Auf der anderen Seite ist Euch schweres Unrecht widerfahren, das ebenfalls gesühnt werden muss. Ich muss also ein gerechtes Urteil fällen.« Er griff in seinen Umhang, zog eine Münze hervor, warf sie in die Luft und fing sie wieder auf. Er warf einen Blick darauf und grinste schelmisch. »Heute steht das Glück auf Eurer Seite. Hört mein Urteil, das keinerlei Einwand duldet: ›Da Ihr beide schon einmal die Torturen der peinlichen Befragung durchgestanden und dem Tod mehrfach ins Auge geschaut habt und da das Unrecht, das Ihr begangen habt, und das Unrecht, das Euch widerfahren ist, einander aufheben, will ich Eure Taten als gesühnt ansehen. Ebenso wie die Taten derer, die gegen Euch handelten.‹« Er nahm einen kleinen Schluck Wein. »Ihr seid frei und sollt auf allen Wegen in Württemberg unter meinem Schutz stehen. Doch nur unter einer Bedingung.« Sein Gesicht wurde hart, er senkte seine Stimme zu einem drohenden Grollen. »Solltet Ihr irgendwem von diesem unsäglichen Brief erzählen oder von den übrigen Angelegenheiten, die wir soeben besprochen haben, dann werde ich nicht ruhen, bis Ihr tot seid und Eure gesamte Sippe mit Euch. Dann werde ich Euch mit Stumpf und Stiel ausrotten! Und glaubt mir: Ich bin nicht so ein Anfänger wie Othilia von Hohenfels. Habt Ihr das verstanden?«

Melisande sah Schweißperlen auf Wendels Stirn, er setzte an, etwas zu sagen, aber sie kam ihm zuvor. »Habt Dank, edler Graf.« Sie hob ihre Schwurhand. »Ich schwöre beim Leben meiner kleinen Tochter, dass ich über das, was in diesem Raum besprochen wurde, schweigen werde bis ans Ende meiner Tage.«

Wendel hob ebenfalls seine Schwurhand. »Auch ich schwöre, dass kein einziges Wort über diese Angelegenheiten je meinen Mund verlassen wird.« Wendel verneigte sich. »Ihr seid zu gütig, Herr.«

Der Graf nickte zufrieden, seine Stimme nahm wieder ihren warmen Ton an. »Genug der Schwüre und des Dankes. Ihr habt noch eine weite Reise vor Euch.« Er erhob sich. »Nicklas, Sohn des Ottmar de Bruce!«

Der Schmied erschien wieder im Saal und verneigte sich.

»Hast du Gemächer, die du deinem Landesfürst für die Nacht anbieten kannst? Ich gedenke, bis morgen zu bleiben, schließlich muss geregelt werden, wer das Lehen verwalten soll, bis der legitime Erbe alt genug ist, es zu übernehmen.«

»Selbstverständlich, Herr.« Nicklas erteilte Befehle, dann geleiteten er und der Graf Melisande und Wendel nach draußen.

Wenig später ritten sie hinter der gräflichen Eskorte bei Aichaha durch die Neckarfurt. Die Sonne stand bereits tief. Melisande schaute zu Wendel und Gertrud. Wendel lächelte sie an. Gertrud lehnte am Bauch ihres Vaters, sie hatte den Daumen in den Mund gesteckt und war eingeschlafen. Meine Familie, dachte Melisande, was wäre ich nur ohne meine Familie?

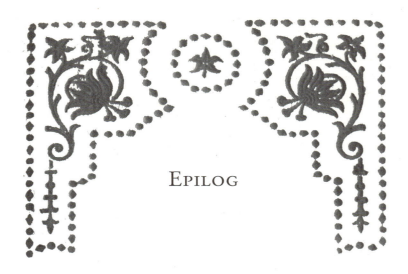

Epilog

Dezember 1332

Es dunkelte schon, als sie aus dem Gottesdienst heimkehrten. Heute war der Tag der heiligen Lucia, das Fest des Lichtes. Gertrud schritt andächtig zwischen ihrem Großvater und ihrer Großmutter. Sie hatte ihr bestes Kleid an und einen neuen Mantel und machte ein feierliches Gesicht, denn sie durfte das Licht nach Hause tragen. Sie hatte die Entführung gut überstanden, nichts war zurückgeblieben außer gelegentlichen Albträumen, aus denen sie weinend erwachte. Doch wenn Wendel oder Melisande sie auf den Arm nahmen, schlief sie sofort wieder ein. Vermutlich war sie noch zu klein gewesen, um zu begreifen, was geschehen war.

Melisande hatte sich bei Wendel untergehakt. Ihr Bauch hatte sich bereits ein Stück gerundet, im kommenden Sommer würde Gertrud tatsächlich ein Geschwisterchen bekommen.

Neben Wendel und Melisande gingen Irma und Lorentz, der Friedel an der Hand hielt. Irma summte vor sich hin, Friedel plapperte von den Geschenken, die auf ihn warteten, und hüpfte durch den Schnee, der wie ein festliches Damasttuch auf den Straßen lag und ihre Schritte dämpfte.

Die Dienstboten waren bereits vorgelaufen. Walburg wollte nach dem Braten sehen, Berbelin den Tisch decken und Selmtraud das Feuer schüren, damit sie es richtig warm hatten. Michel und Wolfgang mussten noch die Tiere versorgen, und Bart sollte ein paar Krüge vom besten Wein aus dem Keller heraufholen. Denn heute, an dem Tag, an dem Lucia den Menschen das Licht brachte, gab es gleich mehrfachen Grund zu feiern: Die Kinder bekamen ihre Geschenke, weshalb sie beinahe vor Vorfreude platzten; Irma wusste seit einigen Tagen sicher, dass auch sie zum zweiten Mal ein neues Leben in sich trug, und freute sich unbändig, dass sie wieder gleichzeitig mit ihrer Freundin schwanger war; Katherina und Erhard waren am Mittag aus Reutlingen angereist, um gemeinsam mit ihrem Sohn und seiner Familie den Festtag zu begehen. Und nicht zuletzt waren vor einigen Tagen zwei weitere Gäste eingetroffen, über deren Besuch Melisande sich ganz besonders freute: Meister Henrich und seine Gemahlin Mathilde. Der Bierbrauer aus Esslingen war der einzige Freund gewesen, den Melisande in ihrer Zeit als Henker gehabt hatte. Sie hatte lange gezögert, bevor sie ihm die Einladung geschrieben hatte, da sie nicht wusste, wie er darauf reagieren würde. Wer sie in Wirklichkeit war, hatte sie ihm erst in Rottweil mitgeteilt. Meister Henrich war aus allen Wolken gefallen, als er erfuhr, dass in der jungen Frau der stumme Neffe des alten Henkers Raimund vor ihm stand, und hatte sie dann unter Tränen in den Arm genommen. Seine Gemahlin hatte wortlos gelächelt und Melisande zugezwinkert.

Die beiden hatten Saphira aus Esslingen mitgebracht, die vor Freude darüber, ihre Herrin wiederzusehen, gar nicht mehr aufgehört hatte, Melisande mit ihrem weichen Maul in den Nacken zu stupsen.

In Esslingen wusste inzwischen jeder, dass Melisande Wilhelmis noch lebte, dass sie den Anschlag auf ihre Familie überlebt hatte. Nur darüber, was sie in all den Jahren getan hatte, hatte der Rat beschlossen, Stillschweigen zu bewahren. Es gab zwar vielerlei Gerüchte, doch die wenigen Menschen, die die Wahrheit kannten, schwiegen beharrlich.

Konrad Sempach hatte rechtzeitig davon erfahren, dass man ihm auf der Spur war, und war aus der Stadt geflohen. Genützt hatte es ihm nicht. Drei Tage nach seinem Verschwinden hatte man seine sterblichen Überreste in einer Schlucht gefunden. Die wilden Tiere hatten sich bereits so gründlich an ihm gütlich getan, dass es nicht mehr möglich gewesen war zu sagen, woran er gestorben war. Vielleicht war er verunglückt oder das Opfer eines Überfalls geworden. Vielleicht hatte er sich selbst gerichtet. Es spielte keine Rolle mehr. So oder so waren alle davon überzeugt, dass die gerechte Hand Gottes eingegriffen und den Verbrecher bestraft hatte.

Auf der Adlerburg hatte tatsächlich der junge Nicklas das Regiment übernommen, unter den strengen Augen des Kämmerers und einiger Vertrauter des Landesherrn. Er sollte das Lehen verwalten, bis sein kleiner Bruder Ottmar alt genug war. Es hieß, dass Nicklas ein kluger und gütiger Herr war, der sein Brüderchen liebte und verwöhnte, wo es nur ging.

Die Vorwürfe gegen Melisande, was den Tod von Merten de Willms anging, hatte Erhard Füger mit dem Schreiben entkräftet, das er aus dem Besitz von Godehart von Bräseln mitgebracht hatte. Eine Kopie der Aufzeichnungen hatte er an Mertens Vater geschickt, damit dieser endlich seine Ruhe fand.

Erhard selbst war durch Weiberlist davon abgehalten worden, sich auf den Weg nach Esslingen zu machen. Katherina und Berbelin hatten ihm reichlich Wein eingeflößt und ihn dann in eine Kammer eingesperrt, wo er einen ganzen Tag lang seinen Rausch ausschlief. Als er endlich erwachte, war schon der Bote eingetroffen, den Graf Ulrich losgeschickt hatte, um die Familie über den glücklichen Ausgang der Ereignisse zu informieren.

Das alles war nun fast drei Monate her, und es erschien Melisande inzwischen manchmal, als habe sie nur geträumt. Wären nicht die neuen Narben gewesen, die an Wendels Schulter und die an ihrem eigenen Arm, hätte sie glauben können, es sei nie geschehen.

Wendel stieß mit der freien Hand die Haustür auf. Der Duft von heißem Würzwein, Braten und frischen Buchenscheiten wehte ihnen entgegen. »Meine Geliebte! Was bin ich froh, dich zu haben!« Er nahm Melisande in die Arme und wirbelte sie über die Schwelle.

Sie lachte. »Wendel! Bist du verrückt geworden? Mir wird ganz schwindelig.«

»Ich auch!« Gertrud drückte Katherina die Kerze in die Hand und streckte die Arme aus. »Ich auch!«

»Aber natürlich, mein Herz.« Wendel packte sie und wirbelte sie ebenfalls herum. Er legte den Arm um Melisande, und zu dritt drehten sie sich, bis sie erschöpft und benommen auf der Bank vor dem Herd niedersanken.

»Du bist vollkommen verrückt, Wendel Füger!«, keuchte Melisande. »Weißt du das?«

»Das bin ich in der Tat.« Er grinste sie an. »Wie sonst könnte ich es mit dir aushalten, Melisande Wilhelmis?«

ENDE

GLOSSAR

Autor/Auentor
: Die beiden hintereinanderliegenden Tore im Osten der Stadt Rottweil hießen Oberes und Unteres Autor. Wegen der besseren Lesbarkeit haben wir daraus das Obere und Untere Auentor gemacht.

Assassine
: Angehöriger einer Art muslimischer Sekte, der für seine Überzeugung politische Morde beging. Er tötete hochgestellte Persönlichkeiten gewöhnlich mit einem Dolch, und sein Ehrenkodex verlangte, dass er nach der Tat nicht floh.

Beinlinge
: Vorgänger der Hose, aus zwei langen Strümpfen bestehend. Das Wort Beinlinge ist allerdings eine Neuschöpfung, es wurde im Mittelalter nicht verwendet.

Blumengasse	Vermutlich hatte diese Rottweiler Gasse im Mittelalter noch keinen offiziellen Namen. Dennoch ist der Name »Blumengasse« als volkstümliche Bezeichnung sehr wahrscheinlich, denn er bezieht sich darauf, dass sich die Gasse an der Rückseite des Gasthauses »Zur Blume« befand. Die »Blume« war die Zunftherberge der Schneider und wurde 1623 zum ersten Mal erwähnt, jedoch war das Gasthaus vermutlich schon viel früher dort zu finden.
Bogenschuss	Ein Längenmaß, das etwa 150 Metern entspricht.
Chirurgicus	Der Wundarzt, häufig in städtischen Diensten. Sein Alltagsgeschäft bestand aus dem Verabreichen von Salben, Pulvern und Ölen, dem Öffnen von Geschwüren und Pestbeulen, dem Einrenken von Knochen, dem Schienen von Brüchen und ähnlichen Eingriffen. Chirurgicus war ein Lehr- und Handwerksberuf mit eigenen Gilden, denen oft auch die Bader und Barbiere angehörten.
Cotte	Ein Schlupfkleid aus Wolle, Leinen oder Seide, das im Mittelalter von Männern und Frauen getragen wurde. Gewöhnlich diente die Cotte als Unterkleid unter dem Surcot.
Doppelelle	Ein Längenmaß, das je nach Gegend unterschiedlich lang sein konnte. Es bezeichnet ungefähr die zweifache Länge eines

	Unterarms vom Ellbogen bis zu den Fingerspitzen.
Frauenhaus	Eine der mittelalterlichen Bezeichnungen für ein Bordell. Die Frauenhäuser in den Städten unterstanden häufig der Aufsicht des Henkers.
Geld	Das mittelalterliche Währungssystem war von regionalen Eigenheiten geprägt. Hier einige Richtwerte: 1 Pfund = 240 Pfennige/60 Kreuzer/ 20 Groschen 1 Groschen = 12 Pfennige 1 Kreuzer = 4 Pfennige 1 Pfennig = 2 Heller Zwei Laibe Brot kosteten etwa 1 Heller. Der Jahresverdienst eines Handwerkergesellen betrug etwa 3 bis 4 Pfund.
Geldkatze	Ein am Gürtel befestigter verschließbarer Beutel zum Aufbewahren von Münzgeld oder anderen Wertgegenständen.
Gewalthaufen	Ein Begriff aus der mittelalterlichen Schlachtordnung.
Gugel	Eine spitz zulaufende Kapuze mit Schulterteil aus Wolle oder Loden.
Hängematte	Die Hängematte wurde vermutlich von den Inka erfunden und von Columbus in der Seefahrt eingeführt. In unserem Buch gibt es einen findigen Pilger, der schon mehr als 150 Jahre früher auf die Idee kam, in einem zwischen zwei Stämmen befestigten Tuch zu nächtigen.
Huser	Lokale Bezeichnung für die Reutlinger

	Weingärtner. In Esslingen hießen sie Wengerter.
Junker	Ein junger Edelmann, der zum Ritter ausgebildet wurde. Oft als Synonym für Knappe verwendet.
Karcher	Eine der acht Zünfte in Reutlingen. Karcher waren alle, die Fuhrdienste leisteten. Auch Wirte gehörten zu den Karchern.
Kranzgeld	Eine Art Entschädigungszahlung, die ein junger Mann an seine Verlobte zahlen musste, wenn er die Verlobung löste, vor allem dann, wenn sie aufgrund des Eheversprechens bereits mit ihm geschlafen hatte. Der Name stammt möglicherweise daher, dass nicht mehr jungfräuliche Bräute bei der Hochzeit einen Strohkranz tragen mussten.
Laudes	Der Morgengottesdienst im Kloster.
Luciafest	Ein Feiertag zu Ehren der heiligen Lucia, an dem im Mittelalter die Kinder Geschenke bekamen.
Malter	Ein altes Hohlmaß, dessen genaue Größe bereits von Dorf zu Dorf variieren konnte. Es fasste zwischen 1,2 (Hessen) und 12,5 (Sachsen) Hektoliter.
Medicus	Im Gegensatz zum Wundarzt ein studierter Mediziner, der als städtischer Angestellter für die höheren Stände tätig war. Er heilte vor allem ›innere Leiden‹ und hatte die Aufsicht über die Apotheker. Seine Dienste waren sehr kostspielig.

Meile	Je nach Region galten im Mittelalter andere Längenmaße. Eine Württembergische Meile betrug etwa 7,45 Kilometer, eine Hessische hingegen nur 6,03 Kilometer.
Meister Hans	Eine der vielen Bezeichnungen für den Henker.
Metzig	Freistehendes Schlachthaus und Verkaufsstelle für Fleischwaren auf der Hauptstraße von Rottweil.
Parierstange	Eine Querstange zwischen dem Griff und der Klinge einer Stichwaffe zum Schutz der Hand.
Päuklein	Kleine Trommeln, im Mittelalter weitverbreitet. Paarweise entweder am Gürtel oder am Rücken befestigt, sodass der Hintermann mit Stöcken darauf spielen konnte. Mit einer Schnürung konnten die Päuklein im Klang verändert werden.
Stunde	Im Mittelalter hatte eine Stunde nicht genau sechzig Minuten, denn ihre Dauer war von der Jahreszeit abhängig. Die Stunden des Tages bzw. der Nacht begannen immer bei der Dämmerung. Im Juni dauerte die erste Stunde des Tages von 4.27 Uhr bis 5.42 Uhr, also 75 Minuten, die erste Stunde der Nacht begann etwa um 19.30 Uhr. Zur Wintersonnenwende dauerte die erste Stunde des Tages dagegen nur von 7.33 Uhr bis 8.17, also 44 Minuten. Die Nacht begann bereits gegen 16.30 Uhr.
Surcot	Eine kleidähnliche Ärmeltunika für Männer und Frauen.

Ratsherren und Richter	In vielen Städten des Mittelalters waren die Ratsherren zugleich Richter, so auch in Esslingen.
Tassel	Kleine Schmuckplatte, die an der Kleidung, oft als Verzierung von Verschlüssen, befestigt wurde.
Tjosten	Das Tjosten war ein Wettkampf, bei dem zwei Ritter mit stumpfen Lanzen aufeinander zuritten und versuchten, den Gegner zu treffen oder vom Pferd zu stoßen.
Würzwein	Mittelalterlicher Wein war oft sehr sauer und wurde daher häufig mit allerlei Gewürzen wie Honig, Zimt oder Nelken verfeinert.
Zugvögel	Im Mittelalter glaubte man, dass Rauchschwalben überwintern, indem sie sich in den Schlamm eingraben, und dass Gänse in Höhlen in südlichen Gefilden den Winter verbringen.
Zwerg	Der Zwerg ist eine Schwertkampftechnik. Der Schlag (Hau oder Schwertstreich) wird in unterschiedlichen Höhen von der Körpermitte aus geführt. Die Arme sind gestreckt, der Stand tief. Im Gegensatz dazu wird z. B. der »Ochs« von schräg oben auf die gegenüberliegende Seite geführt. Diese Schwerttechniken verlangen jahrelange Übung und athletische Fitness.

Zwei Frauen und ein magischer Sommer voller Geheimnisse

Laura Moriarty
DAS
SCHMETTERLINGS-
MÄDCHEN
Roman
Aus dem amerikanischen
Englisch von
Britta Evert
464 Seiten
ISBN 978-3-404-16781-4

New York in den Goldenen Zwanzigern: Eine turbulente Metropole voller Leben, Musik, Abenteuer ein aufregendes Versprechen. Als die fünfzehnjährige Louise aus dem verschlafenen Kansas dorthin reist, um Tänzerin zu werden, geht für sie ein Traum in Erfüllung. Hals über Kopf stürzt sich das neugierige, unkonventionelle Mädchen in diese berauschende Welt sehr zum Missfallen ihrer Anstandsdame Cora, einer Frau mit traditionellen Wertvorstellungen. Doch hinter Coras korrekter Fassade verbirgt sich ein trauriges Schicksal, von dem niemand ahnt. Die Reise nach New York ist für sie eine Reise in die Vergangenheit

Bastei Lübbe Taschenbuch

Ein Roman, der die Tradition des viktorianischen Schauerromans neu belebt – Geheimnisvoll. Gespenstisch. Genial

Sarah Waters
DER BESUCHER
Roman
Aus dem Englischen
von Ute Leibmann
576 Seiten
ISBN 978-3-404-16767-8

Hundreds Hall, ein majestätisches Anwesen im ländlichen England, Wohnsitz der Familie Ayres. Als der Landarzt Dr. Faraday wegen eines Notfalls herbeigerufen wird, ist er wie gebannt von der geheimnisvollen Atmosphäre des Hauses. Doch schon bald erfährt er, dass in Hundreds Hall merkwürdige Dinge geschehen: Möbelstücke, die ein Eigenleben führen, bedrohliche Geräusche, die unerklärbar scheinen. Dr. Faraday begegnet der wachsenden Panik der Familie zunächst mit Ruhe. Doch das Schicksal der Ayres nimmt unaufhaltsam seinen Lauf – und ist enger mit seinem eigenen verwoben, als er ahnt ...

Bastei Lübbe Taschenbuch

Sie weiß nicht, wer sie ist. Sie darf den Mann ihres Herzens nicht lieben. Sie wird von geheimnisvollen Feinden gejagt.

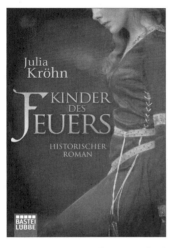

Julia Kröhn
KINDER DES FEUERS
Historischer Roman
496 Seiten
ISBN 978-3-404-16738-8

Normandie, im Jahr 936: Als das Kloster Saint-Ambrose überfallen wird, finden alle Ordensfrauen den Tod. Einzig Mathilda, die vor vielen Jahren als Waisenkind im Kloster eine Heimat fand, und der junge Arvid, der dort ob seiner Verwundung gepflegt wurde, entkommen dem Massaker. Auf der Flucht kommen sie sich sehr nahe, doch ihre Liebe scheint unmöglich. Die Angreifer verfolgen sie. Denn um ihrer beider Herkunft gibt es ein großes Geheimnis ...

Julia Kröhn schreibt mit außergewöhnlicher Erzählstimme: dicht und atmosphärisch.

Bastei Lübbe Taschenbuch